Maudits

Joyce Carol Oates

Maudits

roman

Traduit de l'anglais (États-Unis)
par Claude Seban

Philippe Rey

Titre original : *The Accursed*

7, rue Rougemont – 75009 Paris

www.philippe-rey.fr

Pour mon mari et premier lecteur, Charlie Gross, et pour mes chers amis Elaine Pagels et James Cone

D'un petit village obscur, nous avons fait la capitale de l'Amérique.

Ashbel Green[1], à propos de Princeton,
New Jersey, 1783

Toutes les maladies des Chrétiens doivent être attribuées aux démons.

Saint Augustin

1. Ashbel Green (1762-1848), ministre presbytérien, huitième président du College du New Jersey (premier nom de l'université de Princeton) et cofondateur du séminaire théologique de Princeton. (*NdT*)

Note de l'auteur

Un événement entre dans l'« histoire » lorsqu'il est consigné. Mais il peut y avoir des histoires multiples et contradictoires ; comme sont multiples et contradictoires les récits des témoins oculaires.

Dans cette chronique relatant les événements mystérieux, et apparemment liés, qui se produisirent à Princeton et dans ses environs entre 1900 et 1910, ces « histoires » ont été condensées en une « histoire » unique, de même que l'espace de dix années a été condensé, pour des raisons d'unité esthétique, sur une période d'environ quatorze mois, allant de 1905 à 1906.

Je sais qu'un historien se doit d'être « objectif » – mais cette chronique me tient si passionnément à cœur, je suis si impatient d'exposer à un nouveau siècle de lecteurs certaines révélations concernant une série d'événements tragiques survenus dans le centre du New Jersey à l'orée du XXe siècle, qu'il m'est très difficile de garder le calme seyant à un érudit. Voilà longtemps que me consternent les histoires indigentes que l'on a écrites sur cette période de l'histoire de Princeton – *Le Mystère inexpliqué de la Malédiction de Crosswicks : nouvelle enquête* (1949) de Q. T. Hollinger, par exemple, un compendium de vérités, de demi-vérités et de pures inventions, publié par un historien amateur de la région qui prétendait corriger les erreurs les plus flagrantes d'historiens précédents (Tite, Birdseye, Worthing et Croft-Crooke) ; et *Meurtres vampiriques dans le Princeton d'autrefois* (1938), un best-seller en son temps, œuvre d'un auteur « anonyme » (réputé habiter le quartier du West End, à Princeton), exploitant éhontément le côté superficiel et « sensationnel » de la Malédiction au détriment de ses aspects moins évidents et plus subtils – à savoir psychologiques, moraux et spirituels.

Il me paraît gênant d'exposer ici, de but en blanc, au tout début de ma chronique, ce qui me qualifie particulièrement pour entreprendre ce projet téméraire. Je mentionnerai donc seulement que, à l'instar de plusieurs personnages clés de cette chronique, je suis diplômé de l'université de Princeton (promotion 1927). J'ai longtemps été un enfant de cette ville, où je suis né en février 1906, et j'ai été baptisé dans la première église presbytérienne ; je descends de deux des plus anciennes familles de Princeton, les Strachan et les van Dyck ; nous avions pour maison familiale cette austère demeure en pierre de style normand du 87, Hodge Road – laquelle appartient aujourd'hui à des inconnus au nom en *-stein,* qui, paraît-il, l'ont sauvagement « évidée » pour la « rénover » dans un style « plus moderne ». (Excusez cette intercalation ! Un moment d'emportement plus esthétique et moral qu'émotionnel, dont je promets qu'il ne se reproduira pas.) Ainsi, quoique très jeune dans les temps qui suivirent l'époque « maudite », j'ai grandi à Princeton dans un moment où l'on parlait souvent, avec étonnement et terreur, de ces mystères tragiques ; et où la démission forcée de Woodrow Wilson, en 1910, de son poste de président de l'université suscitait encore regrets et plaisanteries malveillantes.

Grâce à ces liens, et à d'autres, j'ai eu connaissance de nombreux documents inaccessibles à d'autres historiens, tels que le journal codé, secret et scandaleux, de l'invalide Adelaide McLean Burr, les lettres personnelles intimes (assez scandaleuses, elles aussi) de Woodrow Wilson à son épouse bien-aimée, ou les divagations hallucinées des petits-enfants « maudits » de Winslow Slade. (Todd Slade a été l'un de mes camarades d'école plus âgés à la Princeton Academy, que je ne connaissais que de vue.) J'ai également pu consulter de nombreux autres papiers personnels – lettres, agendas, journaux – auxquels aucun étranger n'avait eu accès. De surcroît, j'ai eu le privilège de consulter les Manuscrits et Collections spéciales de la bibliothèque Firestone de l'université de Princeton. (Si je ne peux me vanter d'avoir épluché les *cinq tonnes* légendaires de documents mises à la disposition du premier biographe de Woodrow Wilson, Ray Stannard Baker, je suis certain d'en avoir étudié attentivement au moins *une tonne*.) J'espère ne pas paraître présomptueux en affirmant que, de toutes les personnes en vie – aujourd'hui – aucune ne détient autant d'informations que moi sur la nature privée, et publique, de la Malédiction.

Il convient de mettre en garde le lecteur, très probablement un enfant de ce siècle, contre un jugement trop sévère sur ces personnages d'une époque disparue. Il est naïf d'imaginer que, à leur place, nous aurions mieux résisté aux irruptions de la Malédiction, ou mieux combattu la tentation du désespoir. Il ne nous est pas difficile, sept décennies après que la Malédiction – ou l'Horreur – ainsi qu'elle fut parfois appelée – a achevé sa carrière, de distinguer un schéma dans son émergence ; mais imaginez quels furent la confusion, l'inquiétude et l'affolement de ces innocents pendant ces quatorze mois de catastrophes successives et entièrement mystérieuses ! Pas plus que les premières victimes d'une terrible peste ne peuvent comprendre le sort qui les frappe, sa gravité, son ampleur et son *impersonnalité*, la plupart des victimes de la Malédiction ne pouvaient comprendre leur situation – percevoir que, à la base des nombreux maux qui s'abattaient sur eux dans ce cadre ironiquement idyllique, se trouvait un Mal unique.

Songez-y, en effet : les pions d'un jeu d'échecs peuvent-ils concevoir qu'ils ne sont que les pièces d'un jeu et qu'ils ne maîtrisent pas leur destin ; d'où leur viendrait la faculté de s'élever au-dessus de l'échiquier, assez haut pour que la finalité du jeu leur apparaisse ? Je crains que les chances ne soient fort minces, pour eux comme pour nous : nous ne pouvons savoir si nous agissons ou si l'on agit sur nous ; si nous sommes les pions du jeu, ou le jeu lui-même.

M. W. van Dyck II
Eaglestone Manor
Princeton, New Jersey
24 juin 1984

Prologue

C'est un après-midi d'automne, à l'approche du crépuscule. Le ciel, au couchant, est une toile d'or translucide. Sur d'étroites routes de campagne, entre des champs vallonnés qu'effleurent les rayons obliques du soleil, une voiture – deux chevaux – tonnerre sourd des sabots – me conduit vers le village de Princeton, New Jersey. L'allure folle de l'attelage, le balancement de la voiture ont quelque chose d'onirique, et le visage de l'inconnu qui mène les chevaux m'est invisible ; je ne vois que son dos – raide et droit, tendant l'étoffe sombre d'un manteau.

Des battements de cœur, qui doivent être les miens, mais qui semblent provenir du dehors, telle une vibration immense de la terre même. Un sentiment d'euphorie, qui semble émaner non de moi-même, mais de la nature. Quelle attente, quelle excitation sont les miennes ! Avec quelle émotion enfantine, nuancée d'émerveillement, je salue ce paysage familier et cependant presque oublié ! Champs de maïs et de blé, prairies où paissent des vaches laitières, pareilles aux silhouettes immobiles d'un paysage de Corot… les appels des étourneaux et des carouges… le cours peu profond mais rapide de Stony Brook Creek, et l'étroit pont de planches qui résonne sous le pas des sabots et les roues de la voiture… une odeur de terre riche et humide, de moisson… je m'aperçois que nous sommes sur la Grand-Route, j'approche de chez moi, j'approche de l'origine mystérieuse de ma naissance. Ce voyage que j'entreprends avec tant de fièvre n'est pas géographique mais temporel – car c'est l'année 1905 que j'ai pour destination.

1905! L'année de la Malédiction.

Me voici maintenant, presque trop rapidement, dans les abords de Princeton. C'est un petit bourg de campagne de quelques milliers d'habitants à peine, dont la population se grossit d'étudiants pendant l'année universitaire. Des clochers se dessinent dans le lointain – car les églises sont nombreuses à Princeton. Les fermes modestes ont cédé la place à des demeures plus imposantes. De plus en plus imposantes à mesure que défile la Grand-Route.

Qu'il est étrange, me dis-je, qu'on ne voie aucune créature humaine! Aucune autre voiture, à cheval ou automobile. Une écurie, une longue grille de fer forgé en bordure d'Elm Road et, derrière, dissimulée par de grands arbres splendides, ormes, chênes et persistants, la résidence de Crosswicks Manse; vient ensuite le pré où se dresse le bâtiment de brique rouge du séminaire théologique, planté d'arbres, des arbres gigantesques dont les racines noueuses sont à nu. À présent, dans Nassau Street, je passe devant les grilles de fer forgé qui mènent à l'université – à l'illustre Nassau Hall, où s'est tenu autrefois, en 1783, le Congrès continental. Mais il n'y a personne sur le campus de Princeton – tout est vide, désert. Comme j'aimerais être conduit le long de Bayard Lane jusqu'à Hodge Road – jusqu'à ma maison familiale; le cœur battant j'en remonterais l'allée, m'arrêterais devant cette porte, sur le côté de la maison, que j'ouvrirais en poussant une folle exclamation de joie – Me voici! Je suis là! *Mais le cocher ne semble pas m'entendre. Ou peut-être suis-je trop timide pour le héler, pour contremander les instructions qu'il a reçues. Nous dépassons une église d'un blanc aveuglant, dont la haute croix étincelle au soleil; la voiture fait une embardée, comme si un caillou s'était logé dans le sabot d'un des chevaux ; le cimetière s'offre à mon regard, car nous sommes à présent dans Witherspoon Street, tout près du quartier noir, et cette pensée me transperce, acérée comme la lame d'un couteau :* Ah ! mais bien sûr, ils sont tous morts, maintenant – voilà pourquoi il n'y a personne. À part moi.

PREMIÈRE PARTIE

Le marié démoniaque

Veille du mercredi des Cendres, 1905

1.

Mes collègues historiens seront scandalisés, consternés et peut-être incrédules, car j'ose prétendre que la Malédiction ne se manifesta pas pour la première fois en ce matin désastreux du 4 juin 1905 où fut célébré le mariage d'Annabel Slade, date généralement admise pour sa première manifestation publique, mais nettement plus tôt, à la fin de l'hiver, la veille du mercredi des Cendres de cette même année.

À savoir, le soir de la visite (clandestine) que Woodrow Wilson rendit à son mentor de longue date, Winslow Slade, mais aussi le soir du jour où son sentiment de la famille, voire celui de son *identité* raciale, subit un ébranlement considérable.

Cela commença fort innocemment : à Nassau Hall, dans le bureau du président, par la visite d'un jeune séminariste nommé Yaeger Washington Ruggles, employé à l'université comme précepteur de latin pour aider à l'instruction des étudiants. (Soucieux de réformer la qualité de l'éducation à Princeton, qui passait pour un établissement essentiellement presbytérien, à forte inclination sudiste, comparé auquel sa rivale, Harvard, était un modèle d'excellence universitaire, Woodrow Wilson avait introduit une nouvelle pédagogie, reposant sur le recrutement de jeunes gens brillants, assistant les professeurs plus âgés dans leurs cours magistraux ; Yaeger Ruggles était l'un de ces jeunes précepteurs, aussi appréciés dans les bonnes maisons de Princeton qu'à l'université, comme c'est généralement le cas des beaux partis dans les villes universitaires.) Mince, menu, la voix douce, Yaeger Ruggles était un compatriote virginien, un cousin éloigné de Wilson qui s'était présenté au président après s'être inscrit en première année au séminaire théologique de Princeton ; Wilson l'avait personnellement engagé comme précepteur, impressionné par sa courtoisie, son allure et son intelligence. Lors de leur première entrevue, Yaeger Ruggles lui avait remis une lettre d'une vieille tante demeurant à Roanoke, cousine elle-même de la tante du père de Wilson. Ce réseau de parenté complexe était très sudiste ; bien que la branche familiale à laquelle appartenait Woodrow Wilson eût manifestement plus d'aisance et de prestige social que la famille de Yaeger Ruggles, dont la plupart des membres habitaient la région montagneuse située à l'ouest de Roanoke, Woodrow Wilson s'était efforcé d'aider le jeune homme, qu'il avait invité aux grandes réceptions et aux soirées données chez lui, et présenté aux fils et aux filles de ses associés et voisins fortunés de Princeton. Malgré les vingt ans qui les séparaient, Woodrow Wilson retrouvait dans ce jeune parent l'étudiant en droit, passionné de théologie, qu'il avait lui-même été. (Woodrow Wilson était le fils d'un éminent pasteur presbytérien, jadis aumônier dans l'armée confédérée ; son grand-père maternel était également pasteur presbytérien, à Rome, en Géorgie, et d'un conservatisme strict en politique comme en religion.) Au moment où Yaeger Ruggles rend visite au président Wilson dans son bureau de Nassau Hall, les deux hommes se connaissent depuis plus de deux ans. Woodrow Wilson n'avait pas vu son jeune parent aussi souvent qu'il le souhaitait, car sa vie sociale se passait à cultiver gens riches et influents. « Un *college* privé a besoin de donateurs. Les seuls droits de scolarité ne suffisent pas », disait-il souvent, dans ses discours comme dans ses conversations privées. Wilson regrettait véritablement de ne pas voir Yaeger davantage, car il n'avait que trois filles et pas de fils ; et, du fait de la mauvaise santé chronique de sa femme – devenue une sorte de malaise spirituel – et de l'avancement de son âge, il était peu probable qu'il en eût jamais. Les yeux sombres, intelligents et chaleureux de Yaeger éveillaient invariablement chez le président une émotion indéfinissable, intensément liée au souvenir. Le jeune homme avait des cheveux très noirs, pareils à ceux de Woodrow autrefois, mais frisés et épais, alors que Woodrow les avaient plutôt fins et plats sur le crâne. Et il y avait la voix de baryton de Yaeger, avec ses modulations douces, qui lui rappelait apparemment une ou des voix bien-aimées de son enfance en Virginie et en Géorgie. Woodrow avait souvent été saisi du désir extravagant – (élevé dans une famille d'un presbytérianisme rigide, il était sujet depuis l'enfance à des entraînements et à des impulsions quasi irrésistibles, auxquelles il cédait rarement) – de se mettre à chanter en présence de Yaeger pour inciter le jeune homme à se joindre à lui ; car il avait adoré ses chorales universitaires et se flattait d'avoir une voix de ténor acceptable, quoique non travaillée, et rarement utilisée dans un passé récent.

Mais ce serait un hymne protestant que Woodrow chanterait avec Yaeger, une plainte mélancolique, ardente et délicieusement soumise – *Rocher des Âges, fendu pour moi ! Laisse-moi me cacher en toi ! Laisse l'eau et le sang, qui coulèrent jadis de tes plaies…*

Woodrow n'avait pas encore entendu Yaeger parler en public, mais il avait prédit, dans les cercles universitaires, et au doyen du séminaire lui-même, que son jeune « cousin virginien » serait un jour un excellent pasteur – d'ici là, pensait Woodrow avec ironie, Yaeger aurait lui aussi compris l'utilité de cultiver les gens fortunés au détriment de ses propres prédilections.

Mais cet après-midi-là, Yaeger Washington Ruggles n'avait pas son calme habituel. Il semblait essoufflé, comme s'il avait monté quatre à quatre les marches de pierre de Nassau Hall ; Son sourire n'était pas aussi prompt ni aussi *compréhensif* que de coutume, et sa poignée de main, hâtive, manquait de fermeté et de chaleur. Woodrow remarqua avec un pincement de contrariété – car il lui était pénible de percevoir une froideur, même intérieure, chez quelqu'un qu'il aimait – que la chemise du séminariste était déboutonnée, comme si, cherchant à mieux respirer, Yaeger avait machinalement tiré sur le col ; il n'était pas rasé de près, et une ombre semblait assombrir son teint, d'ordinaire plus frais que celui de Woodrow.

« Woodrow ! Il faut que je vous parle.

– Mais bien sûr, Yaeger… nous parlons déjà. »

Woodrow se leva à demi, puis se rassit derrière son imposant bureau dans une attitude passablement compassée. La pièce était tapissée de livres du sol au plafond ; les fenêtres donnaient en façade sur le vert cultivé de la vaste et plaisante pelouse de Nassau Hall, qui s'étendait jusqu'à la rue du même nom et aux grilles de fer forgé de l'université ; et, derrière, sur un tertre herbeux, menant aux Halls Clio et Whig, deux majestueux temples grecs d'une beauté attique saisissante, quoique assez incongrue au sein de l'architecture gothique, plus sombre, de l'université. Au mur, derrière Woodrow, était suspendu un portrait emperruqué d'Aaron Burr, premier président de l'université de Princeton à avoir pris ses fonctions à Nassau Hall.

« Que se passe-t-il, Yaeger ? Vous paraissez troublé.

– Êtes-vous au courant, Woodrow ? Ces événements terribles qui se sont produits hier à Camden ?

– Eh bien, je crois que je… je ne suis pas "au courant"… De quoi s'agit-il ? »

Woodrow souriait, perplexe. Ses lunettes astiquées clignotaient.

En réalité, tout au long de cette journée, il avait entendu parler, assez vaguement, d'un événement détestable : au Nassau Club, où il avait déjeuné avec des membres du conseil d'administration, et près de l'escalier de Nassau Hall, où il avait surpris une conversation à voix basse entre plusieurs précepteurs. (La présidence avait ce désavantage, qui lui avait été épargné du temps où il était un professeur apprécié de l'université, que les jeunes enseignants en particulier se figeaient à sa vue et lui souriaient avec un air de courtoisie et d'affabilité forcées.) Il lui semblait également que, ce matin-là au petit-déjeuner, dans sa maison de Prospect, leur servante noire Clytie s'était montrée inhabituellement silencieuse et lui avait à peine répondu quand il l'avait saluée de son grand sourire chaleureux habituel – « Bonjour, Clytie ! Que nous as-tu préparé aujourd'hui ? » (Car, bien que Clytie fût née à Newark, dans le New Jersey, ses ancêtres étaient originaires du Sud, et elle savait préparer le genre de petit-déjeuner que Woodrow faisait, enfant, à Augusta en Géorgie, et ailleurs dans le Sud ; elle était merveilleusement douée et régalait souvent la famille Wilson de gâteries telles que pains de maïs à la citrouille, biscuits au jus de viande, crêpes aux myrtilles et au sirop d'érable, gruau de maïs au fromage, œufs brouillés au jambon, dont Woodrow, avec son estomac délicat, ne pouvait avaler que quelques bouchées, mais qui lui étaient une façon très agréable de commencer les journées généralement compliquées, épuisantes, voire périlleuses qu'il passait à Nassau Hall.)

Bien que Woodrow eût invité Yaeger Ruggles à s'asseoir, le jeune séminariste ne parut pas entendre et resta debout ; ou plutôt il arpenta nerveusement la pièce d'une manière fort agaçante pour son aîné, tenant des propos décousus et incohérents sur – un terme si vulgaire que Woodrow semblait se raidir contre sa sonorité même – un incident qui s'était produit la nuit précédente à Camden, dans le New Jersey – *lynchage.*

Et un autre terme hideux, qui mettait Woodrow très mal à l'aise dans la mesure où ses parents et sa famille de Virginie et de Géorgie n'étaient pas sans sympathie pour les objectifs, sinon pour les méthodes particulières de cette organisation protestante : *Ku Klux Klan.*

« Il y a eu deux victimes, Woodrow ! D'ordinaire, il n'y en a qu'une – un homme sans défense – un Noir sans défense – mais hier soir, à Camden, dans cette ville infecte, un haut lieu de "suprématie blanche" – il y en a eu deux, un homme et une *femme.* Un garçon de dix-neuf ans, et sa sœur de vingt-trois ans, *enceinte.* Vous ne trouverez pas leurs noms dans les journaux – celui de Trenton ne mentionne carrément pas le lynchage, et celui de Newark se contente d'un court article en page intérieure. Le Klan a pris la tête d'une foule – composée d'hommes, mais aussi de femmes et de jeunes enfants – qui cherchait un jeune Noir ayant prétendument insulté un Blanc dans la rue – quel jeune Noir, personne ne le savait vraiment – mais ils sont tombés sur un autre jeune homme, nommé Pryde, qui rentrait de son travail, ils l'ont attaqué, battu, puis ont entrepris de le pendre ; voulant les en empêcher, sa sœur a tenté de s'attaquer à certains d'entre eux, et le shérif du comté de Camden l'a arrêtée, menottée, puis livrée à la foule. À l'heure qu'il est…

– Yaeger, s'il vous plaît ! Ne parlez pas si fort, mon secrétariat va vous entendre. Et je vous en prie – si cela vous est possible – cessez ces *allées et venues.* »

Woodrow sortit un mouchoir de sa poche et tamponna son front brûlant. Il se sentait mal ! Cette vilaine histoire n'était pas du tout ce qu'il s'était attendu à entendre entre deux séries de rendez-vous dans le bureau du président de Nassau Hall.

Et il craignait véritablement que son personnel, sa secrétaire Matilde et ses assistantes, ne perçoivent les éclats de voix du séminariste et certaines de ses paroles, ce qui ne pourrait manquer de les épouvanter.

Yaeger protesta : « Mais, Woodrow… le Klan a assassiné deux innocents hier soir, à moins de quatre-vingts kilomètres de Princeton – de ce bureau où nous sommes ! Que ce soient des "Nègres" ne change rien à l'horreur de leurs souffrances et de leur mort. Nos étudiants en parlent – certains d'entre eux, originaires du Sud, s'en gaussent –, vos collègues enseignants en parlent – tous les Nègres de Princeton sont au courant – au moins en partie – le plus abominable de l'affaire étant que, après avoir pendu le jeune homme, après avoir arrosé d'essence et brûlé son corps, les meneurs du Klan ont traîné sa sœur sur les lieux pour l'assassiner à côté de lui. Et le shérif du comté de Camden n'a rien fait pour empêcher ces meurtres, n'a pas procédé à la moindre arrestation ni au moindre interrogatoire. Plus de sept cents personnes se seraient rassemblées aux abords de Camden pour assister aux lynchages. Certains seraient même venus de Philadelphie par le pont – ce lynchage a dû être préparé très à l'avance. Les corps ont brûlé longtemps – dans la foule, des gens prenaient des photos. Quel cauchemar ! Dans notre nation chrétienne, quarante ans après la guerre de Sécession ! Cela me rend malade… malade à vomir… Ces lynchages sont courants dans le Sud, les assassins ne sont jamais traduits en justice, et voilà maintenant que leur nombre augmente dans le New Jersey, le précédent date de moins d'un an – à Zarephath, où les « suprémacistes blancs » ont leur propre église – le Pilier de feu – et dans les Pine Barrens, et au Cape May…

– Ce sont des événements terribles, Yaeger, mais – pourquoi m'en parlez-vous maintenant ? Je suis bouleversé, bien entendu – en ma qualité de chrétien, je ne peux admettre le meurtre – ni aucune forme de violence populaire – le droit doit primer la passion – mais – si les représentants de la loi refusent d'arrêter les coupables, si le sentiment général va à l'encontre d'une inculpation et d'un procès – qu'y pouvons-nous, ici, à Princeton ? Il y a des lieux barbares dans ce pays, comme dans le monde – parfois, un esprit d'ignominie – le mal… »

Woodrow parlait vite. Il était debout, à présent, et très agité. La surexcitation, les contrariétés ou même les émotions lui étaient contre-indiquées, avait averti son médecin – Woodrow avait été un enfant extrêmement sensible, qui avait souffert d'une mauvaise santé jusque tard dans l'adolescence ; si l'on parlait fort ou avec ferveur en sa présence, son cœur se mettait à battre vite et irrégulièrement, le sang arrivait alors en quantité insuffisante à son cerveau, qui « défaillait » – voilà pourquoi Woodrow était maintenant courbé en avant, les paumes appuyées sur son sous-main, la vue brouillée et les oreilles bourdonnantes ; son médecin l'avait également mis en garde contre l'hypertension, commune dans la famille de son père, qui pouvait conduire à une attaque ; et néanmoins, sans la moindre considération, son jeune parent osa l'interrompre pour insister encore sur cette horrible histoire, prononcer d'autres paroles déplaisantes et injustement accusatrices – « Vous, Woodrow, avec l'autorité que vous confèrent vos fonctions, vous pourriez vous dresser contre ces atrocités. Vous pourriez vous unir avec des personnalités de Princeton – Winslow Slade, par exemple – vous êtes très proche du révérend Slade, il vous écouterait – et d'autres encore de vos amis influents. L'horreur du lynchage est que *personne n'y met un terme* ; que personne, parmi les chrétiens puissants tels que vous, *n'élève la voix pour le condamner.* »

Woodrow objecta que ce n'était pas vrai : « Nombreux sont ceux qui ont condamné – cette terrible violence populaire – ces "lynchages". J'ai condamné – les "l…lynchages". J'espère que mon exemple a été – est – un modèle de – foi chrétienne – "Aime ton prochain comme toi-même" – c'est le pilier de feu de notre religion… (Sapristi ! pourquoi avait-il dit cela ? Une sorte de démon avait fait fourcher sa langue.) Vous devriez savoir, Yaeger – vous savez, naturellement – que j'ai entrepris ici, à Princeton, de réformer l'université – de transformer le programme de premier cycle, par exemple – et d'instiller davantage de *démocratie* partout où je le peux. Les *eating clubs*[1], les camps retranchés de l'"aristocratie" – je les combats, vous le savez sûrement, depuis mon entrée en fonctions. Et mon ennemi – le doyen West ! Voilà un fléau qu'il me faut vaincre ou désarmer – avant de pouvoir assumer la responsabilité de… de… » Woodrow bégayait, ne sachant ce qu'il voulait dire. Quand il était ému, ses pensées couraient souvent plus vite que ses paroles ; raison pour laquelle on lui avait donné, et il s'était donné, le conseil de ne jamais *se laisser emporter* par le flot de ses sentiments. « … d'affronter le Klan et ses innombrables partisans dans cet État, qui, bien que moins nombreux que dans le Sud, sont néanmoins – néanmoins – nombreux…

1. Clubs sociaux où les étudiants les plus fortunés se retrouvent pour prendre leurs repas. (*NdT*)

– Des “partisans” ? Vous voulez dire des “chrétiens hypocrites respectueux des lois” ? Qu’ils aillent au diable ! *Vous*, vous devez parler.

– Moi… je dois… “parler”… ? Mais… ce n’est pas aussi… simple… »

Avec ébahissement, quoique pas vraiment surpris, Woodrow avait constaté que les vingt-cinq membres du conseil d’administration de l’université qui l’avaient choisi parmi les enseignants, et dont il était censé exécuter les ordres, jusqu’à un certain point, n’étaient pas sans sympathie – on s’en rendait vite compte – pour la doctrine des *suprémacistes blancs*, même si, à n’en pas douter, ils éprouvaient de l’horreur, à l’instar de toute personne civilisée, pour la politique de terreur du Klan. *Maintenir les Nègres à leur place,* voilà quel était l’objectif des groupes d’autodéfense du Klan, soutenaient leurs partisans, et non la violence pour la violence.

Préserver la pureté de la race blanche et empêcher sa bâtardisation – tel était un principe encore plus fondamental, que très peu de Blancs auraient désavoué.

Mais Woodrow ne pouvait espérer raisonner Yaeger Ruggles dans l’état d’excitation où il se trouvait.

Il ne pouvait pas davantage poursuivre cette conversation, car il avait un rendez-vous imminent avec l’un de ses *confidents* (hélas ! bien rares) du corps enseignant de Princeton ; plus important encore, il se sentait indéniablement nauséeux, signal avertisseur d’un malaise plus grave à venir, s’il n’avalait pas très vite une cuillerée du « calmant » prescrit par le Dr Hatch, et rangé dans un tiroir de son bureau.

« Eh bien, Yaeger. C’est terrible, vraiment terrible… ce que vous m’avez rapporté… ce “lynchage”… supposé… On s’y serait attendu dans le sud du Jersey, mais pas à Camden, si près de Philadelphie ! Je crains malheureusement de ne pouvoir vous parler davantage, car j'ai un rendez-vous à… au nom du ciel, Yaeger, qu'avez-vous ? »

À sa consternation, son jeune parent, qui lui avait toujours témoigné respect et admiration, le regardait maintenant d'un œil noir, comme un adolescent boudeur et intransigeant, dressé contre son père.

Son menton mal rasé tremblait de mépris, ou de franche antipathie. Il avait les narines dilatées, très sombres, et ses yeux n'offraient plus rien de séduisant. Ils semblaient exorbités, tels ceux d'une bête sauvage près de bondir.

Sa voix n'était plus agréablement modulée, mais franchement insolente : « Ce que j'ai… Woodrow ? Moi ? Posez-vous donc la question… »

Woodrow répliqua avec colère : « Cela suffit, Yaeger. Vous avez beau être un de mes parents éloignés, cela ne – cela ne vous autorise pas à me manquer de respect, et à hausser le ton au risque d'alarmer mon personnel. Cet "horrible événement" – dont vous m'avez fait part – montre bien le danger qu'il y a à se laisser gouverner par ses émotions. Il nous faut une… une civilisation de la *loi*… et non… et non l'anarchie. »

Avec entêtement, Yaeger insista encore : « En parlerez-vous au moins à Winslow Slade ? S'il pouvait en faire le sujet de son prêche, ce dimanche – voilà qui serait noble et courageux de la part de Princeton ; la presse s'en ferait peut-être l'écho. Et si le président de Princeton, Woodrow Wilson, commentait publiquement les faits, lui aussi…

– Je vous ai dit que je ne pouvais discuter de cela, maintenant, Yaeger ! J'ai un rendez-vous à 3 h 15, et je… je ne me sens pas vraiment très bien, après notre conversation.

– Vous m'en voyez désolé. Profondément désolé. »

(Le ton de Yaeger était-il sarcastique ? Woodrow ne pouvait se résoudre à le croire.)

Il avait envie de protester qu'il était un ami de la race nègre, incontestablement !

Il était un *démocrate.* Dans tous ses discours publics, il parlait d'*égalité.*

Non qu'il fût pour autant partisan du suffrage des femmes. Très peu de ses relations proches, sa chère épouse y compris, soutenaient une extravagance aussi *contre nature.*

Woodrow aurait aimé expliquer à Yaeger l'équité invariable et explicite dont il avait toujours fait preuve à l'égard des Nègres. En dépit des protestations de certains des administrateurs et des enseignants, non seulement il avait insisté pour que Booker T. Washington fût invité à son investiture, en sa qualité de Nègre raisonnable et cultivé, prônant le « gradualisme » des réformes raciales, au contraire du radical W. E. B. Dubois, mais il avait demandé que l'enseignant noir fût autorisé à prononcer l'un des discours de la cérémonie, au côté des personnalités blanches les plus éminentes de l'époque.

De plus, Booker T. Washington avait été convié à un déjeuner de remise des diplômes à Prospect House, où avec une parfaite décontraction il avait pris place parmi les autres invités ; il n'avait néanmoins pas été invité au somptueux dîner, donné la veille au Nassau Club, ce Club n'admettant pas les Nègres (domestiques exceptés) dans ses bâtiments. *Là*, le président Wilson n'avait pu intervenir, étant donné que le Nassau Club était un club privé.

Par ailleurs, le professeur van Dyck, du département de philosophie, racontait souvent qu'un certain révérend Robeson, de l'église presbytérienne de Witherspoon Street, avait souhaité s'entretenir avec le président de l'université de Princeton afin de solliciter l'admission de son fils Paul, qui était selon lui un étudiant et un sportif « remarquable ; se doutant à peine de l'audace de cette requête extraordinaire, tant Woodrow Wilson avait mis de courtoisie à l'écouter, et d'élégance à y répondre : « Je suis certain que votre fils est "remarquable", mon révérend. Mais les temps ne sont pas encore tout à fait mûrs pour l'inscription d'un jeune Nègre à Princeton – et je crains qu'ils ne le soient pas avant longtemps. » Pourvu que les Nègres – les *moricauds*, comme on les appelait plus affectueusement – sachent rester à leur place et se montrent bons domestiques et bons ouvriers, le Dr Wilson avait dans l'ensemble fort peu de préjugés à leur égard.

« Oui, dit Yaeger, remuant le couteau dans la plaie, avec la cruauté d'un adolescent envers son père, il serait tragique que vous ne vous sentiez "pas vraiment bien" – du fait de ma requête importune. »

Dans un coin de son esprit, ou de son cœur, qu'il n'avait pas aussi calleux que Yaeger Ruggles semblait l'insinuer, Woodrow était profondément blessé que le jeune homme pour qui il avait tant d'affection semblât maintenant ne plus en avoir pour *lui*.

« Il y a là un mystère, Yaeger, dit-il avec raideur. Pourquoi ce sujet vous *importe-t-il* autant ?

– Un "mystère" ? Croyez-vous, Woodrow ? » répondit Yaeger, avec ce sourire insolent qui ne quittait pas ses lèvres, un sourire sans joie, une grimace de gargouille. Lui aussi était agité, et même tremblant, mais à l'instant de quitter le bureau du président il ne put s'empêcher de décocher la flèche du Parthe : « Vous ne m'avez jamais regardé avec assez d'attention, "cousin Woodrow". Si vous l'aviez fait, ou si vous étiez capable de cette perspicacité, vous sauriez très exactement pourquoi cela *m'importe* autant, à moi et à d'autres comme moi dans ces maudits États-Unis d'Amérique. »

Alors que Yaeger se détournait avec mépris, brusquement, Woodrow vit : il vit les traits du jeune homme, ses lèvres, son nez, la texture et la teinte de sa peau, et même l'imperceptible

« crêpelure » de ses cheveux – il vit et, avec un frisson d'horreur nauséeuse, il comprit.

MONSIEUR LE PRÉSIDENT ! Oh… monsieur Wilson !

Vous sentez-vous bien ? Vous êtes-vous blessé ? Laissez-nous vous aider à vous relever… à vous asseoir dans votre fauteuil…

Faut-il appeler le Dr Hatch ? Faut-il appeler… Mme Wilson ?

Ni le Dr Hatch ni Mme Wilson ne furent appelés. Car Woodrow se remit entièrement, en l'espace de quelques minutes.

Néanmoins, il avait soupé de Nassau Hall pour ce jour-là.

Les jambes encore flageolantes, le visage livide, Wilson tint cependant à regagner seul la demeure présidentielle de Prospect House, située au cœur du campus universitaire : un exemple austère d'architecture italianisante, dû à l'architecte John Notman, où le président avait son *foyer*.

Un bocal à poissons plutôt qu'une maison, jugeait Woodrow. Ellen et leurs filles s'y sentaient mal à l'aise – car des étudiants farceurs pouvaient aisément en faire le tour, dans l'obscurité, glisser un œil par les fenêtres, l'interstice des rideaux.

Prospect n'en était pas moins une demeure fort séduisante et très imposante. Woodrow se félicitait quotidiennement que ce fût lui, et non un autre, que le destin eût choisi d'y placer.

Par bonheur, Ellen était sortie. Les filles étaient encore à l'école. Clytie et Lucinda faisaient la lessive au sous-sol – l'odeur du linge mouillé, et une autre, plus prenante et plus âcre, de détergent ou de savon de soude, firent remonter en Woodrow une de ses *bouffées nostalgiques* d'enfance, qui augmenta encore son sentiment de malaise et d'appréhension.

C'était une maison de *femmes*. Bien souvent, il y *étouffait*.

Cet après-midi-là, cependant, il put gagner sans empêchement la pénombre de la grande chambre à coucher où, dans l'intimité de sa garde-robe, il choisit à son aise un comprimé, et un deuxième, et un troisième, dans son arsenal de cachets, drogues et « toniques » – qui le disputait à celui qu'avait eu autrefois sa mère.

La mère bien-aimée de Woodrow ! Comme elle lui manquait, surtout dans ses moments de faiblesse !

Elle aurait su le guider. *Elle* aurait su lui indiquer la conduite à adopter contre ce fléau de West.

Quant à l'horrible lynchage du Klan – jamais Mme Wilson n'aurait abordé un sujet aussi obscène, à supposer qu'elle en eût seulement entendu parler.

Car certaines choses sont trop horribles pour que les femmes en aient connaissance. Les femmes vertueuses et respectables, du moins.

Il est de la responsabilité d'un homme de les protéger. Qu'elles sachent tout ce qu'il nous faut savoir ne peut apporter rien de bon.

Les parents sudistes de Woodrow auraient souligné que la violence de la populace à l'encontre des Nègres était une conséquence de l'abolition de l'esclavage – la faute, s'il y avait faute, devait être imputée aux véritables responsables : les abolitionnistes et bellicistes républicains.

La défaite de la Confédération avait été la défaite… d'une forme de civilisation supérieure à celle des vainqueurs.

Quelle révélation abominable lui avait faite Yaeger Ruggles ! – dire qu'il avait eu de l'affection pour ce jeune homme et que, hâtivement peut-être, il l'avait nommé précepteur de latin.

Cette nomination, il lui faudrait la reconsidérer.

Et peut-être aussi devrait-il rencontrer en privé le révérend Shackleton, responsable du séminaire théologique de Princeton.

Injustes ! Grossières ! Les accusations portées contre lui par Yaeger Ruggles.

Dans ces moments de détresse, Woodrow avait coutume d'imbiber une compresse d'eau froide, de s'étendre sur son lit et de placer la compresse sur ses yeux douloureux. Très vite alors, dans un frisson voluptueux, il s'abandonnait à… il ne savait quoi.

Le royaume des Marécages. L'invitant à entrer ! Ah, entrer !

Là, tous les souhaits se réalisent. Et les plus interdits sont les plus délicieux.

Il n'avait pas eu la force de se déshabiller. Seules ses chaussures noires vernies avaient été retirées. Placées avec soin côte à côte sur le tapis.

Woodrow bougeait si peu dans son sommeil qu'il ne risquait guère de froisser sa chemise de coton blanc, son gilet et son pantalon parfaitement repassé. Si immobile qu'il ne risquait pas de transpirer ni de mouiller ses vêtements.

Et cependant ses pensées bourdonnaient comme des frelons furieux.

Je ne peux pas en parler à Ellen. La pauvre femme serait effarée, affolée – ce jeune « cousin » sournois est venu chez nous, à mon invitation ; il s'est assis à la table de ma salle à manger ; il a conversé avec mes filles chéries…

La révélation lui apparaissait maintenant dans toute son horreur – le danger auquel il avait exposé, en toute ignorance, sa Margaret, sa Jessie et son Eleanor.

2.

Ce fut un rendez-vous nocturne et secret, la veille du mercredi des Cendres, lequel n'est mentionné dans aucun document, excepté, sous forme codée, dans les entrées de mars 1905 du journal de Woodrow Wilson[1].

Ce fut, pourrait-on dire, un rendez-vous *clandestin.* Car c'est ainsi que, dans le trouble qui l'agitait, Woodrow Wilson se le représentait.

Je l'implorerai. Je m'humilierai et implorerai son aide.

Je ne suis pas fier… plus maintenant !

Cette rencontre, plus que l'entretien de Wilson avec son jeune parent impétueux Yaeger Ruggles, signale la première véritable émergence de la Malédiction ; à la façon dont un symptôme précoce, discret et aisément dédaigné marque l'émergence à venir d'une maladie fatale.

De même, on pourrait dire que les premiers symptômes de la dépression, de l'attaque et de l'ébranlement nerveux de Woodrow Wilson en mai 1906 se trouvent préfigurés, ici, dans les événements de cette journée, insoupçonnés de lui-même, de sa famille et de ses amis les plus éprouvés.

Car ce soir-là, après le dîner, se sentant plus robuste, en dépit des mille inquiétudes qui l'assaillaient, Woodrow décida de se rendre à pied, par les rues ventées, à Crosswicks Manse, la propriété familiale des Slade d'Elm Road. Il avait en effet demandé à s'entretenir, en privé et en secret, avec le révérend Winslow Slade à 22 heures précises ; Woodrow, qui avait une prédilection enfantine pour ce genre de stratagème quand il voulait se soustraire à l'attention importune d'autrui, devait entrer dans la digne demeure de pierre par une petite porte conduisant directement dans la bibliothèque du révérend

1. Ce journal, figurant dans les Collections spéciales de la bibliothèque Firestone, a aimablement été mis à ma disposition par son directeur, lequel ne se doutait pas – comment aurait-il pu savoir ? – que, de tous les chercheurs s'étant mesurés aux *cinq tonnes* de documents wilsoniens, moi seul suis parvenu à percer ce code ingénieux.

Slade, et éviter ainsi les grandes pièces de réception. Car il ne s'agissait pas d'une *rencontre mondaine* – il était donc inutile que le personnel de maison ou les membres de la famille du Dr Slade en soient informés.

Faire l'objet de *conjectures,* de *ragots* était bien la dernière chose que souhaitait Woodrow Wilson.

Son sens de la dignité, oui, et sa fierté étaient tels qu'il ne supportait pas de voir sa réputation, ses motivations, ainsi salies.

Car il commençait à être su à Princeton cette année-là, la quatrième et la plus tumultueuse de sa présidence, que Woodrow Wilson se heurtait à une opposition sournoise, implacable et organisée, habilement conduite par le doyen Andrew Fleming West, dont la position administrative à l'université précédait l'entrée en fonctions de Woodrow ; et qui, disait-on, gardait une profonde rancune de ce que le conseil d'administration, après lui avoir plus ou moins promis la présidence, l'eût inexplicablement offerte à son jeune rival Woodrow Wilson, qui n'avait pas eu l'élégance de se désister en sa faveur.

Tout cela empoisonnait l'atmosphère, et l'existence de Woodrow ; son estomac et ses intestins s'en ressentaient tout particulièrement ; presque aussi vulnérable, son pauvre cerveau douloureux bourdonnait jour et nuit comme un nid de frelons en folie. Néanmoins, en administrateur responsable et en fin politique, il parvenait presque toujours à dissimuler son état, y compris en présence de West, qui le traitait lui aussi avec une feinte courtoisie, à la façon de ces hypocrites mielleux des comédies de Molière qui, à coups de clins d'œil, s'assurent injustement la sympathie du public au détriment du héros idéaliste.

Comme on l'aurait fait d'un fardeau encombrant, d'une malle-cabine, par exemple, remplie de vêtements devenus inutiles, de chaussures et du bric-à-brac d'une existence parfaitement ordinaire et non interrogée, Woodrow Wilson comptait apporter cette anxiété pesante à son mentor et s'en décharger aux pieds de son aîné.

Ce ne serait pas la première fois que « Tommy » Wilson irait clandestinement demander secours à « Win » Slade ; mais ce serait la dernière[1].

« Bonjour, Woodrow ! Entrez, je vous en prie. »

Une rafale de vent, aux accents ironiques, pénétra avec Woodrow dans la bibliothèque du vieil homme.

Le révérend Slade serra la main de son hôte, plutôt froide et molle ; un frisson sembla passer de l'un à l'autre, troublant légèrement le pasteur.

« J'imagine que quelque chose vous préoccupe, Woodrow ? J'espère qu'il ne s'agit pas… de votre famille ? »

Les deux hommes avaient parfois échangé quelques considérations, anxieuses de la part de Woodrow, rassurantes et réconfortantes de la part de Winslow, sur les « rapports conjugaux » de Woodrow – (par quoi il ne faut pas entendre « rapports sexuels » – jamais les deux hommes n'auraient discuté d'un sujet aussi péniblement intime) – et sur sa déception de n'avoir *que des filles.*

---

1. Afin de donner forme à mon énorme chronique, qui emprunte à d'innombrables sources, je compte faire des « sauts en avant » dans le temps chaque fois que cela semblera utile. Il me faut également noter ici que Thomas Woodrow Wilson, né en 1856, comprit très vite l'avantage, pour un jeune homme ambitieux, d'un prénom plus singulier : *Woodrow* Wilson. Il affirmait fièrement, quoique avec un brin de fantaisie, que sa famille remontait à un certain « Patrik Wodro », qui avait traversé la Manche avec Guillaume le Conquérant ; et que personne ne s'était encore fait un nom dans la politique américaine, qui ne fût pas d'origine anglo-écossaise – affirmations quelque peu contradictoires, semble-t-il.

Essoufflé d'avoir marché le long d'une route balayée par le vent, où les lampadaires étaient rares, et où il n'avait eu pour le guider que la faible clarté des étoiles et d'une lune voilée, Woodrow dévisagea un instant son ami sans comprendre sa question. *Famille ?* Winslow Slade faisait-il allusion à son « cousin » éloigné – Yaeger Washington Ruggles ?

Puis il comprit que, bien entendu, Winslow parlait de sa femme, Ellen, et de leurs filles. *Famille.*

« Non, Winslow. Tout va bien de ce côté-là. (Était-ce vrai ? La question était si souvent posée que la réponse tombait immédiate, automatique.) C'est d'un autre sujet que je suis venu vous parler. Mais… j'ai terriblement honte.

– “Honte” ? Pourquoi ?

– Il faut néanmoins que j'épanche mon cœur, Winslow. Je n'ai personne d'autre que vous.

– Je vous en prie, Woodrow ! Asseyez-vous. Là, près du feu, car vous m'avez l'air frigorifié. Voudriez-vous boire quelque chose… pour vous réchauffer ? »

Non, non ! Woodrow buvait rarement.

Par aversion personnelle, ou, s'il y réfléchissait, par répugnance pour les excès de boisson qu'il avait eu l'occasion d'observer dans certaines familles du Sud.

Il frissonna et s'assit près de la cheminée, face à son hôte affable. Par nervosité il retira ses lunettes et les astiqua avec vigueur, une habitude qui en agaçait certains, mais Winslow Slade y fit à peine attention.

« C'est si paisible, ici ! Merci de prendre le temps de bavarder avec moi, docteur !

– Mais c'est tout naturel, Woodrow. Vous savez que je serai toujours là, en qualité d'ami et de “conseiller spirituel”, chaque fois que vous le souhaiterez. »

Les nerfs à fleur de peau, Woodrow parcourut du regard la bibliothèque, qu'il ne contemplait jamais sans respect et admiration, quoiqu'il la connût bien. C'était en effet l'une des merveilles du West End de Princeton, car le pasteur presbytérien en semi-retraite possédait un exemplaire (à peine endommagé et presque complet) de la légendaire bible de Gutenberg de 1445, disposé sur un pupitre, à côté de son bureau en acajou sculpté ; sur un autre présentoir se trouvait une édition de 1895 de l'*Oxford English Dictionary.* Il y avait également des premières éditions d'ouvrages de Goethe, Kant, Hegel, Fichte, Schelling, Schleiermacher, Ritschl, James Hutchinson Stirling et Thomas Carlyle, pour ne citer que ceux-là. Le Dr Slade avait étudié les humanités dans sa jeunesse et possédait donc des œuvres en grec de Platon, Aristote, Épicure, Eschyle, Sophocle, Euripide…, ainsi que des textes latins – Virgile, César, Cicéron, Sénèque, Tite-Live, Caton, mais aussi (étonnamment, étant donné la nature purement païenne de leurs vers) Ovide, Catulle et Pétrone. Naturellement il y avait aussi les classiques anglais – les œuvres complètes, reliées en cuir, de Chaucer, Shakespeare, Milton, Dryden, Pope, Swift, Samuel Johnson, et ainsi de suite jusqu'aux romantiques – Wordsworth et Coleridge, Byron, Shelley, Keats, et le malheureux John Clare, qui passait pour l'auteur préféré du Dr Slade. La bibliothèque avait été conçue par le célèbre architecte John McComb, connu pour avoir dessiné les plans de la maison de campagne d'Alexander Hamilton[1] : elle se distinguait par un plafond à caissons, des murs tendus de cuir repoussé du XVe siècle (venant, disait-on, de la maison du Titien) et des portraits d'ancêtres de la

1. Alexander Hamilton (1755-1804), aide de camp du général Washington, premier secrétaire au Trésor de l'histoire des États-Unis, mort en duel en 1806. (*NdT*)

famille Slade aussi illustres que le général Elias Slade, le révérend Azariah Slade et le révérend Jonathan Edwards (apparenté aux Slade par mariage) – tous servis par le pinceau puissant de John Singleton Copley. Des portraits, daguerréotypes et dessins des fils du Dr Slade, Augustus et Copplestone, et de ses petits-enfants, Josiah, Annabel, Todd et Oriana, étaient également accrochés aux murs, juste derrière le bureau du Dr Slade ; et il convient de les mentionner ici, étant donné que tous, à l'exception de la petite Oriana, occuperont une place importante dans cette chronique.

(Est-ce assez discrètement fait ? Je suis un historien, et non un styliste ; il me faut donc « intercaler » ce genre de détail très délibérément, de sorte que le lecteur les remarque ; en veillant néanmoins à ne pas offusquer le lecteur sensible par une insistance trop explicite.)

Dans cette pièce élégante, occupant une place d'importance, une cheminée aux proportions majestueuses et, gravé en lettres gothiques sur son manteau de marbre, les mots HIC HABITAT FELICITAS – qui retinrent le regard de Woodrow, comme chaque fois qu'il rendait visite à Winslow Slade. Avec un sourire morose, il se pencha pour effleurer l'inscription ciselée, disant : « *Ici,* docteur, je ne doute pas que le bonheur demeure ; mais chez moi, et dans le bureau du président de Nassau Hall… c'est peu probable. »

Pendant la conversation qui suivit, le feu flamba et déclina ; et flamba de nouveau, et de nouveau déclina ; jusqu'à ce que, sans qu'aucun des deux hommes le remarque, les bûches s'émiettent en charbons fumants, tels de lointains soleils agonisants sombrant dans les ténèbres et le néant, que même les coups de tisonnier tardifs du plus jeune ne pourraient ranimer.

À CETTE ÉPOQUE, avant que les terribles assauts de la Malédiction ne le vieillissent prématurément, Winslow Slade, en semi-retraite après son long pastorat dans la première église presbytérienne de Princeton, était un gentleman vigoureux de soixante-quatorze ans, qui en paraissait dix de moins ; alors que son visiteur, qui n'avait pas encore la cinquantaine, paraissait à l'inverse, avec son visage tendu et les ombres dont le feu cernait ses yeux, au moins dix ans de plus que son âge.

Depuis la mort de sa seconde épouse Tabitha, quelques années auparavant, le Dr Slade était resté veuf, et seuls ses nombreux petits-enfants lui apportaient encore une joie mélancolique.

Quoique tombé aujourd'hui dans un oubli quasi total, et uniquement connu des historiens de cette période, Winslow Slade était, dans les premières années du XXe siècle, l'un des citoyens les plus en vue du New Jersey : il avait présidé l'université de Princeton, trois décennies auparavant, dans les suites troublées de la guerre de Sécession et les premières années de la Reconstruction, alors que l'état des études y était alarmant, et il y avait instauré un certain niveau d'excellence et de discipline ; puis, à la fin des années 1880, il avait été gouverneur du New Jersey l'espace d'un mandat, dans une période particulièrement tumultueuse et partisane où un gentleman de sa qualité, affable de nature, plus enclin au compromis qu'à l'affrontement, et chrétien jusqu'au bout des ongles, avait trouvé la « politique » bien trop éprouvante pour souhaiter se représenter. À Princeton, où l'on était bien plus civilisé qu'au congrès de l'État de Trenton, Winslow Slade était un pasteur de l'Église presbytérienne fort aimé, et une autorité morale unanimement révérée ; bien davantage que Woodrow Wilson pouvait jamais espérer l'être !

Non qu'il fût jaloux de son aîné : il ne l'était pas. Mais, très consciemment, il *souhaitait apprendre* de son aîné.

Winslow Slade, qui en savait vraisemblablement assez long sur l'animosité qui fleurissait entre le président de l'université et son doyen le plus puissant, grâce au réseau d'informations de son épouse défunte, demanda cependant avec tact à son jeune ami si ses préoccupations avaient à voir avec le corps enseignant… ou avec les étudiants ?

Woodrow répondit à contrecœur : « Non, docteur. Je pense avoir conquis nos jeunes gens, après une certaine froideur initiale – ils m'aiment bien, à présent. Cette génération se préoccupe davantage de faire son chemin dans le monde que je ne le souhaiterais, mais nous nous comprenons. » Distraitement, Woodrow prit sur le bureau de Winslow Slade un coupe-papier en laiton, avec lequel il se mit à jouer. Un mince sourire détendit ses lèvres. « J'accueillerais avec plaisir les espiègleries de ces jeunes gens, au point où j'en suis, si cela pouvait m'épargner l'autre.

– "L'autre"… ? »

Un instant, Woodrow perdit le fil de sa concentration : il entendait une voix assourdie, mais véhémente, qui osait l'accuser. *L'horreur du lynchage est que personne n'y met un terme, personne ne le condamne.* Derrière le miroitement argenté de ses lunettes, des larmes de contrariété lui vinrent aux yeux. Le petit coupe-papier lui échappa des mains et tomba sur le bureau. « Je veux parler de… de certains défis sournois à mon autorité de président de notre université. Vous savez, docteur, que je considère tenir ma charge… eh bien, de la volonté divine ; cet honneur exceptionnel ne m'aurait assurément pas été conféré si Dieu *ne l'avait pas souhaité.* Je suis donc déconcerté par les insultes calculées, les médisances malveillantes et les manigances de mes collègues – et leur collusion secrète avec le conseil d'administration. Vous devez certainement savoir que mes ennemis conspirent contre moi – des escarmouches qui n'ont pas la dignité d'une *bataille*, et encore moins d'une *guerre* déclarée. »

Il s'ensuivit un silence gêné. Winslow Slade contemplait son ami avec une affection grave, ne sachant que répondre. On savait parmi les intimes de Woodrow Wilson, qui gardaient assez bien le secret, que le président avait déjà souffert de mystérieux effondrements au cours de sa vie, le premier remontant à son adolescence ; Woodrow avait même eu une « légère » attaque à l'âge précoce de trente-neuf ans. (Il enseignait alors la jurisprudence à Princeton, préparait ses cours avec énormément de zèle et d'ardeur et travaillait à son *Histoire du peuple américain,* dont les nombreux volumes assoiraient un jour sa réputation.) À présent, dix ans plus tard, Woodrow avait les nerfs si tendus qu'il ressemblait parfois à une marionnette agitée par des doigts capricieux et cruels. Comme tout homme sensible et fier, il répugnait à être réconforté.

Avec un sourire ironique, il confia à son ami que, en raison de la pression à laquelle il était soumis, il avait de tels élancements de douleur dans la tête et l'abdomen pendant ses longues nuits d'insomnie qu'il lui arrivait de se demander si ses ennemis – (« menés par ce carriériste dont je préfère taire le nom ») – ne dévoraient pas son âme, comme une sinistre espèce d'araignée géante vide de son suc la grenouille impuissante dont elle fait sa proie.

Winslow répondit, avec un sourire crispé : « Mon cher ami, j'aimerais vous voir bannir de votre vocabulaire des mots tels que *bataille, guerre, ennemi*... et peut-être même *âme.* Car il est dans votre nature de prendre un peu trop au sérieux des affaires de dimension locale et passagère, et vous voyez une *conspiration* dans ce qui n'est peut-être qu'une saine différence d'opinion. »

Woodrow dévisagea son ami avec une expression blessée et inquiète.

« "Une saine différence d'opinion" ? Je ne comprends pas, Winslow. C'est une question de vie ou de mort – ma vie ou ma mort de président de l'université.

– Que le nouvel institut d'études supérieures soit construit au cœur du campus ou, comme le préfère le doyen West, sur ses bords ? C'est une question de vie ou de mort ?

– Oui ! Oui, parfaitement. Et il y a aussi les *eating clubs* – mes ennemis se liguent contre moi pour ruiner mon projet de *colleges* à l'intérieur de l'université –, un projet d'une nature démocratique. Selon moi, vous le savez, la plus haute instance exécutive doit centraliser le pouvoir – que le chef de l'exécutif soit le président des États-Unis ou celui d'une prestigieuse université. Or ici même, chez moi, je me heurte à une *mutinerie.*

– Voyons, Woodrow ! Une "mutinerie", dit Winslow Slade, en souriant.

– Oui, une *mutinerie* ! répéta Woodrow, d'un air sombre, et je ne doute pas qu'ils se rencontrent secrètement en cet instant même, non loin d'ici. »

Car Woodrow avait appris, par une remarque qu'avait faite Mme Wilson au retour d'un déjeuner au Club des femmes de Princeton, deux jours auparavant, que les Burr de FitzRandolph Place avaient invité Andrew Fleming West à un dîner auquel les Wilson n'avaient ostensiblement pas été conviés.

Winslow Slade murmura que tout cela ne présageait rien de bon pour l'université, si c'était vrai ; et moins encore pour Woodrow et sa famille.

« *C'est* vrai, docteur, fit Woodrow, avec irritation. On prédit en ville que je serai "débordé" avant Pâques, coincé comme un rat et forcé de démissionner de la présidence ! N'allez pas le nier par souci de bonté ou de charité, je vous en prie, car je sais très bien qu'on ne parle que de cela à Princeton – même les laveuses, les domestiques noirs, la plus basse racaille, tout le monde se réjouit de ma détresse. »

Winslow Slade se pencha alors pour poser une main sur le bras de son jeune ami. « Tommy – vous permettez que je vous appelle "Tommy" ? –, j'espère que vous vous rappelez le conseil que je vous ai donné lorsque vous avez accepté l'offre du conseil d'administration : "Un administrateur avisé n'admet jamais avoir des ennemis, et un administrateur plus avisé encore n'a jamais d'ennemis."

– Un lieu commun, monsieur, si je puis me permettre, dit Woodrow, avec une contrariété croissante – qui aurait pu être servi aux "ennemis" de Napoléon quand ils étaient balayés et écrasés par ses armées. Il vous est facile de raisonner ainsi – vous qui n'avez jamais eu un ennemi de votre vie, et dont Dieu a béni toutes les entreprises !

– J'ai eu mon lot d'ennemis politiques quand j'étais gouverneur de cet État, dit Winslow. Je crois que vous oubliez les vicissitudes de la réalité, dans vos fantasmagories allégoriques. »

Woodrow, qui marchait de long en large devant la cheminée, se mit à parler vite, sans lui prêter attention. Il dit que sa santé préoccupait Ellen et ses filles, qui « se rongeaient d'inquiétude » ; son médecin, Melrick Hatch, l'avait averti que les médicaments palliatifs qu'il prenait depuis des années pour se calmer les nerfs pourraient bientôt produire un effet « inverse ». (L'un de ses médicaments était le Sirop apaisant de Mme Wycroff, à base de morphine ; un autre, les losanges de glyco-héroïne McCormick pour la gorge ; un autre encore, l'antiseptique de Boehringer & Soehne, à haute teneur en opium. Woodrow était également adepte de remèdes de bonne femme tels que le calomel sirupeux, le bismuth et l'huile d'Olmay, le cascara sagrada et le purgatif de Tidwell.) De nouveau Woodrow se saisit du coupe-papier en laiton et le tourna entre ses doigts – « Le doyen, paraît-il, se fait fort de me “pousser dans la tombe avant l’heure” et de me remplacer à la tête de l’université. Et il a pour lui une majorité d’administrateurs.

– Woodrow, je vous en prie ! C’est indigne de vous. Le doyen et vous devriez vous rencontrer, et mettre un terme à ces manigances absurdes. J’imagine qu’Andrew fait lui aussi le tour de Princeton en se plaignant de vous, et en déclarant que *vous* le pousseriez volontiers dans la tombe avant son heure. »

Woodrow se raidit. Car, en effet, il lui avait souvent traversé l’esprit, même pendant les services dominicaux, quand, agenouillé en prière, il se sentait un vaisseau vide attendant d’être rempli par la grâce, que, si *quelque chose arrivait* à son ennemi Andrew Fleming West, sa vie serait bien plus facile !

« Toute opposition à mes idées se dissiperait aussitôt comme une fumée inoffensive. *Toute opposition.*

– Qu’avez-vous dit, Woodrow ? »

Avait-il parlé tout haut ? Il était certain du contraire.

Winslow Slade reprit, calmement mais avec force : « J’ai parfois l’impression que vous ne me connaissez guère, Tommy – ni moi ni personne d’autre, d’ailleurs –, tant vous vous entourez des créations de votre imagination ! Vous prétendez par exemple que je n’ai eu aucun ennemi au cours de ma carrière, et que Dieu a “béni” toutes mes entreprises ; vous devez pourtant savoir que c’est loin d’être le cas. L’opposition a été véhémente à l’université quand j’ai imposé ma “réforme” du cursus et tenu à durcir les critères d’admission ; une quasi-révolte des administrateurs. Et ensuite, quand j’ai gouverné cet État querelleur et politicard, j’ai connu bien des jours où, fourbu comme un vieux soldat couvert de blessures, il me fallait toute la consolation de ma religion, et de mon Église, pour ne pas sombrer dans le désespoir. Je m’efforçais cependant de ne me pas plaindre, même à ma chère Oriana ; je m’efforçais de ne jamais faire de remarques ou de dénonciations inconsidérées en public. Ce n'est pas conforme à notre dignité. Rappelez-vous le Socrate condamné du *Criton* – un personnage public de soixante-dix ans, condamné à mort par l'État : Socrate estimait que l'on doit se soumettre aux lois de son pays et de son temps, et que la mort est préférable au bannissement. J'ai donc longtemps gardé mes pensées pour moi, et mes proches eux-mêmes n'ont rien su de mes luttes intérieures. Voilà pourquoi, cher Tommy, au déclin de ma vie, je ne peux me laisser entraîner de nouveau dans la "politique". Je sais que votre charge est pour vous une mission sacrée, très semblable à celle de la chaire ; vous êtes le fils de votre père, par bien des côtés ; et vous avez dépensé une énergie surhumaine ces derniers mois. Mais vous devez vous rappeler que l'université n'est pas l'Église, Woodrow ; et que, si splendide qu'ait été votre investiture, elle n'en était pas pour autant une *ordination.* » Il fit une pause pour s'assurer de l'effet de ses paroles. C'était mal connaître Winslow Slade que de le croire incapable de sarcasme ou d'ironie parce qu'il était incapable de duplicité, et prêt à souffrir toutes les sottises parce qu'il était naturellement bon et généreux. « Le *compromis*, président Wilson, voilà le conseil que je vous donne – *faites des compromis.* »

Woodrow réagit comme un enfant qui a reçu une tape. Lentement, l'air hébété, il s'assit dans son fauteuil, face à son hôte. Les lueurs mourantes du feu jouaient sur ses traits tendus ; le miroitement de ses lunettes dissimulait son regard blessé. « Des *compromis* ! dit-il d'une voix rauque. Quelle étrange proposition ! C'est… *faiblesse, couardise* ! Notre Sauveur a-t-il fait des *compromis* ? A-t-il *négocié* avec ses ennemis ? Mon père m'a enseigné que, soit on est dans le vrai et obligé d'agir en conséquence, soit on est dans l'erreur et tenu d'abandonner le calice à un autre. Jésus a déclaré : "Je n'apporte pas la paix, mais le glaive." Notre Seigneur ne déclare-t-il pas partout dans Ses Saintes Écritures que l'on est soit pour Lui, soit contre Lui ? J'ai lieu de croire que le compromis est à l'origine de tous nos maux, docteur Slade. Notre grand président Lincoln n'a pas fait de compromis avec les esclavagistes, ni nos ancêtres puritains avec les Indiens qu'ils découvrirent dans le Nouveau Monde, des païens, des "sauvages", à qui on ne pouvait faire confiance. Vous ne le savez peut-être pas, Winslow, mais, des Campbell d'Argyll jusqu'à aujourd'hui, les Wilson ont toujours eu pour devise : *Dieu nous garde des compromis.* »

Comme Winslow conservait le silence, se contentant de hocher la tête avec une expression impénétrable, Woodrow lança, assez sèchement : « Nous sommes fiers de notre héritage ! Et ce serait manquer à mon père, comme à ma conscience, que de faiblir dans ce combat. »

Winslow dit, avec douceur : « Mais après tout, Tommy, vous *n'êtes pas* votre père, si attaché et si fidèle que vous soyez à sa mémoire. Rappelez-vous qu'il n'est plus de ce monde ; voilà plus d'un an qu'il a disparu. »

À ces mots, Woodrow regarda fixement un coin de la pièce, comme pris au dépourvu : *son père était-il mort ?*

Et quelque chose… quelqu'un d'autre, une autre voix le tourmentait, montait par vagues à l'assaut de son esprit – *Vous pouvez vous élever contre ces atrocités. Des chrétiens tels que vous.*

Gauchement il retira ses lunettes. Sa vue n'avait jamais été bonne ; dans son enfance, lettres et chiffres avaient « dansé » devant ses yeux, lui rendant très difficile la lecture et l'arithmétique ; il avait néanmoins persévéré jusqu'à devenir un élève exceptionnel et, dans sa jeunesse, il avait invariablement été l'élément exceptionnel de toutes les classes, établissements et groupes où il s'était trouvé. *Promis à un grand avenir. Mais tu dois pratiquer l'humilité, et non l'orgueil.*

Woodrow s'essuya les yeux sur la manchette de sa chemise, à la façon d'un enfant. Il semblait en effet ne pas se rappeler que Joseph Ruggles Wilson, son père, avait disparu ; dans cet autre monde mystérieux où sa mère avait elle-même disparu alors qu'il avait trente-deux ans et que sa première fille, Margaret, venait de naître. « Vous avez raison, Winslow… bien sûr. Père est mort depuis plus de deux ans. Il est entré dans la "Grande Nuit" – et demeure maintenant auprès de son Créateur, comme il est dit. Pensez-vous que ce soit une autre réalité contiguë à la nôtre, bien qu'inaccessible ? Ou bien… *est-elle accessible* ? Je suis intrigué par ces "spiritualistes" – j'ai lu leurs exploits, à Londres et à Boston… Bien qu'il soit dit décédé, je me demande souvent si père a entièrement disparu. *Requiescat in pace*. Mais… est-il en paix ? Les morts sont-ils jamais… en paix ? Ou souhaitons-nous seulement qu'il en soit ainsi afin de pouvoir nous croire libérés de leur emprise ? »

À cette question, Winslow Slade, qui fixait le feu mourant, le visage caressé par des ombres mouvantes, n'avait apparemment pas de réponse toute prête.

REQUIESCAT IN PACE, telle est l'inscription simple, gravée sous le nom de WINSLOW ELIAS SLADE et les dates 14 DÉCEMBRE 1831 – 1er JUIN 1906 au front du mausolée de la famille Slade, qui se trouve dans la partie la plus ancienne du cimetière de Princeton, tout près du cœur de la ville. On dit que le malheureux gentleman, peu avant sa mort, avait exprimé le souhait que la sombre épitaphe *La souffrance fut mon lot* fût gravée sur sa tombe ; mais que son fils Augustus s'y était opposé.

« Nous les Slade, avons eu notre compte de *souffrance*, aurait-il déclaré, nous sommes maintenant préparés à la *paix*. »

C'était à une époque où la Malédiction de Crosswicks, ou, comme on l'appelle parfois, l'Horreur de Crosswicks, s'était enfin dissipée, ramenant à Princeton un semblant de paix.

Je me rends compte que le lecteur doit s'interroger : comment se fait-il que le révérend Winslow Slade, ce Princetonien aimé et révéré, le seul homme auprès de qui Woodrow Wilson cherchait conseil et réconfort, ait pu en arriver à ce point de désespoir ? *Comment est-ce possible ?*

Je n'ai que les innombrables faits que je suis parvenu à mettre au jour et à réunir, pour indiquer une explication plausible : le lecteur devra peut-être tirer ses propres conclusions.

Au moment où nous en sommes de notre récit, en ce mois de mars 1905 où Woodrow Wilson lui rend clandestinement visite, Winslow Slade a conservé beaucoup de sa prestance – ce mélange d'autorité, de dignité virile, de compassion et de patience chrétiennes, remarqué par ses nombreux admirateurs. Des qualités assurément héritées de ses ancêtres : car sa famille remontait du côté de son père à ces puritains, persécutés pour et conduits par leur religion, qui avaient cherché à se libérer de la tyrannie de l'Église d'Angleterre à la fin des années 1600 ; et, du côté de sa mère, à des immigrants anglo-écossais, installés dans la colonie de la Baie du Massachusetts au début du XVIIIe, qui avaient rapidement acquis une certaine aisance en commerçant avec l'Angleterre. Moins de deux générations plus tard, nombre de Slade avaient émigré physiquement de la Nouvelle-Angleterre à la région de Philadelphie/Trenton et, religieusement, de leur puritanisme rigide à l'ancienne au presbytérianisme de l'époque, relativement plus libéral, si teinté de déterminisme calviniste qu'il fût ; ceux-là étaient des chrétiens compatissants qui prirent parti contre l'exécution des quakers pour hérésie, cette obsession des Puritains. Quelque temps plus tard, à la bataille de Princeton de 1777, le général Elias Slade se distingua, de même que son compatriote, le lieutenant colonel Aaron Burr (Elias Slade, qui mourut à l'âge de trente-deux ans, avait courageusement renoncé à ses hautes fonctions au sein du Conseil du gouverneur royal et de la Cour suprême de la Province royale pour se ranger au côté de George Washington et de son mouvement révolutionnaire – une rébellion qui était loin de paraître aussi certaine et inévitable dans les années 1770 qu'on ne nous la présente aujourd'hui dans nos manuels d'histoire. Et quelle ironie du sort qu'Aaron Burr, un héros aux yeux de certains de ses contemporains, ait été ravalé à un rang presque aussi méprisable que son ancien compatriote Benedict Arnold[1] !)

C'était une caractéristique commune aux représentants masculins de la branche des Slade de Philadelphie/Trenton, si l'on en juge d'après leurs portraits, que d'avoir des yeux d'une extraordinaire intensité, enfoncés dans une tête de médaille ; le nez des Slade était généralement long, étroit, romain et un peu pincé du bout. Dans sa jeunesse et jusqu'à un âge avancé, Winslow Slade avait été considéré comme un homme séduisant : une taille supérieure à la moyenne, les cheveux prématurément argentés, les sourcils noirs et droits, une contenance étudiée et sévère, égayée par un sourire prompt et chaleureux – *trop prompt et trop chaleureux* aux yeux de certains détracteurs.

Car Winslow Slade avait l'ambition excentrique de vouloir se conduire en chrétien tous les jours – toutes les heures ! – de sa vie. De ce fait, il mettait souvent à rude épreuve la patience de ses proches, et plus encore de ceux qu'il côtoyait professionnellement.

---

1. Général de l'armée continentale pendant la guerre d'Indépendance. Il livra le fort américain de West Point aux Anglais. Le traître le plus connu de l'histoire américaine. (*NdT*)

« J'ai la conviction que notre époque composera, grâce à Winslow Slade, son *autobiographie spirituelle* », avait déclaré le célèbre révérend Henry Ward, en 1877, le jour où Winslow Slade avait été investi dans ses fonctions de président de l'université de Princeton.

Pasteur presbytérien populaire, ancien élève du séminaire théologique de l'Union, à New York, Winslow Slade était passé maître dans l'art de séduire de vastes assistances – voire de les subjuguer.

Pourtant, à la différence de prêcheurs tels que le révérend Beecher, Winslow Slade ne s'abaissait jamais à des procédés rhétoriques ni à de creuses fioritures oratoires. Ses textes bibliques étaient généralement connus de tous, sans pour autant être simples ; il ne cherchait pas à étonner, dérouter, amuser ni, comme certains hommes de robe, dont son formidable parent Jonathan Edwards, à terrifier ses fidèles. Son message paisible sur le caractère unique de la foi chrétienne – « prolongement et accomplissement nécessaires de la foi juive » – était que le chrétien doit choisir Jésus-Christ contre Satan *à chaque instant;* un héritage de ses ancêtres puritains, mais transmis de manière à ne pas alarmer ni effrayer ses fidèles sensibles.

Il n'est pas étonnant que les petits-enfants du révérend Slade l'eussent pris pour Dieu en personne – prononçant ses sermons dans la blancheur chaste de la première église presbytérienne de Nassau Street. Ces enfants étaient Josiah, Annabel et Todd ; et, plus tard, la petite Oriana ; quand ils fermaient les yeux pour prier, c'était le visage de leur grand-père Winslow qu'ils voyaient, et à leur grand-père Winslow qu'ils s'adressaient.

Maudits étant, pour l'essentiel, une chronique des petits-enfants Slade, il semble pertinent pour l'historien de noter que Winslow Slade aimait ces enfants d'un amour farouche, davantage, semble-t-il, qu'il n'avait aimé ses propres enfants, nés alors qu'il était plus profondément accaparé par sa carrière que par la vie familiale, comme bien des personnalités de la scène publique. En convalescence après un accès de grippe au début de la soixantaine, regardant Josiah et Annabel batifoler des heures durant dans le jardin de Crosswicks Manse, il avait déclaré à son médecin que c'était ces enfants, plus que tout autre remède, qui lui avaient rendu la santé.

« L'innocence des enfants ne répond pas à nos questions les plus fondamentales sur cette vallée de larmes à laquelle nous sommes condamnés, mais elle nous aide à les chasser. Voilà le secret de la vie de famille ! »

« ET COMMENT VA VOTRE FILLE Jessie ?

– Jessie ? Ma foi… Jessie va bien, je pense. »

Âgée de dix-huit ans, Jessie, la plus jolie des filles de Woodrow, devait être demoiselle d'honneur au mariage d'Annabel, la petite-fille de Winslow Slade, avec un jeune lieutenant de l'armée américaine nommé Dabney Bayard, de la famille Bayard de Hodge Road.

Winslow avait cherché à distraire son jeune ami des pensées qui l'agitaient, et qui lui paraissaient insignifiantes et transitoires ; mais, curieusement, ce nouveau sujet contraria et assombrit Woodrow, qui dit, avec beaucoup de précaution : « C'est toujours… un étonnement… pour moi… que mes filles deviennent… des femmes. Car il me semble que, hier encore, elles étaient les plus délicieuses des petites filles. »

Il parlait d'un ton grave, avec un imperceptible *frisson* d'effroi.

Car la vie intime des *femmes* était un sujet pénible pour un homme de sa sensibilité, même examinée d'une certaine distance.

Winslow, en revanche, eut un sourire de grand-père affectueux. Il trouvait en effet remarquable que son « enfant-fée », Annabel, fût maintenant âgée de dix-neuf ans et sur le point de prendre sa place dans la société sous le nom de Mme Dabney Bayard.

« Ah ! le lieutenant Bayard… je crois l'avoir aperçu une ou deux fois, dit Woodrow, sans qu'une ombre d'un reproche dans sa voix n'insinue que, peut-être, sa femme et lui avaient été exclus de réceptions récentes à Crosswicks Manse. C'est un jeune chrétien honorable, me semble-t-il, et patriote de surcroît : le petit-fils de John Wilmington Bayard, n'est-ce pas ?… solide famille presbytérienne, tout ce qu'il y a de sérieux.

– Nous verrons. Mais oui, bien sûr, vous avez parfaitement raison. »

Plus d'une fois, sans le vouloir, Winslow Slade avait aperçu sa chère petite-fille se promenant avec le lieutenant Bayard dans le jardin de Crosswicks Manse ; un garçon séduisant, mais impétueux, dont les mains couraient trop souvent sur le corps menu d'Annabel, sur sa taille ou, plus bas, sur ses hanches fines… Une vision que le vieil homme ne souhaitait guère évoquer en cet instant.

« Notre Margaret, dit Woodrow, avec encore plus de gravité, est née en Géorgie – et non dans le Nord. Ma chère Ellen s'était mis en tête, vers la toute fin de sa grossesse, que notre premier-né ne pouvait pas voir le jour au nord de la ligne Mason-Dixon[1], et donc – je lui ai passé ce caprice, naturellement… Et je crois que, d'une certaine manière, cela a fait une différence – Margaret est notre fille la plus gracieuse, beaucoup moins

1. La ligne Mason-Dixon, séparation symbolique du Nord et du Sud. Ce nom rappelle une ligne de démarcation entre la Pennsylvanie et le Maryland, tracée en 1767 par deux géographes anglais. (*NdT*)

– volontaire – *obstinée* – que les deux plus jeunes, nées ici dans le Nord. »

Winslow Slade, dont les ancêtres n'étaient pas originaires du Sud américain, mais du nord puritain de la Nouvelle-Angleterre, laissa discrètement passer cette remarque singulière, mi-excuse, mi-vantardise.

« Que diriez-vous d'un cigare, Tommy ? Je sais que vous ne "fumez" pas – chez vous, en tout cas. Mais j'ai ici de fort bons cigares cubains que m'a offerts un ami.

– Merci, Winslow… mais, non ! Je pense vous avoir raconté comment ma chère mère m'a guéri définitivement de mon envie de fumer ? »

Winslow Slade inclina poliment la tête pour permettre à son hôte de raconter une nouvelle fois son histoire préférée. Car Woodrow était très habile à réciter certains contes familiaux à la façon de vieilles fables d'Ésope.

« J'avais sept ans quand ma mère me demanda de l'aider à tuer les pucerons sur ses roses. Il faut supposer que j'avais regardé mon père et d'autres membres de la famille fumer le cigare avec un air admiratif ; mère était prompte à remarquer de tels détails, et j'ai hérité de son talent. "Viens là, Tommy : je vais allumer l'un des cigares de ton père, et tu souffleras la fumée sur ces vilains pucerons." C'est donc ce que je fis, ou tentai de faire. » Woodrow riait, un rire sifflant qui n'avait rien de joyeux ; une gaieté fiévreuse lui mettait les larmes aux yeux. « Oh, que j'ai été malade ! Terriblement malade, écœuré par l'horrible odeur du tabac à en vomir une bonne partie de la journée. Et cependant la sagesse de mère a fait que je n'ai jamais fumé depuis, et n'en ai jamais éprouvé la moindre envie. Voir les membres du conseil d'administration allumer leurs cigares nauséabonds quand nous sommes censés avoir une discussion sérieuse me soulève le cœur, même si je me garde de le montrer.

– Une mère bien avisée ! » dit Winslow, en remettant les cigares dans leur coffret de cuivre.

Dans un coin de la bibliothèque du Dr Slade, une horloge allemande du XVIIIe siècle sonna doucement mais distinctement le quart : Winslow Slade espérait que son jeune ami s'en irait bientôt, car Woodrow était manifestement à bout de nerfs, et Winslow commençait à en ressentir les effets ; de tous les états psychiques, l'anxiété teintée de paranoïa/hystérie est sans doute la plus contagieuse, même entre hommes. Woodrow ne put cependant s'empêcher de revenir – indirectement – à son sujet, déplorant que les États-Unis fussent affligés d'un « insupportable bouffon » en guise de président : « Un tyran autoproclamé qui se prend pour un sauveur, perd scandaleusement son temps au Panama pour se rallier les patriotards. La présidence des États-Unis est une fonction qu'il faut élever et non souiller – c'est une charge sacrée, car notre nation est exceptionnelle dans l'histoire du monde. Et moi, ici, dans l'"idyllique" Princeton, j'ai affaire au jumeau de Teddy Roosevelt, pour ainsi dire – qui sous prétexte d'avoir l'intérêt de l'université à cœur, cherche à me ravir le pouvoir. »

Winslow poussa un soupir et ne sut que répondre. Il semblait savoir d'avance ce que son jeune ami était venu lui demander ; et il ne souhaitait pas l'encourager ; inévitablement, cependant, Woodrow présenta sa requête, avec la simplicité d'un petit enfant, les yeux humides et brillants derrière les verres astiqués de ses lunettes : « Si *vous*, Winslow Slade, indiquiez à qui va votre soutien, ou plutôt votre préférence : Woodrow Wilson ou Andrew West… Ce serait un tel réconfort pour moi, et pour ma famille. »

Chagriné, Winslow expliqua qu'il jugeait plus sage, pour quelqu'un qui comme lui s'était retiré de toute politique, de rester neutre.

« Je suis certain que, à la fin, sages et sagesse prévaudront. Le conseil d'administration votera, et cela décidera de la question – très bientôt, j'imagine ?

– C'est… ce n'est pas… ce n'est pas tout à fait la réponse que j'avais espérée en venant ici… »

Winslow insista : « Je vous prescris le plus simple et le plus fondamental des remèdes chrétiens, mon cher ami : la prière. Par quoi j'entends un examen approfondi de votre âme, de vos motivations et de vos idéaux. *Priez.* »

Son hôte cligna les yeux, un tic dans la joue gauche faisant une grimace de son faible sourire. « Oui, vous avez raison… bien sûr. Vous avez invariablement raison, docteur. Mais je crains que vous ne soyez mal informé – car j'ai déjà passé d'innombrables heures en prière depuis que cette situation cauchemardesque a commencé. Naturellement l'orage couvait depuis longtemps. J'ai eu recours à la prière dès le début, mais les résultats ont été décevants, car West continue ses sorties contre moi, il se moque même de moi derrière mon dos, et *Dieu n'a pas jugé bon d'intervenir.* »

Winslow Slade fut si abasourdi par ces mots qu'il ne sut quoi répondre ; il s'ensuivit un silence embarrassé tandis que, dans l'âtre, les bûches fumantes croulaient et s'éteignaient ; par une sorte de curiosité nerveuse, Woodrow prit une petite tabatière en jade sur une table pour l'examiner de près. Bien qu'on ne pût le qualifier de beau, c'était un objet séduisant, patiné par les ans, dont le couvercle était orné d'un cobra lové, minuscule mais méticuleusement ciselé, qui semblait prêt à bondir sur l'observateur. Ses yeux, saisissants, étaient deux rubis, gros comme des graines de potiron.

Dans son état de semi-hébétude, Woodrow fut fasciné par ces pierres qui brillaient avec l'intensité fantastique d'yeux véritables.

Hardiment, il lâcha alors ce qu'il se préparait sans doute à dire depuis une bonne demi-heure : « *Lui* recherche le pouvoir d'une façon très différente, vous savez.

– Lui ?

– West.

– Ah oui… nous parlons encore de West ?

– Il ne s'agit pas d'une simple rumeur, docteur, on en parle dans toute la ville, et Ellen répugnait à m'inquiéter en me la répétant… mais Andrew West fraie avec des extralucides et des mesméristes ; sous prétexte d' "enquête scientifique", comme son ami psychologue de Harvard, William James, il se livre à ce qu'il faut bien appeler des pratiques occultes – qui sont une insulte à l'enseignement chrétien.

– "Des pratiques occultes" ? Andrew West ? »

Winslow Slade rit, car Andrew West était un homme massif, bâti en lutteur ; assurément intelligent, diplômé de Cambridge (Angleterre) et de Harvard, mais fort éloigné du genre d'homme sensible et méditatif porté à prendre l'occultisme au sérieux.

« Oui, docteur, même si cela vous fait sourire… des "pratiques occultes". Espérant ainsi agir sur les "puissances" – et, par là, influencer les esprits les plus impressionnables de notre université et du conseil d'administration. Je vous l'ai dit, c'est une bataille… dans une guerre non déclarée.

– Vous êtes en train de me dire que notre collègue et voisin Andrew West, doyen de l'institut d'études supérieures, est un… occultiste ?

– Je ne fais que répéter ce qui est dit – et par beaucoup –, à savoir que West s'essaie à l'occulte, sous prétexte d'enquête scientifique ; l'un de ses alliés est Abraham Sparhawk, du département de philosophie – une philosophie dernier cri, où l'on prouve que le *haut* est le *bas*, que le temps et l'histoire ne sont pas des *points fixes,* comme nous le pensons, mais quelque chose de – je crois que c'est le terme – *relatif.* Ce qu'ils manigancent tous les deux pour m'abattre, il m'est impossible de le savoir avec exactitude. » Woodrow continuait à examiner la petite tabatière de jade, comme si les yeux scintillants du cobra l'avaient hypnotisé. « Et West a si bien fait campagne que M. Cleveland me rend à peine mon salut au Nassau Club – il est devenu l'un des compères favoris de West, depuis cet hiver[1].

D'un ton un peu sec, Winslow répondit : « Ce doit être l'heure tardive, Tommy… vous tenez des propos qu'il nous faudra délibérément "oublier" à la lumière du jour. Franchement, je ne crois pas un seul instant qu'Andrew West, ni qui que ce soit d'autre à l'université, "se livre" à des pratiques occultes ; et je vous demande de reconsidérer ce que vous avez dit. »

Sur quoi, il posa ses mains sur celles de son jeune ami, qui tremblaient visiblement ; comptant reprendre, avant qu'il ne la laisse tomber ou ne la broie, la petite tabatière de jade que Woodrow continuait d'étreindre sans s'en rendre compte.

Mais Woodrow ne démordait pas de son idée, car en dépit de ses airs neurasthéniques et de la faiblesse larmoyante de ses

1. Grover Cleveland, vingt-deuxième président des États-Unis, se retira dans sa demeure de Westland Mansion, à Princeton, lorsqu'il quitta ses fonctions en 1897 ; personnage considérable à Princeton, du fait de sa réputation comme de sa corpulence, Cleveland habitait Hodge Road, à deux pas de Crosswicks Manse ; lui aussi était membre du conseil d'administration de l'université et, ainsi que Woodrow Wilson le craignait, plutôt favorable au doyen West. C'était invariablement rehausser son prestige mondain que d'avoir Grover et Frances Cleveland à une réception, en dépit des manières frustes et du rire bouffon de l'ex-président, et de son second mandat décevant ; pis encore, comme beaucoup le savaient, Grover Cleveland avait, au début de sa carrière politique, alors qu'il était shérif du comté d'Erie dans l'ouest de l'État de New York, personnellement exécuté, par pendaison, au moins deux condamnés afin d'économiser les dix dollars d'un bourreau.

yeux, l'homme était doté d'une *volonté* quasi inébranlable. Il dit, avec véhémence : « Vous devriez savoir mieux que quiconque, docteur, qu'il est avisé que les langues se délient quand le Mal apparaît parmi nous. Je ne dis pas – je n'accuse pas West d'invoquer le diable, mais de frayer avec des gens qui le font peut-être. Hier soir, dans ma bibliothèque, j'ai longuement parlé avec le professeur Pearce van Dyck, qui m'a défini les principes du "mesmérisme" et du "magnétisme animal" du mieux qu'il le pouvait ; car, comme vous le savez, Pearce est aussi rationaliste que peut l'être un chrétien, et il abhorre les "pratiques occultes" autant que moi – y compris le spiritualisme, que ces dames portent aux nues. Selon lui, les savants et les médecins européens, Mesmer et Charcot par exemple, à qui l'on doit ces idées bizarres qui tournent en dérision le libre arbitre chrétien, sont à ranger dans la même catégorie que les alchimistes, les magiciens et les sorcières ; et les véritables hommes de science les tiennent en piètre estime. Cependant, qu'un "fluide magnétique" puisse circuler dans l'univers, y compris dans le corps humain, et qu'il soit possible de le contrôler, à condition de découvrir comment – voilà une théorie qui n'est pas totalement invraisemblable, selon moi. C'est un peu comme de détenir la clé de certains processus chimiques – la formule de la poudre à canon, par exemple ! Et quoique le mesmérisme ait pour but avoué l'amélioration de la santé mentale, n'importe quel imbécile comprend que cela vaut aussi pour l'inverse : la pente *diabolique* de l'homme l'emportant chez certains sur l'*angélique.* »

Cette sortie laissa Woodrow haletant. Son col de coton blanc amidonné, immaculé quand il était arrivé dans son bureau de Nassau Hall ce matin-là, était visiblement flétri ; des gouttelettes de sueur perlaient sur son front soucieux.

D'une voix égale, comme qui feint une discrète surdité, Winslow dit : « Eh bien, Woodrow ! Laissez-moi vous servir un petit cognac pour vous calmer les nerfs, et je demanderai ensuite à Henry de vous raccompagner. Je pense que vous n'êtes pas vraiment vous-même – et Ellen doit vous attendre. »

Avec feu, Woodrow répliqua : « Merci, docteur, mais je ne bois pas de cognac, comme vous le savez certainement. Et je n'ai pas "mes nerfs", je ne suis pas une femme. Ma chère épouse n'a pas la moindre idée de l'endroit où je me trouve – elle s'est retirée dans sa chambre à 10 heures et suppose que je travaille dans mon bureau comme à mon habitude. Je trouve inquiétant – et déroutant – que, avec votre connaissance approfondie de la théologie calviniste, et votre expérience pratique de pasteur presbytérien, vous, Winslow Slade, preniez à la légère la possibilité d'un "diabolisme" en notre sein… Je me demande si West n'est pas venu en personne, dans cette pièce même, répandre son venin contre moi, votre vieil ami dévoué – et *influencer* vos pensées ! »

Le ton de Woodrow était si chargé de sarcasme adolescent que son ami en resta interloqué.

Ce fut alors que le petit incident se produisit.

Si on ne peut d'aucune façon dire que les deux hommes *se battirent*, il arriva cependant que, au moment où Winslow Slade cherchait à saisir le bras (voltigeant) de Woodrow Wilson pour le calmer, son jeune ami se recula, comme pris de peur ; et que, dans ce mouvement, il laissa échapper la tabatière de jade, laquelle tomba sur une table en libérant un nuage de vieux tabac, si étonnamment puissant que les deux hommes se mirent aussitôt à éternuer ; tout à fait comme si un esprit malveillant s'était échappé de la petite boîte.

Soudainement donc, Woodrow Wilson et Winslow Slade furent saisis d'un accès d'éternuements irrépressibles, au point de suffoquer, les yeux remplis de larmes, le cœur battant épouvantablement, comme impatient d'éclater.

Et contre le mur du fond, l'austère horloge de parquet sonna doucement les quatre coups étonnants d'*une heure* – et ne fut pas entendue.

Post-scriptum : « veille du mercredi des Cendres, 1905 »

On ne signale généralement pas au lecteur que dans tout récit complexe beaucoup de choses sont *omises*. Un lecteur doit supposer avec confiance qu'a été inclus tout ce qui était nécessaire ; que ce qui a été *omis* est dénué de pertinence.

Pourtant je suis soucieux, car tant de choses ont été *omises* dans le chapitre précédent, qui présentaient peut-être de l'intérêt et pourraient même être essentielles à la pleine compréhension du lecteur.

En conséquence, je suggère que ceux qui désirent en savoir un peu plus sur ma chronique lisent ce post-scriptum, ainsi que les suivants. (Je suis certain qu'il y en aura d'autres !) Quant aux lecteurs qui estiment en savoir suffisamment sur le Dr Wilson et le Dr Slade, qu'ils passent directement à « Narcisse » – un changement de décor complet, je le promets !

Voici donc divers détails concernant Woodrow Wilson, qui n'ont pu trouver leur place dans le récit.

– SE RENDRE À CROSSWICKS MANSE À PIED « par les rues ventées » fut en fait une véritable épreuve pour cet homme troublé, qui ne s'était pas entièrement remis de l'*attaque injustifiée* – c'est le souvenir qu'il garderait de cet incident – de son (prétendu) parent des collines de la Virginie rurale.

Car lorsqu'il quitta Prospect House, sans en informer sa femme ni ses filles, qui toutes (supposait-il) étaient couchées, Woodrow Wilson dut traverser seul le campus obscur de l'université de Princeton et passer tout près des résidences universitaires ; aimable durant le jour envers les étudiants, adressant son grand sourire grimaçant de président à tous ceux qu'il rencontrait ou presque, ce qui lui valait immanquablement salutations et sourires surpris, Woodrow redoutait cependant d'être aperçu à cette heure tardive ; car ne trouverait-on pas suspect que le président de l'université se promène de nuit, et à pied ?

Woodrow marchait donc d'un pas rapide et furtif ; à plusieurs reprises il chercha le refuge d'une encoignure de porte ou d'un coin de mur pour éviter d'être aperçu par des étudiants noceurs, qui sortaient du pub Alchemist & Barrister de Witherspoon, ou du bar tapageur de la Nassau Inn.

Le tunnel obscur de rhododendrons et de persistants qui conduisait de Prospect au campus lui inspira une sorte de terreur enfantine, qu'il savait sans fondement ; mais, derrière le bâtiment gothique de Pyne Hall, où les ombres profondes semblaient *se convulser*, il hésita ; et les battements de son cœur ne s'apaisèrent pas quand il passa à côté de l'Alexander Hall, avec ses tours, tourelles, voûtes et passages fantastiques, et ses fenêtres décoratives qui, bien qu'obscures, semblaient irradier une lumière extraterrestre. (Un faible cri s'échappa-t-il d'une de ces hautes fenêtres ? Un visage spectral y apparut-il l'espace d'un instant ? Pressé, il ne put prendre le temps de s'arrêter et n'osa pas se retourner.)

C'était un crève-cœur pour les administrateurs de l'université qu'un pourcentage élevé de leurs étudiants fussent des *noceurs* invétérés pour qui les « clubs » avaient plus d'importance que les études, et des personnes d'une réputation douteuse plus d'importance que leurs professeurs révérés. De fait, un nombre alarmant de *noceurs* entretenaient des maîtresses dans les appartements de location des rues Witherspoon, Bank et Chambers, une tradition ancienne et apparemment indéracinable, malgré l'ancrage presbytérien de l'université ; de même, à une certaine époque, les jeunes gens issus des familles esclavagistes du Sud avaient été autorisés à loger leurs esclaves personnels dans les résidences universitaires. (Il était de tradition chez ces jeunes gens, du moins chez les plus aisés, de « libérer » leurs esclaves à l'obtention de leur diplôme : avec pour résultat que de nombreux ex-esclaves habitaient le quartier délabré du bas Witherspoon, grossissant la main-d'œuvre locale d'ouvriers capables, prêts à travailler pour des salaires très raisonnables. Les domestiques du Dr Wilson Clytie et Lucinda étaient des descendantes d'esclaves libérés.)

Woodrow se sentit un peu mieux quand, quittant le campus, il prit à gauche dans Nassau Street, parfaitement déserte à cette heure de la nuit, dépassant bientôt les rues Bank et Chambers ; le cri lugubre des engoulevents lui fit courir des frissons sur la peau et, derrière son voile vaporeux, la lune lui sembla un visage émergeant du passé. Au carrefour obscur des rues Nassau et Stockton, il fut dépassé par un élégant brougham couleur d'ébène, attelé de chevaux assortis, qui s'éloigna à vive allure en direction de Bayard Lane.

Woodrow reconnut la voiture de l'ex-président Grover Cleveland. Il supposa aussitôt que les Cleveland avaient dîné dans la demeure princière des Morgan, sur Hibben Road ; ils rentraient dans leur propre demeure princière de Hodge Road, absurdement nommé Westland en hommage à Andrew Fleming West, qui était un ami intime de Grover Cleveland.

(Comment comprendre un tel égarement ? Woodrow ne s'y essayait même pas.)

« Mon Dieu ! S'ils m'ont vu ! Ils *sauront.* »

Par bonheur, Frances Cleveland était si occupée par son mari bougon, âgé et obèse, qui souffrait d'une attaque de dyspepsie après un dîner plantureux de quatre heures, que son œil d'aigle ne remarqua pas la silhouette indistincte de Woodrow Wilson sur le trottoir ; l'eût-elle reconnu qu'elle aurait aussitôt deviné qu'il se rendait à Crosswicks Manse ; et dès le lendemain, avant même l'heure du thé, tout le village de Princeton aurait eu vent de la nouvelle.

Note. En ma qualité d'historien désintéressé et impartial, il ne m'appartient pas de m'appesantir sur les vieilles querelles et les chamailleries locales ; de réveiller des malentendus, des calomnies et des haines datant du début du siècle ; d'évoquer une nouvelle fois un temps où, dans notre paisible communauté, tout le monde, écoliers compris, se sentait obligé de prendre parti dans le différend opposant Woodrow Wilson et Andrew Fleming West ; où une partie non négligeable des fidèles de la première église presbytérienne refusait de parler à l'autre.

J'espère ne pas compromettre mon objectivité d'historien sur le fait de savoir si, concernant les orientations majeures de l'université, Woodrow Wilson aurait dû être obéi en tous points, comme il le souhaitait ; ou si son adversaire, l'énergique doyen de l'institut d'études supérieures, aurait dû avoir gain de cause. (Dans ma famille, les van Dyck soutenaient apparemment Woodrow ; les Strachan, Andrew West.) En tout cas, le lecteur doit savoir que la campagne menée par Woodrow Wilson pour exercer un contrôle plein et entier sur l'université, analogue à celle qu'il mena, quand il fut président, pour s'assurer tout pouvoir de décision sur l'entrée en guerre des

États-Unis contre l'Allemagne en 1917, n'est que secondaire dans ce récit, à côté des tragédies domestiques qui frappèrent les grandes familles de Princeton.

– CROSSWICKS MANSE, la demeure des Slade, n'a pas été convenablement décrite, exception faite de la bibliothèque de Winslow Slade.

De même que les lecteurs masculins ont un faible pour l'histoire militaire, les lectrices ont un faible pour les intérieurs, les meubles et la décoration. J'espère cependant que les deux sexes sont curieux, dans une certaine mesure, de connaître la résidence d'Elm Road des Slade, l'une des plus belles des environs de Princeton, ne le cédant en rien à la propriété de Henry Morgan dans Hibben Road ni à celle des Carlyle sur Great Road.

Il n'existait pas dans tout le New Jersey de plus splendide exemple de ce style architectural associant styles géorgien primitif et palladien, l'originalité tenant à ce que Crosswicks Manse avait été bâtie avec ces caractéristiques, inspirées de l'architecture de la Renaissance classique, à une période où, en Angleterre, cette influence était encore très rare. L'histoire de Crosswicks est impressionnante : elle remonte en effet au début du XVIIIe, date à laquelle un certain Bertram Slade de Margate, Massachusetts, acheta de vastes étendues de terre à William Penn dans une région appelée alors les « solitudes du New Jersey » ; et embrasse l'époque où se déroula à Princeton l'une des grandes batailles de la révolution américaine, en 1777 – celle-ci fut en effet livrée à un kilomètre à peine de Crosswicks Manse, dans cet espace découvert connu aujourd'hui sous le nom de Battle Park.

Imaginez ce que dut signifier pour nos jeunes gens, Josiah et Annabel Slade, de grandir en ces lieux ! L'influence subtile et magique que dut avoir sur leur vie une enfance passée dans cette maison – avec ses innombrables pièces et ses cours spacieuses, ses vues splendides sur terrasses et jardins, ses étangs lisses comme des miroirs. (Enfant, Josiah avait tâché de compter les pièces de Crosswicks Manse, sans jamais en trouver le même nombre – vingt-six, vingt-neuf, trente et une ; Annabel, plus patiente et plus méticuleuse, ne réussissait guère mieux. « C'est une maison de rêve, disait-elle, sauf que ce rêve n'est pas le mien, mais celui d'un autre. »)

C'est à Crosswicks Manse, par exemple, que se décida le sort de la jeune république : car des hommes aussi illustres que George Washington, Alexander Hamilton, le général Nathanael Greene, le baron Steuben, Henry Lee – dit « Light Horse Harry » –, Benedict Arnold, le chevalier de la Luzerne, don Juan de Miralles et bien d'autres personnages historiques s'y rencontrèrent souvent. Si je disposais de davantage d'espace, rien ne me plairait plus que de mettre en scène l'« indicible affront » essuyé par la famille Slade en 1777 quand, ayant réquisitionné cette magnifique demeure pour y établir son quartier général, le général britannique Cornwallis se montra si peu gentleman qu'il encouragea ses hommes à la piller, la profaner et la brûler lorsqu'il en fut chassé par des Continentaux patriotes. Ah, que n'avait-il vécu en ce temps-là ! se disait Josiah, dans son enfance. Il aurait demandé réparation au général soi-même – exigé un duel – pour laver cet outrage personnel.

Hé oui – Josiah, né en 1881, au déclin du XIXe siècle, soupirait naïvement après un monde perdu dans lequel, croyait-il, son courage et sa virilité auraient mieux trouvé à s'éprouver ; les livres qu'il lisait avec le plus de passion étaient les romans de *Waverley* de Walter Scott, *Les Idylles du roi* de Tennyson, *Le Roi Arthur et les chevaliers de la Table ronde* sous toutes ses formes et versions, et des romans américains tels que *Choix d'esquisses* de Washington Irving et *Les Bas-de-cuir* de James Fenimore Cooper, avec une préférence pour *Le Dernier des Mohicans* qu'il savait pratiquement par cœur à l'âge de douze ans ; plus récemment, il était tombé sous le charme de *L'Appel sauvage* et du *Klondike* de Jack London, et du *Virginien* d'Owen Wister.

« Être né "trop tard"… est-ce possible ? Ou suis-je né exactement quand il le fallait, à mon insu ? »

Dieu avait pourtant dû sourire aux Slade de 1777 : car les dégâts subits par leur belle demeure furent finalement minimes. Les feux allumés par les soldats de Cornwallis s'éteignirent promptement sous les eaux d'une grosse averse automnale, comme si, bel et bien, ainsi que l'armée des Continentaux inclinait à le croire, *Dieu était du côté des rebelles.*

Les Slade tiraient une fierté particulière de ce que, lorsque le Congrès continental s'était réuni à Princeton, en 1782, sous la présidence d'Elias Boudinot, un bon nombre des représentants avaient résidé à Crosswicks Manse, et que tous y dînaient avant leurs sessions officielles à Nassau Hall. Ainsi naquit la légende locale chérie faisant de Crosswicks Manse la première « Maison Blanche » de la république.

Il est indéniable que cette demeure, lumineuse même par un clair de lune voilé, intimida Woodrow Wilson quand il monta l'allée de gravier sous une voûte de chênes blancs ; comme il approchait de la petite porte conduisant au bureau de Winslow Slade, le cœur battant d'anxiété, ses lèvres formèrent cette prière inaudible : *Aie pitié de moi, mon Dieu : je suis Ton humble serviteur qui n'aspire qu'à Te servir de mon mieux.*

– AUX TITRES RESPECTABLES de la bibliothèque de Winslow Slade en cette veille de mercredi des Cendres 1905, il convient d'en ajouter d'autres, des livres qui n'étaient pas classés par ordre alphabétique, mais empilés sur des tables, et auxquels Woodrow Wilson n'avait guère prêté attention : *Les Études phrénologiques* du Dr Phineas Lutz, ouvrage sans prétention érudite, mais souvent consulté ; *Par-delà les portes de la conscience* de Stanislav Zahn ; *Les Merveilles du Ciel et de l'Enfer* d'Emanuel Swedenborg ; et cet in-quarto gothique extrêmement rare et curieux, le manuel d'une « Église oubliée » – les *Vigiliae mortuorum secundum chorum Ecclesiae maguntinae*[1] ; ou encore, des ouvrages en français du très controversé Jean-Martin Charcot, et un exemplaire récent du *Journal of the American Society for Psychical Research* de Cambridge, Massachusetts, dans lequel un essai d'un membre fondateur de cette société, le professeur William James de Harvard, figurait sous le titre « Y a-t-il des barrières "naturelles" à la conscience ? ».

Oui, le lecteur a raison de se demander pourquoi, lorsque Woodrow Wilson avait mentionné Charcot et James, Winslow Slade n'avait soufflé mot de la connaissance qu'il avait de leur œuvre.

– LES PRÉOCCUPATIONS DE WINSLOW SLADE le soir en question.

Le Dr Slade avait coutume de dîner avec sa famille avant 8 heures, puis de se retirer dans la solitude de sa bibliothèque, une pièce où les siens entraient rarement ; le Dr Slade n'encourageait d'ailleurs pas les enfants à y venir, car ils auraient tripoté et dérangé ses collections spéciales, telle cette tabatière de jade (prétendument) malaisienne, qui lui avait été offerte par une amie, grande voyageuse, il y avait quelques décennies, et, naturellement, l'inestimable bible Gutenberg, dont il ne restait que quarante-huit exemplaires dans le monde. (Que l'exemplaire

1. Renvoie à *La Chute de la maison Usher* d'Edgar Poe, in *Nouvelles histoires extraordinaires*, trad. de Charles Baudelaire. (*NdT*)

du Dr Slade ne fût pas complet n'en diminuait que fort peu la valeur, car très peu des exemplaires originaux restants avaient essuyé l'assaut des siècles sans dommage.)

Assis au coin du feu, Winslow s'absorbait souvent dans la lecture de livres plus récents (tels ceux cités plus haut) ; peu auparavant, à la fin de l'hiver 1905, il s'était attelé à la tâche de revoir ses sermons, qu'un éditeur de textes théologiques de Philadelphie tenait à publier en recueil. (« Qui pourrait bien vouloir lire mes vieux sermons ? » avait demandé Winslow ; et l'éditeur avait répondu : « Le simple nom de "Winslow Slade" nous assurera de très bonnes ventes dans le New Jersey, ainsi que sur la côte Est en général. ») Lorsque cette tâche devenait trop fastidieuse, Winslow se tournait avec plus d'enthousiasme vers ses traductions des Apocryphes, auxquelles il travaillait depuis des années, aidé par un spécialiste d'hébreu du séminaire ; il s'intéressait particulièrement à la « Lettre de Jérémie », aux livres d'Esdras et de Tobie, et, dans le Nouveau Testament, à ces curieux évangiles attribués à Thomas, Matthias et Judas.

« De toutes les figures bibliques, Judas est assurément le plus incompris, en même temps que le plus condamné ! » – telle était la conviction de Winslow.

Car il lui avait toujours paru évident que Jésus préférait son déloyal Judas à tous les autres disciples.

Fréquemment affligé d'insomnie, il évitait cependant de recourir aux mille « remèdes de bonne femme » pris à fortes doses par son jeune ami Woodrow Wilson, de peur d'embrumer ses pensées, et il réservait donc les petites heures du matin à la tenue de son journal – plus d'une douzaine de « gribouillards » de vingt centimètres sur trente.

Le lecteur pensera naturellement que j'ai eu recours aux journaux du Dr Slade – ah, si je l'avais pu ! Tragiquement, cependant, tous les volumes ont été détruits, ainsi que la plupart des papiers personnels de Winslow Slade, dans un acte bizarre d'automortification qui semble s'être produit à la fin mai 1906, peu avant la mort du Dr Slade.

– LES MILLE MAUX PHYSIQUES de Woodrow Wilson.

Je ne sais pas précisément pour quelle raison les gens montrent, ou ont montré, un intérêt si vif pour le panorama des maux de Woodrow Wilson, et pour les maux des présidents américains, en général. Ce n'est pas pure curiosité morbide, j'en suis certain – peut-être plutôt le désir d'avoir un aperçu de la vie privée des personnages haut placés, de la comparer à notre condition plus modeste.

Outre ce que j'ai déjà mentionné, et pour y insister – au nombre des maladies de Woodrow figuraient crises gastriques, migraines ravageuses, névrite, hyperesthésie nerveuse, battements de cœur arythmiques, « suées nocturnes » et « cauchemars », etc. Dans certains milieux, dès les premières années de Woodrow à la présidence de l'université de Princeton, on s'interrogea sur l'« intégrité» de sa santé mentale, tant il était préoccupé jusqu'à l'obsession par des ennemis réels ou imaginaires ; et tant il mettait de frénésie à *refuser tout compromis.*

Les Campbell d'Argyll avaient eu la conviction passionnée que le combat était préférable à la paix, si cette paix devait résulter d'un *compromis.*

Sans qu'on puisse véritablement parler de conspiration, les intimes de Woodrow s'entendaient assurément pour couper court à toute discussion sur ses maux. Woodrow considérait à juste titre que, si tout le monde avait connaissance des aléas de sa santé, la confiance qu'on plaçait en lui pourrait en souffrir.

En fait, le Dr Wilson s'élevait au-dessus de ces entraves de l'esprit avec une force de caractère impressionnante, quittant souvent son lit de malade pour vaquer aux affaires universitaires, ou pour se rendre en chemin de fer à Philadelphie, Baltimore, Washington, Richmond, ou même Chicago et St. Louis afin d'y donner une conférence. « La chair est peut-être faible, plaisantait-il, mais l'esprit *veut.* » Au temps de sa jeunesse précoce, Woodrow avait commandé par correspondance un tableau dépeignant les postures et les gestes déclamatoires de l'éloquence classique pour apprendre l'art de parler en public ; il en avait gardé un ensemble de gestes mécaniques qui, dans les moments de malaise et de fatigue, tendaient à lui revenir, comme ses étudiants de Bryn Mawr, de la Wesleyan et de Princeton l'avaient vite remarqué lors de ses cours magistraux. (En ce temps-là, les étudiants manifestaient leur mécontentement et leur ennui par des *raclements de pieds.* Un bruit exaspérant, évoquant des balais frottant le sol, que Woodrow en était venu à redouter, et à abhorrer ; et quand les surveillants universitaires réprimandaient des étudiants pour avoir *raclé des pieds* dans la chapelle pendant les sermons, Woodrow ne montrait aucune indulgence et refusait de revenir sur leur expulsion.)

Néanmoins il était bien accueilli par ses auditoires : il était si *sincère* et si *idéaliste.* Il avait espéré être aimé des multitudes, disait-il, mais, à défaut, susciter l'admiration, le respect, voire la crainte du public n'était pas une si mauvaise chose.

Sème-toi dans tous les champs d'influence du monde ; pétris-toi dans toutes les miches de pain qui nourrissent l'âme. Sois le blé vivifiant – ne dissimule pas tes talents. Tels étaient les conseils que lui avait dispensés avec chaleur son père, Joseph Ruggles Wilson.

– LE LYNCHAGE DU KU KLUX KLAN à Camden, le 7 mars 1905 : Woodrow Wilson avait-il entièrement oublié cet incident et la requête impétueuse de son parent quand il rendit visite à Winslow Slade ; ou, dans le feu de préoccupations qui le touchaient de plus près, avait-il simplement chassé de son esprit toute pensée de ce terrible événement ?

Et Winslow Slade en avait-il connaissance ?

Winslow Slade pouvait-il *ne pas en avoir connaissance* ?

Narcisse

« Excusez-moi… bonjour ? »

Par ce matin chaud et ensoleillé de début de printemps, elle le vit, à quelque distance : un homme d'un âge indéterminé, le visage détourné, qu'elle prit d'abord pour l'un des aides-jardiniers de son grand-père, car il tenait dans sa main gantée une petite faucille, cruellement crochue, qui étincelait au soleil ; et, à ses pieds, des fleurs tristes, sans doute fanées, et un amas d'herbes sèches qu'il avait coupées.

Annabel n'avait encore jamais vu cet homme, elle en était certaine. Mais il arrivait souvent que viennent à Crosswicks Manse, pour rendre visite à grand-père Slade, des gens importants qu'elle ne connaissait pas.

Elle supposa que l'inconnu, qui ne portait pas une tenue de jardinier mais des vêtements habillés, très légèrement démodés, tels qu'avaient dû en porter Winslow Slade des dizaines d'années auparavant, était l'un des invités de son grand-père : un pasteur presbytérien, peut-être, ou un séminariste qui s'était échappé de la librairie obscure du Dr Slade pour goûter à la fraîcheur de cette matinée d'avril ; et qui, peut-être par nervosité, avait décidé de se donner de l'exercice, avec la petite faucille tranchante.

« Bonjour ! Vous êtes un ami de grand-père ? »

Il y avait un rire dans la voix d'Annabel, de même qu'il y avait souvent une sorte de rire léger, ou de gaieté, sur son visage.

Le lecteur ne doit pas croire que la jeune Annabel Slade avait coutume d'adresser la parole à des inconnus, même dans le jardin de son grand-père ; ce n'était pas une jeune fille hardie, encore moins effrontée ; mais une sorte d'allégresse enfantine la possédait en ce matin parfait d'avril, où le soleil faisait étinceler le diamant de sa bague de fiançailles (carré, quatorze carats, entouré de rubis miniatures, un bijou de famille des Bayard) au troisième doigt de sa main gauche. Lorsque Woodrow Wilson avait critiqué les jeunes femmes « volontaires » du Nord, à qui manquait la grâce naturelle de sa fille Margaret et de sa femme Ellen, nées toutes deux dans le Sud, il n'aurait certainement pas inclus Annabel Slade dans cette catégorie !

Annabel trouva curieux, mais non alarmant, que l'invité mystérieux ne parût toujours pas l'entendre ni remarquer sa présence – « Bon-*jour* ? » – quand elle le héla de nouveau avec une insistance enfantine, quoique avec timidité, souriant comme auraient pu le faire sa mère ou sa grand-mère Slade dans leur rôle d'hôtesse.

En ce matin d'avril, plusieurs semaines après la visite de Woodrow Wilson à Crosswicks Manse, la petite-fille bien-aimée de Winslow Slade cueillait des fleurs pour la salle à manger. Elle avait à la main un petit bouquet de jonquilles, d'anémones de Grèce et de narcisses – si odorantes qu'Annabel en avait presque le tournis ! Il lui semblait probable que cet inconnu déjeunerait avec eux, ce qui donnait à sa tâche une importance accrue.

Elle se souvenait, à présent : elle avait entendu dire au petit-déjeuner qu'un émissaire très haut placé de l'Église presbytérienne devait venir voir Winslow Slade ce jour-là, et s'assurer son concours dans une affaire embarrassante de « procès en hérésie » au sein de l'Église.

(Pauvre grand-père ! Annabel savait qu'il désirait vivement se mettre en retraite de son ancienne vie, et cependant avec quelle ardeur son « ancienne vie » le poursuivait !)

Annabel ignorait à peu près tout de ces questions, mais comprenait que, pendant les longues années où il avait servi l'Église, le révérend Winslow Slade avait participé de temps à autre à ces procès confidentiels ; car l'hérésie était une chose terrible, qui devait être combattue à la source, si affecté qu'il fût par ces affaires désagréables. Josiah avait dit à Annabel que, dans ce domaine, leur grand-père ne se distinguait pas de n'importe quel pasteur protestant responsable de son époque ; il avait pour mission de protéger le « caractère particulier » du christianisme anglo-saxon contre les attaques « anarchistes » venant de l'intérieur comme de l'extérieur de l'Église.

« Bien entendu, ce ne sont pas de *vrais procès*, avait dit Annabel à mi-voix, afin de ne pas être entendue des adultes. Personne n'est emprisonné ni condamné à mort, j'espère !

– Pas à notre époque, répondit Josiah. Heureusement. »

Annabel savait que, si farouchement que les protestants protègent leur Église, ils étaient bien loin d'être aussi farouches, ou sanguinaires, que l'avaient été leurs prédécesseurs catholiques, au temps de l'Inquisition par exemple, ou pendant la guerre de Trente Ans, ou les croisades.

Jugeant donc le séduisant inconnu sur sa mise et sur une certaine apparence de bonnes manières, l'innocente et naïve

Annabel Slade fut amenée à voir en Axson Mayte un gentleman de son monde : un ami de son grand-père, en bref.

Une profonde méprise, comme le montrera l'histoire.

ANNABEL COMMENÇAIT CEPENDANT à trouver très bizarre que l'inconnu continue à tenir la faucille contre lui ; il s'était tourné vers elle, maintenant, mais sans manifester aucune surprise, à croire qu'il savait déjà qu'elle était là et qu'elle l'observait ; il sourit, mais en restant parfaitement silencieux, ce qu'aucun gentleman n'aurait jamais fait ; comme si Annabel Slade et lui s'étaient rencontrés par hasard dans un lieu public, ou dans une dimension où les sexes pouvaient « se rencontrer » impersonnellement, tels des animaux, dépourvus de nom, de famille – d'identité. Annabel se sentit frissonner et brûler en même temps ; la tête lui tourna un peu, et elle dut réprimer l'envie de dissimuler son visage (empourpré) dans le petit bouquet de fleurs qu'elle avait cueilli afin que l'audacieux inconnu ne rive plus sur elle ce regard pénétrant.

Un regard jaune doré, rappelant une certaine sorte de verre biseauté.

Ils n'avaient pas été présentés, il ne lui avait pas dit un mot, et pourtant l'inconnu lui souriait encore plus insidieusement, et ses lèvres minces étaient étrangement sensuelles !

Je vais l'ignorer. Je vais m'éloigner, comme si j'étais seule. On nous présentera au déjeuner, sans doute… sinon, tant pis.

Pourtant Annabel ne quitta pas le jardin, comme elle aurait pu le faire, mais alla seulement un peu plus loin, où elle jugea que le visiteur hardi ne pourrait plus l'observer aussi aisément. Il y avait là un luxuriant parterre de jonquilles, ébouriffées par le vent, qui la firent sourire ; car les vers d'un poème aimé, appris par cœur, lui traversèrent l'esprit : « Mon cœur de plaisir pétille, et danse avec les jonquilles. »

Dans les moments de gêne, d'excitation ou de peur, quel réconfort que les *rimes* !

Voilà ce que les poètes de jadis savaient bien, et que les poètes de notre monde contemporain, vulgaire et atonal, paraissent avoir oublié.

Malheureusement pour Annabel, son frère Josiah s'était absenté ce matin-là, et personne à Crosswicks Manse ne semblait s'apercevoir de rien.

Elle ne put s'empêcher de jeter un regard vers l'inconnu à la faucille. Quel toupet… il l'observait toujours !

Il est grossier. Il ne me plaît pas. Il ne plairait pas à Dabney !

Si c'est un des associés de grand-père, il doit être plus vieux qu'il n'en a l'air. Ses habits sont… vieux. *Ou alors c'est peut-être… l'un des jeunes associés d'affaires de père – un "courtier".*

De son côté, l'inconnu s'avançait dans sa direction, mais pas de façon vraiment délibérée. Comme si, d'une certaine manière, il était *attiré* vers elle par un mouvement ou une invitation (inconsciente) d'Annabel elle-même.

Quelle explication, sinon, à ce sourire ? Un sourire de… *reconnaissance ?*

Ne voulant pas trahir son malaise, et résistant au désir de fuir, Annabel continua à cueillir des fleurs, quoique n'aimant pas la façon dont les narcisses se brisaient entre ses doigts, les mouillant d'une sorte de liquide poisseux qu'elle devait se retenir de ne pas essuyer sur sa jupe. Et quand elle se redressa, en proie à un léger vertige, comme si elle avait très faim, elle constata avec étonnement que l'inconnu s'était rapproché ; il ne devait pas être à plus de trois mètres d'elle, alors que, un instant plus tôt, Annabel aurait juré qu'il était à l'autre bout du jardin.

Il s'est déplacé en silence, apparemment sans effort.

Elle osa dévisager le visiteur plus ouvertement : comme elle l'avait supposé, il devait avoir une trentaine d'années ; il était d'une taille plus élevée que la moyenne, aussi grand que son frère ; les épaules minces, une tête noble et bien formée, des cheveux très noirs, soyeux et frisés. Sa peau était sans doute un peu rugueuse, d'une curieuse teinte olivâtre, mais avec une sorte de pâleur sous-jacente, comme si, en dépit de sa robuste apparence masculine, l'inconnu n'était pas tout à fait en bonne santé. Ses yeux étaient grands, tout ensemble somnolents et perçants ; d'une couleur ardente de topaze dont la flamme n'était pas diminuée, mais accentuée par les orbites ombreuses qui les enfermaient. Le front était proéminent, les sourcils épais, de ce noir qu'on voit à l'aile du corbeau ; les dents, petites, nacrées et presque trop blanches, étaient d'une régularité uniforme – exception faite d'une incisive, qui dépassait les autres d'un centimètre, donnant une impression vaguement carnivore.

Bien qu'il fût vêtu avec fort bon goût – costume en laine et soie bleu foncé d'une texture légère, rembourré aux épaules et cintré à la taille, chemise de soirée blanche, boutons de manchette en argent, cravate rayée, chaussures cirées – Annabel trouvait maintenant au mystérieux inconnu une apparence exotique. *Un prince perse, peut-être, exilé en Amérique ; ou alors, de la race des Hébreux – car il a quelque chose de noble et de mélancolique. Et ses yeux... de vrais yeux de basilic*[1] !

1. Étant donné que les propos surprenants d'Annabel ne manqueront pas d'intriguer le lecteur, comme, dans un premier temps, ils m'ont moi-même intrigué, je suis obligé de noter que, pour autant que j'aie pu l'apprendre, la jeune femme n'avait jamais vu de personnes « étrangères » ou « exotiques », hommes ou femmes ; mais elle avait lu avec avidité quantité de livres, d'un romantisme plus échevelé que ceux lus par son frère Josiah, à savoir les romans des sœurs Brontë, dont son préféré était depuis longtemps *Les Hauts de Hurlevent,* ainsi que la poésie de Byron et Shelley ; elle avait entendu parler d'une colonie légendaire de Juifs russes et polonais – l'Alliance israélite

Les descriptions de la beauté féminine sont ennuyeuses, et souvent peu convaincantes. Une jeune femme est-elle vraiment aussi *belle* que le prétendent ses admirateurs ? Annabel Slade, avec ses traits agréables d'une joliesse conventionnelle – ses yeux bleus ou violet foncé, timidement baissés ; ses lèvres d'une forme parfaite, vierges de tout maquillage ; son nez, le nez romain des Slade, mais retroussé – aurait-elle été aussi célébrée pour sa beauté, si elle avait été la fille et petite-fille de Princetoniens plus ordinaires ? Quelle est la différence, d'ailleurs, entre *beauté* et *joliesse* – l'une rare et austère, la seconde

---

universelle – qui s'était installée à Woodbine, dans le New Jersey, quelques années auparavant. (Colonie qui avait elle aussi été menacée par des fanatiques, costumés de draps blancs pour dissimuler leur identité : ces individus anonymes étaient très vraisemblablement des voisins de la colonie, ainsi que des représentants de l'autorité de la région. Une croix fut brûlée, en signe d'avertissement ; l'avertissement n'ayant pas été entendu, la principale demeure de l'Alliance israélite universelle fut incendiée la nuit suivante, et ses occupants jetés dans la nuit hivernale. J'ignore quel fut leur sort, car les journaux de l'époque ne donnèrent aucun détail sur ce ou ces incidents.)

Quant à la référence au basilic – qu'il est étrange qu'une jeune fille virginale d'un milieu extrêmement protégé choisisse une image aussi improbable, et aussi laide ; car le lézard du genre *Basilicus* réside dans les zones tropicales des Amériques, et non dans le centre du New Jersey. Il y a quelques jours, cependant, alors que j'examinais dans mon bureau un carton de livres anciens et moisis, je suis tombé sur *Le Château du Cachemire* – un livre pour enfants, publié en 1884 par les Éditions Lippincott, qui avait autrefois appartenu à Annabel Slade et à son frère Josiah ; la page de titre porte en effet leurs deux noms. (C'est par un formidable coup de chance que dans une vente publique, à Hopewell, j'ai acheté ce carton de livres, entre autres objets précieux, pour la modique somme de huit dollars !) La couverture de ce petit livre d'images très abîmé a pour illustration (fanée, mais encore saisissante) un jeune chevalier sur son destrier, qui combat une espèce légendaire de basilic, ou de dragon, dotée de griffes et de dents cruelles, d'une haleine enflammée et d'yeux flamboyants couleur topaze : le regard même d'Axson Mayte ; tout comme Axson Mayte est l'image même, sous forme corporelle, du démon – ce dont la pauvre Annabel n'avait alors aucun soupçon.

banale ? Il n'est franchement pas dans mes moyens d'écrivain d'évoquer le *charme* délicat et naturel d'Annabel Slade, sinon en recourant à l'image du narcisse – la plus exquise des fleurs printanières, avec ses délicats pétales cannelés et son centre miniature, presque invisibles au premier regard, et sa senteur très légèrement astringente où s'incarne l'essence vif-argent du printemps : fraîche, inaltérée, vierge.

Car si la beauté n'est pas *vierge,* elle est *dévastée.* Dans le Princeton de 1905, ce principe était de l'ordre du sacré, au même titre que l'amour et la crainte du Tout-Puissant protestant.

L'année précédente, Annabel avait « fait son entrée dans le monde », courant les bals et les réceptions de Manhattan, Philadelphie et Princeton ; on disait d'elle, comme peut-être de beaucoup de débutantes, qu'elle était la plus « belle » de la saison – et, pour parler crûment, l'une des plus riches. (La richesse des Slade provenait des chemins de fer, de l'immobilier, de l'industrie et de la banque ; pendant quelques décennies, de la fin du XVIIIe jusqu'au début du XIXe, quand parmi les Slade, des esprits nobles avaient insisté pour qu'il y fût mis un terme, ils avaient tiré des revenus considérables de la traite des esclaves. Même divisée entre un grand nombre d'héritiers, leur fortune était restée l'une des grandes fortunes du XIXe, sa valeur ayant presque doublé durant la période connue sous le nom d'Âge doré. Mais, comme son frère Josiah, Annabel ne se souciait guère de la fortune familiale, ni même de leur probable héritage, aussi évident pour eux que l'air qu'il respirait, lequel n'était pourtant pas celui, grossier et souillé de fumées, que l'on respirait à Trenton, New Brunswick ou Newark.)

Annabel était d'un naturel si extraordinairement doux qu'elle ne pouvait supporter d'entendre dire du mal de quelqu'un, et qu'elle s'assombrissait souvent si une parole désagréable ou irréfléchie était prononcée en sa présence ; les blasphèmes, et plus encore les obscénités – telles celles qui s'étalaient au grand jour sur les murs, tracées à la craie blanche par des étudiants noceurs – la choquaient véritablement, comme si elle était personnellement visée. (Par bonheur toutefois, Annabel n'avait qu'une idée fort vague du sens de ces expressions et de ces mots grossiers.)

De même qu'elle n'avait qu'une idée fort vague de ce que pouvait signifier l'échange de ce genre de regard, et de ce genre de sourire, avec un homme qu'elle ne connaissait pas l'instant d'auparavant.

De surcroît, Annabel était profondément religieuse. Elle n'aurait su expliquer clairement ce qui distinguait sa foi presbytérienne d'autres fois protestantes, ni, sinon par des truismes, en quoi elle se différenciait du catholicisme, cet ennemi ancien et très redouté ; bien que ne croyant plus depuis longtemps que Winslow Slade *était* Dieu, elle avait pourtant au cœur la conviction fervente que son grand-père était l'un des rares élus de sa génération ; grâce à lui, d'innombrables personnes, dont beaucoup de grands pécheurs, avaient trouvé le chemin de Jésus-Christ et du salut. Contrairement à des femmes plus assurées, plus « effrontées » – dont son amie Wilhelmina Burr –, Annabel n'aurait jamais songé à discuter avec les « libres penseurs » de son milieu princetonien des questions alors à la mode : savoir si la Bible exprime une vérité littérale ou figurée, par exemple ; si elle est révélation ou histoire. Les nouvelles théories issues des darwinisme, marxisme, bolchevisme, anarchie et autres idéologies athées, plus perturbantes encore, déroutaient totalement Annabel, qui ne comprenait pas qu'on puisse adhérer à des croyances aussi dépourvues de bonté et offrant aussi peu de réconfort. Dans sa famille, on jugeait inconvenant qu'une femme se préoccupe de tels sujets – le jugement était impitoyable : *unladylike*, « indigne d'une femme de qualité ». Ou, pour citer les mots du poète – brodés sur l'un des coussins d'Annabel :

Soyez bonne, douce demoiselle, et laissez l'intelligence à qui veut!

Un sentiment que le temps a peu modifié, me semble-t-il.

Annabel avait été une excellente élève à l'Academy de Princeton pour jeunes filles, ainsi que pendant ses deux années d'études secondaires à la Kingston Academy pour jeunes femmes ; les matières où elle était la meilleure étaient la poésie, le dessin et la calligraphie ; dans ses rêves d'indépendance, elle avait imaginé devenir *artiste,* dessiner les couvertures de livres pour enfants, par exemple, ou créer des œuvres originales pour enfants ; ou, plus ambitieux encore, illustrer ses propres vers dans de petits livres délicieusement conçus, à la façon d'Elizabeth Oakes Smith, de Mary Anne Sadlier, et de la merveilleuse et énigmatique Emily Dickinson, morte en 1886, l'année de sa naissance – (le poète préféré d'Annabel, en dépit de la coterie littéraire qui jugeait sa poésie « mal dégrossie » et manquant de « sensibilité féminine »). Elle n'avait pas aimé les mathématiques, la science, l'histoire – « Si encombrées de *faits*! Et les *faits* sont ce qu'il y a de moins révélateur sur tous les aspects de notre vie. »

Annabel avait néanmoins obtenu des notes raisonnablement élevées même dans ces matières-là car, si peu douée qu'elle fût, elle l'était cependant davantage que la majorité de ses camarades de classe.

En ce matin de semaine d'avril, Annabel était vêtue sans ostentation ; sous ses vêtements, cependant, l'empêchant presque de respirer, un corset droit devant enserrait son corps déjà mince afin de faire paraître sa taille fine plus fine encore ; ce cruel sous-vêtement de contention lui était imposé depuis ses quatorze ans, âge où ses aînés s'étaient aperçus avec embarras que sa poitrine et ses hanches prenaient des rondeurs *féminines*.

Bien que la journée ne fût pas pluvieuse, Annabel portait une jupe « de jour de pluie » en flanelle et coton bleu pâle ; une jupe alors à la mode, idéale par mauvais temps en ce qu'elle s'arrêtait au sommet de la chaussure, et néanmoins suffisamment convenable pour être portée chez soi. Son corsage de soie blanche avait d'élégantes manches ballons, serrées aux poignets, et vingt-cinq boutons de nacre sur le devant ; son petit boléro était en matelassé jaune pâle ; son chapeau de paille, prudemment porté au soleil, s'ornait d'un ruban de satin vert, noué sous le menton. Comme elle devait retrouver son fiancé Dabney Bayard un peu plus tard dans la journée, elle s'était fait, avec l'aide de l'une des jeunes domestiques noires, une coiffure à la Pompadour et quantité de bouclettes. Les cheveux soyeux d'Annabel étaient d'un châtain clair qui paraissait blond ou même argent sous certains éclairages ; ils étaient maintenus par de beaux peignes d'ambre ayant appartenu à sa grand-mère Oriana, qui avait quitté ce monde bien avant la naissance d'Annabel.

Son teint clair étant trop délicat pour affronter les rayons du soleil, fût-il d'avril, Annabel inclinait stratégiquement le bord de son chapeau sur ses yeux ; il faut cependant supposer qu'Axson Mayte, qui la dévisageait aussi franchement que si elle avait été un animal exotique en exposition, put voir combien elle était *jolie*, et fragile, à l'égal des narcisses qu'elle tenait à la main.

Soudain, des fleurs que le vent ébouriffait aux pieds de la jeune fille s'éleva un chuchotement sifflant – *Annabel ! Annabel !* Dans sa confusion, elle pensa *C'est grand-mère Oriana. Elle s'inquiète pour ses peignes d'ambre, elle regrette de me les avoir laissés.*

(Une bien curieuse pensée, puisque Annabel n'avait pas connu sa grand-mère, morte bien longtemps avant sa naissance; non plus que la deuxième épouse de son grand-père, Tabitha.)

Un instant plus tard, cependant, Annabel avait oublié ce murmure. Si distraite par l'inconnu du jardin qu'elle était incapable de se concentrer. Qu'elle ne se fût pas détournée de l'homme à la faucille pour regagner aussitôt la maison, comme elle aurait eu tout loisir de le faire, sembla l'encourager, car, toujours souriant, le bout d'une langue rose pointant entre ses dents, il s'avança d'une seule enjambée fluide à moins de deux mètres d'Annabel.

À présent, sûrement, il allait lui parler ?... mais non, il n'en fit rien.

Annabel leva son bouquet de fleurs et, avec une sorte de mimique enfantine, indiqua que le visiteur devait tenir compte de sa tâche, de son urgence, et ne pas la retarder davantage; elle murmura tout haut, pour qu'il entende, ou pas – « Je me suis déjà trop longtemps attardée. » Car le ciel se chargeait de nuages de pluie; un pouce et un doigt géants se refermaient sur le soleil. Cependant, comme si elle était paralysée, Annabel ne se détourna pas; et à nouveau ce sifflement – *Annabel! Annabel!* – semblant monter des pétales que le vent malmenait à ses pieds.

Puis – littéralement en un clin d'œil ! – le gentleman fut devant elle, à trente centimètres à peine; car maintenant il ressemblait bel et bien à l'un de ces gentlemen-émissaires que recevait Winslow Slade, pour des affaires ecclésiastiques dont les autres membres de la famille, simples presbytériens du siècle, n'étaient pas informés. Par nervosité, peut-être Annabel murmura-t-elle : « B... bonjour » – ce qui eut pour effet immédiat de délier enfin la langue du gentleman. Car il s'inclina une seconde fois, avec une sorte de raideur empressée, et déclara qu'il était « Axson Mayte, de Charleston, en Caroline du Sud – un associé de Winslow Slade – charmé plus que je ne saurais dire, *chère mademoiselle** [1], à la perspective de faire *votre* connaissance. »

Sur quoi, Annabel bégaya son nom, car elle ne voyait pas comment éviter poliment de le faire : « Je suis… la petite-fille du Dr Slade… Annabel Slade… »

Le visiteur saisit la petite main d'Annabel et se pencha comme pour la baiser à la mode allemande – un geste de pure politesse, où les lèvres ne touchaient pas le dos de la main, et cependant Annabel garda l'impression d'un long baiser passionné ; elle était certaine d'avoir senti l'empreinte de l'incisive carnassière sur sa peau délicate. Et elle avait respiré l'haleine de l'inconnu – âpre et sèche comme la cendre.

Au même instant, un frisson la pénétra jusqu'à la moelle, et le nœud de satin à son cou lui parut dangereusement serré, tout comme le corset en S, trop étroitement lacé ce matin-là par Harriet, la jeune Négresse renfrognée qui semblait éprouver tout à la fois de l'affection et du ressentiment pour sa jeune maîtresse blanche. Au bord du malaise, Annabel pensa pourtant distinctement : *Dois-je payer maintenant pour ma vanité ! Mon Dieu, aie pitié de moi.*

Si Axson Mayte de Charleston, Caroline du Sud, avait remarqué le frisson de détresse d'Annabel, il n'en montra rien ; car c'était un gentleman aux façons suaves, avec ses yeux perçants, et ses regards en coulisse qui étaient peut-être aussi ironiques qu'ils étaient ardents. Il entreprit de couper pour Annabel, avec sa faucille d'emprunt – (dont la lame était terriblement

1. Les mots en italiques suivis d'un astérisque sont en français dans le texte. (*NdT*)

tranchante, nota-t-elle en frissonnant) –, une dizaine de fleurs ou davantage : jonquilles, iris miniatures, dames-d'onze-heures, narcisses – qu'il lui présenta ensuite galamment en s'inclinant de nouveau avec cérémonie.

« Oh ! merci, monsieur. »

Annabel ne pouvait faire autrement qu'accepter ces fleurs, bien que le suc de leurs tiges coupées gouttât et assombrît sa jupe de minuscules taches ; elle ne pouvait faire autrement que de remercier M. Mayte, car il était véritablement très aimable ; et aussi galant, elle en était certaine, que n'importe quel gentleman de Princeton.

Plus galant que son fiancé, assurément ! Car Dabney se montrait par instants brusque et revêche quand Annabel et lui se retrouvaient seuls ensemble, sans adultes pour les observer ; Dabney déroutait quelquefois Annabel par des paradoxes dont elle ne savait pas s'ils étaient sérieux ou moqueurs : « Est-ce que tu *penses* ? Ton visage ressemble tellement à celui d'une poupée… une poupée de porcelaine peinte. »

Annabel constata avec soulagement qu'Axson Mayte s'était débarrassé de la faucille terriblement tranchante, abandonnée négligemment sur le sentier.

Le jardinier l'y découvrirait ou – peut-être – la mère d'Annabel, Henrietta, qui « jardinait » quand le temps était clément, dans des parterres soigneusement désherbés et généreusement fertilisés par le personnel du parc.

Pénétrée d'une sorte de bonheur vague, Annabel souriait. À moins que ce ne fût… pure nervosité, embarras. Les fleurs étaient si nombreuses que certaines lui échappaient des mains. Impulsivement, elle choisit un narcisse à longue tige qu'elle offrit à Axson Mayte pour sa boutonnière.

« Avec les compliments de Crosswicks Manse ! »

Mayte parut sincèrement étonné par ce geste ; il la remercia chaleureusement, avec effusion. « Du fond de mon cœur, *chère mademoiselle**, je vous remercie – vous êtes trop bonne – vous ne pouvez savoir à quel point, en fait – une qualité rare chez les “dames” de votre condition, d’après mon expérience. »

Bien que ses propos fussent flatteurs, ou se voulussent tels, l’homme eut ensuite une conduite étrange et grossière ; il écourta la tige du narcisse en y plantant ses dents solides, tout près de la fleur, et en mordant fort, afin de le mettre plus aisément à sa boutonnière – où l’effet en fut saisissant.

« Vous permettez, mademoiselle… »

Du haut de son mètre quatre-vingt-cinq, Axson Mayte tendit son bras à Annabel, d’un geste hésitant, afin de l’accompagner jusqu’à la maison où, à présent, sur la terrasse de derrière, Winslow Slade en personne leur faisait signe et les appelait d’une voix pressante.

La fille spectrale

Nous arrivons maintenant à la première manifestation *publique* de la Malédiction, le matin du dimanche 20 avril 1905 – à ceci près qu'aucune histoire précédente ne donne crédit à cet événement, et qu'aucun des participants ne savait, ni ne pouvait se douter de ce que préfigurait l'apparition de la Fille spectrale.

Plus précisément, de ce qu'elle préfigurait pour ceux qui, tels les Slade ou le lieutenant Dabney Bayard, s'étaient sans doute imaginé n'être que de simples spectateurs, témoins stupéfaits et apitoyés de l'effondrement mental de l'ex-président Grover Cleveland.

Ce chapitre, que je souhaite bref, et dont le rôle est central dans ma chronique, est d'une exécution difficile, me semble-t-il – car je n'ai dramatisé jusqu'à présent que des scènes entre deux personnes ; je m'essaie maintenant à un *dramatis personae* plus étendu, et dois tenter de suggérer au lecteur, sans être par trop explicite, certaines des subtilités de sentiment existant entre les jeunes gens Josiah, Annabel et Dabney Bayard, le fiancé d'Annabel.

(Certains lecteurs se plaindront néanmoins de ce que la chronique est *trop subtile* ; et d'autres de ce qu'elle ne l'est *pas assez*.)

CE MATIN-LÀ, après les services dominicaux des églises de Princeton, un groupe de deux douzaines de personnes se rendit à l'« ancien domaine Craven » de Rosedale Road, récemment acheté par les Slade, car son parc de plusieurs hectares jouxtait la propriété de Crosswicks Manse, dont les cent vingt hectares s'étendaient à l'ouest d'Elm Road ; la surprise étant que les Slade offraient ce domaine en cadeau de mariage au jeune couple, afin qu'ils s'y installent au retour de leur voyage de noces en Italie.

Naturellement, j'ai vu des photographies de l'« ancien domaine Craven », dont l'habitation fut rasée à l'apogée du boom économique des années 1920 pour faire place à une demeure plus vaste et plus prestigieuse ; au moment qui nous occupe, les Slade et leurs invités considéraient cette maison comme un « nid de jeunes mariés », bien qu'elle eût en façade douze hautes fenêtres, encadrées de volets noirs, et ne comptât pas moins de vingt pièces ; son toit pentu était recouvert de tuiles de Hollande brillantes. Une maison aussi imposante, bâtie en grès de Boonton (provenant, par parenthèse, de la carrière des Slade à Boonton) semblerait à la plupart des lecteurs, peu familiers des bizarreries des riches, assez peu correspondre au terme de *nid*.

Plus tard – qu'il faille y voir ironie ou pure ignorance –, elle acquerrait le nom impropre d'« ancien domaine Bayard », alors que ni le lieutenant Bayard ni sa jeune promise ne devaient jamais y vivre, ni même passer une seule nuit sous son toit ; à l'époque de ce récit, en 1905, la maison portait toujours le nom de son premier propriétaire, le major et héros de la Révolution Dunglass Craven, qui, en sa qualité d'aide de camp favori de George Washington, découvrit le complot de l'espion André et fut la cause de son exécution.

La compagnie, gaie et splendidement vêtue, monta dans plusieurs Surreys en bois de cornouiller rose pour aller déjeuner à Craven, repas qui serait servi par le personnel des cuisines de Crosswicks, vaisselle, couverts, tables, chaises et linge de table, ainsi qu'une quantité considérable de nourriture et de boisson devant être apportés de Crosswicks Manse dans la maison (vide). Pour autant qu'il m'ait été possible de le déterminer d'après divers journaux et lettres intimes, cette compagnie comprenait Grover et Frances Cleveland, Pearce et Johanna van Dyck, Edgerstoune et Amanda FitzRandolph, Ezra et Cecelia Bayard (oncle et tante de Dabney), le Dr Aaron Burr III, accompagné de sa femme Jennifer et de leur fille Wilhelmina (qui devait être la demoiselle d'honneur d'Annabel), le révérend Nathaniel FitzRandolph (pasteur de la première église presbytérienne de Princeton depuis le départ de Winslow Slade) et le révérend Thaddeus Shackleton, directeur du séminaire théologique de Princeton, ainsi qu'un nombre respectable de Slade – Winslow Slade ; son fils et sa belle-fille, Augustus et Henrietta ; Copplestone et Lenora, oncle et tante d'Annabel, avec leur jeune fils Todd ; Josiah, le frère d'Annabel, et naturellement Annabel elle-même, accompagnée de Dabney.

« Grand-père ! Vous êtes si bon ! Grâce à vous, nous sommes heureux comme des enfants… cela nous laisse sans voix… »

Telle fut l'exclamation d'Annabel en découvrant la demeure, avec sa façade de grès austère, presque rébarbative, et la masse imposante de ses tuiles de Hollande, évoquant une avalanche prête à crouler ; le vert tendre de l'herbe, l'arceau des ormes et des chênes, qui dépliaient leurs premières feuilles, donnaient cependant à l'ensemble un aspect pittoresque, un côté maison de conte de fées ; le lieutenant Bayard bégaya lui aussi des remerciements, perdant un peu de son flegme habituel à la vue de cette propriété, destinée à être bientôt *sienne.*

On apprendrait plus tard que les négociations d'achat avaient été discutées avec le père, l'oncle et la tante de Dabney, avant que les Slade ne passent à l'acte. Mais Dabney lui-même n'en avait rien su, non plus qu'Annabel, car ce petit complot avait été tenu secret.

(Très vraisemblablement cependant, ce jeune officier intelligent, diplômé avec mention de West Point, se doutait que les riches Slade feraient à leur chère Annabel et à son promis un cadeau à la mesure de leur amour, et de leur fortune.)

Néanmoins, en arrivant au « domaine Craven » en ce matin ensoleillé d'avril, en compagnie d'une joviale assemblée d'amis, Dabney parut très surpris et passablement interdit. Une violente rougeur lui monta au visage, et ses yeux s'embuèrent eux aussi d'une sorte d'humidité, qu'il essuya discrètement du bout des doigts.

L'atmosphère de l'expédition était légère, admirative et festive, car cette journée de printemps n'aurait pu être plus parfaite, et la maison de pierre, avec ses fenêtres à croisillons de verre soufflé et les vitraux Tiffany encadrant la porte d'entrée, paraissait à tous idéale pour les « jeunes mariés ». En entendant ces mots de *jeunes mariés*, Annabel rougissait, et Dabney souriait avec gêne ; la jeune fille ne put cependant éviter de remarquer une certaine réserve chez son frère Josiah, et un embarras correspondant chez Dabney quand, quelques minutes plus tard, les trois jeunes gens se retrouvèrent par hasard en tête à tête dans une pièce du rez-de-chaussée, le reste de la compagnie étant monté à l'étage admirer les nombreuses chambres à coucher et le panorama splendide que l'on avait de chaque fenêtre. (La plupart des pièces étaient vides, naturellement, mais la mère d'Annabel, Henrietta, était déjà venue plusieurs fois dans la maison avec une escorte de domestiques afin d'y effectuer une sorte de « décoration » temporaire. La décorer et la meubler véritablement incomberait aux jeunes mariés.)

« Que c'est exquis! *Absolument* charmant! J'envie notre jeune couple! – le soprano énergique de Mme Cleveland portait jusqu'au bas de l'escalier – cette maison est une *table rosea,* qu'ils feront leur. Je n'en dirais pas autant de la maison où je suis moi-même entrée, jeune mariée… »

(C'était une allusion pleine de coquetterie, comme Mme Cleveland en faisait souvent, à la Maison-Blanche : elle avait épousé, à peine sortie de l'école, le président Cleveland, beaucoup plus âgé, dans l'aile est de cette maison.

La voix retentissante de Grover Cleveland lui donna gaiement la réplique : « Chère Frances! Tu as triomphé de ce désavantage initial, incontestablement. Ô combien! »

Par une sorte de timidité têtue, peut-être, les trois jeunes gens étaient restés à l'écart. Droit et séduisant dans sa tenue de cérémonie, Dabney Bayard tenta bravement d'engager une conversation masculine avec Josiah sur différents sujets : les succès des Highlanders de New York contre leurs rivaux, les Reds de Cincinnati, et la valeur des deux équipes comparées aux Americans de Boston; les chevaux – car Dabney était assez bon cavalier; et les dernières bouffonneries du président – Teddy Roosevelt, posant fièrement devant une jonchée d'animaux – mouflons, bison, cerfs et pumas, abattus lors d'une grande expédition de chasse dans l'Ouest; Teddy menaçant d'intervenir au Venezuela, qui n'honorait pas ses dettes (« Pour apprendre à ces métèques à bien se tenir[1] ») ; Teddy dans quasiment toutes les éditions de tous les quotidiens, le sourire vain-

1. Notons pour être tout à fait précis que cette citation, extraite d'une lettre de Teddy Roosevelt à son secrétaire d'État John Hay, n'avait pas été rendue publique en avril 1905, et que les historiens n'en auraient connaissance que longtemps après sa mort, survenue en 1919.

queur et les lunettes étincelantes, claironnant la supériorité du corollaire impérialiste de Roosevelt sur la doctrine Monroe.

Le lieutenant Bayard brûlait tout particulièrement de discuter des « grévistes hors-la-loi » de mines de Pennsylvanie, dont la presse parlait alors beaucoup. L'envie le « démangeait » de participer à une intervention de l'armée des États-Unis ! (En chaire, ce matin-là, le révérend FitzRandolph avait évoqué les « crimes anarchistes et athées » commis par le Syndicat des mineurs unis d'Amérique contre les propriétaires des mines et, par extension, contre tous les « citoyens respectueux des lois ».) Cependant, quoique les Slade de Crosswicks eussent des intérêts financiers dans les mines de Pennsylvanie, comme dans les usines textiles du New Jersey et de Pennsylvanie, ce qui aurait pu laisser penser que Josiah partagerait les sentiments de Dabney, le jeune homme haussa seulement les épaules avec indifférence, et garda ses distances ; à côté de son fiancé, rougissante, Annabel ne savait si elle devait s'affliger ou s'offenser de la grossièreté de son frère.

(Josiah ne pouvait savoir que, le matin même, Annabel avait surpris une brève conversation entre leur mère et lui ; et qu'elle avait été blessée de l'indifférence délibérée qu'il avait manifestée pour l'expédition du jour. S'il se joignait aux autres, avait-il dit, ce n'était que pour faire plaisir à sa mère, et à ses aînés ; car il doutait que sa sœur, absorbée comme elle l'était dans ses projets de mariage, remarque sa présence.)

Que se passait-il, se demandait Annabel ; pourquoi fallait-il qu'il y eût ce malaise entre eux ? Jusqu'à ce qu'il se rende compte de l'« intérêt » de Dabney Bayard pour Annabel, Josiah avait paru apprécier ce jeune homme robuste ; à l'automne précédent, tous deux avaient assisté, avec un groupe de jeunes Princetoniens tapageurs, au premier match de football Princeton-Yale de l'année universitaire. Mais Josiah avait vite compris la raison des visites de Dabney à Crosswicks, et il s'était alors montré plus distant, bien que trop poli ou, d'une certaine manière, trop timide pour faire part à Annabel de ses réserves concernant Dabney.

Annabel regrettait que son amie Wilhelmina ne fût pas restée avec eux, dans ce moment délicat. Mais « Willy » avait été la première à se précipiter à l'étage pour une visite impromptue.

Depuis le début de ce mois d'avril, Annabel constatait qu'elle se taisait souvent quand elle se retrouvait seule avec son fiancé : car leur idylle s'était formée dans les soirées et les réceptions, et cette affaire délicate qu'était la « conversation intime » paraissait les dérouter. De quoi parlait-on quand personne d'autre n'écoutait ? Annabel commençait aussi à se rendre compte qu'en dépit de ses ancêtres virginiens, Dabney n'était pas toujours très patient ni très courtois ; elle avait des raisons de penser qu'il était passablement irascible, car elle l'avait entendu parler sèchement à des domestiques, des serveurs et autres subordonnés ; à elle, il n'avait jamais parlé avec dureté, bien entendu, mais ses remarques étaient parfois teintées d'une légère ironie, qu'Annabel comparait aux jeunes épines encore vertes des rosiers chéris de sa mère, inoffensives en apparence, mais capables d'infliger de petites blessures si on n'y prenait garde

Quant au caractère irascible du lieutenant Bayard, Annabel se disait : *Il ne fait qu'exprimer sa nature. C'est un homme, et c'est un soldat.*

En dépit de l'assurance qu'il affichait, Dabney était souvent déstabilisé par Josiah Slade ; de deux ans son cadet, le frère d'Annabel semblait néanmoins plus indépendant, et ses silences mettaient Dabney mal à l'aise, le poussant à parler pour deux, parfois avec fanfaronnade, bien que ce ne fût pas dans sa nature – les officiers qui en imposaient le plus, c'était bien connu, étaient ceux qui se taisaient, quand les autres racontaient leurs exploits.

Contribuait aussi au malaise entre les deux jeunes gens le fait que Josiah Slade eût fréquenté West Point après ses études à Princeton – mais quatre mois seulement. Rompant brusquement son engagement, il avait ensuite quitté l'Académie et passé plusieurs mois à voyager dans l'Ouest avant de rentrer chez lui. (Lorsqu'on lui avait demandé la raison de cet abandon, après son enthousiasme initial, il avait répondu avec un haussement d'épaules qu'il avait suffisamment « marché au pas en uniforme » comme cela.) Pendant les mois qu'il avait passés à parcourir le Wyoming, l'Utah, l'Idaho et le nord de la Californie, aucun des siens n'avait su précisément ce qu'il faisait, même si, en fils aimant, il leur avait écrit, brièvement certes, mais régulièrement, pour les rassurer sur son sort et sur sa santé.

Ainsi donc, face au frère de sa fiancée, Dabney Bayard était souvent à court de mots. Que c'était pénible – et exaspérant ! – car le jeune Bayard, avec ses cheveux châtains bouclés, coupés court, ses longs cils et son sourire facile, était habitué à l'admiration des femmes et de ses aînés ; il ne lui manquait que d'être admiré ou, du moins, accepté par de jeunes gens de son âge et de son milieu, tel que Josiah Slade.

« Y a-t-il quelque chose qui te déplaise chez Dabney ? » avait demandé timidement Annabel à son frère ; mais il avait répondu, avec autant de sincérité qu'il en était capable : « Non ! Rien du tout. Ce qui compte, Annabel, c'est qu'il te plaise *à toi.* »

Annabel ne sut comment décoder cette réponse oblique. Mais elle nota le choix de *plaire* au lieu d'*aimer*.

Et Josiah Slade ? Son caractère est si complexe, contradictoire, problématique et, disons-le, si « prédestiné » que je ne me sens pas plus qualifié pour l'analyser ici que je ne le serais pour analyser le caractère du Hamlet de Shakespeare, à qui Josiah me fait quelquefois penser. Un jeune homme aux passions profondes, couvant comme feu sous la cendre, étouffées par des ruminations trop cérébrales ; un jeune homme d'une famille « noble », mal à l'aise en société ; un jeune homme résolu à avoir une destinée – mais n'ayant aucune idée de ce qu'elle devait être.

Depuis qu'Augustus Slade avait accepté la demande en mariage de Dabney Bayard, coupant l'herbe sous le pied à un petit bataillon de soupirants près de se déclarer, Josiah avait un comportement étrange – capricieux. Et cependant, à la question hésitante d'Annabel, il fit une réponse guindée et évasive : « Tu dois écouter ton cœur, Annabel. Et père a dit "oui" – aller jusqu'au bout de ton engagement ne peut dépendre que de toi. »

Au bout de l'engagement! Annabel rit, un peu blessée ; comme si épouser Dabney Bayard était une sorte de campagne militaire.

Bien qu'il eût cinq ans de plus que sa sœur et ne lui eût pas toujours consacré beaucoup de temps, Josiah s'était toujours montré affectueux avec Annabel, et soucieux de la protéger ; en dépit de ses manières brusques et de son naturel impatient, il avait toujours paru l'aimer tendrement. (Comme il aimait, ou s'efforçait d'aimer Todd, leur cousin perpétuellement agité et envahissant, âgé maintenant de onze ans.) Mais quand Annabel voulut prendre les mains de Josiah dans les siennes – (ah ! comme elles étaient solides et robustes) – il s'écarta, le visage assombri ; et quand elle l'implora de tout lui dire, comme lorsqu'ils étaient enfants, il observa, avec un sourire de contrariété : « Mais, Annabel, nous ne sommes plus des enfants. Il serait temps de t'en apercevoir. »

ALORS QUE, AU PREMIER, les nombreux invités des Slade allaient gaiement de pièce en pièce, Annabel, Josiah et Dabney Bayard se tenaient toujours devant une cheminée vide, dans l'un des salons du rez-de-chaussée ; il n'y avait aucune cendre récente dans l'âtre, mais seulement des os minuscules, secs comme des brindilles. En désespoir de cause, Dabney déclara : « Votre grand-père est un homme des plus remarquable – tout le monde le dit, et c'est vrai. Et il a été si *généreux...* » Annabel approuva ; mais Josiah n'émit qu'un vague grognement, comme si cette remarque inepte ne méritait pas qu'on y réponde.

Subrepticement Annabel donna un coup de coude à son frère. Elle coula vers lui un regard qui semblait implorer *Ne sois pas grossier, s'il te plaît. Ne gâche pas cette belle journée.*

Six semaines avant son mariage, Annabel Slade n'avait jamais paru plus belle, avec son teint rosi par l'émotion, ses yeux bleu-violet humides et ses lèvres tremblantes. Pour ce déjeuner dominical dans l'« ancien domaine Craven » – le futur « nid » des jeunes mariés – elle portait une nouvelle robe en crêpe de Chine couleur crème dans le style « Fluffy Ruffles », en vogue l'époque, et, perchée sur sa chevelure châtain miel, coiffée à la Pompadour, une capeline généreusement emplumée, d'une teinte assortie à sa robe, dont un bandeau rehaussait encore la calotte. Sous cette cascade de volants chatoyants, qui frémissait à chacune de ses inspirations, Annabel semblait l'incarnation du charme féminin – du *mystère* féminin. Car comment expliquer qu'une jeune femme aussi adorée, aussi manifestement gâtée par la providence, eût le regard baissé et le front plissé par l'inquiétude, en compagnie de son fiancé et de son frère ?

Il aurait fallu un observateur plus perspicace encore que ne l'était Josiah pour remarquer qu'Annabel était distraite et que ses pensées étaient ailleurs ; peut-être entendait-elle, à peine perceptible, ce sifflement, cet avertissement – *Annabel! Annabel!* – montant des parterres de fleurs encore dévastés par l'hiver, derrière la maison.

Et peut-être ses pensées dérivaient-elles vers le souvenir d'une faucille, scintillant d'un éclat cruel dans le soleil – de fleurs et d'herbes fraîchement coupées, en amas sur le sol, bientôt pourrissantes – le souvenir d'une main hardie saisissant la sienne, et d'un baiser encore plus hardi sur le dos de sa main – *chère mademoiselle! Comme vous êtes bonne! Une qualité rare chez les dames de votre condition!*

Annabel avait maintes fois examiné le dos de sa main pour y chercher la marque de l'incisive acérée de l'inconnu. Mais sa peau, lisse, fine, d'une pâleur crémeuse, ne laissait voir que le filigrane délicat des os, et un réseau translucide de veines bleutées.

Comme Annabel coulait de nouveau un regard vers sa main, des exclamations et des cris retentirent soudain au premier étage; des hurlements de femmes; suivis presque aussitôt d'un bruit de lutte ou de mêlée – comme si des gens s'empoignaient et roulaient sur le sol juste au-dessus d'eux.

Sans une hésitation, Josiah bondit vers l'escalier, qu'il monta quatre à quatre; Annabel et Dabney le suivirent, mais sans courir. Sous l'effet de la peur, Annabel avait étreint le bras de Dabney, et il se penchait vers elle, comme pour la protéger.

« Oh, que se passe-t-il? Quelqu'un est-il blessé? On dirait la voix du président Cleveland… ? » s'écria Annabel.

Au premier, dans l'une des chambres à coucher, Josiah découvrit l'un des spectacles les plus stupéfiants de sa jeune existence : Grover Cleveland, notre ex-président, un gentleman replet qui frisait les soixante-dix ans et les cent trente kilos, se convulsait sur le parquet, le visage violacé et la respiration sifflante, immobilisé tant bien que mal par plusieurs personnes, dont le père de Josiah et Mme Cleveland. Le vieux gentleman corpulent, haletant toujours, avec cette respiration sifflante qui faisait craindre une attaque d'apoplexie, n'en continuait pas moins à se débattre, et criait d'une voix lamentable :

« Laissez-moi – je vous en prie – oh, lâchez-moi ! Si vous avez un cœur ! *Papa est là ! Papa est là,* mon enfant ! Ne nous abandonne pas une nouvelle fois, ma chérie ! »

Josiah regardait, pétrifié. Que se passait-il ? Le monde était-il brusquement devenu fou ? On se serait cru dans une scène de film – ce *Vol du grand rapide* que tout le monde avait vu, deux ans plus tôt – excitation calamiteuse, mouvements saccadés et mal coordonnés, rythme accéléré, musique sensationnelle qui vous enfiévrait le sang – et pourtant, vous aviez beau regarder ces images mouvantes, vous ne saisissiez pas immédiatement ce qu'elles signifiaient ; vous ne pouviez pas les *ralentir* pour comprendre.

Grover Cleveland, apparemment, avait fait une chute, à moins qu'il n'eût été plaqué au sol pour lui éviter de tomber par une fenêtre ouvrant sur un pan du toit de tuiles ; le père de Josiah, semblait-il, le maintenait au sol, et Mme Cleveland elle-même – Junon brune et mûre à la beauté ténébreuse, aux gestes d'ordinaire posés et compassés – s'efforçait d'immobiliser son mari par le truchement d'un genou soyeux, enfoncé rudement dans son ventre formidable ; cet effort avait découvert sa jambe galbée, gainée d'un fin bas blanc, laquelle retenait l'attention stupéfaite de Josiah, comme rien de ce qu'il avait jamais vu ni même imaginé jusque-là.

Osons le dire : mes collègues historiens ont bâclé cet incident, n'ayant pas la moindre idée de ce qui s'était passé dans l'ancien domaine Craven de Rosedale Road en ce milieu de journée du 20 avril 1905 ; leur défaillance collective est à attribuer au zèle que déploya Frances Cleveland pour étouffer ces faits scabreux et protéger son vieil époux de la critique et du ridicule ; car l'ex-Première Dame était extrêmement sensible aux remarques cruelles faites derrière le dos (massif) de son mari, estimant à juste titre que ces persiflages rejaillissaient sur elle. Quand, après avoir quitté la présidence en 1897, très déconsidéré, Cleveland se retira dans le « village somnolent » de Princeton, New Jersey, il échut à sa jeune épouse de lui éviter les excès d'excitation, ainsi que les excès de table et de boisson, car Grover avait la réputation d'être « aussi terriblement glouton qu'un poisson rouge dans un bocal, qui dévore tout ce qu'on lui donne jusqu'à s'en faire éclater le ventre. » En dépit de sa jeunesse, Mme Cleveland avait vite adopté un style hautain et impérial, en société comme en public ; par conséquent, sachant son mari et elle-même tout ensemble *courtisés* et *honteusement dénigrés,* Mme Cleveland n'était pas du genre à souffrir les imbéciles. Woodrow Wilson, ainsi que nous l'avons vu, mais également nombre de citoyens de Princeton, d'un rang plus élevé que le sien, en étaient venus à redouter l'œil étincelant de la dame, sa langue sarcastique et son pouvoir de rehausser ou de faire tort à leur prestige social, au gré de ses caprices [1].

---

1. Les Cleveland demeurent un couple fascinant, sept décennies plus tard. Grover Cleveland, qui avait vingt-huit ans de plus que son épouse, l'aurait vue pour la première fois alors qu'elle était au berceau ; à la mort du père de Frances, qui était l'un de ses plus vieux amis, Cleveland devint le tuteur de la jeune fille de onze ans, à qui, moins de dix ans plus tard, alors qu'elle était étudiante au Wells College pour jeunes femmes, il fit sa demande. À vingt et un ans, Frances devint la plus jeune Première Dame de l'histoire, et elle l'est restée jusqu'à ce jour. Les Cleveland eurent cinq enfants, dont la première, Ruth, mourut de maladie en 1904 à l'âge de treize ans. Dans mon enfance, j'ai souvent vu Mme Cleveland – Mme veuve Cleveland – son époux corpulent n'ayant pas survécu très longtemps aux vicissitudes de la Malédiction de Crosswicks, dont il ne fût pourtant, semble-t-il, qu'une victime innocente.

En dépit du caractère confus de l'incident survenu dans l'ancien domaine Craven, je suis parvenu à assembler, à la façon d'un courte-pointier habile, quoique un peu excentrique, le récit à peu près cohérent qui suit.

Après être monté au premier étage – un effort éprouvant pour un homme de sa corpulence –, Grover Cleveland lambina derrière le petit groupe enthousiaste, cherchant à reprendre son souffle ; tandis que les autres allaient de pièce en pièce, s'extasiant sur tel ou tel détail charmant de la maison, Cleveland entra par hasard dans une pièce vide, qui se trouva être une chambre d'enfants ; passant devant l'une de ses hautes fenêtres, fermée en partie par des volets et donnant sur un angle pentu du toit, il vit, ou crut voir, un spectacle terrifiant, tout au bord du toit ; imaginant d'abord que c'était un gros oiseau disgracieux, un grand héron bleu, peut-être, car ces échassiers d'aspect préhistorique n'étaient pas rares dans la campagne de Princeton, Grover se frotta les yeux et vit alors avec effroi un enfant, une petite fille, perchée au bord du toit ; par jeu – ou par farce ? – elle mettait en pièces une brassée de lys calla, dont les pétales tombaient sur le sol en contrebas ; des cheveux noirs bouclés répandus sur le dos ; une robe longue, blanche et curieusement souillée ; des pieds nus… un teint d'une pâleur livide – cette pâleur, si reconnaissable, de la tombe. Ignorant l'observateur stupéfait, l'enfant parvint à se mettre debout, au bord du toit, et jeta en riant les derniers lys calla dans les airs, comme si

Ma mère fréquenta Mme Cleveland avant et après son deuxième mariage, à quarante-neuf ans, avec un professeur d'archéologie de l'université de Princeton ; j'aimerais pouvoir me flatter de lui avoir parlé, mais je n'ai qu'un souvenir flou de cette femme saisissante, aussi brune de chevelure que de teint, qu'une rumeur (répandue par ses détractrices) disait être une parente éloignée d'un chef de la nation indienne des Choctaws de l'Oklahoma !

elle s'apprêtait à s'élancer dans le vide ; et que pourrait faire Cleveland, alors, pour la sauver ?

Il hurla : « Non ! Non ! Arrête ! Il ne faut pas ! »

Cleveland était à la fenêtre, cherchant à la soulever, à écarter les volets, grognant sous l'effort, poussant des cris stridents – ce qui eut pour résultat que la petite fille se tourna vers lui et, stupéfait, horrifié, il reconnut *sa propre fille chérie, Ruth* – morte de diphtérie, il y avait moins d'un an, dans leur résidence d'été de Buzzards Bay, Massachusetts.

Ah, que se passait-il ? Comment était-ce possible ? Sa petite Ruth chérie, dont il rêvait si souvent, et qu'il continuait à pleurer dans la solitude de ses pensées – pourquoi lui était-elle apparue ici ? Et que fallait-il faire ?

Notons ici que, bien qu'affligé d'une batterie de maux, surpassant même ceux de Woodrow Wilson, Grover Cleveland n'avait jusque-là jamais souffert d'aucune maladie mentale ni d'hallucinations.

Lui qui se targuait d'être le bon sens incarné, de ne quasiment jamais accorder une pensée à une « vie après la mort » ou à un quelconque « royaume des esprits » n'eut pourtant pas un instant d'hésitation, convaincu que sa fille lui était mystérieusement rendue ; dans les vêtements mêmes de la tombe, et lui lançant des regards par-dessus son épaule, avec la même coquetterie espiègle qu'elle l'avait fait de son vivant, pour taquiner son cher papa et le faire rire.

Quoi d'étonnant si Cleveland oublia que Ruth était morte et qu'elle avait été enterrée ? Pris de frénésie, il souleva la fenêtre aussi haut qu'il le put, se pencha, tendit les bras vers elle, la suppliant de venir à lui. Sans se soucier de sa sécurité, il tenta, en dépit des handicaps de l'âge et de l'embonpoint, de pousser sa personne à travers l'ouverture, en criant : « Ruth ! Chère Ruth ! C'est vraiment toi ! Ne saute pas… ton papa t'en supplie, chérie... regarde par ici!... papa est là! Ô ma pauvre chérie! Ma toute petite! Mon ange! Ne saute pas! *Viens dans les bras de papa, ô ne...* »

L'apparition qui se tenait au bord du toit ne pouvait être vue des autres, bien entendu; pourtant, lorsqu'ils firent irruption dans la pièce, ils comprirent d'instinct la situation – ou, du moins, que Grover Cleveland était victime d'une violente hallucination, et qu'il tentait de se glisser dehors par une étroite fenêtre, risquant de faire une chute mortelle si on ne le retenait pas.

Il s'ensuivit donc cette lutte dont Josiah fut témoin un instant plus tard : le vieux gentleman replet fut plaqué au sol par plusieurs personnes, dont sa femme, qui jeta son ombrelle de soie, et retroussa ses jupons et ses lourdes jupes, ordonnant à Cleveland, d'une voix sonore, de cesser sur-le-champ de se débattre : « Voyons, qu'est-ce que cela! Que dites-vous! Cher époux, que dites-vous!

– C'est Ruth, Frances... notre fille, Ruth! Regarde! Elle me fait signe... et à toi! Lâchez-moi, je vous en prie...

– Ruth? Comment cela? Où cela? » Au bord de l'hystérie maintenant, Mme Cleveland s'accroupit devant la fenêtre ouverte; mais elle ne parut voir aucune apparition sur le toit, à moins que, à ce moment-là, celle-ci eût déjà disparu.

Bientôt après, immobilisé sur le parquet, Cleveland sombra dans un bienheureux évanouissement; son visage rebondi et rugueux était couvert d'une sueur malsaine, sa respiration stertoreuse était effrayante. Ses sauveteurs défirent en hâte son col amidonné, ainsi que son gilet et son plastron; on aspergea son visage d'eau froide et on l'essuya avec une compresse froide. On envoya l'une des carrioles chercher le médecin de Cleveland, le Dr Boudinot, qui habitait Lilac Lane – une rue perpendiculaire à Hodge Road – et peu éloignée de Rosedale;

lorsque le médecin arriva, la vie de Cleveland ne semblait plus immédiatement menacée, quoiqu'une telle crise ne fût pas de bon augure pour l'avenir ; et Mme Cleveland, les larmes aux yeux, implora la compagnie de ne pas répandre cette malheureuse nouvelle.

De toutes les personnes présentes ce jour-là, seules trois semblent avoir « vu » ou « senti » l'apparition, pour autant que j'aie pu le déterminer.

Le jeune Todd Slade, un cousin d'Annabel et de Josiah, le fils de Copplestone et Lenora Slade, n'avait pas assisté à l'effondrement de M. Cleveland, ni été autorisé à pénétrer ensuite dans la chambre d'enfants ; il serait néanmoins réveillé plusieurs nuits de suite par des cauchemars dans lesquels, dirait-il, le *fantôme d'une petite fille* le pourchassait.

Il y eut aussi le témoignage catégorique d'Amanda FitzRandolph, qui soutint après coup avoir entrevu une sorte d'« efflorescence chatoyante » sur le toit, à l'endroit précis qu'avait indiqué Cleveland ; mais elle aurait été bien incapable d'y reconnaître la pauvre Ruth Cleveland parce que « tous les esprits se ressemblent quand ils reviennent de l'Autre Côté ».

De façon plus incertaine, il semble que Winslow Slade ait eu une réaction émotionnelle particulière, car, entré dans la chambre d'enfant après les autres, alors que le malheureux M. Cleveland avait perdu connaissance, il sembla néanmoins saisir immédiatement la situation : ce qui avait « fait signe » à M. Cleveland de l'autre côté de la fenêtre et produit ce résultat catastrophique.

Dans ce moment de confusion, en effet, alors qu'on cherchait de l'aide et que Mme Cleveland manifestait bruyamment sa détresse, Winslow avait cherché à la réconforter en lui disant que tout allait s'arranger, « maintenant que l'esprit de votre petite fille semble nous avoir quittés ».

Mais quand Josiah et Annabel lui demandèrent ensuite s'il avait vu l'apparition, Winslow Slade répondit d'un ton bref : « Non. Il n'y a pas d'"esprit" chez les chrétiens. »

En compagnie des autres invités, Annabel avait fort peu parlé ; mais, dans la soirée, à Crosswicks Manse, quand Josiah et elle furent enfin seuls ensemble, elle fit une confidence à son frère : « Ruth, dis-tu ? Il a vu sa fille Ruth par la fenêtre ? Oh ! la pauvre enfant – je la voyais rarement de son vivant, tu sais – mais dans mes rêves, ces derniers temps, depuis sa mort, Ruth m'a fait signe, à moi aussi – je me demande *pourquoi,* et cela me fait peur. »

Trompette des anges ou « M. Mayte de Virginie »

Deux jours plus tard, sur le campus de l'université de Princeton, Josiah Slade eut une sorte d'aventure, dont l'importance ne pouvait lui apparaître sur le moment ; il fut cependant sensible à son caractère désagréable, qui le glaça jusqu'aux tréfonds, comme s'il avait le pressentiment de ce qui allait suivre.

Il se rendait chez le professeur Pearce van Dyck, son ancien professeur de philosophie, qui avait son bureau au premier étage du nouveau bâtiment de style gothique, le Pyne, (plus tard rebaptisé East Pyne), et dont il souhaitait ardemment l'avis, ou les conseils éclairés. Josiah se rappelait ses années d'études à Princeton, où il avait touché à tout, faute de savoir précisément ce qu'il voulait faire : étudier les langues anciennes, y compris l'hébreu et l'araméen, afin de pouvoir lire les Écritures saintes dans le texte et satisfaire les nombreuses interrogations soulevées par la traduction de la *King James,* auxquelles son grand-père Slade n'avait pu apporter de réponses ; ou avait-il davantage le goût des sciences – botanique, biologie, géologie ; ou celui de l'histoire – le sol imbibé de sang de l'Europe ; celui, plus virginal, quoique à peine moins ensanglanté, du Nouveau

Monde ? Tout comme il s'était lassé de West Point au bout de quelques semaines, il s'était lassé de ses études, qu'il avait abandonnées de temps à autre pour « voyager », « rôder », presque à la façon d'un vagabond, parfois, influencé par les récits du Klondike de Jack London ou, moins désespérément, par *La Vie sur le Mississippi* de Mark Twain. (Sans que l'on sût exactement comment, Josiah avait gagné des sommes d'argent non négligeables dans l'Ouest ; bien que son pécule fondît rapidement, il ne dépendait pas encore de sa famille pour son entretien.)

À Princeton, Josiah avait été enrôlé dans l'équipe de football américain, et dans les équipes de hockey et de softball ; il avait passé quelques semaines éreintantes dans l'équipe d'aviron, s'entraînant dans l'aube glacée et les brouillards spectraux du lac Carnegie, et se consolant à l'idée que ce sport collectif réprimait le sportif exhibitionniste qu'il détestait et reconnaissait en lui-même. Et Josiah avait décliné l'offre de recrutement de l'Ivy, le club étudiant le plus fermé de Prospect Avenue, sans donner d'autre explication de ce refus à ses « frères » étonnés, déçus et réprobateurs qu'un haussement d'épaules : « Une soirée à l'Ivy ressemble à peu près à toutes les autres ; après y avoir goûté pendant trois semaines et demie, je suis certain de les connaître toutes. »

Il régnait un esprit de camaraderie forcée parmi les garçons, ou – ainsi qu'ils souhaitaient se considérer – les *jeunes gens* de Princeton. Seuls semblaient compter pour eux leurs rapports mutuels : être respecté, apprécié, admiré, « populaire ». Les notes n'avaient guère d'importance – ceux qui travaillaient étaient traités de *piocheurs*. Car un gentleman n'avait nul besoin d'obtenir mieux qu'un « C » – un gentleman n'était assurément pas censé gagner sa vie grâce à ses ressources intellectuelles. Et donc on adhérait à un club, ou à deux, voire à trois. On faisait du sport comme tout le monde, en troupeau affable. Mais, de même qu'il apprendrait vite à West Point que marcher au pas *en uniforme* était profondément ennuyeux, Josiah avait appris à Princeton que tout effort restant à la hauteur des visées de ses camarades ne pouvait l'intéresser très longtemps.

Pour faire plaisir à son père, il avait persévéré jusqu'à ce qu'au bout de quelques années Princeton lui accorde sa licence. Un parchemin qu'il avait immédiatement mis de côté, et peut-être perdu.

Cette indépendance l'emplissait d'une sorte d'exultation – mais il lui devait aussi des accès de mélancolie où il ne supportait pas d'être seul. Il s'était donc mis en quête de son enseignant le plus compréhensif, Pearce van Dyck, qui lui avait toujours fait bon accueil dans son bureau confortable, avec ses fauteuils en cuir, ses rayonnages de livres montant jusqu'au plafond, et ses fenêtres à vitraux donnant sur la « chapelle » de l'université – aussi imposante qu'une église.

Le professeur van Dyck parlera avec franchise, se disait Josiah. *Lui seul de tous les gens que je connais.*

Il se trouva donc que Josiah frappa à la porte ouverte du bureau de van Dyck et fut invité à entrer ; une animation agréable régnait dans Pyne Hall, où les étudiants se hâtaient vers leurs cours ou dévalaient l'escalier en troupeaux bruyants, et personne ne fit attention à Josiah, qui avec son « blazer » de tweed usé et son pantalon de gabardine aurait pu être l'un des leurs, s'il n'avait eu ce front plissé et cette maturité dans le regard. « Bonjour, Josiah ! Voilà une bien agréable surprise. »

Entre le professeur de philosophie et le jeune homme existaient depuis longtemps des rapports décontractés et complices, car leurs deux familles se fréquentaient, et van Dyck connaissait Josiah depuis l'enfance. Pendant ses études, Josiah avait été un étudiant assez doué pour obtenir des notes élevées ; un étudiant parfois même brillant et capricieux, mais dont les humeurs n'avaient rien d'inquiétant, du moins dans les cours de van Dyck. Ce professeur, spécialiste de l'idéalisme kantien, était alors un homme entre deux âges, taciturne de nature, érudit et sérieux plutôt que « populaire » ; Josiah se sentait bien plus à l'aise avec lui qu'avec son propre père.

Le grand mérite de la philosophie, c'est d'éviter les subterfuges pour aller droit « au vif ». Josiah déclara donc, sans préambule, avant même de s'asseoir : « Que pensez-vous de cela, monsieur le professeur ? ». Et il lui montra, au creux de ses paumes, des pétales de lys froissés et meurtris, et quelques fragments de tiges et de feuilles desséchées et dégageant une odeur violente.

Van Dyck contempla ces débris qui, dans la lumière impitoyable entrant de biais par une haute fenêtre, semblaient davantage des simulacres de lys que des fleurs véritables.

« Il me semble que ce sont des "lys calla" – c'est difficile à dire tant ils sont décomposés. Où les avez-vous pris ?

– Je les ai trouvés.

– "Trouvés" ? Où cela ?

– À mes pieds, là où je marchais. J'ai baissé les yeux… et ils étaient là. »

Josiah n'expliqua pas qu'il était tombé sur les lys calla alors qu'il quittait le domaine Craven, après la fameuse visite dominicale. Baissant le regard, il avait vu les pétales desséchés et les avait reconnus dans un frisson.

La petite fille morte les a laissés. Cette enfant morte nous réclame quelque chose.

Josiah ne venait pas voir le professeur pour des motifs uniquement personnels : à côté de ses activités universitaires, van Dyck était en effet connu pour ses vastes connaissances d'amateur en botanique et en horticulture ; le jardin des van Dyck, derrière leur maison ancestrale du 87, Hodge Road, était l'un des joyaux du West End princetonien.

« Je me rappelle pas où je les ai trouvés, monsieur. Mais je voulais savoir ce que vous en pensiez. Comment vous les identifieriez. »

Josiah parlait avec lenteur, comme s'il pesait chaque mot.

Van Dyck avait étalé les pétales froissés, les tiges brisées et les feuilles sur son bureau. Il les examina, le sourcil froncé. « Ces fleurs semblent anciennes – très vieilles. Leur décomposition sort de l'ordinaire… » Il baissa la tête pour les respirer et se rejeta aussitôt en arrière avec une expression consternée. « Quelle odeur *infecte* !

– Une sorte d'odeur chimique, me semblait-il. Pas organique.

– Mais, regardez ! Elles se *décomposent* à vue d'œil… »

Sous leurs yeux, en effet, les lys desséchés se désagrégèrent, puis tombèrent en poussière. Ne demeurèrent que des fragments de feuilles ratatinées, un unique calice, une odeur de pourriture à soulever le cœur.

« Ce doit être l'effet de la lumière vive qui éclaire cette pièce. Une sorte de processus chimique accéléré… »

Que van Dyck s'efforçât ainsi d'expliquer ce phénomène surnaturel parut à Josiah l'essence même du tempérament philosophique : extraire un sens de ce qui n'en a pas ; trouver une logique où il n'y en a pas. Comme la rime en poésie, cela donnait une illusion de réconfort.

« Oui. Un "processus chimique". Ce doit être cela.

– Mais où avez-vous dit les avoir trouvés ? "À vos pieds" ?

– Dans le domaine Craven, monsieur. Dimanche. »

Pearce van Dyck et son épouse ayant été également présents ce jour-là, cette précision paraissait naturelle à Josiah ; un instant plus tard, cependant, il regrettait ses paroles, car elles eurent pour effet d'intriguer van Dyck et d'aiguiser sa curiosité.

« Mais… personne n'avait de lys "funéraires", à ma connaissance ? Et ceux-ci sont si *vieux*…

– Je me demandais juste – ce que vous en penseriez. Sachant que vous êtes horticulteur… »

Agité, Josiah s'était levé. L'excitation et la fatigue se lisaient sur son visage – comme s'il avait mal dormi la nuit précédente, et qu'il se fût « tourné et retourné » dans son lit, aux prises avec le Paradoxe.

Un oiseau prédateur au grand bec acéré et aux serres cruelles : le Paradoxe. En être la proie, c'est souffrir, mais d'une souffrance si exquise qu'elle se confond aisément avec une sorte d'extase.

Josiah secoua la tête pour échapper à la toile d'araignée de ces pensées. Ah, il n'était pas lui-même, ce matin ! Il n'était plus « lui-même » – d'une certaine façon – depuis l'incident du domaine Craven et l'effondrement nerveux de Grover Cleveland ; depuis qu'Annabel lui avait confié que l'enfant morte des Cleveland lui avait fait signe, à elle aussi, en apparaissant dans ses rêves.

« Asseyez-vous donc, Josiah, je vous en prie. Rien ne vous presse de partir, j'imagine ? »

Josiah, qui ne s'était pas rendu compte qu'il arpentait le bureau, ne sut que répondre. Était-il pressé ? Mais pour aller… où ?

« Une sorte de pouls bat dans mon crâne, professeur. Quand je suis parfaitement immobile, c'est plus sensible, et plus perturbant. »

Van Dyck leva les yeux. Courbé jusque-là sur son bureau pour examiner les restes désagrégés des lys calla, il tourna son attention vers Josiah, l'air soucieux.

« J'espère que ce n'est pas l'odeur de ces fleurs qui vous a indisposé, Josiah. Elle se dissipe, à présent, mais elle ne me paraît pas *naturelle*…

– Eh bien, merci, professeur ! Vous m'avez été d'une grande aide et maintenant – maintenant – je vais prendre congé.

– Mon cher Josiah, protesta van Dyck, vous n'allez pas partir si vite ? Asseyez-vous, je vous en prie… nous parlerons de l'incident extraordinaire de dimanche – ce pauvre Grover Cleveland, qui divaguait, l'esprit tout à fait dérangé… Une vieille légende veut que le domaine Craven soit hanté par ce traître d'André, décidé à tirer vengeance du major Craven. Mais, apparemment, ce n'est pas le fantôme de l'espion exécuté qu'a vu M. Cleveland, mais celui de sa malheureuse fille, Ruth… que pensez-vous de cet incident ?

– Il n'y a pas d'"esprits" chez les chrétiens. Voilà ce que j'en pense. »

Sans être tout à fait impoli, Josiah s'en fut avec un salut désinvolte de la main ; laissant Pearce van Dyck se demander avec perplexité comment quelques fleurs funéraires desséchées avaient pu mettre son jeune ami dans un état mental aussi curieux.

Puis, d'un geste négligent de la main, le professeur balaya les débris de fleurs, sans remarquer que quelques petits pétales recroquevillés et les fragments d'une tige demeuraient dans un exemplaire de l'*Éthique* de Spinoza, ouvert au tout début de la quatrième partie, « De l'esclavage de l'homme ou de la force des passions ».

TRAVERSANT LE CAMPUS DE L'UNIVERSITÉ d'un pas rapide, larges épaules voûtées et tête légèrement baissée, Josiah fut arrêté au bas des marches de la bibliothèque Chancelier-Green par le président de l'université, Woodrow Wilson, qui le héla familièrement, avec le sourire chaleureux qu'il aurait pu adresser à quelqu'un des siens. Le cœur serré, Josiah se dit *Harponné! Flûte.*

Naturellement le jeune homme ne passa pas son chemin, comme il aurait aimé le faire; il s'arrêta pour parler avec Woodrow Wilson ou, plutôt, pour permettre à Woodrow Wilson de lui parler.

Le président était accompagné d'un inconnu, qu'il présenta à Josiah : un homme d'une laideur singulière à la peau flasque et blanche comme un ventre de poisson; ses yeux rapprochés avaient une couleur intense, mais peu naturelle, tirant sur le bronze; et il y avait quelque chose de reptilien dans sa bouche, dans sa façon de darder une langue humide tandis qu'il souriait, avec une onctuosité que Josiah trouva particulièrement déplaisante. Impossible de s'échapper, cependant, car Woodrow Wilson insista pour présenter l'inconnu à Josiah, et Josiah à l'inconnu, comme s'il en tirait une extrême fierté.

Josiah Slade fut donc contraint de serrer la main d'« Axson Mayte », donné ici pour un avocat de Carnahan, en Virginie, lié à l'Église presbytérienne, et dont Wilson espérait s'adjoindre les services dans son différend avec le conseil d'administration. Josiah, qui ne connaissait de la querelle opposant Wilson à Andre West, le doyen de l'institut d'études supérieures, que quelques vagues ragots, et qui jugeait l'affaire parfaitement insignifiante, sourit poliment et murmura une réponse amicale/indifférente, impatient de s'esquiver; mais le Dr Wilson le retint adroitement en posant une main paternelle sur son bras, et en lui demandant des nouvelles de sa famille – de ses père et mère, de sa sœur et de son jeune cousin, de son grand-père Winslow.

Que ces conversations étaient prévisibles, fastidieusement répétitives! Et cependant, comment y échapper? – Josiah s'imagina prenant ses jambes à son cou, courant vers Nassau Street.

C'est de la folie. De la folie, on ne revient pas.

Le Dr Wilson avait manifestement envie de parler ; prendre congé ne serait pas facile. En dépit de la présence de l'inconnu, qui dévisageait Josiah avec une intensité déplaisante, Wilson se mit à interroger le jeune homme plus particulièrement sur Annabel, car il les savait très proches ; il dit avoir entendu, la veille, des rumeurs « fort préoccupantes et fort curieuses » sur la santé de M. Cleveland, et se demander si Josiah en savait davantage.

Avec discrétion, Josiah répondit que non.

Avec discrétion, Josiah se serait excusé et éclipsé, si la main de Woodrow Wilson, légèrement posée sur son bras, ne l'avait retenu ; le président souriait au jeune homme, avec la chaleur paternelle de Pearce van Dyck, mais sous-tendue de quelque chose de plus intense et de plus impérieux, une sorte de coercition subtile. La conversation voletait comme un petit oiseau dans une grande cage, Wilson tâchant d'y faire également participer « M. Mayte ».

(Quel homme détestable que ce « Mayte » ! se disait Josiah – cela ne tenait pas à sa laideur, car Josiah attachait généralement peu d'importance à l'apparence physique, mais à ses manières flagorneuses, à la fois serviles et impertinentes, et à l'euphonie de sa voix ; et même à l'incongruité de sa tenue – car, bien qu'aussi âgé que Woodrow Wilson sinon davantage, trapu et massif de carrure, il était vêtu comme un étudiant de Princeton : blazer couleur brique aux épaules rembourrées, chemise blanche et mince cravate sombre ; pantalon fuseau, chaussures à bouts circulaires, et, inclinée avec désinvolture sur son crâne, une casquette ressemblant à une casquette de baseball. Josiah n'aurait pas été surpris de voir l'insigne d'un *eating-club* à son revers, tant « Mayte » s'efforçait absurdement de jouer à l'étudiant. Quand il souriait, il découvrait des dents jaunies, dont l'une, une incisive, dépassait les autres d'un bon centimètre.

Mais le détail le plus répugnant pour l'œil observateur de Josiah, c'était le délicat narcisse blanc, déjà bruni et flétri, que l'inconnu portait à son revers.

Annabel avait beau admirer les filles de Wilson, Margaret, Jessie et Eleanor, et parler en termes exaltés de leur père, Josiah ne s'était jamais senti à l'aise en présence du président Wilson, car il le trouvait pompeux, avide, ambitieux et bien trop intéressé par la famille Slade. (Josiah pensait que Wilson briguerait un jour un mandat politique important. Il aurait alors besoin de la bénédiction publique de Winslow Slade, ainsi que de subsides privés.)

La gêne de Josiah était accentuée par le fait que, quelques années auparavant, alors qu'il avait une dizaine d'années et était déjà un très bon joueur de softball, il avait entendu Wilson dire à son père, Augustus, qu'il lui enviait son fils *viril* ; car le sort ne lui avait accordé *que des filles,* et le vénérable nom des Wilson risquait fort de s'éteindre. (« Oui, votre Josiah est l'enfant que j'aurais aimé avoir, si Dieu l'avait jugé bon. »)

Woodrow Wilson abordait maintenant le sujet du mariage d'Annabel, toujours devant Axson Mayte ; il ne put s'empêcher de dire qu'il était ravi que Jessie fût demoiselle d'honneur, et que tout Princeton attendait avec impatience l'heureux événement. À ces mots, Axson Mayte s'anima et dit, avec un accent du Sud mielleux : « Ah ça ! je n'avais pas compris que vous étiez le frère d'Annabel Slade – permettez que je vous serre de nouveau la main ! »

C'était si ridicule que Josiah se serait écarté avec irritation si Axson Mayte n'avait immédiatement joint le geste à la parole.

Et, à ce deuxième contact, Josiah sentit une onde glacée lui remonter le long du bras.

Par bonheur, la cloche d'Old North[1] se mit à sonner. En l'espace de quelques secondes, l'allée fut envahie par une foule d'étudiants, dont beaucoup portaient des chapeaux de forme bizarre, et les insignes ésotériques de clubs divers ; c'étaient de malheureux nouveaux, « bizutés » par des étudiants de seconde année ; sur la route, des cyclistes filaient à vive allure. Josiah eut enfin un prétexte pour s'esquiver, mais Woodrow Wilson lui lança tout de même, d'un ton presque mélancolique : « Saluez votre grand-père pour moi, je vous en prie. Et – naturellement – votre mère… »

S'éloignant aussitôt en direction de Nassau Street, où circulait un flot de voitures à cheval et de véhicules à moteur, Josiah ne put s'empêcher de se retourner – il vit la haute et mince silhouette ecclésiastique de Woodrow Wilson à côté de celle, plus trapue, d'Axson Mayte – les deux hommes le suivaient du regard et Josiah eut la détestable impression qu'ils parlaient de *lui*.

Le frère d'Annabel Slade ! – voilà comment cet être méprisable l'avait appelé. Il avait prononcé le nom de sa sœur avec une désinvolture choquante, comme s'il la connaissait…

La connaissait-il ? Mais… comment ?

Troublé par cette rencontre déplaisante, qui lui irritait les nerfs à la façon d'un crissement d'ongle sur un tableau noir, Josiah éprouva les prémices d'un malaise ; il avait eu la même sensation dans le domaine Craven quand il avait vu Grover Cleveland, abattu et terrifié ; par une sorte de sympathie animale avec le vieil homme, ses cheveux s'étaient hérissés sur sa

1. Old North : surnom de Nassau Hall, le plus ancien bâtiment de l'université de Princeton (1756). (*NdT*)

nuque, comme s'il pressentait l'imminence d'horreurs semblables dans sa propre vie.

Brusquement, Josiah Slade craignit de ne pas avoir la force de rentrer à pied à Crosswicks Manse ; il préféra prendre le tramway de la ligne Johnson, dans Witherspoon Street, occupé par un troupeau jacassant de femmes et d'écoliers et, dans le fond, par des ouvriers et des manœuvres à la peau sombre, certains chargés de leur gamelle, qui tournèrent vers lui des regards voilés et des visages dépourvus d'expression.

« Bonjour ! Il y a encore de la place ? » – Josiah s'assit parmi ces hommes, tout au fond du tramway ; espérant se détendre à leurs côtés, lui qui ne pouvait le faire ailleurs ; et s'efforçant de ne pas remarquer que son arrivée parmi eux avait fait taire les conversations.

Note de l'auteur :
le snobisme princetonien

Dans notre société égalitariste, il est mal vu de se *sentir supérieur* à d'autres Américains ; les couches inférieures de toutes les sociétés humaines ont beau désirer ardemment *se sentir supérieures* à d'autres couches, plus inférieures encore, feindre qu'il n'en est rien n'en demeure pas moins un principe sacro-saint ; ce *snobisme*-là, sous toutes ces formes, est aussi aberrant que pernicieux.

Le moment est peut-être bien choisi pour donner au lecteur quelques informations sur les distinctions sociales, subtiles mais capitales, entre les personnages de notre chronique issus des « vieilles familles » princetoniennes, de souche et de fortune anciennes, et ceux n'ayant migré dans la région que plus récemment, c'est-à-dire au cours du siècle passé.

La première catégorie est celle des *pèlerins,* des *colons* ; la seconde, bien plus vaste, celle des *immigrants.*

Nous avons d'une part les vieilles familles du Jersey, tels que les Slade, dont les ancêtres étaient des habitants de la colonie de la Baie du Massachusetts, venus s'installer dans la Province royale du New Jersey à une époque où « Princeton » n'existait pas, n'étant alors qu'un petit village, « Prince's Town », situé avec ceux de « King's Town » et de « Queen's Town » sur la vieille route à péage reliant New York à Philadelphie. Sur le même pied que les Slade, le disputant même avec eux en réputation et en fortune, nous avons les Morgan, les FitzRandolph, les Bayard, les van Dyck, les Pyne (dont la magnifique demeure de Drumthwacket est devenue en des temps plus récents la résidence officielle du gouverneur du New Jersey), les différentes branches des Burr (descendant du révérend Aaron Burr) – et d'autres, qui n'entrent pas dans le cadre de cette histoire. Il nous faut garder présent à l'esprit que ces vieilles familles illustres ont précédé l'université de Princeton de plusieurs dizaines d'années, car, sous sa première appellation de College du New Jersey, cette institution avait été initialement fondée à Elizabeth, dans le New Jersey, puis transférée en 1748 à Newark par le révérend Aaron Burr ; ce n'est que dix ans plus tard que le président Samuel Davies transféra le College dans le village de Princeton, sur la Route 27 – aujourd'hui Nassau Street – non loin de son intersection avec la Route 206. Depuis ces débuts modestes, étroitement liés à l'Église presbytérienne, l'université n'a cessé de croître – au point d'être aujourd'hui à l'étroit, si l'on peut dire, dans un campus surpeuplé et exigu où l'on ne voit que fort peu de « verdure », et où de hautes constructions disgracieuses jurent avec l'élégante architecture gothique de l'époque précédente. Dans le West End de Princeton résident aujourd'hui encore des descendants de ces anciennes familles, parfois dans un quasi-anonymat ; car le temps les a laissés sur ses marges, comme tend à l'indiquer l'admission de femmes, de « Noirs » et d'une quantité non contingentée de Juifs dans cette grande université, un simple filet d'anarchie au départ, pendant ces misérables années 1970, et aujourd'hui un raz de marée.

On observe donc une division nette entre les anciennes familles de « colons », et la nuée de « nouveaux venus » qui ne s'étaient installés dans la région que pour travailler à l'université, à des salaires franchement modestes.

(Des personnes telle qu'Adelaide McLean Burr jugeaient avec sévérité le fait que Woodrow Wilson, trop médiocrement payé pour pouvoir s'offrir une automobile, était souvent contraint de se déplacer à bicyclette ; cette forme de snobisme est assurément bien cruelle. Et néanmoins on ne peut s'empêcher de rire avec Adelaide, car elle a beaucoup d'esprit !) Naturellement il y avait parfois de doubles appartenances : ainsi, mon père, Pearce van Dyck, fils de l'une des « vieilles » familles les plus éminentes du West End, était également un professeur et un philosophe de réputation nationale, diplômé de Cambridge (G.B.) et de Princeton. Raisonnons plus finement encore : Ellen Wilson était apparentée, par sa grand-mère paternelle, aux Randolph de Virginie, et aurait pu par ce biais revendiquer des liens de parenté avec les riches FitzRandolph de Princeton, mais il nous faut supposer que Mme Wilson n'eut pas le courage de s'exposer au risque d'être *snobée.*

Quant à Josiah et Annabel, les personnages principaux de *Maudits* – quoique ce soient de vrais cœurs d'or, parfaitement sympathiques, ils sont inévitablement *snobs* eux aussi – en toute innocence et toute impuissance – simplement parce qu'ils sont des *Slade.*

L'indicible I

(Extrait du journal secret
de Mme Adelaide McLean Burr, avril-mai 1905)

Ce journal inestimable, transcrit dans un code secret qu'aucun autre historien n'a « percé » jusqu'ici, fut découvert dans une collection de papiers, de comptes domestiques et d'autres souvenirs, à Maidstone House, longtemps après la mort prématurée de Mme Burr. À l'époque, avec son code excentrique et quasiment illisible, écrit à pattes de mouche et à l'encre lavande dans le carnet Cuir-de-veau rouge, ce journal ne fut pas apprécié à sa juste valeur.

Le narrateur de cette chronique hésite à se présenter comme le seul être vivant au monde qui soit capable de lire et de comprendre le journal de Mme Burr ; je pense toutefois que la fausse modestie n'a pas sa place ici ; et je mets en garde mes rivaux, historiens de la période, contre toute utilisation indue de mes travaux, qui sont pleinement protégés par le droit d'auteur.

(J'espère que le lecteur n'y verra pas une précaution excessive, mais j'ai décidé de ne pas révéler comment, après des mois de

frustration, je suis parvenu à « percer » le code d'Adelaide, dans lequel un œil inaverti ne verrait qu'un franc galimatias, festonné de symboles théosophiques et de griffonnages excentriques.)

Le lecteur doit savoir qu'Adelaide McLean Burr avait été affectée d'un « malaise » mystérieux peu après son mariage, en septembre 1891, avec Horace Hubert Burr, lequel se manifestait par divers troubles physiques et mentaux, dont paralysie partielle, fatigue extrême et essoufflement ; de toutes les invalides de sexe féminin que comptait Princeton en ce temps-là, Mme Burr était de loin la plus en vue, et elle envoyait souvent des « bulletins de santé » aux amis qu'elle ne pouvait voir en société. Il n'était pas rare qu'elle demande à être transportée au rez-de-chaussée de Maidstone House pour y accueillir des invités éminents, M. et Mme Grover Cleveland, par exemple, à l'époque où ils étaient nouveaux venus en ville, ou pour se rendre chez un groupe choisi de dames princetoniennes, presque exclusivement à l'heure du thé ; on pensait néanmoins qu'elle n'avait pas quitté le périmètre de la propriété de Maidstone depuis son retour de voyage de noces dans les Bermudes, en octobre 1891.

Il est un autre détail que le lecteur doit connaître : Maidstone House, la demeure ancestrale des Pembroke Burr, qui, comme les Slade, s'étaient originellement installés dans la colonie de la Baie du Massachusetts avant de s'établir dans la Province royale du New Jersey au cours des années 1700, est l'une des demeures les plus majestueuses du West End princetonien. Sise au 164, Hodge Road, elle a été construite en 1803 dans un mélange curieux (et quelque peu rébarbatif) de roman et de gothique « bâtards », avec des pierres d'un granit sombre, dont la luminosité variait cependant selon l'intensité de la lumière. Avec plus de vingt-cinq pièces dans la maison proprement dite, et une dizaine d'autres dans l'ancienne remise et dans le quartier des esclaves, Maidstone exerce sur l'observateur un charme curieux : son architecture carrée et plutôt massive, ses cheminées imposantes, ses fenêtres extraordinairement hautes, étroites et « mélancoliques », aux volets souvent clos, marient de façon insolite le funèbre et le sublime.

Comme le sait le lecteur, j'ai passé mon enfance au 87, Hodge Road, qui n'est guère éloigné de Maidstone House. Une lubie enfantine, prise cependant très au sérieux par nos domestiques impressionnables, ainsi que par d'autres employés de maison et artisans qui venaient souvent chez nous, me faisait imaginer que Maidstone House était « hantée » – et ce, bien avant la mort horrible d'Adelaide Burr.

_____. *INDICIBLE !* – l'incident dont tout Princeton bruit ce matin.

Mais comment une *dame* peut-elle s'en enquérir ?

Je ne sais pas avec certitude quand il s'est produit – (il y a deux soirs de cela ?) – ni si la femme à qui cela est arrivé – (des outrages, peut-être ? – c'est délicieux !) – était de celles qui se risquent à sortir seules, au crépuscule ; si elle habitait Princeton même, ou l'un de ces petits villages perdus des alentours.

Qu'il est injuste d'être privée d'informations aussi capitales ! – mais si le crime commis contre cette dame est INDICIBLE, comment pourrait-on en dire quelque chose à une dame ? Horace ne me racontera rien. Horace est rigide et taiseux comme tous les membres de sa famille. Horace se contente de murmurer, quand je le taquine de questions : « Il n'est rien arrivé dont tu aies à te soucier, chère Adelaide » – et nous en restons là ; car Horace veut protéger sa Puss de toute vilenie, comme il le fait – cher époux ! – depuis quatorze ans que nous sommes unis.

_____. (Mon séduisant mari à la moustache en virgule ne peut deviner, dans son innocence, combien sa Puss est vilaine au fond d'elle-même ; combien ses pensées sont hardies, audacieuses & libres de toutes entraves !)

_____. Un après-midi de thé, de tartes & de voluptueuses bagatelles au moka. Mais si ennuyeux, alors que Puss brûlait d'en savoir davantage sur cet INDICIBLE dont les dames ne sont pas censées être informées ; & les papotages n'en avaient que pour ce pruneau sec de Dr Wilson & ce serreur de mains d'Andrew West, qui se disputent idiotement dans leur petit bocal. Je sais, on me juge « impolie » – ou à tout le moins « irrévérencieuse » – à peine si j'ai pu retenir un bâillement en écoutant les bavardages L E N T I S S I M E S de Mme FitzRandolph ; & cousine Wilhelmina, cette enfant prolongée, m'a jeté un coup d'œil de complicité malicieuse pendant que sa mère nous infligeait la liste des partisans de Longue-Mine Wilson & de Sacré-Tour-de-Veste West au sein du conseil d'administration ; car il semble soudain que la ville entière soit divisée. Administrateurs & anciens élèves de l'université & veuves influentes & bien entendu les Cleveland, dont le *poids* est considérable (Grover est président du conseil & très en faveur de West, paraît-il), et cetera ! Puss s'est consolée en mangeant une demi-douzaine de bagatelles au moka, généreusement additionnées de crème – ce qui a eu pour effet de me rendre malade dans la soirée, comme j'aurais dû le prévoir. Mais ah ! – les mesures qu'est prête à prendre Puss quand l' E N N U I lancine.

————. Une incertitude bien excitante : l'INDICIBLE aurait concerné l'une de nos plus éminentes familles du West End !

Qu'il est cruel & frustrant qu'aucun autre détail ne soit encore connu !

————. & il a été fait allusion à un autre incident INDICIBLE : ayant, celui-là, pour protagoniste l'ex-président Cleveland qui, très mystérieusement, se trouvait dans l'ancien domaine Craven de Rosedale Road en compagnie d'autres personnes, dont plusieurs membres de la famille de Winslow Slade – c'est-à-dire de nos concitoyens les plus influents ; une réunion sans doute en rapport avec les prochaines noces Slade-Bayard. Mais Horace a été fort décevant, il semble sincèrement ne rien savoir de cet incident qui s'est déroulé dimanche dernier.

————. Visite du Dr Boudinot. À la suite des bagatelles au moka, 18 h de malaise et de tels tourments gastriques que la Mort est préférable.

Il faut aller en automobile chercher le médecin. Un médicament supplémentaire est prescrit à Puss. Voilà 14 ans qu'elle n'a pas eu les idées claires.

Ce nouveau traitement, sous forme de cachets crayeux, est rapporté de la pharmacie de Princeton par Abraham : un garçon noir comme charbon, nouveau dans notre personnel, apparenté à notre cuisinière & gouvernante Minnie. Je crois du moins qu'il leur est apparenté. Je crois que ces noms ridicules sont bien les leurs.

————. Allongée sur la méridienne en soie de Mère Burr, innocente & haletante, grelottante dans son châle de la vallée du Cachemire, Puss complote secrètement d'annihiler tout Princeton ! Satan viendrait-il à Maidstone House s'il était appelé ? Quels sont les « rituels noirs » requis pour convoquer un bonhomme pareil ? Des punitions – c'est-à-dire de petites humiliations – infligées aux ennemis princetoniens de Puss seraient-ils une raison suffisante pour qu'elle « vende » son âme ?

_____. Cousine Wilhelmina! J'aimerais tant qu'elle se confie à moi comme à une cousine plus âgée ; qu'elle me parle des secrets (douloureux) de sa vie ; car je crois « Willy » terriblement amoureuse de Josiah Slade, comme il paraît que d'autres filles & femmes de Princeton le sont.

Josiah Slade fait-il seulement attention à elle ? La voit-il autrement que comme l'amie de sa sœur Annabel ? On peut en douter !

Mais Willy est d'une jeunesse si impétueuse, l'exquise Annabel & elle sont de si grandes amies, depuis toutes jeunes ; je les envie !

Je crains qu'elles ne me trouvent vieille, plus vieille qu'elles ; même si Puss a un visage sans rides & des yeux sombres lumineux & vifs ; & le teint toujours un peu fiévreux, la respiration accélérée ; & le sourire d'une petite fille maligne, tout en fossettes – un sourire qui transperce le cœur de Horace, dit-il. & mes cheveux sont toujours fins & légers comme un nimbe de fumée – quoique plus fins que quand j'étais jeune fille – d'un très joli châtain clair strié de roux – & s'il y a de vilains cheveux gris d'une texture plus grossière, Hannah, ma femme de chambre, est devenue experte en rinçage au henné ; & mon cher Horace, comme tous les maris, n'y voit que du feu.

Aimes-tu toujours ta pauvre petite Puss – voilà ce que j'ai demandé à Horace, hier, au crépuscule, frissonnant contre son gilet – ou préférerais-tu une femme plus forte, une Junon plus robuste dans le genre de Frances Cleveland ? & à cette question mélancolique, Horace a répondu par un simple baiser sur mon front brûlant.

_____. En secret Puss dévore *La Doctrine secrète* de Madame Helena Blavatsky. Bien que sa prose soit obscure & aussi difficile d'accès qu'un jardin envahi de ronces & que j'en oublie beaucoup dans le cours d'une seule page.

Pourtant : Puss soupire après des camarades en Théosophie ! Des gens assez courageux pour affronter les vérités de la Science occulte (ainsi qu'on l'appelle, car c'est une Science). Mais – nous sommes tous presbytériens & épiscopaliens ici ; les plus radicaux d'entre nous, unitariens !

La Société de théosophie d'Amérique a son siège à Manhattan, dans Gramercy Park. On y tient des réunions où ne sont admises que les personnes invitées. Mon cœur bondit d'espoir dans ma poitrine – car je crois que seuls les théosophes peuvent comprendre mon aspiration à un monde de l'esprit auquel n'ont accès que les êtres exceptionnels, grâce à la supériorité de l'Intellect & à l'Effort.

& un petit garçon vous conduira – n'est pas l'enseignement des théosophes !

(Si seulement Puss n'était pas une lamentable invalide & pouvait faire le voyage en voiture ! – mais Horace désapprouverait.)

(Tous les Burr & les McLean désapprouveraient, car ce sont des provinciaux à l'esprit étroit dont Madame Blavatsky rirait avec mépris.

Madame Blavatsky a dit IL N'Y A PAS DE RELIGION SUPÉRIEURE À LA VÉRITÉ.

Madame Blavatsky a promis NOUS ACCÉDERONS À NOS CORPS ASTRAUX QUAND S'OUVRIRA LE TROISIÈME ŒIL QUI NOUS ACCORDERA LA VISION SPIRITUELLE.

Madame Blavatsky a promis UN DÉVI (ANGE) GARDIEN VEILLE SUR NOUS SI NOUS NOUS ÉLEVONS À UN NIVEAU SUPÉRIEUR.

À quoi Puss ajoute un fervent AMEN.

_____. Revenons à Cousine Willy. Je pense qu'un secret brûlant l'habite.

Je ne suis pas capable de juger si à vingt ans Wilhelmina est séduisante comme le disent certains ou si, comme le disent d'autres, elle a la mâchoire trop carrée, un teint « florissant » & coloré qui ne sied pas à une dame. J'aimerais que nous puissions être amies. Mais elle est jeune & garde ses distances ; vient moins fréquemment prendre le thé à Maidstone avec sa mère & sa tante ; ou, quand elle vient, nous contemple d'un œil rêveur, comme si ses pensées étaient ailleurs ; est contrainte de prendre part à la conversation concernant le mariage imminent bien entendu, car elle est la demoiselle d'honneur d'Annabel, ce qui est un honneur de taille, ici, à Princeton ; les noces Slade-Bayard seront le grand événement mondain de la saison.

Cela étant, Wilhelmina espère s'inscrire à l'École d'art de New York pour y étudier avec le célèbre peintre Robert Henri. À peine a-t-elle évoqué ce désir que sa mère l'interrompt pour la gronder : les allers-retours quotidiens en train seraient épuisants, & le père de Wilhelmina ne consentirait jamais à ce qu'elle habite en ville ; donc, l'idée même est absurde.

Voilà la jeune fille réduite au silence & des larmes (de rage ?) perlent à ses yeux bruns. Cette chère Willy est impétueuse & directe & il m'est impossible de ne pas l'aimer, comme quelqu'un qui aurait pu être ma meilleure amie à l'Academy ; où j'étais la plus gaie des jeunes filles, je crois ; & aussi la plus espiègle. Willy portait une tenue tout à fait saisissante – une jupe en piqué blanc, élégamment empesée ; un corsage de coton blanc à manches gigot, resserrées aux poignets ; une veste rayée de sombre, accentuant la longueur de son torse & l'étroitesse de ses hanches ; un chapeau de paille noir sans ornement dans le style Veuve joyeuse ; des chaussures noires, simples & conçues pour la marche, de notre cordonnier de Bank Street. (Car Willie affirme « marcher, marcher, marcher beaucoup » tous les jours – le long du canal & des rives sauvages du lac Carnegie ; & chose scandaleuse, toute seule.) Épinglée au revers de sa veste, une charmante montre de dame, dont le petit cadran sournois était à l'envers ; & auquel ma chère cousine jetait bien souvent des coups d'œil furtifs pendant que ses aînés jacassaient à n'en plus finir. Chère Willy, comme je te comprends !

_____. (Que de rumeurs circulent dans Princeton à propos de la discorde Wilson-West ! La plus excitante étant qu'Andrew West est accusé par certains de se livrer à la magie noire. Horace considère qu'elle n'est pas sans fondement, car il est connu qu'à l'université une coterie de chercheurs en sciences s'aventure dans des domaines d'expérimentation sur le cerveau humain, incluant dissection [pouah !] & pratiques de ce genre ; en secret de l'administration universitaire & de la majorité des enseignants, ces scientifiques, sous le couvert de Biologie naturelle, se livrent à leurs recherches illicites dans les entrailles de Guyot Hall.)

_____. Horace refuse de faire la moindre allusion à ce qu'est cet INDICIBLE parmi nous – « Rien dont tu aies à te soucier, chère Adelaide. » Je sais pourtant qu'il s'agit de quelque chose de choquant & d'horrible ; à l'égal d'une dissection. Les dames qui me rendent visite en savent moins que moi, semble-t-il, & sont si décevantes qu'elles me donnent envie de cracher. « Était-ce un vol, une agression, un meurtre ? » – voilà ce que je n'ai cessé de demander à Horace, « dis-moi si c'était un meurtre, je t'en prie ». (Car je ne pouvais prononcer l'INDICIBLE, cette insulte horrible qu'un homme peut infliger à une femme ou à une jeune fille ; suscitant un dégoût & une consternation qui assombrissent pour toujours la vie de la pauvre victime, & dont elle ne peut davantage parler que si on lui avait coupé la langue, comme à cette pauvre Philomèle.) Mais Horace répète d'un air sévère que ce n'est rien dont sa chère Puss ait à se soucier.

————. Le neveu de Horace, Dabney Bayard, passe prendre le thé avec plusieurs autres Bayard, si antiques que j'aurais juré qu'ils avaient disparu depuis longtemps ; le lieutenant Bayard, ainsi qu'on l'appelle à présent, dans son bel uniforme d'officier ; sourire moustachu, charme virginien & une curieuse insistance (le jeune homme s'imaginait-il échapper à l'œil de lynx de Puss ?) à suivre du regard la jeune Hannah pendant qu'elle servait le thé, car cette fille est de jour en jour plus plantureuse, j'en ai peur, & a toutes les formes d'une femme adulte ; avec cela, une peau entre caramel & moka, des lèvres & un nez épais ; très silencieuse, respectueuse & obéissante ; pas une « lumière » – comme on le voit à son regard parfois brumeux. Mais jeune & innocente à tous égards, j'en suis certaine ; car Minnie y veille sûrement. & quand Hannah n'était pas dans la pièce, le lieutenant Dabney donnait très vite des signes d'agitation ; parlait vaguement du mariage du mois de juin & du voyage de noces (Venise, Florence, Rome – ah ! ces villes fabuleuses que la pauvre Puss aimerait tant voir) & du domaine Craven de Rosedale Road qui sera donné au jeune couple (on le dit pourtant hanté : le lieutenant Bayard ne craint-il pas les fantômes ?), me jetant un regard vide & embarrassé quand je m'enquis, comme si cela venait de me traverser l'esprit, de ce qui s'était passé dans la maison Craven ce fameux jour – & dont personne ne voulait parler. Après un silence surpris, Dabney prit une inspiration & dit : « Tante Adelaide, je ne vois pas à quoi vous faites allusion. Je prête très peu d'attention aux commérages. »

Mon Dieu, mais c'était une réprimande ! Une telle fureur m'a tant fait bouillir le sang que j'aurais souhaité pouvoir avoir recours au Prince des Ténèbres & à ses promptes vengeances ; si seulement Andrew West était un ami intime de Horace & un confident de la pauvre Puss !

En sus de la réprimande, quelque chose dans le regard du lieutenant Bayard me fit peur. Car lui aussi sembla effrayé – l'espace d'un instant. & quand il prit congé avec ses aînés chancelants, je me sentis très faible & Henriette Slade, qui s'était attardée par compassion, me secourut d'une pincée de tabac – du tabac à priser pour dames, paraît-il – beaucoup plus doux que celui des messieurs – & bien nécessaire – grâce à la petite fiole en cristal, qu'elle dissimule dans sa manche, enveloppée dans un mouchoir de dentelle ; un délicieux accès d'éternuements m'éclaircit les idées, j'en aurais pleuré de soulagement.

————. Horace baise mon front & dit que je suis fiévreuse. Il dit que le Dr Boudinot doit être obéi – pas d'excitation indue dans la vie de Puss ! Me met en garde contre le tourbillon des commérages locaux, qui ressemble à une tempête de poussière, sable, glumes, débris de fumier – très dangereux à respirer ! Lorsque je l'interrogeai sur le lieutenant Bayard, sur le bruit qui court à son sujet, selon lequel il aurait été puni, à West Point, pour avoir violé… était-ce le code de l'honneur ? – mais n'avait pas été exclu en raison de l'influence de sa famille – Horace pressa aussitôt un index sur ses lèvres en se renfrognant – Non, Adelaide ! Je n'ai jamais rien entendu de la sorte & cela ne doit pas sortir d'ici.

————. M'assurant plus tard que j'étais bien protégée dans cette maison ; que tous les habitants de Hodge Road & des environs étaient bien protégés ; nous n'étions pas à

Camden, après tout ! – à quoi je répliquai aussitôt, Pourquoi parles-tu de Camden ? – & un court instant Horace parut dérouté, comme si un mot malheureux lui avait échappé. Peut-être pour lasser ma curiosité, il se mit alors à me parler longuement de M. Harrison notre conseiller en investissements, & de la situation à Wall Street, & de M. Depew & M. Hill – & de M. Roosevelt – ce qui m'égaya un tout petit peu, car les exploits de « Teddy » sont toujours amusants dans les journaux. Mais les discours sur les syndicats & les grèves continuent d'ennuyer – ces questions sordides ne m'intéressent pas davantage qu'elles n'auraient intéressé Madame Blavatsky elle-même – je ne supporte pas d'entendre parler de ces harangueurs de populace qui empoisonnent la société avec leurs exigences de SALAIRES PLUS ÉLEVÉS & leurs grossières menaces de GRÈVES. Horace devient livide, dit que ce ne sont que de vulgaires criminels ; qu'il faut engager des Pinkertons[1] si l'armée américaine refuse de nous venir en aide ; les anarchistes doivent être maîtrisés au nom de la justice. Quelle basse avidité de n'aspirer qu'à un SALAIRE SUPÉRIEUR, quand c'est vers une CONSCIENCE SUPÉRIEURE que devraient tendre tous nos efforts.

La populace & ses meneurs n'ont-ils jamais appris – que l'homme ne doit pas vivre seulement de pain ?

———. E N N U I toute la semaine ; & lundi, un thé ambitieux, & Puss se sentait forte & gaie, & ces dames semblaient très en forme.

---

1. Agents de la Pinkerton National Detective Agency. Cette agence, créée en 1850 par Allan Pinkerton, fut d'abord au service des Nordistes (elle assura la sécurité d'Abraham Lincoln pendant la guerre de Sécession), mais travailla ensuite pour les entreprises en infiltrant les syndicats et en cassant les grèves. (*NdT*)

Frances Cleveland est venue, une très agréable surprise ; plus flamboyante que jamais, toute en plumes & bijoux & teint coloré (car on murmure que l'ex-Première Dame a un peu de sang indien, ce qui donne des accès de fureur à Grover si la presse de caniveau s'appesantit un peu trop) ; & cousine Mandy de bonne humeur, en dépit de sa santé ; & l'angélique Annabel Slade, notre princesse régnante & future mariée ; & sa mère bonnet de nuit, Henrietta, si diablement bonne ; & la séduisante Johanna van Dyck, assez médiocrement habillée, à mon goût ; & la vieille Mme Washington Burr, la mère de Horace, que je ne me rappelais pas avoir invitée ; & la petite Ellen Wilson, plutôt mal mise dans une tenue peu flatteuse pour ses traits chevalins ingrats & sa silhouette massive. (Je suis très en colère : « Willy » s'est excusée ! Sous un si pauvre prétexte que je n'ai même pas écouté son idiote de tante me le réciter.)

La pauvre Ellen Wilson, invitée à Maidstone House par obligation & par courtoisie ; & parce que son mari est président de l'université & ne peut être ignoré. Une femme naïve, qui s'est laissé tirer les vers du nez sur l'affaire du doyen West & de l'institut d'études supérieures, bégayant que le doyen & ses partisans « regretteraient amèrement d'avoir provoqué la colère de Woodrow & compromis sa santé » – & ces dames & moi en sommes restées muettes de saisissement. Cette femme est-elle vulgaire ou simplement gauche ? – est-ce ainsi que les gens parlent dans les communs de Prospect ? Cousine Mandy détourna avec tact la conversation en demandant à Lenora Slade la recette des meringues à la noix de coco qu'elle nous avait apportées, & qui étaient effectivement délicieuses. Ce moment pénible fut ainsi écourté & Mme Wilson sauvée de nouvelles sottises.

De là, on passa au mariage à venir : la robe d'Annabel, qui sera un « rêve », promet Mme Slade, dans le nouveau style

Directoire, & sa première demoiselle d'honneur & les autres qui sont aux anges ; & les nombreux invités distingués qui viendront de tous les coins du pays, y compris de Washington, D.C. ; & le voyage de noces, à Venise, Florence & Rome ; & Josiah qui projette d'étudier la philosophie idéaliste allemande à Heidelberg ou, peut-être, de participer à une expédition polaire dans le Klondike ! – & quantité d'autres bavardages, agréables sur le moment quoique oubliés dans la demi-heure. Mesdames ! – avais-je envie de m'écrier, en me levant de ma méridienne telle une Walkyrie – Mesdames ! Aucune d'entre vous ne sait donc qu'un crime indicible a été perpétré ici à Princeton, qu'il concerne une femme & qu'il est très grave, très mystérieux, que rien n'a paru dans les journaux de la région & que les hommes feignent de ne rien savoir pour nous protéger du mal ? Mais naturellement Puss ne dit rien, sinon pour demander à Hannah de resservir un peu de thé.

————. Voici une surprise. Entre deux rafales de rire Frances Cleveland me confie les derniers développements de la querelle Wilson/West : l'un & l'autre gentlemen courtisent Mme Horatio Pyne de Baltimore, douairière de 99 ans ; feu son mari, Horatio Pyne, promotion 1922, ayant prévu un legs de quelque 6 ou 7 millions de dollars pour Princeton. Mais le caillou dans la chaussure, comme dit Frances en faisant étinceler ses belles dents blanches, c'est qu'ils ne savent pas si l'argent ira à l'université sans instructions spécifiques, ou s'il ira au rusé West, qui pourra alors en disposer & construire son empire sur une haute colline, à distance du campus. (Car il semble que le doyen West veuille fonder un contre-campus rivalisant avec celui du président de l'université, lequel ne présiderait plus que sur les étudiants de premier cycle, à Nassau Hall.) Mme Cleveland me rapporte les accusations d'« occultisme »

& de « mesmérisme » portées contre West par les Wilson ; de son côté notre doyen taille-futaille remarque qu'il a ressenti ces derniers temps d'« étranges vibrations malveillantes » émanant de la maison du président à Prospect ; des sottises qui ont provoqué chez l'ex-Première Dame & moi des accès de fou rire. Frances est très séduisante ; très en chair ; à côté d'elle, Puss se sent à peine féminine.

Cette femme saisissante, qui a été jeune si longtemps aux yeux de ses compatriotes, s'étant mariée à 21 ans à la Maison-Blanche, laisse enfin voir les premiers indices du ravage du temps ; une conséquence, sans nul doute, de son deuil de l'an dernier ; la mort subite de sa fille Ruth ; & des soins d'épouse dont elle doit entourer nuit & jour son vieux mari mafflu de 150 kilos.

Ah, que doit-ce être, se demande brusquement Puss, effrayée – d'être véritablement une épouse ?

————. Un de ces jours de faiblesse où je n'ose pas m'aventurer au rez-de-chaussée. À peine assez d'énergie pour troquer mes vêtements de nuit contre un déshabillé.

& pour laisser Hannah me brosser mes cheveux, arranger mes châles. À 11 heures je suis déjà totalement épuisée.

Je me rappelle cet horrible temps de ma jeunesse où j'étais obligée de porter un corset qui me faisait suffoquer & tituber à chaque pas. Des jours depuis longtemps révolus, car Puss ne s'aventure plus au-dehors, ce qui lui épargne le supplice des baleines, endurée par toutes celles de mon sexe, tribu des invalides mise à part.

& ce soir Horace a toqué doucement à ma porte, ayant su par Hannah & d'autres que Puss était souffrante. & m'a apporté un petit vase d'houstonies & d'ancolies & un bol de bleuets, achetés au marché fermier de Stockton. & nous avons donc pris un thé léger ensemble. & il semble donc que nous n'avons jamais été plus heureux en dépit de la tragédie d'il y a quatorze ans. Comme la pluie assombrissait les vitres, Horace a tâché de m'égayer en me chantant des bribes de chansons absurdes & des berceuses & cette chanson charmante du temps où il me faisait la cour :

Ah ! puisse la rose rouge vivre toujours
Et ravir terre et ciel de son sourire !
Pourquoi beauté devrait-elle jamais pleurer ?
Pourquoi beauté devrait-elle jamais périr ?

————. La pauvre Puss souhaitait naïvement se faire une amie de Mme Cleveland & regrette maintenant sa sottise car des révélations & des confidences inopportunes aussi soudaines sont d'un goût très douteux ! – j'ai été malade & migraineuse toute la matinée & ai avalé beaucoup trop des cachets blancs crayeux du Dr Boudinot en me rappelant notre entretien d'hier. Car l'ex-Première Dame a détourné de force la conversation vers le sujet de son (très assommant) mari, & m'a demandé si j'avais entendu parler de son « effondrement » dans le domaine Craven où ils s'étaient rendus en visite, il y aura deux semaines ce dimanche ; & ce que m'en avait dit Horace & ce qu'on racontait en ville ? « Adelaide, il faut que je sache ce qu'on dit de nous. Je ne supporte pas que les gens murmurent derrière mon dos. » Pour la première fois, j'ai remarqué une ombre de duvet sur sa lèvre. Ce qui ne lui ôte rien de sa séduction, en ce qui me concerne. Je lui ai assuré qu'on ne disait rien & que personne n'était plus respecté à Princeton que M. Cleveland & elle. Elle parut disposée à le croire ; & poursuivit de plus belle, voulant savoir ce qui m'avait été rapporté des « apparitions surnaturelles » &, plus curieux encore, si récemment, dans mon boudoir, de jour ou de nuit, j'avais imaginé voir la défunte Ruth ?

(Quel désespoir chez cette pauvre femme, & que sa détresse était laide à voir ! Si c'est là une mère éplorée, je loue le ciel de n'avoir jamais eu & de ne devoir jamais avoir d'enfant.)

En bégayant j'assurai à cette femme égarée que non ; & que je n'avais pas non plus rêvé de cette enfant. Tout ce que j'ai entendu dire, madame, c'est que votre fille était d'une beauté angélique. Hormis cela, je ne sais rien.

À cet instant, ma petite pendule française sonna joliment l'heure. J'espérais que Mme Cleveland allait se lever, lisser ses jupes & partir ; car sa voiture attendait le long du trottoir. (Si Puss avait assez d'énergie pour marcher, un trajet aussi court & aussi idyllique que celui qui sépare Maidstone House de Westland, cinq cents mètres tout au plus, la changerait délicieusement de sa vie confinée ; mais, malheureusement, ce n'est pas à la portée de la pauvre Puss.) Mme Cleveland, pourtant, ne s'en alla pas. Au contraire, baissant la voix, elle poursuivit sur ce terrible sujet – expliquant que depuis ce matin du 20 avril où Ruth (semblait-il) était apparue à son père, plusieurs personnes lui avaient dit avoir vu ou avoir rêvé de sa pauvre fille : notamment, la plus jeune fille des Wilson, Eleanor, qui affirmait avoir aperçu le visage de Ruth pressé contre sa vitre du premier étage de Prospect House, en pleine nuit ; les yeux « immenses comme ceux d'un hibou » & les lèvres entrouvertes comme si elle cherchait à respirer sans y parvenir. La pauvre enfant morte avait supplié qu'on la laisse entrer, mais la petite Wilson, trop terrifiée pour avoir une conduite sensée, s'était cachée sous ses couvertures. « Bien entendu, ce n'est qu'un rêve, dit Frances Cleveland, avec amertume, il n'empêche que c'est grossier & vulgaire de la part de la petite Wilson de s'approprier ainsi notre Ruth ; alors que jamais, de son vivant, elle n'a été l'une de ses amies ; pas plus que Grover & moi ne sommes des "amis" des Wilson – il s'en faut ! Cependant – & le ton de Mme Cleveland s'adoucit – Annabel Slade m'a rapporté à peu près la même chose, dans un message charmant que j'ai reçu hier tout juste ; & Todd, le fils de Lenora Slade, cet enfant étrange, prétend qu'il est pourchassé dans son sommeil par une fille "aux grands yeux écarquillés" – ce doit être notre Ruth ! Je me disais, chère Adelaide, je sais que c'est peut-être absurde & impossible, mais je voulais cependant vous prier – car tout Princeton vante votre sensibilité – si jamais Ruth venait à vous, de ne pas la repousser – mais de lui demander, si vous le voulez bien, de venir à moi, sa mère éplorée, qui l'aime de tout son cœur & qui ne l'ai pas oubliée. »

& ainsi de suite : quelques minutes très embarrassantes ont passé avant que je trouve le courage de lui expliquer que j'étais chrétienne & ne croyais pas au phénomène des « esprits ».

————. (Je sais que Madame Blavatsky jugerait consternant que je me sois dérobée de façon si conventionnelle à quelqu'un qui en appelait à ma sollicitude ; pourtant, il m'a paru sur le moment que je ne pouvais laisser cette petite morte hanter mon sommeil, déjà assez troublé presque toutes les nuits, & dont je sors au matin, brisée de fatigue. De son vivant, je n'ai pas connu Ruth Cleveland ; je connais à peine les Cleveland, & Horace juge très sévèrement le deuxième mandat présidentiel de M. Cleveland, qui a été assez désastreux & plutôt scandaleux.)

(Pourtant : & si cette petite morte était une devi ?)

————. Patraque & pas très fière de moi. Ai grondé Hannah au point de la faire pleurer. Je crains d'avoir perdu l'amitié de Frances Cleveland ; & je vois si rarement cette chère

Willy; & tout le monde m'indiffère. (En ce qui concerne cousine Wilhelmina – j'ai laissé tomber dans l'oreille avide d'une commère, cet après-midi, que ma jeune cousine était désespérément amoureuse de Josiah Slade, lequel n'a pour elle que des sentiments « fraternels » ; le secret de Wilhelmina, que cette fine mouche de Puss a découvert.

————. (Une autre rumeur princetonienne, rapportée par Caroline FitzRandolph, qui m'a suppliée de garder le secret : il semblerait qu'au cours de sa première année à West Point le cadet Dabney Bayard ait été puni pour avoir violé un principe quelconque du code de l'honneur ; a-t-il « triché » de la manière habituelle ou d'une autre, plus équivoque ; a-t-il « plagié » des documents ; ou « intimidé » – « menacé » – un autre cadet, voilà ce qu'on ne sait pas. Quand j'ai rapporté cela à Horace, sa réaction a été peu aimable : N'en parle pas, Adelaide. Ce jeune homme n'a pas été renvoyé & il va bientôt s'allier par mariage à la famille des Slade.

————. Ai confié à Caroline tout ce que Mme C. m'avait dit & imploré de ne pas répéter ; nous avons donc frissonné, entrelacé nos doigts & pouffé d'effroi en évoquant le « phénomène » des fantômes, esprits & apparitions qui nous entourent. Pendant tout le temps de sa visite, la conduite de Caroline m'a paru étrange – on aurait dit que, lorsque je ne la regardais pas, elle berçait un bébé invisible dans ses bras – ce qui était fort perturbant ; j'en arrivais presque à voir le nourrisson dans ses langes, les yeux bizarrement pâles & troubles, la bouche molle & baveuse ; un petit être pathétique, peut-être privé d'âme. & je compris ainsi que Caroline avait « eu » ce bébé, à un moment de sa vie ; & qu'elle l'avait « perdu » ; & se trouvait maintenant sans enfant comme Puss, mais bien moins satisfaite qu'elle de cette situation.

Quoique riant aussi avec moi – car Caroline n'est pas une fervente admiratrice de notre ex-Première Dame – mais s'interrompant ensuite pour serrer son bébé (invisible) contre son sein & dire d'un ton de reproche Adelaide ! C'est méchant de notre part de nous moquer, nous devrions prier Dieu qu'Il nous pardonne.

_____. Horace qui lit avec avidité les revues scientifiques ainsi que l'*Atlantic* & *Harper's* a dit que le monde invisible des esprits ressemble au monde pathogène hypostasié par Joseph Lister il y a quelques dizaines d'années pour expliquer les maladies. De même que vous ne vous aventureriez pas volontairement dans le monde pathogène par crainte de grands maux, vous ne vous aventureriez pas volontairement dans le monde des esprits.

————. Dans Lower Witherspoon Street, dit-on – un endroit sauvage & inhabité qui serait un marais – un lieu traître, maléfique – où le corps a été découvert. Une jeune fille – dit-on – & ces mots horribles, qui me font défaillir : Le corps a été découvert. C'était il y a quelques nuits de cela, la révélation en a enfin été faite. & tout Princeton ne parle que de cela, mis à part les dames du West End, bien entendu, & tout particulièrement nous, les Dames invalides, qui sommes épargnées.

————. J'ai eu connaissance, par l'entremise de Mandy & de Caroline, d'un thé « très ambitieux quoique hétéroclite » à Pembroke House, où Mme Strachan a naturellement parlé du « nouveau venu » à Princeton – un certain Axson Mayte – que tout le monde semble avoir rencontré, car le président

Wilson le présente à des membres choisis du corps enseignant. Mme Strachan a fait son éloge – un homme « impressionnant, d'une grande intelligence » – en particulier dans le domaine du droit ; Mme van Dyck le trouve « froid, affecté & doute qu'il soit un « vrai gentleman » ; ma tante Jennifer, en revanche, a déclaré avec force qu'il s'était prononcé très judicieusement sur le duel d'Alexander Hamilton & d'Aaron Burr junior – un duel légitime à tous égards, livré sur le sol du New Jersey. (Notre pauvre ancêtre Aaron, à qui on reproche d'avoir abattu « de sang-froid » ce Père fondateur & fédéraliste révéré qu'était Hamilton, le secrétaire au Trésor de Washington ! C'est pourtant Hamilton qui avait espéré « piper » les pistolets du duel de façon à pouvoir tuer Aaron d'une balle dans le cœur ; le sort a voulu qu'il tire vite, & le premier ; mais sans précision ; de sorte qu'Aaron junior, qui avait été gravement insulté, put prendre le temps de riposter avec précision. Pourquoi devrait-on l'en blâmer ? Si Hamilton l'avait abattu, le monde le pleurerait-il ? Nous les Burr avons été calomniés assez longtemps comme cela ! Il est temps que nous défendions notre réputation.) Loué soit cet Axson Mayte de s'être exprimé très raisonnablement en ce sens, alors qu'il ignorait entièrement, semble-t-il, qu'il y avait des descendants d'Aaron Burr dans l'assistance. Je regrette amèrement de ne pas avoir rencontré cet homme, qui est, paraît-il, un « avocat remarquable » au sud de la ligne Mason-Dixon.

————. Mal en point, la tête faible & souffrant de palpitations. Le Dr Boudinot a prescrit de nouveaux médicaments qui assèchent la bouche & accélèrent le cœur. Lu The Sorrows of Satan de Mme Corelli & me suis sentie très bizarre ensuite – comme si la voix fiévreuse de l'auteur me murmurait à l'oreille ; vite lassée par The Decoration of Houses de Mme Wharton ;

incapable de comprendre un seul paragraphe de La Doctrine secrète. LA TRÈS VILAINE PUSS s'est glissée dans la bibliothèque de Horace & a soulevé le combiné du « téléphone » – notre téléphone Bell tout neuf – composé le numéro du service de police de Princeton & demandé dans un murmure rauque si on avait appréhendé « l'assassin en notre sein » & puis très vite reposé le lourd combiné sur son support, le souffle court – mon pauvre cœur tambourinant dans ma poitrine. (Car je suis maintenant raisonnablement certaine qu'il y a eu un meurtre, & assurément pire perpétré sur le corps ; & que ce corps a été trouvé dans les marais du bas Witherspoon, ou peut-être dans les solitudes de Kingston près du canal & de la Millstone, & que la victime était de sexe féminin – mais ne suis pas certaine de son âge ni d'autres détails de sa vie ; car je me suis faite aussi petite qu'une souris d'église pour écouter bavarder les domestiques nègres, comme ils le font quand ils croient que nous ne sommes pas là. Horace ne doit pas savoir.

Pour m'égayer, Horace m'a lu des passages du *Gentleman from Indiana*. Booth Tarkington & lui ont été membres du même *eating-club* à Princeton, ainsi que de la chorale & de la troupe théâtrale des Glee & Triangle Clubs. Renversée en arrière dans la méridienne j'ai ri jusqu'à ce que, soudain, un malaise me prenne ; & puis, un accès de contrariété ; je ne sais pourquoi, d'un revers de main, j'ai balayé de la table tous les médicaments, & la cruche d'eau que Hannah venait d'apporter ; moitié par accident, moitié pas. À la stupéfaction de Horace je me mis alors à pleurer, pleurer… ; & Horace me réconforta ; mais avec un peu de raideur & d'effarement, m'a-t-il semblé ; & une certaine lassitude dans ses membres quand il me porta jusqu'à ma chambre. Lorsque je l'interrogeai sur Axson Mayte qu'il avait rencontré ce jour-là à déjeuner au Nassau Club, il répondit sèchement que ce Mayte n'était pas un gentleman à ses yeux. & qu'il y avait dans son teint & la forme de son nez quelque chose qui n'allait pas tout à fait. Mais quand je le priai de s'expliquer, il refusa. « Tu es bien trop nerveuse, Adelaide. Je vais te donner tes médicaments du soir, il est temps de te coucher. » Mon mari parlait avec gravité, & je me gardai de le contredire. Car il est plus sage de ne pas les contredire, dans ces moments-là. Qu'il est injuste, pourtant, qu'à 9 heures à peine, alors que tout Princeton bourdonne d'excitation & de toutes sortes de nouvelles & potins, les paupières de la pauvre Puss se ferment & que bientôt après – tout signe de ce que Madame Blavatsky nomme l'étincelle divine de l'être soit anéantie.

————. Déguisant mon écriture pour imiter celle de Frances Cleveland & utilisant l'encre violet foncé qui caractérise la correspondance de cette dame, j'ai écrit aux PRÉSIDENT & MME WILSON, PROSPECT HOUSE, PRINCETON : Cher Président & chère madame Wilson vous êtes bien sots de croire que quelqu'un dans cette ville pourrait vous préférer au viril Andrew West. & vous avez beau vouloir vous donner des « airs » vous manquez d'éducation. & vos filles sont laides & « chevalines » comme leur père & mal fagotées comme leur mère sans parler de leurs « dents de lapin ». Cordialement, Un ami.

Cette missive, glissée dans une enveloppe ordinaire, timbrée, je l'ai confié à Hannah pour qu'elle coure la jeter dans une boîte de Nassau Street quand elle fera les courses en ville.

————. Horace est à New York pour voir notre courtier de Wall Street ; car il y a des complications dans son testament, ou dans notre testament commun ; auquel je ne pense jamais parce que le Dr Boudinot m'a dit de ne surtout pas m'inquiéter : « Vous nous enterrerez tous, madame Burr ! »

& sournoisement en posant des questions timides comme une demoiselle d'âge avancée j'interroge Minnie & Abraham ; ainsi que Hannah & un ou deux autres ; car il est bien connu que lorsque des Nègres mentent à une personne de race blanche, on le lit dans leurs yeux parce que, au fond d'eux-mêmes, ils sont candides comme des enfants. Grâce à ces questions, je pense avoir appris que la jeune fille assassinée n'avait que onze ans ; un père inconnu & pour mère une souillon qui travaille à la laiterie de Bank Street. Enfin une piste, après toutes mes suppositions ! Pauvre enfant ! Pauvre innocente ! – car cette enfant devait sûrement être innocente, jeune comme elle l'était. Elle était néanmoins d'un milieu fruste & (a-t-il été insinué) de « sang mêlé ». Ce genre de chose arrive à ce genre de gens, Dieu ait pitié de leurs âmes.

____. « S'il vous plaît, madame Burr, plus de question, s'il vous plaît, madame » – telle a été la prière de Minnie, ce matin même ; quand je l'ai fait venir dans ma chambre pour qu'elle me raconte franchement les circonstances du meurtre ; & si l'enfant avait été victime d'« actes contre nature ». Car il est impératif de le savoir pour la tranquillité de tous dans notre communauté. Même si c'est abominable & que je n'y gagne que d'être malade. « Très bien, Minnie, ne me dis rien », ai-je répondu d'un ton blessé, avant d'ajouter : « Mais s'il m'arrive malheur, cela retombera sur ta tête. » Minnie s'est mise à frissonner & à trembler ; elle n'est pas aussi forte qu'on le croirait, quoique fille d'esclaves de Norfolk & par conséquent de souche robuste & fiable ; il paraît cependant qu'elle a été souffrante, je ne sais quelle maladie de femme dont il vaut mieux ne pas parler. Il suffit de savoir, j'imagine, que le monstrueux sévit parmi nous, dans le Borough de Princeton.

____. Une soirée tourmentée & venteuse que nous passons tous les deux douillettement installés dans la grande chambre à coucher, devant le feu qu'Abraham a asticoté & tisonné jusqu'à le faire flamber. & Horace est moins irritable, depuis son rendez-vous avec notre courtier ; nos testaments ont été établis, & j'ai signé, comme me le conseillait Horace, sans me fatiguer les yeux à tenter de lire l'obscur baragouin juridique. & l'inquiétude suscitée par les syndicats s'est apaisée, je crois. Du moins Horace ne vitupère-t-il plus sur le sujet. Innocemment je lui ai demandé si l'on avait progressé dans l'élucidation du meurtre – & il a paru tout à fait saisi que je sache que c'était un meurtre ; & n'a pas confirmé le fait, mais dit vaguement qu'il n'avait connaissance d'aucun crime grave dans le Borough de Princeton, ces dernières années. Puis il a pris le roman de M. Tarkington & commencé à lire ; j'ai posé la main sur son poignet & l'ai imploré de ne pas me traiter avec condescendance ; car je voulais savoir la Vérité, & je la saurais, ainsi que tout théosophe en a le devoir. & Horace a répondu en riant que le seul incident princetonien dont il ait entendu parler, au Nassau Club, était que des étudiants farceurs avaient de nouveau mis à plat une partie de la clôture de fer forgé dont le Dr Wilson avait fait entourer Prospect House ; car ces jeunes gens s'offensent véritablement de ce que le président & sa famille de femmes cherchent à s'isoler au cœur même du campus. (« Le Dr Wilson fait partie de ces gens qui réussiront peut-être un jour à impressionner le monde, mais qui ne seront jamais pris au sérieux à Princeton », a déclaré Horace avec gravité.) Plus tard, un accès de maussaderie migraineuse me prit, & c'est à peine si je consentis à prendre mes médicaments de la main de Horace, & ce cher Horace tenta de me réconforter, & souhaitait peut-être un câlin ; je lui permis donc de s'étendre sur l'édredon & de se presser contre moi, mais doucement, très doucement – car Horace a pris du poids ces dernières années. & d'autres activités s'ensuivirent peut-être du côté de Horace, auxquelles je ne prêtai pas attention ; car déjà les paupières de Puss se fermaient. « As-tu des regrets – demandai-je dans un murmure, & ce cher gentleman baisa mes yeux clos – regrettes-tu ton épouse invalide, qui n'a encore jamais été une épouse ni ne le sera jamais » & il protesta avec énergie, comme il le fait toujours ; & fredonna un petit air doux ; sa moustache en virgule chatouillait, & je pensai à l'enfant brutalisée dans les marais, & éprouvai une douleur aiguë au cœur même de mon être &, l'instant d'après – j'avais sombré…

————. Voici une surprise : aucune enfant de onze ans ou d'un autre âge n'a été assassinée à Princeton. Deux personnes auraient été assassinées – « exécutées » – pour inconduite & insulte envers leurs supérieurs –, mais à Camden, & non à Princeton. Ces personnes, d'après ce que j'ai lu dans le Philadelphia Inquirer, découvert par hasard dans le bureau de Horace, se nommaient Jester & Desdra Pryde. Ce qui leur avait été fait & pour quelle raison n'était pas expliqué dans ce court article, en page 8 du journal ; mais le shérif du comté de Camden y déclarait que, sur les 500 personnes ayant assisté aux exécutions, « pas un seul témoin oculaire » ne s'était fait connaître. C'est une affreuse histoire, mais trop éloignée de Princeton pour susciter la pitié, j'en ai peur. & on devine aux sous-entendus de l'article que les Pryde étaient des Nègres & non des Blancs ; & qu'ils ont été punis pour une inconduite quelconque, ce qui aurait pu être évité s'ils avaient eu un peu plus de discernement.

————. Il n'y a donc pas eu de crime INDICIBLE à Princeton, en fin de compte, mais, comme l'avait dit Horace, un simple tourbillon de rumeurs. Je ne sais trop si je suis soulagée ou déçue. Pauvre Puss, induite en erreur !

J'ai rangé le journal de Horace de façon qu'il ne se doute pas qu'on y a touché ; ensuite, petit somme, & thé en fin d'après-midi & ah ! – L'ENNUI pareil à des bouffées d'éther.

La fille de feu

Un après-midi de la fin mai, Annabel Slade, Wilhelmina Burr et Todd, le cousin d'Annabel, marchaient au bord de Stony Brook Creek, en lisière de la forêt de Crosswicks ; les jeunes femmes conversaient avec animation pendant que le jeune garçon (âgé alors de onze ans, mais plus jeune d'allure & de comportement) gambadait autour d'elles & criait des ordres à Thor, le chien des Slade, qui accompagnait le petit groupe dans leur promenade.

« Thor, ici ! Thor, *obéis.* »

La voix aiguë de l'enfant faisait aboyer le chien, un berger allemand d'âge mûr au pelage d'un gris métallique, frisé d'épis.

« *Cours*, Thor ! Allez ! »

Qu'il était bruyant, ce garçon ! Et le beau chien, qui d'ordinaire n'aboyait pas, aboyait d'excitation.

Quittant le soleil de mai pour l'ombre mouchetée de la forêt, le chien et l'enfant disparurent. Au tapage de leur course dans les sous-bois, on aurait cru qu'ils fracassaient délibérément les branchages.

« Todd ! appela Annabel. S'il te plaît ! Attends-nous. »

Mais l'enfant s'enfonçait toujours plus avant dans la forêt, poussant le chien devant lui.

À moins que ce ne fût le chien qui, sur la piste d'un animal, excité par la chasse, n'entraînât l'enfant.

« Todd ! Tu avais promis… »

Vainement – en riant – Annabel appelait son cousin turbulent.

Mais elle n'en voulait pas vraiment à Todd, qu'elle aimait tendrement. Elle s'émerveillait de son énergie inépuisable, bien qu'elle fût capable, elle aussi, de faire des kilomètres à pied, bien chaussée, dans la forêt de Crosswicks et le long de la rivière, d'aller presque jusqu'au domaine Craven par Rosedale Road. Et Wilhelmina était une marcheuse encore plus aguerrie.

En cet après-midi de mai, les deux jeunes femmes portaient des vêtements parfaitement adaptés à leur promenade : robe-chemisier rayée de bleu à col haut, serrée à la taille par une ceinture, pour Annabel ; élégant pantalon turc et chemisier ceinturé pour Wilhelmina, ou « Willy ». Annabel avait piqué un iris d'eau dans le chignon de ses cheveux soyeux : une fleur d'une délicatesse extrême, qui imitait le bleu-violet de ses yeux. Son canotier lui donnait un côté enfantin, agréable et piquant et, sitôt hors de vue de Crosswicks Manse, imitant sa compagne plus hardie, elle avait relevé sa voilette, qu'elle trouvait asphyxiante et désagréablement chaude. « Ma mère craint pour “mon teint fragile d'Anglaise”, remarqua-t-elle, mais j'ai du mal à croire que le soleil puisse me transformer en vieille pomme ratatinée en l'espace d'une heure.

– C'est dans l'accumulation de ces heures que nos parents voient un danger. »

Mais le ton de Willy était léger et dédaigneux. Il y avait longtemps que l'amie d'Annabel s'était affranchie de sa révérence filiale pour les avertissements prudents de sa mère, et elle mettait tant de fougue dans ses propos que cela fit rire Annabel.

« Eh bien, il faut courir ce risque, alors. Après tout, ce siècle est très jeune – il durera longtemps. »

Dans la société princetonienne, il était reconnu qu'Annabel Slade et « Willy » Burr étaient aussi proches que des sœurs, quoique très différentes. Annabel, naturelle, apparemment spontanée et néanmoins rêveuse, avait la grâce de sylphide d'une princesse de conte de fées ; elle offrait un contraste saisissant avec Wilhelmina : impétueuse, brusque, la mâchoire lourde, dont les yeux dévisageaient trop directement, et trop souvent avec ironie. Le charme considérable de Willy échappait d'abord à l'observateur superficiel en raison d'une certaine *placidité* de silhouette, comme de caractère. C'était une brune au teint assez sombre et très coloré, alors qu'Annabel avait la pâleur de l'ivoire, des cheveux, des cils et des sourcils très blonds ; Willy donnait une impression d'énergie, quand Annabel paraissait flotter ; les deux jeunes femmes étaient cependant très gaies lorsqu'elles étaient ensemble, chuchotaient et riaient beaucoup. (« Si seulement Dabney pouvait me faire rire comme Willy ! » – disait Annabel en soupirant.) Les jeunes gens reprochaient à Wilhelmina des changements d'humeur imprévisibles – « sans aucun motif » ; on ne pouvait être certain qu'elle viendrait comme elle l'avait promis ; dans une partie de croquet, de tennis sur gazon ou sur court, on ne pouvait être certain qu'elle *perde avec grâce* face à ses adversaires masculins ; elle semblait au contraire trop résolue à gagner ; et, quand elle gagnait, était encline à exprimer sa satisfaction. Et puis, Willy ne se préoccupait pas non plus de sa coiffure, de sa toilette ni de son apparence, comme le faisaient consciencieusement les autres demoiselles de Princeton ; son « pantalon turc » aurait mieux convenu à une cycliste ou même à une joueuse de hockey ; son chapeau de paille tout simple semblait avoir été planté à la hâte sur sa tête, sans la moindre recherche d'élégance. Willy avait ôté ou perdu ses gants ; et portait sur l'épaule, comme un vagabond dans un livre illustré, un sac en toile où elle avait fourré carnet de croquis, crayons en pastel et autre matériel de dessin. Son corsage à col montant était de coton blanc, avec un ruché fripé et des manchettes très légèrement douteuses.

Pauvre Wilhelmina, qui semblait nettement à son désavantage à côté de sa belle amie ! – car Mme Burr la harcelait de remarques et se lamentait que personne ne voudrait jamais l'épouser que par attrait pour la fortune et la condition de sa famille. (Willy avait fait son « entrée » dans le monde à New York, un an avant Annabel, mais n'avait encore reçu que quelques demandes en mariage, toutes inacceptables, venant de jeunes gens sans fortune, ou de jeunes gens sans nom ; la jeune femme s'en amusait, disant qu'elle rêvait de refuser un parti « irrésistible », comme une gouvernante de roman, pour le tapage que cela ferait dans la bonne société princetonienne, mais que le Destin contrecarrait ses vœux.) Willy se préoccupait si peu de parure, ou de ses propres sentiments, qu'elle ne s'était pas offensée que Todd Slade, un peu plus tôt dans leur promenade, offre à sa cousine l'exquis iris d'eau, et ne lui donne, à elle, qu'un brin d'actée blanche, en déclarant : « Pour *toi*, “Willy”, ce sera celle-ci – parce qu'il paraît que c'est un poison ; et Todd sent bien que tu ne l'aimes pas. » Loin de s'offenser de cette curieuse remarque, prononcée d'un ton guindé, Willy avait accepté ce présent et piqué la fleur dans son chignon.

IL EST TEMPS DE RECONNAÎTRE que les renseignements de Mme Adelaide Burr, la « pauvre Puss », concernant un crime INDICIBLE commis dans les environs de Princeton, n'étaient pas entièrement faux ; et qu'il ne s'agissait pas du vilain incident de Camden, New Jersey, mais d'une jeune fille de treize ans qui, dans la nuit du 30 avril, avait disparu de la maison de ses parents sur la route à péage, à peu près à mi-distance entre Princeton et Trenton ; après recherches, le corps de *Priscilla Mae Spags* avait été retrouvé dans le canal Delaware-Raritan, non loin de la maison familiale ; mais on avait peu de détails sur la nature du crime, soit que la police ne souhaitât pas les révéler, soit qu'elle en sût très peu. Le journal hebdomadaire de Princeton n'avait pas non plus fait état de ce crime sordide. Avec une célérité louable, les autorités de Trenton avaient appréhendé et interrogé, à Trenton, un homme sans domicile « certain », un immigrant d'Europe de l'Est, qui leur fournit avec obligeance des aveux signés – si l'on peut appeler signature des initiales grossièrement tracées, car apparemment le malheureux ne savait ni lire ni écrire l'anglais, ni s'exprimer de façon très cohérente dans cette langue, et ne paraissait pas même certain de sa date de naissance !

Le danger d'autres actes de violence indicible avait ou semblait donc avoir décru dans la région ; et *a fortiori* dans les terrains boisés des Slade, qui s'étendaient sur plusieurs kilomètres de part et d'autre de Rosedale Road. (La forêt de Crosswicks, comme l'appelaient les gens du cru, ainsi que les champs contigus, étaient bien entendu propriété privée ; il aurait fallu une grande hardiesse aux chasseurs et braconniers de la région pour s'y risquer et affronter le garde-chasse colérique des Slade, très lié au shérif du comté.)

Les deux jeunes femmes marchaient d'un pas vif, tout en se tenant par le bras comme à leur habitude ; tâchant de ne pas s'irriter du tapage que faisaient Thor et le jeune cousin d'Annabel dans les bois, elles l'appelaient, mais sans le gronder, car tel un poulain encore rétif à la bride le garçon se cabrait contre les réprimandes, même de la part d'Annabel qu'il adorait : « Todd ! Tâche de ne pas trop t'éloigner, veux-tu ? Ne nous inquiète pas. » De son côté, du fond des sous-bois, le garçon leur criait que Thor et lui débusquaient « des diables », « des sorcières », « des trolls » et le légendaire « Diable du Jersey[1] » soi-même ; puis, avec une ruse diabolique, il revint sans bruit sur ses pas et se jeta sur elles par-derrière, Thor aboyant furieusement sur ses

1. Le Diable du Jersey est un être fabuleux qui a pour habitat naturel les Pine Barrens du New Jersey ; on le dit mi-oiseau, mi-reptile, haut de deux mètres, pourvu d'un long cou, d'un long bec pointu et de griffes acérées. Historiquement, le Diable du Jersey serait le treizième enfant d'une sorcière, appelée Mère Leeds ou, dans certains documents, Mère Spags, qui habitait dans les Pine Barrens à l'époque de la guerre d'Indépendance.) (Oui, cette répétition du nom de « Spags » est une coïncidence – un genre de désagrément que les historiens rencontrent plus souvent que le profane ne s'en douterait. Mais la plupart des coïncidences ne « signifient » rien, et je suis certain que c'est le cas de celle-ci.) Le Diable du Jersey a été aperçu des centaines de fois au cours du seul XXe siècle, et nombreux sont les amateurs qui se sont lancés à sa recherche ; le Diable laisse d'énormes empreintes de pattes d'oiseau dans la neige et la boue, et des monceaux d'excréments à l'odeur si infecte que l'on a vu des chiens vomir et même mourir de convulsions pour s'en être imprudemment approchés. En 1909, le Diable fut aperçu en de nombreux endroits dans le New Jersey et la Pennsylvanie, à proximité de la frontière entre ces deux États ; tout particulièrement à Camden, où, à en croire les journaux, il « attaqua » un groupe de fidèles de la Première Église méthodiste ; et plus tard, dans un autre quartier de la ville, un « club social ». (Ce qui est censé désigner un club privé de gentlemen ? À moins que ce ne soit un euphémisme de journaliste qualifiant une taverne ou un bar.) Des policiers de Camden avaient prétendument tiré sur le Diable à cette seconde occasion, mais il s'était enfui en s'envolant au-dessus de la Delaware, causant un si grand effroi dans le sud du Jersey qu'écoles et administrations publiques furent officiellement fermées pendant plusieurs jours, jusqu'à ce qu'on fût certain qu'il avait regagné les marais désolés des Pine Barrens. Au moment où j'écris ces lignes, en 1984, le Diable du Jersey survit toujours dans la légende, mais il n'a plus été aperçu, sinon par des enfants ou des adolescents peu dignes de foi, depuis fort longtemps. Pour une histoire détaillée, voir *The Jersey Devil* de James F. McCloy et Ray Miller, Jr. (Middle Atlantic Press, 1976).

talons, comptant les effrayer – et les effrayant bel et bien. D'une voix chantante haut perchée, il demanda aux jeunes femmes au sourire crispé : « Le Diable du Jersey demande : Qu'est-ce qui est rond, plat et aveugle, et *ne dit pas de mensonges* ? »

– "Rond, plat, aveugle, qui *ne dit pas de mensonges*"… »

Annabel n'avait pas le don de son frère Josiah pour les devinettes, les charades et autres jeux de salon ; cherchant à distraire l'enfant de sa concentration intense, elle écarta une mèche de cheveux humides de son front fiévreux, détacha les gratterons accrochés à ses vêtements et déclara que la devinette était « trop difficile » pour elle – sur quoi Todd grinça des dents, sauta en l'air et frappa bruyamment dans ses mains ; Annabel était accoutumée à ces colères enfantines et tâcha d'en rire, tandis que Willy se reculait pour qu'il ne la heurte pas dans ses pitreries. (Il était vrai, comme Todd le percevait, que Willy ne partageait pas entièrement l'affection indulgente d'Annabel à son égard.) Le garçon, à présent, se tournait vers elle : « Qu'est-ce qui est rond, plat et aveugle, et qui, à toi surtout, *ne dit pas de mensonges* ? »

Willy tâcha de sourire, comme on sourit aux enfants trop brillants et dérangeants de parents ou d'amis ; elle lui tendit un biscuit à la figue, qu'il accepta et engloutit aussitôt ; puis il déclara grossièrement que « Willy-Mine-de-rien » n'était pas assez maligne pour résoudre une devinette. « C'est un miroir, dit-il avec un mépris enfantin. Un miroir, et vous le savez, mademoiselle Vilaine-Mine. L'envers d'un miroir, son dos. Comme *ton* dos, qui ne ment pas, comme le visage ment. Maintenant, donne-moi un autre biscuit. Thor et moi avons faim. »

Annabel protesta : « Todd ! Ne sois pas impoli. »

Todd dit : « C'est vous qui êtes impolies, vous faites semblant de ne pas comprendre ma devinette. »

Les humeurs de Todd étaient toutefois si changeantes qu'après avoir dévoré le deuxième biscuit, qu'il brisa en deux pour le partager avec le berger allemand, il se calma ; et insista pour qu'Annabel et Willy s'arrêtent là où elles se trouvaient et lui racontent une histoire – car Annabel lui avait promis de lui en raconter une s'il était sage pendant leur promenade ; et il était sûr de l'avoir été parce que Thor et lui auraient pu être *beaucoup moins sages*.

Les deux jeunes femmes n'avaient pas eu l'intention de s'asseoir à ce moment-là, ni à cet endroit ; mais Todd leur trouva des racines dénudées et noueuses qui formaient une sorte de siège ; elles s'assirent donc, près du cours paisible de Stony Brook Creek, et Annabel sortit de son sac en paille un livre d'enfants pour lire à Todd son conte d'Andersen préféré, *Le Vilain Petit Canard* ; et veillant à ne pas les déranger, Willy dessina son amie au pastel ; elle souhaitait en effet avoir un portrait intime d'Annabel telle qu'elle était avant son mariage pour le garder en souvenir ; car il lui semblait, elle ne savait pourquoi, qu'elle perdrait sa meilleure amie quand celle-ci serait devenue Mme Dabney Bayard et habiterait l'ancien domaine Craven.

(Oui, il est étrange qu'à l'âge de onze ans Todd demande qu'on lui fasse la lecture, comme s'il était un tout jeune enfant ; mais Todd ne « lisait » pas facilement, il prétendait que les lettres et les chiffres « s'embrouillaient » devant ses yeux quand il essayait de les comprendre.)

À la fin de l'histoire, Todd battit des mains et déclara que, lorsque lui deviendrait un cygne, il ne serait pas aussi gentil avec les canetons qui s'étaient moqués de lui – « Parce que Todd se rappelle très bien les méchancetés qu'on lui fait, et il n'oubliera pas et ne pardonnera pas à ses ennemis. » Ce à quoi Annabel répliqua, d'un ton grondeur : « Mais quand tu deviendras un cygne, tu le deviendras pour du bon, Todd, et tu auras la conduite d'un cygne – c'est-à-dire que tu seras viril et noble.

– Mais est-ce que Todd sera *Todd*, à ce moment-là ? demanda-t-il, avec une pointe d'anxiété.

– Mais oui ! Bien sûr. »

Allongé dans l'herbe, l'enfant réfléchit à la déclaration de sa cousine avec une feinte gravité ; mais sa réaction fut du Todd tout craché : il roula sur le dos, battant furieusement l'air de ses jambes et poussant des gémissements aigus, comme s'il était chatouillé, ou attaqué par un adversaire invisible.

(PAUVRE TODD SLADE ! – Le lecteur est peut-être curieux de le connaître mieux, notamment compte tenu des développements à venir ; car de tous les « maudits », Todd fut assurément le principal.

Jusqu'à ses deux ans, l'enfant avait paru supérieurement précoce – marchant, parlant et même « raisonnant » –, mais ensuite, sans qu'on pût en déterminer la raison, il avait semblé « régresser », comme s'il avait souhaité demeurer un peu plus longtemps un petit garçon – un petit garçon particulièrement difficile, avec des éclairs d'intelligence, parfois fulgurants, mais un comportement le plus souvent infantile. De stature, Todd ne se différenciait pas des gamins de son âge, étant en fait assez grand ; mais sa carrure était étrangement sous-développée, sa tête trop grosse, et ses jambes si mal coordonnées qu'il ne cessait de trébucher ou de tomber, ce qui consternait ses parents et provoquait les moqueries des autres enfants. Plus curieux encore, Todd cherchait souvent à saisir des objets qui n'étaient *pas là* – mais à quelques centimètres de côté. Plus ses efforts étaient vains, plus sa frustration et son impatience s'exaspéraient.

Todd contrariait particulièrement son père, Copplestone, un homme d'affaires prospère doué d'un grand flair, qui se piquait de savoir parler et écrire parce qu'il avait dirigé le club de discussion de Princeton et été la « star du campus » pendant ses années d'études ; et qui trouvait insupportable que son fils unique « refuse » (selon ses termes) d'apprendre à lire et à écrire ; et pousse l'entêtement jusqu'à tenir les livres à plusieurs centimètres de côté, voire à l'envers. Copplestone y voyait une « farce » particulièrement exaspérante qu'il convenait de punir – « Ou cet enfant est un démon, ou il en héberge un », déclarait-il à la mère éplorée de Todd, après l'un de leurs affrontements père-fils qui, en termes de capacité pulmonaire et d'agitation frénétique, se soldaient par la victoire de Todd, Copplestone se ruant en trombe hors de la pièce.

(On disait cependant, peut-être sans fondement, que, en privé, Copplestone donnait la « discipline » à son fils rebelle : à mains nues, à coups de baguette ou de ceinture, nous l'ignorons. Ce qui est su, en revanche, c'est que Winslow Slade n'avait pas discipliné ses fils Copplestone et Augustus, ni même élevé la voix contre eux quand ils étaient jeunes.)

Mais Todd n'apprenait pas son alphabet, et encore moins l'arithmétique, en dépit des efforts déployés par son père et par quantité de tuteurs ; si bien que sa famille finit par renoncer à l'y forcer et par se faire à son entêtement, à son obstination, ou quoi que ce fût d'autre. (Plus tard, quand Todd fut plus âgé, après le traumatisme de la Malédiction, il semble qu'il ait été plus ou moins en mesure de « lire » et d'« écrire » ; on le prétendait même « au-dessus de la moyenne » à bien des égards ; car Todd était inscrit à la Princeton Academy lorsque j'y entrai en 1911, et il y suivait forcément une scolarité normale.) Bien que sujet à des crises de colère, Todd pouvait aussi se montrer plein de douceur ; il était depuis longtemps le préféré de sa cousine

Annabel ; et même, par intervalles, de Josiah, qui n'avait pas la patience de sa sœur pour leur jeune cousin. (Josiah s'irritait que, dans les jeux de plateau tels que dames et échecs, Todd gagne souvent ; non parce qu'il jouait bien, mais parce qu'il trichait de façon éhontée, et si habilement qu'il se faisait rarement prendre. « Il fera un brillant politique à Tammany Hall[1], où l'argent se volatilise, disait Josiah, pourvu que, contrairement à certains de ses membres, il réussisse à éviter la prison assez longtemps. »)

Wilhelmina se répétait que Todd Slade n'était qu'un enfant – un jeune garçon de onze ans ; il y avait pourtant dans son regard quelque chose de précoce et de pénétrant qui la mettait mal à l'aise, et elle se demandait parfois s'il n'avait pas le don de double vue. Car un jour à Crosswicks Manse, quelques mois auparavant, Todd s'était frayé délibérément un passage jusqu'à elle à travers les adultes présents, et il lui avait gravement serré la main en lui présentant ses condoléances d'une voix basse et insinuante ; étant donné l'absence de Josiah à cette réception, avait-il dit, Mlle Burr était condamnée à la « simple mastication de mets insipides » et à l'« auscultation d'une musique dissonante » – une déclaration si insolite dans la bouche d'un enfant que Willy avait eu du mal à en croire ses oreilles. Puis, quand ce diablotin avait répété ses paroles, la regardant avec une feinte compassion, elle avait rougi comme une pivoine, la respiration soudain oppressée, en se rendant compte que Todd Slade savait – se pouvait-il que tout Princeton sût ? – son amour secret pour Josiah Slade.

Mais je n'en ai parlé à personne ! Pas même à Annabel.

---

1. Siège de la Tammany Society, organe du parti démocrate new-yorkais. (*NdT*)

Depuis lors, Wilhelmina se méfiait de Todd Slade, tout en lui étant reconnaissante de ne pas avoir divulgué son secret, pour autant qu'elle le sût.

Voilà donc pourquoi Todd souhaitait encore qu'on lui *fît la lecture* ; et Annabel aimait lui faire plaisir, car cela le rendait heureux, comme peut l'être un enfant de trois ou quatre ans. Après *Le Vilain Petit Canard*, Todd demanda *La Colline des elfes*, qu'il aimait depuis tout petit, et après cela *La Reine des neiges* – qu'Annabel hésita à lire pour des raisons personnelles. Mais Todd insista tant, frappant le sol du talon, roulant des yeux blancs, qu'elle n'eut d'autre choix que de céder ; elle lut cependant d'une voix plus frêle, avec moins d'animation et, au bout de quelques minutes, Todd, lassé, se mit à fredonner, à soupirer et à arracher des touffes d'herbe qu'il lançait sur Thor pour l'exciter. Quand Annabel en arriva au passage où le petit garçon part en traîneau avec la reine des neiges et « s'envole » avec elle au-dessus des bois et des lacs, des mers et de la terre, tandis qu'au-dessous d'eux le vent glacial siffle, que les loups hurlent et que la neige scintille d'un éclat mortel, Todd eut un bâillement nerveux, comme si, pour *lui*, cela n'avait rien de terrifiant ; puis, pour finir, il fit tomber le livre des mains de sa cousine !… et, avant qu'elle pût protester, bondit sur ses pieds et s'élança vers la forêt, poussant devant lui le chien surexcité, et aboyant comme lui avec une sorte d'allégresse sauvage.

« Tu gâtes trop ton cousin, Annabel, dit Wilhelmina. Cela ne fera que s'aggraver, si tu continues.

– Mais… qu'y puis-je ? Qu'y pouvons-nous, tous autant que nous sommes ? Todd est… comme il *est*.

– En es-tu sûre ? C'est une façon de l'abandonner à son sort, tu sais – car il ne pourra jamais devenir adulte, ni même étudier au lycée ou à l'université, si on lui passe tous ses caprices. »

Curieusement, Annabel ne protesta pas ; le visage désagréablement empourpré, les yeux brillants de larmes, elle se contenta de fermer le livre de contes et de le laisser tomber sur le sol.

« Oui, tu as raison, Willy. C'est ma récompense. »

Lorsque, ensuite, Willy examina le dessin qu'elle avait fait d'Annabel, elle trouva au portrait de son amie une expression si sombre, si mélancolique, avec un je ne sais quoi de cynique (dans le pli des lèvres) – qu'elle ne voulut pas le lui montrer et jugea plus prudent de le plier bien vite et de le cacher dans son sac. Ce que voyant Annabel demanda, avec un petit rire blessé, si le dessin était vraiment *si hideux* ; et Willy répondit : « Oui, un peu… mais c'est la faute de l'artiste, et non du modèle. Je réessaierai bientôt, une autre fois. »

Les jeunes femmes reprirent leur promenade, pénétrant dans la forêt à la suite de Todd ; mais leur humeur s'était faite plus grave, et elles ne se tenaient plus par le bras.

Après quelques minutes tendues, Willy dit, d'une voix basse et chargée d'émotion : « J'espère que tu ne "t'éloigneras" pas de moi – et de tes autres amis qui t'aiment – lorsque Dabney et toi serez mariés. Quelquefois il me semble que tu "t'éloignes" déjà – c'est peut-être un effet de mon imagination, mais je t'ai trouvée un peu distante et distraite ces derniers temps, du moins en ma compagnie…

– Ce n'est pas vrai, Willy ! protesta aussitôt Annabel. Tu es mon point d'ancrage – tout autant que Josiah. Jamais je ne "m'éloignerai" de vous – je jure de ne pas vous perdre. »

Willy sourit en entendant son nom associé ainsi à celui de Josiah Slade ; et répondit seulement qu'elle trouvait étrange qu'Annabel jure de *ne pas perdre* son frère, ou sa plus vieille amie – « Cela m'incite à penser que quelque chose te préoccupe, Annabel ? – dont tu hésites à parler ? »

Annabel protesta de nouveau, avec un petit rire : « *Non*, Willy. Sais-tu que tes questions me tourmentent ? Nous devrions peut-être changer de sujet ?

– Bien sûr. Considère que c'est fait.

– Au fond de moi-même, Willy, au fond de mon âme… *je n'ai pas la moindre préoccupation. Je suis… très heureuse…* »

Mais sa voix contredisait à ce point ses propos que Willy glissa un bras autour de sa taille. « Que se passe-t-il, chère Annabel ? Dis-le-moi, je t'en prie.

– Je te l'ai dit… il n'y a rien à dire.

– Tu sais que, où j'aime, je ne juge pas. Est-ce Dabney ? Ou… tes parents ? Aucun mot ne peut-il exprimer ce que tu ressens, chère Annabel ?

– Aucun mot, murmura Annabel en soupirant, aucun mot… »

Les jeunes femmes suivaient Todd et Thor à distance. À mesure qu'elles laissaient le ciel libre derrière elles, leur conversation prenait un ton en accord avec l'ombre mouchetée de lumière, ou la pénombre de la forêt. Willy dit qu'elle était un peu blessée qu'Annabel ne se confie pas davantage ; après tout, elle-même s'était souvent confiée à Annabel depuis qu'elles étaient devenues « grandes amies » en dernière classe de primaire à l'Academy pour filles de Princeton. « À qui parlerais-tu, Annabel, sinon à moi, ton amie la plus intime ? »

Annabel rit. Sans gaieté, et avec un air contrarié.

« Eh bien, à ta tante Adelaide peut-être, dont on raconte qu'elle aurait eu un "accident" pendant son voyage de noces.

– Ma tante Adelaide ? Mais pourquoi ?

– À cause… de ce qu'on dit d'elle. Et de cet "accident" pendant son voyage de noces.

– Pourquoi parles-tu de cela? – personne ne sait ce qui s'est passé. Pas moi, en tout cas. Dans ma famille, on ne parle pas de ce genre de chose.

– Ce que je ne comprends pas, Willy, c'est si l'accident s'est produit pendant le voyage ou dans une auberge où séjournait le couple? Et si cet "accident" a été irrévocable?

– J'en ai toujours entendu parler comme d'un "accident indéterminé". Je crois que c'était aux Bermudes, ou sur le bateau de croisière qui les y emmenait.

– Et donc ta tante Adelaide est une "femme mariée" – mais aussi, à bien des égards, une "jeune fille" – pas tellement plus âgée que nous, dans le fond. Et elle a gardé sa silhouette parce qu'elle n'a pas mis d'enfant au monde. Et son mari et elle sont si proches, paraît-il... qu'on croirait encore un couple d'amoureux.

– Oui, c'est ce qu'on dit. Mais j'ai du mal à parler à Horace – et réciproquement.

– De sorte qu'on ne sait pas si, pour Adelaide Burr, cela a été une sorte de tragédie... ou une sorte de bénédiction», dit Annabel d'un ton songeur.

Pendant cette conversation, elle n'avait cessé de faire tourner autour de son doigt sa bague de fiançailles en diamants, qui avait un peu de jeu.

Les deux amies marchèrent quelque temps en silence; devant elles, cependant, Todd criait des ordres à Thor, qui répondait par des aboiements; une odeur saumâtre leur parvenait par bouffées de l'intérieur de la forêt, où le sol s'incurvait en une sorte de marais.

«Todd? Où te caches-tu?» appela Annabel, sans grand espoir que son cousin lui réponde.

Les deux jeunes femmes pressèrent le pas. Une manière de sentier s'enfonçait dans les bois, qui s'élargit peu à peu pour s'éparpiller dans toutes les directions ; la terre, molle, moelleuse, cédait sous les pieds. Willy s'exclama qu'il était délicieux de marcher ainsi – « J'ai l'impression de flotter, d'être sans poids. »

Annabel sursauta, et rit. « Oui… "sans poids". »

Mais quelque chose s'accrochait au bas de la robe d'Annabel et à ses jupons. À sa consternation, elle constata que le bord de sa jolie robe à rayures bleues était déchiré et taché ; le dessous de ses jupons de dentelle blanche était dégoûtant. Avec un petit sanglot, elle les nettoya, puis laissa retomber sa jupe et dit, comme si cela lui venait à l'instant à l'esprit : « Ne me prends pas pour une folle, Willy – et s'il te plaît, ne le répète à personne –, mais je me suis souvent demandé pourquoi frères et sœurs ne pouvaient pas continuer à vivre ensemble, une fois adultes ; pas des vieux garçons et des vieilles filles excentriques, mais… des gens parfaitement normaux ! Pourquoi insiste-t-on autant sur le *mariage ?* Depuis que j'ai douze ans, ma mère ne pense pour ainsi dire à rien d'autre ; toutes les femmes de la famille n'ont cessé de *comploter.* Quand j'avais l'espoir de devenir un auteur de livres pour enfants ou une illustratrice, une artiste – elles ne m'ont parlé que de ça : une fois que tu seras mariée et que tu auras tes propres enfants, tu pourras peut-être te livrer à ce genre de "passe-temps". Jamais, pourtant, on ne dit à un garçon ou à un jeune homme qui veut être écrivain ou artiste – ou musicien, ou scientifique – qu'il devrait en faire un *passe-temps*, pourquoi donc ?

– Pour la même raison qu'on ne nous "autorise" pas à voter. Nous ne sommes que des citoyens de seconde zone, bien qu'habitant les mêmes États-Unis d'Amérique que nos frères.

– Père m'a expliqué que le vote des femmes était "superflu" – une femme votera comme son mari ou alors, par esprit de contradiction, contre lui, en annulant son vote. Dans l'un et l'autre cas, cela ne sert à rien.

– À voir ! Commençons déjà par essayer.

– Mais comment se fait-il que frères et sœurs ne soient pas encouragés à vivre ensemble ? Des familles entières pourraient vivre ensemble, comme elles le faisaient autrefois. Je vais me sentir si – seule – étrangement seule – quand je ne serai qu'avec Dabney ; et lui aussi se sentira seul avec moi, je pense. Et puis, personne ne s'entend aussi bien avec les gens – ou du moins avec moi – que Josiah. Très souvent, nous n'avons même pas besoin de parler ; nous restons silencieux ensemble et nous sommes très bien. Tandis qu'avec Dabney, il faut toujours que nous parlions – avec nervosité… C'est pour cela que je me demande pourquoi il faut que nous épousions des inconnus, continua-t-elle, d'une voix basse et rapide, et que nous allions vivre loin de ceux que nous aimons. Ma cousine Eleanora, qui habite à Wilmington, s'est mariée il y a quelques années, et elle a failli mourir en mettant au monde un gros garçon robuste parce qu'une fièvre rhumatismale dont elle avait souffert dans son enfance lui avait affaibli le cœur ; et il paraît que son mari et elle vivent maintenant *comme frère et sœur,* et personne n'y trouve à redire. Pourtant, si de vrais frères et sœurs, liés par le sang, décidaient de s'installer ensemble, la société les considérerait avec désapprobation et mépris. C'est si injuste, Willy, et si illogique !… Tu n'es pas d'accord ? »

Willy murmura une vague approbation. (Car elle n'aimait pas le tour pris par la conversation, ni la véhémence de son amie.) Elle ajouta, avec une mélancolie enfantine : « Tu te rends compte que nous aurions pu vivre ainsi, tous les trois ensemble, si nous étions nés en des temps plus heureux – à Fruitlands, par exemple, ou à Oneida[1], ou dans la communauté des Shakers. Pourquoi “frère et sœur” ne pourrait-il pas être étendu à des

1. Communautés utopiques du milieu du XIXe. (*NdT*)

“frères et sœurs” au pluriel ? – il n’y a sûrement rien de mal à cela. »

Willy avait donc parlé : des paroles impulsives, téméraires et irrévocables !

Elle pressa ses mains sur ses joues brûlantes pour les rafraîchir ; car il s’était mis à faire désagréablement chaud dans l’ombre mouchetée de soleil de la forêt, avec son humus humide et moelleux ; elle sentait sur sa nuque le contact de ses cheveux, désagréablement humides, rudes comme la crinière d’un cheval. Et son « pantalon turc », qu’elle avait trouvé si chic, était maintenant constellé de gratterons et taché de boue aux revers.

Les jeunes femmes s’arrêtèrent un instant, et Annabel retira les gratterons des vêtements de son amie et des siens. Des essaims de moucherons, de moustiques et de minuscules brûlots piqueurs s’étaient mis à grouiller autour d’elles. D’un ton maussade, Annabel dit : « Oui, Willy – tu as raison. Mais il est trop tard – pour moi. Je suis tombée amoureuse et suis damnée – j’appartiens maintenant à un autre, de corps comme d’esprit – et ni Josiah ni le fringant lieutenant ne peuvent me sauver : pas même *toi*, cher Wilhelmina. »

Ce fut alors que les jeunes femmes s’aperçurent que Todd et Thor étaient invisibles ; bien que les cris et les rires de l’enfant, les aboiements furieux du chien, aient semblé leur parvenir des quatre coins de la forêt.

Entraînant son amie, Annabel s’enfonça plus avant dans la forêt en appelant son cousin ; puis, prise d’hésitation, elle passa le relais à Willy, qui les conduisit dans une autre direction, en criant : « Todd ! Tu es très vilain ! Où te caches-tu ? Montre-toi tout de suite ! »

Au bout de quelques minutes d’anxiété, alors qu’elles s’enfonçaient toujours plus profondément dans une partie des bois au sol spongieux, marécageux, où se déversait manifestement le ruisseau de Stony Brook, les jeunes femmes aperçurent enfin Todd dans une sorte de clairière, où gisaient dans un enchevêtrement formidable des troncs gigantesques, comme ossifiés, pareils à des monuments écroulés. Tombant de biais dans cet espace dégagé, sous l'effet de la qualité particulière de la grande forêt, la lumière ne semblait pas naturelle, ni même provenir véritablement du soleil ; c'était une phosphorescence argentée, lunaire, étrange, troublante sans être entièrement désagréable.

Todd se tenait là, la tête baissée, les cheveux en broussaille au-dessus de son visage pâle ; mais Annabel et Willy eurent beau l'appeler, il ne parut pas les entendre ; couché sur un lit de lichen, Thor ne s'élança pas non plus vers elles en agitant la queue, comme il le faisait d'ordinaire.

Les jeunes femmes remarquèrent alors que Todd n'était pas seul dans cet étrange espace : devant lui, lui parlant avec animation, se tenait une jeune fille que ni Annabel ni Willy ne connaissaient : très menue, presque immatérielle, elle avait de longs cheveux bruns, un visage rond et sombre aux traits anguleux, et des yeux noirs qui semblaient flamber de passion. Elle portait des vêtements très grossiers, extrêmement sales et déchirés, peut-être même brûlés. Les doigts de sa main droite semblaient difformes ou mutilés. Et, surtout, de petites flammes palpitaient autour d'elle, naissant tantôt de ses cheveux en désordre, tantôt de ses épaules contractées, tantôt de sa main tendue ! – car la jeune fille semblait vouloir saisir la main de Todd.

Plus remarquable encore, elle avait autour du cou une corde grossière à nœud coulant, longue d'environ trois mètres, dont l'extrémité paraissait charbonnée.

Et ah ! – de quel feu flambaient ses yeux topaze !

Cette vision horrible était-elle une illusion ? Les yeux écarquillés d'Annabel et de Wilhelmina les abusaient-ils ? Autour de la jeune fille, les flammes palpitaient, ondoyaient, s'évanouissaient, puis flambaient de nouveau, avec des vibrations obscènes, teintées de bleu en leur centre comme les flammes d'un brûleur à gaz ; si impalpables, dans leur beauté infernale, qu'elles auraient pu être des illusions d'optique, ou des mirages, dus à quelque jeu de la lumière déclinante.

« Todd ! Viens ici… »

D'une voix frémissante, Annabel appelait son cousin, mais Todd ne répondait pas plus que s'il eût été sourd.

Car il était apparemment tombé sous le charme de cette fille démoniaque et ne pouvait la fuir, ne semblant pas comprendre ce qu'indiquaient ces flammes bleutées, ou la corde grossière entourant son cou ; ni le danger qu'il courait à ne pas reculer alors qu'elle s'approchait de lui à presque le toucher, le caressant de ses doigts de feu.

« Todd ! C'est Annabel – Annabel et Wilhelmina – nous sommes venues te chercher. *Todd !* »

Et pourtant, cette fille de feu n'était-elle pas fascinante ? – malgré sa peau sombre, un nez aplati et un peu épais, des lèvres épaisses, la cascade de cheveux emmêlés et sales lui tombant dans le dos ; et ces yeux étrangement lumineux ; et cette corde autour de son cou, qui devait l'incommoder, car le nœud semblait serré au point de gêner la respiration… Peut-être Todd croyait-il que la fille avait son âge, mais un examen plus attentif laissait penser qu'elle était beaucoup plus âgée, au moins autant qu'Annabel et Wilhelmina, une jeune femme et non une enfant.

Et il y avait le berger allemand, Thor, si étrangement couché sur le lit de lichen, à quelques mètres de la fille, museau tendu, oreilles triangulaires dressées, la couvant d'un regard adorateur – pourquoi Thor n'aboyait-il pas, pourquoi haletait-il si bruyamment, comme s'il avait couru longtemps pour venir se jeter là, à ses pieds ?

Quand, se tenant par la main, Annabel et Willy s'élancèrent en avant, avec de petits cris d'inquiétude, la fille de feu se tourna vers elles, avec une expression de rage, de consternation et d'angoisse ; des flammes furieuses bondirent alors tout autour d'elle, jusqu'à la dissimuler entièrement à la vue ; en un clin d'œil, comme si elle n'avait jamais existé, la *fille de feu* disparut.

« Todd ! Dieu merci, tu es sain et sauf ! » s'écria Annabel, qui courut aussitôt prendre son cousin dans ses bras ; mais, à sa grande stupéfaction, il se dégagea brutalement de son étreinte, le regard méprisant et noir.

« Voici cousine Annabel, qui est venue trop tôt, psalmodia-t-il, de cette voix chantante qui exaspérait son père ; voici miss Willy, qui est venue sans qu'on l'invite ; voici Todd, qui avait enfin trouvé une amie dans la forêt, mais qui l'a perdue – ce pauvre idiot de Todd, qui se retrouve tout seul. »

Plus alarmant encore, le berger allemand, qui connaissait Annabel depuis qu'il était tout chiot, et Wilhelmina depuis presque aussi longtemps, bondit sur ses pattes et gronda sourdement, les oreilles couchées et l'échine hérissée, découvrant ses formidables dents, comme si – était-ce possible ? – *il ne reconnaissait pas la jeune femme blonde désemparée et son amie brune.*

Note de l'auteur : la confession de l'historien

Rares sont les historiens qui abordent franchement ces questions, et cependant nous tous qui entreprenons de rendre compte du passé – en amassant, sélectionnant et distillant une multitude de faits pertinents – nous retrouvons immanquablement confrontés à deux difficultés : le phénomène de la *simultanéité des événements,* et celui de l'*authenticité des preuves.*

En assemblant mes documents pour *Maudits : histoire des événements tragiques de 1905-1906, survenus à Princeton, New Jersey,* travail de plusieurs dizaines d'années, sinon de ma vie entière, j'ai été contraint d'éliminer beaucoup afin de ne pas distraire le lecteur par un excès d'information ; il serait cependant malhonnête de ma part de prétendre que, tandis que mon récit progresse à l'imitation d'une « fable » en se concentrant sur certains personnages majeurs, les autres sont immobilisés dans une sorte de frise, et s'abstiennent de penser, de sentir, de parler et d'agir – bref, de participer à l'Histoire. Alors que je représente Annabel Slade, Wilhelmina Burr et Todd dans la forêt de Crosswicks, il est évident que Woodrow Wilson, Winslow Slade, Adelaide Burr, Josiah Slade, les Cleveland, le lieutenant

Bayard et tous les autres poursuivent le cours de leur vie, ignorant entièrement que le « point de focalisation » s'est déplacé ailleurs ; tout comme ils ignorent entièrement figurer dans la chronique d'un historien qui s'efforce de faire la lumière sur le pathétique de leur situation. Mais, astreint à une chronologie linéaire, soumis aux exigences de l'imprimé, comment pourrais-je procéder autrement ? Et quand bien même je désirerais inclure dans ma chronique tout ce qui s'est passé à Princeton à ce moment-là, comment une entreprise aussi herculéenne pourrait-elle être menée à bien ?

En conséquence, bien que tenté d'examiner certaines scènes d'un intérêt insolite, qui jetteraient assurément quelque lumière sur cette chronique, je ne le puis, et dois à mon grand regret les laisser de côté : car voici Woodrow Wilson, à demi vêtu, alité dans sa chambre du premier étage de Prospect House ; torturé par des douleurs gastriques après un déjeuner somptueux, donné au Nassau Club en l'honneur du président Teddy Roosevelt ; un événement qui avait exaspéré, frustré et finalement excédé cet homme sensible, qui ne supportait pas d'entendre des vantardises aussi outrées, et ces récits épouvantables de massacres d'animaux dans l'Ouest ; Ellen Wilson, désemparée, rôde près de lui, administrant les médicaments que le malade accepte de prendre, et priant que son mari ne meure pas ! – tout cela, quasiment à la veille des noces Slade-Bayard du 4 juin, où leur chère fille Jessie doit jouer un rôle si important. Les dents serrées, M. Wilson marmonne : « Il est grossier. Il est vulgaire. C'est un bouffon – un tyran. Il ne me respecte pas. Il me traite avec condescendance – et à Princeton de surcroît ! *C'est insupportable.* » (Ainsi le président de l'université de Princeton déplore-t-il l'inconduite du président des États-Unis à son égard.) Tandis que, ailleurs encore, se déroule cette scène affligeante :

« Je regrette, monsieur Ruggles. La durée de votre contrat était d'un an, comme vous le savez. Il ne sera pas renouvelé.

– Mais… pourquoi ? »

Le directeur des Lettres classiques secoue la tête, le visage sombre.

Pourquoi ? Pourquoi pas ? Des questions auxquelles il est apparemment impossible de répondre.

« Mais… j'avais cru… ou plutôt, on m'avait laissé croire… »

Le jeune homme semble véritablement abasourdi. Il pense avoir été un précepteur de latin efficace et plein de vitalité ; Yaeger Ruggles a en effet consacré une grande partie de son temps à donner des cours particuliers à bon nombre de ses étudiants, dont les connaissances en latin étaient très insuffisantes.

« Les étudiants ont tous beaucoup appris. Plusieurs m'ont dit, en particulier…

– Merci, monsieur Ruggles.

– … même leurs parents m'ont exprimé leur reconnaissance, et sont venus me voir…

– Malheureusement le contrat ne sera pas renouvelé, comme j'ai tenté de vous l'expliquer – nous regrettons infiniment.

– Mais… “nous” qui ? »

Le visage encore plus sombre, le directeur des Lettres classiques secoue sa tête chenue avec une douleur contenue. Comme pour signifier au jeune homme stupéfait et profondément blessé *N'insistez pas. Vous n'aurez pas la réponse. Vous êtes chassé de notre grande université, et sans retour.*

« Comment pouvez-vous me traiter aussi injustement, monsieur… aussi déraisonnablement ? Pour quels motifs me renvoyez-vous ?

– Vous n'êtes pas “renvoyé”, monsieur Ruggles. Votre contrat n'est pas renouvelé, ce qui est très différent. Il y a eu des rapports anonymes, voyez-vous.

– Des “rapports anonymes”… mais…

– Fermez la porte derrière vous en partant, monsieur Ruggles, je vous en prie. »

Peu après, de façon tout aussi ignominieuse, Yaeger Ruggles est convoqué dans le bureau austère du directeur du séminaire théologique de Princeton, le révérend Thaddeus Shackleton, qui l’informe, à peu près du même ton sombre et implacable, qu’il est « dans le meilleur intérêt de toutes les parties » que M. Ruggles quitte le séminaire à la fin du trimestre de printemps, à savoir le lundi suivant.

« Mais… pourquoi ? demande Yaeger Ruggles. Pour quelle raison ? En quoi ai-je failli ? Vous devez me le dire. »

La première année de Ruggles au séminaire s’était « extraordinairement bien » déroulée – son instructeur des langues anciennes de la Bible l’avait couvert d’éloges, et son instructeur en formation pastorale avait prédit qu’il serait très bientôt un pasteur « très attentif et très responsable ». Dans le cours de sa deuxième année, les appréciations avaient continué à être excellentes jusqu’au mois de mars, où l’on avait noté un « net relâchement » de son travail au séminaire, et même un certain nombre d’absences inexpliquées.

« Le séminaire reçoit bien plus de candidatures qu’il n’y a de places dans notre école. Nous avons une liste d’attente d’une bonne dizaine de personnes – tout aussi “méritantes”. Et donc, malheureusement, monsieur…

– Mais je ne comprends pas…

– Il ne nous appartient pas de “comprendre”, monsieur Ruggles. Nous devons avoir la foi, et nous devons triompher. »

Dans un brouillard d’incompréhension, le jeune homme sort en titubant. Si blessé qu’un observateur aurait pu percevoir une légère claudication dans sa démarche.

Il ne m'aurait pas trahi, tout de même... ? Mon cousin Woodrow...

À Nassau Hall, Yaeger est sèchement informé que le président Wilson n'est pas dans son bureau. Et que son emploi du temps de la semaine est si chargé qu'il lui sera impossible de le recevoir.

Yaeger proteste : « Mais... je suis un cousin de M. Wilson, de Virginie. Il me connaît. Il souhaiterait s'entretenir avec moi. »

La secrétaire du président note son nom.

« Veuillez dire à M. Wilson... qu'il y a eu un terrible malentendu. Il comprendra ce que je veux dire, j'espère. Dites-lui que... Yaeger n'abandonnera pas ! »

À un peu plus d'un kilomètre de là, dans Maidstone House, Mme Adelaide Burr, qui s'est endormie en lisant *La Doctrine secrète,* se réveille d'un somme léger et peu réparateur pour voir, ou imaginer voir, un visage pressé contre la fenêtre de sa chambre : une enfant fantomatique à la peau sombre, hardie, impétueuse, les traits déformés par la rage ou par la faim ; une inconnue qui ne ressemble à personne que Mme Burr ait jamais vu. Pourtant, avant que Mme Burr n'ait le temps de prendre son inspiration pour hurler, la créature s'évanouit, non sans laisser tacitement entendre qu'elle sera bientôt de retour.

Et ici, dans la chambre d'enfant de Mora House, au 44, Mercer Street, à six cents mètres de Maidstone House, la jeune cousine de Mme Burr, Amanda FitzRandolph, qui berce son nourrisson, le petit Terence, s'interrompt soudain, alarmée par un bruit de pas, à moins que ce ne soit un soupir, ou une ombre, ou encore – est-ce possible ? – la silhouette diaphane et fugitive d'un homme dans un miroir. Quand elle se retourne, serrant son enfant contre son sein, Mandy ne voit rien, n'entend rien ; se sait seule dans la maison avec Terence, exception faite des domestiques ; mais est cependant prise d'un tel accès de tremblements qu'il lui faut reposer le bébé dans son berceau pour éviter de le lâcher ou le blesser – car l'espace d'un moment, les idées confuses, il lui semble que son bébé n'est plus Terence mais le bébé d'une inconnue – qui a le nez plus large que le mignon petit nez de Terence, des lèvres plus charnues, des cheveux noirs plus rudes, et une peau d'une teinte plus sombre. Un vertige la saisit. Une pensée l'assaille *Edgerstoune n'oserait pas me faire ça.* À côté de la cheminée, rarement utilisée, il y a un tisonnier d'aspect redoutable, que les doigts de Mandy brûlent de saisir, mais elle résiste, elle résistera ; se penchant sur l'enfant en pleurs, elle murmure pour l'apaiser : « Ce n'est rien du tout, Bébé doit *dormir.* »

Non loin de là, dans l'élégante maison de style colonial, du 99, Campbelton Circle, Mlle Wilhelmina Burr se regarde dans le miroir en pied de sa chambre à coucher pendant que, à genoux devant elle, une couturière française ajuste la robe de satin rose pâle qu'elle portera au mariage d'Annabel ; son œil critique s'attarde peu sur l'image séduisante reflétée par la glace, mais se concentre, avec une intensité cruelle, sur les *défauts* – du visage, de la silhouette, de la personne. Wilhelmina ne se sent pas « Willy » aujourd'hui – pour être « Willy », elle a besoin d'Annabel et de Josiah ; seule, elle n'est que Wilhelmina, la fille de parents qui semblent ne pouvoir la regarder sans déception, car elle n'est pas une beauté ; et elle n'est pas non plus le genre de jeune femme délicieusement soumise, adorablement docile, que l'absence de beauté devrait raisonnablement produire. Wilhelmina ne s'intéresse pas davantage à sa robe, dont la longue jupe gracieuse est bordée de deux rangs de ruchés remontant sur le devant pour se fondre dans une série de plis délicats, l'ensemble flattant sa silhouette un peu anguleuse. Au contraire, comprimée maintenant par la taille étroite de la robe, la jeune femme a brusquement l'impression qu'elle va, qu'elle doit éclater – elle est au bord de pleurer ou d'exploser de rire, de crier de désespoir ou de murmurer des obscénités. (Ce qu'elle se surprend parfois à faire dans son sommeil – des mots terriblement grossiers, inattendus, que, de jour, Wilhelmina connaît à peine!) Car le mariage imminent de sa meilleure amie souligne de manière humiliante sa propre solitude. *Josiah ne m'aime pas, il ne m'aimera jamais.*

Tout au plus a-t-il de l'« affection » pour Wilhelmina, qu'il appelle « Willy » avec la désinvolture d'un cousin ou d'un frère ; il a de l'admiration pour son intelligence, et pour son adresse au croquet ; mais voilà des années qu'il ne l'a pas véritablement regardée, elle en est sûre. Lors de leur dernière conversation, il lui a parlé avec enthousiasme de ses nombreux nouveaux projets – étudier la philosophie en Allemagne, repartir dans l'Ouest, ou plutôt dans le Nord, dans l'Arctique ; adhérer à la Ligue des jeunes socialistes américains, à New York – dont aucun ne concerne Wilhelmina Burr.

Wilhelmina, qui avait été une très bonne élève et retenu par cœur de nombreux passages de Shakespeare, s'est suffisamment pénétrée de l'intelligence profonde de la nature humaine qu'avait ce grand poète pour savoir que, si une haine intense peut s'inverser et donner un « amour » tout aussi violent, il n'en va pas de même de la simple affection. Et Willy ne pourra jamais être une sœur pour Josiah, à la façon d'Annabel – personne ne peut rivaliser avec Annabel dans le cœur de Josiah.

Sans entendre la question que lui pose la couturière, Wilhelmina continue de se regarder dans la glace, comme stupéfaite par sa laideur singulière ; peut-être serait-il préférable, plus charitable pour elle de disparaître, telle Ophélie ; de s'éloigner du Hamlet qui l'obsède, et qu'elle n'obsède pas. Elle pense, avec une rancœur en désaccord avec sa nature, bonne et généreuse, qu'elle donnerait beaucoup pour avoir, ne fût-ce qu'un court moment, ce pouvoir mystérieux sur l'espèce mâle que des jeunes femmes comme Annabel Slade doivent à leur innocence et à leur beauté ; que lui importent en effet ses prétendus talents intellectuels et artistiques, si personne ne l'aime ; si Josiah Slade ne l'aime pas. Le cœur battant, elle souhaite bassement que Josiah puisse être torturé de jalousie à son tour parce qu'un rival la courtiserait. *Il souffrirait alors comme j'ai souffert. Nous serions parfaitement assortis pour la vie.*

À peu près au même moment, dans le vaste amphithéâtre de McCosh Hall, sur le campus de l'université de Princeton, le professeur Pearce van Dyck s'interrompt en plein cours sur l'éthique kantienne et se détourne pour tousser dans un mouchoir ; depuis plusieurs semaines, le professeur van Dyck souffre d'une allergie mystérieuse, ou d'une infection du poumon ; la maladie ne s'aggrave pas notablement, mais elle ne disparaît pas non plus ; devant une cinquantaine d'étudiants, qui l'observent avec une sorte d'apitoiement fasciné, le professeur van Dyck tousse, tousse, tousse… Des larmes miroitent dans ses yeux, derrière ses lunettes à monture d'acier, menaçant de couler sur ses joues ; désespérément, il cherche à se racler la gorge, à se défaire de la substance visqueuse qui, dans les profondeurs de ses poumons, ou de ses sinus, menace de l'étouffer ; jusqu'à ce que, finalement, le jeune précepteur assis au premier rang se lève et s'approche de lui en tremblant – « Professeur van Dyck ? Puis-je vous aider ? »

Et, dans Nassau Street, à Witherspoon, le doyen Andrew West rencontre la brune Mme Grover Cleveland, richement vêtue, qui fait ses courses en ville avec l'une de ses filles, accompagnée d'une domestique noire ; s'ensuivent quelques minutes d'une conversation aimable, teintée d'un badinage discret ; ou plutôt, d'un semblant de badinage ; car ni Andrew West ni

Frances Cleveland n'éprouvent l'un pour l'autre une attirance autre que « mondaine »; Andrew West apprend que la santé de M. Cleveland s'est « entièrement rétablie » – Grover est si parfaitement remis de sa prostration nerveuse de ces dernières semaines qu'il est maintenant en mesure de prendre son petit-déjeuner habituel, que Mme Cleveland détaille avec délice, car il atteste de la bien portance de son mari : bifteck, jambon de Virginie, côtelettes de porc, merlan et éperlans frits ; et parfois même du corned-beef et du chou quand il lit son lot habituel de journaux – « Car Grover est très *O courante**, vous savez ; il a ça dans le sang. » Andrew West écoute avec l'air du plus extrême intérêt, car il est dans la nature du doyen de tirer le meilleur parti de chaque occasion. Et donc, Mme Cleveland dit, en faisant tourner le manche d'ivoire de son ombrelle, « que les rumeurs qui courent dans Princeton sur Grover sont absolument sans fondement ; et j'espère, monsieur, que vous contribuerez à les combattre ».

D'après le journal tenu par Henrietta Slade, la belle-fille de Winslow, le Dr Slade se trouve, à ce moment-là, dans son coin préféré du *jardin anglais** de Crosswicks Manse, absorbé dans l'un de ses travaux d'érudition ; traductions bibliques, refonte de ses anciens sermons ou notations dans son journal (journal qui sera malheureusement détruit au printemps 1906), Henrietta n'en sait rien ; mais elle a en revanche remarqué un « changement troublant » chez son beau-père, qui jusque-là avait toujours été d'un caractère égal et paisible, aussi bien disposé envers sa famille qu'envers son public, et rarement irritable, ou même las et distrait ; ces derniers temps, cependant, Winslow n'est pas « lui-même » – il se montre nerveux, fatigué, distrait ; et moins enclin qu'auparavant à consacrer du temps à sa famille, ou aux amis habitués à passer le voir dans sa bibliothèque. *Peut-être est-ce le mariage qui le rend soucieux,* *les invités sont si nombreux. Peut-être craint-il pour le temps, car une fête est prévue dans les jardins, ici, à Crosswicks Manse.* Et Henrietta, mère de la future mariée, entre ensuite dans de longues considérations anxieuses sur le mariage, qui n'ont que très peu d'intérêt pour l'Histoire.

Et Josiah Slade décide sur un coup de tête d'aller chasser l'ours dans les Poconos avec des amis, malgré l'imminence du mariage de sa sœur, où il doit jouer un rôle important. « Mais… et si quelque chose t'arrivait ? » demande Annabel, d'un ton implorant ; et Josiah répond, en riant : « À moi, rien n'arrivera, je te le promets », et Annabel dit : « Tu reviendras, n'est-ce pas ? La veille ? Pas plus tard ? Josiah ? » – suppliant presque son frère : *Tu reviendras, tu ne me laisseras pas affronter cela toute seule… n'est-ce pas ?*

Et le beau lieutenant Dabney Bayard, qui essaie une chemise en coton d'Égypte et un pantalon fuseau, remarque par hasard, distraitement, un petit insecte noir sur le cou du tailleur italien agenouillé devant lui ; négligemment il se baisse pour attraper l'insecte et le pince brutalement entre ses ongles, arrachant un cri d'étonnement et de douleur au tailleur, qui s'écarte d'un bond – car cette petite tache noire n'est pas un insecte, mais un grain de beauté ou une minuscule verrue, profondément enracinée dans la chair de l'Italien.

L'épouse spectrale

En ce matin humide du 4 juin 1905, c'est-à-dire le jour même des noces Slade-Bayard, le jeune Upton Sinclair[1], qui habitait avec sa femme et son enfant en bas âge une ferme délabrée de Rosedale Road, non loin de l'ancien domaine Craven, s'était rendu à pied en ville, par besoin de se dégourdir les jambes après une longue séance d'écriture ; ne sachant rien du mariage, et rien des protagonistes, ne connaissant vaguement que le nom de *Slade,* que ce jeune socialiste associait naturellement aux extrêmes de l'exploitation capitaliste des masses, il tomba par hasard, dans Nassau Street, sur un flot majestueux de véhicules à moteur et de voitures à cheval, évoquant une sorte de cortège royal – « Ce n'est pas un enterrement, je ne vois pas de corbillard. Un mariage ? »

Pendant quelques minutes, Upton Sinclair contempla l'opulence ostentatoire qu'il avait sous les yeux : car n'arrivaient à la première église presbytérienne de Princeton que de luxueuses

---

1. Écrivain américain (1878-1968). Socialiste, fondateur avec Jack London d'un mouvement syndical étudiant, il publie en 1905 *La Jungle,* roman qui dénonce les conditions de travail aux abattoirs de Chicago. Il est également l'auteur de *Pétrole !, Le Roi charbon, Saint Thomas de Hollywood.* (*NdT*)

automobiles de tourisme, portant la marque de firmes telles que Pierce-Arrow, Lambert, Halladay, Buick, Cadillac et Oldsmobile; les finitions, toutes de laiton, brillaient d'un bel éclat, de même que le verre des pare-brise. Et les voitures à cheval, qui se faisaient plus rares d'année en année, inexorablement supplantées par les automobiles, donnaient à la scène un côté intemporel et romanesque, ainsi qu'une grande élégance. Upton, qui ne possédait ni automobile ni cheval, regardait, un sourire dérouté aux lèvres, car dans son état d'abattement le jeune socialiste n'était pas porté à l'indignation, mais plutôt à une sorte d'envie – non pour l'opulence, mais pour les familles, les couples que ces gens formaient manifestement. C'était là la classe dirigeante de la province, supposait-il, et cependant, quand on les observait, on voyait une tribu composée essentiellement de familles; et au cœur de chacune, un couple.

C'était une institution sociale *bourgeoise* : la famille, le couple à la base. Et pourtant Upton en ressentait une grande mélancolie.

Son propre mariage, sa femme bien-aimée, Meta – ah! par quelle phase troublée et difficile ils passaient, ces derniers temps; Upton était venu en ville à pied, sans emprunter un cheval et une carriole à son voisin et propriétaire paysan, afin d'échapper aux quatre murs de sa cabane d'écrivain, et aux quatre murs de son cerveau, si occupé par ses difficultés conjugales que son énergie créatrice en souffrait.

Car Upton aimait tendrement sa femme; il savait néanmoins qu'un tel amour entrave et débilite, qu'il n'est pas digne de l'idéal socialiste; et il savait qu'il peut être précaire, basé sur des fondements purement affectifs, et non sur la rigueur intellectuelle de Marx, d'Engels et d'autres penseurs révolutionnaires.

Dehors, où l'air était un peu trop chaud, et extrêmement humide, Upton pensa avec abattement à sa femme, à sa tristesse, son désespoir, son mystérieux *changement de personnalité* de ces dernières semaines. Comment, lui, un homme de vingt-cinq ans, inexpérimenté dans l'art du mariage et de la paternité, devait-il faire face à cette transformation ? La veille au soir, après un dîner raté qu'elle avait préparé dans leur cuisine mal équipée, Meta avait pleuré de colère, puis pleuré de désespoir ; déclarant qu'elle « ne pouvait continuer de la sorte, et priait d'avoir la force de se libérer de ses souffrances » ; devant son mari horrifié, Meta avait osé presser le canon d'un revolver contre son front, refusant d'abandonner l'arme à Upton pendant dix longues et angoissantes minutes.

Leur fils dormait alors au fond de son berceau, dans la pièce voisine.

Cette crise-là était passée. Mais Upton en était resté abasourdi, démoralisé et perdu ; aussi assommé que s'il avait été frappé à la tête avec cet horrible revolver, que sa femme avait emporté quand ils s'étaient mariés. (En fait, Meta l'avait emporté secrètement – c'était une arme ayant appartenu à son père, un ancien officier de l'armée qu'Upton n'avait pas encore rencontré.)

Upton était toutefois résolu à s'acquitter de ses obligations domestiques, à aller faire ses commissions du samedi en ville, comme si tout allait bien ; car les humeurs de sa femme étaient si changeantes qu'il était fort possible que, lorsqu'il lui reparlerait, plus tard dans la journée, tout aille réellement bien, et qu'elle ait oublié sa détresse de la veille.

Malgré tout, elle en était arrivée à détester le « cadre champêtre idyllique » dans lequel ils vivaient, aux abords de Princeton ; et chaque repas préparé dans la cuisine lugubre, avec son poêle à bois et son évier à pompe, était un plongeon dans l'inconnu, chaque séance d'allaitement de leur bébé coliqueux pouvait tourner au désastre.

« Je crois que je ne suis pas une bonne mère, se lamentait Meta, pas plus que je ne suis une bonne révolutionnaire. Si nous vivions au temps de la Révolution française, je serais guillotinée. » Upton trouvait son humour absurde. Elle avait un rire âpre, qui le mettait mal à l'aise – bien différent de l'adorable rire de gorge de la jeune femme dont il était tombé amoureux, à peine deux ans plus tôt.

L'avenir, qui avait paru si prometteur à Upton, était maintenant incertain ; à l'image des progrès du socialisme dans les sociétés capitalistes d'Europe et d'Amérique, précaires et aléatoires, aussi imprévisibles qu'un immense jeu de hasard. Il était évident que des réformes s'imposaient sur tous les fronts, du travail scandaleux des enfants dans les usines du pays, aux conditions de vie humiliantes et déshumanisantes des Nègres du Sud, dont la situation n'était guère meilleure que celle de leurs grands-parents esclaves. Mais comment ses camarades socialistes et lui devaient-ils affronter une entité aussi énorme ? *Avait-il le courage nécessaire ?*

En ruminant ces pensées, Upton perdit la notion du temps ; il lui arrivait souvent de tomber dans une sorte de rêve éveillé, dont il émergeait, sachant à peine où il se trouvait, dérangé par les pleurs du bébé ou par la voix aiguë de sa femme. Sur le trottoir de Nassau Street, il était bousculé par les badauds, qui bayaient devant les portes, maintenant closes, de la première église presbytérienne, où la cérémonie du mariage avait dû débuter. Le majestueux défilé d'automobiles et de voitures avait pris fin ; les invités choisis de la noce étaient apparemment tous entrés.

« J'espère qu'ils seront plus heureux que Meta et moi. *J'espère* que ce n'est pas l'institution du mariage qui constitue un problème, mais seulement nos humeurs passagères, éphémères… »

Un murmure courut dans la foule, car, de l'autre côté de la rue, les larges portes blanches de l'église s'étaient ouvertes toutes grandes ; une jeune femme en robe de mariée et un homme en tenue de cérémonie dévalèrent les marches – les nouveaux mariés, déjà ? La jeune femme portait une robe soyeuse d'une éblouissante beauté, dont la longue traîne balayait le trottoir crasseux ; le gentleman, un habit à queue-de-pie, des gants blancs, et un haut-de-forme qui le faisait paraître grotesquement grand, comme monté sur des échasses. En dépit de l'élégance de ses vêtements, ce couple de nouveaux mariés montrait une hâte étrange, presque de la précipitation, comme s'ils fuyaient ; ils grimpèrent dans un coupé qui les attendait le long du trottoir, une voiture d'une autre époque, attelée à quatre chevaux – quatre ! (Des bêtes splendides, nota Upton : entièrement noires, la tête haut dressée, la crinière et la queue tressées, et pas la plus petite tache blanche sur leurs jambes ou leurs chevilles, rien qui vienne distraire l'œil admiratif.) Le jeune socialiste était d'humeur si sombre qu'au lieu de sa réaction habituelle devant cet étalage d'opulence capitaliste, il se demanda tristement comment une jeune femme aussi ravissante, qui n'avait sans doute pas vingt ans, avait pu être unie à un gentleman aussi singulièrement repoussant : trapu de corps, la face flasque, batracienne, il avait au moins trois fois son âge !

Upton, qui tenait un journal dissimulé sous le plancher de sa cabane d'écrivain, réfléchit à ce qu'il y écrirait quand il rentrerait chez lui ; car dans la vie du jeune écrivain il y avait très peu de minutes « perdues » – c'est-à-dire qui ne finissaient pas converties en prose utile, pour référence ultérieure, voire pour publication.

Il n'est pas besoin de théorie révolutionnaire pour comprendre qu'un mariage de ce genre est un mariage forcé. La mariée a été vendue – comme du bétail. Honte à sa famille et à toute sa tribu !

En dépit de sa beauté angélique et de sa jeunesse, elle regrettera bientôt sa vie.

UNE FOIS EN MOUVEMENT, à pied, Upton fut vite absorbé par la nature très terre à terre de ses courses ; il prit les rues Nassau, Chambers, Bank et Witherspoon, consultant fréquemment ses notes pour la matinée : farine, sucre, farine de maïs, œufs, savon, pain, thé, barbier, bibliothèque – ce dernier mot était souligné, car accaparé par un roman d'« idéologie socialiste » sur la guerre de Sécession, Upton était venu s'installer près de Princeton essentiellement pour avoir accès aux archives historiques spéciales de l'université. (Le lecteur trouve-t-il ironique qu'Upton Sinclair souhaite examiner les possessions de la bibliothèque princetonienne, alors qu'en son for intérieur il considère l'institution comme un bastion des privilèges blancs ; cette conduite subreptice étant, de surcroît, en contradiction avec le principe secret du socialisme : PAS DE COMPROMIS AVEC L'ENNEMI ?)

L'installation à Princeton d'Upton Sinclair, auteur de l'ambitieux *King Midas*, inventeur mal inspiré de la sortie canularesque du *Journal of Arthur Stirling*, est une affaire complexe au premier abord, mais finalement assez simple : sans le sou après l'échec de ses deux premiers livres, Upton avait conclu un accord financier avec le riche socialiste George D. Herron, qui s'engageait à subvenir aux besoins de sa famille et de lui-même à hauteur de trente dollars par mois, et à les loger dans un environnement très différent de leur garni pestilentiel de New York, si, en contrepartie, Upton travaillait à une trilogie sur la guerre d'Indépendance, destinée à convertir les masses au socialisme. Le premier roman, *Manassas*, était achevé ; le second, *Gettysburg*, était en bonne voie ; restait *Appomattox* : l'apothéose de la vision socialiste, selon Upton. Ni lui ni son mécène, M. Herron, ne doutaient du succès populaire de la trilogie, si les masses étaient averties de son existence et incitées à la lire ; Jack London n'avait-il pas eu un énorme succès avec un matériau similaire, des récits « populaires » et d'« aventures » ? Même s'il se révélait souvent frustrant de chercher à convertir les opprimés, qui s'accrochaient passionnément aux chimères de la classe dirigeante, comme si elles pouvaient être les leurs.

Le problème est qu'aux États-Unis tous les sans-le-sou sont convaincus qu'il suffirait d'un peu de chance pour qu'ils deviennent milliardaires, et que de ce fait ils ne veulent pas mettre de bornes à la puissance des « barons voleurs » – qu'ils pourraient devenir un jour ! – voilà les réflexions que se faisait Upton et qu'il noterait dans son journal, ce soir-là.

Upton avait souvent exposé ses vues à Meta dans les premiers mois de leur mariage. Il lui citait notamment le Zarathoustra de Nietzsche : *Où cesse l'État, là seulement commence l'homme qui n'est pas superflu*[1].

Quoique idéologiquement opposé à Princeton, se considérant même comme un ennemi en son sein, Upton s'était fréquemment promené avec sa femme, au crépuscule, sous les arbres de Prospect Street pour écouter les étudiants chanter dans leurs clubs somptueux – « Ils ont des voix d'anges ! Comment est-ce possible ! » s'exclamait Meta ; ou dans le quartier encore plus fastueux du West End, où l'on pouvait admirer d'anciennes demeures datant de l'époque révolutionnaire : Maidstone, Mora, Pembroke, Arnheim, Wheatsheaf, Westland (où, disait-on, habitait l'ex-président Grover Cleveland) et, non moins prestigieuse, Crosswicks Manse, à peine visible d'Elm Road. Veillant cependant à ne pas se laisser séduire par

1. *Ainsi parlait Zarathoustra*, Paris, Mercure de France, trad. Henri Albert. (*NdT*)

l'architecture de ces grandes maisons, ni par la société dont elle était l'emblème ; car toute richesse provenait du labeur d'autrui, de l'esclavage salarié d'ouvriers asservis à la machine. Écouté par Meta, Upton lui exposait donc les trois lois de la dialectique de Marx et d'Engels, le concept saint-simonien de la lutte des classes et la théorie de la valeur-travail de Smith-Ricardo ; lui parlait de ces prédécesseurs éminents, souvent cités par Marx et Engels : Fourier, Owen, Feuerbach, Hegel. Ce ne pouvait être un hasard, disait-il avec feu, que Marx et Darwin eussent publié des ouvrages révolutionnaires dans le cours de la même année 1859 ; ni un hasard que, dans sa propre vie, pendant une période d'abattement où il travaillait pour payer ses études au City College de New York, il fût tombé sur un exemplaire de l'ouvrage visionnaire de Nietzsche, *Ainsi parlait Zarathoustra* – « En l'espace d'une heure, ma vie a changé ». Il lui semblait en effet évident, ainsi qu'à un nombre croissant de ses contemporains, que les générations futures considéreraient Zarathoustra comme le véritable sauveur de l'humanité – « Le Jésus-Christ de la chrétienté bourgeoise étant discrédité. »

Fermant les yeux, ému, Upton récitait à Meta des passages enthousiasmants de *Zarathoustra*, qui ne pouvaient manquer d'influencer quiconque avait de la sensibilité ; et il terminait par ces mots exaltants : « "Une vie libre est encore ouverte aux grandes âmes. En vérité, celui qui possède peu est d'autant moins possédé : bénie soit la petite pauvreté !"[1] »

Sur quoi Meta disait : « Nous devons être bien bénis, alors ! Car nous sommes plus que petitement pauvres. »

LA RAISON POUR LAQUELLE sa femme pleurait autant et se laissait aller à ces états dépressifs morbides, Upton l'ignorait, car

1. *Op. cit.* (*NdT*)

son caractère était tout différent : il aimait se considérer comme un *fonceur*. Il jugeait donc de son devoir de lui reprocher gentiment de s'abîmer dans les *angoisses égoïstes de la vie privée,* alors que la Révolution se préparait et exigeait toute leur énergie. N'y avait-il pas la perspective de Temps meilleurs où la classe ouvrière se rendrait aux urnes, renverserait le gouvernement bourgeois en place, s'emparerait des moyens de production et ferait advenir la société *sans classe* et *sans État* que Marx avait prédite ? « Si pauvres que nous soyons, si grandes que soient nos souffrances, Meta, nous connaissons l'avenir, et cela suffit.

– Mais nous sommes loin de "souffrir" autant que la plupart des gens, dit Meta, avec hésitation. Les Nègres, par exemple, ou les immigrants les plus pauvres. Et nous savons *lire* – il est toujours possible de s'évader, grâce aux livres.

– Les livres ne sont pas un moyen d'"évasion" ! Ils sont un moyen de connaissance, ils nous apprennent à affronter l'avenir. »

Upton avait parlé sèchement, car, bien qu'exposant souvent à Meta les injustices particulières subies par les Nègres et les immigrants pauvres, il n'aimait pas qu'elle le contredise quand il était d'humeur idéaliste.

Il avait été agréablement surpris – très agréablement surpris – de l'accueil fait à *La Jungle,* son reportage romanesque sur les abattoirs de Chicago, publié en feuilleton dans le journal socialiste *Appel à la raison ;* le rédacteur en chef lui-même s'était déclaré stupéfait de l'importance des ventes, et prédisait des développements encore plus remarquables. (Upton n'avait pas voulu donner de faux espoirs à Meta, mais plusieurs éditeurs new-yorkais, dont les bastions capitalistes Macmillan et Doubleday, avaient exprimé le souhait de publier le roman en livre ; et il ne semblait plus totalement utopique qu'Upton puisse bientôt poursuivre les buts qui lui étaient chers : mettre en scène une pièce de théâtre, fonder une revue, organiser une association socialiste à Brooklyn.)

La « poésie idyllique » de la campagne du New Jersey avait effectivement fait long feu, car la vie était dure dans la vieille ferme délabrée, même si le jeune couple et leur enfant nouveau-né avaient connu bien pis lors de leur premier hiver princetonien, où ils avaient grelotté dans une cabane isolée par du papier goudronné et chauffée par un unique poêle à bois. (N'eût été la charité de leurs propriétaires, un fermier et sa femme, le petit David serait peut-être mort du croup ; les nuits où le froid avait été le plus rude, ils avaient invité la famille Sinclair à dormir dans leur maison, qui, sans être précisément « chaude », était raisonnablement chauffée.) À présent, les Sinclair avaient leur propre ferme, mais le confort y restait primitif : le toit fuyait, les planchers étaient pourris, et des souris galopaient à l'intérieur des murs ; les nerfs d'Upton étaient en outre particulièrement sensibles aux geignements et aux pleurs quasi incessants du bébé, qui l'empêchaient de se concentrer. Dès que le temps était plus chaud, il retournait donc à la cabane de papier goudronné pour s'isoler et travailler à l'ambitieux *Gettysburg*. (Upton Sinclair était si dévoué à son travail qu'il avait résolu de ne jamais y consacrer moins de douze heures par jour, ce qui avait pour conséquence malheureuse, mais inévitable, d'obliger Meta à traire la vache dont ils avaient hérité avec la ferme ; à s'occuper d'un troupeau de poules galeuses, qui pondaient fort peu, et à tenter de protéger les rares fruits d'un verger et d'un jardin minuscules contre les armées de vers, d'insectes et de limaces qui les infestaient par vagues chevauchantes. Upton comprenait la frustration et l'épuisement de Meta ; mais ne pouvait admettre le désespoir qu'elle exprimait si souvent : s'ils devaient un jour fonder une colonie socialiste, cela se ferait dans un environnement rural, et ces travaux agricoles étaient donc un excellent entraînement.

Upton éprouvait un sentiment de culpabilité, et par conséquent d'irritation, quand il entendait Meta se plaindre d'être « seule » – et de « s'ennuyer » ; n'avait-elle pas Upton et le petit David, et la compagnie de la femme du fermier ; et quantité de camarades socialistes avec qui elle pouvait correspondre, comme lui-même le faisait quotidiennement ? Mais Meta insistait, disait qu'elle avait besoin de changer de décor, ne serait-ce qu'en allant en ville dans leur carriole « mangée aux mites » ; chose curieuse, cependant, quand venait le moment de s'habiller « pour la ville », alors qu'Upton attelait maladroitement la jument, elle devenait souvent très nerveuse et déclarait qu'en fin de compte elle ne l'accompagnerait pas – parce qu'elle avait le souffle trop court, ou des palpitations, ou que son « mal de ventre » s'était réveillé. (Meta souffrait alors d'une maladie des organes reproducteurs féminins, conséquence de l'accouchement de quatorze heures enduré à la maternité sous-équipée de Bellevue ; un camarade médecin socialiste lui avait conseillé de prendre le composé végétal de Lydia Pinkham et de ne pas consommer de viandes rouges. Et d'éviter une nouvelle grossesse tant qu'elle ne serait pas en meilleure santé.)

Malgré tout, il y avait l'espoir de la Révolution – prochaine. La date probable en était maintenant fixée à 1910 par des théoriciens socialistes pour qui Upton Sinclair avait le plus grand respect.

SOUVENT, DEPUIS SES AVENTURES dans les parcs à bestiaux et les abattoirs de Chicago, le jeune écrivain revivait avec intensité ces journées qui avaient passé avec la rapidité de rêves fiévreux ; en faisant ses courses, ce matin du 4 juin 1905, il fut frappé de nouveau par la folie de la *bourgeoisie** qui l'entourait, dans les rues et sur les trottoirs de Princeton : ces gens fortunés ressemblaient à des bêtes condamnées à l'abattoir, ignorant tout de leur sort. Plus que cinq ans avant la Révolution ! Cette fois, pas de *têtes roulant dans la poussière* mais *des fortunes partant en fumée, des illusions tribales volant en éclats.*

Upton percevait néanmoins un grand fossé entre ces individus et lui : car il portait des vêtements d'ouvrier, pantalon bon marché, chemise fanée ; un chapeau de paille effrangé, récupéré dans la grange du fermier. Et les citoyens de Princeton étaient si élégants ! Seuls quelques rares passants, de simples manœuvres sans doute, généralement sombres de peau, étaient habillés comme lui ; même les domestiques des riches étaient mieux vêtus, avec leurs uniformes bien propres. Upton avait passé deux mois à Packingtown, à Chicago, avec les ouvriers des abattoirs, et en avait maintenant la nostalgie. *Dans ces endroits-là, l'horreur de la lutte des classes est visible à l'œil nu, tandis qu'ici, dans la ville dorée de Princeton, il faut fouiller sous la surface pour voir avec un œil « extralucide ».*

Sans faillir, tous les soirs, Upton noterait ces réflexions dans son journal. Un jour, espérait-il, les nombreux volumes du *Journal d'Upton Sinclair* seraient lus par les masses.

Se frayant un chemin à travers la foule du samedi dans Nassau Street, s'efforçant de réfléchir avec vigueur et optimisme, Upton n'en restait pas moins obsédé par la scène de la veille : Meta, assise à la table bancale de la cuisine, le revolver à la main, pointant le long canon vers sa tête – l'appuyant, en fait, contre sa tempe pâle. Comme elle lui avait paru vulnérable, à ce moment-là ! Plus nue que si elle avait été dévêtue ; Upton avait eu envie de détourner le regard. Jamais il ne pardonnerait au père de Meta, à ce soldat brutal, d'avoir donné cette arme à sa fille, ou de lui avoir permis de l'emporter, pour une raison qui lui échappait. (Il ne voulait pas penser que le père de Meta avait estimé que sa fille aurait à se protéger de *lui.*) Des larmes ruisselaient sur le visage amaigri de Meta, ses mains tremblaient ; d'une voix morne et désespérée, elle avait dit se mépriser parce qu'elle était une « mauvaise mère », parce qu'elle n'avait pas été capable de presser sur la détente.

Un terrible spectacle qu'Upton n'oublierait jamais. Et qu'il lui serait très difficile de pardonner.

« Elle est la mère de mon fils. Le pauvre garçon ne doit jamais savoir. »

Distrait, Upton se rendit compte qu'il contemplait son reflet dans une vitrine : une espèce d'épouvantail dégingandé, coiffé d'un chapeau de paille défoncé. Ne pas se soucier des apparences est une chose, c'en est une autre de se rendre compte de l'aspect excentrique qu'on présente au monde. Tel un vagabond, il transportait quelques objets, ses achats du jour, dans un engin constitué de deux roues, d'une caisse verticale et d'un guidon. Il s'aperçut qu'il était devant la vitrine de la confiserie Joseph Sweet de Palmer Square, où s'étalaient avec opulence sucres d'orge, *petits fours**, caramels, chocolats et bonbons brillants ; des compositions en chocolat aux formes ingénieuses (poussins, soldats, ours et même instruments de musique et dirigeables miniatures) – un exemple de plus de ce que Thorstein Veblen appelait la *consommation ostentatoire.* Pour quelqu'un qui, comme Upton, évitait toute nourriture riche, viande comprise, ce spectacle était assez écœurant. Ah ! il aurait aimé entrer dans la boutique et protester. Démontrer au propriétaire, aux employés, aux clients souriants, le gâchis, la vanité que représentaient ces produits de luxe, quand, dans les villes voisines de Trenton et de New Brunswick, pour ne rien dire des ateliers misérables de la Delaware, des enfants à peine âgés de cinq ou six ans travaillaient quatorze heures par jour pour quelques sous. Est-ce que les habitants de Princeton l'ignoraient – est-ce qu'ils s'en *moquaient* ?

Upton n'avait rien lu sur le sujet, mais il avait entendu parler d'un incident particulièrement sordide qui s'était produit à Camden, quelques semaines auparavant : le lynchage public d'un jeune Noir et de sa sœur, exécutés par les fantômes cagoulés de blanc du redoutable Ku Klux Klan devant une foule d'au moins cinq cents personnes. Isolé dans les environs de Princeton comme il l'était, Upton n'avait aucun moyen d'en apprendre davantage sur l'incident, sinon par les lettres que lui envoyaient des camarades new-yorkais, lesquelles traitaient d'autres sujets. Upton jugeait significatif qu'*aucun des habitants de la région de Princeton avec qui il avait parlé ne fût au courant de ces atrocités.* Pourtant, quelques jours plus tôt, le président des États-Unis, Teddy Roosevelt, avait été reçu à Princeton par de riches soutiens politiques. Upton regrettait de ne pas en avoir su davantage sur cette visite, et de ne pas avoir manifesté devant la demeure où le président séjournait. Un jour, il serait un martyr de la Révolution – arrêté, battu par la police, victime d'accusations fabriquées : trouble de l'ordre public, outrage à la pudeur, trahison. *Le vrai révolutionnaire n'attend pas d'être appelé, il forge lui-même sa destinée. Sa foi est son courage.*

Ce fut à ce moment-là, alors qu'il se retournait, que, par l'un de ces hasards qui peuvent changer une vie, il vit sa femme Meta de l'autre côté de la place – elle était donc venue en ville, finalement – en laissant le bébé à la garde de femme du fermier ? – était-ce possible ? – mais l'instant d'après, quand la jeune femme s'éloigna, en compagnie de quelqu'un, Upton douta que ce pût être elle. Bien que ressemblant à Meta de façon saisissante, au point d'avoir les mêmes cheveux bouclés, couleur de miel, et le même coquet chapeau de paille, cette jeune femme-ci avait une longue jupe à volants à motif floral, qui rappelait peut-être à Upton une tenue portée par sa femme dans les premiers temps de leur rencontre, mais qu'il ne lui avait pas vue depuis bien longtemps. À la ferme, Meta mettait des vêtements informes, parfois masculins – car les apparences comptaient peu, apparemment, dans leur nouvelle vie de bohème. Upton se dit que ses yeux lui jouaient sans doute des tours. Et quand, un moment plus tard, il regarda de nouveau de l'autre côté de la place, la femme aux cheveux de miel avait disparu.

Il n'en tremblait pas moins d'émotion. Si Meta était venue en ville sans lui, cela s'apparentait à une infidélité – une tromperie. Et laisser seul le petit David ! Il se demanda comment il se faisait que son mariage, si romantique, si plein d'idéalisme socialiste à ses débuts, eût tourné à l'aigre ; qu'il se fût transformé en *cage* pour lui autant que pour son épouse. Une cage dont les barreaux étaient des êtres humains, une femme et un jeune enfant qu'il aimait plus que lui-même. *Impensable que nous nous séparions. Et cependant comment continuer à vivre ensemble ? Et si – s'il arrivait une nouvelle « erreur » – et que nous mettions un autre innocent au monde...*

Voilà les pensées que ruminait Upton en traversant Nassau Street pour se diriger vers le campus de l'université et la bibliothèque Chancelier-Green. Quand il pénétra dans la salle imposante des ouvrages de référence, cependant, il éprouva un frisson de bonheur – car ce jeune auteur optimiste ne doutait pas que les livres puissent changer le monde ; son modèle était Charles Dickens, ainsi que la grande Harriet Beecher Stowe, dont *La Case de l'oncle Tom* était réputée avoir précipité la guerre de Sécession[1] ! Pourquoi, dans ces conditions, Upton Sinclair ne prendrait-il pas sa place parmi les grands auteurs de la civilisation occidentale ? À franchement parler, il était las du mélodrame pompeux de sa trilogie sur la guerre de Sécession, même si George Herron prétendait en trouver le premier volet « passionnant » ; mais, puisqu'il s'était engagé par contrat à la terminer, il le ferait ; car Upton Sinclair était un homme intègre – une intégrité qui frisait parfois la sottise, selon sa femme. Son désir le plus ardent était de se lancer dans un nouveau roman dans le genre de *La Jungle* – une « bombe incendiaire », ainsi que le qualifiaient déjà ses camarades socialistes – qui ferait progresser la cause de la réforme sociale dans le monde. Les États-Unis – voire le monde entier – seraient forcés de le prendre en considération : car il avait pour cible le Trust de la viande, le Trust des chemins de fer et le Trust du pétrole, ainsi que les « prophètes du profit » (ainsi qu'un socialiste, homme d'esprit, désignait les « prêcheurs » évangéliques) de la religion bourgeoise ; Upton s'en prenait aussi à l'hypocrisie de l'« éducation publique » américaine, à l'imposture du journalisme, et notamment de la presse « jaune » de Hearst. Quoiqu'il ne fût qu'à la moitié de *Gettysburg*, et que l'énorme *Appomatox* restât encore à écrire, Upton avait déjà le projet de deux nouveaux romans satiriques, qui s'attaqueraient aux arts de la culture bourgeoise et s'intituleraient *Mammonart* et *Money Writes.* Car

1. Une idée fausse, largement répandue, veut que le président Abraham Lincoln ait dit, quand on lui présenta Mme Stowe (une femme très menue et très quelconque) : « Voilà donc la petite dame qui a déclenché la grande guerre ! » Ainsi amène-t-on le lecteur à penser qu'une seule personne, un écrivain femme en l'occurrence, pourrait infléchir positivement le cours de l'histoire. Ainsi amène-t-on le lecteur à sourire, comme on le ferait au spectacle d'un brave chien titubant sur ses deux pattes de derrière. L'historien se doit de dénoncer et de corriger ces idées fausses, dans l'intérêt de l'authenticité.

assurément, le prophète Zarathoustra disait vrai : *Plutôt que de faire honte, mettez-vous en colère. Et quand on vous maudit, il ne me plaît pas que vous vouliez bénir. Maudissez plutôt un peu de votre côté*[1] !

Upton était d'un naturel doux et n'avait jamais « maudit » quiconque de sa vie. Mais il apprendrait, il y était déterminé.

DE NOUVEAU, alors qu'il traversait Washington Road après avoir passé plusieurs heures fructueuses à la bibliothèque du Chancelier-Green, entouré d'étudiants studieux et apparemment sérieux, Upton vit, ou crut voir sa femme Meta sur le trottoir opposé ; elle portait cette fois une robe crème qu'Upton ne reconnut pas, et était accompagnée d'un gentleman de haute taille, en costume de lin, qui lui était parfaitement inconnu. Pourtant, la jeune femme était indiscutablement Meta : ces boucles de cheveux châtain-roux qui s'échappaient de son chapeau de paille à large bord, ce profil mutin, et ce teint d'« Écossaise » qu'elle avait perdu ces derniers mois. L'espace d'un instant, il sembla qu'*elle aussi* l'eût aperçu.

À moins que l'estomac vide d'Upton ne lui donnât la berlue, et qu'il fût bien idiot d'imaginer que sa femme aimante le trompait avec un inconnu.

Il continua pourtant à regarder le couple, qui s'éloignait dans la direction opposée ; la jeune femme tenait une ombrelle jaune et donnait négligemment le bras à son compagnon ; au bout d'un long moment, Upton s'arracha à sa transe et se dirigea d'un pas hésitant vers Witherspoon Street, son dernier arrêt avant de prendre le chemin du retour.

Bien qu'il fût contre ses principes de manger au restaurant, dont les prix étaient exorbitants, et les plats généralement

1. *Ainsi parlait Zarathoustra, op. cit.* (*NdT*)

moins nourrissants que ceux qu'on préparait chez soi, Upton estima préférable de se revigorer à la Knight's Court Tavern de Witherspoon Street pour ne pas risquer vertiges et tiraillements d'estomac. Lorsqu'il entra dans la salle, désagréablement enfumée, il s'efforce de ne pas remarquer les étudiants, qui occupaient presque toutes les tables, car il était obligé de juger, voire de détester, ces fils de riches qui allaient à l'université comme à un country-club leur appartenant par privilège héréditaire. (Upton, lui, avait travaillé dur pour payer ses études au City College de New York en compagnie d'une nuée d'immigrants et d'enfants d'immigrants enthousiastes, parfois frénétiques, dont l'intelligence était souvent exceptionnelle, l'ambition et l'opportunisme démesurés. Mais c'étaient en général des fils et des filles de prolétaires, si bien qu'il ne leur en tenait pas rigueur.) Upton avait entendu des choses surprenantes sur les projets de réforme universitaire de Woodrow Wilson, qui espérait notamment relever le niveau académique de Princeton, bien inférieur à celui de Harvard et de Yale, sans parler des célèbres universités anglaises qui avaient servi de modèles aux établissements de l'Ivy League.

N'ayant pas de famille pour l'aider financièrement, Upton avait passé ses années d'études dans une pauvreté indescriptible. Mais il ne regrettait pas cette expérience, car c'était là qu'il s'était converti au socialisme et senti profondément solidaire de tous les travailleurs, victimes de l'hydre capitaliste. Par contraste, ces étudiants princetoniens, dont beaucoup arboraient le tricorne de leur club, étaient, en un sens, privés de cette sorte de connaissances, et ne percevaient pas le rapide déclin du mode de vie bourgeois ; la disparition précoce et inévitable qui guettait leurs familles et eux-mêmes, et la nouvelle ère qu'introduirait l'Apocalypse imminente. Ah ! la Nouvelle

Jérusalem à venir – où hommes et femmes de toutes les races et de toutes les couleurs se sauraient *frères*, et plus jamais *ennemis*.

On ne savait pas encore quelle forme prendrait la Révolution. Mais Upton jugeait les arguments des anarchistes philosophes très convaincants : la société se fragmenterait en communautés indépendantes et autonomes de gens de mêmes affinités, n'ayant besoin ni de police, ni d'armée, ni de gardiens de la morale, ni de gouvernement. La vieille Divinité, morte et détrônée, l'Humanité prendrait enfin le pouvoir. Et le Prolétaire, transformé, enseignerait à ses anciens ennemis de classe les vertus de la retenue, de la charité et du partage, et le mépris du lucre.

Dans la taverne bruyante, Upton commanda du fromage, du pain noir et un verre de lait à la serveuse amusée, et s'absorba dans ces réflexions, qui avaient le don de le réconforter. Mais autour de lui les conversations étaient si bruyantes, si gaies, attisées par les mille enthousiasmes de la jeunesse, qu'il ne put s'empêcher de tendre l'oreille ; apprenant ainsi une victoire récente de l'équipe d'aviron contre l'université Brown ; entendant des commentaires grossiers et blagueurs sur le président Wilson et sa « tribu de femmes » ; les bruits qui couraient sur l'arrestation d'un « Nègre couleur charbon » dans l'affaire de l'assassinat de la jeune Spags ; bien qu'un détenu précédent, un immigrant d'Europe de l'Est, eût signé des aveux à la police de Trenton, on considérait maintenant ce nouveau suspect comme le véritable assassin. (Au sujet du meurtre de la jeune Spags, dont Upton n'était informé que par des rumeurs, les jeunes étudiants s'exprimaient avec indignation et colère ; plusieurs d'entre eux se disant furieux qu'un « Nègre couleur charbon » eût souillé une jeune Blanche, et qu'il se trouvât tout de même des gens pour prendre sa défense…)

Upton s'assombrit et posa son verre de lait sur la table. L'enlèvement et le meurtre d'une jeune fille entre Trenton et Princeton avaient beaucoup effrayé Meta, et c'était à l'origine pour cela qu'elle avait sorti le Smith & Wesson de sa cachette et vérifié qu'il était convenablement chargé. Or il semblait à présent que l'assassin n'avait peut-être pas été arrêté, en fin de compte : très probablement, vu l'intégrité de la police locale, un ou plusieurs innocents avaient été placés en détention, interrogés et contraints à des « aveux ». L'atmosphère de la taverne, où l'odeur pénétrante du tabac se mêlait aux relents de bière, de bœuf haché et de corned-beef, consommés à une table voisine, devenait de plus en plus oppressante ; Upton fut pris d'un accès de répulsion pour ces mangeurs de viande qui n'avaient aucune conscience de ce qu'ils mangeaient : ni de sa véritable nature – celle de bêtes terrifiées et souffrantes – ni de sa nature dégradée par l'industrie de conditionnement de la viande. Il passa une main tremblante sur ses yeux et, l'espace d'un instant, sentit de nouveau l'odeur crue, rance, écœurante et néanmoins étrangement sensuelle des abattoirs, où il avait vécu pendant deux mois. L'odeur de sang, d'entrailles, d'excréments, de viande crue et de terreur animale… L'air même tremblait et vibrait de la puanteur d'êtres vivants transformés en simples morceaux de viande ; les hurlements de panique, d'horreur animale ; les yeux exorbités par la terreur de la mort, les langues saillantes… *La plainte déchirante de l'univers*, avait écrit Upton Sinclair dans son roman ; des cris montant jusqu'au ciel, qui ne prêtait pas la moindre attention à ces souffrances. Et si l'humanité en avait conscience, il lui était facile de composer avec sa culpabilité : *ce ne sont que des animaux*.

De la même façon, les chrétiens sudistes avaient soutenu que les esclaves noirs n'étaient pas sensibles à la douleur comme l'étaient les Blancs.

Le cœur au bord des lèvres, Upton repoussa son assiette presque intacte et quitta la taverne en titubant. Il se demanda si le revolver était suffisamment bien caché dans la grange pour que Meta ne le trouve pas ; puis, sans se rendre compte de ce que cela avait de contradictoire, s'il avait bien fait de cacher la petite boîte de balles sous le plancher grossier de sa cabane, où l'humidité risquait de les corroder.

À CE MOMENT-LÀ, presque tout Princeton bourdonnait de la nouvelle de l'enlèvement scandaleux d'Annabel, la petite-fille de Winslow Slade, quelques secondes après son mariage ; ou peut-être de la fuite volontaire de la jeune mariée, qui aurait fugué aussitôt ses vœux de mariage prononcés. Mais Upton Sinclair ignorait tout de ce scandale ; un peu hébété, il gagna Stockton Street, puis Hodge Road, tirant derrière lui son engin à deux roues chargé des achats de la journée. Il se rappelait que sa chère Meta et lui avaient joué en duo dans les premiers temps de leur idylle, lui au violon, et elle au piano. Leurs meilleurs morceaux étaient des compositions du jeune Mozart, qui leur réjouissaient le cœur. Il se rappelait l'enthousiasme avec lequel Meta avait lu le long manuscrit de son récit en vers sur le massacre de Haymarket, en 1886 ; elle avait déclaré que c'était un chef-d'œuvre, et il l'avait embrassée – impulsivement, hardiment. Meta était convaincu qu'il serait l'un des écrivains et penseurs les plus brillants de sa génération. Quel bonheur innocent était le leur, alors !

À présent ils étaient prisonniers de la même cage – non plus comme amants (car cette relation-là s'était révélée fatale après la grossesse imprévue, qui ne devait pas se reproduire), mais comme un frère et une sœur, brouillés l'un avec l'autre. Ces derniers temps, Meta repoussait jusqu'aux regards et aux mots tendres d'Upton, dans la crainte de conséquences indésirables. Se pouvait-il, se demanda Upton, qu'il ne fût plus *aimé*?

Il lui parut soudain urgent de rentrer chez lui. Tandis qu'il marchait d'un pas rapide sur le trottoir grossièrement pavé de Hodge Road, en direction de Rosedale Road et de la campagne, il eut la conviction qu'il devait rejoindre la ferme, sa femme et son jeune enfant – « Avant qu'il soit trop tard. »

Le marié démoniaque

Annabel! Annabel!

En pleine cérémonie de mariage. Un sifflement sourd montant de tous les coins de l'austère église de style colonial.

Un son inaudible pour la plupart des invités, mais perçu distinctement par Annabel Slade, qui frissonne à côté de son futur mari, le lieutenant Dabney Bayard, devant l'autel de la première église presbytérienne de Princeton.

Annabel? Viens.

À peine plus qu'un murmure, et cependant aussi impérieux que le claquement d'un ordre. Alors que le révérend Nathaniel FitzRandolph prononçait les vœux sacrés du mariage *Annabel Slade prenez-vous cet homme* le sifflement se fit plus fort, plus insistant, et l'on remarqua que la jeune mariée, distraite, jetait des regards en coulisse, se détournant du lieutenant Bayard, agenouillé près d'elle, pour regarder vers le fond de l'église. Son visage, affirmeraient ensuite des témoins, exprimait l'appréhension et la culpabilité.

Annabel! Viens.

Un ton sépulcral, grave, hautain et cependant intime. Comme si l'air humide de cette fin de printemps prenait forme élémentaire.

Annabel : viens avec moi.

Incapable à présent de garder sa contenance, à chacun de ces murmures sifflants, la mariée regardait par-dessus son épaule – tantôt à gauche, tantôt à droite – le teint cendreux et les lèvres tremblantes.

Tant de choses ont été écrites sur le sujet, si extrêmes et si prolongées les passions qu'il souleva dans la région, que l'historien doit procéder avec prudence pour présenter un tableau « objectif » de la scène. Car, par un déni apparent du témoignage de leurs sens, une majorité des spectateurs – (ceux qui auraient pu se qualifier d'amis intimes des Slade, par exemple) – affirmeraient par la suite que la jeune Annabel avait été « enlevée » au pied de l'autel, aussitôt après son mariage avec le lieutenant Bayard ; personne, en effet, ne pouvant croire l'épousée capable d'accomplir un acte aussi insensé et aussi criminel *de sa propre volonté.*

Il faut que le lecteur imagine l'intérieur de la première église presbytérienne de Princeton en ce samedi matin du début juin 1905. Un intérieur d'église tout de blancheur, décoré de somptueuses fleurs blanches – lys, roses, œillets ; des murs sans ornement, d'une belle simplicité protestante ; des murs de pierre aux fenêtres étroites, dont le verre ondulé émet une sorte de lumière onduleuse. Présidant la cérémonie, le révérend Nathaniel FitzRandolph, digne successeur de Winslow Slade ; un homme entre deux âges, distingué, la tête chauve et la mine sérieuse, le sourire sévère, conscient de la solennité du moment ; tombant de l'orgue, au fond de l'église, les notes riches et sonores d'une œuvre de Bach. La mariée, vêtue de blanc éblouissant, a été conduite à l'autel, et au marié, par son père radieux, Augustus Slade, assis maintenant au premier rang de l'église comble ; le lieutenant Bayard est venu se placer, puis s'agenouiller, à côté de son épousée, dans son uniforme de parade de l'armée américaine ; les regards des femmes sont rivés sur la mariée, et sur sa robe de satin blanc crème – élégant corsage d'une seule pièce, col montant, application de rubans, broderies au plumetis et fronces de vingt-deux centimètres à la taille ; longue jupe d'une simplicité trompeuse, terminée par une traîne de dentelle ; manches à deux bouffants dans le haut, ajustées aux poignets, brodées au ruban et au plumetis – qui conduirait Mme Grover Cleveland à se lamenter dans son journal *de ne plus jamais pouvoir porter une mode aussi mince.*

À l'étonnement de tous ceux qui la connaissaient, Mme Horace Burr, c'est-à-dire Adelaide Burr, a quitté son lit d'invalide pour assister à la cérémonie, soutenue d'un côté par son mari dévoué et de l'autre par l'un de ses frères aînés ; Adelaide, qui s'est mise à pleurer dès qu'Annabel est apparue dans l'allée au bras d'Augustus Slade, et plus encore quand Annabel et le lieutenant Bayard se sont agenouillés devant l'autel, têtes baissées, pareils à de beaux enfants attendant une punition, et quand le révérend FitzRandolph a entonné le rituel solennel du mariage presbytérien. Ce soir-là, Adelaide noterait dans son journal, en une cascade de hiéroglyphes, que la seule garniture de brins de muguet en satin de la robe de la mariée l'avait tant émue qu'elle aurait ardemment désiré redevenir une jeune fille, une petite oie blanche ignorante, unie une nouvelle fois à son cher Horace par les liens sacrés du mariage, pour pouvoir porter une telle toilette ! Adelaide, ainsi que d'autres observatrices, prêtèrent une attention particulière au voile flottant de la mariée, qui s'était transmis de génération en génération chez les Slade depuis la fin du XVIIe siècle, avant même qu'ils n'eussent quitté l'Angleterre pour leur traversée aventureuse vers le Nouveau Monde.

Le lecteur doit probablement être informé, cependant, que l'élégante « silhouette sinueuse » de la mariée, qui lui donne une taille de guêpe d'environ quarante-cinq centimètres, résulte d'un corsetage adroit ; le corset de 1905 est ingénieusement conçu de façon que, par nécessité, et pour l'harmonie de la ligne, le corps entier de la femme est incliné vers l'avant. À l'instar de la taille, les hanches sont remarquablement minces – une innovation controversée, les couturiers conservateurs, de même que le sexe masculin dans son ensemble, préférant chez la femme des hanches plus pleines.

Le lecteur doit imaginer la famille Slade sur les premiers bancs de l'église – le vieux Winslow, très digne, avec ses fils Augustus et Copplestone et leurs épouses ; Josiah, le frère d'Annabel, le premier des garçons d'honneur, qui, sans être à la mode, est élégamment vêtu d'un costume sombre avec cravate assortie ; par bonheur, en effet, il était rentré de sa partie de chasse dans les Poconos tout juste la veille au soir. Et il y a aussi Todd, le cousin d'Annabel, contraint de porter un « costume de petit gentleman » – lin brun chocolat, gilet de satin blanc cousu main, gants blancs, chaussures de vernis noir –, assis à côté de Josiah, ne tenant pas en place, les yeux au bord de se révulser tels ceux d'un poney sauvage tenu captif.

Au premier rang aussi, Mlle Wilhelmina Burr, la très enviée première demoiselle d'honneur ; manifestement nerveuse dans sa robe rose à volants, et ne souriant pas avec autant de calme qu'elle le souhaiterait ; et les six belles demoiselles d'honneur, qui, dans leurs robes assorties, ressemblent à des fleurs de satin rose ; et la petite Oriana, la sœur de Todd, la porteuse de bouquet – un petit ange blond aux yeux très vifs et au sourire timide. Parmi les garçons d'honneur, seul Josiah Slade figure dans ce récit, et je m'abstiendrai donc de m'étendre sur leur compte – de séduisants jeunes gens, amis et camarades du lieutenant Bayard, dont les noms sont perdus pour la postérité, bien qu'ils aient assisté de près aux événements extraordinaires de cette journée, où la Malédiction se manifeste pour la première fois publiquement, de la façon la plus spectaculaire.

ANNABEL : MAINTENANT.

Selon Adelaide Burr, assise au deuxième rang, juste derrière les Slade, ce fut Todd qui, le premier, parut percevoir le sifflement sourd, à en juger par sa nervosité et par son agitation ; peut-être aussi Woodrow Wilson, étant donné son ouïe fine et l'extrême sensibilité de ses sens, car il regarda autour de lui, le visage contracté et les yeux plissés ; puis avec un air désapprobateur. Les unes après les autres, plusieurs personnes entendirent le sifflement, ou imaginèrent l'entendre ; mais ce qu'ils « entendaient » exactement, aucun n'aurait su le dire ; ni jurer que ce son était audible et qu'il ne s'agissait pas plutôt d'une mystérieuse vibration de l'air, comme en produirait un sifflet aigu, indétectable par l'oreille humaine.

Dabney Bayard, cependant, agenouillé devant l'autel, semblait ne rien entendre et n'avoir conscience que de la voix grave et psalmodiante du pasteur – *Dabney Bayard prenez-vous Annabel pour votre femme et légitime épouse* – et de son propre *Oui* solennel. Les muscles de ses mâchoires se contractèrent comme sous l'effet d'un spasme nerveux et il se tourna vers sa belle épouse pour découvrir, avec une certaine stupeur, que la modeste Annabel semblait à peine consciente de sa présence, ou de celle du révérend FitzRandolph ; écarquillés, ses yeux bleu-violet cherchaient dans l'église quelqu'un ou quelque chose, qu'elle ne voyait pas, mais qui était peut-être tout au fond de l'austère bâtiment de style colonial.

Annabel : viens.

Le rituel se poursuivit pourtant : le révérend FitzRandolph prononça les mots ultimes, au nom du Seigneur : *Je vous déclare mari et femme.* Au même instant, cependant, alors que les nouveaux mariés auraient dû s'enlacer et s'embrasser, le sifflement sourd s'amplifia, telles les vagues d'une houle, et, frissonnante, défaillante, Annabel s'écarta du lieutenant Bayard, comme si elle ne le reconnaissait pas.

Le murmure avait augmenté de volume. Tous ceux qui l'entendaient étaient perplexes, et certains étaient effrayés ; frappés d'une sorte de peur paralysante ; ne sachant s'ils entendaient véritablement ou s'ils avaient sombré dans une sorte de malaise, de folie temporaire, en ce lieu public humide qui semblait soudain devenu hostile.

Car le diable a ce pouvoir de nous tourmenter et de nous terrifier en nous faisant douter si nous sommes sous son emprise ou simplement le jouet de fantasmes puérils.

Cet épisode tristement célèbre de l'histoire princetonienne approchant de son inévitable conclusion, je dois reconnaître que je m'appuie presque exclusivement sur mon prédécesseur, Q. T. Hollinger, ainsi que sur divers lettres et journaux, écrits par des observateurs locaux. Car l'épisode dépasse les bornes de ma compréhension. Il est néanmoins évident que l'appel insolent – *Annabel! Viens à moi* – émane du séducteur d'Annabel, Axson Mayte, qui se tient au fond de l'église, dans l'encadrement de la porte, sans avancer d'un pas.

Sans oser avancer d'un pas, noteront les commentateurs. Car l'église sanctifiée est un lieu sacré dans lequel le diable ni aucun de ses démons ne peuvent entrer.

Toutefois, si Axson Mayte ne peut entrer dans l'église, il a le pouvoir d'arracher Annabel Slade, ou plutôt Mme Annabel

Bayard, à son mari aussi efficacement que s'il foulait à grandes enjambées le tapis rouge de l'allée pour aller empoigner par la nuque la jeune femme tremblante et l'entraîner à sa suite.

Annabel : il est temps. Viens sur-le-champ.

Et l'épousée se détourne de son époux ; laisse tomber son bouquet de fleurs sur le tapis ; sans jeter un regard autour d'elle, les yeux rivés sur la silhouette altière dans l'entrée, elle se hâte le long de l'allée avec une grâce d'oiseau blessé, haletante, soumise, les lèvres entrouvertes par le plus subtil et le plus sensuel des sourires.

« Annabel, mon amour ! Tu as été bien vilaine », déclare Axson Mayte, d'une voix basse et moqueuse ; et, sous le regard des invités, bouche bée d'horreur, la créature batracienne attire la mariée dans une étreinte brutale et imprime sur ses lèvres un baiser plein d'ardeur charnelle et d'autorité virile.

Deuxième partie

La Malédiction incarnée

Aux jeunes filles atteintes d'hystérie,
je recommande le mariage, car si elles deviennent
enceintes, elles guérissent.
Hippocrate

Le duel

« Je prie pour toi, Josiah, comme j'ai prié pour ta sœur – afin que tu ne succombes pas à la barbarie. »

Élevant à peine la voix au-dessus d'un murmure, Winslow Slade parla à son petit-fils bouleversé dans les heures qui suivirent l'abominable honte publique de l'« enlèvement », survenu devant plus de deux cents invités dans la première église presbytérienne de Princeton.

Comme si – et ce n'était pas la première fois – ce vieux gentleman distingué avait le pouvoir de lire dans les pensées d'autrui.

« Si le mal habite nos ennemis, gardons-nous de nous laisser entraîner à leur suite. »

Ce disant, Winslow Slade chercha la main de son petit-fils ; mais Josiah n'était plus un enfant, non plus que ses mains n'étaient celles d'un enfant, pour qu'il fût chrétiennement apaisé de la sorte, même par un grand-père bien aimé.

IL LE FERAIT, il le jurait.

Car n'avait-il pas l'exemple de ses ancêtres (hommes) ? Certains, de très jeunes gens, plus jeunes que lui, avaient été prêts à sacrifier leur vie au combat ; d'autres, offensés dans leur virilité par l'insulte irréfléchie d'un adversaire, avaient aussitôt riposté par un défi en duel. Il y avait le général Elias Slade, âgé de trente-deux ans, qui avait signé la Déclaration d'indépendance et combattu avec bravoure à la bataille de Princeton, percé, disait-on, de sept coups de baïonnette par de lâches Britanniques, et transporté, mourant, dans la vieille ferme Clark sur la route à péage New York-Princeton. Il y avait le major Vreeland Slade, un autre aide de camp de Washington, qui s'était distingué à la première bataille de Springfield ; et le colonel Henry Lewis Slade, qui avait défié le démagogue Andrew Jackson ; et Bingham Slade, mort dans un duel contre l'un de ses camarades de la faculté de droit de l'université de Virginie en raison d'un désaccord sur un projet démocrate en vogue dans les années 1850 : annexer Cuba et l'Amérique centrale pour y établir l'esclavage ! (Car tels étaient les rêves de notre démocratie américaine au milieu du XIXe siècle.) Il y avait aussi Abraham Lewis Slade, qui s'était battu en duel à l'âge de soixante-sept ans pour venger l'honneur de sa très jeune troisième épouse – un incident, célébré par la presse de caniveau, qui avait eu lieu en 1889 dans Central Park et qui, Josiah l'avait compris dès son jeune âge, était une source d'embarras autant que de fierté pour sa famille.

Car, selon la légende, Abraham Lewis Slade avait riposté au tir (manqué) de son adversaire par un tir parfaitement ajusté – qui avait percé le front dudit adversaire d'un « affreux trou béant » entre les deux yeux.

Arrêté sur les lieux par des policiers, accusé de meurtre, Abraham Lewis Slade n'avait pas passé plus d'une heure en détention, l'inculpation ayant été immédiatement retirée grâce à l'intervention du maire de New York, ami politique et confident de certains amis fortunés d'Abraham Slade, tous membres du prestigieux Century Club.

Du côté Strachan de sa famille – la mère de Josiah était une descendante des Strachan, originaires de Bride's Head, Rhode Island – Josiah connaissait moins de héros et moins de morts héroïques ; depuis sa plus tendre enfance, il avait néanmoins été intrigué par ce que l'on disait de Walton Strachan, un ancêtre direct de sa mère, qui, à onze ans, s'était révélé un espion si capable pendant une campagne menée contre les Français dans l'ouest de la Pennsylvanie que le général Edward Braddock l'avait décoré en personne, devant des centaines de soldats. Quelques années plus tard, en 1755, Walton Strachan s'était distingué dans l'armée des colonies, à la bataille de la Monongahela ; vingt ans après, il était mort dans un duel à Philadelphie, apparemment pour une esclave libérée qu'il avait prise sous sa protection.

« Suis-je aussi courageux ? Alors que Mayte me nargue à tout instant. »

Il entendait par là le souvenir d'Axson Mayte, s'emparant de sa sœur Annabel sur le seuil de l'église, devant tous les invités assemblés ; l'image infernale d'Axson Mayte se multipliant à l'infini dans son imagination, comme dans un labyrinthe de miroirs.

À l'instar de tout jeune homme résolu à une vengeance d'honneur, Josiah redoutait que quelqu'un d'autre ne fasse justice avant lui ; en l'occurrence, le lieutenant Dabney Bayard, lequel avait disparu peu après l'incident qui l'avait dépossédé de sa jeune épousée et jeté dans le rôle intolérable du *cocu.* On pouvait supposer, en effet, que le courroux d'un amant et mari trahi était plus puissant que le courroux d'un frère.

(Selon la famille de Dabney, le mari trahi était sur la piste d'Annabel et de son « ravisseur » ; néanmoins, une semaine, puis douze jours ayant passé, les Bayard apprirent que leur Dabney déshonoré avait été mêlé à des « altercations d'ivrognes » dans des établissements publics de Trenton et de Washington Crossing, ainsi qu'à New Hope, en Pennsylvanie, de l'autre côté de la frontière de l'État ; et l'on murmurait dans les cercles princetoniens du West End que le lieutenant Bayard « filait un mauvais coton » et que, dans un accès de colère, attisé par la honte, le jeune homme égaré avait « rompu toute communication » avec les Slade, qui auraient dû être ses alliés.)

Josiah, qui n'avait pas été un ami de Dabney Bayard, et n'aurait pas souhaité être son allié, sauf contraint et forcé, éprouva du soulagement de ces nouvelles ; car il comptait retrouver sa sœur par lui-même et se venger d'Axson Mayte, quoi qu'il puisse lui en coûter. Du temps où il était élève à l'Academy de Princeton, il avait lu des traductions de l'*Iliade* et de l'*Odyssée* d'Homère ; il avait lu ces récits romanesques de Walter Scott, James Fenimore Cooper, Jack London, Owen Wister, cités plus haut dans cette chronique, qui exaltaient les exploits d'hommes et d'enfants courageux ; il avait obstinément choisi de voir dans les passages de *Huckleberry Finn* où les Hatfield et les McCoy s'affrontent et se massacrent avec barbarie une glorification de leur conduite, plutôt qu'une réprobation. Voyageant d'une ville du New Jersey à une autre, à la poursuite du couple en fuite, il se retrouva sur les traces du mari furieux, Dabney Bayard, qui ne le précédait quelquefois que de quelques heures ; et se dit que si, pris de boisson, ivre de vengeance, s'ouvrant de ses intentions à quiconque lui prêtait l'oreille dans les tavernes, Dabney prononçait un jour des propos insultant l'honneur de sa sœur, lui, Josiah, serait forcé de se battre aussi contre lui. À Winslow Slade, il se sentit l'obligation de déclarer (ce qu'il n'aurait pu dire à ses propres parents) : « Si le “mari trompé” insulte la “femme infidèle”, s'il fait la moindre allusion offensante pour Annabel, vous savez, grand-père, ce que je devrai faire. Je n'aurai pas le *choix.* »

Et Winslow Slade répondit doucement : « Si, Josiah. Tu auras le choix, comme nous tous. Comme elle l'avait, elle aussi… notre Annabel perdue. »

IL DEVINT VITE ÉVIDENT, avec le passage insupportable des jours, puis des semaines, que la recherche d'Annabel et du démoniaque Axson Mayte posait des problèmes particuliers : car non seulement le couple illégitime, monté à la sortie de l'église de Nassau Street dans un vieux brougham élégant, que tiraient quatre chevaux assortis, s'était « volatilisé » dans Old King's Highway » (aujourd'hui la Route 27), mais, après le scandale, bien peu de gens se révélèrent capables de rendre compte des allées et venues d'Axson Mayte pendant les semaines de son séjour à Princeton.

À n'en pas douter, il avait été reçu dans quelques-unes des vieilles demeures les plus éminentes de Princeton, et était venu en visite à Crosswicks Manse ; il avait été pendant plusieurs jours l'hôte de Prospect House et du président de l'université ; tout le monde dans le West End semblait l'avoir rencontré et lui avoir serré la main – que certains se rappelaient « ferme, vigoureuse, brûlante », et d'autres, « inerte, molle, froide comme un poisson mort ». Josiah eut cependant le plus grand mal à rassembler des renseignements à son sujet. Son grand-père Winslow ne lui fut pas d'une grande aide, déclarant seulement qu'Axson Mayte, un Virginien lié à l'Église presbytérienne, s'était pour ainsi dire invité dans sa bibliothèque – « afin de discuter d'une question théologique sans intérêt pour le profane » ; l'entretien, bref, avait duré moins de deux heures ; mais Axson Mayte n'avait pas quitté la ville ; il était réapparu ailleurs, chez d'autres, et à Prospect House, pour y serrer la main de Woodrow Wilson.

Quelle était la raison de sa venue à Princeton ; d'où, d'ailleurs, venait-il (ses origines virgino-presbytériennes s'étaient, depuis, révélées mensongères) ; était-ce un homme de loi, comme le pensait Woodrow Wilson, un « éthicien » et un « éducateur » ; était-ce un homme fortuné, comme certains le croyaient, ou bien un joueur et un escroc, comme d'autres encore l'affirmaient ; comment avait-il fait la connaissance de la petite-fille protégée de Winslow Slade ; et, plus mystérieux encore, *à quoi ressemblait-il précisément ?*

Il n'y avait pas deux personnes pour s'entendre à ce propos. Josiah lui-même se rappelait avec une répugnance vivace… un homme trapu aux traits batraciens, aux yeux couleur d'eau sale ; un sourire insinuant, sournois et sensuel, des lèvres molles. D'autres, pourtant, dont il respectait l'opinion, tel Horace Burr, affirmaient qu'Axson Mayte était des plus « ordinaire », « ni grand ni petit, ni gros ni maigre, ni beau ni laid » ; plusieurs femmes, dont Johanna van Dyck et Florence Chambers, assuraient lui avoir trouvé la « séduction arrogante des Sudistes », mais des manières « policées, courtoises ». Personne ne s'accordait non plus sur ses cheveux : les avait-il « noirs et rudes », « blonds et clairsemés », ou était-il carrément chauve ? Le professeur Pearce van Dyck, qui souffrait toujours d'une mystérieuse infection des poumons et ne pouvait parler que d'une voix rauque, affirma qu'Axson Mayte était une « sorte de golem » (un golem étant, dans la tradition hébraïque, une créature humanoïde faite d'argile et privée d'âme). Parmi les habitants du West End, aucun ne confessa avoir favorisé la rencontre d'Annabel et d'Axson Mayte, aucun même ne se rappelait les avoir aperçus ensemble à une même réception, sous un même toit.

Le barman de la taverne The-Sign-of-the-Hudibras[1], dans Fort Street, à Trenton, se rappelait un « sympathique gentleman sudiste », mais le gérant d'hôtel de la Nassau Inn se lança dans une violente diatribe contre ce client grossier qui avait laissé dans sa suite des traces de « sa bestialité et de son animalité », qu'il avait omis de payer ; le cocher qui avait descendu les bagages de M. Mayte de la navette affirma qu'il n'avait jamais eu à porter des valises aussi lourdes – « Remplies de pierres, comme le cimetière, je vous jure ». Cette même personne déclara à Josiah qu'après qu'il eut conduit M. Mayte à l'auberge et l'eut aidé à s'installer dans sa suite, les quelques dollars que Mayte lui avait donnés avaient « disparu » de sa poche dans l'heure.

À l'auberge Coachman de Brunswick, Mayte s'était montré « maussade et secret » ; à celle de Nassau, il avait été « merveilleusement animé », témoignant d'une curiosité pleine de respect pour l'auberge et son histoire ; il parlait avec un accent sudiste « cultivé », ou un « accent britannique saccadé » ; ou avec les intonations plus monotones du Maryland ou du sud du Jersey. Il était plus grand que la moyenne, mince et séduisant ; ou alors trapu, lourdaud, mal tourné, la lippe railleuse, « les yeux roses et porcins ». Les serveuses de bar parlèrent de lui avec méfiance ; d'autres femmes, informées de l'« enlèvement » de la jeune Annabel, tinrent à faire savoir à Josiah et à sa famille qu'ils avaient pris à tort Mayte pour un gentleman, un ami « personnel et intime » de l'ancien révérend Winslow Slade.

Plus Josiah enquêtait sur Mayte, plus sa première impression s'effaçait ; Axson Mayte finirait par perdre tout trait distinctif ;

1. Nom d'une ancienne taverne de Princeton, où se tint le Congrès continental. Hudibras est également le héros d'un poème burlesque de Samuel Butler (1612-1680), satire des presbytériens de Cromwell. (*NdT*)

seuls resteraient les traits *démoniaques*, la teinte sombre de la peau et les yeux topaze.

En désespoir de cause, Josiah se rendit au bureau du shérif du comté de Mercer, sur la Route 206, où il demanda si « Axson Mayte » avait été interrogé dans l'affaire du meurtre Spags, et s'entendit répondre que, cette agression étant manifestement l'œuvre d'une brute dérangée, les assistants du shérif n'avaient aucune raison d'interroger un gentleman sur le sujet.

Josiah demanda en quoi Axson Mayte était un *gentleman* ; il lui fut répondu que lorsque les adjoints du shérif avaient entendu son nom pour la première fois, il était l'hôte de Prospect House, sur le campus de l'université de Princeton – « Un ami personnel du président, qui ne pouvait avoir aucun rapport avec la famille Spags. »

Josiah déclara avec emportement : « Eh bien, vous êtes des imbéciles. Vous collaborez avec le diable. Je me débrouillerai seul. »

ET MAINTENANT, enfin. L'heure suprême est arrivée.

Le cadre : l'auberge Raven-Rock de Raven Rock, au bord de la Delaware, en Pennsylvanie, au nord de New Hope ; le moment, un soir de plein été vers 1 heure du matin, six nuits et deux jours après la disparition d'Annabel Slade.

Ou, ainsi que la pauvre Annabel était généralement nommée dans les journaux, de *Mme Annabel Bayard.*

La veille, Josiah avait eu vingt-cinq ans. Cédant à sa volonté, les Slade n'avaient pas insisté pour fêter son anniversaire dans ces sombres circonstances.

Aucun de ses anniversaires ne pouvait être véritablement fêté, en l'absence de sa sœur Annabel.

Et donc, dans la fleur de sa jeunesse indignée et téméraire, Josiah s'est mis en route pour la vallée de la Delaware dans sa Winton aux finitions de laiton étincelantes, traversant les villages somnolents de Hopewell, Lambertville et New Hope ; prenant ensuite vers le nord la sinueuse River Road jusqu'au hameau pittoresque de Raven Rock, quinze kilomètres plus loin. Josiah est venu seul à Raven Rock, pour accomplir sa mission de vengeance : ramener sa sœur (déshonorée) à sa famille, et se battre à mort, si nécessaire, avec son séducteur.

À cette fin, il a apporté dans un étui en peau de chevreau, doublé de velours rouge, deux pistolets de duel à crosse d'acajou de belle facture, des armes de prix venant de l'atelier de Trinity Morris junior, l'armurier révéré de Philadelphie des années 1850.

Josiah se rappelle la prière de son grand-père : *Ne succombe pas à la barbarie.*

Confirmé dans la religion presbytérienne, dans le bastion même de la religion chrétienne protestante, le jeune homme comprend parfaitement que sa conduite est irréfléchie et dangereuse ; et qu'elle n'est assurément pas *chrétienne*. Pourtant, ses ancêtres Slade et Strachan l'applaudiraient, s'ils savaient. Car il n'y a rien de plus précieux que l'honneur d'une famille, pas même la rédemption.

« Si je suis condamné à l'enfer pour ma conduite, il me faut l'accepter. Et s'il n'y a d'autre enfer que celui que les hommes s'inventent pour eux-mêmes, je serai épargné. Je gagnerai ma *rédemption.* »

À sa sœur déshonorée, la pauvre Annabel, il pardonnerait – bien entendu. Il pensait vaguement qu'elle pourrait revenir à Crosswicks Manse et y vivre quelque temps en recluse ; ensuite, peut-être partirait-elle avec Josiah en Italie, et vivrait-elle quelque temps à Rome, Florence ou Venise ; finalement, le temps ayant passé, ils pourraient partager une maison, où Josiah se consacrerait à l'œuvre de sa vie – dans quel domaine, il ne le savait pas encore vraiment : philosophie, journalisme, médecine, droit ? Exploration de l'Ouest ou de l'Arctique, à l'exemple des grands Lewis et Clark ? Réformes politiques ? Socialisme ?

Josiah n'ignore pas que le duel est illégal – c'est un crime capital – dans l'État du New Jersey. Il avait déjà ce statut dans l'État de New York en 1804, à l'époque du fameux duel d'Aaron Burr et d'Alexander Hamilton, quoiqu'il fût moins rigoureusement proscrit dans le New Jersey, où la rencontre s'était déroulée – à Weehawken. Dans les États du Sud, où on légiférait en veillant à préserver les « traditions » – des lois y interdisaient ainsi le métissage et la « sodomie » –, la force publique était moins portée à appréhender et arrêter des duellistes, de même qu'elle était moins portée à appréhender et arrêter les personnes ayant participé à des « lynchages » de Nègres, les jurys l'étant moins encore à déclarer de tels individus *coupables*.

Josiah sait que, s'il blesse ou s'il tue Axson Mayte, il sera arrêté ; il est également possible, car dans ce domaine Josiah n'est pas irréaliste mais fataliste, qu'il soit lui-même blessé ou tué. Le risque néanmoins doit être couru. Pour Annabel, comme pour les Slade.

Des semaines de vains efforts ont abouti à ce trajet le long de la large et majestueuse Delaware ; des semaines pendant lesquelles Josiah a « traqué » le couple illégitime ; interrogatoires, pots-de-vin et même coercition, tout lui avait été bon ; il avait fini par rencontrer, par hasard, un ancien « valet de chambre » d'Axson Mayte, qui demeurait dans un garni de Camden. Contre tous les principes des Slade, Josiah s'était abaissé à supplier, menacer et cajoler cet homme, allant jusqu'à glisser cinquante dollars dans sa main (sale) pour se voir offrir en retour, à son grand étonnement, une demi-douzaine d'« alias », fréquemment utilisés par Mayte dans le New Jersey et la Pennsylvanie.

Car apparemment « Axson Mayte » n'est pas le nom du séducteur ; et de son nom véritable, Josiah n'a pas la moindre idée.

« Le diable n'a pas de nom, et pas de visage. »

À l'auberge de Raven Rock, Josiah apprend que « D'Apthorp, M. et Mme François » figurent bien sur le registre, comme l'ex-« valet de chambre » le supposait. Car « François d'Apthorp » est l'un des alias de Mayte. (« Si vous cherchez bien, vous le trouverez – on le trouve toujours. » Voilà ce que l'ex-valet de chambre avait dit à Josiah, en lui adressant un clin d'œil qui l'avait glacé.) Une fois ce fait appris, cependant, grâce à un billet de dix dollars glissé dans la paume du réceptionniste, Josiah se sent brusquement démoralisé et épuisé ; soutenu par la course de son sang fiévreux pendant son trajet de Princeton à Raven Rock, le voici maintenant hésitant ; il entre dans le bar de la vieille auberge et s'assoit à une table solitaire, pose quelques instants sa tête sur ses bras croisés ; puis il se gourmande… car que ferait le « rusé Ulysse » dans cette situation ? Que ferait un héros de Jack London, à proximité immédiate de l'homme qui a déshonoré son nom ? Pour reprendre des forces, Josiah commande une chope de bière brune amère, qu'il vide sans presque en sentir le goût ; de la sorte, moins d'une demi-heure plus tard, il montera au premier frapper à la porte de la « suite nuptiale », avec vue sur la rivière, qu'occupent « François d'Apthorp » et sa prétendue épouse ; et Dieu seul sait ce qui se passera ensuite.

Il ne peut pas refuser un duel, pense Josiah, *mais s'il le fait – que ferai-je ? Vais-je l'attaquer, le frapper ? Le tuer sur place ? Et Annabel ? Doit-elle assister à cela ?* Il préférait ne pas se demander de quel « côté » se rangerait Annabel dans cet affrontement.

Car Josiah l'avait clairement vu : Annabel avait rejoint Axson Mayte de son propre gré. Elle avait été d'une pâleur mortelle, le regard fixe et dilaté comme sous le charme d'un hypnotiseur, mais personne ne l'avait forcée à quitter son nouvel époux Dabney Bayard ni à se soustraire à la protection de sa famille bouleversée.

Josiah se refusait néanmoins à juger sa sœur. Il n'avait même pas à envisager de lui « pardonner » – Josiah ne jugeait pas sa sœur bien-aimée.

« C'est comme si elle était malade. Elle doit être sauvée de sa maladie ! »

Dans la pénombre silencieuse du bar de l'auberge, assis à une table de bois brut, Josiah ouvre discrètement l'étui en peau de chevreau sur ses genoux pour examiner une énième fois les lourds pistolets de duel, qu'il trouve disgracieux. Loin de le réconforter, leur vue, leur odeur froide et huileuse, leur poids dans sa main ne font que l'alarmer. Josiah a chassé le faisan, l'oie, le chevreuil, l'ours ; il a manié carabines et fusils, et a le respect des armes à feu. Mais il n'a pour ainsi dire aucune expérience des *armes de poing.* S'il avait souvent imaginé des duels dans ses rêves d'enfant, il ne les avait jamais véritablement envisagés dans leurs détails. Les lourds pistolets d'acier, le bois finement travaillé, les ornements d'argent délicieusement ouvrés – un motif *fleur-de-lys* sur l'un et, sur l'autre, tout aussi délicat, un motif *serpentin.* De nouveau, voici qu'il entend ce sifflement – *Annabel ! Annabel !* – voici qu'il entend l'avertissement de son grand-père et sent ses doigts chercher les siens, des doigts plus faibles que ceux de Josiah, faciles à éviter.

« Merci, grand-père. Je sais que tu as les meilleures intentions du monde – je sais que tu as *raison.* Mais je n'ai pas le choix. Je dois venger l'honneur de notre famille, car personne d'autre ne le fera. »

Et pourtant, si Josiah devait vraiment tuer un homme ! Quel chagrin en auraient son grand-père et ses parents bien-aimés !

Fugitivement, Josiah pense à Wilhelmina Burr. Elle aussi aurait du chagrin… Mais on ne peut rien y faire, Josiah est le descendant d'hommes héroïques et doit venger l'honneur de la famille.

« BONJOUR ? Ouvrez cette porte, s'il vous plaît. »

Hardiment Josiah a frappé à la porte de la chambre 22, la « suite nuptiale » de l'auberge Raven-Rock. Tendant l'oreille, il perçoit à l'intérieur un murmure assourdi de voix.

Son ton est plus impérieux qu'il ne s'y serait attendu : « Je suis Josiah Slade. Ouvrez, je vous prie. »

Nouveau conciliabule dans la pièce, puis, avec une soudaineté surprenante, la porte s'ouvre en grand.

« Oui ? Bonjour ? Qui êtes-vous ? »

L'homme est âgé d'une quarantaine d'années, jeune et vigoureux d'allure, et Josiah est certain de ne l'avoir jamais vu ; un curieux mélange de gentleman et de forban, le teint coloré et le regard insolent. Sa chemise de lin blanc, à demi déboutonnée, découvre une poitrine musclée couverte de poils métalliques. D'une taille quasi identique à celle de Josiah, le gentleman-forban ne manifeste aucune appréhension, plutôt une sorte de perplexité.

« Pardonnez-moi, *monsieur** – je vous demande *qui vous êtes* ? »

Derrière l'homme, au fond d'une pièce à la décoration chichiteuse, une femme blonde à la chevelure défaite, au visage à la fois beau et dur ; elle porte un kimono bleu paon, si négligemment noué à la taille qu'il bâille à l'encolure, comme la chemise de lin de son compagnon. Elle tient un petit étui à cigarettes en or, dont elle extrait une longue cigarette blanche avec une lenteur maniérée.

« Je… je suis Josiah Slade… je cherche… ma sœur Annabel… »

Josiah s'entend bégayer. Josiah se sent rougir. Entre ses mains, le coffret en peau de chevreau contenant les pistolets de duel lui semble énorme et ridicule ; au coup d'œil qu'y jette le gentleman-forban, reportant ensuite son regard sur Josiah et son air penaud, il semble au jeune homme qu'il devine son contenu et pourquoi Josiah a frappé si hardiment à sa porte.

« "Josiah Slade", "Annabel" – quel rapport avec *nous* ? Vous devez vous tromper de chambre, monsieur. Nous sommes François et Camille d'Apthorp, et vous ne nous connaissez pas. »

Josiah remarque le regard méprisant que lui jette la femme blonde en kimono, tandis qu'elle allume sa cigarette et exhale un petit nuage de fumée venimeuse. Elle n'est pas jeune, pourrait même avoir la quarantaine, et semble à Josiah à la fois une parfaite inconnue et quelqu'un de familier. *Elle me connaît. Mais elle ne le montrera pas.*

Confus, Josiah se recule de façon que la femme ne puisse le voir aussi distinctement, ni deviner au coffret qu'il tient dans ses mains tremblantes la raison de sa visite importune. D'une voix bégayante il présente ses excuses, explique qu'il cherche un autre couple ; le gentleman-forban lui sourit, un sourire sournois et insinuant, et à l'étonnement de Josiah, au lieu de lui fermer la porte au nez, l'ouvre plus grand encore.

« Prendrez-vous un verre de champagne avec nous, monsieur ? Nous sommes revenus dans cette charmante auberge afin d'y fêter nos vingt ans de mariage, et nous serions ravis que vous vous joigniez à la fête. »

Le gentleman-forban fait presque un clin d'œil à Josiah.

« Merci, mais… je crois… qu'il vaut mieux…

– Mais pourquoi pas, *monsieur** ? Qui que vous cherchiez, il n'arrivera sans doute qu'un peu plus tard, n'est-ce pas ? En attendant… un verre de champagne ? »

Au fond de la pièce, la femme blonde, ses cheveux défaits répandus dans le dos, lève les mains comme pour engager Josiah à partir, à l'instant même où le gentleman-forban se retourne vers elle, un pli sévère au front.

« Camille me prie d'insister. Puisque vous avez frappé à notre porte, ce ne peut être un accident, n'est-ce pas ? Vous acceptez ?

– N… non. Merci. Bonne nuit ! »

Aveuglément Josiah se détourne, le cœur battant. Serrant le coffret contre lui, il s'éloigne rapidement dans le couloir au tapis usé, au papier très légèrement terni, où, espacées d'environ deux mètres, des lumières électriques en forme de bougies l'éclairent jusqu'à l'escalier.

De la porte de la suite nuptiale, le gentleman-forban lui lance, avec un rire moqueur : « *Bonsoir, monsieur ! Chaque chose en son temps, peut-être**. »

Post-scriptum : le dilemme de l'historien

J'ai relu bien des fois la scène précédente, qui conduit Josiah Slade à la porte de la chambre 22 de l'auberge Raven-Rock ; j'ai médité bien souvent sur l'énigmatique conversation entre Josiah Slade et « François d'Apthorp » – et sur la signification du geste d'« avertissement » de la femme blonde en kimono – mais sans résultat. Quel que puisse être le sens de cette scène, il ne m'apparaît pas.

Le lecteur sourira quand il saura qu'elle m'a dérouté au point que je me suis rendu à l'auberge Raven-Rock pour y examiner ladite suite, qui n'a guère changé au cours des décennies écoulées – mais je n'en ai pas été plus éclairé.

Tel est peut-être le dilemme de l'historien : nous pouvons consigner les faits, nous pouvons les assembler, fidèlement et méticuleusement, mais nous ne pouvons les interpréter que jusqu'à un certain point. Et nous ne pouvons *créer.*

L'indicible II

À Nassau Hall derrière des portes closes ils se réunirent.

Aucune secrétaire ne prendrait de notes.

« Matilde, laissez-nous.

– Monsieur ? “Vous laisser…” ? »

Le président Wilson répéta son ordre, d'une voix frémissante. Il avait le visage très pâle, les traits tendus et tirés. Au coin de ses lèvres minces, une fine substance crayeuse avait séché. Ceux qui passaient près de lui, c'est-à-dire dans un rayon de deux mètres, remarquaient une odeur de camphre et de cendre sur son haleine.

« Matilde, faites ce que je vous dis. *Fermez la porte derrière vous.* »

Car cette réunion avait été organisée en hâte. Et en secret.

Car cette réunion n'avait pas d'*ordre du jour*.

Dans le bureau de réception du président, autour d'une austère table en bois qui semblait rescapée de l'époque des colonies, voire de l'incendie de la bataille de Princeton, en 1777, ils se réunirent, pleins de perplexité et d'appréhension. Quelques doyens, quelques directeurs de département, l'avocat-conseil de l'université, le principal de la résidence concernée, et son jeune assistant Thomas Tremain (promotion 1895), qui était également précepteur de langues et littératures romanes et n'avait jamais mis le pied dans le bâtiment historique de Nassau Hall avant cette heure dramatique.

Le visage grave, Woodrow Wilson présidait la réunion. À côté de lui, très légèrement en retrait, la chaise qu'occupait ordinairement sa secrétaire Matilde pour tenir le procès-verbal de la réunion était spectaculairement vide.

Mal à l'aise, les hommes s'assirent. Mal à l'aise, ils s'entre-regardèrent et coulèrent des regards vers le visage sombre et tiré du président, qui semblait attendre l'arrivée de quelqu'un d'autre ; mais peut-être était-il simplement perdu dans ses pensées, renfrogné, le maintien raide comme toujours en public, astiquant vigoureusement ses lunettes avec un mouchoir repassé de frais, cherchant au fond de lui-même par quels mots ouvrir cette réunion, exceptionnelle parce que *inconsignable*.

Au bout de quelques minutes d'un silence oppressant, alors que l'oxygène semblait peu à peu venir à manquer dans la pièce, le président Wilson s'éclaircit la voix, ajusta son *pince-nez** et dit, semblable à un homme qui vacille au bord d'un abîme :

« Vous vous demandez pourquoi vous avez été convoqués si hâtivement. Pourquoi il vous a été recommandé de ne parler à personne – je répète : à personne – de cette réunion. Et pourquoi elle n'a pas d'ordre du jour. »

Wilson marqua une pause. Un sourire livide étira soudain ses lèvres minces.

« Vous vous interrogez, messieurs – et vous êtes fondés à le faire. À votre place, je m'interrogerais de même. Mais – à mon grand regret – la situation est si grave et si… obscène… qu'elle est littéralement *indicible.* »

Indicible ! Les hommes réunis autour de la table regardèrent le président et s'entre-regardèrent avec perplexité ; presque aussitôt, cependant, cette perplexité se mua en une sorte d'horreur partagée et de profond embarras.

« M. Eddington, dont certains d'entre vous savent qu'il est le principal de West College, est venu me rapporter des faits très préoccupants ; son assistant, M. Tremain, étant lui-même venu lui rapporter, pas plus tard qu'hier, des faits très préoccupants. »

Wilson passa le bout de ses doigts sur ses yeux, comme si, l'espace d'un instant, il était saisi d'un malaise.

Eddington et Tremain ne bougeaient pas plus que des statues, observés d'un air sombre par leurs compagnons, dont la plupart avaient les bras étroitement croisés sur la poitrine, comme pour s'en faire une armure.

(Il convient de noter ici que, à l'insu de Woodrow Wilson, le bruit courait dans le milieu universitaire qu'il avait été récemment victime d'un genre d'« effondrement nerveux » ; lequel était lié, pensait-on, à l'incident mystérieux/scandaleux de l'« enlèvement » supposé de la petite-fille de Winslow Slade dans l'église presbytérienne de Princeton, pendant la cérémonie de mariage dont la fille de Wilson, Jessie, était l'une des demoiselles d'honneur. Très peu d'universitaires ayant été invités à ce mariage, on supposait beaucoup, quoiqu'on en sût fort peu.)

« Monsieur Eddington, voudriez-vous prendre la parole ? »

Mais M. Eddington, l'air malheureux, secoua silencieusement la tête. Wilson le regarda avec compassion, apparemment soulagé.

« Monsieur Tremain, alors ? »

Mais Thomas Tremain, un jeune homme de vingt-neuf ans au visage anguleux, fagoté comme un employé des pompes funèbres, frissonna, déglutit bruyamment, et fit signe que non.

« Il semble qu'il y ait eu – qu'il y ait – des garçons – ou plutôt des étudiants – impliqués – ainsi que, j'ai le très grand regret de le dire… quelques précepteurs. » Wilson marqua un temps d'arrêt pour donner tout son poids à cette révélation : *des précepteurs !*

« Mais tels qu'on me les a rapportés, ou plutôt présentés, sans user exactement de mots, car, comme je l'ai dit, ce n'est pas *dicible,* les faits n'en sont pas moins clairs ; ils requièrent exclusion immédiate et destruction des dossiers, côté étudiants ; résiliation immédiate des contrats, côté précepteurs. Cela afin que, aux yeux du monde, *aucun de ces individus innommables n'ait jamais mis le pied sur notre campus, ni, surtout, n'en ait été renvoyé.* »

Cette déclaration fut prononcée d'une voix d'acier. On remarquait cependant, si l'on était assis près du président, que ses paupières granuleuses tremblaient et que, aux coins de ses lèvres, la substance crayeuse luisait comme de l'arsenic.

« Messieurs, il ne reste plus qu'à… passer à l'exécution. Sommes-nous d'accord ? Nous souhaitons tous en terminer le plus rapidement possible, j'imagine.

– Monsieur ? Puis-je…

– Oui ? Oui ? Qu'y a-t-il, doyen Fullerton ? »

Le doyen du corps enseignant avait les bras serrés autour de la poitrine et semblait respirer avec difficulté. Pour quelqu'un qui semblait malade, il parla bravement, presque avec témérité – « C'est entendu, les faits sont *indicibles,* et nous ne souhaitons rien en *dire*, cependant, malgré tout, en droit civil, les accusés seraient autorisés à se défendre, vous savez – avant d'être punis. Combien de garçons sont-ils impliqués, monsieur Eddington ? »

M. Eddington s'agita misérablement sur son siège. Sans prononcer un mot, il leva les mains – ses deux mains – remuant les doigts comme s'il comptait : dix tout juste ?

Non, douze. *Treize.*

Treize !

« Voilà… voilà qui est… choquant. Voilà qui est… regrettable. » Le doyen, qui avait parlé si bravement un instant auparavant, semblait perdu ; il clignait des yeux, courbait le front.

« Toute cette affaire est “regrettable”, dit le président Wilson, d’un ton cinglant. Nous sommes d’accord, ce qui est *indicible* ne saurait être exprimé, mais exige que nous agissions – et vite. “Lenteur de justice vaut déni de justice”.

– Ces garçons – ou plutôt, ces jeunes gens – seront exclus ? Si rapidement ?

– En fait, ils le sont déjà. Il leur a été demandé de libérer leur chambre dès ce matin.

– Si *rapidement* ?

– Inutile de vous répéter, monsieur : nous vous avons entendu. “Lenteur de justice vaut déni de justice” ; conséquemment, il a été demandé aux garçons mêlés à l’*indicible* de partir ; et s’ils ne l’ont déjà fait, ils attendent l’arrivée de leurs parents pour libérer leur chambre et s’en aller. Quant aux précepteurs, qui ont grossièrement trahi la confiance de l’université, laquelle voyait en eux des jeunes gens intellectuellement et moralement irréprochables, ils… ne sont plus ici.

– *Plus ici ?*

– Sommes-nous dans une chambre d’écho ? Se moque-t-on ? Quand je dis que ces êtres sous-humains *ne sont plus ici*, j’entends très précisément ce que je dis. Quant à savoir *où* ils sont, cela ne regarde pas Princeton.

– Monsieur, au sujet de… leur “défense”…

– Ce qui est *indicible* est également *indéfendable.* Je pense que nous en sommes d’accord ?

– Mais, monsieur le président, il se pourrait que ces accusations soient… inexactes ? Exagérées ? Fabriquées ? À moins d'organiser une enquête et d'autoriser les accusés à se défendre, nous ne pouvons être certains que… que… "justice" sera faite. »

Ces mots hardis tombèrent dans un abîme de silence. Un silence si profond, dans ce bureau où trônaient les portraits imposants de plusieurs illustres prédécesseurs du président Wilson – le révérend Jonathan Edwards, John Witherspoon, James McCosh – que chacun des participants eut une conscience aiguë de sa respiration, des battements de son cœur et de ses processus digestifs ; Thomas Tremain, à bout de nerfs, avala sa salive, avec un bruit de glotte et un spasme de la pomme d'Adam. On comprenait que ce pauvre jeune homme, bien qu'innocent de l'*indicible*, l'avait côtoyé de trop près pour ne pas en être entaché ; et que, très vraisemblablement, son contrat avec l'université se dissoudrait, peu après le trimestre en cours.

D'un ton sarcastique qu'il dissimulait à peine, le président Wilson poursuivit : « Et comment vous proposez-vous de permettre à ces individus de parler de *l'indicible*? C'est tout simplement impossible, devant des gens convenables et dans un cadre civilisé.

– Mais… c'est *indicible*, certes, néanmoins, malgré tout, il doit y avoir une façon… Il semble injuste de simplement… *éliminer* ces personnes qui, hier encore, faisaient partie de notre famille universitaire.

– Oui. Voilà bien toute l'horreur de la chose : qu'ils aient "fait partie de notre famille universitaire". »

Un frisson sembla courir autour de l'austère table coloniale, secouant chacun des participants tour à tour. Thomas Tremain, surtout, qui dut presser un poing contre sa bouche pour s'empêcher de tousser plus fort.

Et cependant, l'objection hésitante fut exprimée : « Si vous avez déjà "exclu" et "éliminé" ces individus, monsieur le président, pourquoi cette réunion ? Il semblerait qu'elle soit *ex post facto.*

– Nous sommes réunis, monsieur, parce que j'ai convoqué les principaux administrateurs de l'université. Parce que je vous demande de ratifier une décision *ex post facto* de l'exécutif, pour ainsi dire.

– Oui, mais, monsieur…

– Puis-je rafraîchir votre mémoire – car certains d'entre vous l'ont peut-être oublié – mon discours *Princeton au service de la Nation*, souvent réimprimé, se terminait par ces mots : “Nous qui, à Princeton, sommes au service de la Nation avons l'obligation de n'être pas simplement *bons*, mais *grands*.” »

Le président Wilson jeta un regard circulaire autour de lui ; les verres de ses lunettes lançaient des éclairs.

Comme des enfants penauds, les hommes assis autour de la table n'émirent plus d'objection.

« En conséquence, je pense que cette réunion – qui n'a jamais eu lieu et dont il ne sera jamais question – est levée. »

Avec un soulagement visible, les hommes sortirent. Sans un mot.

Le mari cruel

(Extrait du journal secret
de Mme Adelaide McLean Burr ; juin-octobre 1905)

_____. Cruel ! Très cruel. Ma main tremble tant que c'est à peine si je peux tenir la plume.

Six heures ont pourtant passé depuis l'ignominie ; la stupeur ; la *douleur* insupportable.

Car il semble que, comme dans un conte maléfique des frères Grimm, mon bien-aimé Horace ait changé – qu'il ne soit plus lui-même – la veille même de notre quinzième anniversaire de mariage ; alors que mon amour pour lui reste aussi pur qu'au jour de mes noces.

_____. Je ne verserai pas une larme de plus, car je n'en ai plus de reste. Il ne m'aime plus… & je n'ai plus qu'à mourir.

_____. « Un jour, tu verras, Adelaide, ils changent, me murmurait ma chère mère quand j'étais jeune fille. Les maris changent parce que telle est leur nature : ils n'y peuvent rien,

& nous ne pouvons rien y faire. & il ne reste alors d'autre consolation que la tombe. »

_____. Mon beau mari robuste à la moustache en virgule qui a toujours adoré & apprécié & dorloté sa chère petite Puss ; & ri de ses petites façons fébriles ; & pris ses terreurs en plaisanterie ; après quinze ans de mariage chrétien d'une dévotion sans faille, voilà qu'il a révélé un autre aspect de lui-même – une facette obscène & inattendue de l'âme masculine.

_____. « Horace, ai-je demandé, d'une voix si faible qu'elle était presque couverte par le sifflement rauque de sa respiration, pourquoi n'es-tu qu'à demi vêtu ? Pourquoi as-tu fait irruption dans ma chambre en pleine nuit, m'infligeant un tel spectacle de ta personne que mon pauvre cœur menace d'éclater ? &… se peut-il que tu sentes l'alcool ? Je t'en prie, Horace – n'approche pas davantage ! Sinon je sonne un domestique ! »

_____. Mais peut-être n'était-ce qu'un cauchemar ; ces Faucons du rêve qui fondent, frappent, lacèrent… Ce matin je suis défaite & défaillante, trop faible pour supporter mon nouveau médicament, que Hannah, très inquiète, m'a fait prendre à force de cajoleries ; & en milieu de matinée Mme Joris notre gouvernante s'est permis de monter me voir, très préoccupée – car tout le personnel parle du dérangement de santé de Mme Burr.

_____. (Cela s'est produit ainsi, cette conduite grossière, exagérée par l'alcool, après les voyages d'affaires de Horace à Manhattan, où il passe la nuit au Madison Club ; car Mme Cleveland murmure que des femmes de mauvaise réputation y sont facilement fréquentables par les plus distingués

& les plus dignes des gentlemen. & si l'homme ne succombe pas, son imagination enflammée a néanmoins été tentée ; & il ne peut se maîtriser quand il rentre dans son foyer. & dans ma naïveté j'ai dit à Frances – « Ah, mais pas Horace ! Jamais mon cher Horace. »)

_____. (Ce n'est un secret pour personne que ce rustre de Grover Cleveland a eu des « relations » avec des femmes avant son mariage avec Frances ; & Dieu sait, très probablement après. Car il y a une bête en l'homme qui, une fois déchaînée, ne peut plus être contrôlée. & tout le monde sait que M. Cleveland a eu un bâtard d'une de ces malheureuses femmes, & néanmoins, dépravée comme l'est devenue notre civilisation, ce fait n'a pas été retenu contre lui & ne l'a pas empêché d'être élu président des États-Unis – deux fois de suite !)

_____. Si seule & nerveuse & pourquoi mon cœur bat-il aussi fort. Je suis une jeune dame tendue, a déclaré le Dr Boudinot quand je suis devenue la maîtresse de Maidstone, « comparable à un instrument musical de la délicatesse & de la subtilité d'un Stradivarius » – ce qui valait à la petite Puss d'être louée & admirée, car à dix-sept ans j'avais un tour de taille de quarante-cinq centimètres sans corset ; & un teint si translucide qu'on me comparait avec émerveillement à une poupée de porcelaine. En ces temps plus heureux, Horace – & bien d'autres – semblaient m'apprécier justement parce que j'étais tendue & « sensible » & sujette à m'évanouir & demandais à être dorlotée & réconfortée & cajolée.

_____. (Que se passe-t-il dans cette maison ? Dont je suis la « maîtresse » – mais aussi la captive ? Horace est si souvent absent, dans son bureau de Bank Street, ou à New York ; je sens que les domestiques murmurent & complotent derrière notre dos ; il y a lieu de penser qu'ils nous volent, mais Horace ne s'en émeut pas. Hannah est crispée en ma présence & quand je la réprimande pour une bêtise, elle devient revêche ; & Minnie n'ouvre plus la bouche ; le jeune Abraham, qui a pris plusieurs centimètres en quelques mois, à force de se goberger dans la cuisine, je n'en doute pas, prend un air contraint en ma présence & marmonne grossièrement Mam'zelle Ad'laide comme si mon nom lui donnait la bouche amère. À l'instant, j'ai sonné, sonné & personne ne vient à mon secours & si je m'étais évanouie ou pire… & je me dis donc Ils pourraient se révolter contre moi, dans cette maison même ! Comme ces massacres perpétrés autrefois par les esclaves, & ces violences terribles contre des femmes blanches sans défense, dont personne ne parle ensuite parce que c'est indicible.)

_____. Ainsi passe cet été maudit. Des jours & des nuits infernales & la pauvre Puss prostrée sous les attaques des Faucons du rêve – de grands oiseaux charognards de trois mètres d'envergure aux yeux de braise ardente & aux serres cruelles qui griffent ma joue tendre & se prennent dans mes cheveux. & la sagesse de Madame Blavatsky reste en jachère, je n'ai pas assez de force d'esprit pour la comprendre ; le catéchisme scolaire le plus insipide est plus que suffisant pour la pauvre Puss dans l'état de tension où elle se trouve.

& on ne sait toujours rien de la malheureuse Annabel Slade, alias Mme Annabel Bayard ; on pense cependant que son frère Josiah a juré de se venger de son ravisseur & de la ramener. Pauvre chère Annabel ! – une simple enfant, moins rusée que Puss ; car seule Puss ressent un profond chagrin, & non un frisson de satisfaction, de voir ainsi rabattue la superbe des Slade. Car le monde & toute fréquentation convenable sont perdus pour Annabel, maintenant ; de même que sa famille bien-aimée. & mon malheureux neveu Dabney Bayard a sombré dans l'ivrognerie & paraît-il la luxure, ce que les femmes de sa famille ne sont pas censées savoir. & Horace dit : Cela ne nous concerne pas, Adelaide, n'y pense pas. & cependant, quelle femme de Princeton, horrifiée par l'enlèvement public d'Annabel Slade, n'y pense pas.

_____. À mon horreur & à mon dégoût, je reçois de plus en plus souvent la visite de Horace, titubant dans le noir & sentant le bourbon ; cet inconnu débraillé, à demi vêtu, qui supplie, marmonne, menace, exigeant que je l'« étreigne » – « comme le doit une épouse ». & vautré dans mon lit, il grogne & couine & geint ; & s'affaisse comme un sac de farine, m'écrasant de son poids au point que j'en suis presque suffoquée. & c'est une telle honte que je dois changer moi-même mes draps au matin, de crainte que les domestiques ne sachent & ne me plaignent ; ou, pis encore, ne se moquent de moi – la maîtresse de Maidstone, aussi peu respectée qu'une grue ! & des visions encore plus étranges hantent mon sommeil troublé, le fantôme gambadant de Ruth Cleveland que je connais bien mieux dans la mort que de son vivant ; & la petite Oriana Slade, qui portait le bouquet au mariage d'Annabel, & semble devenue la compagne nocturne de Ruth Cleveland. & plus troublant encore, cousine Wilhelmina, transformée, qui me sourit & susurre Chère cousine Addie ! comme elle ne le fait jamais dans la réalité ; & qui se contorsionne avec des ondulations serpentines, comme jamais, j'en suis certaine, cette jeune femme vertueuse & chaste ne le ferait à la lumière du jour. & comble d'horreur, la forme nue d'Abraham, qui n'a pas plus de treize ans, j'en suis sûre, mais qui, dans ces visions, est musclé & « développé », la peau aussi noire que la marqueterie d'ébène de ma coiffeuse, les yeux révulsés & lascifs…

_____. (J'ai pourtant entendu parler de femmes hardies de notre temps qui ont elles-mêmes changé, cessant d'être purement féminines & soumises : la poète & suffragette Charlotte Perkins Gilman & l'anarchiste juive Emma Goldman dont on dit qu'elle a comploté l'assassinat du président McKinley ! Si seulement la pauvre Puss avait cette hardiesse, & ces possibilités ; si seulement la pauvre Puss n'était pas une pitoyable invalide, ce qui est la forme la plus extrême de cette maladie plus générale qu'est la féminité.)

_____. Je ne pardonnerai à aucun d'entre eux. Mon cœur, si fragile, bat pourtant avec hardiesse, & orgueil. Horace me dégoûte dans cet état transformé où il n'est pas « lui-même », mais cruel & porcin – s'agenouillant ensuite dans le couloir devant ma porte & implorant par le trou de la serrure, Ô ma chérie pardonne-moi – car il ne sait pas ce qu'il a fait, les supplications qu'il m'a adressées, après avoir abusé du xérès & de la bière & des huîtres fumées dans son maudit club de gentlemen.

_____. Bénies soient mes amies ! – comme l'avait dit Mère, pour finir tu ne pourras compter que sur les femmes pour te soutenir & t'aimer. Car voici Johanna van Dyck qui m'apporte les plus délicieux rayons de miel des ruches de son jardinier ; & Mandy & elle s'inquiètent de me voir « très pâle & souffrante » ; & me lisent des passages amusants de The College Widow de M. Ade ; & du Prétendant maléfique de Mme Corelli ; & les morceaux de bravoure frivoles du magazine The Smart Set. (Quand elles ou d'autres dames viennent lui rendre visite, la sournoise Puss cache ses textes théosophiques

& anarchistes, & In This Our World & Le Papier peint jaune de Charlotte Gilman ; il est déjà bien suffisant que je leur révèle être en train de lire Chez les heureux du monde de Mme Wharton, qui passe dans les meilleures familles de New York & de Newport pour une satire grossière & injuste de leur société, dont l'héroïne se conduit de façon très inconvenante.) & il y a la consolation des Potins, qui font rage sans relâche tout l'été & jusqu'à l'automne : la famille Slade est maudite, dit-on, mise à l'épreuve comme Job par le Dieu des Hébreux ; & la guerre entre Longue-Mine Wilson & Renfle-Veste West s'envenime de semaine en semaine. Les langues vont bon train en ville, moqueuses ou compatissantes ; car il paraît que ce n'est pas une, ni deux, ni trois, mais les quatre femmes Wilson qui subissent la contrariété de Woodrow ; & la pauvre Jessie, qui n'a pas dix-huit ans, a durement ressenti la perte de son amie Annabel Slade, qui était pour elle l'amie idéale & un modèle de conduite. Ailleurs, à Wilmington, la vieille Mme Pyne s'accroche à ses millions de dollars comme elle s'accroche à sa vie bilieuse, & joue Wilson & West l'un contre l'autre en leur faisant miroiter à tous les deux l'administration du legs de son mari à l'université : compliment, ma chère, de donner la note et de faire danser ces pompeux personnages ! Mais il y a du nouveau : un deuxième vieux millionnaire est entré dans le bal, un certain Isaac Wyman de Boston, promotion Princeton 1886, « très légèrement orienté West » pour son legs de quatre millions de dollars. Horace secoue la tête en entendant ces rumeurs, car il a de la sympathie pour le président Wilson, qui est un homme très sérieux ; mais il en a aussi pour Andrew West, car il était en poste à l'université bien avant Wilson, & le conseil d'administration lui a fait un affront en ne lui proposant pas la présidence. La toute dernière humiliation de Wilson est que l'emplacement qu'il proposait pour le nouvel institut d'études supérieures, contre l'avis du doyen, s'est révélé insalubre ; apparemment, ce terrain était autrefois un champ d'épandage. (Je dois dire que j'ai été choquée d'apprendre l'existence d'un champ d'épandage dans le Borough de Princeton ! C'est bien la première fois que j'en entends parler.)

_____. Le lendemain, en lisant Chez les gens heureux, je trouve ce roman aussi déplaisant & irritant qu'on me l'avait présenté ; désagréable par la cruauté dont fait preuve Edith Newbold Jones envers le milieu dont elle-même est issue, si je ne m'abuse. Parcourant rapidement les pages, je constate que c'est encore pire, que ce Juif arriviste de Rosedale va finalement se révéler un gentleman – comme une sorte de reproche envers les chrétiens. Je vais jeter ce roman aux ordures, c'est la place qu'il mérite, car Mme Wharton est traître à sa classe, tout comme son cher ami, ce bouffon de « Teddy ».

_____. Palpitant d'apprendre que, dans sa jeunesse, Emma Goldman a comploté avec un camarade anarchiste l'assassinat de Henry Clay Frick des Aciéries Carnegie ; car Andrew Carnegie n'est pas très apprécié dans cette maison, & n'est pas non plus un ami des Burr. Le monde est si confus & compliqué qu'il est très excitant d'envisager le meurtre comme une solution. Car, quelle inquiétude & quelle agitation parmi les hommes de Princeton ! On dit ce pauvre Augustus Slade affligé d'ulcères & d'arthrite depuis l'« enlèvement » honteux de sa fille ; les membres de ma famille sont accablés par la situation financière à Wall Street ; & bien entendu les van Dyck, les Strachan, les Bayard & Horace. Car le monde menace d'être bouleversé, & cette brute de Roosevelt s'acharne contre ce qu'il lui plaît d'appeler des TRUSTS dans le seul but de faire parler de lui ; & sa conspiration avec l'infâme Mitchell, « président » des mineurs, est à peine croyable. Comme son amie Mme Wharton, Roosevelt trahit sa classe, sans pour autant cesser de faire le paon devant nous – un ami du parti ouvrier socialiste (ainsi que se baptisent les anarchistes) & favorable sans nul doute aux émeutes & aux incendiaires des soieries de Paterson. Ah ! je les hais tous, je suis lasse d'entendre parler d'eux : racaille, canaille, pouilleux, illettrés & miséreux. M. Armour, l'ami de Horace, est violemment pris à partie dans un journal socialiste ; on murmure en ville que ses entreprises de transformation de la viande de Chicago ont été « dénoncées » par un jeune *muckraker*[1], un remueur de boue du nom de Sinclair, qui a publié un feuilleton intitulé La Jungle – le Dr Boudinot frémit quand il en parle & dit qu'Adelaide ne doit pas lire une ligne de cette infamie parce qu'elle en aurait l'estomac retourné & ne pourrait plus jamais manger de viande, ni supporter qu'on en mange en sa présence. Si Mme Armour vient prendre le thé cette semaine, je lui exprimerai ma compassion, car si Horace était « dénoncé » dans la presse publique, quelle réaction aurait sa Puss ! Il nous faut trouver un réconfort dans la sagesse des siècles comme le prêche le révérend Beecher Dieu a voulu que les grands soient grands, & les petits, petits ; & l'ouvrier incapable de se satisfaire d'un dollar par jour, de pain & d'eau ne mérite pas de vivre.

Voilà ce que dit un prêcheur en grand renom & réputation.

_____. Fin septembre & cependant un temps humide & oppressant de plein été. & la fille Slade n'a toujours pas été retrouvée ; & ce pauvre Dabney a quitté l'armée, par honte.

1. *Muckraker* – au sens propre « racleur de boue » – est un terme de dérision inventé par Teddy Roosevelt lui-même, par allusion à l'« homme au racloir » qui, dans *Le Voyage du pèlerin* de John Bunyan, « souffre d'une obsession maladive pour l'ordure ».

& le bruit court qu'une procédure de divorce a été entamée, non par Dabney, mais par les Bayard ; car les deux familles, autrefois amies, sont maintenant irrévocablement opposées. & Puss est souvent contrariée & irritable & supporte mal les imbéciles. Le révérend FitzRandolph est venu prendre le thé & je l'ai scandalisé en disant que je souhaitais abandonner deux de mes protégées – Sarah Crum de Kingston, qui a encore fait don au monde d'un Crum superflu – nous en sommes au septième, je crois. & la famille Windvogel, à peine moins féconde, quoique le père soit apparemment infirme, & la mère diabétique ; ils ont déménagé dans Valley Road, & ne relèvent donc plus de notre paroisse. Le révérend FitzRandolph, qui ne se remettra jamais du choc & de la honte d'avoir « marié » Annabel Slade & Dabney Bayard, & d'être en un sens responsable d'une partie du scandale, pince les lèvres & craint qu'il ne lui soit difficile d'expliquer au père Windvogel, gravement blessé dans les sous-sols de Nassau Hall par la défaillance d'une chaudière & dépourvu d'assurance, que la charité des Burr va s'interrompre parce qu'il s'est s'installé à quelques kilomètres de son ancienne maison, ne pouvant plus payer les impôts & charges du Borough de Princeton. Sur quoi la colère & l'esprit de Puss ont flambé & j'ai dit : « Mais, cher révérend, faut-il que notre charité – par quoi j'entends la vôtre & pas seulement la nôtre – se dilate jusqu'à englober le monde entier ? » & ce bon révérend en est resté bouche bée & bec clos.

Au temps pour les Crum & les Windvogel. Voilà des années que leurs jérémiades & leurs quémandages m'insupportent. C'est une bonne chose – je suis certaine qu'Emma Goldman en conviendrait – de rayer ces créatures de ma liste de bonnes œuvres & de les rayer de ma conscience.

AH, MON TRAITEMENT NEFTEL[1] m'affaiblit – & le Dr Boudinot qui supervise le traitement, murmurant, comme si c'était un fait bien connu & controversé, que la tragédie des Slade ne se serait jamais produite si, comme il le leur avait recommandé, il avait pu faire une « délicate opération chirurgicale » à Annabel, quand elle avait sept ans ; on s'inquiétait en effet de l'« extrême sensibilité » & de l'« imagination enflammée » de la petite fille ; mais la famille avait malheureusement refusé, sous prétexte qu'il fallait laisser les enfants de cet âge se développer à leur gré, sans intervention de la médecine ni même des adultes. Le Dr Boudinot & d'autres praticiens sont souvent appelés à appliquer le procédé de Neftel car, chez les jeunes filles prépubères, il est indispensable que leur soit épargnée l'indécence de certains types de sensations physiologiques ; ainsi que le risque de succomber à la folie en prenant l'habitude de pratiques indicibles. Ainsi bavarde & soupire le Dr Boudinot ; au service des nombreuses invalides de Princeton, le médecin a blanchi & vieilli ; il me tapote le poignet avec une bonté paternelle & loue mes parents d'avoir agi sagement en ce qui me concerne. (Je ne me rappelle pourtant à peu près rien. Un mouchoir imbibé de chloroforme, peut-être ; une sensation de

1. Le traitement Neftel, très en vogue pour les invalides nerveux, se pratiquait à l'aide d'un mécanisme électrique complexe grâce auquel étaient appliqués sur la colonne vertébrale de l'invalide des « courants galvaniques », provoquant chocs thérapeutiques, spasmes, voire convulsions ; la théorie sous-tendant ce traitement radical étant que le fonctionnement des systèmes « nerveux » et « musculaire » du corps humain dépendait de la transmission de messages électriques, qui, chez les personnes souffrantes, devaient être radicalement redirigés. Cette thérapie produisait souvent une certaine amélioration dans l'état de l'invalide ; néanmoins les rechutes étaient fréquentes, la maladie et la « nervosité » de l'invalide s'aggravant alors avec le temps, jusqu'à aboutir à la paralysie. Le lecteur apprendra avec soulagement que ce sort tragique devait être épargné à Adelaide McLean Burr.

brûlure & de picotement ensuite, quand il me fallut « lâcher de l'eau » – (comme disait ma nounou) ; ah, voilà qui est bien laid & malséant – & trop insignifiant pour valoir qu'on s'en souvienne.)

L'AUTOMNE, & CEPENDANT CHALEUR. D'étranges vents solaires soufflent sur Princeton & les environs, paraît-il. Horace, presque continuellement agité ces derniers temps, & plus émacié qu'il ne l'était il y a quelques mois à peine, a installé dans notre maison un ventilateur électrique, provenant du célèbre laboratoire d'invention du Dr Schuyler Skaats Wheeler, à Ampere dans le New Jersey ; un engin curieux mais merveilleusement efficace. (& comment Horace en a-t-il eu vent ? – par ma cousine Wilhelmina, semble-t-il ; car tous deux se sont rencontrés par pur hasard dans le train de New York & Willy, qui feuilletait le Post, a commenté diverses réclames y figurant, dont celle vantant l'invention originale du Dr Wheeler.) & le voici donc ici, dans le boudoir de Puss, où il est très apprécié. Par désœuvrement j'allume & éteins le moteur bruyant en m'amusant de la petite brise fraîche qu'il souffle sur mes joues brûlantes & mes tresses défaites. « Tu es si bon pour ta petite Puss, cher Horace », murmuré-je ; & Horace dit : « Ma chère Puss, c'est le moins qu'un mari puisse faire. »

_____. Inspirée par E. Goldman je suis prise d'une ivresse nerveuse en pensant que tous pourraient être éliminés, y compris le Mari grossier & suant, grâce à d'une pincée d'arsenic ; car l'arsenic est une poudre blanche, je crois, & peut être dissoute dans du lait ou mélangée à de la purée ; & versée dans le gruau de maïs bien gras dont les domestiques sont particulièrement friands. & qui aurait des soupçons ? Car la pauvre invalide est à peine capable de quitter son canapé ; encore moins d'aller au fond de la maison, où elle ne s'est pas aventurée depuis des années. & il est peu vraisemblable qu'elle sache ce qu'est l'arsenic, sans parler de la façon de l'employer.

_____. Car tel a été l'argument invoqué en faveur de Lizzie Borden[1] de Fall River, Massachusetts : jamais une « dame » ne prendrait une hache pour assassiner ses parents ; & les jurés, ces moutons imbéciles, ont été convaincus. & aux termes de la loi, Lizzie Borden est aussi innocente que vous ou moi ; & même davantage, étant donné que sa culpabilité n'a jamais été prouvée, & que la vôtre ou la mienne pourraient encore l'être.)

_____. Boudinot & son fils, Boudinot junior, & un nouveau spécialiste, le Dr Danke de Philadelphie, hochent la tête en marmonnant : neurasthénie, goutte rhumatismale, hyperesthésie nerveuse, névrose spinale, inflammation du lobe temporal & la dernière & très virulente épidémie venue d'Orient, la maladie laotienne du sommeil qui paralyse le cerveau & la colonne vertébrale – & ils recommandent par conséquent une nouvelle thérapie appelée Traitement Motorpathique. & Puss est censée obtempérer ; & ne pas hurler à ces charognards qu'ils sont venus à Maidstone parce que M. & Mme Burr sont des Princetoniens fortunés ayant les moyens de payer ces remèdes de charlatan. Je me suis donc emportée & ai pleuré & donné des coups de pied sous l'édredon & leur ai ordonné de partir, de partir immédiatement, pas question que je subisse de nouvelles expériences médicales & de nouvelles souffrances afin que des charlatans s'enrichissent & s'amusent. & le Dr Boudinot qui

1. Allusion à un fait divers célèbre (1892). (*NdT*)

me connaît depuis l'enfance m'a contemplée avec stupéfaction & alarme – « Eh bien, Adelaide, voilà qui ne vous ressemble pas », etc. – « Eh bien, dans ce cas, Adelaide, nous allons devoir en référer à Horace. »

_____. Pour les défier, & étonner Horace quand il l'apprendra, je me suis risquée dehors aujourd'hui pour aller à mon premier thé de l'automne ; en fait, c'était la première fois que je quittais Maidstone depuis cet abominable 4 juin où la malheureuse Annabel a été enlevée sous nos yeux par ce monstre. J'aurais souhaité l'occasion plus intéressante, mais cela m'a agréablement changée de mon lit de malade : notre hôtesse était Mme Wilson, dans cette « villa toscane » du pauvre dont les Wilson font tout un plat, se donnant de grands airs & se plaignant dans le même temps que les étudiants regardent par leurs fenêtres ! (Qui se soucierait de regarder par *ces fenêtres-là* ?) Henrietta Slade a eu la gentillesse de passer me prendre dans la nouvelle automobile des Slade, une élégante Pierce-Arrow aux laitons rutilants ; cette chère Henrietta est pleine de sollicitude pour moi, car la pauvre femme pleure Annabel, naturellement ; & personne n'ose parler de sa fille. À Prospect House, nous avons eu la contrariété de trouver quantité d'épouses d'enseignants & d'épouses d'instructeurs du séminaire (lesquels sont tous des pasteurs ordonnés, je crois) – toutes très compassées & empruntées & de manières très médiocres & affreusement fagotées dans des robes démodées que les dames du West End ont données à leurs pauvres il y a des années ; Henrietta & moi avons été très silencieuses, mais Mme Cleveland a condescendu à parler à Mme Wilson avec sa chaleur habituelle pour faire plaisir à cette femme vaniteuse, qui nous a annoncé son intention de créer un club féminin – le « Club d'aujourd'hui » – quelque part dans Stockton Street. (Nous nous sommes ainsi rendu compte que cette invitation n'était qu'une ruse destinée à attirer ces dames du West End dans le club en question – un mélange du Princeton du West End & du Princeton universitaire *qui ne se fera jamais.*) En partant, Mme Cleveland m'a coulé un petit rire narquois dans l'oreille – comme si nous l'avions échappé belle – & dans la Pierce-Arrow Henrietta n'a pas prononcé un mot mais semblait pleurer doucement dans un mouchoir de dentelle. La compagnie des femmes – des *femmes infréquentables* – est stridente & ennuyeuse. & à présent je suis migraineuse & abattue & dois payer ma bouffée d'indépendance de quelques-uns de mes nouveaux médicaments & d'un somme.

Information. Henrietta Slade, revigorée par plusieurs tasses de thé fort, a scandalisé un cercle de dames avec le récit d'un incident tragique & répugnant, survenu il y a quelques jours à Crosswicks ; le chien des Slade, Thor, un beau berger allemand, a été attaqué par une espèce non identifiée de serpent, très épais, de corps noir & d'une extraordinaire longueur, lequel a plongé sa tête cruelle dans la gueule du pauvre chien & s'est enfoncé de trente hideux centimètres dans sa gorge ! & cette scène horrible s'est déroulée à deux pas de la belle roseraie de Crosswicks. Là-dessus, plusieurs d'entre nous, dont Puss, se sont senties défaillir ; & Johanna est devenue très pâle ; & Mme Wilson a couru chercher de l'éther pour nous ranimer. Nous ne savions pas ce qui était le plus horrible & le plus troublant, le chien étouffé, ou la façon dont Henrietta Slade faisait ce récit abominable – un sourire niais aux lèvres, répétant à plusieurs reprises Mais comme nous sommes maudits, nous les Slade, n'importe quoi peut nous arriver maintenant. Personne ne s'en préoccupera.

_____. Maudits! Nous avons frissonné comme sous l'effet d'un courant électrique. Car maintenant que le sort des Slade avait été défini, il nous semblerait bientôt, à nous qui souhaitions nous croire de simples observateurs, que c'était notre sort à tous, nous les habitants de Princeton.

_____. « Tout ne va pas pour le mieux à Westland. » Cette morne déclaration, tombant des lèvres bien dessinées de Mme Grover Cleveland, arriva à l'improviste le jour suivant ; la pauvre Puss stupéfaite s'étant entendu annoncer par l'excitable Hannah que « Mme Cleveland » était en bas & l'attendait, comme si cette visite était prévue, ce qu'elle n'était assurément pas.

Imaginez mon étonnement quand avec ses yeux noirs & son teint olivâtre Frances Cleveland avoua d'une voix entrecoupée, après quantité de tasses d'Earl Grey généreusement adoucies de miel, que tout n'allait pas pour le mieux dans la prestigieuse demeure coloniale de Hodge Road ; car, depuis l'incident du domaine Craven, ce pauvre Grover ne dort quasiment plus ; semble incapable de trouver une position confortable pour son estomac, son postérieur ou sa poitrine ; par suite de quoi il erre dans la maison en robe de chambre & bonnet de nuit ; est découvert en prière, ou en pleurs, ou perdu dans des divagations en rapport avec son passé d'avocat ; il réfute les accusations portées contre lui par les scélérats de Tammany Hall, ou par les républicains qui avaient fait courir le bruit cruel qu'il avait un enfant bâtard & était de ce fait indigne du poste de président. & plus attristant encore, en raison de l'effet produit sur sa personne, il s'adresse en pleurant à McKinley au sujet de la Guerre, & du Maine, & de la question de savoir s'il avait tiré un bénéfice de l'assassinat & s'il s'en était réjoui[1]. « Il reste enfermé avec l'ancien président pendant des heures, me confia Mme Cleveland, & un triste soir de la semaine dernière (la pire nuit de notre vie conjugale !) il s'est réveillé en hurlant de terreur, croyant que l'assassin Leon Colzigna – Czolginga ? – Czolgoz, quelque chose – était dans la pièce, une arme à la main. Il en avait des sueurs froides, & je n'ai pas pu le calmer, ni même essayer, car il me repoussait & ne semblait pas me reconnaître. Je ne voyais pas cet assassin anarchiste, mais Grover, lui, le voyait, sauf qu'apparemment il était en partie décomposé ; étant donné que, après son électrocution, on avait versé de la chaux vive & de l'acide sur son corps. "Il est là, France ! – l'anarchiste ! – ils sont venus me chercher finalement ! Mes crimes étaient si petits – mes fautes, mes défauts – & pourtant, ils sont venus me chercher & ils me traîneront en enfer." » Mme Cleveland se tut, comme épuisée par ce récit ; & la pauvre Puss ne savait que dire, secouée d'un accès de frissons & de nausée. & peu après, Mme Cleveland prit congé en pressant ma petite main froide – « Priez que cela ne vous arrive jamais, Adelaide, que votre mari bien-aimé change. »

Information. Depuis qu'il a quitté l'armée, mon neveu Dabney Bayard est souvent aperçu sur les champs de courses

1. C'est-à-dire avec le fantôme de McKinley. Car William McKinley, vingt-cinquième président des États-Unis, était mort à Buffalo, État de New York, abattu par l'anarchiste et admirateur déclaré d'Emma Goldman, Leon Czolgosz, le 6 septembre 1901 ; en dépit des efforts acharnés de la police pour impliquer la militante anarchiste dans cet assassinat, elle ne put découvrir aucune preuve de sa complicité ; aucun informateur ne se présenta non plus pour impliquer Goldman, qui, néanmoins, se refusa à dénoncer l'assassin. Teddy Roosevelt était alors vice-président et entra très vite en fonction. Il n'est rapporté nulle part qu'un assassin ait jamais menacé Grover Cleveland, pendant ou après sa présidence.

de Belmont, Saratoga & Pimlico, paraît-il. Plus grave encore, il serait client d'établissements de jeux illégaux & illicites à New York.

(Nul doute qu'il fréquente des établissements pires encore, dont on épargne aux dames jusqu'à la mention.) Henrietta Slade parle d'une voix tremblante de ce malheureux jeune homme, dont le mariage avec sa fille vient d'être annulé par une décision du tribunal ; il semble en effet, très injustement, que Dabney soit devenu un ennemi des Slade & refuse de communiquer avec eux, etc. Le bruit court avec insistance d'un duel imminent entre Dabney & Josiah Slade ; tous les deux auraient choisi leur pistolet ; pourtant, Henrietta affirme : « Josiah est un jeune chrétien d'une haute moralité & d'une grande force d'âme, jamais il ne se livrerait à un acte de violence interdit. Il a pour Dabney la compassion qu'il éprouverait pour un frère affligé. »

Lorsque Mme Slade quitta le salon de Wheatsheaf quelques instants, ces dames & moi commentâmes avec excitation sa révélation ; & échangeâmes nos impressions, jugeant très étrange que l'on n'ait trouvé aucune trace d'Annabel, comme si la jeune femme & son ravisseur s'étaient véritablement volatilisés. Josiah est souvent absent de Princeton, car il cherche sans trêve sa sœur d'un bout à l'autre du Jersey – dans les villes, bourgs & hameaux, dans les forêts & les montagnes sauvages du Nord-Ouest, sur les rives de la Delaware. (Car le Jersey est un État d'une grande diversité, dont les régions rurales sont à peu près ignorées des habitants de ses villes comme des visiteurs de New York.) Johanna van Dyck nous a confié qu'en voyant Josiah on ne se rendait pas immédiatement compte de la nature & du degré de son obsession ; & que son apparence n'est pas non plus très changée, à ceci près qu'il a maigri – son beau visage est légèrement émacié, & ses yeux ont un éclat désagréable; il semblerait aussi qu'il porte maintenant une barbe un peu négligée. Lorsqu'il revient à Crosswicks Manse, on le dit «très silencieux», «mélancolique & résigné» – & il s'enferme dans la bibliothèque de son grand-père où il consulte de vieilles cartes, & même, paraît-il, des cartes de l'époque coloniale, dont l'exactitude laisse aujourd'hui à désirer. «L'histoire la plus pitoyable sur Josiah, dit Johanna, en baissant la voix, a été racontée à Pearce par des étudiants qui campaient le week-end dernier près de la Cluse de la Delaware : ils ont été réveillés avant l'aube par «un jeune chasseur barbu» solitaire, qui parcourait la forêt, sac au dos, armé d'une carabine à cerfs, à la recherche, leur a-t-il dit, de sa <u>sœur perdue.</u> Les campeurs ne demandaient qu'à l'aider, car, étant de Princeton, ils sont naturellement aimables & pleins de courtoisie; mais ils furent décontenancés quand ils surent que la <u>sœur perdue</u> avait disparu depuis quatre-vingt-dix-sept jours & qu'elle avait été vue pour la dernière fois dans Nassau Street, à Princeton. Avez-vous jamais entendu récit plus pitoyable?»

_____. & il y a ma jeune cousine Wilhelmina – «Willy» – qui s'est querellée avec ses parents, & s'est inscrite à l'École d'art de New York malgré leur interdiction, & qui va bientôt <u>déménager</u> de chez ses parents, elle se l'est juré. Depuis le départ brutal d'Annabel, Wilhelmina n'est assurément plus elle-même; elle vient rarement me voir, il y a des mois que je ne l'ai pas vue à Maidstone. Autres nouvelles futiles : Ellen Wilson informe gravement ces dames avec son accent sudiste moelleux que le doyen West «persécute» Woodrow de façon diabolique : si par hasard les deux hommes se rencontrent au golf de Springdale, par exemple, West, qui est meilleur golfeur, observe Woodrow d'un air goguenard alors qu'il tâche de jouer avec calme, au grand embarras du président & de ses compagnons. Étant donné qu'il ne pouvait rien faire pour l'empêcher, Woodrow a autorisé que Merwick House, dans Bayard Lane, accueille temporairement l'institut d'études supérieures, lequel héberge vingt jeunes gens & reproduit « servilement », selon Woodrow, les modèles d'Oxford & de Cambridge. Les étudiants sont contraints de porter la tenue universitaire de cérémonie, a dit Mme Wilson, à seule fin que le doyen West puisse se pavaner en grand apparat – car ce vaniteux, comme l'appelle Woodrow, tire gloire de son capuchon rouge de Harvard ; le mercredi soir, des conférenciers sont invités au collège & tous sont en tenue de soirée sous leur toge ! Comme si ce n'était pas assez scandaleux, poursuit Mme Wilson, avec une véhémence qui bémolise son accent sudiste, à la fin de la longue soirée, où sont consommées quantité de plats de poisson, gibier, jambon de Virginie, beignets, xérès, vins & Dieu sait quoi encore, les jeunes gens raccompagnent West dans sa demeure privée, toujours costumés de leurs voluptueuses toges universitaires & tenant de grandes chandelles – « comme s'ils étaient des enfants de chœur & qu'Andrew West fût leur prélat ! » Ellen Wilson nous dit ensuite qu'il se faisait une grande consommation de tabac à Merwick, & des « orgies » de bridge ; & que bientôt, peut-être, on verrait des personnes du sexe admises en visite dans les salons du rez-de-chaussée. « Le doyen a même repris ses effroyables concerts de clarinette, dans le seul but de tourmenter Woodrow, déclara Mme Wilson avec feu. Car le son irritant de cet instrument parvient jusqu'à son bureau, dans la tour de Prospect. » À quoi Mme Cleveland riposta sèchement : « Andrew West est un homme de qualité, un gentleman ; son expérience de l'enseignement supérieur dépasse de loin celle de M. Wilson, si je ne m'abuse, étant donné qu'il a beaucoup voyagé en Angleterre & en Europe, alors que, comme tout ministre protestant de province, c'est à peine si M. Wilson connaît les États-Unis. » La pauvre Ellen Wilson ouvrit la bouche pour répondre, mais face à l'autorité junonienne de l'ex-Première Dame, & sentant qu'elle n'avait pas la sympathie de son auditoire, elle demeura coite ; & peu après, rouge de confusion, elle murmura une excuse & quitta le salon sous prétexte d'aller conférer avec le personnel de cuisine ; sur quoi tout le monde s'exclama sur le démodé de ses habits, sur ses traits « irréguliers » & ses cheveux mal coiffés, ainsi que sur l'ameublement singulièrement poussiéreux & médiocre de la maison du président. « Il n'empêche qu'ils sont parfaitement assortis, vous savez : M. & Mme Wilson » – dit Frances Cleveland, avec une espièglerie de collégienne ; & tout le monde rit.

Ah, c'est si bon de rire !

_____. & maintenant, un nouveau gentleman à Princeton.

Comte English von Gneist, telle est la forme abrégée de son nom, me dit-on ; il séjourne en invité à Drumthwacket, dans Stockton Road, près du séminaire ; c'est en fait un théologien éminent de Heidelberg, en Allemagne, qui s'est présenté à la famille de Moses Taylor Pyne avec une lettre d'introduction & qui a grandement impressionné M. Pyne par son maintien & sa conversation. Manifestement, le comte est veuf ; toute sa famille a disparu dans un accident tragique sur le Rhin ; mais personne ne doit évoquer ce deuil.

« Le comte est-il bel homme ? » ai-je demandé à Johanna van Dyck, qui l'avait rencontré à Drumthwacket, & Johanna a répondu, avec un sourire frémissant : « Oh oui ! Très. » & Clarice Biddle a déclaré que c'était un être tout à fait inordinaire, d'une « éducation parfaite », « noble de traits & d'allure », « le plus beau parti de la saison ! ». (Clarice Biddle ! Comment se fait-il que Clarice Biddle, qui habite avec son bonnet de nuit de mari une misérable maisonnette de pierre dans Hibben Road, ait été invitée à Drumthwacket pour y faire la connaissance du comte, & pas Horace ni moi ?) Malheureusement, les Pyne ne reçoivent pas beaucoup, Johanna & Clarice le reconnaissent, & ils ont fort peu fait pour présenter le comte von Gneist à leurs voisins… À cet instant précis, la cloche sonore d'Old North a retenti &, je ne sais pourquoi, je me suis sentie défaillir ; « Quel âge a le comte, selon vous ? » me suis-je entendue demander, avec la plus extrême nonchalance, & Johanna a dit : « Il est assez jeune, quarante ans tout au plus » & Clarice Biddle a dit : « Ou, s'il en a cinquante, ils sont virilement portés. »

_____. Léthargique ce matin après l'excitation d'hier après-midi – serait-ce la virulente maladie du sommeil laotienne – enfin ?

& de très loin, Hanna appelle « Madame Burr ? Madame Burr ? » ; car je me trouvais apparemment dans un autre pays, dans un château dominant le Rhin ; où je n'étais pas « Mme Burr » ni même « Adelaide » – ni « Puss ». L'appellation que le comte me donnait était brutale & grossière & ne souffrait pas d'opposition : Femme ordonnait-il d'une voix de baryton fortement accentuée viens ici.

_____. Il n'y a que l'invention ingénieuse du Dr Wheeler pour m'apaiser : ses pales qui tournent & tournent, soufflant sur mon visage fiévreux leur brise voluptueuse.

_____. « En quoi suis-je cruel, Adelaide, a demandé Horace, avec impatience, pas un homme dans son bon sens ne souhaiterait provoquer une telle réaction ! » (Car en posant le plateau sur mes genoux, il avait délibérément pressé mon sein gauche, dépourvu de corset ; je serais prête à le jurer.)

(Sournoisement, avec le bord du plateau & son pouce. Ce qui me fit tressaillir & crier & tout renverser – théière & eau chaude & crème & sucre & cuillères & il ne s'excusa pas ensuite.)

_____. Ennui & larme facile. Si faible que j'ai laissé échapper ma bible qui a heurté le sol avec un bruit sourd. Bien que sans corset sur mon divan, je sens une barre de fer enserrer mes côtes & estomac & hanches ; je n'arrive pas à respirer ; je vais m'évanouir. Car Horace a cessé de m'aimer & de me respecter & rien ne m'attend plus que la tombe.

_____. Tout Princeton ne parle que du dernier numéro de Vanity Fair, car il y figure un article sur John Singer Sargent ; son portrait de Mandy – (« Mme Edgerstoune FitzRandolph de Mora House, Princeton ») – splendide – je suis affreusement jalouse ! – non, je suis sincèrement contente, car Mandy est une amie chère, & digne d'attention. (Mais pourquoi n'est-elle pas venue depuis si longtemps ? Il m'a été rapporté que le comte avait été invité à dîner à Mora House ; mais pas Horace ni Adelaide.) (Pourquoi n'amène-t-elle pas le comte ici ? Attend-elle que je l'en supplie ?) Sans être belle, Mandy est une femme séduisante ; le genre « athlétique » – une sorte de « Gibson Girl » – et non menue comme je le suis, si je puis me permettre. Est-il sot de ma part de souhaiter que mon portrait soit peint par Sargent ? Ou bien… est-il trop tard ?

_____. (Ah, comme mon cœur s'emballe ! Mais ce n'est rien – personne – une bouffée d'air qui entrouvre doucement la porte & puis s'arrête – comme si quelqu'un attendait, retenant son souffle, dans le couloir. « Oui ? Hannah ? – Madame Joris ? – Minnie ? C'est toi, Horace ? » (Mais non, Horace a pris le train pour Philadelphie, où il a une réunion d'affaires, a-t-il dit ; & ne rentrera pas avant vendredi.) Ce n'est personne ; & Puss se montre sotte une fois de plus, en s'effrayant d'un rien.)

_____. Le véritable fondateur de l'anarchie fut Jésus-Christ & la première société anarchiste fut celle des Apôtres. Car les faibles se dresseront contre leurs oppresseurs & les derniers seront les premiers, & les premiers les derniers ; le prolétariat triomphera de ses ennemis de classe ; & la bourgeoisie & l'État dépériront & disparaîtront. En attendant ce jour, nous enseignons la propagande par le fait & la réappropriation individuelle.

Voilà ce que je lis dans les Réflexions révolutionnaires de Bakounine, que j'ai commandées par la poste ; en cachette de Horace, qui désapprouverait vivement, comme de mes pusillanimes amies ; & ses paroles exaltantes me font frissonner de la tête aux pieds !

Par Propagande par le fait, il faut entendre destruction : attentats à la bombe, assassinats. Par Réappropriation individuelle, des vols hardis & intrépides contre la bourgeoisie.

Ah ! si seulement un révolutionnaire anarchiste faisait irruption dans Maidstone pour se réapproprier la pauvre Puss ! La première maison dans laquelle je le conduirais serait Drumthwacket, ou même Crosswicks Manse ; car toutes les deux ressemblent bien trop à des « palais » pour être de bon goût ; toutes les deux méritent d'être incendiées & pillées par les mains crasseuses du Prolétariat.

_____. « Il y a au moins un saint parmi nous : Winslow Slade. »

Voilà les propos étonnants que Horace m'a tenus ce soir ; car il s'avère que mon mari lui a demandé conseil récemment, sur un sujet que j'ignore. « Je m'en voudrais de t'importuner avec cela, chère Puss, car c'est sans importance », a-t-il dit avec un sourire, en se penchant pour baiser mon front ; & je suis stupéfaite du calme nouveau qui émane de sa personne, & de lui voir son ancienne égalité d'âme, disparue ces dernières semaines. Mon séduisant gentleman de mari, enfin de retour : rasé de frais par le barbier de Witherspoon Street, sentant légèrement la pommade citronnée ; la moustache mouchetée de gris, mais élégante ; découvrant ses dents solides dans un sourire si large qu'il lui plisse les joues ; les yeux débordant d'amour pour sa Puss, qu'il a maltraitée ces derniers temps. Ah, je suis aimée ; je ne douterai plus de Horace.

(Il est cependant étrange & préoccupant que Horace refuse de me dire quel conseil il a demandé à notre ancien révérend Slade[1], comme si j'étais une petite oie niaise qui ne saurait voir plus loin que son boudoir ou son salon. S'agit-il de Wall Street ? S'agit-il de nos investissements communs ? (Car mon héritage & mes biens en fidéicommis ont été librement confondus avec ceux de Horace, en considération de la compréhension qu'il a de ces affaires.) L'ennuyeux M. Lodge qui pousse Horace à acheter & vendre & acheter & vendre encore : Compagnies Northern Securities, Northern Pacific, Great Northern, Mines

1. Bien que Winslow Slade ait détruit la quasi-totalité de ses papiers personnels au cours de ce malheureux printemps 1906, il en subsiste quelques pages, en partie brûlées ; nous savons donc que les conversations angoissées que Horace Burr eut avec lui portaient sur l'un des problèmes moraux les plus épineux du christianisme : savoir si l'acte conjugal est innocent, et le désir charnel mauvais, ainsi qu'enseigné au VIe siècle par Grégoire, Père de l'Église ; ou si, comme les Thomistes en décidèrent par la suite, le péché réside moins dans la délectation charnelle que dans le ligamentum rationis (l'enchaînement de la raison). Mais que conseilla Winslow Slade à Horace Burr ? Et pourquoi au juste Horace ressentit-il le besoin de recourir à lui, après quinze années de mariage ?

& Fonderies du Colorado, Compagnie du canal de Panama, Chemins de fer de Pennsylvanie, Standard Oil – quel ennui ! Je ne prendrai même pas la peine de soulever le combiné pour écouter, la prochaine fois que Horace conférera avec M. Lodge etc.

Le monde tourne sans moi, semble-t-il. Car le Dr Boudinot a fait ses recommandations à Horace – je dois éviter tout excès de stimulation & rester couchée ; & ne dois pas « exciter » mes pensées par des lectures d'une nature grossière ou immorale. De ce fait, j'ai été privée du spectacle du comte English von Gneist lors de la chasse d'hier dans la vallée de Pahaquarra, dont tout le monde s'émerveille. Il semble en effet que ce gentleman bien né monte un superbe étalon d'un noir de jais, un pur-sang arabe ; son maintien est noble, mais agile ; ses qualités de cavalier sont impeccables ; galopant comme le vent à travers champs, le comte & sa monture semblaient à peine se hâter. & son costume de cheval de coupe anglaise était, paraît-il, si seyant qu'il a fait honte à nos gentlemen princetoniens – voilà ce que je tiens de mon informatrice enthousiaste, Johanna van Dyck.

« Son visage, Adelaide, est tout ensemble hardi & poétique : un front haut, des cheveux gris acier légèrement en recul mais qui semblent cependant d'une épaisseur peu commune, dit Johanna, d'une voix lente, ce qui ajoute à son air de noblesse & de mélancolie. Car il me fait penser irrésistiblement au lord Rochester de Jane Eyre. » Les von Gneist passent pour descendre d'une ancienne famille noble de Roumanie ; le sang guerrier des Magyars, des Saxons, des Lombards, des Bulgares & même des Turcs infidèles coule dans leurs veines. Mais les von Gneist sont hélas bien peu nombreux, & leur fortune jadis immense est fort diminuée ; le comte von Gneist se surnomme l'« unique héritier vivant du Néant » & et a passé sa vie d'adulte à voyager de capitale en capitale. Bien que diplômé du prestigieux séminaire théologique de Munich, le comte n'est pas devenu un pasteur protestant, mais plutôt un rédacteur de « textes théologiques » ; il est de surcroît poète, auteur dramatique, romancier & compositeur. & cavalier hors pair, & chasseur. Naturellement porté à la mélancolie, il se définit comme « un exilé », « sans feu ni lieu » – un peu à la façon du légendaire Hollandais volant ; à cela près qu'il n'est pas immortel, mais indiscutablement mortel.

« & il est veuf, entièrement démuni de famille. »

La voix de Johanna tremble en me faisant part de ces informations.

_____. Je crois que je vais enfin le rencontrer : le comte von Gneist.

Car Amanda nous a invités à Mora, Horace & moi, la semaine prochaine ; & j'ai bon espoir d'être assez forte pour m'y rendre, si Horace le permet.

_____. Un étrange incident, que j'ai appris de seconde main : à la gare, Horace a été snobé par Mme Cleveland ; afin de s'assurer qu'il ne se trompait pas, Horace a tenté de s'adresser courtoisement à cette dame, qui lui a alors tourné le dos avec la dernière impolitesse. Au point que même son valet de pied en a rougi, dit Horace.

Je ne défendrai pas Mme Cleveland : je ne l'aime pas & elle n'est pas mon amie. Ce goinfre obèse de Grover Cleveland n'a rien d'admirable, lui non plus.

Horace me dévisage cependant d'un air bizarre, en lissant sa moustache – « Les mystères du sexe féminin ! Nous autres, hommes, ne pouvons espérer sonder vos profondeurs, mais seulement nous efforcer de ne pas y sombrer. »

_____. Une étrange sensation de démangeaison & de brûlure entre mes yeux – & je me réveille en sursaut, comme quelqu'un qui s'est très légèrement dégagé de son corps mortel, dans son sommeil ; le corps éthérique nous comprend, nous qui sommes éclairés, paraît-il ; & parfois, dans le sommeil, ce corps se disjoint du corps moral. (Ainsi l'enseigne Madame Blavatsky.) Mais oh ! – cette sensation bizarre entre mes yeux, au bas de mon front – est-ce le troisième œil de l'illumination ? Qui s'ouvre enfin ?

La quête (suite)

Ce fut des mois après l'« enlèvement » que Josiah apprit au moins l'un des moyens utilisés par sa sœur et par son séducteur pour cultiver leur relation illicite.

Un froid matin d'octobre où il se promenait dans le *jardin anglais** de Crosswicks Manse, se demandant avec angoisse où chercher encore Annabel, alors que tous ses efforts pour la retrouver s'étaient révélés vains, il fut abordé, avec hésitation, par le chef-jardinier – un homme âgé, au service des Slade depuis de longues années, qui connaissait les petits-enfants de la famille depuis leur plus tendre enfance.

Le jardinier confia à Josiah, d'un ton plein de douleur et de regret, qu'il espérait ne pas avoir manqué une occasion d'éviter la tragédie de la disparition d'Annabel en gardant le silence au lieu de parler à M. Slade, aux parents d'Annabel ou à Josiah lui-même.

Apparemment, en effet, il avait vu « à plusieurs reprises » Mlle Annabel laisser des lettres cachetées dans le creux d'un immense et très vieil orme glabre pendant une bonne partie du mois d'avril et tout celui de mai ; et bien qu'il eût fait le guet une dizaine de fois, il n'avait jamais aperçu la personne qui venait les chercher, laissant à leur place d'autres lettres, adressées d'une écriture ferme à MLLE ANNABEL SLADE. (Sa seule certitude, dit-il, en tentant de faire de l'esprit, était qu'il ne s'agissait pas du lieutenant Bayard.) En trois occasions distinctes, dans le crépuscule incertain qui précède l'aube, il avait aperçu, de sa serre, un homme et une femme s'éloigner rapidement dans l'herbe mouillée de rosée en direction de la forêt de Crosswicks – « Avec une telle légèreté que leurs pieds semblaient glisser sur le sol sans y laisser d'empreinte. »

Josiah fut si stupéfait par cette déclaration qu'il en oublia de s'emporter contre le jardinier ; sa colère n'aurait d'ailleurs pas changé grand-chose.

« "Un homme et une femme"… mais cette femme était-elle Annabel ? »

Le visage sombre, le jardinier secoua la tête : il n'en savait rien, les silhouettes étaient trop éloignées.

« Comment étaient-ils vêtus ? »

Le jardinier ne le savait pas non plus. Il lui semblait cependant que leurs vêtements n'étaient pas neufs, ni à la mode – « Des tenues d'une autre époque, peut-être, comme celles qu'on portait quand j'étais enfant.

– Il semble étrange que, même de loin, tu n'aies pu savoir si c'était ou non ma sœur », dit Josiah.

Le jardinier acquiesça aussitôt : c'était ainsi, pourtant, il n'avait pu identifier le couple et s'était seulement dit, sur le moment, que c'étaient des gens qu'il ne connaissait pas.

« Mais j'ai trouvé des cigarettes dans l'herbe. Des cigarettes étrangères, j'aurais dit, et à peine fumées.

– Des cigarettes ! Mais Annabel ne fume pas, bien entendu. »

Le fumeur était sans doute l'homme. Mais *était-ce* Axson Mayte ?

« Et quand ont-ils cessé d'apparaître ici ? Était-ce après le mariage ? »

Le jardinier approuva gravement de la tête. Oui, il le pensait.

Il espérait que Josiah lui pardonnerait, dit-il. Car il regrettait terriblement, maintenant, de pas en avoir parlé à quelqu'un, pour éviter la tragédie.

Josiah dit qu'il n'y avait rien à pardonner, que ce n'était naturellement pas sa faute.

« Ni celle d'aucun d'entre nous, Hendrick. Car nous ne connaissions guère ma sœur, apparemment, même si nous nous imaginions le contraire. »

Et peut-être était-ce sa façon d'échapper à Crosswicks Manse, et aux Slade. Et peut-être fume-t-elle, et fumait-elle – sans qu'aucun de nous le sache.

À PEU PRÈS À CE MOMENT-LÀ, Josiah reçut un message curieux de Woodrow Wilson, qui lui demandait, dans les termes les plus humbles, s'il voulait bien passer à Prospect House un jour prochain pour discuter d'une « affaire privée ».

Un rendez-vous fut fixé ; quand Josiah se présenta, cependant, il fut reçu par Mme Wilson en personne, laquelle l'informa que Woodrow se « sentait souffrant » et ne pourrait finalement le voir.

Josiah exprima ses regrets et demanda si M. Wilson était gravement malade ; à quoi Mme Wilson répondit, avec beaucoup d'émotion : « Mais naturellement ! Il ne se déroberait pas à ses responsabilités s'il n'était pas *gravement malade*. »

Josiah s'excusa de l'avoir dérangée, et il s'apprêtait à partir quand Mme Wilson dit, avec plus de douceur, mais non sans reproche : « Woodrow est perpétuellement sur les nerfs depuis… depuis ce terrible jour. Il craint que vous ne lui en vouliez tous, à Crosswicks Manse ; même s'il connaissait à peine ce "Mayte", et qu'il n'ait naturellement pas mêlé l'université à la moindre transaction avec lui. »

Josiah lui assura qu'aucun membre de sa famille ne reprochait rien à quiconque, Mayte excepté ; et que sa conversation avec M. Wilson porterait sur d'autres sujets. Il ajouta qu'il aimerait aussi parler avec Jessie, car Annabel et elle ayant été très amies, sa sœur avait peut-être fait des confidences ou des allusions à Jessie sur sa situation…

Visiblement agitée, Mme Wilson déclara alors que c'était impossible – car Jessie avait elle aussi souffert d'un effondrement nerveux et ne pouvait descendre ; de toute manière, Josiah pouvait être assuré qu'elle avait elle-même interrogé sa fille sur le sujet de l'« enlèvement » jusqu'à se convaincre que Jessie ne savait rien et était parfaitement innocente.

Comme Annabel l'était naguère. Comme nous souhaitions le croire.

Josiah s'excusa de nouveau et prit congé ; mais fut rappelé le lendemain par un coup de téléphone de Woodrow Wilson soi-même, qui lui demanda de venir en fin d'après-midi, à l'heure où, revenu de Nassau Hall, il serait au travail dans sa « tour » de Prospect House – laquelle se révéla n'être guère plus qu'une mansarde aménagée en bureau, jouissant, grâce à ses quelques fenêtres, d'une excellente vue sur le campus universitaire par-delà un bouquet d'ormes et de persistants.

Telle était la « tour » dont Josiah avait entendu parler : le refuge du président dans sa *maisonnée de femmes,* dont il plaisantait parfois, avec un certain embarras.

Josiah trouva au président un teint plus cendreux que d'ordinaire, même si Woodrow n'avait jamais vraiment une « mine florissante » – véritable antithèse en cela de son adversaire, Andrew West, un robuste Falstaff aux joues rougeaudes et au rire contagieux. Par politesse, Josiah s'enquit de la santé du président, comme il savait qu'on l'attendait de lui, et fut régalé d'une énumération sinistrement comique des maladies de son hôte, qui, ainsi qu'il le précisa, endurait bon nombre d'entre elles dans un silence stoïque pour éviter d'alarmer son entourage – et de « donner de l'espoir » aux autres.

Dyspepsie, spasmes nerveux chroniques dans le haut du torse, tremblement intermittent des mains, et « occlusions » sporadiques de la vision – lesquelles inquiétaient particulièrement le président parce qu'il avait de nombreux discours importants à écrire et des articles à préparer. (M. Harvey, le rédacteur en chef de *Harper's*, lui avait demandé un article, et il tenait à l'obliger.) Ces maux, déclara Wilson, avant même de penser à offrir un siège à son hôte, venaient de ce qu'il était soumis à une tension extrême du fait de la « situation » à l'université – que Josiah connaissait certainement. « Voici le dernier scandale en date : le doyen West a tenté de circonvenir le conseil d'administration dans l'affaire de l'institut d'études supérieures – on a proposé à cet homme la présidence de l'Institut de technologie du Massachusetts, à Cambridge – *pour un salaire que l'on dit supérieur à celui du président de l'université de Princeton.* » Wilson marqua une pause pour laisser Josiah prendre la mesure de cette révélation.

« Mais ce tartufe ne quittera pas Princeton, je le sais. Il y a une mystification dans cette histoire d'"Institut de technologie" – le président de Harvard, M. Eliot, cherche à l'annexer à son université en tant que "département des sciences". Comment, dans ces conditions, le doyen West pourrait-il en être *président ?* Tout cela est très compliqué – diabolique. Néanmoins les administrateurs le croiront, et notamment Grover Cleveland, qui est son *compère.* »

Tandis que Wilson déblatérait et divaguait, avec « stoïcisme », Josiah examina la pièce, qui était à la fois spartiate et encombrée ; un bureau, une table et des chaises pour seuls meubles, mais des papiers et des documents empilés partout, y compris sur les appuis de fenêtre ; sur un buffet bas, près du bureau, un nombre surprenant de médicaments et de sirops ; Josiah remarqua même un paquet de larges pansements de gaze blanche et une bouteille en fer-blanc où on lisait, en lettres gothiques, *Liniment Hébé*. Des cuillères tachées, des mouchoirs sales – qui dégageaient une odeur rancie, vaguement cloacale.

« Puis-je ouvrir une fenêtre ? On manque un peu d'air… »

Mais non, Woodrow Wilson se renfrogna à cette suggestion : car il luttait contre une bronchite et ne pouvait risquer d'aggraver l'infection de ses poumons.

Après s'être plaint du doyen West, Wilson se plaignit de la difficulté qu'il avait à « élaguer le bois mort », hérité de son prédécesseur, le président Francis Patton, cordial mais inefficace ; des difficultés plus grandes encore auxquelles il se heurtait dans sa campagne pour abolir les *eating-clubs*, qui avaient la « mainmise » sur la vie estudiantine, et intimidaient également les enseignants et l'administration. Et les sports : « Les équipes sportives dominent, grossièrement ; et leurs entraîneurs s'imaginent mériter leur salaire à l'égal de nos enseignants. »

Josiah se rappela qu'Annabel avait souvent défendu Wilson quand les autres lui reprochaient d'être « froid », « froidement ambitieux », « sentencieux et suffisant », « un logothète byzantin » ; Annabel protestait que le père de son amie Jessie, tel qu'elle le connaissait, aimait parler aux enfants, et les divertir d'histoires comiques, qu'il racontait avec un accent « nègre » traînant. Les petites filles, en particulier, disait Annabel, se rappelant les nombreuses occasions où M. Wilson s'était accroupi à côté d'elles pour leur parler plus confortablement, et les faire rire plus fort.

Josiah tenta à plusieurs reprises d'interrompre le monologue de Wilson, qui s'écoulait avec la lenteur obstinée d'un flot de mélasse ; il était impatient de lui poser des questions sur Axson Mayte, mais Wilson dévia la conversation en lui conseillant de s'orienter vers le *droit*, comme il l'avait lui-même fait à ses débuts ; car il avait eu l'intention d'entrer en politique, avec un diplôme en droit, et non de pratiquer le droit. Il sermonna ensuite le jeune homme en déclarant que le repli sur soi-même était contraire à leur foi calviniste, car, comme l'énonce clairement la Bible, le monde est un champ de bataille entre les forces du bien et celles du mal – « Rien ne fait plus plaisir au diable que de voir les meilleurs d'entre nous se retirer de la vie publique et laisser le monde courir à sa perte !

– Les "meilleurs d'entre nous" – mais comment le savons-nous, monsieur ?

– Comment nous le *savons* ? Mais parce que Dieu nous le fait savoir ! Il n'y a aucun mystère. »

L'irritation de Wilson flamba, comme si on avait gratté une allumette. Ses yeux aux paupières granuleuses prirent un éclat combatif, et son maintien languissant disparut. Josiah dit pourtant, sans véritable insolence mais de la façon dont il aurait cherché à contredire l'un de ses parents : « Mes études, ici à Princeton et ensuite, m'ont appris que toutes les nations, les tribus, les clans et parfois même les individus se croient "élus de Dieu", tandis que leurs ennemis le sont du diable. Dans ces conditions, monsieur, étant donné que nous sommes des *millions* sur terre, imaginer que Dieu est exclusivement de notre côté et n'a que nos intérêts à cœur relève d'un véritable acte de foi. »

Wilson cligna des yeux derrière les verres bien astiqués de ses lunettes, comme s'il n'avait jamais rien entendu d'aussi extraordinaire ni d'aussi troublant de sa vie. « Vous ai-je bien entendu, Josiah ? Ces idées de "libre penseur", d'"anarchiste" n'ont pas leur place à Princeton, et notre enseignement ne saurait en être tenu responsable, j'en suis certain. Au séminaire, le révérend Shackleton a déclaré publiquement qu'aucune "idée nouvelle" d'aucune sorte ne sera admise ici, contrairement à ce qui se passe au séminaire théologique de l'Union, ce bastion de "libres penseurs" ; et mon engagement, comme je l'ai dit, est celui d'une "réforme" au service de la tradition. Des idées telles que les vôtres font des sujets de débats animés, mais dans la vie réelle ce sont des absurdités relativistes inacceptables. »

Josiah eut bien du mal à ne pas lever les yeux au ciel ; ou à ne pas manifester silencieusement sa dérision d'un raclement de pieds sur le plancher nu, à la façon des étudiants. Mais il se contenta de dire, comme on le fait pour apaiser un aîné irrité : « Ma foi, monsieur, j'en sais assez pour savoir que je suis très ignorant. »

Il n'aimait pas la façon dont Wilson le dévisageait, ni le tic qui tordait ses lèvres, croûtées aux commissures d'une sorte de substance blanche et poudreuse.

Il se demandait pourquoi Wilson l'avait fait venir. Sûrement pas pour lui réciter la litanie de ses griefs ?

Il se risqua à dire : « À propos de votre ancien associé, ou de votre ancienne connaissance, Axson Mayte…

– Non, non ! Ce maudit homme n'est ni un associé ni une connaissance, je vous assure ! »

Cette réponse désarçonna Josiah. Car, pendant une certaine période, on avait souvent vu Woodrow Wilson en compagnie d'Axson Mayte ; Josiah lui-même les avait aperçus ensemble.

« Un personnage grossier et barbare, qui n'avait rien d'un gentleman, à la manière de Jack London » – cette soudaine association d'idées parut inspirer Wilson – qui a osé déclarer en public, l'autre jour, qu'il ne nierait pas que le socialisme *est* une menace ! "Son but est d'éliminer, radicalement, toutes les institutions capitalistes de notre société actuelle" – voilà ce que claironne ce gredin. La Révolution, comme disent les socialistes, sera chose faite avant 1910. Et que dire de l'afflux de ces multitudes d'immigrants issues de la lie de la société ? – car les souches plus robustes du Nord, les Anglais et les Irlando-Écossais, sont de plus en plus menacées – la mauvaise monnaie chasse la bonne, comme on dit. »

Josiah poussa un soupir et garda le silence. Non loin de là, Old North sonnait les six coups bienvenus de 6 heures.

« À l'époque où j'étais étudiant à Princeton, et plutôt "piocheur", j'ai été blackboulé par l'Ivy, dit Wilson, avec une grimace ironique – comme s'il n'y avait rien plus incroyable que cette révélation. J'ai juré alors de me venger, quand et comme je le pourrais. J'ai attendu vingt ans. Les Campbell d'Argyll sont *patients*. »

Un observateur objectif n'aurait pu trouver le moindre lien entre cette sortie de Wilson et sa répugnance pour l'anarchie – mais Josiah comprit.

Josiah, l'un des jeunes étudiants les plus recherchés de sa promotion, avait été invité, officieusement et indirectement, à adhérer au club très fermé qu'était l'Ivy – invitation qu'il avait dédaignée avec l'arrogance des Slade, ce qui lui avait valu l'envie et le respect admiratif de tout le campus, et même de certains ses professeurs. Avoir dédaigné l'Ivy ! Il s'était fait des amis ailleurs, peu nombreux. Mais nouer des amitiés et cultiver sa popularité ne lui avait jamais paru le but des études universitaires, ni alors ni maintenant.

L'expression qu'il lisait sur le long visage de Wilson, mi-humiliation, mi-espoir de vengeance, lui donna l'impression de revenir à ses propres années d'étudiant sur ce même campus : un petit monde étriqué de privilège et d'angoisse, où l'on finissait par *se préoccuper deux fois trop de trois fois rien.*

« Je suis navré de ce que vous m'apprenez, monsieur. Les clubs peuvent être tyranniques s'ils ne sont pas bridés.

– *Ils le seront.* Je combattrai l'emprise des anciens élèves, ce bon D… de conseil d'administration et ce maudit West *jusqu'à la mort.* »

Un tremblement agitait à présent le long corps maigre du président.

Ce *bon D…* était un signe d'émotion extrême dans la bouche du très protestant Wilson.

Josiah éprouva le soudain désir de réconforter son aîné, voire d'essuyer ses lèvres humides avec un mouchoir. Mais naturellement, jamais il n'aurait touché Woodrow Wilson ! Il se rappelait l'un de ses professeurs, déclarant des années auparavant, lors d'une conférence européenne à McCosh, que, quoique relativement rare chez les individus, la folie est quasiment un prérequis pour un certain type de dirigeant politique : « Il ne s'agit pas d'une folie fonctionnelle, mais d'une folie de l'intellect. Il saura d'instinct rallier les autres à sa folie en prétendant les servir, et les sauver – Napoléon, par exemple. »

Josiah se dit *Ici, au moins, dans notre démocratie américaine, cela ne peut arriver.*

On racontait en ville que Woodrow Wilson avait des « ambitions politiques » depuis l'enfance. Dans un moment de grivoiserie, lors d'un dîner, Frances Cleveland avait remarqué que « l'organe masculin le plus viril » de tout Princeton était la bouche de Woodrow Wilson.

Josiah eut un sourire à ce souvenir, mais il le ravala aussitôt devant le regard noir de Wilson.

« Cela vous amuse, je vois ! Si je ne m'abuse, *vous*, vous étiez membre de l'Ivy.

– Non.

– J'avais entendu dire que vous l'étiez. Ou que vous aviez décliné leur invitation.

– C'est de l'histoire ancienne, monsieur. Mieux vaut croire que les *eating-clubs* "dépériront" avec le progrès de la démocratie sur le campus – à la façon dont socialistes et marxistes prédisent que l'État "dépérira".

– Un mode de vie aussi enraciné ne "dépérira" jamais – on doit l'y aider, à la dynamite s'il le faut. Autant se figurer que les négros et… et les femmes… seront un jour admis à l'université de Princeton, que fantasmer le "dépérissement" des *eating-clubs*.

– Et le doyen West s'oppose également à vous sur ce sujet ? »

Wilson ne trouva pas la question d'une familiarité incongrue ; il répondit avec chaleur, comme si Josiah était un confident.

« Oui. Bien sûr. West s'oppose à moi *absolument sur tout*, car, pour le résumer d'un mot, c'est à mon âme qu'il en veut.

– "D'un mot" – vraiment ?

– C'est ce qu'il a dit. Cela m'a été rapporté. »

Les nerfs frémissants, Wilson se mit debout en vacillant. Josiah en profita pour se lever aussi, invoquant un dîner à Wheatsheaf qui l'obligeait à prendre congé. Un curieux sourire euphorique aux lèvres, Wilson passa un bras autour de son épaule et descendit avec lui l'étroit escalier. (Josiah se demanda où se trouvaient Mme Wilson et ses filles. La « tour » était suffisamment séparée du corps principal du bâtiment pour que Woodrow Wilson puisse s'y glisser, voire y recevoir des visiteurs, à leur insu.) À l'instant précis où il s'apprêtait à partir, impatient de se retrouver au grand air, Wilson lui dit, la bouche contre son oreille : « Vous devez vous demander pourquoi je vous ai invité à me rendre visite ? C'est très difficile à dire, Josiah, mais… ma chère fille Jessie a été souffrante, vous savez… après le… après ce terrible jour… dont elle se faisait une si grande joie, en tant que demoiselle d'honneur. Le Dr Hatch la soigne, avec un certain succès. Mais il faut que je vous dise – de terribles rêves la tourmentent. Le médicament somnifère prescrit par le Dr Hatch semble presque les intensifier. Des nuits d'affilée elle a rêvé de la pauvre Ruth Cleveland – et de cette fille assassinée, Spags, qu'aucun de nous ne connaissait, bien sûr – ces deux esprits la harcèlent et la martyrisent, grattent à sa fenêtre, supplient qu'on les laisse entrer ; depuis peu, ils ont été rejoints par un troisième, une jeune fille blonde qui, d'après Jessie, serait votre sœur Annabel, telle qu'elle était il y a quelques années – jeune, innocente, terrifiée, implorant Jessie de lui ouvrir ; mais Jessie dit qu'elle est trop paralysée d'horreur pour quitter son lit. Jessie dit : *Et si c'étaient des vampires ?* »

La voix de Wilson tremblait. Josiah s'écarta, comme s'il avait été frappé au cœur.

Ma sœur n'est pas morte. Ma sœur n'est pas un vampire !

Mais Josiah se contenta de remercier Wilson et de prendre précipitamment congé.

La cloche d'Old North sonnait une heure inconnue.

Octobre 1905

Un vampire ! Josiah est furieux. Il n'a jamais rien entendu d'aussi absurde de sa vie.

Car Josiah est un pur rationaliste. Ses héros sont Aristote, David Hume, John Stuart Mill. Il n'a pas lu beaucoup d'ouvrages de philosophie et de logique, mais il éprouve de la répugnance pour tout ce qui est *hermétique, mystique.*

Oui, jusqu'à un certain point : Josiah est protestant. Mais Josiah ne soumet pas sa foi à la raison ; sa foi est indissociable de sa loyauté familiale, qui n'est pas négociable.

« Il n'y a pas de monde "surnaturel" – il n'y a que ce monde-ci, le monde "naturel". Le reste n'est qu'absurdité. »

« ABSURDITÉ. »

Dans sa bibliothèque-boudoir luxueusement meublée de Westland, Mme Grover Cleveland se distrait de ses tracas conjugaux en tapant, sur sa toute nouvelle Underwood à frappe frontale, les pages de conclusion d'un article sur le vote des femmes, dont son mari souffrant avait commencé la rédaction à l'invitation du *Ladies' Home Journal* ; mais Frances Cleveland a revu l'article dans le style bien plus effusif et familier qui est le sien, si bien qu'il n'a plus rien d'un sermon lugubre. Frances sourit à l'idée du « tapage » qu'il fera à sa publication : « Les femmes sensées et responsables *ne veulent pas du vote*. Les places respectives que doivent occuper l'Homme et la Femme dans l'élaboration de la civilisation ont été fixées depuis longtemps – par une intelligence bien supérieure à la nôtre. » Frances s'interrompt, avant de taper, martelant les touches avec fureur, le trait final : « En un mot, le vote des femmes est une *absurdité.* »

Dans une pièce voisine, ce pauvre Grover l'appelle. Frances a l'excuse du mécanisme bruyant de la machine pour ne pas entendre ; de toute manière, un domestique ne tardera pas à accourir.

« C'est pour cela que nous les payons, après tout. »

INFORMATION. Le comte English von Gneist, l'invité le plus recherché de Princeton ces derniers temps, tenue de soirée sombre, chemise blanche à jabot et gilet brodé d'argent, a accompagné Mme Amanda FitzRandolph et sa grand-tante Thomasina Bayberry à un somptueux dîner donné à Drumthwacket – car Edgerstoune est à San Francisco pour affaires. C'est à ce dîner que von Gneist jette des regards appuyés à une autre invitée, Mlle Wilhelmina Burr, qui se sent pénétrée d'un froid glacial alors même que, avec un rire léger, elle répond à la remarque d'un voisin de table placé à sa droite. *Quelle personnalité puissante ! – et quel charme, malgré la mélancolie qui creuse son visage. Mais comment le comte pourrait-il s'intéresser à* moi *!*

Depuis le départ d'Annabel, et l'indifférence persistante de Josiah à son égard, Wilhelmina s'est juré de ne pas dépérir de chagrin en se réfugiant dans la solitude ou l'invalidité ; on la voit souvent, vêtue de tweed et bien chaussée, marcher à grandes enjambées le long du canal Delaware-Raritan, à l'endroit où il côtoie le lac Carnegie ; on la voit souvent marcher d'un bon pas dans Nassau Street, en direction de la bibliothèque publique ; une fois par semaine au moins, de bon matin, on la voit sur le quai de Princeton Junction, un carton d'artiste sous le bras, en partance pour New York et pour l'École d'art, où elle suit les cours du célèbre Robert Henri en personne – bien que ses parents inquiets lui interdisent de *passer la nuit* en ville, fût-ce chez des membres de la famille.

Information. C'est à Wheatsheaf, chez son oncle Copplestone Slade et sa tante Lenora, que Josiah apprend une nouvelle qui lui brise le cœur : selon son oncle, Annabel et « ce Mayte » ont été aperçus au Waldorf-Astoria de New York ainsi qu'à un dîner privé dans l'hôtel particulier des Frick d'Upper Fifth Avenue. Avec un grognement de dégoût, Copplestone tend à Josiah une coupure du *New York Herald*, où l'on voit un couple dans une élégante automobile Paige : la femme, jeune et blonde, a la tête et les épaules dissimulées par un voile ; l'homme porte un cache-poussière et des lunettes de protection ; au-dessous, la légende dit simplement : *La société élégante fait son tour d'Europe.*

Cette photographie, dit Copplestone, est une nouvelle preuve de l'« infamie » dont leur famille ne se relèvera pas.

« Mais est-ce Annabel ? L'homme, en tout cas, n'est certainement pas Mayte. »

Josiah examine la photo avec attention. La jeune femme aurait pu être sa sœur, ou une jumelle ; mais l'homme n'était certainement pas Axson Mayte, car il était mince et d'une beauté ténébreuse, alors que Mayte était trapu et laid comme un troll.

Copplestone tempête : « Dire que j'ai joué aux cartes avec ce coquin chez Andrew West, que j'ai en fait *perdu* de l'argent contre lui ! Et plus d'une fois.

– Mais… est-ce "Mayte" ? Il ne lui ressemble pas du tout.

– Cela dit, Josiah, tu m'accorderas que je me suis méfié de lui dès le début. Il avait les manières d'un bolchevique, et sa "chance" aux cartes était suspecte. Et puis, il puait l'ambre gris – comme une bonne femme. »

Piquée, peut-être, par cette remarque, Lenora, qui gardait d'ordinaire le silence quand son mari se lançait dans l'une de ces diatribes, dit doucement : « Ma foi, Copplestone, je me rappelle que tu le disais très bon compagnon, un "homme digne du nom", très habile à imiter et Woodrow Wilson et Teddy Roosevelt. »

Copplestone émet un grognement. « C'est vrai, reconnaît-il à contrecœur, il était cruellement drôle. Mais je ne riais pas. »

Courbée sur sa broderie, comme si c'était elle, et non la conversation, qui avait toute son attention, Lenora dit : « Ma foi, si, Copplestone, je crois que tu riais – et très cruellement, m'a-t-il paru à l'époque. Car Woodrow Wilson s'imagine être de tes amis, comme il est un ami de ton père.

– Ce n'est *pas* un ami de mon père ! C'est un parasite, qui cherche à s'assurer son soutien – le soutien de tous les Slade. »

Josiah sentit qu'il y avait de la tension dans l'air entre son oncle et sa tante ; il avait terriblement envie d'interroger Copplestone sur Axson Mayte, mais le moment semblait mal choisi.

Et qu'il faisait humide et froid à Wheatsheaf ce soir-là, on se serait cru dans un mausolée !

Habitée aujourd'hui par des étrangers, Wheatsheaf est l'une des demeures les plus anciennes et les plus princières de Bayard Lane, construite en 1769, et agrandie au fil des ans. Véritable palais de style géorgien, avec façade de brique rouge « tendre », toits hauts, portique imposant et nombreuses fenêtres encadrées de volets étroits, elle se dresse au coin de Bayard et de la route appelée aujourd'hui Cleveland Lane. Dans son enfance,

Josiah avait toujours trouvé dans la maison de son oncle, située à quatre cents mètres de Crosswicks Manse, une atmosphère plus détendue que chez lui ; la présence de son oncle Copplestone, qui n'avait aucun désir de disputer à son frère aîné Augustus sa place de fils « sérieux » de Winslow Slade, y mettait en tout cas une sorte de légèreté bourrue. (Les parents de Josiah avaient toujours vécu avec Winslow Slade et son épouse, car Crosswicks était une immense demeure, qui aurait pu aisément loger une famille de plus.) Comme son ami Andrew Fleming West, Copplestone était admiré dans tout le West End pour sa générosité, son hospitalité et son sens « masculin » de l'humour ; ses relations et connaissances se doutaient peu de ses relations tendues avec son fils, Todd, un sujet que Copplestone n'abordait jamais avec eux, ni d'ailleurs avec quiconque.

Quand il s'était approché de la maison, Josiah avait entendu un cri et, levant les yeux, avait vu son cousin Todd lui faire de grands gestes d'une fenêtre du premier ; pendant sa conversation avec Copplestone et Lenora, des cris similaires avaient retenti au sommet de l'escalier, mais Josiah savait que, s'il montait, son cousin Todd se cacherait – un genre d'humour que Josiah n'était pas d'humeur à supporter à ce moment-là.

Copplestone, né en 1858, avait alors quarante-sept ans ; mais avec son crâne chauve, ses favoris en côtelettes et une rotondité rivalisant avec celle du doyen West, il paraissait dix ans de plus. Héritier de la fortune des Slade, Copplestone avait toujours pris la vie du bon côté : que certains se fatiguent l'esprit à s'interroger sur la nature de Dieu ou la divinité du Christ, à se demander si Dieu est *dans* ou *au-dessus* de la nature, ou pourquoi les innocents souffrent alors que le mal est récompensé, lui était incompréhensible. « La différence entre l'"éternité" et un bock de bière est simple : je peux prendre le bock et boire, tandis que si je devais compter sur l'"éternité" pour me sustenter – je resterais un bon moment sur ma soif. »

Les revenus de Copplestone étant assurés, il s'était souvent livré à des spéculations risquées : quelques années auparavant, en association avec Trillingham Bayard, il avait financé une milice privée, proposant ses services aux entreprises désireuses de se protéger contre les piquets de grève et autres troubles de ce genre, l'agitation fomentée récemment par le Syndicat des mineurs unis, par exemple, ou celle qui avait secoué Paterson, la « ville de la Soie » ; il avait perdu près de deux cent mille dollars en finançant le projet révolutionnaire de meubles en ciment de Thomas Edison, lequel, comme le disait aimablement Copplestone, « avait sombré sans laisser de trace ».

Il avait également investi dans la région balnéaire Cape May-Atlantic City, et avait des intérêts dans les courses hippiques de la Cape May Challenge Cup, où il pariait gros, mais pas toujours judicieusement. Un bon exemple de sa tendance à miser sur les outsiders était le financement qu'il avait accordé à une automobile expérimentale des ateliers Henry Ford de Greenfield, Michigan, à l'occasion d'une course dans les sables de Cape May ; ladite automobile avait perdu haut la main, et le jeune inventeur était si désargenté qu'il avait dû la vendre à un concurrent pour payer son billet de train ! Par un soudain revirement d'humeur, Copplestone avait en effet refusé de financer son retour dans le Michigan, écœuré par la mauvaise performance de la voiture. Il avait soupé de la production américaine, déclara-t-il, « la prochaine fois, je financerai un as du volant, le Français *Chevrolet*. »

L'oncle rougeaud de Josiah était très sociable, contrairement à son frère aîné et à son père Winslow ; sa présence à table dans les dîners du West End assurait à la soirée une certaine *bonhomie**. Son talent de conteur d'histoires drôles en dialecte dépassait de loin celui de Woodrow Wilson, même s'ils avaient tous les deux une prédilection pour les accents « nègres » ; Copplestone avait également un stock de blagues sur les « Juifs russes » et les « immigrés polonais ». Il était également très apprécié dans son club de Manhattan, mais la perspective de prendre le train ou de se faire conduire en voiture sur un trajet aussi long était dissuasive. En plus de vingt ans de mariage, Copplestone avait toujours été parfaitement fidèle à son épouse, pour autant que Princeton le sût.

Si Copplestone se sentait obligé de punir son fils turbulent de temps à autre, il était entiché de la petite Oriana, qui était visiblement sa préférée. Il avait toujours manifesté beaucoup d'affection pour sa nièce Annabel, et il avait de la sympathie pour Josiah, qui, disait-il, aurait dû être son fils plutôt que son neveu ; car ils se seraient bien entendus, et il aurait été moins contrarié que Todd fût un idiot.

(*Un idiot?* Copplestone parlait-il aussi cruellement de son fils unique ? J'en ai bien peur. Et sans toujours s'assurer que Todd fût hors de portée de voix.)

La tante de Josiah, Lenora, née Biddle, avait l'âge de Copplestone ; sans être une beauté, c'était une femme « séduisante », malgré un peu d'embonpoint ; elle paraissait cependant menue au côté de son époux corpulent. Ses cheveux n'avaient rien de mémorable et, de toute manière, disparaissaient généralement sous un bonnet du matin, un bonnet d'après-midi, un bonnet ou un chapeau ; elle se levait de bonne heure tous les matins et prenait toujours deux bains – une première immersion pour se savonner et se laver ; une seconde pour le rinçage. Elle allait à l'église presque aussi souvent qu'il y avait de services, et lisait toujours sa bible avant d'aller se coucher ; peu lui importait le livre, que ce fût Osée, Nahum, Sophonie, les Évangiles ou la Genèse, pourvu qu'elle lût deux ou trois pages ; elle en oubliait le contenu quelques minutes plus tard, mais en était apaisée, et prête au sommeil. Tous les jours aussi Lenora priait que Todd redevienne un petit garçon normal, tel que, lui semblait-il, il l'avait été quand il était plus jeune ; car, comme son mari, Lenora avait du mal à croire que la mauvaise conduite de leur fils n'était pas un choix, et qu'il n'aurait pas été capable d'apprendre à lire et à écrire s'il avait fait plus d'efforts ; mais Lenora ne grondait jamais Todd, et elle avait les larmes aux yeux quand Copplestone décidait qu'une « correction s'imposait ».

Parmi ses nombreuses activités, Lenora était particulièrement fière de sa position importante au sein de la Société new-jerseyenne des Dames coloniales d'Amérique, et de son action au sein des Dames de l'œuvre du tabernacle de la Première Église presbytérienne. Mais Lenora était surtout célèbre pour l'excellence de ses préparations culinaires, et notamment pour ses pâtisseries : ses spécialités étaient le gâteau à la crème, et les tartes, qu'elle faisait à tous les fruits, du coing à la mûre-framboise. On disait qu'une dame du West End n'était pas plus tôt alitée que Lenora arrivait à son chevet avec un panier de douceurs, joliment enrubanné ; elle montrait une sollicitude particulière pour les invalides chroniques de la ville, à qui elle rendait visite toutes les semaines. « Ah ! c'est encore Lenora Slade, disait Adelaide Burr, avec un rire aigu, je suis donc incontestablement *malade* ; et mes espoirs de guérison sont faibles. »

Lenora avait cependant tendance à critiquer avec sévérité les comportements qui différaient du sien et, son neveu Josiah étant présent, elle ne put s'empêcher d'aborder le sujet de Wilhelmina Burr, à qui, dit-elle, elle ne s'était jamais totalement fiée, en raison de l'influence qu'avaient eue ses façons « dissolues » sur Annabel depuis l'école primaire. Wilhelmina était « effrontée », « capricieuse » et « manquait de respect envers ses aînés » ; ses tenues étaient scandaleuses, elle portait des « pantalons à la turque » et des « bloomers sans jupe ». Plus alarmant encore, elle s'était querellée avec ses parents, et suivait des cours d'art dans lesquels, disait-on, posaient des personnes nues *des deux sexes* ; Lenora avait également entendu dire, par les Stockton, qu'il lui arrivait maintenant de fumer des cigarettes. Tout le monde savait à Princeton, dit Lenora, d'un air guindé, que cette jeune personne agressive « s'était coiffée » d'un certain jeune homme, dont elle tairait le nom.

« Vous faites bien, ma tante », dit Josiah, tout à la fois amusé et irrité.

Il pensa avec culpabilité à Wilhelmina, qu'il semblait ne jamais avoir le temps ni l'occasion d'aller voir, bien qu'il en eût l'intention.

« D'autres ne s'en privent pas, tu sais. Et fréquemment.

– Je suis sûr que ce que vous avez entendu n'était que les ragots habituels, inventés pour blesser plutôt que pour éclairer la vérité. »

Dans cette réponse, guindée elle aussi à sa façon, Josiah reconnut l'écho de son grand-père Winslow.

« Wilhelmina savait peut-être… pour Annabel.

– Quoi donc ?

– Elle savait ou suspectait peut-être… quelque chose. Elle a une attitude très étrange, un air contraint et coupable, depuis… ce jour-là. »

Au même instant, les hautes portes du salon, qui donnaient sur une terrasse dallée, s'ouvrirent toutes grandes, et Todd, dont personne ne se doutait qu'il s'était glissé hors de la maison, entra avec un air insolent, fredonnant et chantant tout haut comme s'il était seul, et sans jeter un regard à son cousin Josiah. Lenora se raidit, semblant craindre qu'il n'arrive malheur à son élégant service à thé ; mais parut ne rien remarquer quand le jeune garçon fit main basse sur ce qui restait des petits gâteaux et des sandwiches de pain de mie. Hardiment ensuite, Todd s'affala sur le canapé, malgré le regard furieux de son père, et mastiqua bruyamment, fredonnant tout haut l'air de « Zip Coon[1] » et caressant un gros ventre imaginaire pour se moquer de son père.

Le visage inexpressif, le maintien rigide, les yeux fixés droit devant lui, Copplestone ignora la présence intrusive de son fils. Lorsque Josiah salua son cousin, Todd hocha la tête sans le regarder, et continua à manger.

Il est maudit. Mais il l'a toujours été. Malgré tout, c'est mon cousin, et je l'aime.

Josiah regrettait vivement de n'avoir pas quitté Wheatsheaf quelques minutes plus tôt afin d'échapper à cette scène. Il redoutait à présent que la colère de son oncle n'explose et qu'il ne décide de « discipliner » Todd.

Depuis la promenade dans la forêt de Crosswicks, des mois plus tôt, le teint de Todd avait beaucoup bruni, car l'enfant passait une grande partie de son temps au grand air, au point de ressembler à un « Indien rouge », comme disait sa sœur. Il avait toujours eu des manières espiègles et sauvages, mais depuis quelque temps, on aurait dit que ses vêtements, ou peut-être sa peau, l'irritaient. La disparition brutale d'Annabel l'avait manifestement bouleversé, de même que la réaction de ses parents ; il était plus bruyant que d'ordinaire, mais parfois aussi plus silencieux – jacassant tout seul, puis s'enfermant dans un silence buté et paraissant alors, à la détresse de sa mère et à la fureur de son père, aussi sourd que muet. (Josiah savait que son neveu n'avait pas prononcé une seule phrase cohérente depuis

1. Chanson des *minstrel shows* (1834) caricaturant les Noirs et les tournant en ridicule. (*NdT*)

ce fameux samedi matin de juin, quoique ses parents se soient gardés d'en parler.) Son appétit était devenu si capricieux qu'il ne mangeait plus qu'à des heures irrégulières, imprévisibles, et de préférence dans la cuisine. Bien qu'on lui eût interdit de quitter Wheatsheaf sans être accompagné, le jeune garçon disparaissait souvent pendant de longues périodes, comme s'il se « volatilisait » ; puis il réapparaissait, sans explication. Plus d'une fois ses parents avaient été sur le point d'alerter la police de Princeton parce qu'on ne le trouvait nulle part, pas plus à Crosswicks Manse que dans aucune des maisons du voisinage. À Wheatsheaf, Crosswicks et ailleurs, le personnel domestique murmurait que Todd était un *démon* ; et il y avait quelques servantes âgées qui, quand elles rencontraient Todd, faisaient des gestes rapides dans l'air à la façon des *Hexenbanner* allemands d'autrefois.

Lenora tentait bravement de continuer à parler avec son neveu comme si de rien n'était, mais Josiah fut distrait par une nouvelle farce de Todd – car son cousin avait sorti d'on ne sait où l'une de ses vieilles casquettes, que le jeune homme n'avait pas vu depuis des années, et s'en était coiffé crânement. Quand il se leva et lui fit un salut militaire moqueur, Josiah dit sèchement : « Ça suffit, Todd. » Il se montra assez enfantin lui-même pour s'emparer de la casquette, au risque de surexciter son cousin. Mais Todd lui jeta seulement un regard de reproche, avec une expression blessée, puis se mit à siffler « Zip Coon » sur un mode particulièrement aigu ; sur quoi, se levant finalement du divan, Copplestone empoigna son fils, à qui il administra taloches et calottes en gloussant d'un ton furieux : « Je te l'ai dit et redit, Todd – *je ne veux pas que tu contraries ta mère.* »

Josiah intervint aussitôt, et parvint à séparer le père et le fils ; non sans recevoir quelques-uns des coups de Copplestone ; Todd avait déjà été blessé, semblait-il, car il avait le nez en sang et vagissait comme un nouveau-né. Marmonnant toujours, la respiration en soufflet de forge, Copplestone contourna Josiah pour se saisir à nouveau de Todd, qu'il secoua violemment avant de tourner les talons et de quitter la pièce comme une tornade.

Pendant ces quelques secondes, Lenora resta très droite sur sa chaise, présidant le petit royaume scintillant de son service à thé, et grondant doucement son fils : « Tu vois, Todd, tu as encore exaspéré ton père. Dieu ait pitié de nous tous, si sa colère ne tombe pas. »

Viens prendre le thé, Josiah ! Je ne sais rien de nouveau – mais ressens le besoin de parler avec toi de ce qui a bouleversé nos vies à tous.

Depuis le mois de juin, Josiah évitait Pembroke House, la maison familiale de Campbelton Circle où habitait Wilhelmina, bien que les FitzRandolph l'eussent plusieurs fois invité à dîner, et Wilhelmina, à prendre le thé ou simplement à « passer ». Que les ragots princetoniens donnent la pauvre Wilhelmina pour éperdument amoureuse de lui l'embarrassait. Il ne le croyait pas ni ne voulait le croire, car il était trop gentleman pour souhaiter blesser quiconque, mais avait cependant trop de fierté pour considérer « Willy » Burr comme un parti digne de lui – Annabel et elle avaient en effet été si proches, et si longtemps, qu'il en était venu à considérer Willy comme une *sœur*.

Elle continuait cependant à inviter Josiah, une insistance qui coûtait sans doute à sa propre fierté. Par sympathie pour elle, et par désir de se racheter, Josiah accepta donc l'invitation.

Pembroke, l'une des plus petites et des moins prestigieuses des grandes demeures du West End, a été rasé dans les années 1940 pour faire place à des maisons plus récentes ; à l'époque de notre récit, la construction offrait un superbe exemple du style Tudor, tel qu'il était généralement imité aux États-Unis : porte d'entrée imposante, avec serrures en laiton d'origine, achetées Londres ; un haut vestibule et un escalier en spirale menant aux étages supérieurs ; des pièces assez sombres, lambrissés en bois de noyer ; mais, sur l'arrière de la maison, se trouvait un charmant petit salon-véranda où Josiah fut conduit par Wilhelmina, venue lui ouvrir en personne quand il avait sonné. Dans cette pièce, décorée de plantes fleuries luxuriantes et de petits arbres fruitiers, ainsi que de vases égyptiens garnis de plumes d'une taille et d'une beauté remarquables, Willy semblait avoir été occupée à lire dans un confortable canapé en rotin, car un mince volume de poésie ouvert y était posé. Josiah demanda ce que c'était, et Willy répondit : « Je n'en sais trop rien, Josiah ! Je le lis et le relis, avec des *sensations* vives – mais je ne sais qu'en penser. » Josiah prit le petit livre : *Poèmes.* Il n'avait jamais entendu parler de son auteur : Emily Dickinson.

« Assieds-toi, Josiah, je t'en prie ! Cela fait si longtemps… »

Avec son sourire à fossettes, amicale et franche à son habitude, Wilhelmina parlait d'un ton gai, dénué de tout reproche.

Elle étonna Josiah en lui offrant une cigarette dans un minuscule étui en cuir turc ; il refusa, disant ne fumer que le soir, et seulement le cigare.

« Eh bien, j'espère que tu ne verras pas d'inconvénient à ce que je fume. Car je trouve que cela me calme les nerfs. » La voix légèrement haletante, Wilhelmina alluma une cigarette avec une petite allumette à bout doré. Josiah n'avait jamais vu une femme du West End fumer, quel que fût son âge, et ce changement inattendu dans la conduite de l'amie de sa sœur le fascina.

« Dis-moi, Willy… Annabel fumait-elle ?

– Annabel ! Bien sûr que non. Tu l'aurais su. »

Willy portait une tenue décontractée, l'un de ces pantalons à la turque aux allures de pyjama qui chagrinaient tant la tante de Josiah, mais aussi un corsage à col marin et une élégante douillette. Sur sa poitrine, elle avait épinglé une montre de dame. Ses chaussures étaient de cuir noir, et ses bas, de soie, ainsi que le remarqua Josiah quand par hasard son regard se porta sur ses chevilles.

On murmurait que Wilhelmina Burr dédaignait les contraintes extrêmes de la mode du corset et ne pouvait donc se prévaloir d'une silhouette à la Gibson Girl ; solide et robuste, elle était loin d'avoir la taille de guêpe de ses contemporaines plus élégantes ; une jeune fille saine, sans subterfuge. Ce jour-là, cependant, elle semblait avoir consacré plus de temps que de coutume à sa toilette, car ses cheveux, épais et souvent rebelles, étaient coiffés à la Pompadour et maintenus par des épingles et des peignes d'ambre. À la manière d'un *déguisement* plus que par affectation féminine, Willy avait glissé un mouchoir de dentelle parfumé dans le V de son corsage, et piqué une minuscule rose thé dans ses cheveux.

« Ces cigarettes, c'est nouveau, n'est-ce pas ? Et qui t'a offert cet étui de fantaisie ? »

Willy eut un sourire évasif et fourra l'étui à cigarettes dans une poche de son pantalon turc. « Un ami.

– Un nouvel ami ?

– Oui. Nouveau. Quelqu'un que tu ne connais pas. »

Son expression poussa Josiah à supposer que le cadeau était celui d'un admirateur masculin. Il en ressentit une très légère piqûre de jalousie.

Willy murmura : « Un nouveau venu à Princeton, qui séjourne à Drumthwacket. »

Mais Josiah se refusa obstinément à poser d'autres questions.

Bien que Willy se fût hâtée d'aller ouvrir elle-même la porte d'entrée pour éviter qu'un domestique ne le fasse, elle fut bien obligée de laisser la gouvernante leur apporter le thé, car dans le cas contraire celle-ci s'en serait scandalisée et aurait risqué d'avertir Mme Burr. Willy prit néanmoins un plaisir visible à servir le thé, et à présenter à Josiah les accompagnements habituels – sandwiches au concombre et au cresson, scones beurrés, et tartes aux coings couronnées de crème. Effet de la chaleur radiante de la vieille théière en argent, de la vapeur montant de sa tasse de thé de Ceylan ou de l'atmosphère quasi tropicale du salon-véranda, Josiah eut bientôt si chaud qu'il eût volontiers desserré le col empesé de sa chemise.

Comme si elle n'avait eu aucune raison pressante d'inviter Josiah à venir la voir, Willy parla avec animation du dernier succès de Broadway, *La Fille du Far West* de M. Belasco, qu'elle souhaitait beaucoup voir. (Willy suggérait-elle qu'ils y aillent ensemble ?) Suivirent d'autres sujets, princetoniens ceux-là, dont elle parla à sa manière franche et ouverte, jusqu'à ce que, s'impatientant, Josiah la coupât pour lui demander si elle avait appris quoi que ce soit de nouveau concernant Annabel ; et Willy répondit, avec un air blessé, que si tel avait été le cas, elle l'aurait immédiatement averti. Elle aurait *téléphoné.*

Josiah lui demanda alors si elle se rappelait une remarque quelconque d'Annabel, si insignifiante fût-elle, à propos d'« Axson Mayte ».

Évitant son regard, Willy répondit : « Je crois que c'est pour cela que je t'ai demandé de venir, Josiah. J'ai peut-être fait une terrible erreur…

– Quel genre d'erreur ?

– Sur cet homme, dont je ne me résous pas à prononcer le nom, Annabel ne m'a jamais rien dit. J'avais cependant entendu parler de lui comme d'un nouveau venu en ville, apprécié par beaucoup de nos amis et voisins, ainsi que par le Dr Wilson ; et ma mère s'était mis en tête que lui et moi devions nous rencontrer.

– Oui. J'en avais entendu parler.

– Mais Annabel n'était pas présente lors de cette rencontre embarrassante – un dîner ici, où nous n'étions que dix. Annabel a très peu parlé du grand changement qui se faisait dans sa vie, mais ses actes, ses gestes, ses soupirs, ses brusques accès de rire nerveux en disaient beaucoup. Il me paraissait évident, pendant nos promenades ou dans les moments tranquilles que nous passions en tête à tête, qu'Annabel n'était – peut-être pas malheureuse – mais manifestement pas *heureuse* comme elle aurait dû l'être. Je me disais que l'idée d'épouser Dabney, qu'elle ne connaissait pas vraiment très bien, ou le mariage lui-même l'angoissaient – elle menait une existence si protégée. C'est curieux, n'est-ce pas, un homme qui se marie doit feindre de n'avoir aucune "expérience" – une femme qui se marie n'en a absolument aucune – dans notre milieu, du moins. Et rien ne doit être *dit tout haut.* »

– Annabel était parfois *trop heureuse*… le jour de ses fiançailles, par exemple, répliqua lentement Josiah. Elle semblait être tombée amoureuse de l'uniforme de Dabney, ou de l'idée qu'elle se faisait de lui, plutôt que de l'homme lui-même. À moins qu'elle ne soit tombée amoureuse de l'image fantasmée que nous nous faisions d'elle, la plus belle des mariées, la plus obéissante des filles. »

Willy écrasa soigneusement sa cigarette, à peine fumée, dans une petite coupelle en argent.

« Je crois que je n'ai pas été à la hauteur de notre amitié, Josiah. Un jour où nous nous promenions dans la forêt de Crosswicks, Annabel a paru vouloir me confier quelque chose, mais je… je n'ai pas osé insister, j'étais peut-être trop ignorante. Depuis, je me fais tous les jours des reproches. »

Josiah garda le silence, attendant qu'elle poursuive.

« Annabel a laissé entendre qu'elle était tombée amoureuse et s'est dite "damnée". "J'appartiens à un autre maintenant, de corps comme d'esprit, et personne ne peut me sauver" – j'ai tenté de me persuader qu'elle parlait de Dabney, alors même que je savais que ce n'était pas possible. C'était très étrange, l'agitation d'Annabel ne semblait avoir aucun rapport avec lui.

– Et… ? Tu as choisi de ne pas entendre ?

– J'ai choisi de ne pas *comprendre*.

– Que t'a dit Annabel exactement, tu t'en souviens ?

– Elle était très émue, pas très cohérente. Elle a dit "Ni Josiah ni le fringant lieutenant ne peuvent me sauver" – quelque chose comme ça. Je savais donc, j'aurais dû savoir, que ce n'était pas Dabney qui la préoccupait.

– Pauvre lieutenant ! Je compatirais davantage avec lui s'il n'avait décidé que les Slade étaient ses ennemis. » Josiah s'était levé, très agité. Il avait posé sa tasse de thé de Ceylan. « Si je parvenais à mettre la main sur ce "Mayte", je pourrais venger et Dabney et moi. Mais… où se sont-ils enfuis ! »

Avec hésitation, Willy dit : « Annabel avait peut-être peur de Dabney – elle avait peur de vous tous. Elle ne voulait pas décevoir sa famille ni celle du lieutenant. Elle a peut-être agi par désespoir, simplement pour s'échapper.

– "S'échapper"… où cela ?

– Elle n'avait peut-être aucune idée de ce qui arriverait. Si elle "fréquentait" cet homme en secret.

– Et tu ne les as jamais vus ensemble, elle ne t'a jamais parlé de lui ?

– Je l'ai déjà dit à tellement de gens, Josiah – non et non ! Bien sûr que non.

– Annabel était très timide de nature. Elle ne savait rien – j'en suis sûr – des “relations conjugales” – et je suis sûr que ma mère n'a rien fait pour la tirer de son ignorance. »

Willy, qui avait le nez plongé dans sa tasse, garda le silence. Josiah remarqua que son visage s'empourprait. Il ajouta :

« Il devrait y avoir une sorte d'“amour libre” – comme disent les révolutionnaires – pour ceux qui redoutent le mariage. Ou, mieux encore, une manière pour une femme de vivre sa vie sans “amour libre” ni “mariage” –, d'être simplement un individu, comme le sont les hommes, sans être définie par l'autre sexe.

– Oui. C'est vrai. » Willy s'interrompit, l'air songeur, se mordant les lèvres. « Mais Annabel n'était pas prête pour ce genre de vie, pas plus que je ne le suis, en fait. Même si j'en suis plus proche qu'elle. Pour vivre librement, comme le disent les suffragettes, une femme doit être autonome financièrement. Elle doit avoir un *travail* décent et un *revenu* décent. Ni Annabel ni moi ne sommes dans ce cas – pour le moment.

– Annabel a été élevée en vue du *mariage*. Tu es différente, il me semble – tu représentes presque une nouvelle génération.

– Comme j'aimerais que ce soit vrai ! Je vais essayer, en tout cas.

– Il paraît que tu veux aller vivre à New York. Tu devrais le faire. Princeton n'est pas un endroit pour toi.

– De braves et bons chrétiens, que nous aimons et qu'il serait douloureux de quitter.

– Annabel est partie, elle. Si elle en avait eu le désir, elle serait déjà revenue, je pense. »

Willy dit, en baissant la voix : « Si Annabel a rejeté la vie qu'elle menait ici, même si elle a fait une erreur, ne devrait-elle pas avoir droit à sa liberté ? Y compris la liberté d'être malheureuse ?

– Je tuerais ce salaud s'il l'a rendue malheureuse. Si j'arrivais à le trouver, à lui mettre la main dessus. »

Josiah avait un grondement dans les oreilles, le visage en feu. Il était intensément conscient d'être seul avec Wilhelmina ; n'étaient-ils pas libres d'agir comme ils le désiraient, quitte à être malheureux ? Et quel délice, une telle liberté !

« J'imagine que nous sommes tous égoïstes – je sais que je le suis, Josiah. Je voudrais Annabel auprès de nous, pour la savoir en sécurité.

– "En sécurité"… comment pourrions-nous y croire encore !

– Peut-être qu'en réalité Annabel n'a pas "choisi" – peut-être a-t-elle été victime d'une sorte de charme, comme dans l'hypnose, le mesmérisme. C'est ce que croient la plupart des gens, et ce que je préférerais croire. »

– C'est ce que je crois – ce que je préfère croire. Et si je parviens à trouver cet homme, il paiera. Car la situation de ma sœur exige secours et vengeance, même si elle-même ne le souhaite pas. »

Agité, semblant n'avoir aucune idée de ce qu'il faisait, Josiah saisit Willy par le coude, l'attira à lui et baisa sa bouche. Puis il se recula, le cœur battant si sauvagement qu'il craignit de s'évanouir ; de l'air, il lui fallait de l'air !

Embrassée par Josiah Slade, même d'une façon aussi égarée, Willy parut privée de réaction ; puis, comme Josiah quittait la pièce, elle le suivit, osant le tirer par le bras. « Josiah, mon ami ! Te reverrai-je ?

– Oui. Oui, bien sûr. Tu me reverras… souvent. Au revoir ! »

Josiah bégayait, pressé de s'enfuir. Quelques minutes plus tard, marchant à grands pas dans Campbelton Road en direction d'Elm Road, il ne se rappelait plus de leur conversation passionnée que cette admonestation *Ne devrait-elle pas avoir droit à sa liberté ? Y compris la liberté d'être malheureuse ?*

« La création divine considérée du point de vue de l'hypothèse évolutionniste »

Tel est le titre intriguant du sermon que prononça Winslow Slade dans l'église unitarienne de Germantown, banlieue de Philadelphie, le 19 octobre 1905 ; la dernière apparition en public de cet ancien pasteur renommé.

Tout au long de cet été humide, Winslow Slade n'avait pour ainsi dire pas quitté sa bibliothèque de Crosswicks Manse, tant il était accablé de chagrin et (peut-être) de honte depuis la « perte » de sa chère Annabel. Contrairement à Josiah, et à la plupart des Slade, Winslow répugnait à parler de la situation ; il se montrait si peu soucieux de retrouver Annabel, de la ramener, de « venger » son honneur qu'on eût dit que, pour lui, la « perte » était irrévocable et ne relevait plus du ressort humain.

Quand sa belle-fille Henrietta fondait en larmes en sa présence, ce qui arrivait souvent à cette pauvre mère éplorée, Winslow laissait à d'autres le soin de la consoler et se retirait silencieusement dans le sanctuaire de sa bibliothèque.

À l'automne, Winslow secoua un peu son abattement et, à l'invitation du colonel Harvey, accepta d'écrire pour *Harper's* un essai sur le délicat sujet de la « prédication populaire » alors en vogue et de ses dangers pour la stabilité d'une religion plus mature ; il accepta de faire quelques sermons ici et là dans le New Jersey, et notamment dans l'église unitarienne de Germantown, banlieue aisée de Philadelphie, sur « La création divine considérée du point de vue de l'hypothèse évolutionniste ». Tous ces visages admiratifs, ces poignées de main chaleureuses ! – rappelant au Dr Slade les longues années où il avait été pasteur presbytérien, et président de l'université de Princeton, et gouverneur du New Jersey – et bien d'autres choses encore qu'il avait presque oubliées, comme si elles avaient été l'œuvre d'un autre homme. Si, derrière son dos, des murmures couraient sur le *terrible scandale* qui avait éclaboussé sa famille, on le lui dissimulait avec tact, et cela lui valait peut-être la sympathie accrue de ses hôtes. *Quel saint homme ! Quelle croix pour lui, au déclin de son âge.*

Pendant des semaines, Winslow avait travaillé à « La création divine » – éviter les problèmes intellectuels, glisser sur les défis posés à la religion par la science n'avait jamais été sa manière ; pendant des semaines, il avait étudié les livres et revues de sa bibliothèque, consulté des ouvrages plus récents à la bibliothèque Chancelier-Green, où il avait eu beaucoup de plaisir à se rendre, comme s'il était de nouveau un jeune chercheur plein de curiosité. Il avait discuté de son sermon avec son petit-fils Josiah, le seul membre de sa famille qui fût au courant de ce que les théologiens chrétiens appelaient l'« hypothèse évolutionniste », mais leurs discussions avaient pris un tour conflictuel et perturbant : Josiah déclarait que Winslow faisait une présentation « si simpliste des théories de Darwin qu'elle en était erronée », et que prendre en considération, comme il le faisait, la théorie avancée par de nombreux théologiens, voulant que le diable eût semé de faux fossiles sur Terre pour miner la croyance dans la création biblique, était « absurde ». Plus perturbant encore, Josiah insinuait que son grand-père ne comprenait pas vraiment les concepts darwiniens de lutte pour la vie et de sélection naturelle – « Tout est le fruit du hasard, grand-père : il n'y a pas de "création" du tout.

– Évidemment qu'il y a une "création" ! Regarde autour de toi – le monde est *là*.

– Mais le monde – tous les mondes sont des "accidents". C'est ce que Darwin voulait dire, je crois.

– Il ne peut pas avoir dit qu'il n'y a pas de *dessein*. Sans dessein, ce serait le chaos.

– Eh bien, selon sa théorie, du "chaos" naît quelque chose qui ressemble à un "dessein". Mais c'est le fruit du hasard. »

D'ordinaire courtois et doux, même avec les gens les plus stupides, Winslow s'impatienta contre son arrogant petit-fils : « Mais comment est-ce possible, Josiah ?

– Comment veux-tu que je le sache, grand-père ? Je ne suis pas biologiste, géologue ni généticien ! J'essaie d'être rationnel dans un monde particulièrement irrationnel.

– Penser que notre monde, que l'humanité a pu naître du… néant n'a rien de "rationnel". Ce qui l'est, c'est de conclure que, puisqu'il y a une création, il y a un Créateur. Si tu trouvais une montre suisse, abandonnée sur une plage…

– Mais il n'y a pas de "création", grand-père, coupa Josiah. Tu es prisonnier de ton vocabulaire théiste. »

Avec colère maintenant, Winslow s'obstina : « … une montre suisse, abandonnée sur une plage, en conclurais-tu qu'elle a "évolué" toute seule ? Qu'il n'y a pas eu d'horloger, et pas de création ?

– Ce n'est pas la même chose, grand-père. Dans un cas il s'agit d'un phénomène biologique, dans l'autre, d'une "invention". C'est un argument absurde. Bien sûr qu'une montre a un inventeur et un fabricant ! Une montre ne se reproduit pas ! »

Mais Winslow ne parut pas comprendre et reprit obstinément la thèse de son sermon : « L'existence d'un mécanisme aussi complexe prouve l'existence d'un "Créateur" – il en va de même pour notre espèce complexe et le vaste monde…

– Non, grand-père : étant donné la diversité et les processus stupéfiants du monde, sans parler de tout ce qui y va horriblement mal, il est plus rationnel de supposer qu'il n'y a pas de "Créateur" – tout s'est fait par accident, et nous devons tâcher de le comprendre.

– Jamais ! Je ne pourrai jamais croire que le monde est un "accident" et non une "création". Et les gens à qui je parlerai, qui ont foi dans notre enseignement, ne le croiront jamais non plus. »

Winslow s'exprimait avec véhémence, avec fureur. Son regard, d'ordinaire bienveillant, brillait de rage. Josiah n'avait jamais vu son grand-père dans cet état, et il se fit aussitôt des reproches, car à quoi servait une telle discussion, en fin de compte ? L'ancienne génération croyait ce qu'elle devait croire, se dit-il. Des générations plus jeunes la supplanteront et auront pitié de l'ignorance que leurs aînés qualifiaient fièrement de « foi »[1].

Marmonnant une excuse, Josiah se glissa hors du bureau de son grand-père.

Ils ne devaient plus jamais discuter du sujet.

Il est pris au piège comme un papillon dans un bocal. Tant qu'il reste de l'oxygène dans le bocal, il peut survivre. Mais pas davantage.

---

1. Josiah Slade fait-il preuve ici de prescience ou de naïveté ? Captivé par sa précieuse *théorie de l'évolution* au point d'imaginer une progression similaire des idées dans la sphère humaine ? Jamais, en effet, la raison ne supplantera la foi, tant que durera *Homo sapiens.*

COMME POUR DONNER TORT À JOSIAH, et à la jeune génération que, dans son sermon, Winslow Slade qualifia de *quasi rationaliste*, les fidèles de Germantown furent très sensibles à ses idées, exprimées sous une forme accessible aux jeunes auditeurs comme aux moins éduqués ; l'essence de son sermon fut que « foi » et « science » relevaient de deux sphères totalement différentes, n'ayant aucun point commun, pas même leur vocabulaire. Le Dr Slade ne fut pas applaudi dans la vieille église comme il l'aurait été dans un amphithéâtre, mais le pasteur unitarien et son entourage furent ravis de son sermon ; et quantité de gens vinrent ensuite trouver Winslow Slade pour lui serrer la main et le remercier de leur avoir expliqué leurs propres croyances, comme eux-mêmes ne savaient le faire.

Qu'il était – ou qu'il aurait dû – être agréable de retrouver l'adulation du public ! Et en défendant la foi chrétienne contre l'athéisme. Mais Winslow se sentait fatigué, et un peu anxieux, comme souvent les gens âgés lorsqu'ils sont loin de chez eux ; il s'excusa donc avant la fin du déjeuner élégant donné chez l'un des membres de l'Église, déclarant devoir prendre le train à 14 heures.

Pendant le trajet du retour, il lui fut impossible de garder les yeux ouverts ; il ne put se concentrer sur un livre, récemment paru, qu'il avait espéré lire, *The Life of Reason* de George Santayana, professeur de philosophie de Harvard. Alors qu'il somnolait dans son compartiment privé, il se réveilla soudain en sursaut, et vit par la fenêtre une sorte d'animal – un cheval ? un cerf ? – qui courait et trébuchait le long de la voie – puis, à sa stupéfaction, il s'aperçut que c'était une silhouette humaine et spectrale… Annabel ! C'était Annabel, sa petite-fille bien-aimée ! Ses longues tresses volant follement dans le vent, elle courait pieds nus sur le sol raboteux, tendant pitoyablement vers lui ses minces bras nus, une expression égarée sur son beau visage d'enfant. *Grand-père ! Aide-moi ! Ne m'abandonne pas ! Intercède pour moi auprès de ton Dieu !* – mais le train sembla prendre de la vitesse, distançant Annabel, qui trébuchait désespérément dans les herbes et les broussailles du remblai.

Le train faisait un tel vacarme que personne n'entendit les cris d'horreur du vieil homme ni ses appels à l'aide. Personne ne le découvrirait, effondré sur le sol de son compartiment, les yeux révulsés, une moitié du visage déformée par la terreur, avant qu'un contrôleur ouvre la porte, à Princeton Junction.

Les amants fantômes

Le ventre est la cause que l'homme ait quelque peine à se prendre pour un dieu.

Ce sec aphorisme de Nietzsche avait un sens particulier pour Upton Sinclair cet automne-là : non parce que, comme des millions de pauvres à travers le monde, il souffrait quotidiennement de la faim ; ni non plus, assurément, parce qu'il abusait de nourritures riches. Upton souffrait d'un manque d'appétit qui allait parfois jusqu'au dégoût ; il avait rarement « faim » au sens habituel du terme et, après s'être forcé à manger, se tordait souvent de douleur, comme si les acides de son système digestif entraient en effervescence.

Quel mal mystérieux c'était, et qu'il était injuste qu'il en fût affligé, lui qui adhérait religieusement aux principes végétariens, évitant non seulement la viande et les volailles, mais même le poisson ! Lui qui était d'un ascétisme rigoureux, travaillait jusqu'à quinze heures par jour à son bureau, et ne s'autorisait que du lait chaud écrémé quand il était pris de vertiges. Upton avait pour théorie que le jeûne le stimulerait, inspirerait sa prose, comme il supposait qu'il l'avait fait d'autres écrivains ; Balzac n'avait-il pas travaillé jusqu'à trente heures d'affilée ?

– et Upton Sinclair estimait avoir des habitudes plus saines et plus ascétiques que Balzac, et se vouer à son idéal avec plus de désintéressement.

Meta craignait qu'il ne se rende « anémique » – et, plus généralement, qu'il ne tombe malade –, mais le jeune auteur répondait que des enfants d'à peine six ans travaillaient toute la nuit devant les fourneaux brûlants des fonderies d'acier d'Allegheny ; et que, comparé au leur, son travail était bien léger. « Je ne veux pas me dorloter et devenir paresseux, disait-il, alors que la Révolution aura besoin de toutes les forces que nous pourrons lui consacrer.

– Mais tu n'es pas "paresseux", Upton… bien au contraire. Et tu ne manges déjà pas grand-chose, tu es très maigre.

– Pas aussi maigre que d'autres ! » répliquait Upton. (Secrètement contrarié, cependant, de ne jamais parvenir à prendre du poids, mais seulement à en perdre ; de ne pouvoir manger les aliments les plus légers, du porridge sans sel et sans sucre, par exemple, un unique œuf dur, un bol de lait chaud trempé de pain, sans le payer de douleurs d'estomac stoïques et silencieuses. Et il regrettait terriblement que, du fait de l'ascétisme qu'il imposait à sa petite famille, son fils David souffre de rachitisme, selon le diagnostic d'un médecin de Princeton à la mine sévère.)

Voilà ce que Meta ne le lui pardonnerait sans doute jamais : le pauvre squelette malingre du petit David.

Elle avait toutefois du mal à en parler avec Upton, qui se retranchait comme toujours derrière ses croyances socialistes. Il était convaincu que son estomac ulcéré et l'excessive sensibilité de ses nerfs n'étaient que des symptômes, et que la cause en était le capitalisme financier : « la formidable forteresse de la Cupidité », que ses camarades socialistes et lui voyaient partout dans les États-Unis du début du XXe siècle.

« Dans une société aussi malade, dit-il à Meta, qui pourrait être en bonne santé ? »

Mais cette réplique était trop précieuse pour qu'il ne la note pas, le soir même, dans son journal.

Dans une société aussi malade que la nôtre, quel citoyen pourrait être en bonne santé ?

À L'ÉPOQUE RELATIVEMENT MOINS TENDUE d'avant la « tentative de suicide », le jeune couple allait souvent se promener avec le petit David, installé dans une sorte de porte-bébé esquimau, qu'Upton attachait sur son dos ; la campagne étant peu hospitalière aux promeneurs, avec ses propriétés privées, plantées presque tous les cent mètres d'écriteaux en interdisant l'accès, Upton et Meta allaient dans le village de Princeton et sur le campus de l'université ; un cadre idyllique, mais un tel bastion de privilèges, remarquait Upton, que, s'il se laissait aller à y penser, il pouvait en être physiquement malade. Meta se hâtait alors de dévier leurs pas vers Alexander Road, où, inspiré par la petite gare de pierre, Upton se mettait à parler de tout ce que les « monopoles » ferroviaires avaient fait aux citoyens américains, déclarant à Meta, et à tous ceux qui se trouvaient à portée de voix sur le quai, que la Révolution devrait être imposée par la force, si une transition pacifique se révélait impossible. Étreignant le bras mince de sa femme, il lui citait l'un de ses passages favoris de *Zarathoustra* : « Voyez, le pâle criminel a hoché la tête : dans ses yeux parle le grand mépris. *Mon moi est quelque chose qui doit être surmonté : mon moi, c'est mon grand mépris des hommes*. Ainsi parlent les yeux du criminel[1]. »

1. *Ainsi parlait Zarathoustra, op. cit.* (*NdT*).

Meta écoutait poliment, comme elle le faisait d'ordinaire ; mais Meta ne semblait pas comprendre.

« Nietzsche parle par énigmes, Meta. Mais si tu as la clé, ce qu'il dit a la limpidité du cristal. Je suis un pacifiste, comme tu le sais – mais… quelle prophétie ! Il y aura un jour des fusillades, des bombes et des flammes bondissantes, et des hurlements dans les rues, si les adorateurs de Mammon ne tiennent pas compte de nos avertissements.

– Ce sera l'armée américaine qui tirera sur les révolutionnaires, j'en ai bien peur. Ou alors les Pinkerton, comme au moment des grèves », murmurait Meta, d'une voix mal assurée.

N'écoutant guère sa femme, dont il lui fallait cependant l'oreille attentive, Upton l'entraînait du quai sur le ballast de la voie ferrée, aucun train ne s'annonçant ; et sur les rails luisants et leurs traverses de bois. Il parlait de la fascination que les trains exerçaient sur lui depuis l'enfance : les wagons, les locomotives à vapeur, la vitesse et le romanesque de ces monstres de fer et d'acier – un romanesque que le méprisable J. P. Morgan et son trust du rail cherchaient à exploiter par cupidité. Upton aimait les chemins de fer, il l'avouait, les machines étaient pour lui un pur émerveillement – la splendeur, le vacarme, le joyeux panache de fumée noire, recourbé en arrière ; la « musique mélancolique » de leurs appels dans la nuit ; les sifflets, le fracas des roues, le grondement assourdissant, le merveilleux O de la chaudière à l'avant de la locomotive.

« Lorsque Jack London et moi nous rencontrerons – et il faut que nous nous rencontrions –, je le bombarderai de questions sur les "vagabonds du rail", car je sais qu'il a mené cette vie-là. Je lui demanderai s'il a jamais assisté à un accident ferroviaire – un spectacle terrible, dit-on. Tout cela est lié à la Nouvelle Fraternité humaine, conquise sur l'Ancienne Tyrannie, disait Upton avec excitation. Car comment pourrait-il en être autrement dans l'histoire dialectique de la lutte des classes ? La vie est un *processus évolutionniste* simple et clairement défini, où le fort vainc le faible, puis est vaincu à son tour par plus fort encore ; ce qui peut aboutir à la disparition d'espèces entières. Les anciennes croyances – voulant que Dieu ait "créé" le ciel, la terre et tout ce qui y vit – ont été totalement réfutées par Darwin, Nietzsche et leurs disciples ; nos visionnaires sont aujourd'hui Marx, Kropotkine, Bakounine et... Jack London. »

Upton embraya alors sur le rôle du « hasard » dans le processus dialectique ; le fait, par exemple, que le président McKinley avait été abattu par l'assassin Czolgosz, lequel était ainsi devenu un agent involontaire de la nécessité historique, bien qu'on le considérât généralement comme un fou furieux anarchiste. La mort soudaine de McKinley avait en effet entraîné l'accession à la présidence de Roosevelt. « C'est par de tels "hasards" que l'histoire est changée à jamais, et que *La Jungle* paraisse maintenant, sous l'administration Roosevelt, ne peut être un accident. Car ce livre a bien plus de chances de retenir l'attention de Roosevelt qu'il n'en aurait eu auprès de McKinley. »

Meta sourit peut-être intérieurement en imaginant son jeune mari insignifiant invité à la Maison-Blanche pour y discuter de ses révélations sur les abattoirs de Chicago.

« L'artiste n'est-il pas par nature un révolutionnaire ? »

Meta acquiesça.

« De même qu'il ne peut y avoir de progrès social sans génie, poursuivit Upton, il n'y a pas de génie sans progrès social. "Où est la pensée, là est le pouvoir", disait Victor Hugo, et Dieu crée l'art par l'entremise de l'homme. Dieu continue donc de donner au monde des poètes de génie quand le besoin de progrès se fait sentir, et si la Révolution apporte la violence, même monstrueuse, eh bien alors, le poète doit être au service du *monstrueux*.

– Mais crois-tu en “Dieu”, Upton ? murmura doucement Meta. Il me semblait que tu avais dit qu’il ne fallait plus y croire.

– Je ne crois pas en “Dieu” à la manière ancienne, naturellement, mais à “Dieu” dans une sorte d’histoire dialectique. J’ai beau être pacifiste, ainsi que végétarien et abstinent, j’éprouve une sorte de frisson à imaginer ce que la Révolution pourrait produire de *monstrueux*. Une nouvelle race d’hommes, peut-être ; une nouvelle moralité – “Au-delà du bien et du mal”, comme a dit Nietzsche.

– Comme la Révolution française ? dit Meta en frissonnant. La guillotine… c’est si horrible ! Et elle a décapité tellement de révolutionnaires !

– Non, Meta, pas comme la Révolution française ! répliqua Upton, avec une patience exaspérée. C’est une forme de révolution entièrement nouvelle, que nos camarades socialistes ont préparée. Elle entraînera l’“écroulement” de la bourgeoisie – du capitalisme. Imagine un accident ferroviaire – l’euphorie sauvage que peut inspirer un tel drame – car c’est l’image de la toute-puissance, brusquement contrariée ; l’élan viril, stoppé net ; la force brute, contrecarrée ; les tourbillons de fumée noire, figés sur place ; les passagers complaisamment installés dans leurs luxueux wagons privés, projetés par les fenêtres fracassées, brisés de corps et d’esprit, arrosant de leur sang la terre commune. Quel remords, maintenant qu’il est trop tard – quelle terreur devant la destruction des vanités ! La puissante machine renversée, des vomissements de flammes et de fumée noire – des cris et des hurlements de terreur – des visages mutilés, des corps évoquant des serpents blessés, des crapauds empalés – le divin acier, tordu comme du vulgaire carton. Que reste-t-il maintenant du pouvoir du Trust du rail ? »

Upton parlait avec une telle passion que Meta dut le tirer par le poignet pour le calmer ; car, sur le quai, des gens écoutaient avec beaucoup de curiosité. Et Upton se tut, confus. Car quelques secondes plus tard, crachotant gaiement de petites bouffées de fumée, apparut sur la voie la « Dinky », la navette de trois wagons qui reliait Princeton Junction au village de Princeton. Upton Sinclair remonta en hâte sur le quai et aida sa femme à faire de même ; il serait resté pour assister à l'embarquement des cinq ou six passagers, si Meta, serrant son châle de coton autour d'elle, n'avait murmuré : « S'il te plaît, Upton – j'aimerais rentrer, maintenant. »

La semaine suivante, Upton découvrit sa femme assise à la table nue de leur cuisine, tard dans la soirée ; le hideux canon du revolver pressé contre son front, un doigt tremblant appuyé sur la détente. (Upton n'avait jamais utilisé d'arme à feu et ignorait quelle pression il fallait exercer pour que le coup parte.) Se réveillant en sursaut, il n'avait pas trouvé Meta à son côté ; il avait allumé une bougie, mais n'avait pas appelé, de peur de réveiller le petit David et de provoquer une explosion de pleurs stridents.

Cela avait été une vision de cauchemar – Meta dans la cuisine, éclairée par la lumière lugubre d'une lampe à pétrole. Et plus bouleversant encore que, au moment où elle lui abandonnait le revolver, elle eût fondu en larmes en disant se détester parce qu'elle était une mauvaise mère et n'avait pas eu le courage de faire ce que Dieu lui avait murmuré de faire.

« Dieu ne te demanderait pas un acte aussi cruel, protesta Upton, pas même le Dieu de colère de l'Ancien Testament. »

Les paroles pitoyables de sa femme le hantèrent pendant des semaines ; il ne comprenait pas en quoi il avait mérité de les entendre. N'avait-il pas été un mari et un père dévoué, en dépit de leurs maigres ressources ?

Sa femme ne se rendait-elle pas compte qu'il l'aimait, en dépit de son engagement socialiste ? « Mais apparemment, pour une femme, cela ne suffit pas. »

Dans son journal, il nota, pour la postérité :

Le révolutionnaire ne doit pas se marier, pas plus que le martyr.

UN POISON S'ÉTAIT INSINUÉ dans leur mariage, sinon dans leur âme, depuis leur arrivée à Princeton et cette « expérience rurale » dans la vieille ferme de Rosedale Road : mais le jeune auteur ne parvenait pas à en déterminer la nature.

Était-ce dû au *lieu* ? Ou, moins clairement, au *temps* ?

Car cette région du New Jersey était vraiment belle, et Princeton était idyllique, sans trace de la laideur de la plupart des villes. Upton avait noté dans les lettres adressées à ses camarades socialistes que, dans les lieux publics en tout cas, il ne semblait pas y avoir de « pauvres », et encore moins de mendiants ; même les domestiques nègres et les travailleurs agricoles étaient respectablement vêtus et habitaient, au bas de Witherspoon Street, un quartier respectable qu'on aurait pu prendre pour un quartier « blanc ». Upton avait malgré tout l'impression qu'une sorte de *poison* flottait dans l'air... Sa jeune femme, qui était naguère en adoration devant lui et devant ses écrits, qui trouvait des preuves de son génie jusque dans les articles hâtifs qu'il écrivait pour les journaux de New York, ne manifestait plus maintenant qu'un intérêt de façade et semblait se moquer que *La Jungle* fasse vendre tous les numéros d'*Appel à la raison* dans lequel il paraissait. (« Comme la revue ne te paie pas davantage, que ces numéros soient des "best-sellers" ne change pas grand-chose. Nous sommes toujours aussi pauvres » – voilà ce que Meta soulignait cruellement, au lieu de manifester la solidarité qu'un homme serait en droit d'attendre d'une épouse loyale.) Upton avait eu pour habitude de donner à sa femme des textes qu'elle lisait le soir à la lumière de la lampe, et dont ils discutaient ensuite ; mais Meta s'était peu à peu désintéressée de ces lectures, au point de perdre certains documents – dont « Le fondement scientifique de l'utopie », qu'il projetait de présenter à la première réunion de la nouvelle organisation d'étudiants, l'Intercollegiate Socialist Society, cet été-là.

Une terrible pensée se glissa dans l'esprit d'Upton : se pouvait-il que sa femme fût amoureuse d'un autre ?

Ou, du moins, qu'elle vît un autre homme en secret ?

Voilà les pensées qui tourmentaient le malheureux mari, courbé sur sa table d'écriture dans le refuge sacré de sa petite cabane, derrière la ferme.

Cet automne-là, après le meurtre de la jeune Spags, à quelques kilomètres de là, et alors qu'on parlait d'autres crimes « indicibles » commis dans les environs, Meta s'était mise, comme par défi, à faire des promenades solitaires ; à plusieurs reprises, elle déclara ne pas être « peureuse » comme d'autres ; il lui était en effet indispensable d'échapper au petit David, quand c'était possible, d'être seule avec ses pensées sans courir le risque d'une interruption. Cette frêle jeune femme faisait alors preuve d'une énergie remarquable, voire fébrile, et était capable de parcourir de longues distances – les trois kilomètres jusqu'à Princeton et retour, bien sûr, mais aussi, dans les bois et les champs derrière la ferme, des distances incalculables. Elle suivait Province Line Road, les routes Carter et Poe du côté de Stony Brook Creek, ainsi que Rosedale Road ; par hasard, Upton apprit qu'elle était allée jusqu'à Pretty Brook Road, une route parallèle à Rosedale, de l'autre côté de la rivière. Elle osait parfois s'aventurer dans la forêt de Crosswicks, malgré les écriteaux bien en vue qui en interdisaient l'accès ; elle en revenait les chaussures maculées de boue, comme si elle avait traversé un marécage. Et quand elle rentrait d'une promenade illicite, dont elle n'avait pas averti Upton, elle avait généralement le souffle court, la peau brûlée par le soleil, les vêtements déchirés par les ronces, les cheveux en désordre. « Où étais-tu, Meta ? » demandait Upton, d'un ton de désapprobation ; car après tout il avait dû interrompre son travail pour s'occuper de l'enfant. Meta répondait vaguement qu'elle était allée « se promener – et avait perdu la notion du temps ».

Upton avait caché le revolver. Les balles aussi. Mais si Meta voulait se nuire, comment aurait-il pu l'en empêcher ? En dépit de la sincérité de son amour et de l'ardeur de ses convictions morales, il se savait impuissant.

La sensualité croît souvent plus vite que l'amour, de sorte que sa racine reste faible et s'arrache facilement.

UPTON AVAIT NOTÉ CETTE REMARQUE de Nietzsche dans son journal. Il n'était pas évident qu'elle s'applique à Meta et à lui, mais il y avait là une réflexion pénétrante et dérangeante.

Au début, quand les Sinclair avaient décidé de vivre chastement, « comme frère et sœur », afin d'éviter une nouvelle grossesse, Meta avait paru pâle, nerveuse, angoissée, coléreuse ; curieusement cependant, avec le temps, il lui était venu un air de bien-être, de mystère, et même, trouvait Upton, de sensualité.

(Ou était-ce un effet de son imagination ?)

Il y avait ces longues promenades inexpliquées, dont elle ne prenait pas la peine de s'excuser ; il y avait ces jours où elle dormait avec un abandon voluptueux jusque bien après l'aube, comme cela ne lui arrivait pas auparavant ; et cette répugnance visible à se lever et à reprendre ses tâches ménagères, même quand le petit David réclamait à grands cris l'attention de sa mère.

Elle jouait moins avec le bébé. Quand par hasard Upton et elle se frôlaient, se heurtaient dans l'espace exigu d'une pièce, elle se figeait aussitôt ; ce qu'Upton trouvait peu flatteur.

Naturellement, les Sinclair ne partageaient plus le même lit ; Meta avait choisi de dormir sur une étroite banquette, dans la pièce à vivre, assurant que cela ne la dérangeait pas le moins du monde.

L'automne céda la place à l'hiver, et Upton était de plus en plus troublé par cet air de bien-être indéfinissable qu'il voyait à sa femme ; cette ébauche de sourire sur ses lèvres, qui remplaçait son ancienne expression maussade quand elle préparait à manger ou nettoyait la cuisine après les repas ; l'air de mélancolie, d'espoir et (à moins que cela aussi ne fût un effet de son imagination) de coquetterie, avec lequel elle contemplait son image dans l'unique glace de la maison, au-dessus de la commode de la chambre à coucher. Upton n'était pas soupçonneux de nature, mais il lui semblait significatif que sa femme passe maintenant cinq minutes ou davantage à se brosser les cheveux, à s'étudier dans la glace sous différents angles avec des mines de jeune fille, et qu'elle essaie des coiffures inhabituelles, dont elle ne pouvait trouver les modèles que dans des magazines de luxe tels que *Vanity Fair*, qui ne faisaient assurément pas partie des lectures de la maison.

Un jour, entrant à l'improviste dans la ferme, il trouva Meta en train d'essayer l'un de ses vieux bonnets, qu'elle avait « égayé » d'un ruban de satin ; une autre fois, fouillant dans un tiroir, il découvrit, cachée derrière des articles de lingerie féminine, une broche en nacre, incrustée de petites pierres rouges (des rubis ?), qu'il n'avait encore jamais vue. Meta prétendit que c'était un présent de sa grand-mère, mais Upton se montra soupçonneux, car pourquoi ne l'avait-il jamais vue auparavant ?

Meta répondit évasivement que ce n'était qu'une « babiole » – qu'elle n'avait jamais portée en sa présence.

Un matin de la fin octobre où Upton écrivait à sa table, dans la petite cabane donnant sur un champ de maïs desséchés, ces pensées devinrent si obsessionnelles que, incapable d'écrire, il resta un long moment la tête dans les mains. Il était en train de faire une lettre à un camarade de New York, mais le souffle du vent dans les tiges de maïs lui semblait un murmure, même si les mots ne se laissaient pas distinguer.

Ce fut à ce moment-là qu'il vit, à une certaine distance mais à l'intérieur des limites du champ, un cheval et un buggy qui avançaient au pas, bien qu'il n'y eût là ni route ni chemin, et qu'aucune voiture à cheval ne puisse traverser un champ de maïs de cette façon fluide… Le buggy était élégant, mais d'un style démodé ; dans cette région rurale, où aucun fermier n'avait d'automobile, il semblait cependant moins extraordinaire qu'il ne l'eût été à Princeton.

C'était forcément une illusion d'optique, se dit Upton. Un moment de faiblesse, dû au surmenage. Ou alors le cheval et le buggy roulaient sur une route, invisible de la cabane. Le jeune homme se remit à sa lettre et se força à la relire : le sujet général en était l'Intercollegiate Socialist Society, créée un peu plus tôt dans l'année afin de combattre, au sein des universités, la présentation ignorante et biaisée que faisaient les professeurs américains de Marx, Engels, Kropotkine, Feuerbach et Bakounine, entre autres ; son sujet particulier, l'élection espérée de Jack London à la présidence de la Société. Upton, en effet, révérait London ; il le considérait comme l'une des plus nobles figures du socialisme : séduisant, hardi, franc, provocant, et reconnu par tous comme un génie après le succès « explosif » de livres tels que *L'Appel sauvage* et *Le Loup des mers.* Quelle excellente publicité pour la Société si London était élu et s'il acceptait cette fonction ! – la toute jeune organisation croulerait sous les demandes d'adhésion.

Upton Sinclair soutenait donc qu'il fallait élire Jack London et non Eugene Debs ; ce dernier avait beau être un vétéran de la lutte socialiste, il avait d'indéniables problèmes – excès de boisson, difficultés conjugales, mauvais caractère – et ne pouvait espérer emporter la même adhésion, et des socialistes et des « non-croyants », que le fringant London.

L'homme ne s'était-il pas déjà distingué en s'opposant à plusieurs reprises aux ennemis du socialisme ? N'avait-il pas harangué des foules hostiles et mené une campagne ambitieuse, quoique malavisée, pour la mairie d'Oakland en Californie ? Il était culotté, mais éloquent ; « raboteux » mais « poétique » ; un homme digne de ce nom, mais apprécié des femmes, y compris des « dames » de la haute société. Inspiré, Upton écrivit : « Il a été pêcheur de saumon, pilleur d'huîtres, docker, marin. Il a sillonné notre grande nation et la connaît mieux que personne ; il a connu l'horreur des taudis de Whitechapel et cherché de l'or dans le Klondike. Il a été battu par la police et emprisonné. »

(Bien qu'Upton ne pensât pas à le mentionner, London avait rédigé à la hâte un texte de présentation élogieux pour *La Jungle,* qui devait bientôt apparaître sous forme de livre : « Le voici enfin ! Le livre que nous attendions ! *La Case de l'oncle Tom* de l'esclavage salarié ! *La Jungle* du camarade Sinclair ! Et ce que *La Case de l'oncle Tom* a fait pour les esclaves noirs, *La Jungle* le fera pour les esclaves blancs d'aujourd'hui… Ce livre sera lu par tous les ouvriers. Il ouvrira d'innombrables oreilles, sourdes jusqu'à présent au socialisme. Il labourera le sol pour la semence de notre propagande. Il convertira des milliers de gens à notre cause. *Camarades, à vous de jouer !* »)

Upton s'employa à défendre Jack London contre les « ragots vulgaires et scandaleux » qui circulaient alors au sujet de l'auteur et de la « tentatrice » Charmian ; que London reste avec sa femme ou décide de la quitter, en quoi cela concernait-il le socialisme ? London avait d'ailleurs affirmé ne même pas connaître l'exotique « Charmian », et cela suffisait à Upton Sinclair.

Levant alors les yeux de sa feuille de papier, il vit ou crut voir de nouveau la voiture à cheval – qui avançait maintenant dans sa direction.

« Vient-on me chercher ? »

Le véhicule, qui semblait bel et bien réel, était tiré par un cheval bai au front orné d'une étoile blanche ; il était plus spacieux que l'habituel buggy à deux places, c'était en fait un *landau*, de couleur grise ou nacrée ; sa capote noire était en partie baissée, et sa housse à franges distinctement blanche. Un gentleman le conduisait, et faisait légèrement claquer son fouet au-dessus du garrot de l'animal ; à son côté, tout contre lui, une dame inclinait la tête sur son épaule et se protégeait du soleil derrière un éventail de soie entrouvert.

Upton les regarda avec stupéfaction. Puis, dans le même instant, il cligna les yeux et se frotta les paupières, car la vision avait brusquement disparu, et le champ de maïs était de nouveau vide.

« Est-ce que je perds l'esprit ?… *moi ?* Qui ai toujours été si fier de ma *rationalité* ? »

IL SE REMIT À SA LETTRE, avec toute la rapidité et la concentration dont il était capable. Il lui était cependant difficile d'empêcher son esprit de divaguer : car peut-être ce *landau* était-il en rapport avec le *poison* qui flottait dans l'atmosphère de Princeton ? Un homme avait été arrêté – et sans doute condamné – pour le meurtre de la jeune Spags ; mais Upton se méfiait trop de la police locale pour croire qu'elle avait arrêté le véritable meurtrier. Et le bruit courait d'autres actes de violence et de vandalisme dans le comté. Et les capuchons blancs du Ku Klux Klan surgissaient sporadiquement, dans les enclaves rurales du New Jersey, telles des belladones nocturnes.

Il était dégrisant de se rappeler, ainsi que Marx et Engels l'avaient enseigné, que les prolétaires ne sont pas invariablement des saints et que, sous l'effet d'un labeur abrutissant, ils se transforment souvent en *brutes.* Alcoolisme, prostitution, débauches de toutes sortes ; vols, meurtres, « lynchages » – autant de conséquences inévitables du crime capitaliste contre la nature humaine. Pourquoi les prolétaires n'auraient-ils pas volé ou brutalisé, y compris leurs frères et sœurs ? Qui a appris aux esclaves salariés à être *bons* ?

Un jour, revenant d'une longue promenade de l'autre côté de Stony Brook Creek, Meta avait accepté de monter dans la grossière charrette d'un voisin fermier ; Upton s'était ému de voir sa femme en compagnie d'un être aussi fruste. En tant que socialiste, il se devait de s'identifier à tous les travailleurs et à tous les exploités ; mais, en tant que jeune homme bien élevé, issu d'une bonne famille, ayant le goût des arts et souhaitant croire à la bonté naturelle de l'homme, il était franchement consterné par la conduite dégénérée de certaines personnes de la région. Femmes et enfants battus, maladies vénériennes, ivrognerie, folie et cruauté endémique, on trouvait tout cela à quelques kilomètres de la ferme des Sinclair. Le mal le plus répandu était la stupidité, car Upton avait découvert que peu de fermiers savaient ou se souciaient de cultiver intelligemment leurs terres ; leurs entreprises les plus lucratives étaient la distillation illégale d'eau-de-vie de pomme (vendue sous le manteau, disait-on, aux clubs étudiants les plus fermés de l'université de

Princeton) et la prostitution scandaleuse de leur droit de vote de citoyen américain – votes vendus, dans le comté de Mercer, contre la somme ridicule de deux dollars ! Le jeune socialiste, qui avait dénoncé avec passion l'esclavage salarié à Chicago, et notamment le travail des enfants, ne pouvait découvrir sans stupéfaction que, pour ainsi dire dans son arrière-cour, les jeunes enfants des fermiers travaillaient couramment seize heures par jour dans la ferme familiale ; travail d'autant plus cruel que, étant donné l'incurie de leurs pères, le gâchis d'énergie était considérable. Plus écœurant encore, quand les maigres récoltes étaient enfin faites, ils se hâtaient généralement d'en « boire » le produit.

Upton avait appris que les seuls fermiers productifs de la vallée de Hopewell étaient ceux qui, grâce à une intelligence supérieure, à leur roublardise, à leurs combines ou à l'escroquerie pure et simple, avaient acquis des propriétés de bonne taille, dépassant les quarante hectares – lesquelles copiaient, à leur manière, les usines, en recourant à la production de masse et à l'emploi d'une main-d'œuvre « bon marché ». Ces fermiers-là, bien que de conversation agréable, chrétiens bien-pensants de souche protestante, n'auraient pu prospérer sans *une exploitation systématique et continue* d'autrui, leur famille comprise. L'Amérique rurale n'était pas un paradis, loin s'en fallait ; la ferme n'était pas le refuge idyllique que certains socialistes citadins voulaient y voir.

Upton se désolait notamment du peu de sentiment de solidarité que montraient les paysans pauvres envers ceux dont le sort était identique ou pire que le leur ; Meta et lui avaient été choqués, quelques mois auparavant, par les commentaires railleurs de leurs voisins sur les terribles lynchages de Camden – « S'il faut ça pour qu'ils comprennent la leçon, c'est leur faute. »

Et : « Un Nègre doit apprendre qu'il n'est pas blanc, et si c'est une femme, c'est pareil. »

Upton souhaitait cependant croire que, dans un proche avenir, un groupe de socialistes établirait une « colonie coopérative » dans un lieu isolé tel que le comté de Mercer. Y avait-il là une contradiction ? Que devait-on croire ? Ainsi qu'Upton le nota farouchement dans son journal :

Nous devons, comme le prophète Zarathoustra, triompher de nos faiblesses pour devenir des Übermensch.

UNE DEMI-HEURE PLUS TARD, cependant, levant par hasard les yeux de sa table, il vit un spectacle stupéfiant – un *spectacle obscène* – à moins de trente mètres de la cabane, en lisière du champ de maïs.

Le gentleman et la dame du *landau* étaient descendus du véhicule et, s'imaginant seuls et à l'abri des regards dans ce cadre rural, ils s'enlaçaient maintenant avec passion. Upton se frotta les yeux : cette femme était-elle Meta, sa propre épouse ?

« C'est impossible ! Non. »

Le gentleman avait une allure de matamore, le corps massif et le teint coloré ; pour cette excursion à la campagne il portait une casquette de plaisancier et des vêtements « sport ». À en juger d'après leur coupe élégante, l'homme était de la classe des *exploiteurs capitalistes* ; et à en juger d'après la coloration extrême de son teint, il ne pouvait être qu'un *carnivore.*

Upton Sinclair était trop bouleversé pour discerner clairement les traits de la femme qui, feignant de protester contre la hardiesse de son compagnon, se tortillait, se cambrait, le frappait de petits coups de poing espiègles, et riait follement de ses caresses obscènes ; l'éventail était tombé sur le sol. La jeune femme portait une jolie robe de soie à rayures, « entravée » comme le voulait la mode du jour, et maintenant en partie défaite ; ses cheveux blond-roux, élégamment enroulés sur le haut de la tête dans le style Gibson Girl, s'étaient dénoués pendant cette joute amoureuse. Upton n'avait jamais vu cette robe à rayures, il en était certain, non plus qu'il n'avait jamais vu sa femme coiffée de la sorte ; pourtant il aurait reconnu entre mille le profil écossais mutin de Meta et le tintement juvénile de son rire.

« Arrête ! Arrête ! Meta ! »

Upton jeta sa plume et se rua dehors.

Mais là, de nouveau : où avaient disparu les amants ?

Le *landau* couleur de nacre et le cheval bai à l'étoile blanche étaient invisibles, eux aussi.

« Meta ? Où es-tu ? Où te caches-tu ? *Réponds.* »

Mais apparemment le champ de maïs était désert, comme auparavant. Seul se faisait entendre le murmure continu et moqueur des tiges sèches, ondulant sous le vent. Dans un instant d'égarement, Upton courut à la grange prendre le revolver sur la haute étagère où il l'avait caché sous un morceau de toile ; il retourna ensuite à la cabane, où, sous une planche mal jointe, il avait caché les balles. Les mains tremblantes, il enfonça les balles dans les chambres du revolver, sans savoir s'il les mettait ou non dans le bon sens ; car il ignorait comment on charge une arme. Une artère battait dans son crâne quand il se précipita au-dehors en brandissant son arme : « Je t'ai vue ! Je sais, maintenant ! Je vous tuerai tous les deux ! »

Bien que ne voyant personne, Upton leva le revolver, visa on ne sait quoi et tira. Un *crack !* terrible, assourdissant, manqua lui déchirer les tympans.

Mais, toujours hors de lui, il tira encore, et encore. Ce que frappaient ses balles, dans les maïs ondoyants, il n'en avait aucune idée. Mais il n'y eut pas de cris, aucun signe que quelqu'un s'y cachât – « Où êtes vous ? Démons ! Adultères ! Comment osez-vous me défier ! »

Rien ne lui répondit que le murmure moqueur des tiges sèches ; et, quand il fut enfin en mesure d'entendre, les pleurs d'un enfant abandonné dans la ferme.

CAR EN VÉRITÉ il n'y avait, et il semblait ne jamais y avoir eu personne dans le champ. Après être allé chercher son fils et l'avoir installé tant bien que mal dans le porte-bébé malcommode, Upton ressortit en hâte et explora les lieux avec plus de soin, se frayant un passage entre les rangées de tiges brisées.

Il y découvrit des restes de squelette... des os de petits animaux, peut-être des lapins. Des touffes de fourrure ou de plumes grises – une proie dévorée par une chouette ?

À l'autre bout du champ, il découvrit un tas respectable de crottin de cheval, mais ne put déterminer avec certitude si les excréments étaient frais ou vieux d'un ou deux jours.

« Et aucun autre fichu indice ! »

Quelques heures plus tard, au crépuscule, Meta revint.

Dans sa jupe de coton à fleurs au motif fané, qui semblait taillée dans un sac de semences, coiffée d'un bonnet avachi, les chaussures couvertes de poussière et les vêtements piqués de chardons, Meta s'approcha de la maison sans beaucoup de hâte, mais sans appréhension apparente, plutôt comme une jeune femme perdue dans un rêve. Upton l'observait par la fenêtre de la cuisine, encore égaré, migraineux à présent, en proie à un malaise nauséeux.

« Meta ! Où diable étais-tu passée ? »

L'écho familier de cette question accentua encore son sentiment de malaise.

Meta protesta qu'elle l'avait prévenu, qu'elle était certaine de lui avoir dit qu'elle allait « faire un tour ».

« Je ne suis partie qu'une heure, ou un peu plus. »

Une heure ! Mais Upton se mordit la langue, voulant éviter une querelle. Il retourna à la table, où, quand elle entra en bâillant, retirant son bonnet pour libérer sa chevelure, Meta constata qu'il était en train de nettoyer le revolver, dont il graissait maladroitement les pièces, les doigts luisants.

Upton était certain que son visage étroit, rasé de près et flambant d'indignation, était empreint de mélancolie, et que ses yeux creux étaient humides. Près de son coude, la lampe à pétrole diffusait une faible lueur vacillante.

En voyant le revolver, Meta se figea un instant ; puis elle demanda, d'un ton désinvolte, ou indifférent, pourquoi l'arme avait de nouveau « droit de cité » dans la maison.

« Les meurtres du New Jersey n'ont pas vraiment été élucidés. Il ne serait pas étonnant qu'il y en ait d'autres.

– Des meurtres ? Il y en a eu plus d'un ?

– Je crois, oui. Beaucoup plus. »

Meta frissonna, libérant sa chevelure, dont elle ôta un brin de barbe de maïs.

Le carnet Moiré-turquoise

Dégoût ! Et désarroi.

Voilà ce que j'éprouve, pour être parfaitement franc, à l'orée de l'un des épisodes les plus douloureux de cette histoire, sujet du chapitre suivant, intitulé « Le royaume des Marécages ».

Il s'agit de la « confession » d'Annabel Slade. C'est un document profondément dérangeant, obscène à certains égards, que, contrairement aux historiens précédents, j'ai choisi de présenter sans censure ni altération ; il provient presque mot pour mot d'un carnet appelé (par moi) « carnet Moiré-turquoise ».

L'historien doit s'appuyer sur des sources. L'historien n'« invente » pas ses sources. Mais c'est aussi inventer, c'est-à-dire mentir, que de les omettre ou de les déformer pour protéger des « parties innocentes ».

Le fait est que mes rivaux historiens ont traité la confession d'Annabel Slade de façon fort peu professionnelle. Ils ont induit en erreur et ils ont dissimulé ; ils ont été frileux ; ils ont manqué d'honnêteté et de professionnalisme. (Il peut paraître ironique que moi, un historien « amateur », accuse ces professionnels de manquements, mais tels sont les faits.)

Certes, le sujet est déconcertant, sinon franchement repoussant. Et son authenticité exacte ne peut être garantie.

(Mais quels faits passés peut-on vérifier avec *exactitude,* même si l'on en a été le témoin direct ?)

Rien n'excuse cependant l'historien Q. T. Hollinger d'avoir relégué « le conte non confirmé d'une naissance "bestiale" » en note de bas de page dans son *Énigme inexpliquée de la Malédiction de Crosswicks : nouvelle enquête* (1949), et d'avoir paraphrasé si vaguement l'histoire d'Annabel qu'il ne reste rien de la saveur poétique de sa langue raffinée. Quant à Hiram Tite, dans son *Mystère inexpliqué de l'« Horreur de Crosswicks »*… cette étude sensationnaliste isole l'humiliation et la mort (évidente) d'Annabel Slade dans un chapitre à part, mais en traitant ses détails avec une telle ineptie que le lecteur sceptique est amené à n'y voir qu'une rumeur, un ragot, ou le genre de fadaises que l'on qualifie de *contes de bonnes femmes. Meurtres vampiriques dans le Princeton d'autrefois,* signé par un auteur « anonyme », est trop méprisable pour appeler un commentaire sérieux ; on ne peut cependant guère dire mieux de Croft-Crooke, en dépit de ses imposantes références universitaires (Harvard, Yale, provisorat du lycée d'élite de Lawrenceville), ni de Miss Helena Worthing (Barnard, Columbia). Ce qui me chagrine le plus, ce sont plusieurs articles, visiblement écrits à la hâte pour les journaux du New Jersey, qui confondent le sort tragique d'Annabel avec celui des prétendues victimes du « Diable du Jersey ». (Cette créature quasi mythique se déchaîna en janvier 1909, où l'on signala chez les femmes quantité de fausses couches et d'enfants mort-nés, ainsi que d'autres anomalies, dont au moins une *naissance monstrueuse* chez une jeune femme des Pine Barrens – des incidents improbables et non vérifiés qui sortent totalement du cadre de ma chronique, fondée, elle, sur des faits.)

Ma principale source d'information pour cette partie de la chronique est un journal de vingt centimètres sur trente à la couverture moirée-turquoise, dans lequel Josiah Slade semble avoir écrit peu après le nouvel an de 1906, au chevet de sa sœur Annabel ; bien que n'étant pas codé comme le journal d'Adelaide Burr, ce récit a été difficile à transcrire, car, manifestement écrit à la hâte et dans la plus grande anxiété, il présente de nombreuses disjonctions, des figures de rhétorique confuses, des ruptures brutales et des déclarations elliptiques. Le lecteur notera par ailleurs sa fin abrupte – au moment, suppose-t-on, où Annabel Slade entra en gésine, des contractions violentes qui se poursuivraient pendant vingt effroyables heures.

Sur la page de garde de ce journal, cette inscription poignante, tracée de la main de Josiah : *Dieu me donne la force de supporter tout ce que ma sœur révélera.*

ÉTANT DONNÉ QUE BIEN DES LECTEURS seront tentés de survoler, voire de sauter entièrement ce chapitre qui, dans la mesure où il traite du métier d'historien, présente aussi peu d'intérêt à leurs yeux que pour les admirateurs d'acteurs de l'écran une présentation des « coulisses » de la production cinématographique, je pense judicieux d'énumérer ici certains de mes matériaux précieux, introuvables dans la plupart des bibliothèques, collections spéciales, archives historiques, etc., recelant des informations sur le sujet. Le carnet Moiré-turquoise est évidemment l'un des plus inappréciables ; et, quoique écrit de la main de Josiah Slade, il est classé séparément du monceau de lettres, notes, articles de journaux et autres papiers concernant ce jeune homme, et conservés, eux, entre les pages du carnet Maroquin-beige – journal que tint Josiah de 1901 à 1906. (Comme tous les jeunes gens, Josiah ne rapportait pas scrupuleusement chacune de ses journées et passait de longues périodes sans écrire une ligne. Certaines pages ont en outre été déchirées.) Par ailleurs, comme le sait le lecteur, je me suis énormément appuyé sur le carnet Cuir-de-veau-rouge de Mme Adelaide Burr – aujourd'hui si fané et si défraîchi qu'il fait un document bien mélancolique, en dépit des notations pénétrantes et « allègres » de cette invalide chronique ; et aussi sur les nombreux volumes du journal de Mme Johanna van Dyck, connu des historiens sous l'appellation carnet Ivoire, car il se trouve dans les Collections spéciales de Princeton et a été consulté par quantité d'historiens. (Ils ignorent toutefois que Johanna van Dyck tenait en secret un second journal, que j'ai appelé le carnet Moiré-noir. Il compte une soixantaine de pages, comporte de nombreuses entrées non datées et manque de cohérence ; il se trouve en effet que Johanna van Dyck donna (prématurément) naissance à un petit garçon en février 1906, à peu près au moment de l'accouchement d'Annabel Slade ; son mari, Pearce, qui lui était habituellement dévoué, semblait alors souffrir d'une variante du *malaise* princetonien, avec certaines conséquences malheureuses sur lesquelles je ne souhaite pas m'appesantir.) J'ai tiré un profit plus constant du carnet Moiré-brun de Wilhelmina Burr, bourré à craquer de notes, de documents personnels, de photographies et coupures de journaux, de lettres d'amour (?) de personnes non identifiées et même de factures d'artisans, en sus des entrées minutieusement observées de Wilhelmina ; l'entassement et le désordre sont plus grands encore dans le coffret Santal, où je conserve divers documents de Woodrow Wilson tombés en ma possession ; et dans le Coffret Brocart-rose, qui renferme des documents concernant Grover Cleveland. J'ai également à ma disposition le carnet Moiré-orange, qui fut un jour le journal de Mme Henrietta Slade, mais il est décevant dans ses détails et de peu d'utilité pour l'historien ; et le carnet Fleur-de-lys de

Mme Amanda FitzRandolph, dont les propos confus et hallucinés sur son nouveau-né « possédé » sont tout ensemble choquants et contestables, et de peu d'utilité concrète.

Précieux entre tous, et conservé sous clé, ici dans mon bureau, le coffret Ébène-laqué, qui contient tout ce qui se rapporte à Winslow Slade ; encore que j'aie également mes doutes sur ces documents, et qu'il m'arrive de me réveiller la nuit en me demandant si je ne devrais pas les détruire sur-le-champ. Ils sont inappréciables pour moi en ce qu'ils jettent la lumière, et bien davantage, sur ces événements d'autrefois ; mais savoir s'il est judicieux d'introduire dans ma chronique certains faits, impossibles à vérifier, qui contredisent radicalement les documents des Collections spéciales de Princeton concernant le Dr Slade, et qui ne peuvent manquer de bouleverser, voilà un problème éthique malaisé à résoudre.

Car *Maudits* se veut un ouvrage interrogeant la complexité morale des faits, et non une resucée « sensationnaliste » d'un ancien et terrible scandale qu'il vaut mieux laisser moisir dans la tombe !

QUANT AU DOCUMENT généralement appelé « La confession d'Annabel Slade » – ou, titre que je préfère, « Le royaume des Marécages » –, Josiah ne l'a pas précisément daté, mais étant donné qu'Annabel revint (manifestement) à Crosswicks Manse dans la deuxième semaine de décembre 1905, et que ses couches et leurs (indicibles) suites survinrent moins de quinze jours plus tard, il est raisonnable de supposer que Josiah transcrivit le récit de sa malheureuse sœur entre le 12 décembre et le jour de Noël. Il est possible que la confession entière ait été faite d'une seule traite, car la voix d'Annabel semble vaciller, faiblir, reprendre sporadiquement force, au rythme d'une âme se mettant à nu ; aucune correction n'y fut apportée ensuite ni par Josiah ni par Annabel, le document en atteste.

Pour autant que j'aie pu le déterminer en collationnant les différents journaux, en dehors de la mère d'Annabel, de son grand-père Winslow et de son frère Josiah, personne n'entra dans sa chambre à coucher pendant cette période. (Son père Augustus ne pouvait supporter la vue de sa fille, dit-on ; son cousin Todd, littéralement « enfermé sous clé » à Wheatsheaf, demandait à la voir à cor et à cri mais n'y fut pas autorisé ; et Wilhelmina, qui souhaitait également lui rendre visite, et qu'Annabel aurait peut-être aimé voir, en fut également empêchée par la décision sans appel des parents d'Annabel.)

Des visites furent faites par le Dr Boudinot, mais soit on exigea le secret de ce gentleman, et il ne le trahit pas ; soit le récit qu'il fit de l'accouchement monstrueux s'est perdu.

Le royaume des Marécages

Plus vite, toujours plus vite, les chevaux galopaient sur l'ancienne King's Highway, les naseaux fumants, l'écume à la bouche – et notre voiture bringuebalait follement...

La voix d'Annabel était si faible, si hésitante que Josiah avait beaucoup de mal à entendre et à transcrire ce qu'elle disait.

Pauvre Annabel ! Revenue, au dernier terme du déshonneur et de la détresse physique, dans sa chambre de jeune fille de Crosswicks Manse.

Brûlante de fièvre – en proie au délire, le corps grotesquement distendu par la grossesse.

À son chevet se trouvaient aussi sa mère Henrietta, bouleversée d'angoisse, et son grand-père Winslow Slade, mal remis de l'attaque qui lui avait paralysé le côté gauche du visage, plissant l'œil correspondant au point qu'il ne voyait plus qu'à peine. L'élocution du vieil homme était ralentie, elle aussi, et chacun de ses mots semblait un rocher roulé avec effort, indépendant de ceux qui précédaient et suivaient. Car comme il en avait eu la vision, de l'autre côté de la fenêtre de son wagon, sa petite fille était revenue chez elle, non seulement seule, mais à pied ;

épuisée et brisée ; une nuit particulièrement froide et neigeuse de décembre – *rejetée par son amant.*

C'est une scène éclairée par la flamme vacillante des bougies, et non par l'électricité. (Bien que la maison des Slade fût électrifiée depuis 1905.) Et la chambre d'Annabel était exactement la même que dans son enfance : joliment décorée dans un style victorien « féminin », papier peint français rose à motif fleurdelisé, charmant petit lustre en cristal irlandais, meubles laqués blancs et secrétaire en merisier, l'ensemble donnant sur la roseraie, desséchée en cette période hivernale. Il y avait une cheminée en marbre de Sienne, rarement utilisée, surmontée d'un miroir, ombreux comme un étang sylvestre, où tremblait la lueur des flammes. Devant les hautes fenêtres étroites, des rideaux de chintz et de damas, dont les couleurs vives étaient assourdies et indistinctes. Le lit de jeune fille d'Annabel était un beau lit « traîneau » du XVIIIe, un meuble de famille au baldaquin d'un blanc soyeux, comme étaient blancs aussi draps et édredons ; il était bizarre de voir, dans cet étroit lit de jeune fille, une jeune femme au dernier stade de la grossesse, les mains crispées sur une chaste courtepointe blanche.

Le Dr Boudinot avait été appelé en hâte, puis renvoyé. Car Annabel souhaitait parler librement à son frère, sa mère et son grand-père, et s'en serait sentie empêchée en présence d'un étranger.

(La vieille gouvernante des Slade, Cassandra, entraînée au métier de sage-femme, devait aider à l'accouchement. Mais Cassandra était alors au rez-de-chaussée, attendant d'être appelée.)

(Il faut ici avertir le lecteur : les divers récits de « témoins oculaires », racontant à la première personne la mise au monde du rejeton d'Axson Mayte, tels que mentionnés dans les chroniques précédentes de Hollinger, Tite, Worthing, « Anonyme », etc., sont parfaitement fallacieux et inauthentiques. Cassandra, qui aimait tendrement la petite-fille de ses employeurs, n'a jamais révélé ce qu'elle avait vu, ni même qu'elle avait assisté à la naissance, en dépit des nombreuses personnes qui la questionneraient, parfois avec beaucoup d'obstination, durant des années. *On ne sait de cet épisode que ce qu'en a rapporté Josiah dans le carnet Moiré-turquoise – lequel est en ma possession.*)

Il faut noter un dernier détail afin de « planter » le décor : le portrait au pastel (par Winslow Homer, une connaissance des Slade), accroché au mur près du lit à baldaquin, qui représente la petite Annabel à l'âge de onze ans, coiffée d'un chapeau de marin enrubanné, un charmant sourire timide aux lèvres ; cette image d'innocence et de confiance enfantines offrant un contraste douloureux avec les traits délicats, déformés par l'humiliation et la souffrance, de la jeune femme étendue dans le lit à baldaquin.

… LE VENT FOUETTAIT mes cheveux, m'arrachait mon voile de mariée – m'emplissait les yeux de larmes – qui n'étaient pas cependant – (pas encore !) – des larmes de regret et de honte. M'aimes-tu plus que tout au monde, chère Annabel, *murmurait-il,* seras-tu mon épousée et la reine de mon royaume…

C'était si étrange, les arbres défilaient – au bord de la King's Highway les prairies qui auraient dû être du vert le plus tendre étaient maintenant d'un gris uniforme, dénuées de toute couleur comme durant une éclipse. Plus étrange encore, nous semblions passer devant Crosswicks Manse, la maison que j'avais chérie toute ma vie, en retrait de la route derrière de grands arbres, et cependant la maison était terne comme le plomb, dénuée de toute couleur et de toute beauté ; et le ciel n'était plus bleu, mais d'une transparence de verre lavé. Les hautes haies qui bordaient la route surprenaient par leur sinistre teinte crayeuse *– et, dans les champs, le sol retourné de* *frais n'avait plus sa riche couleur de terre, mais une étrange pâleur, comme si une fine neige poudreuse l'avait recouvert en cette belle journée de juin !*

Il m'avait prévenue – je ne devais pas me retourner. Ne devais pas jeter un seul regard vers tout ce que j'avais quitté pour lui.

Le vent, le vent! Fouettant mes cheveux – et le bras puissant de mon amant m'enlaçant étroitement afin que je puisse blottir mon visage dans son cou – Jures-tu de me garder ta foi, à moi et à moi seul, ton véritable époux ? – *approchant ses lèvres de mes paupières et resserrant si fort son étreinte que, de douleur, je poussai un cri.*

J'avais le souffle coupé par le fouet brûlant du vent qui s'était chargé d'une odeur saumâtre bien que nous traversions un paysage familier que je connaissais depuis l'enfance – et cependant, quelles étaient ces créatures étranges au bord de la route ? – voletant dans l'air à notre approche, les ailes rugueuses et noires ? – des oiseaux en apparence, mais pas de ceux que l'on voit habituellement par ici, plutôt des crapauds ailés, des engoulevents, la tête grosse et plate, les ailes longues et pointues, deux fentes luisantes comme des braises à la place des yeux. Leurs cris, hostiles et impatients, presque humains, semblaient s'adresser à Axson ; comme si eux et lui se connaissaient, d'une façon inconnue.

Ma courageuse Annabel ! – avoir renoncé à ton ancienne vie, pour moi !

Les chevaux galopaient plus vite, et plus férocement – des flammes semblaient jaillir de leurs naseaux – longues crinières volant au vent et queues dressées – yeux révulsés – et cependant Axson faisait claquer avec impatience son fouet au-dessus de leur garrot – comme s'il craignait d'être pourchassé.

Bientôt nous serons en sécurité dans mon royaume, où personne ne pourra nous suivre.

Personne, chère Annabel, pour t'arracher à mes bras.

Des haies couleur de craie, et de hauts arbres nus, un paysage désolé où paissaient des créatures d'une espèce inconnue – une lumière étrange et sinistre, si blafarde que j'en avais les yeux douloureux et ne pouvais rien regarder avec attention ; car tout était fané comme sur une gravure de jadis, ou sur l'un de ces portraits de grand-père au daguerréotype. Ô folle course effrénée ! Ô monde terne et vide ! Nous croisâmes cependant un autre véhicule au carrefour d'une route étroite – la charrette d'un paysan tirée par un cheval ensellé – bien qu'elle fût certainement en mouvement elle paraissait figée sur place et le fermier grisonnant assis derrière son cheval avec salopette et vieux chapeau de paille nous contempla, le regard vitreux et inexpressif, comme s'il nous voyait, et cependant ne voyait pas ; la charrette bougeait, et cependant ses roues grossières ne tournaient pas, le cheval n'avançait pas. Et je semblais savoir que c'était pour Axson : le temps pouvait être arrêté afin qu'Axson pût ravir son épousée.

Nous vîmes un cimetière abandonné, un ancien cimetière quaker, près d'une vieille église en ruine ; et toutes les tombes, et l'église éventrée, avaient la même teinte plombée. Nous vîmes des forçats qui travaillaient au bord de la route, vêtus de la tenue informe des prisonniers, les jambes cerclées de fer – pas un n'était de race blanche, tous étaient d'origine africaine, le nez épaté et les lèvres charnues, et pourtant leur peau était d'un blanc de craie ! – *stupéfiant pour l'œil, comme si le monde s'était retourné et que le Ciel se fût inversé en enfer.*

Des heures passèrent, ou des jours – je n'avais plus la notion du Temps, comme ballottée par une mer furieuse – sachant à peine où j'étais emmenée avec une telle hâte ; car l'amour m'avait envahie à la façon d'un chloroforme, par les narines et par la bouche et m'enveloppant l'esprit de brume. Les cahots de la voiture m'étaient un réconfort, cette voiture étant une prison ; dans ma robe de noces d'un blanc éblouissant, maintenant salie, froissée et déchirée.

Jamais plus je ne serais Annabel Slade, jamais plus cette enfant ignorante, mais une femme liée à son amant pour toujours et à jamais ; envoûtée, je n'avais pas une pensée pour mon époux légitime Dabney Bayard, pas plus qu'on ne penserait à un rêve qu'un nouveau rêve, plus puissant et plus exigeant, est venu supplanter. Tandis que, bringuebalant sur un chemin sablonneux, creusé d'ornières, la voiture s'enfonçait dans les profondeurs d'une forêt – qui était censée être les Pine Barrens – et néanmoins notre propre forêt de Crosswicks. Tu es tout pour moi, cher Axson, comme une ombre absorbe une ombre plus pâle, ou un fleuve puissant, d'innombrables petits affluents.

Si étrange, ces grands arbres qui se rejoignaient au-dessus de nous pour former une sorte d'arche – des arbres nus d'une teinte fantomatique, ne présentant aucune apparence de vie, alors qu'ils ressemblaient pourtant aux chênes, aux ormes, aux bouleaux et aux châtaigniers de Crosswicks. Bientôt nous traversâmes une clairière assez vaste, qui me parut douloureusement familière ; un espace irréel, baigné d'une lumière intense et oppressante ; mon regard s'éleva soudain vers la branche d'un chêne majestueux où deux cadavres étaient pendus par le col ; sans vie, horriblement brûlés, immobiles malgré la violence du vent. Les yeux pleins d'effroi, je ne pus regarder davantage, mais blottis mon visage contre le cou brûlant de mon amant, et il rit Chère Annabel, tu es presque en sécurité – ne crains rien – à toi il n'arrivera jamais malheur comme il arrive à d'autres – ta beauté t'en préservera – je t'en fais le serment, moi, ton amant pour l'éternité.

Les chevaux nous emmenèrent ainsi dans le royaume des Marécages, dont je ne savais pas encore qu'il était la Grande Nuit ou le royaume des Maudits – l'étroite route rétrécissant encore puis cédant la place à la boue – les beaux chevaux appariés, si cruellement menés par leur maître impatient que leurs mors étaient souillés d'écume et de sang et leurs pauvres dos zébrés de stries luisantes. Brusquement nous fûmes dans le Marécage, environnés d'immenses arbres embarbés de mousse, eux aussi de la couleur de la cendre ; partout autour de nous, des eaux stagnantes, des mares noires que ridaient les évolutions de créatures serpentines invisibles ; une odeur d'eau saumâtre, forte comme des relents d'égout et de pourriture végétale. Sois patiente, mon amour, ma douce et pure épousée ! – car nous touchons au but, et notre lit de noces nous attend dans la plus somptueuse des chambres de mon palais.

Un air paludéen enivrant, si épais, si riche – que j'avais du mal à respirer. Les bouleaux de la forêt de Crosswicks cédèrent la place aux arbres embarbés de mousse, et à d'autres qui m'étaient inconnus, de hauts arbres aux troncs droits et lisses d'une espèce que je ne reconnaissais pas – à moins que ce ne fussent des palétuviers, aux racines sinueuses et enchevêtrées. Des oiseaux tournoyaient au-dessus de nous en poussant des cris furieux – les engoulevents, plus féroces encore ; et d'autres grands oiseaux prédateurs, qui faisaient claquer leurs ailes rugueuses tel Lucifer fendant le néant, pour le désespoir de l'humanité. La peur avait alors commencé à m'effleurer, une panique animale hérissait mes cheveux sur ma nuque, et mon protecteur ne m'en serrait que plus étroitement contre sa poitrine. Sois patiente, mon aimée ! Il nous reste encore un peu de chemin à parcourir, et je ne peux presser davantage ces brutes paresseuses !

Nous arrivâmes bientôt à une grille de fer forgé, antique et rouillée, couronnée de griffons et de fers de lance, ce qui lui donnait une apparence à la fois aimable et formidable. Mais la grille était grande ouverte, et aucun portier n'était visible. Mon amant m'étreignit alors les mains avec une telle force que je craignis qu'il ne me brisât les doigts, et il murmura avec passion Rejettes-tu ici ta famille et ton époux légitime ; persistes-tu dans ta décision de rester fidèle au véritable amant de ton cœur, pour toujours et à jamais ?

Et j'eus à peine assez de souffle pour jurer Oui ! Oui.

VOILÀ COMMENT JE FUS conduite dans le royaume des Marécages, parée de ma robe de mariée en lambeaux ; avec mon voile, et ma dentelle d'Espagne, et mes brins de muguet de satin dont chacun était aussi exquis qu'une véritable fleur miniature. Et parée de ma vanité et de mon ignorance, de la vanité même de mon innocence. Chère Annabel ! Douce Annabel ! Dans mon royaume enfin.

Enivrée d'un amour qui s'exaltait en même temps qu'il s'effrayait du feu du regard de mon protecteur. Aveuglée par mon désir de me fondre dans l'être d'un autre.

Car Axson Mayte était l'homme le plus séduisant que j'avais jamais vu, j'en étais certaine. Grand, bien découplé et de manières exquises ; doux parleur, et aimant.

Tel était mon aveuglement, ma nature impure et pécheresse.

Conduite au palais des Marécages, profondément caché dans ces marais sans lumière afin que personne ne le trouve ; que personne de cet autre monde *ne s'y aventure pour ramener Annabel chez elle.*

Bientôt nous descendîmes de la voiture constellée de boue, et les chevaux haletants furent emmenés ; j'entendis murmurer qu'ils seraient abattus *– car Axson Mayte n'employait jamais deux fois la même paire de chevaux, après un tel voyage.*

Me conduisant alors – assez brutalement, me parut-il, les doigts refermés autour de mon poignet – dans le vestibule de ce palais caverneux, qui m'étonna et me réduisit au silence avec sa haute voûte de granit lugubre, semblable à celle d'une grande cathédrale d'autrefois, et le vide sonore tout autour, et l'odeur omniprésente d'humidité, de pourriture végétale et de décomposition fétide.

Et sans un mot de plus, mon époux m'entraîna dans un grand escalier en spirale, jonché des os rompus de petits animaux délicats, sur lesquels, frissonnant d'horreur, je ne pus éviter de marcher; sans un mot de plus, hormis Annabel : viens! *Dans notre couche nuptiale.*

AINSI, LE PALAIS DES MARÉCAGES.
Au cœur du royaume des Marécages.
Et moi, Annabel – reine!
Reine Annabel, du royaume des Marécages.
Et le cruel « Axson Mayte », roi à son côté.

DE LA FAÇON DONT MON FIANCÉ en usa avec moi, il est très difficile de parler.

Du lit conjugal, il est très difficile de parler.

La grande chambre à coucher en haut d'un escalier aux marches de pierre usées et moussues, couvertes de crasse, d'excréments desséchés et de débris de vermine – donnant par une unique fenêtre (fermée de barreaux) sur un cimetière marécageux aux stèles inclinées et souillées, envahi d'herbes épineuses et semé de flaques d'eau saumâtre. Là, des créatures telles que je n'en avais jamais vu s'ébattaient librement comme de grands enfants turbulents; si étranges que je ne pus seulement les regarder sans terreur pendant de nombreux jours : de grands oiseaux disgracieux qui avec leurs griffes acérées semblaient cependant reptiliens; des lézards géants aux yeux topaze et aux langues dardées; des êtres mous et bulbeux comme des mollusques sans coquille, gros comme des porcs, qui usaient pour assurer leur subsistance des nombreuses bouches suceuses de leurs tentacules. Et – horreur suprême! – ces créatures fouissaient et retournaient la terre du cimetière pour se nourrir.

Qui est enterré dans le cimetière, Axson? – *osai-je demander à mon époux, qui répondit, d'un ton désinvolte et indifférent :*

Mais celles qui t'ont précédée, chère Annabel. Car je suis veuf, et de nombreuses femmes.

LE PALAIS DES MARÉCAGES, dont Annabel fut la (fausse) reine – un court moment.

Le palais des Marécages, avec ses chambres humides et moussues – certaines aussi vastes que des chapelles privées ; d'autres si exiguës et privées d'air, si obscures qu'elles auraient pu servir de donjons ou de salles de torture. D'innombrables couloirs, conduisant par d'innombrables détours dans les profondeurs du palais et, par des brèches dans le mur de pierre en ruine, dans les profondeurs du marais ; des corridors au plafond en pente qui divaguaient dans un sens, puis dans l'autre ; aveugles ou percés d'étroites fenêtres (fermées de barreaux) donnant sur des cours fétides où s'entassaient les gravats et pullulaient des crinoles pestilentielles. Les escaliers étaient nombreux, qui ne menaient nulle part, ou à de lourdes portes verrouillées qui semblaient l'être depuis des siècles.

Le palais des Marécages ! Mais un jour Axson eut pitié de moi, du moins c'est ce que je crus ; il me conduisit dans sa bibliothèque, qui était bien plus grande que la célèbre bibliothèque de mon grand-père Winslow Slade – Tout ce que tu désires, tu peux le lire, ma chère femme. Avec ma bénédiction.

Mais quel choc, et quel tourment, de découvrir que sur les étagères qui s'élevaient jusqu'au plafond, haut de quinze pieds, se trouvaient des livres reliés en cuir qui, ouverts, révélaient des caractères baveux, comme s'il y avait eu une inondation dans le palais ; pis encore, beaucoup de livres ne contenaient que des pages entièrement blanches, que je contemplai avec consternation et un immense sentiment de désolation.

Qu'est-il arrivé à tes livres, Axson ? demandai-je à mon époux *– et cette fois encore il répondit d'un ton désinvolte, haussant les* *épaules avec indifférence* – Toutes les pages, tous les livres sont également inutiles : pourquoi tant d'histoires ?

LE PALAIS DES MARÉCAGES, avec ses « domestiques » – des êtres qui ne semblaient qu'à demi humains ! – répugnants, et cependant pitoyables. Hommes et femmes étaient pareillement difformes ; d'âges extrêmement divers, mais généralement avancés ; leur peau avait la pâleur horrible des ventres de crapaud ou de serpent ; ils avaient les yeux creux, affligés et cernés d'ombre ; des façons craintives et humbles, mais sournoises aussi, presque furtives. Ils travaillaient si dur ! – et si inutilement ! Voici l'une de tes devancières, Annabel, si tu en es curieuse – *ainsi Axson me désigna-t-il une vieillarde voûtée, enveloppée dans ce qui semblait un linceul, s'employant avec vigueur à frotter les marches d'un escalier ; si cette pitoyable créature entendit la remarque désinvolte d'Axson, elle n'en montra rien ; prise d'un léger vertige, je ne m'attardai pas non plus à la regarder. (Comme il semblait terrible que cette pauvre femme s'épuisât en vain à verser une eau sale sur des marches sales, à les frotter avec vigueur, sans que cela modifiât en rien leur état de crasse ; et sur ces marches mouillées, Axson marchait avec indifférence, sans leur jeter un regard.*

De loin, il me fut permis de voir Camille, la sœur d'Axson Mayte – une femme à la beauté dure, qui avait le teint très pâle, de longs cheveux blond blanc répandus dans le dos et un regard impitoyable.

Tu ne dois jamais aborder Camille. Tu ne dois jamais parler à Camille, à moins qu'elle ne t'adresse d'abord la parole.

Axson parlait de sa sœur avec admiration. Son visage, devenu pustuleux comme la face d'un crapaud, dont il avait les yeux protubérants et la bouche baveuse et molle, exprimait un émerveillement mêlé d'appréhension et de détestation fraternelle.

LES ENFANTS DE LA NUIT, c'est ainsi qu'il les nommait. Ces créatures hideuses qui s'ébattaient sous la fenêtre de notre chambre, dans le cimetière désolé. Elles étaient pourtant presque aussi actives durant la journée : piaulant, gloussant et se chamaillant, elles fouissaient les tombes décrépites et les flaques fétides d'eau noire avec une avidité frénétique. Des Enfants de la Nuit que tu ferais bien de ne pas mépriser, ma fière Annabel, *murmurait Axson Mayte,* car eux et toi ferez amplement connaissance avant longtemps, quand mes compagnons et moi se lasseront de ton teint de crème et de tes manières fades.

IL N'ÉTAIT PAS ENTIÈREMENT VRAI que les anciennes épousées d'Axson fussent mortes ; un nombre variable d'entre elles, jusqu'à vingt semblait-il parfois, étaient bien vivantes, retenues prisonnières dans certaines pièces du palais des Marécages, ou autorisées à en sortir pour accomplir les basses besognes, telle la pitoyable vieillarde au linceul. Mon harem n'a pas le clinquant de celui d'un prince arabe *remarquait Axson* car nos femmes sont moins bien disciplinées et ont vite fait de languir et de périr ; quand elles ne sont pas *aimées.* Dans un véritable harem, il n'est pas réaliste de compter être *aimée.* Aie cette sagesse, chère Annabel !

Brisée par les humiliations, affaiblie par un traitement cruel et grossier, et par une nourriture répugnante, je ne parvenais pas même à prier notre Dieu miséricordieux (que j'avais abandonné par vanité et par stupidité), mais restais prostrée des jours, des semaines, tandis qu'Axson Mayte se livrait sur mon corps inerte et sans résistance à des actes si obscènes que leur souvenir me révulse et me laisse muette. Cette inertie et cette absence de résistance, tantôt lui plaisaient et tantôt le rendaient furieux. Bientôt, tu n'auras plus à « faire la morte », chère Épouse !

Bientôt aussi, las de la monotonie de notre couche conjugale, Axson Mayte y invita ses luxurieux compagnons de beuverie.

Une grosse cloche sonnait les heures. Un son qui semblait résonner sous les eaux, de même que nous semblions les habitants d'une mer ancienne.

Et parfois ce son était creux, morne, oppressant et sourd, comme s'il venait de l'intérieur, de la moelle de nos os.

Voici ce que dit Axson Mayte, devant mon expression d'horreur Chère Annabel, ce que tu entends n'est rien d'autre que la musique du Temps. Pourquoi t'en alarmer sottement, comme si tu étais encore une enfant de Crosswicks Manse ? Tu as quitté ton paradis pour toujours, sans retour. Maintenant, à chacune de ces notes – à chaque coup de la cloche – comprends à quelle vitesse il passe ; chaque note, l'Éternité, et cependant si fugitive qu'on parvient à peine à percevoir qu'elle ait jamais existé.

À l'heure, et à la demie, et au quart – sonnant, sonnant encore pour tourner le Temps en dérision.

Car dans le royaume des Marécages, le Temps ne passait pas.

Ou, comme le disait avec jubilation Axson Mayte, il passe si fugitivement qu'il est impossible de le mesurer ni de l'éprouver.

Donc, la fiévreuse Annabel était étendue dans sa robe de mariée crasseuse, devenue une sorte de robe de chambre ou d'intérieur ; parfois sur un lit de vieux chiffons, à même le sol de pierre d'une pièce indéfinie ; entendant, tout près, les cris des malheureux, femmes et hommes, choisis, à en croire une remarque fortuite d'Axson, comme sujets « médicaux » ou « scientifiques » ; car il se révéla que certains de ses compagnons de beuverie étaient des hommes de science ; même si Annabel ne les connaîtrait, confusément, à travers un voile d'horreur, de répugnance et de douleur que sous les noms de Macalaster ! – Scottie ! – O'Diggan ! – Pitcairn ! – Pitt-Williams ! – Skinner ! – *ainsi que les lui présenta Axson d'un ton jovial en les faisant entrer tour à tour dans la chambre à coucher.*

Plus tard, elle fut aspergée d'eau : une eau tiède, fétide, mais désespérément souhaitée. Et il y eut de la nourriture – jetée dans la pièce où elle gisait ou bien, à l'immense amusement d'Axson et de ses amis, sur le sol crasseux de la cuisine afin qu'Annabel et d'autres la mangent à même le sol, comme des animaux ; et, comme des animaux, voraces et reconnaissants de ce qui leur était donné.

Une nourriture avariée, des déchets, des os presque entièrement décharnés – voilà ce qu'on jetait aux affamés, malgré les mouches et les blattes qui y grouillaient. Où est ton orgueil de Slade, aujourd'hui, ma chérie ? – *se moquait Axson en riant.*

Pourquoi ces larmes qui t'enlaidissent ? Les hommes méprisent les larmes – c'est la faiblesse qui les dégoûte le plus dans le sexe féminin. N'as-tu pas renoncé à tout ce que tu avais connu pour lier ton destin à celui d'Axson Mayte, qui te flattait ; n'as-tu pas répudié ta famille, ces ignobles Slade qui ont fait fortune dans la traite des esclaves, au siècle dernier, et sont depuis lors de vertueux chrétiens ? N'as-tu pas rejeté ton poupon de lieutenant, ce jeune fat dont les lèvres n'avaient pas encore goûté au sang ? N'as-tu pas brisé le cœur de tes parents, et désespéré ton frère Josiah ? Ton cœur niais de vierge ne se pâme-t-il pas encore d'amour en ma présence ?

Ainsi raillait et riait Axson Mayte. Entièrement différent du gentleman sudiste que j'avais connu dans le jardin de mon grand-père.

Les yeux rapprochés, couleur de mucus, dans sa face flasque de crapaud.

Le front bas et plissé, d'une blancheur malsaine ; les lèvres luisantes et obscènes, comme Annabel en avait vu ou imaginait en avoir vu à certains gentlemen de Princeton, quand ils ne pouvaient savoir qu'Annabel ou quiconque les observait.

Dans le secret de son lit pouilleux suppliant Dieu de lui pardonner. Suppliant Dieu de lui montrer une façon de fuir le palais des Marécages et le royaume des Marécages, une issue qui fût autre que la mort.

Sa famille lui manquait tant – sa mère et son père ; son grand-père ; son frère bien-aimé qu'elle avait blessé cruellement sans qu'elle s'en rappelle la raison.

Car elle n'était pas encore assez désespérée pour comprendre qu'une chrétienne d'un cœur plus pur et d'une volonté plus ferme que les siens eût préféré la mort aux horreurs continuelles du royaume des Marécages ; qu'une femme d'un cœur plus pur se serait ardemment couchée dans la tombe et livrée aux répugnants charognards du cimetière plutôt que de céder aux appétits bestiaux d'Axson Mayte et de ses compagnons.

PARDONNE-MOI CET ABJECT désir de vivre ! De retrouver ma famille bien-aimée, dont j'ai blessé le cœur et souillé la réputation.

Durant cette période et plus tard, quand, servante et épouse répudiée, je fus encore plus mal traitée, je trouvais un peu de réconfort dans mes moments de tranquillité en évoquant Crosswicks Manse et ma famille, des amies chères telle que Wilhelmina et bien d'autres visages bienveillants de l'enfance, comme si le temps avait pu inverser son cours. Souvent, j'étais trop épuisée et démoralisée pour bouger, même lorsque Axson Mayte ou l'un de ses compagnons m'y poussaient à coups de pied ; on me laissait donc couchée dans les immondices jusqu'à deux ou trois jours de suite, tandis que ces brutes tournaient leur intérêt vers l'un de leurs sujets d'expérience – électrochocs, transfusions sanguines, « transplantations d'organes » d'espèces différentes et, si le pauvre malheureux mourait, dissections avec instruments chirurgicaux. (Voilà ce que j'en vins à savoir, quoique n'ayant jamais assisté directement à ces horreurs.) Dans ces moments-là, mon âme semblait quitter mon corps pour flotter dans ma cellule sans air ; mes doigts reprenaient leur vie de naguère sur le pianoforte du salon de Crosswicks Manse, où j'avais joué des sonates de Mozart, Schubert, Beethoven et Chopin ; chanté avec ma famille bien-aimée, en même temps que je jouais, des chansons de Stephen Foster, Gilbert et Sullivan, et ces vers de Thomas Moore, si exquisément mis en musique, qu'aimait tout particulièrement Josiah :

Souvent dans la paix de la nuit,
Avant que le sommeil m'enchaîne,
De tendres souvenirs m'entraînent
Dans la clarté des jours enfuis :
Rires ou sanglots
D'enfants, les mots
D'amour aussi de la jeunesse ;
L'œil vif alors
Aujourd'hui mort,
Les cœurs brisés, lors pleins d'ivresse !
Ainsi dans la paix de la nuit,
Avant que le sommeil m'enchaîne
De tristes souvenirs m'entraînent
Dans la clarté des jours enfuis[1].

Par ces moyens désespérés, je rassemblais en moi-même la force de survivre. Et faisais briller devant mes yeux gonflés de larmes l'espoir de m'enfuir un jour du royaume des Marécages et de retrouver Crosswicks Manse et ma famille bien-aimée que j'avais si cruellement blessée.

1. *Petite anthologie poétique d'expression anglaise*, Jean-Pierre Lefeuvre, Publibook, 2008. (*NdT*)

La femme est la plus méprisable des créatures : débile d'esprit, repoussante de par sa nature mammifère, lascive et « frigide » ; comploteuse et stupide ; totalement dépourvue des motivations morales et rationnelles qui guident les hommes. Un court moment, certaines d'entre elles sont dotées de *beauté* – mais qui ne dure que le temps d'une fleur, et se flétrit et empeste aussi vite qu'elle.

Ainsi parlaient Axson Mayte et ses compagnons de beuverie, d'un ton affable et amusé plus que véhément ; certains étaient des hommes de « science », d'autres, apparemment, des hommes d'« Église », et d'autres encore des hommes d'« affaires » – c'est du moins ce qu'Annabel crut comprendre. Et il y eut cette déclaration d'Axson Mayte, à laquelle tous portèrent un toast : Néanmoins, il nous faut reconnaître à la femme une utilité ! – étant donné que le monde doit être continuellement repeuplé, et que nous n'aimerions pas répandre notre précieuse semence dans les Marécages.

Il était alors devenu évident que j'attendais un enfant. Ce qui augmenta la répugnance d'Axson Mayte à mon égard et l'amena à envisager que l'un ou l'autre de ses compagnons se livre à une « expérience » sur ma personne et sur l'enfant à naître.

Il sembla toutefois oublier son intention ; ou avoir pitié de moi ; car, jugée de peu d'utilité par ces hommes en tant qu'objet de plaisir, maintenant que j'avais perdu beauté et désirabilité, je fus reléguée dans l'emploi de servante ; ce qui me permit d'apprendre d'autres serviteurs qu'Axson Mayte et sa sœur Camille ainsi que certains de leurs invités grossiers avaient eux-mêmes été de simples serviteurs du palais, ou des valets de ferme ; ils s'étaient soulevés un jour contre le roi et la reine légitimes, la famille royale et les nobles du royaume, les massacrant presque tous de cruelle manière et contraignant les autres à une servitude à vie.

Une servante décrépite, qui avait autrefois été une jeune épousée d'Axson Mayte, me dit Tu es arrivée à l'extrême bord du monde, en venant ici. Pauvre enfant, comment t'en retourneras-tu ! – la distance est immense.

QUELLE DOULEUR ! Quelle ignominie !

Et pourtant, quel bonheur d'être simplement en vie.

Car je ne pouvais me résoudre à haïr le bébé dans mon sein – qui épuisait mon énergie et suscitait en moi une faim si terrifiante que j'aurais presque pu me nourrir à la façon des charognards du cimetière dans mon désir farouche de vivre.

Aux yeux d'un observateur impartial, la sœur d'Axson Mayte aurait paru la plus « noble » des deux ; car Camille Mayte se comportait avec une majesté de reine ; elle avait pourtant une origine plébéienne, que trahissaient certains petits gestes, une grimace inconvenante qui tordait ses traits sculptés, par exemple, ou un bref regard hautain et néanmoins apitoyé, jeté à des malheureuses telles que moi. (Ce fut Camille qui, lasse de me voir si difforme, me bannit finalement de la partie centrale du palais et ordonna que l'on me fît travailler dans la cave, que les autres ouvriers appelaient le « tunnel », la « fosse » ou le « trou de l'enfer ».)

C'est ainsi que me fut peu à peu révélée la véritable nature du palais et du royaume des Marécages : gouvernés par d'anciens serviteurs homicides d'une époque lointaine, dont l'histoire semblait maintenant oubliée ; car personne ne se rappelait quand s'étaient produits le soulèvement, les exécutions publiques de la famille royale et de sa suite ; et la servitude forcée de bien des personnes de grande et petite noblesse. Les serviteurs les plus jeunes étaient pour la plupart certains que l'insurrection n'avait pas eu lieu de leur vivant ; quelques-uns pourtant, très rares, affirmaient avoir vu ces massacres de leurs propres yeux et avoir échappé de peu à la mort. Ces événements étaient vieux de trente, de vingt ou même de dix ans seulement. Les serviteurs âgés démentaient ces contes et me semblaient plus convaincants.

Qu'ils s'accordent tous à détester et craindre le régime présent était évident; et comme il me paraissait navrant qu'une bande d'anciens laquais se fût élevée de la sorte, et fût maintenant servie par ses anciens maîtres et maîtresses. Et ces anciens laquais étaient de vile et basse extraction, originaires des régions les plus désolées d'Europe, tel l'ouest de l'Irlande où habitent, dit-on, les « black Irish », avec leurs superstitions paysannes, leur gaélique et leur sauvage mélancolie exacerbée par l'alcool!

Nous sommes cependant tous heureux d'avoir eu la vie sauve – *disaient les serviteurs les plus stoïques* – si tant est que l'on puisse parler de vie dans cet enfer de servitude.

JE PRIAIS DÉSESPÉRÉMENT qu'il me fût accordé d'être libérée de ces lieux afin que mon enfant n'y naisse pas; car bien qu'il s'agitât et se contractât dans mon ventre, tel un petit démon, je ne pouvais m'empêcher de l'aimer; bien que ce fût sans doute le fils d'Axson, comme j'avais lieu de le redouter, je ne pouvais m'empêcher de l'aimer – car telle est la nature des femmes.

Pourtant, je n'avais pas le courage de tenter de m'enfuir, car je savais qu'Axson Mayte me punirait durement s'il me rattrapait; et mon ventre toujours plus distendu était une gêne, car j'avais les membres maigres et privés de muscles. Dans ma faiblesse, j'ai honte de l'avouer, je me surprenais à caresser les fantasmes les plus absurdes : qu'Axson me mettait simplement à l'épreuve, comme dans le vieux conte médiéval de la patiente Grisélidis, que l'on nous avait fait lire en cours d'anglais à l'Academy dans une traduction du moyen anglais. Car peut-être Axson cherchait-il à déterminer si je l'aimais purement, ou si j'étais assez superficielle pour trahir mon serment de fidélité… Dans ces moments-là le sifflement Chère Annabel! Belle Annabel! *semblait monter jusqu'à moi d'un monde perdu ; un monde que, dans mon imagination fiévreuse, je désirais si ardemment retrouver que j'aurais follement vendu ou troqué mon âme – une fois encore ! Mais cela aussi n'était que pure sottise, sans conséquence dans le monde réel.*

Dans ce monde-là, j'étais bien pitoyable ; monstrueusement enceinte, avec tous les symptômes habituels, nausées matinales, ventre ballonné et chevilles enflées ; infections des sinus et bronchites s'abattirent sur moi, ainsi qu'une grippe intestinale ravageuse ; le simple fait de servir à table cette bande de brutes ivres m'était un tourment, et m'épuisait ; car « par accident » l'un ou l'autre me donnait un coup de coude dans le ventre ou me heurtait avec une bouteille ou une chaise ; ce qui provoquait bien des rires. Le simple fait de les voir dévorer leur repas avec une avidité bestiale, mordre dans des biftecks crus dont le sang dégoulinait sur leur menton… (Ce « sandwich cannibale » était très apprécié au palais, un steak cru coupé épais, placé entre deux morceaux de pain noir.) Avec l'avancement de ma grossesse, cet étalage de manières barbares augmenta mes accès de nausée, de vomissement, inspirant autant de dégoût aux autres qu'à moi-même. Blonde Annabel ! – belle Annabel ! – cours te cacher, tu es IMMONDE. *Voilà les mots moqueurs qui résonnaient dans mon cerveau vacillant.*

Exilée dans la cave humide, un immense espace caverneux pareil à une grotte, dans les ordures et les eaux d'égout, au milieu des rats et de la vermine, je me retrouvai en compagnie de travailleurs semblables à moi ; l'une de nos tâches consistait à écoper le surplus d'eau de la fosse d'aisance et à la transporter jusqu'à un ravin boisé distant d'un demi-kilomètre ; remplir et vider continuellement des seaux, telle était notre tâche, heure après heure, jour après jour, au milieu des plus écœurantes odeurs ; nous n'avions que quelques minutes de répit pour nous nourrir avec frénésie, d'une pâte mal cuite et des restes de la cuisine ; et de courtes périodes de mauvais sommeil, dans la puanteur de la cave où nous peinions. Seize heures de travail éreintant par jour – et puis dix-huit – vingt ! – quand les pluies d'automne tombèrent dans un bruit de tonnerre, faisant monter le niveau de l'eau dans la fosse, et menaçant le palais d'inondation ; des journées entières furent consacrées à cette tâche sous peine de mort, Axson Mayte ne tolérant pas de « mutinerie ». Notre misérable équipe dont j'étais assurément le membre le plus faible était obligée de ramper, là où nous ne pouvions nous tenir debout et, quand le plafond de pierre rugueux était bas, il nous fallait nous tortiller tels des serpents, à plat ventre… Me venait alors cette pensée sévère et judicieuse Voici ton enfer, tu t'y es toi-même jetée.

Il se peut cependant que cette dernière mortification ait eu de bons effets ; car il me vint à l'esprit peu après que, s'il en était ainsi, si je m'étais moi-même précipitée dans le trou de l'enfer, je pouvais aussi m'en extraire, si j'en avais le courage ; tout cela tandis que j'étais à plat ventre, sur mon ventre gonflé, dans un mélange putride de boue, de vase, d'excréments et d'ordures, où se voyaient aussi les ossements de serviteurs de temps anciens. Et une nouvelle pensée me vint Si je suis délivrée du trou de l'enfer, je consacrerai ma vie à libérer mes frères de souffrance *et à mon grand étonnement, cette pensée ne semblait pas venir de Dieu mais des profondeurs de mon âme, et s'exprimer par ma propre voix.*

S'ÉCHAPPER DU ROYAUME DES MARÉCAGES n'était possible que si mes compagnons d'esclavage ne me dénonçaient pas, ce que d'évidence ils ne firent pas ; même s'ils me soutinrent avec insistance que l'entreprise était « trop dangereuse », qu'il fallait ramper dans une sorte de grotte, ou de tunnel, et sortir du palais pendant la nuit ; puis traverser la forêt des Marécages par le plus pâle des clairs de lune. Ce fut pure chance qu'Axson Mayte n'eût pas le moindre souci de ma personne à ce moment-là, étant donné que j'étais bannie des salles hautes du palais ; peut-être même Axson

Mayte avait-il déjà amené une nouvelle épousée au palais, sans que j'en aie eu connaissance. Je me mis donc en route par une nuit froide de pluie et de neige intermittentes, avec moins de désespoir que de résolution ; je n'avais aucune idée du mois où nous étions ; ni même de l'année, car dans le royaume des Marécages, le Temps n'existait pas comme nous le connaissons ailleurs. Et donc – je ne sais comment – je refis le chemin en sens inverse – commençant à reconnaître les lieux à l'aube du jour suivant – découvrant avec des yeux émerveillés les collines qui entourent Princeton, treillissées maintenant d'une neige étincelante.

En entendant le terrible récit d'un être aussi avili, vous ne pouvez qu'éprouver de la répulsion pour l'abîme de péché, de dégradation, de bestialité et pis encore dans lequel votre Annabel est tombée. Je prie pourtant que votre cœur vous donne de me pardonner et, peut-être un jour, de m'aimer à nouveau ; et de m'accorder, à moi et à mon enfant à naître, un refuge à Crosswicks Manse.

Post-scriptum :
archéoptéryx

Le lecteur amateur des sciences naturalistes apprendra peut-être avec intérêt qu'au moins l'une des étranges espèces de charognards du cimetière des Marécages que décrit Annabel – celle qui est mi-oiseau, mi-reptile – n'est manifestement pas un simple fantasme issu de son délire, mais une créature bien réelle, que l'on trouve dans certaines régions isolées de l'est des États-Unis.

Bien que peu de personnes aient affirmé avoir véritablement vu ces oiseaux terrifiants – ils sont en effet rangés dans la classe des « oiseaux », étant capables de voler pendant un temps limité – il est manifeste, selon un biologiste de l'université que j'ai consulté, qu'il s'agit sans doute de descendants de l'*archéoptéryx*, un « reptile volant » disparu de l'ère jurassique. De telles créatures ne se rencontrent plus aujourd'hui que dans les Everglades (où elles ont pour compagnon le milan des marais), dans la région de l'Ogeechee en Géorgie, dans le sinistre marais Dismal de Caroline du Nord et, plus près de nous, dans les Pine Barrens du sud-est du New Jersey (qui couvrent plus de dix-sept cents miles carrés) ainsi que dans le Grand Marécage, ou marécage de Crosswicks, situé à quelques kilomètres au sud-ouest de Princeton.

La malédiction incarnée

Comme je suis épuisé, et vide d'émotions, après ce récit des aventures cauchemardesques d'Annabel Slade dans le royaume des Marécages ! J'ai beau l'avoir lu nombre de fois, chaque lecture me bouleverse davantage et me fait craindre pour mon objectivité d'historien.

J'éprouve aussi une grande compassion pour ce pauvre Josiah, qui nota ce récit bouleversant verbatim, pendant de longues heures, presque terrassé par l'émotion lui aussi, et avec une telle fureur qu'il en avait la main endolorie et pouvait à peine tenir la plume.

Si seulement ce livre des *Maudits* pouvait prendre fin avec le retour d'Annabel parmi les siens, leur pardon et leur immense soulagement de l'avoir enfin retrouvée, et la naissance de son enfant – *son* enfant, et non celui du Malin !

Malheureusement, il n'en fut pas ainsi. Pour autant que j'aie pu le déterminer, Annabel mourut en couches ou peu de temps après ; vers la fin de son accouchement, elle sombra dans un coma dont elle ne se réveilla pas ; grâce aux efforts de l'habile sage-femme, Cassandra, le bébé « naquit » – mais ne vécut pas plus de quelques secondes.

Appelé à Crosswicks Manse, le Dr Boudinot ne put rien pour la jeune mère, qui avait cessé de respirer, et dont le corps commençait déjà à refroidir ; consterné, le médecin signa un certificat de décès déclarant qu'Annabel était morte de « complications » postnatales. (Certificat que j'ai retrouvé dans les archives du Borough de Princeton ; je n'ai en revanche trouvé aucune trace de la naissance ou du décès du nouveau-né, arrière-petit-fils de Winslow Slade, qui ne reçut ni nom ni baptême.)

Annabel et son enfant furent ensevelis dans le mausolée familial du cimetière de Princeton, au cours d'une cérémonie privée, interdite à tout autre que les Slade par un décret spécial, pris par la police à la demande de la famille.

C'est ce qui fut dit, et ce qui fut généralement cru.

LE CARNET MOIRÉ-TURQUOISE ne contient que le récit d'Annabel, ainsi que je l'ai dit ; pour comprendre les événements confus qui suivent, l'historien est donc obligé de consulter diverses sources, dont malheureusement aucune n'est absolument fiable.

Si toutes s'accordent sur le fait qu'Annabel Slade décéda dans le lit de son enfance, après un accouchement éprouvant, et qu'elle fut mise au tombeau peu après, les avis divergent beaucoup concernant l'enfant : était-ce un monstre ou un nouveau-né normal ?

Le carnet Maroquin-beige, le journal de Josiah, ne contient aucune entrée pour cette période, mais plusieurs pages en ont été arrachées.

Le carnet Ivoire de Mme Johanna van Dyck consacre une dizaine de pages au sujet ; mais, comme elle ne fut pas directement témoin des événements de Crosswicks Manse et ne rapporte que ragots et rumeurs, son récit n'a qu'une valeur limitée. Mme van Dyck semble avoir supposé – comme beaucoup à

Princeton – que le bébé était né « prématurément » du fait des épreuves physiques endurées par la mère. *Ainsi s'achève cette malheureuse histoire,* écrit Mme van Dyck. *Dieu ait pitié de ces pauvres âmes !*

Adelaide Burr, dans son carnet Cuir-de-veau-rouge, semble avoir disposé de quelques informations supplémentaires, probablement par l'intermédiaire d'amies cancanières et de domestiques bavards, ou par une indiscrétion du Dr Boudinot ; car, bien que souffrant d'une fièvre non diagnostiquée, dont elle redoutait qu'elle ne fût *les prémices de la maladie du sommeil laotienne*, l'invalide consacre quelque trente pages d'une écriture serrée à ce qu'elle appelle LA TRAGÉDIE DE CROSSWICKS MANSE. Si captivée par son sujet salace qu'elle en omet par moments de recourir à ses habituelles pattes de mouche hiéroglyphiques pour écrire en anglais ; notamment quand elle s'interroge sur la « nature de la difformité » de l'enfant, dont elle a appris par des « sources dignes de foi » qu'il avait *la peau noire* ; et qu'elle se demande s'il faut voir dans cette « cruauté de la nature » une « juste & nécessaire punition divine » du péché de « métissage », interdit par la loi, ou si un tel phénomène est une sorte de « mutation » naturelle – à la façon des siamois ou des nains. Les entrées précédentes traitent de « la pitoyable nouvelle qui horrifie tout Princeton » : le retour dans sa famille de la pauvre Annabel parmi les siens, et la mort de la jeune fille en couches, après la mise au monde d'un *enfant mort-né* ; ce n'est qu'un jour plus tard, ayant pris connaissance d'une « nouvelle vague » de nouvelles, qu'Adelaide ajoute que le bébé a *la peau noire* ; et plusieurs jours après qu'elle écrit que le bébé était en fait un « monstre de la nature », né avec deux têtes, des « bras-nageoires » atrophiés, et certains organes vitaux, tels que cœur, foie et reins, à l'extérieur du corps. « Qu'il est miséricordieux qu'il y *ait* un Dieu – pour priver de souffle un être ainsi affligé. » (Adelaide se complaît ensuite dans des considérations malsaines, se demandant si, à supposer que Horace et elle aient eu un enfant, « il aurait ressemblé à quelque chose de décemment humain ou été si malignement difforme, tel que Horace m'apparaît quelquefois dans son débraillement, que l'on m'aurait enfermée dans un asile jusqu'à la fin de mes jours, comme la fameuse Mme Andrew West. » (Tel était en effet le bruit cruel qui courait sur la femme du doyen West, disparue vingt ans plus tôt.)

À Prospect House, les Wilson furent naturellement choqués et bouleversés par ce que Woodrow appela la « tragédie imméritée des Slade » ; car il avait eu beaucoup d'affection pour Annabel, comme pour Josiah, et estimait que la « disgrâce » de la jeune femme devait être attribuée à l'immoralité croissante du monde séculier – voire du cœur même de l'orthodoxie protestante. Vivant, selon les termes blessants de certains observateurs, « dans une juponnière » avec son épouse, ses filles et une belle-mère omniprésente, Woodrow était partagé sur le sujet de la Femme, et doutait que les « inclinations naturelles » de ce sexe incluent une profondeur morale et rationnelle équivalente à celle de l'Homme. La conduite mystérieuse d'Annabel Slade lui semblait donc justifier certains de ses doutes, et signaler à tous que des années d'éducation chrétienne ne triomphent pas toujours du fait biologique de la féminité *ab initio*.

Jessie Wilson, l'amie d'Annabel, fut profondément ébranlée par la nouvelle de sa mort ; mais elle refusait d'en parler, et du « bébé noir difforme » moins encore, se limitant à dire que, depuis la mort d'Annabel, ses cauchemars semblaient avoir diminué, ce dont elle se réjouissait. « Depuis que je ne rêve plus d'Annabel… je ne rêve plus de rien ! C'est comme si elle avait emporté avec elle toutes mes émotions, en me laissant là. »

Sa robe de satin rose de demoiselle d'honneur resterait des années dans son armoire de Prospect House ; Jessie ne la remettrait jamais, sincèrement convaincue qu'elle serait victime d'une malédiction si elle osait jamais la porter.

Dans son carnet Moiré-brun, Wilhelmina Burr fait un récit ému de ce qu'elle a pu apprendre de l'épreuve endurée par son amie bien-aimée ; elle note d'abord sa consternation de ne pas avoir été autorisée à lui rendre visite à Crosswicks Manse, son inquiétude sur l'état de son amie, puis un certain nombre de rumeurs : qu'Annabel avait succombé à la folie et tenté de nuire à elle-même et à son enfant en abusant du laudanum ; qu'Annabel n'était pas morte en couches, mais quelques jours plus tard, alors qu'elle allaitait son enfant nouveau-né ; que le Malin était venu chercher son fils et l'avait emmené, sans que les Slade osent lever le petit doigt pour l'en empêcher… Et puis vint l'annonce de la mort d'Annabel, une nouvelle que Wilhelmina se refusa d'abord à croire.

Comme les autres habitant du West End, elle fut « déroutée et outrée » de ne pouvoir assister à l'enterrement d'Annabel, et sombra dans la mélancolie en songeant qu'elle ne reverrait jamais son amie ; puis elle se mit à rêver qu'en réalité Annabel *n'était pas morte* ; et que son amie et elle seraient bientôt réunies, *de ce côté-ci de la tombe*.

Au sujet de l'enterrement dans le cimetière de Princeton, Wilhelmina entendrait dire que, au moment où les portes du mausolée s'étaient lentement fermées, Josiah avait éclaté en sanglots et refusé le réconfort de sa mère ou de quiconque ; que Todd était sorti de son état d'hébétude pour se ruer vers le mausolée, s'agrippant à ses portes et se colletant avec les assistants qui les fermaient, hurlant avec colère que sa cousine Annabel *ne devait pas mourir et ne mourrait pas, parce que Todd ne le permettrait pas et que Todd la ramènerait*.

Parmi les Princetoniens circulaient alors les rumeurs les plus folles ; la plus bizarre, rapportée à Amanda FitzRandolph par une voisine d'Edgehill Road, était que l'enfant d'Annabel Slade n'était pas un être humain, mais un *serpent noir,* à la tête ronde et brutale, aux yeux topaze, dont le corps, long d'au moins soixante-dix centimètres, épais et musculeux, recouvert d'écailles « en losange », luisait du sang de sa mère. Amanda en avait défailli de dégoût et d'incrédulité ; quand elle demanda ce qu'il était advenu de cette chose hideuse, on lui répondit qu'elle s'était *échappée.*

Car tous ceux qui avaient assisté à l'accouchement, lui dit-on, avaient été pétrifiés d'horreur et d'incrédulité, et trop effrayés pour saisir le serpent ou pour le frapper avec une arme quelconque. « Si bien que l'horrible chose s'est coulée hors du lit, a rampé jusqu'au rez-de-chaussée et quitté Crosswicks Manse. Et c'est la vue de ce serpent qui a terrifié Annabel au point de la précipiter dans un coma dont elle ne s'est jamais réveillée. »

Mme FitzRandolph s'écria : « Ridicule ! Cette rumeur est parfaitement absurde. »

Sa voisine s'en alla donc, penaude ; mais elle rapporterait à d'autres que, lorsqu'elle avait raconté cette naissance diabolique, Mandy FitzRandolph en avait paru beaucoup moins étonnée qu'on aurait pu s'y attendre.

Troisième partie

« *The Brain, within Its Groove*[1]... »

L'ÉCRIVAIN DOIT FAIRE APPEL AUX PHYSICIENS
ET À CEUX QUI CONNAISSENT BIEN LES RESSORTS SECRETS
ET LES PERVERSIONS POSSIBLES DE L'ESPRIT HUMAIN.
Charles Brockden Brown,
Avertissement, *Wieland*, 1798[2]

1. « Le Cerveau, dans Son Sillon », premier vers d'un poème d'Emily Dickinson (*NdT*).
2. *Wieland ou La Voix mystérieuse*, éd. établie et présentée par Liliane Abensour et Françoise Charras, José Corti, Paris, 1990. (*NdT*)

« Voix »

Après la mort de sa sœur, il fut noté que Josiah Slade était « extrêmement changé » et avait une « conduite étrange » ; néanmoins, ces observateurs, qui ne voyaient de l'homme que son enveloppe, ne se doutaient pas à quel point le jeune héritier de Crosswicks Manse était changé et étrange.

Alors qu'avant la mort d'Annabel il avait déployé une activité frénétique pour la rechercher et se venger d'Axson Mayte, il devint un quasi-ermite, vivant en reclus à Crosswicks Manse, ne consentant que rarement à dîner avec sa propre famille. Il avait tenté de situer le royaume des Marécages où Annabel avait été retenue captive, mais sans succès ; les cartes anciennes du New Jersey n'indiquaient pas davantage de zone marécageuse aussi vaste, en dehors des Pine Barrens, et du marais plus modeste de la forêt de Crosswicks, qui ne couvrait que quelques hectares et que Josiah avait vainement exploré à maintes reprises.

Bien souvent Josiah imaginait avoir tué Axson Mayte le jour où Woodrow Wilson le lui avait présenté, sur le campus de l'université ; sauf que, naturellement, il n'aurait jamais commis un acte aussi dément.

« Nos vies ne peuvent être interprétées que rétrospectivement, et pourtant il nous faut les vivre au jour le jour, en aveugles. Quelle folie que la condition humaine ! »

Pendant tout l'hiver et le printemps 1906, Josiah ne quitta quasiment pas Crosswicks Manse, ruminant et se reprochant son échec ; car il se croyait véritablement responsable de la mort de sa sœur, qu'il n'avait pas su prévenir. Pendant ses longues nuits d'insomnie, il lut et relut les livres qu'il jugeait indispensables pour comprendre la nature humaine et susceptibles de l'éclairer sur la conduite à adopter : *L'Étrange Cas du Dr Jekyll et de M. Hyde* de Robert Louis Stevenson, *Histoires grotesques et sérieuses* d'Edgar Allan Poe, *Wieland* de Charles Brockden Brown ; *Frankenstein ou le Prométhée moderne* de Mary Shelley, dans l'édition 1818 ; sans oublier *Paradis perdu* de Milton, ainsi que les tragédies de Shakespeare – *Macbeth, Othello, Le Roi Lear, Hamlet* – qui lui semblaient particulièrement en rapport avec sa situation. Il était si agité qu'il tenait rarement en place plus d'une demi-heure, et devait arpenter la pièce ou sortir marcher à grands pas au clair de lune ; il avait pour habitude de lire plusieurs livres à la fois ; à peine en commençait-il un qu'il l'écartait pour en prendre un autre – tantôt *Sister Carrie* de Theodore Dreiser, tantôt *L'Appel sauvage* de Jack London ; tantôt Platon, Thucydide, Goethe et Hegel, empruntés à la bibliothèque de son grand-père ; tantôt la Bible de Gutenberg, magnifique quoique dépenaillée, enchâssée dans la bibliothèque et ne pouvant en être sortie. (Assis près de lui, Winslow Slade l'observait alors, mais faisait peu de commentaires ; car, comme Josiah, Winslow semblait se reprocher la mort d'Annabel, qu'il n'avait su prévenir ; et, depuis son attaque, le vieil homme avait perdu beaucoup de la vigueur et de la bonté qui avaient fait sa renommée, et paraissait maintenant un être mélancolique, oublié par la vie, échoué au milieu des débris de son existence et de sa réputation passées.) « As-tu des questions, Josiah ?

– Des questions ? Quelles questions ?

– Sur ce que tu es en train de lire… Il me semble que tu pourrais en avoir. »

Winslow Slade parlait avec bonté et simplicité, ayant vu son petit-fils grimacer en lisant la Bible ; car bien de choses dans la Bible peuvent susciter des grimaces d'incompréhension. Mais Josiah se contenta de hausser les épaules.

« Je me pose beaucoup de questions, grand-père, mais aucune à laquelle la Bible puisse répondre. »

La concentration de Josiah était toutefois faible, en dépit de la férocité de sa détermination, car des pensées, qui prenaient la forme de « voix » étrangères, l'assaillaient avec toujours plus de virulence.

Tu le feras, n'est-ce pas ? – hein ? Oui bien sûr que oui… toi !

Quand le vacarme devenait insupportable, il devait fuir la maison, s'en aller errer dans la forêt ou marcher le long de chemins de campagne : il avait les nerfs si tendus qu'il ne supportait la compagnie de personne ; il avait cessé de voir ou même de parler à ses amis de Princeton, qui à force de rebuffades avaient cessé de chercher à prendre de ses nouvelles. Il aurait aimé rendre visite à Pearce van Dyck dans son bureau de l'université, mais ne pouvait se résoudre à mettre les pieds sur le campus ; stupides, les étudiants lui inspiraient impatience et mépris ; intelligents et sérieux, ils éveillaient son envie et le regret de sa jeunesse perdue.

Il évitait dans la mesure du possible les trottoirs animés de Nassau Street. Car il imaginait, non sans raison, que l'on se retournait sur son passage ; par pitié, par compassion, mais aussi avec une satisfaction cruelle.

Est-ce l'un d'eux ?... un Slade ?

À leur place, on aurait honte de se montrer.

Dans la librairie Micawber, Josiah avait aimé butiner, feuilleter les livres et les acheter par brassées ; à présent, il se glissait furtivement dans les allées à la recherche d'un titre unique qui éveillerait sa curiosité et qu'il éprouverait le besoin d'acquérir sur-le-champ, comme si sa vie en dépendait. Ainsi avait-il acheté impulsivement des livres aussi divers que *Wilson Tête-de-mou* de Mark Twain, dont le « calendrier » de petites ironies incisives l'avait séduit ; *Personal Memoirs* d'Ulysses S. Grant, qui lui paraissait un document sincère, courageux en même temps que mélancolique ; *La Case de l'oncle Tom* de Harriet Beecher Stowe, qui éveilla sa compassion et son indignation, et le convainquit définitivement qu'il était du devoir des Américains « blancs » de fonder une société où les Américains « nègres » pourraient être librement chez eux, en égaux.

Josiah avait également commandé un petit livre, qu'il alla chercher avec beaucoup de curiosité : un recueil de poésie d'Emily Dickinson. Ce mince volume de poèmes très courts avait apparemment connu de nombreuses rééditions depuis sa première publication, en 1890 ; l'édition que Josiah avait en main datait de 1896. Pourtant, les remarques de Wilhelmina mises à part, il n'avait jamais entendu parler de cette poétesse, et il douta de la valeur de son achat jusqu'à ce que, le feuilletant sur le chemin du retour, il fût impressionné par le timbre singulier de cette « voix », si différente de toutes celles qu'il avait rencontrées jusque-là :

Tell all the Truth but tell it slant—
Success in Circuit lies

Too bright for our infirm Delight
The Truth's superb surprise
As Lightning to Children eased
With explanation kind
The Truth must dazzle gradually
Or every man be blind[1] —

« Si je dois être hanté par des "voix", qu'il serait sage d'être hanté par celle-ci ! »

Parfois, cependant, il éprouvait le besoin de fuir Crosswicks Manse et Princeton ; préférant la voiture au train (où il aurait rencontré des Princetoniens), il se rendait à New York pour déambuler dans les rues, émerveillé par la foule des passants, dont beaucoup semblaient des immigrants et parlaient des langues qui lui étaient totalement étrangères. Bien qu'il eût des parents et des amis disposant d'hôtels particuliers dans Park Avenue et dans la Cinquième Avenue, avec vue sur Central Park, il ne prenait pas contact avec eux, préférant arpenter sans but les rues populeuses du quartier de la Bowery – où il y avait eu autrefois une ferme hollandaise verdoyante ; tout aussi attirantes étaient les rues encombrées du West Side, les marchés de « produits frais » et le quartier des abattoirs de l'Hudson, le quartier des vêtements et celui des « fleurs fraîches », les

---

1. Dites toute la vérité mais de façon oblique –
Le Succès s'affirme par des Voies détournées
Trop éblouissante pour notre Joie infirme
La surprise superbe de la Vérité
Doit comme l'Éclair pour les Enfants
Être adoucie par d'aimables explications
La Vérité doit éblouir graduellement
Sinon nous serions tous aveugles –
Emily Dickinson, *Poésies complètes*, Flammarion, Paris 2009, trad. Françoise Delphy. (*NdT*)

immeubles de grès brun du Lower East Side, aussi grouillants de vie que des ruches… Le simple fait de traverser des rues aussi larges que les Cinquième, Sixième ou Septième Avenues, ou celle, si bien nommée, de Broadway, perfidement oblique, où les véhicules se croisaient à un train d'enfer sur des voies mal définies – chariots de marchandises et fourgons d'incendie tirés par des chevaux, voitures et fiacres ; les fréquentes apparitions de véhicules à moteur et le concert permanent de trompes venant encore ajouter à la confusion – était une gageure qui fouettait le sang de Josiah à l'égal de la perspective d'une bataille. Car les conducteurs des chariots et des fourgons d'incendie filaient entre les véhicules plus lents sans se préoccuper des coups de trompe ni des cris des piétons ; cinglant d'autant plus leurs chevaux écumants que l'encombrement de la rue aurait dû les inciter à la prudence. Josiah manqua à plusieurs reprises être heurté par des chevaux au galop, et par une automobile aux accessoires de laiton dont le chauffeur en uniforme daigna à peine lui accorder un regard, comme si l'héritier de la fortune des Slade n'avait pas plus d'importance qu'un misérable chien errant ; mais ce n'était rien à côté du danger qu'il courut quand un fourgon d'incendie, roulant à tombeau ouvert et tiré par quatre chevaux mal appariés, quitta brutalement la chaussée et monta sur le trottoir encombré de piétons pour éviter une collision frontale avec un chariot de marchandises. Très secoué, Josiah cria au conducteur : « Restez sur la chaussée, bon Dieu ! » – mais le fourgon avait déjà repris sa course folle. La rage vous prenait aussi vite qu'elle retombait, car la caractéristique des rues de Manhattan était la *trépidation* et l'*éphémère*.

Alors que Josiah souriait rarement à Princeton, il se surprenait souvent à sourire à Manhattan, amusé par tant d'activité impersonnelle et d'audace téméraire.

Que le monde était donc vaste et mystérieux ! Que Princeton était petit, provincial, *irréel* ! Coupée de la vitalité brute, de la vulgarité, de tout ce qui était *étranger*, son université semblait flotter, telle une île enchantée, très légèrement au-dessus de la Terre. Les librairies de Manhattan, notamment, étaient très différentes de Micawber, avec ses livres et ses revues de qualité méticuleusement rangés et, dans des vitrines spéciales, au fond du magasin, ses livres anciens, vendus à des prix élevés. Dans un grand magasin animé de Broadway, qui ressemblait davantage à un petit entrepôt qu'à une librairie, Josiah acheta le recueil d'articles controversé de Lincoln Steffens, *The Shame of the Cities*, qu'on ne trouvait pas chez Micawber, ainsi que plusieurs numéros d'une revue socialiste, grossièrement imprimée, dont le titre, *Appel à la raison*, le séduisit. « Car là est notre seul espoir : en "appeler à la raison". » Ensuite, sur un banc d'Union Square, sourd au tohu-bohu environnant, il lut avec autant de fascination que de dégoût un passage de *La Jungle*, décrivant de façon extrêmement personnelle, presque de l'intérieur, les conditions de travail ignobles des abattoirs et des usines de conditionnement de Chicago.

Indigné, il se demanda… si ces révélations pouvaient être vraies. « Durham », le patron fortuné et sans scrupule du roman, semblait le portrait à peine déguisé de J. Ogden Armour.

« Mais les Armour sont nos amis, se disait Josiah. Les amis de mes parents et de mes grands-parents. Sont-ils informés de *cela* ? »

Il ne parvenait pas à croire que cette famille bien née de Princeton, dont il avait connu les fils à l'Academy, eût un rapport direct avec la branche familiale de Chicago, dont J. Ogden Armour était le chef ; pourtant, ils détenaient certainement des actions de cette société florissante, ainsi d'ailleurs que les Slade, peut-être… Deux ans auparavant, au moment de la grande grève de Chicago, où des milliers de briseurs de grève noirs avaient été embauchés pour remplacer les ouvriers syndiqués grévistes, Josiah voyageait dans l'Ouest, et ne s'était guère intéressé aux journaux ni aux « nouvelles ». À présent, lisant le compte rendu de ces incidents dans l'*Appel à la raison*, il avait honte d'être aussi mal informé.

Les Slade et les Armour de Princeton étaient des familles illustres du West End, et donc alliés et amis *par tradition*. Eloise Armour avait été du petit cercle d'amies et de camarades de classe d'Annabel, avec Wilhelmina Burr. Et c'était l'intervention déterminante de l'un des fils Armour, Timothy, étudiant de quatrième année à l'université de Princeton, qui avait valu à Josiah cette précieuse invitation à rejoindre l'Ivy, qu'il avait dédaignée. Josiah voulait croire que les Armour auraient la même réaction que lui s'ils lisaient *La Jungle*.

Néanmoins, à mesure qu'il poursuivait ses lectures, dans d'autres numéros de la revue socialiste, la consternation et l'écœurement de Josiah augmentèrent encore. Que des ouvriers travaillent dans de telles conditions – assez semblables à ce qu'avait vécu sa sœur Annabel dans les sous-sols du palais des Marécages – était scandaleux ; si pauvres, si prisonniers de l'étau économique que, même malades et blessés, ils n'avaient d'autre choix que de retourner faire le travail qui les tuaient : tuberculose, rhumatismes, « fièvre du lundi », empoisonnement du sang, accidents de toutes sortes sur le sol glissant de sang et d'abats des salles d'abattage. Le plus horrible était les salles des engrais et d'« échaudage », où, lut Josiah, il arrivait que des ouvriers tombent dans des cuves d'eau bouillante et, dissous en l'espace de quelques secondes, soient ensuite expédiés aux quatre coins du monde sous forme de « saindoux Durham cent pour cent pur porc » ! (Après la lecture de ce fameux chapitre 9 du récit d'Upton Sinclair, Josiah dut fermer la revue pour se remettre.)

« Se peut-il que j'aie mangé à mon insu une partie quelconque d'un de mes frères humains ? Que, à la table de notre salle à manger, ma famille et moi ayons été des *cannibales* ? » Cette idée était si abominable que Josiah ne put rien avaler de la journée, pas même du pain ou du fromage.

CES VOIX ! Une meute de chiens de l'enfer, lancée à ses trousses.

Josiah n'assistait plus que rarement aux services religieux, à présent. Quand il le faisait, il évitait de s'asseoir sur le banc familial, car se voyant par les yeux des autres, privilégié et infâme à peu près à égale mesure, son nom de Slade lui faisait horreur. Il entrait donc furtivement dans la première église presbytérienne, espérant passer inaperçu y compris des siens ; il se glissait sur un banc, au fond de l'église, et se cachait le visage dans les mains, accablé de remords.

Remords de ne pas avoir réussi à tuer Axson Mayte, tout autant que de ne pas avoir perçu la détresse d'Annabel lorsqu'elle était la fiancée du lieutenant Bayard.

Prier ouvertement dans le cadre d'une église n'avait jamais été dans les habitudes de Josiah, non plus que la prière intime, car il ne pouvait imaginer, étant donné les millions d'êtres peuplant la Terre, que le Créateur puisse les distinguer entre eux. Il avait depuis longtemps abandonné l'espoir d'acquérir ce mélange de foi et d'intelligence qui avait valu à son grand-père Slade un si grand respect – parmi ceux de sa classe.

Écoutant à peine le successeur de Winslow, le révérend FitzRandolph, qui tirait des Écritures les conclusions les plus attendues et les plus banales, et s'adressait à ses ouailles comme si elles étaient bel et bien un *troupeau*, Josiah glissait dans une profonde rêverie, le laissant sans défense contre l'assaut des voix qui, aiguës et moqueuses, imitaient celles des chérubins pour mieux se fondre à sa voix de prière : *Notre Père infernal qui êtes en enfer, damné soit votre nom et damné votre royaume pour toujours et à jamais* AMEN.

La tentatrice bas-bleu

« Josiah ! Je suis ton amie, viens me voir quand tu le pourras, je t'en prie. Ou quand tu le souhaiteras. Je t'en prie ! » – voilà ce que Wilhelmina murmure tout bas, essayant ces mots exaltants, indicibles, tandis qu'elle ajuste son nouveau chapeau « mou » dans une glace, se débat avec les boutons fermant les poignets étroits de son corsage de coton blanc à col marin, ou prépare son encombrant carton à dessin pour ses cours new-yorkais avec Robert Henri.

Mlle Wilhelmina Burr a le cœur épris, mais la tête volontaire !

Au printemps 1906, Wilhelmina a commencé à enseigner l'Art, l'Élocution et l'Eurythmie au séminaire pour jeunes filles de Rocky Hill, aux abords de Princeton, sur l'ancienne King's Road qui mène à New Brunswick ; elle y est instructrice à temps partiel, au grand désolement de sa famille ; car les Burr jugent déshonorant, et embarrassant, le seul fait que leur jeune fille à marier « travaille » – que ce soit en compagnie de « vieilles demoiselles » de familles bourgeoises, ou pis encore – n'arrange rien.

Plus alarmant encore pour les Burr, ces jours où Wilhelmina prend le premier train du matin pour New York afin de satisfaire le penchant « exalté, quoique imprécis » qu'elle a pour l'art.

Car Wilhelmina tire gloire de l'entêtement même qu'elle met à pouvoir être autonome si nécessaire et indépendante de tous les Burr.

« Sinon je serai obligée de me marier. Et, faute de pouvoir faire un mariage d'amour, j'y serais contrainte pour des raisons financières. *Je m'y refuse.* »

De la sorte, Willy se croit satisfaite. Ou croit qu'elle devrait l'être. Car dans cette nouvelle phase de sa vie, il se trouve que des hommes lui manifestent plus d'« intérêt » qu'ils ne le faisaient auparavant ; sauf qu'aucun d'eux n'est tout à fait idéal. Et que, bien entendu, aucun d'eux n'est Josiah Slade.

De fait, l'attention de ces hommes commence à importuner Wilhelmina et lui est bien moins agréable qu'on ne pourrait le supposer.

Sa rencontre avec le comte English von Gneist, par exemple – que, résolument, Wilhelmina chasse de ses pensées.

« Un malentendu. Malencontreux. Jamais plus ! »

Sur son poignet gauche, la jeune femme outrée garde encore la trace des doigts puissants du comte – un véritable étau ! Et elle garde encore le souvenir de son large sourire dentu. Et de l'éclat furieux de ses yeux topaze. Jamais plus !

Néanmoins, en biographe bienveillant, ajouterai-je que cette jeune femme au franc-parler n'est pas aussi innocente qu'elle se l'imagine ?

Il semble en effet qu'une sorte de démon femelle sournois guette dans le regard sérieux de ses yeux bruns et déforme son sourire en y substituant le sien ; une rougeur séduisante lui monte aux joues, involontaire, dans la compagnie des hommes ; alors qu'elle s'interdit pourtant la coquetterie la plus innocente, de peur de malentendus. Willy a beau ramasser sa chevelure frisée en un chignon de maîtresse d'école, elle a beau se frictionner le visage au point qu'il brille comme de la stéatite, provocant de banalité, rien n'y fait : elle devenue une femme qui « tourne les têtes ».

Pour ses journées d'enseignement à Kingston, elle veille à ne mettre que des corsages de coton blanc à col montant et à manches étroites, et préfère les jupes amples aux jupes « entravées » ; bien qu'elle déteste se sentir suffoquer, Willy s'emprisonne tous les matins jusqu'aux hanches dans un corset droit devant afin de transformer sa chair douce et élastique en une sorte d'armure. (Malgré elle, sa silhouette corsetée lui attire des regards admiratifs, car, même sous les jupes les plus amples, elle semble manifestement harmonieuse.) Willy méprise les coiffures sophistiquées et les chapeaux emplumés à large bord ; ne porte aucun bijou à l'exception de la montre épinglée à son corsage et d'une minuscule broche d'ivoire en forme de cygne, un bijou de famille que lui a récemment offert sa tante Adelaide. (Mais qui lui a été apporté à Pembroke House par son oncle Horace Burr.) Et ses bas fins sont de laine ou de coton noirs, ses chaussures de cuir noir, sagement boutonnées. Malgré tout, il y a quelque chose de *furtif* et de *lascif* dans son pas, dans l'inclinaison de sa tête et, surtout, dans ses regards voilés. Car comment expliquer autrement que les hommes de Princeton, y compris certains hommes mariés à la félicité conjugale proverbiale, la regardent comme ils le font ?

« Ce doit être ma faute. Il doit y avoir quelque chose de nouveau, mais… quoi ? »

Dans la même semaine, Willy se voit l'objet des attentions importunes et désagréables du bedonnant Copplestone Slade, du taciturne Hamilton Hodge, du sacerdotal Dr Woodrow Wilson, du révérend Thaddeus Shackleton, et même du goutteux Grover Cleveland. Des chauffeurs lui ont apporté des lettres d'amour cachetées, des petits écrins joliment emballés de la prestigieuse joaillerie Hamilton, et quantité de paquets de chez Edmund Sweet – chocolats, confiseries, forêts-noires et même bonbons à la gelée. (Des bonbons à la gelée! Willy est perplexe, car qui voudrait de ces sucreries pour enfants, auxquelles elle n'a plus touché depuis l'âge de seize ans?) Les fleurs sont naturellement le cadeau de prédilection : elle a reçu des dizaines de roses à longues tiges du fleuriste de Bank Street, plus des gardénias, des lys, des marguerites et du lilas, des orchidées en pot. Même au séminaire, où Wilhelmina est Mlle Burr, une instructrice qui passe pour faire travailler ses élèves et décourager les niaiseries, elle reçoit des lettres illicites que des jeunes filles lui glissent dans la main, à son grand embarras; elle refuse fermement tous les présents, même venant de parents reconnaissants et pour des motifs « désintéressés ».

À contrecœur Willy ouvre l'un de ces *billets doux**, envoyé par un gentleman, et le cliché de la formule d'appel lui arrache un soupir – *Chère et adorée Mlle Burr, Chère beauté*; avec impatience, elle parcourt les protestations d'amour, teintées de subtil reproche, et note la signature ou, comme cela se produit souvent, l'absence de signature.

« C'est une sorte de maladie, une épidémie. Mais qui est responsable? »

Lorsque ces attentions indésirables avaient commencé, au début du printemps 1906, alors que le scandale et la tragédie d'Annabel Slade s'effaçaient et que les apparitions de l'« enfant bestial » avaient quasiment cessé, Willy avait éprouvé, à sa grande honte, une sorte de plaisir enfantin. Ce n'était pas le genre d'attentions que sa mère avait espérées pour elle, après les dépenses engagées pour son entrée dans le monde, à Manhattan, mais elles paraissaient sincères et passionnées. Il n'est pas étonnant – et nous devons nous garder de juger trop sévèrement Wilhelmina Burr – que cette jeune femme, âgée d'à peine vingt et un ans, eût été flattée par cet intérêt masculin. Elle pensa peut-être que les attentions des hommes mariés n'étaient qu'un jeu, sans caractère de sérieux. Que ce comportement était courant à Princeton et qu'elle n'en avait rien su.

S'observant dans la glace, d'un œil critique et néanmoins plein d'espoir : « Se peut-il que "Willy" soit belle, finalement ? Et va-t-il s'en rendre compte – finalement ? »

Car pour Wilhelmina cet intérêt masculin ne peut être qu'un prélude à celui de Josiah Slade, qui occupe toujours exclusivement ses pensées.

Dans ses rêves les plus doux, elle sent les lèvres de Josiah – chaudes, fermes et néanmoins tendres – pressant les siennes ; car le baiser impulsif du salon-véranda, vieux maintenant de plusieurs mois, est aussi vif dans son souvenir que s'il datait de la veille. Réveillée de ce rêve délicieux, elle en pleurerait – de joie ou de chagrin, elle ne saurait le dire.

Car Willy a appris, de plusieurs sources, que Josiah s'est *retiré* de la vie depuis la mort d'Annabel. Elle le voit comme un moine, un pénitent, parfaitement admirable. Il ne lui viendrait jamais à l'idée de le juger durement, de lui reprocher de s'être joué de ses sentiments, pas davantage qu'elle n'aurait jugé Annabel, son ami la plus chère.

Même si elle avait pu être flattée de recevoir cartes et présents, Wilhelmina savait qu'elle devait ignorer les cartes et renvoyer les présents chaque fois que possible. (Comment, cependant, renvoyer des fleurs ? Willy les gardait donc et, devant la beauté et les parfums de son salon-véranda, ses visiteurs déclaraient en plaisantant qu'un tel cadre avait de quoi vous *ravir en extase*.) Il était également impossible de renvoyer les présents anonymes ; ou de refuser l'exquise broche de famille que sa tante Adelaide était censée lui avoir offerte par l'entremise de son oncle Horace.

(Willy trouvait étrange qu'aucun mot d'Adelaide n'eût accompagné la broche. Et que Horace eût jugé nécessaire de la lui apporter en personne, un dimanche après-midi où elle était seule dans la maison, sous prétexte que la broche était trop précieuse pour être confiée à un garçon livreur.) « Mais… comment va tante Adelaide ? Se porte-t-elle bien ou… pas vraiment bien ? » demanda Willy à son gros oncle moustachu, qui répondit, avec un sourire mélancolique : « Pas vraiment bien, Willy, je le crains. Il y a des jours où l'on dirait presque que cette pauvre Puss n'arrive pas totalement à *se réveiller.* »)

Les semaines passant, cependant, ces « attentions » ont commencé à irriter Willy – d'autant que la majorité des hommes qui l'importunent sont âgés, mariés et généralement indésirables.

Si perturbante que soit la conduite des hommes, celle des femmes l'est encore plus.

Ainsi, rencontrant les trois filles Wilson chez Edmund Sweet, Willy leur adresse son sourire le plus amical et les invite à s'asseoir à sa table pour partager thé et gâteaux ; mais l'aînée, Margaret, secoue vigoureusement la tête, tandis que Jessie et Eleanor refusent avec nervosité. Car, apparemment, leur père attend les médicaments qu'elles sont passées chercher à la pharmacie, et elles ne sont entrées que pour acheter quelques petits gâteaux à manger en chemin. Peu après, Mme Johanna van Dyck, qui s'est toujours montrée raisonnable et amicale, se détourne avec un froncement de sourcils quand Willy et elle se croisent par hasard chez Micawber ; et Mme Cleveland, plantureuse et glamour, portant manteau, chapeau et manchon de zibeline, hautes bottines à boutons, ignore si cruellement la jeune et souriante Wilhelmina dans Palmer Square que la pauvre Willy en a presque un malaise.

Et dans les jours et les semaines qui suivent, Willy est également snobée par Mme Sparhawk, Mme Morgan, Mme Pyne, Mme Armour et sa fille Eloise ; et même par Mandy FitzRandolph (sur qui commencent à courir des bruits inquiétants), une amie de toujours. *Oh ! Annabel, si seulement tu pouvais m'aider !* pense-t-elle. *Qu'ai-je fait, que puis-je faire pour me corriger ?*

Ce qui contrarie le plus Willy, c'est que Josiah n'est pas venu lui faire visite, ne lui a pas donné signe de vie depuis le jour de ce baiser surprise. Plusieurs fois elle a cru le voir dans Princeton, mais de loin. Elle n'a pas voulu lui courir après, si ostensiblement, et s'exposer à une nouvelle rebuffade. Et elle est sûre qu'un jour, à sa stupéfaction, elle l'a aperçu dans la foule, sur un trottoir bondé de la 14e Rue, tout près de l'École d'art de New York. Une fois encore, elle s'est retenue de le rejoindre, de le héler – « Car, à Manhattan, Josiah ne souhaite peut-être pas être confondu avec *Josiah Slade de Princeton.* »

« OUI ! CELA COMMENCE à être *contrariant.* »

Avec un soupir, Willy déballe un petit cadeau de la boutique LaVake et contemple, à l'intérieur d'un coffret, ce qui semble être un tour du cou en or, orné en son centre d'un diamant carré. Sur la carte, non signée, ces mots bizarres :

À la Belle et Cruelle Tentatrice Bas-Bleu
Celui qui contre Elle jamais ne Bouillonne
Bien qu'elle ait allumé en lui les Tourments de l'Amour
Votre Fidèle Soupirant

QUELLE BEAUTÉ, ce collier en or; et cependant, quelle effrayante ressemblance avec un collier de chien !

Et l'écriture ? Elle a beau être griffonnée, bien plus négligée que d'ordinaire et maladroitement déguisée, Willy est certaine d'y reconnaître celle de son oncle Horace Burr, le frère cadet de son père et le mari de la pauvre Puss.

Le hibou de verre

On commença à remarquer à Princeton, en un temps où chagrin et dissensions régnaient chez les Slade, qu'il se produisait chez le jeune Todd, le fils « idiot » de Copplestone et Lenora Slade, un changement inattendu ; moins dans son apparence – grêle et nerveux de constitution, Todd faisait toujours très jeune pour son âge – que dans son comportement.

Très curieusement, le jeune garçon semblait avoir appris seul ces rudiments *de lecture et d'écriture* que précepteurs et gouvernantes avaient désespéré de lui enseigner pendant des années.

Depuis la mort de sa cousine bien-aimée, Todd se montrait moins exaspérant avec sa famille que par le passé ; il ne provoquait plus aussi souvent le courroux de son père ni les larmes de sa mère. Alors que la seule vue d'un livre le mettait auparavant en fureur, exception faite des livres d'images, il passait maintenant des heures dans la bibliothèque de Wheatsheaf, pièce que ne fréquentaient guère ses parents.

Naturellement, comparée à celle de n'importe quel élève de douze ans, l'écriture de Todd était primitive ; elle hésitait entre la cursive et le « caractère d'imprimerie », et lui demandait de si grands efforts, une concentration si farouche qu'il en avait le front luisant de sueur et serrait parfois son crayon à le briser. Un après-midi où il était en visite à Crosswicks Manse avec sa mère, Todd s'isola dans un coin du salon et écrivit en lettres laborieuses, à l'aspect gothique :

Vammovv ivanmcct omnomomiia

– phrase que personne ne parvint à lire; jusqu'à ce que, par hasard, Woodrow Wilson étant passé voir le Dr Slade, on lui montre ces mots étranges et que, tenant la feuille de biais, il lise sans hésitation :

AMOR VINCIT OMNIA

– ce qui transporta Todd de joie.

Le ravissement fut général! Les premiers mots *écrits* par Todd.

Et qu'il était aimable de la part de Woodrow Wilson, le président de l'université, d'avoir pris le temps de déchiffrer les mots tracés par le jeune garçon, et de lui parler avec beaucoup de bonté de sa propre enfance et des difficultés qu'il avait eues lui aussi avec lecture et écriture. «Ma famille me croyait "paresseux", alors qu'en fait je n'arrivais pas à "comprendre" les mots comme le faisaient les autres. Je dois avouer à mon grand embarras que j'avais au moins ton âge, Todd, quand j'ai su lire avec facilité. J'ai toujours été un élève médiocre, et mes résultats d'étudiant de premier cycle à Princeton étaient si peu brillants que j'ai fini *cinquantième* de ma promotion, un fait dont je ne sais pas s'il faut le taire, ou le révéler afin que d'autres tirent courage de mon exemple.» Voyant l'attention captivée avec laquelle l'écoutait Todd Slade, l'intensité de son étrange regard, le Dr Wilson ajouta : «Je vais te confier un secret, Todd – ce qui semble une malédiction peut se révéler un bienfait. Car ceux d'entre nous qui débutons dans la vie avec un "handicap" apprenons vite à travailler beaucoup plus dur que ceux qui étudient avec facilité ; et il arrive fréquemment que nous prenions la tête de la course. » Le teint terreux du Dr Wilson rayonnait d'une ferveur intérieure.

« Une "course" – comme pour les chevaux ? Vous faites des courses de chevaux, monsieur Wilson ?

– Non, Todd. Je parlais par métaphore. "La course n'est pas réservée aux plus rapides" – c'est un vieux dicton.

– Mais… est-ce que c'est une course à cheval ? Ou juste à pied ?

– Ni l'un ni l'autre, Todd. Pardon de t'embrouiller les idées.

– Pourquoi ne savez-vous pas si c'est une course à cheval ou une course à pied, monsieur Wilson ? Laquelle des deux avez-vous faite ?

– Une course à pied, j'imagine. »

Todd jeta un regard appuyé aux pieds du Dr Wilson, enfermés dans d'étroites chaussures noires, méticuleusement lacées.

« Une course qui ne cesse jamais, dit le Dr Wilson, avec une certaine émotion, et où l'on place sur le chemin du coureur tous les obstacles imaginables, si bien que la victoire, quand elle survient, n'en est que plus douce. »

CETTE NUIT-LÀ, Todd réveilla toute la maisonnée de Wheatsheaf, plongée dans le sommeil, par ses cris d'excitation.

Car apparemment le jeune garçon avait seulement feint d'aller se coucher ; il s'était ensuite installé à son petit bureau, éclairé d'une unique lumière, et avait couvert des feuilles de papier de gribouillages indistincts, incompréhensibles même pour lui. Lorsque sa mère accourut, il lui dit qu'il y avait un « message » qui essayait de lui arriver, par l'intermédiaire du bout de ses doigts, et qu'il devait transcrire sur le papier ; mais le message était prisonnier quelque part à l'intérieur de lui et ne réussissait pas à se libérer.

Todd ne savait pas pourquoi, mais il était urgent de prévenir Mme Cleveland, de l'autre côté de la rue, et les Strachan, et les van Dyck, et l'amie d'Annabel, Wilhelmina Burr, que quelque chose de *très grave* allait arriver bientôt, sans doute à l'école de Rocky Hill où enseignait Mlle Burr.

Oriana, réveillée, tremblait à côté de son frère ; car il semblait que la petite fille, elle aussi, eût rêvé de quelque chose de *très grave.*

« Todd ! Oriana ! Ce qui est *grave,* c'est que vous soyez debout à cette heure ! » s'écria Lenora, effrayée et consternée.

Todd avait un air résolu ; Oriana se mit à pleurer, si pitoyablement que Lenora la prit dans ses bras en lui assurant que tout allait s'arranger.

Elle courut ensuite réveiller son mari pour le mettre au courant, mais Copplestone se montra peu disposé à l'écouter.

« Todd dit que nous devrions avertir ces personnes. Nous pourrions au moins avertir… Wilhelmina. »

Mais Copplestone n'était pas de cet avis. « Il court déjà assez de rumeurs absurdes sur notre compte sans que nous allions prêter le flanc à d'autres. Nous nous couvririons de ridicule. Retourne te coucher. »

En conséquence, personne ne fut « averti ». Il est tentant pour l'historien d'imaginer quel effet aurait eu la prémonition de Todd sur la vie de Wilhelmina si Copplestone avait réagi avec moins de dédain.

Le lendemain, sombres et tremblants, les enfants restèrent ensemble toute la journée. Ce qui n'était pas dans les habitudes de Todd, que sa petite sœur de neuf ans, bien trop jeune pour lui, agaçait vite ; ce jour-là, pourtant, elle avait l'air si malheureux qu'il eut apparemment pitié d'elle ; et elle lui avoua très timidement qu'Annabel lui était apparue dans son sommeil – « Elle est très jolie, comme avant. Elle m'a dit : "Oriana, il y a de la place pour toi, ici – viens me rejoindre!" Mais quand j'ai essayé, je n'ai pas pu – il y avait une sorte de porte qui m'en empêchait.

– Annabel est au ciel, Oriana. Tu ne peux pas aller *là-bas*.

– Si, je peux. Annabel le dit.

– Tu ne *peux* pas.

– *Si.*

– Et moi, idiote, je te dis que tu ne *peux* pas. »

Sur quoi, Oriana fondit en larmes comme si elle avait le cœur brisé.

SI CROSSWICKS ÉTAIT, ainsi que Winslow Slade le reconnaissait, une maison *maudite*, Wheatsheaf, toute proche, semblait elle aussi maudite par la malchance. Personne n'ignorait que, depuis dix-huit mois, Copplestone s'investissait toujours davantage dans un projet prévoyant la conclusion d'une alliance commerciale et militaire entre certains pays d'Amérique du Sud, Cuba, Haïti et Porto-Rico, sous les auspices d'une agence américaine (non nommée) ; le problème principal, déploré par Copplestone et ses associés, étant « la résistance de ces petits singes à se laisser civiliser ».

Copplestone avait tenté d'obtenir le soutien (*sub rosa*) de Theodore Roosevelt ; mais le président était occupé à d'autres batailles politiques.

De plus, quoique Lenora n'en fût certainement pas informée, le bruit courait que Copplestone avait été aperçu à plusieurs reprises dans la région de Hopewell, dans son automobile Winton, en compagnie d'une jolie jeune femme totalement inconnue du West End, qui avait une bonne vingtaine d'années de moins que lui, un teint rosé d'Écossaise et les façons impertinentes de qui s'est élevée au-dessus de sa condition.

Des maisons maudites, sûrement! – voilà ce que disaient les voix railleuses de Josiah, l'assaillant souvent à l'improviste alors que des sujets tout différents occupaient ses pensées – *il faudrait y mettre le feu pour purifier Princeton.*

INDIFFÉRENT AUX PRÉOCCUPATIONS des adultes de sa famille, Todd continua ses « études », plus ou moins sans aide ; un jeune précepteur, engagé hâtivement par Lenora, se heurta à l'opposition du jeune garçon et démissionna au bout de quelques leçons. Bien que souvent seul, Todd ne semblait pas souffrir de la solitude ; il arpentait le domaine de Wheatsheaf, vêtu d'une lourde veste à capuchon et chaussé de bottes, sculptant dans la neige des formes humaines et animales étonnantes de vie, et « disparaissant », comme auparavant, des heures d'affilée. Un jour où Lenora l'appela et envoya un domestique à sa recherche, on s'aperçut que ses empreintes s'arrêtaient brusquement, comme s'il s'était envolé, ou qu'un grand oiseau l'eût emporté dans ses serres. Plus tard, on découvrit que Todd avait réussi à franchir le mur d'enceinte de Wheatsheaf, haut de trois mètres cinquante, et était allé jusqu'au cimetière de Princeton, sur la tombe de sa cousine.

Ai-je mentionné l'épitaphe, gravée sous l'inscription *Annabel Oriana Slade* (1886-1906) ? LA DOULEUR FUT MON LOT, JÉSUS MON SAUVEUR.

Et juste au-dessous, cette simple ligne : ENFANT SLADE (1906).

De retour chez lui, Todd se montra silencieux et songeur ; puis irritable et agité ; quand Lenora tenta de le réconforter, il s'en prit à sa cousine avec une étonnante âpreté, disant que « Todd ne pardonnerait jamais à Annabel de l'avoir abandonné et d'être allée s'enfermer dans cet endroit sur la colline, derrière des portes verrouillées. Todd veut de la dynamite pour les faire sauter ! »

Un jour, à la fin d'hiver, huit semaines environ après l'enterrement d'Annabel, Todd découvrit un hibou de verre sous l'un des hauts sapins de la propriété. Il creusait la neige avec une pelle d'enfant pour modeler l'une de ses créations quand l'oiseau de verre scintilla à ses pieds, et il le dégagea de la neige et de la glace pour l'examiner à la lumière d'un vif soleil d'hiver.

C'était un objet saisissant de beauté et de délicatesse, grand comme un hibou des marais, taillé dans un verre opalin, avec des yeux d'agate. Chaque plume était distincte, y compris le duvet de ses oreilles dressées. Les griffes acérées étaient particulièrement ressemblantes.

« Comment savais-tu que Todd te trouverait, Hibou ? Peux-tu voir à travers la neige ? »

Cet objet curieux, l'enfant l'apporta dans la maison pour le montrer aux domestiques, très excité, car il y voyait un « signe porte-bonheur » ; mais la gouvernante et la cuisinière jugèrent, eux, que ce devait être un présage de *mal*heur – peut-être parce que c'était Todd Slade qui l'avait trouvé.

« Vous feriez mieux d'emporter ça, maître Slade. De ne pas le garder dans la maison. »

Todd ignora leurs supplications, comme il ignorait souvent celles des adultes. Et puis les domestiques noirs avaient toujours peur que quelque chose de terrible n'arrive à Todd ou à cause de lui, et qu'on ne leur en tienne rigueur.

L'enfant était convaincu que l'oiseau de verre était « réel » – un vrai oiseau, vivant, qui avait gelé à cause du froid – car ses plumes étaient si précisément définies, neigeuses et ourlées de gris pâle ; et ses yeux, saisissants, grands ouverts, pupilles noires et iris d'un orange laiteux, ne semblaient-ils pas étrangement doués de vue ?

Todd entreprit donc de « ramener le hibou à la vie » ; l'entourant de soins et lui roucoulant des encouragements, il le frictionna avec vigueur – jusqu'à ce que, au bout d'une heure ou davantage, le hibou « de verre » s'anime effectivement et revienne à la vie, à la grande terreur des domestiques. Car c'était maintenant un oiseau aux serres et au bec acérés ; ses plumes neigeuses ourlées de gris étaient humides et malodorantes. Si Todd ne l'avait pas tenu fermement, le hibou aurait battu des ailes et se serait élevé dans les airs.

« Emportez-le ! Emportez-le ! » supplièrent les domestiques, et, se moquant de leur affolement, Todd affirma qu'il avait entendu les battements de cœur du hibou dès qu'il l'avait dégagé de la neige. Avant que quiconque puisse l'en empêcher, il se précipita dehors, sans manteau ni chapeau, pour libérer l'oiseau, qui se débattait entre ses mains. « Envole-toi ! cria-t-il, en le lançant dans les airs. Envole-toi ! Va *la* rejoindre et dis-lui qu'il faut qu'elle revienne, que Todd l'attend. »

Les domestiques ne parlèrent plus que du « diable-hibou » de maître Todd, mais pas en présence de leurs employeurs. De sorte que, lorsque Lenora vit que Todd avait les mains couvertes d'égratignures toutes fraîches, dont certaines saignaient encore, elle fut stupéfaite. « Que t'est-il arrivé, Todd ? Qu'as-tu donc *fait* ?

– Qui ? "Todd" quoi ? »

Lenora ne put rien tirer de clair ni de cohérent de son fils, qu'elle emmena aussitôt dans la salle de bains pour nettoyer ses blessures et les panser de son mieux, secouée de sanglots silencieux – car la douleur était son lot tout autant que celui d'Annabel, Lenora le savait bien – tandis que le jeune garçon s'agitait, se tortillait et se moquait d'elle.

« Envole-toi ! Envole-toi ! Un jour Todd te rejoindra ! »

« La ratiocination, notre salut »

Un jour de mars 1906, en fin d'après-midi, Josiah Slade rendit visite à son ancien professeur, Pearce van Dyck, à son domicile de Hodge Road, où il avait été convié *Pour une raison bien précise, Josiah ! Viens, je t'en prie.*

Retiré du monde depuis la mort d'Annabel, Josiah avait décliné à plusieurs reprises les invitations des van Dyck, tout comme celles des autres Princetoniens. Bien qu'il eût appris la naissance de leur fils et envoyé un mot de félicitations au professeur et à Mme van Dyck, il ne les avait pas vus depuis un certain temps.

(Un fils ! Johanna van Dyck ! Tout Princeton bruissait de la nouvelle – *Mme van Dyck n'est pourtant pas jeune !*)

(Pour mémoire, au moment de cette naissance, en février 1906, Johanna van Dyck avait quarante et un ans. Pearce van Dyck, quarante-six.)

(Pour mémoire encore : je n'en dirai pas davantage sur cette naissance ni sur la grossesse inattendue qui la précéda. Quand la question de mon objectivité d'historien se pose, il me faut pécher par excès de prudence.)

Josiah fut accueilli à la porte par le professeur, qui avait un teint terreux, et dont la chemise de coton blanc était ouverte au col. Alors qu'il était d'ordinaire impeccablement soigné, barbiche grisonnante taillée court, cheveux clairsemés séparés par une raie à gauche irréprochable, sa mise semblait ce jour-là légèrement négligée, et il paraissait hors d'haleine.

« Josiah ! Dieu merci, vous êtes sain et sauf.

– Sain et sauf ? Pourquoi ne le serais-je pas ? » répondit Josiah en riant, quoique la remarque de Pearce ne fût peut-être pas une plaisanterie.

« Entrez vite ! Je vous en prie. »

Le Dr van Dyck ferma la porte derrière Josiah et le guida à travers l'intérieur sombre de la maison jusqu'à son bureau, donnant sur un jardin topiaire de persistants ruisselants, qui avaient poussé jusqu'à obscurcir en partie les fenêtres. Josiah fut frappé par le *silence* qui régnait dans la vieille demeure austère, où il s'était vaguement attendu à entendre des babils d'enfant.

Quand Henrietta Slade avait su que Josiah devait se rendre chez les van Dyck, elle avait insisté pour qu'il leur apporte, enveloppé dans un charmant papier bleu pâle, le présent qu'elle avait acheté pour le bébé à la Milgrim Shop. Josiah n'avait pas vu le cadeau, mais savait que c'était une petite couverture en cachemire. Lorsqu'il tendit le paquet à son hôte, en murmurant des félicitations, le Dr van Dyck le prit avec distraction et le posa sur une table, au-dessus du *Journal of Metaphysics*.

« Si vous vous demandez où est Mme van Dyck, eh bien… elle n'est pas là. Elle est partie.

– "Partie" ? Où cela ?

– Là où vont les femmes avec leur enfant nouveau-né. Pour éviter la "contamination" – paraît-il. » Pearce eut un rire presque gai. « Asseyez-vous donc, Josiah. Voulez-vous un peu de sherry ? »

Pearce rassembla à la hâte l'amas de papiers, de livres, de monographies et de feuilles de papier bristol qui encombrait son bureau et les tables environnantes. Josiah supposa que le professeur de philosophie était plongé dans un projet comportant diagrammes et figures géométriques.

« En fait, Johanna est à moins de deux kilomètres d'ici – chez sa mère, dans Battle Road. Et j'ai bon espoir que ce ne sera pas définitif. »

Josiah ne sut que répondre à cette déclaration. Il n'avait aucune idée de ce que son ancien professeur entendait par « contamination » et ne pouvait se résoudre à le lui demander.

Le Dr van Dyck manifestait une curieuse exubérance, bien qu'il eût les yeux rougis et un teint visiblement maladif ; à plusieurs reprises, il toussa et porta un mouchoir à sa bouche. Le bruit avait couru que Pearce van Dyck souffrait d'une bronchite, d'emphysème ou d'une maladie subtropicale venue d'Asie du Sud-Est ; mais Josiah était trop réservé pour interroger un ancien professeur sur un sujet aussi intime que sa santé.

Il ne se rappelait pas la maison des van Dyck aussi sombre, mais cela tenait peut-être au ciel couvert de cette fin d'après-midi d'hiver, où s'annonçait déjà le crépuscule. Demeure de taille modeste pour Hodge Road, en retrait derrière un mur de pavés rébarbatif, c'était une austère maison de style normand, à qui son toit pentu donnait un front soucieux, et qu'entouraient arbres et arbustes échevelés.

« C'est aimable à vous de me féliciter, Josiah, dit le Dr van Dyck, avec un soupir aimable. Pour la naissance d'un fils, j'imagine ? Cependant – comme vous le découvrirez peut-être un jour – cela *me* concerne beaucoup moins qu'*elle*. Beaucoup moins le *père* que la *mère*. »

Josiah eut un sourire hésitant. Son ancien professeur parlait-il par énigmes, à la façon de Socrate ?

« Il n'y a pas de quoi être gêné. J'ai examiné tout cela – j'en ai pris mon parti. Quelles que soient les origines du "fils nouveau-né" – c'est un *fait accompli**. De toute manière, tout cela est parfaitement naturel – au sens de Nature, j'entends. Comme diraient les thomistes : une manifestation de la *loi naturelle.* » Le Dr van Dyck versa du sherry dans deux verres et en tendit un à Josiah. Sur une table basse en marbre était posé un plateau garni de minuscules sandwiches de pain de mie, de croissants au chocolat et autres friandises, que, dit le Dr van Dyck, la gouvernante avait préparés avec un « enthousiasme tout particulier » en apprenant que le professeur attendait la visite de son jeune ami.

« C'est une bonne chose que Johanna ne soit pas là, nous allons pouvoir parler entre hommes, franchement, pour une fois. Ce phénomène de la Malédiction – qu'il nous faut regarder en face, malgré ses yeux de basilic – voilà de quoi nous devons discuter.

– "Malédiction"... ?

– Naturellement, Josiah. Qu'est-ce d'autre qui sévit parmi nous depuis le mois de juin, sinon une Malédiction ? »

Le Dr van Dyck avait baissé la voix. Soudain pris d'un accès de toux, il pressa un mouchoir sur sa bouche.

Josiah avait accepté le verre de sherry, mais ne l'avait pas encore porté à ses lèvres. Une bouffée de chaleur lui monta au visage ; il se sentait à la fois honteux et consterné ; quelle bévue d'avoir quitté sa réclusion monacale pour *cela* !

Il avait souvent pensé, lui aussi, qu'une Malédiction s'était abattue sur sa famille. Comme beaucoup d'autres, sans doute. Mais le mot de *Malédiction* n'avait encore jamais été prononcé, du moins en sa présence. Il ne savait pas s'il en éprouvait du soulagement ou une sorte de choc.

« Mais ici, nous avons de l'aide, Josiah. La possibilité d'une aide. »

Le Dr van Dyck montrait à Josiah des livres, des recueils de nouvelles – *Les Aventures de Sherlock Holmes, Les Mémoires de Sherlock Holmes, Le Retour de Sherlock Holmes* d'Arthur Conan Doyle. Et un unique volume – *Le Chien des Baskerville*. Josiah ne comprit pas aussitôt ce que son ancien professeur lui disait avec tant d'insistance, que Princeton avait besoin de la *ratiocination* de Sherlock Holmes pour combattre la « Malédiction », ou l'« Horreur ».

« Depuis votre dernière visite, Josiah, beaucoup de choses ont changé dans ma vie. J'ai abandonné mes spéculations philosophiques pour le pragmatisme holmésien, et les résultats sont passionnants, me semble-t-il. Je me suis livré à une étude attentive de tous les récits holmésiens de Conan Doyle, lesquels coïncident dans une certaine mesure avec le profil biographique du détective et présentent une remarquable vision du monde : une forêt d'"indices", au lieu des broussailles enchevêtrées de "philosophies" désespérément contradictoires. Ce qu'il nous faut, c'est une logique pragmatique, qui semble absente de la vie quotidienne. »

Le Dr van Dyck feuilletait les recueils de nouvelles, parlant à Josiah comme un conférencier distrait, qui digresse, puis revient à son sujet avec un sourire confus ; Josiah tâchait d'écouter avec politesse, car il ne pouvait se conduire autrement avec son ancien professeur, si admiré.

Il est fou. Le professeur est fou. Et toi ? Pourquoi ne t'es-tu pas encore tranché la gorge, espèce de couard ?

C'était horrible, l'une des « voix » de Josiah l'avait suivi – même en ce lieu.

JEUNE BLANC-BEC DE DIX-HUIT ANS, Josiah Slade s'était inscrit au cours magistral de Pearce van Dyck, attiré par son intitulé : « Une brève histoire de la métaphysique ». Il n'avait encore jamais entendu le mot *métaphysique* et n'avait appris que des rudiments de *physique* au cours de sa scolarité.

Très vite, le jeune étudiant était devenu l'un des fervents admirateurs du professeur, car, en dépit d'une apparence frêle, du nimbe vaporeux de cheveux gris autour de sa tête, et d'une voix désagréablement nasillarde, le Dr van Dyck dissertait brillamment sur des sujets tels que le paradoxe de Zénon, l'allégorie de la grotte de Platon, l'impératif catégorique de Kant et les théories épistémologiques de Hume ; il resplendissait presque avec autant d'éclat derrière son pupitre que Woodrow Wilson soi-même. (En fait, ce philosophe miniature avait pris la succession du Dr Wilson, puisqu'il avait été élu professeur « le plus apprécié » de l'université trois années de rang.) (Notons – précision que le Dr Wilson souhaiterait certainement me voir apporter – que Woodrow Wilson avait joui de cet honneur insigne *sept années consécutives* lorsqu'il avait été professeur de jurisprudence et d'histoire politique, sous la présidence du Dr Patton.) Cette distinction était d'autant plus remarquable que Pearce van Dyck avait la réputation d'exiger beaucoup de ses étudiants et de les noter avec sévérité.

La philosophie avait passionné Josiah à cette époque-là, car il trouvait un plaisir particulier à être *forcé* de réfléchir, comme on ne l'est pas dans le domaine religieux ; quoique apparemment platonicien, et chrétien (non dogmatique), le Dr van Dyck aimait avoir avec ses étudiants les plus vifs d'esprit des dialogues et des débats sur tous les sujets : la nature de l'Univers, par exemple : existait-il ou non *de toute éternité* ; la nature de la Divinité : étendait-elle Sa grâce sur toutes les parties de l'Univers, seulement sur certaines, ou sur aucune ; la nature de l'Humanité : notre vérité première était-elle le péché originel ou plutôt le noble sauvage et l'innocence rousseauiste ?

Un matin mémorable, pendant un cours magistral, Josiah Slade avait levé la main pour poser au professeur le genre de question que peut poser un jeune étudiant brillant et sérieux : « Comment se peut-il que Dieu admette le mal dans Sa création, monsieur, et pourquoi doit-il en être ainsi ? » Et le professeur van Dyck avait répliqué, d'un ton laconique : « Si vous parveniez à formuler cette question avec précision, sans user de termes impropres, vous vous rendriez compte que vous y avez répondu, jeune homme. »

C'était à peu près au moment où une controverse doctrinale faisait rage au sein de l'Église presbytérienne. Josiah n'en connaissait pas les détails, mais il savait que le séminaire théologique de Princeton était parvenu à contraindre l'Assemblée générale de l'Église presbytérienne d'Amérique d'intenter un procès en *hérésie* au Dr Charles Augustus Briggs du séminaire théologique de l'Union – une décision qui suscita des discussions enflammées et beaucoup d'amertume. Le Dr Briggs, prétendait-on, était trop porté sur la critique biblique ; et très amusant sur le sujet de la « théologie scolastique » enseignée dans le « désert intellectuel » que Princeton était à ses yeux. (Le séminaire théologique et l'université de Princeton affirmaient en effet, par la voix du Dr Patton, qu'aucune « idée nouvelle » ne serait introduite dans le cursus ou dans son administration tant qu'il serait en fonctions.)

C'étaient des sujets que Josiah trouvait désagréables ; mais après tout il avait constaté que les façons de penser traditionnelles, telles qu'elles s'exprimaient dans la théologie, les sports interuniversitaires ou les clubs d'étudiants de Prospect Avenue, lui étaient désagréables ; et qu'il valait mieux pour lui se distancer de ce genre de controverse et se concentrer sur ses études, qui comprenaient des cours de sciences, d'histoire, de littérature anglaise aussi bien que de mathématiques et de philosophie ; il obtiendrait son diplôme, comme le souhaitaient ses parents, tout en menant sa propre quête de connaissances et en continuant à cultiver ses propres pensées rebelles. Sa famille avait longtemps espéré qu'il « marcherait dans les pas » de son grand-père – c'est-à-dire qu'il entrerait au séminaire théologique pour se préparer à une carrière pastorale – mais ce fantasme s'était dissipé quand le scepticisme naturel du jeune homme s'était révélé, après la lecture de la compilation controversée de coutumes païennes de sir James Frazer, *Le Rameau d'or*.

À présent, dans le bureau du professeur, où se faisait entendre derrière les fenêtres à croisillons l'égouttement continu de la pluie, Josiah écoutait avec attention les paroles de son aîné, car il avait attendu des informations précieuses de cette visite, et non une perte de temps consternante. Mais le Dr van Dyck parlait maintenant avec mélancolie, et sans beaucoup de cohérence : « Je vous avouerai, Josiah, que j'ai été parfaitement stupéfait, et incrédule – ce qui s'est produit dans ma vie ne peut – "scientifiquement" – pas être arrivé. Tout le monde sait à Princeton que Johanna et moi désirions ardemment des enfants, mais depuis vingt ans que nous sommes mariés, nous avions presque – entièrement, en fait – perdu espoir. D'une certaine façon, je me complaisais dans ma déception. Je m'étais résigné à être le dernier de ma lignée. » Songeur, le Dr van Dyck contempla un long moment la cheminée, où un feu mourant dispensait une chaleur mesquine ; il semblait presque avoir oublié la présence de Josiah, mais après un silence il reprit, d'une voix faible : « Quant à Johanna, elle s'était résignée, elle aussi – bien entendu. Elle est si... raisonnable. Et puis, quand c'est arrivé – le "miracle", j'entends – quand elle a été *grosse d'enfant* –, nous n'avons pas su si nous devions en être transportés de joie, comme on l'était pour nous, ou… profondément troublés. Car – sans vouloir vous mettre, ni me mettre dans l'embarras, Josiah – voilà un certain temps, quelques années, que ma femme et moi ne faisons plus chambre commune… Et cependant le miracle a eu lieu; l'enfant est né; Pearce van Dyck est le "père" – ce qui a de quoi réjouir, j'imagine.» Il se tut de nouveau et finit son verre de porto.

Josiah éprouva un profond malaise. Que lui révélait donc son ancien professeur? Qu'il y avait – pouvait y avoir – un doute sur la paternité du nouveau-né? Une incertitude suffisamment mystérieuse pour qu'on la qualifie de «miracle» ?

Josiah repoussait cette pensée : *Les deux mères ont enfanté le mois dernier. Les deux mères – maudites?*

Il frissonna, malgré la chaleur qui régnait dans la pièce. La fumée du feu mourant le prenait aux narines.

«Mais passons à autre chose, Josiah. "La ratiocination – notre salut". Voilà quelle est ma devise, maintenant. Fini le *Cogito, ergo sum.*»

Sur le bureau du Dr van Dyck se trouvait un rectangle de carton d'environ un mètre sur un mètre vingt, où figurait un diagramme compliqué dans des encres de différentes couleurs. Il y avait également là un livre in-folio, entre les pages duquel le professeur avait glissé des fleurs séchées – des lys à l'odeur particulièrement surie. (Josiah se les rappelait : n'étaient-ce pas les fleurs qu'il avait apportées à Pearce van Dyck, des mois auparavant? Celles ramassées dans l'ancien domaine Craven?) «Avant que je vous présente mes découvertes, Josiah, je voudrais vous demander si vous connaissez un peu Sherlock Holmes? Je crois vous avoir signalé son importance, il y a quelques mois.

– Ah? Je ne pense pas, monsieur.

– Si, Josiah, dit le Dr van Dyck d'un ton étonnamment sec. J'ai indiqué à tous mes collègues du département de philosophie et d'ailleurs que le "détective" de Conan Doyle avait trouvé la solution à notre folie humaine : une observation attentive des "indices" et une "ratiocination" pénétrante.

– Mais "Sherlock Holmes" est un personnage fictif, monsieur. Il n'existe pas… »

Pearce van Dyck l'interrompit avec irritation : « Je vous ai demandé si aviez lu ses remarquables aventures, Josiah ? Et ses "ratiocinations" ? »

Jeune étudiant, Josiah avait lu un bon nombre des aventures de Sherlock Holmes ; il les avait trouvées divertissantes, et la logique ingénieuse du détective l'avait frappé. Il dit au Dr van Dyck qu'il comprenait que le personnage fascine de nombreux lecteurs, et que les histoires elles-mêmes, par l'intérêt des énigmes, des intrigues, de personnages bien campés, étaient très attrayantes ; d'autant que les énigmes étaient toujours résolues, ce qui était extrêmement agréable. « Dans la vie, les mystères restent souvent inexpliqués, tandis qu'avec Sherlock Holmes le lecteur a la garantie d'une "solution".

– Naturellement qu'il en a la "garantie", Josiah. Car Sherlock Holmes déploie une impeccable statégie de détection.

– Ces récits sont des fictions, monsieur, conçues avec des solutions toutes prêtes. Ce ne sont pas de véritables mystères, tels que nous en rencontrons dans nos vies.

– Je crois le contraire. Ce sont des distillations des mystères rampants, confus, impénétrables qui nous environnent – elles sont *supérieures.* »

Le Dr van Dyck s'était rembruni. Manifestement, la réaction de son ancien étudiant préféré l'avait déçu.

« Il suffit de lire avec attention n'importe laquelle de ces histoires pour voir ses défauts, dit Josiah, assez agressivement. Dans *L'homme à la lèvre tordue*, par exemple, les coïncidences jouent un rôle peu crédible, et il est parfaitement invraisemblable que l'épouse d'un homme déguisé ne le reconnaisse pas. Dans *L'Aventure du ruban moucheté*, il est absurde que le méchant invente un stratagème aussi compliqué pour assassiner sa belle-fille, alors que, vivant seul avec elle, il aurait eu mille moyens plus aisés de le faire – et quel artifice ridicule que cette vipère des marais indiens ! Dans *Étude en rouge*, les passages contre les mormons sont outranciers et peu convaincants dans le contexte, et, de fait, n'est-ce pas manipuler inacceptablement le lecteur que de révéler *après coup* que Sherlock Holmes avait tout bonnement envoyé un télégramme à Chicago pour apprendre certains faits, dissimulés au lecteur ? »

Josiah discourait à la façon d'un étudiant brillant et contestataire, mais l'expression de son ancien professeur n'avait rien d'encourageant. « Bref, conclut-il, sans conviction, ces histoires atteignent assurément leur but essentiel, qui est de divertir.

– "Divertir" ! s'exclama avec mépris le Dr van Dyck. Comme si dans la crise que nous traversons, mon intention était votre "divertissement" ! »

Il entreprit alors de lui montrer son « Réseau d'indices », ainsi qu'il l'appelait. Le tableau était couvert d'encres de plusieurs couleurs, et piqué de groupes d'épingles ou de perles colorées. « En appliquant la "ratiocination" holmésienne à notre mystère de Princeton, j'ai isolé bon nombre de liens, ou d'associations, ainsi que des "indices" – je sais que Holmes rirait de mes méthodes, qui sont bien trop pointilleuses et d'un grand amateurisme. Ma seule conviction est que je finirai par triompher parce que j'ai le *droit* de mon côté et que je suis prêt à tous les sacrifices… Regardez ici, Josiah, et ne prenez pas cet air perplexe ! Ce n'est pas plus compliqué que la métaphysique kantienne. Dans cette colonne, j'ai représenté tous les événements significatifs de ces dix derniers mois par des symboles codés ; et tous les indices par des perles. *Événements* ici, *indices* ici. Vous voyez ? Maintenant, partout où il m'a paru une hypothèse viable que le Malin ait été réellement présent sous sa forme primaire… »

Josiah sursauta au mot de « Malin ». C'était la première fois qu'il entendait un autre que ses proches l'employer pour désigner Axson Mayte – si c'était bien de lui que le Dr van Dyck parlait.

« … car, comme vous devez le savoir, Josiah, il y a un "Malin" parmi nous, soit une représentation du diable lui-même, soit l'un de ses "satans". Dans la Bible hébraïque, il n'y avait pas un Satan unique, mais de nombreux "satans". Chacun d'eux est une force vouée au chaos et au malheur, et chacun d'eux doit être combattu. » Le Dr van Dyck déplaça la feuille de carton rigide pour que Josiah puisse l'examiner avec lui. « Donc, partout où la présence du Malin paraissait vraisemblable, j'ai utilisé une épingle – ici, la perle ; ici, un diamant ; ici, une opale. Vous allez sans doute m'objecter, dit-il avec sourire, que je ne peux pas savoir si je détiens tous les indices, et c'est vrai. Je ne peux pas non plus savoir si certains témoins n'ont pas fait des déclarations frauduleuses, par méprise ou par ignorance, ou par désir de "sauver la face". Ma méthodologie est en effet beaucoup moins précise que celle de Holmes, les indices étant bien plus nombreux dans la vie réelle que dans ses enquêtes. Je continue pourtant avec optimisme, et un peu de l'enthousiasme de ma jeunesse, à l'époque où j'écrivais mon premier essai sur Platon. Ce qui me tourmente, c'est la nécessité de résoudre le mystère avant que le Malin n'en ait vent. Sinon – ma vie pourrait être en danger. »

Avec ironie, Josiah se disait *Au moins a-t-il nommé la chose : Malédiction. Horreur. Au moins n'est-ce plus la folie d'une seule famille.*

Il y avait dans la présentation du professeur de philosophie quelque chose de touchant, qui inclinait Josiah à se montrer moins critique. Bien que le « réseau d'indices » lui apparût comme une entreprise désespérée et qu'il n'y comprît rien, sa complexité et son apparente précision étaient impressionnantes, à la façon de ces voiliers minuscules créés à l'intérieur d'une bouteille ; avait-il jamais rien vu d'aussi ingénieux, en effet, depuis les équations de ses cours de chimie et de physique ? Entrelacs de lignes de différentes couleurs, symboles miniatures pareils à des vignettes, mots latins et grecs, épingles et perles, innombrables annotations au crayon : on eût dit une véritable galaxie. Le Dr van Dyck parut heureux de l'intérêt attentif de son jeune ami et, avec un coupe-papier en guise de baguette, il fit un cours à Josiah sur la Science de la détection en général, et sur ce qu'il appelait la Malédiction de Crosswicks, ou de Princeton, en particulier.

« Comme dit souvent Holmes – au ton d'autorité et d'affection du Dr van Dyck, on aurait pu penser que Sherlock Holmes était l'un de ses amis –, ce qui est extraordinaire et pervers peut être, pour l'œil éclairé, un guide plutôt qu'un obstacle, alors que les affaires banales, un meurtre simple et sans imagination par exemple, sont parfois impossibles à résoudre. Pour analyser un problème aussi complexe que celui qui nous occupe, il est nécessaire d'être capable de *raisonner à rebours.* Néanmoins, la méthode déductive, qui raisonne si admirablement *en avant,* doit également être utilisée. Par conséquent, la ligne bleue du "Réseau d'indices" suit une méthode de *bonds en arrière,* et cette ligne jaune, une méthode de *bonds en avant.* La situation est compliquée du fait que la Malédiction, ou l'Horreur, nous environne de toutes parts, et que nous ne savons pas où, ni qui, elle frappera ensuite. Si bien qu'il nous faut également raisonner *latéralement.*

Josiah secoua la tête, perdu.

« L'épingle d'opale vous déconcerte ? Non, les perles orange ? Ah, l'abréviation *Cr,* mise pour "Craven" – l'ancien domaine Craven ; qui, contiguë à la verticale *Mars*, indique la première manifestation de la Malédiction, pour autant que je sache. Le domaine Craven, mars 1905 – l'effondrement de M. Cleveland – l'invasion des *figures spectrales.* Quant à ce groupe de perles colorées, ici, ainsi que l'épingle de nacre, ils représentent des "estimations secondaires" – si le tableau est lu (comme je le fais maintenant) verticalement. Comme l'a dit Holmes : *La vie est une immense chaîne dont la nature nous apparaît chaque fois que nous en saisissons un maillon.* »

Josiah murmura sur un ton d'excuse qu'il « ne comprenait pas tout à fait ».

« Ma foi, c'est une gageure, Josiah. Surtout quand on sait que le "détective" de la nature humaine doit pouvoir déterminer, par la plus fugitive des expressions, par la contraction d'un muscle ou l'éclair d'un regard, les pensées les plus secrètes d'un homme. J'ai demandé à la librairie Micawber de commander l'essai de Holmes, *Le Livre de la vie,* ainsi que sa monographie sur les empreintes digitales, la détection des parfums évaporés, l'influence du métier sur la forme des mains, et le classique *De la distinction entre les cendres de divers tabacs.* J'espère donc, quand je disposerai de ces textes précieux, être capable d'avancer beaucoup plus rapidement.

– Je l'espère aussi, monsieur. » Josiah s'exprimait avec humilité, car un malaise l'envahissait, un brouhaha de « voix », dans le temps même où son ancien professeur, lui, semblait d'humeur plus exubérante.

« Assurément, Josiah, la vie est une "immense chaîne", ainsi que le savaient les anciens. Holmes a hardiment déclaré que, d'une goutte d'eau, un homme de génie pouvait déduire l'existence de l'océan Atlantique ou du Niagara, sans jamais avoir entendu parler de l'un ou l'autre ; de même, le détective habile peut s'entraîner à discerner d'un seul coup d'œil l'histoire de la personne qui se tient devant lui, la profession qu'il exerce, voire l'état de son âme. Les ongles d'un homme, ses bottes, sa barbe, la manche de son manteau, son expression, les cals de son index et de son pouce peuvent apprendre tant de choses ! Il est merveilleux de penser qu'il est possible de triompher du chaos de la vie. Et j'ai l'ardent espoir de parvenir à sauver nos précieux concitoyens – nos êtres chers – de la Malédiction, s'il n'est pas déjà trop tard. Car nous avons déjà perdu la meilleure d'entre nous, le cœur le plus pur… »

Le visage fermé, comme s'il n'avait pas entendu cette remarque bien intentionnée, mais maladroite, Josiah se pencha sur le tableau, et signala au Dr van Dyck une ou deux petites erreurs : « Je crains, monsieur, que l'incident du domaine Craven n'ait eu lieu en avril, et non en mars comme vous l'avez indiqué.

– En avril ? Vous en êtes sûr ?

– Oui, je ne risque guère de l'oublier.

– Mais… moi non plus ! Car j'y étais également.

– Oui. Et moi aussi.

– Mais… le mois de mars est capital dans mon plan… car *M* est relié à "Mackay-Diggs"…

– Qui est "Mackay-Diggs" ?

– L'un de mes étudiants de troisième cycle, qui est récemment venu me raconter une histoire terrifiante : il a échappé de justesse à un sinistre inconnu qui l'a attaqué derrière Alexander Hall à la faveur de l'ombre ; ce devait être un "satan", à en juger d'après la description. Mackay-Diggs est un jeune platonicien d'une remarquable droiture, incapable de fabuler ou de mentir ; il m'a affirmé avoir été abordé par une personne "d'apparence indienne" qui lui a touché l'épaule avec un "regard interrogateur" – et fait mine de l'enlacer; quand Mackay-Diggs l'a repoussé, il est devenu agressif et a montré les dents comme s'il comptait lui "trancher la gorge". Cela se raccorde à la mort de la jeune Spags, qui est indiquée par une épingle verte; cette ligne violette les relie; et, ici, j'ai indiqué la "conduite mystérieuse" du chien des Wilson…

– Le chien des Wilson ?

– Rappelez-vous la "conduite mystérieuse" du chien des Baskerville, qui aurait dû aboyer mais ne l'a pas fait. Dans notre cas, le corpulent lévrier des Wilson – les étudiants le surnomment "Caisse-à-pattes" – s'est conduit d'une façon plus conventionnellement canine en hurlant plusieurs nuits de suite – sans raison – et très bruyamment – la semaine dernière.

– Et vous en déduisez… ?

– Ce n'est pas "moi" qui "déduis", Josiah : c'est la chaîne *logique*. Le Réseau d'indices est en fait un genre de carte, qui décrit un terrain. Que le chien des Wilson hurle la nuit au moment où l'on soupçonne que des "satans" rôdent sur le campus à l'affût de nos étudiants n'est pas une simple coïncidence. Et il y a l'exemple de la fille des FitzRandolph, Wilhelmina, que l'on a aperçue dans des endroits écartés, au bord du lac Carnegie, par exemple, en compagnie d'hommes non identifiés – des "gentlemen", espérons-le !

– Wilhelmina ? Avec des hommes ? Mais qui ? »

Imaginer son amie Willy en compagnie masculine déplaisait à Josiah ; il avait l'impression d'une trahison.

Car Willy m'adore. C'est une constante.

« Elle a même été aperçue sur la Cinquième Avenue, à New York, se promenant au côté de l'un de ces *artistes bohèmes,* dit le Dr van Dyck, avec une curieuse grimace lubrique. Elle prend des cours d'art, vous savez, avec cet Henri malfamé, qui aurait assassiné un homme, quelque part dans l'Ouest.

– Ah oui ! C'est plutôt une bonne nouvelle, il me semble.

– Une "bonne nouvelle" ? Vous parlez sérieusement, Josiah ? Il paraît qu'il y a des modèles nus dans cette école d'art. Et des *deux sexes.* »

Josiah se rembrunit. Se rappelant la douce pression des lèvres de Willy contre les siennes, et le parfum qui semblait émaner de sa peau, il ne trouva plus aussi bon que Willy suive des cours de dessin d'après modèle vivant, où les *nus* étaient parfois des *hommes.*

Le Dr van Dyck poursuivit, tapotant le Réseau d'indices de la pointe de son coupe-papier d'argent : « Vous voyez ici, relié par cette ligne jaune en pointillés, un incident *T,* qui s'est produit dans le cimetière de Princeton… »

Josiah regarda ladite ligne d'un air sombre. Quelle folie !

« … c'est l'une des principales raisons qui m'ont amené à vous demander de venir me voir, Josiah. Bien que n'ayant pas été invité à l'enterrement de votre chère sœur, je suis allé plusieurs fois sur sa tombe pour lui rendre hommage ; car on a quelque peu sous-estimé l'intelligence, la vivacité d'esprit d'Annabel, me semble-t-il, parce qu'elle était séduisante et éblouissait l'œil. Il m'a toujours paru regrettable… que votre famille n'ait jamais envisagé de l'encourager à poursuivre ses études, comme vous-même, un garçon, l'avez évidemment fait. Annabel, elle, n'a étudié que deux ans dans un établissement privé, puis elle a fait son "entrée dans le monde" à New York et… s'est fiancée à un jeune officier fringant. Johanna m'avait dit qu'Annabel était douée pour la narration et l'illustration… mais revenons à ce qui nous occupe… » Devant le visage défait de Josiah, le Dr van Dyck n'osa poursuivre sur le sujet. « La méthodologie de mon ami Holmes bien présente à l'esprit, reprit-il, je suis donc retourné au cimetière il y a quelques jours, au mausolée des Slade, dans l'intention d'y chercher des empreintes digitales récentes…

– Des empreintes digitales ? Mais de qui ?

– Du Malin, peut-être – sous l'une de ses formes humaines. Cela aurait au moins été une procédure scientifique. Je comptais également voir s'il n'y avait pas des traces de pas dans la neige fondue, aux alentours de la tombe. Mais quand je suis arrivé sur les lieux, il y avait déjà quelqu'un – votre jeune cousin Todd, en fait, qui, à ma vue, s'est enfui comme un criminel dans le dédale des tombes, la tête baissée et aussi hirsute qu'un animal sauvage. J'ai crié – "Todd ! Todd ! Ce n'est que moi, Pearce van Dyck!" – mais il n'en a couru que plus désespérément, comme si j'étais moi-même le Malin. » Le Dr van Dyck rit, presque avec gaieté. « Au pied du mausolée, j'ai bel et bien découvert un nombre remarquable d'empreintes, dont une partie seulement pouvait appartenir à Todd. J'hésite à en tirer une quelconque conclusion, mais j'ai le devoir de vous informer, Josiah, que dans ce genre d'affaire, on trouve souvent au sein de la communauté affectée un ou plusieurs individus *de connivence avec les forces diaboliques.* »

Josiah déclara qu'il doutait fort que son cousin Todd, âgé de douze ans et « immature » pour son âge, fût de connivence avec des forces quelconques. « Todd est un enfant très "solitaire". »

D'un ton bref, le Dr van Dyck remarqua : « Mais peut-être n'est-ce pas "Todd Slade" que j'ai vu dans le cimetière – mais un démon-enfant qui lui ressemblait. »

Josiah leva les bras au ciel, exaspéré cette fois.

« Sommes-nous donc tous des imposteurs, monsieur… des "démons" ? Comment pourrions-nous en juger d'après l'extérieur des gens ?

– Question très pertinente, Josiah. Question véritablement philosophique, à laquelle je réfléchis, je vous assure – depuis que ma chère femme m'a annoncé, voici dix mois, sa nouvelle "miraculeuse". »

Le Dr van Dyck avait bu deux verres de sherry, alors que Josiah n'avait pu avaler plus d'une gorgée de ce vin sucrailleux. Il remarqua que son ancien professeur avait le visage empourpré, les yeux étrangement brillants ; il semblait essoufflé, en proie à une grande excitation ; son visage même paraissait subtilement déformé, le front renflé, la bouche petite et tordue. Lorsque Josiah se leva, imité aussitôt par son hôte, il lui sembla également que le professeur avait rapetissé, et qu'une très légère malformation bosselait son dos sous son ample veste de tweed. Dans l'encolure de sa chemise, on voyait battre les artères sous la peau humide.

D'humeur enjouée, le Dr van Dyck raccompagna Josiah jusqu'à la porte et lui serra la main, le priant de transmettre ses plus chaleureuses salutations à Winslow Slade, ainsi qu'à tous les autres membres de la famille qu'il voyait maintenant si rarement. « Dites-leur – mais peut-être est-ce prématuré de le dire à d'autres – que "van Dyck est en chasse", qu'il "mène l'enquête" – cela ne les consolera peut-être pas de leur perte, mais j'espère que cela les réconfortera. » À n'en pas douter, l'ancien professeur était plus petit que d'habitude, ses jambes étaient nettement plus courtes, et ses yeux avaient un éclat anormal, même derrière des lunettes d'intellectuel à monture métallique.

« Il faut que vous reveniez, Josiah !… Pour voir la chose.

– *La chose… ?*

– Pardonnez-moi… je parlais de l'*enfant,* bien sûr. »

Le traîneau aux patins ocre

Josiah ! Josiah ! Viens nous rejoindre ! Viens !

La vision était si singulière, et si inattendue – que Josiah se figea, les yeux écarquillés.

Après avoir quitté le professeur Pearce van Dyck, il s'était dirigé d'un pas nerveux vers Battle Park, un vaste espace, en partie boisé, situé non loin de Stockton Street et à environ quatre kilomètres de Crosswicks Manse ; après le bureau surchauffé de son ancien professeur, et ses *ratiocinations* qui l'étaient tout autant, oppressé, les idées confuses, Josiah éprouvait un urgent besoin d'air frais.

« Mais… qu'est-ce donc ? Un "déluge de neige"… »

Sans qu'il s'en fût rendu compte, une brusque tempête de neige s'était levée pendant qu'il était chez le Dr van Dyck. Les nuages de pluie couleur saindoux avaient disparu, remplacés par des nuages gros de neige ; l'air n'était pas froid, mais les flocons tombaient, drus et lents, scintillants de mille feux, comme s'ils étaient purement décoratifs.

Josiah comptait parcourir le champ de bataille, comme il l'avait fait souvent, étudiant, quand il éprouvait le besoin d'être seul ; sans se soucier du tourbillon lent des flocons, du vent humide de nord-est ni de l'approche de la nuit.

Et donc, alors qu'il traversait ce champ enneigé où, des générations plus tôt, son illustre ancêtre Elias Slade s'était battu en héros contre les hommes de Cornwallis, il vit soudain, à moins de trente mètres, un spectacle remarquable : un magnifique traîneau ancien, aux patins haut recourbés, que tirait un cheval noir aux naseaux fumants.

« Qui cela peut-il bien être ? Des inconnus... »

Le traîneau était conduit par une silhouette voûtée, enveloppée d'un manteau sombre et portant un chapeau enfoncé bas sur le front ; une sorte de gnome, qui faisait claquer son fouet au-dessus du garrot de l'animal.

Dans le traîneau, il y avait plusieurs femmes, ou plutôt... *des jeunes filles.*

Ce traîneau glissant à travers un lent rideau de neige dans les dernières lueurs du crépuscule était une vision si romantique que Josiah s'immobilisa, le sourire aux lèvres ; car si le cocher lui était inconnu, il devait sûrement connaître ces jeunes filles... Mais elles avaient le visage détourné ; elles ne lui prêtaient aucune attention. L'une d'elles était emmitouflée dans une splendide fourrure noire et coiffée d'un chapeau assorti, martre ou vison ; une autre, plus menue, portait un manteau d'hermine ; la troisième, une haute coiffure en agneau de Perse, et un manteau dont la fourrure bouclée parut à Josiah extraordinairement belle. Il était étrange que ces jeunes filles ne le hèlent pas pour lui proposer de les rejoindre, car il y avait une place vide à côté de la passagère à la fourrure en agneau de Perse ; le gnome cocher, dont le visage semblait ratatiné, ne jetait pas non plus le moindre regard dans sa direction. Essuyant la neige accrochée à ses cils, Josiah écouta le gai bavardage des jeunes filles, et remarqua un détail curieux : les patins du traîneau, bien que racés et recourbés et finement ouvrés à leurs extrémités, avaient d'étranges reflets ocre ou rouille, et semblaient moins fendre la neige qu'effleurer sa surface délicate.

Pourquoi ne les hèles-tu pas, au lieu de rester muet ? Toi, l'héritier de Crosswicks, tu n'as qu'un geste à faire pour être transporté chez toi ainsi qu'il sied à ton rang.

Et, alors qu'il restait immobile, comme paralysé – *Josiah ! Josiah ! Viens nous rejoindre !*

Juste à temps, Josiah comprit que c'était l'une de ses voix indésirables, prenant les accents de la séduction.

Immobile, aux aguets, tandis qu'une neige rêveuse tourbillonnait autour de lui, il regarda le traîneau passer silencieusement à moins de dix mètres de lui. Très doucement, les clochettes tintaient. L'haleine du cheval fumait, et sa rude queue noire fouettait l'air. Fasciné par la grâce musclée et l'allure noble de l'animal, par la beauté ancienne du traîneau, Josiah regardait. Son cœur était ému par le rire argentin des passagères, où il lui semblait reconnaître le rire léger de sa sœur Annabel ; mais, secoué soudain de tremblements violents, il eût été bien incapable de dire laquelle de ces jeunes filles, dont les visages s'évanouissaient maintenant dans l'ombre, aurait pu être Annabel.

Et le traîneau passa, et disparut dans un envol de neige.

Ne laissant derrière lui que l'écho des clochettes, et le rire des jeunes femmes, qui rappelait à Josiah les notes cristallines d'un carillon tintant au vent dans une véranda ou un belvédère, un soir d'été lointain.

Pourquoi restes-tu muet ? Impuissant comme un eunuque ?

N'es-tu pas un Slade, et prêt à la grande traversée ?

Vent de panique : les serpents

Ce fut peu après, un lundi matin d'avril 1906, qu'éclata une crise généralisée de nerfs, ou d'hystérie, parmi les jeunes filles du séminaire de Rocky Hill.

Les historiens curieux de cette manifestation (mineure, négligée) de la Malédiction peuvent consulter l'hebdomadaire local, le *Princeton Packet* du 3 avril de la même année, qui rapporta l'incident en première page, avec ce gros titre :

« VENT DE PANIQUE »
AU SÉMINAIRE DE ROCKY HILL
28 ÉTUDIANTES, 3 ENSEIGNANTS VICTIMES
D'ÉVANOUISSEMENTS ET DE CRISES « ÉPILEPTIFORMES »

Wilhelmina Burr eut la malchance de se trouver au centre de cet incident bizarre, que ni les observateurs neutres ni les chercheurs de l'université n'expliquèrent jamais de façon satisfaisante, mais dont ils se débarrassèrent d'un revers de main en le qualifiant d'*hystérie féminine.*

Wilhelmina dirigeait la chorale dans le pavillon de musique de l'établissement – (un bâtiment néoclassique construit sur une hauteur dominant la Millstone et une étendue de terre marécageuse) – quand, soudain, une jeune fille à la beauté mièvre, nommée Penelope van Osburgh, s'interrompit au beau milieu de son solo de soprano dans l'indémodable chanson de M. William Selby, *The Rural Retreat* –

Bois ombreux et rus gazouilleurs,
Sentiers, où frissonnent des rayons de lune,
Protégez un cœur las des malheurs,
Bercez les soucis d'un jour endeuillé!

– regardant fixement, avec des yeux écarquillés, un point situé derrière la tête de Wilhelmina ; puis, devenue livide, elle indiqua du doigt la moulure du plafond en disant : « Oh, il est vivant ! – le serpent ! – là ! – il s'est réveillé ! – il a bougé ! – il va nous attaquer. »

L'espace de quelques secondes, un silence absolu régna dans la salle : Wilhelmina aurait pu entendre l'imperceptible tic-tac de sa montre si elle avait eu la présence d'esprit d'y faire attention ; puis la respiration de la jeune fille s'accéléra, se fit rauque, elle murmura : « Le serpent ! – le serpent ! » et, le doigt toujours tendu vers le plafond, s'effondra sans connaissance dans les bras de sa voisine.

Après quoi, toutes les filles se mirent à hurler et à s'évanouir – et le pavillon de musique fut livré au Chaos.

Wilhelmina avait souvent été intriguée par la curieuse décoration de cet élégant bâtiment néoclassique, et notamment par ses moulures ; elle avait remarqué, dès la première fois où elle était entrée dans le pavillon de musique, ces formes blanches sinueuses au plafond, qu'on ne distinguait pas tout à fait : des pampres italianisants, peut-être, ou des vrilles de style grec, ou des « vagues figées », ou, effectivement, des serpents langoureusement allongés. Les qualifier de « blancs » serait induire en erreur, car, avec le temps, la poussière avait décoloré les moulures, mais si irrégulièrement qu'on en retirait une impression d'ombres. Sous l'effet d'un jeu de lumière, dans les circonstances les plus ordinaires, les moulures semblaient bel et bien « bouger ». Wilhelmina l'avait elle-même remarqué, mais en avait conclu à une illusion d'optique sans importance.

À présent, cependant, les « serpents » semblaient s'être réveillés de leur long sommeil et se déplacer. Quels hurlements poussaient les jeunes filles de Rocky Hill ! Une deuxième s'affaissa sans connaissance sur le sol, puis une troisième et, alors que Wilhelmina se portait à son secours, elle heurta deux élèves terrifiées, qui se jetèrent dans ses bras comme des enfants ; car à présent les serpents ondulaient, commençaient à ramper de tous côtés sur les murs et sur les vitres des fenêtres, à peine visibles, horribles...

Seule adulte au milieu d'une trentaine d'adolescentes, Wilhelmina était à la fois affolée et perplexe : car elle ne voyait pas *véritablement* les serpents descendre des moulures et cependant, à en juger par une agitation inhabituelle de l'air et par les cris terrifiés des adolescentes, il était raisonnable de déduire qu'il se passait quelque chose ; quelque chose de grave ; et elle avait le devoir d'en protéger ses élèves.

Une autre fille se mit à hurler, désignant un point derrière Wilhelmina : « Oh ! Là ! Le serpent noir ! Il est réveillé, il est en colère, il vient vers nous ! » – et la terreur s'accrut encore, les jeunes filles couraient en tous sens, pleurnichaient, sanglotaient, le visage livide, ne sachant comment échapper aux serpents, qui (semblait-il) n'étaient pas véritablement *visibles.* Il était évident néanmoins qu'ils rampaient vers elles de toutes parts, sur le parquet de bois ciré.

Mlle Burr cria pour rétablir l'ordre et ne fut pas entendue ; courut de droite et de gauche pour calmer, gronder, intervenir et même menacer. Mais l'affolement était trop général, la panique flambait comme un feu de brousse un jour de grand vent ; tout ce que l'instructrice parvint à faire fut d'empêcher ses élèves de se piétiner et de se heurter mutuellement dans leur hâte à fuir le bâtiment.

« Attention ! S'il vous plaît ! Il n'y a pas de serpents ! Où sont ces serpents ? Je n'en vois pas ! Priscilla ! *Marian !* Pas de bousculade, quittez la salle en ordre – *s'il vous plaît.* Mesdemoiselles ! »

Wilhelmina était bien près de sangloter elle-même, d'impuissance et d'appréhension.

Tentant d'éviter que les filles ne se blessent, elle trébucha, vacilla, car… quelque chose semblait remuer, se tortiller – *sinuer* – à ses pieds ; une forme onduleuse et puissante, pareille à un *bas-relief** qui aurait pris vie…

Une créature splendide, non pas blanchâtre, mais d'un noir chatoyant, les écailles irisées de reflets argent, mauve, ocre ; le ventre délicatement rayé, aussi lisse et crémeux que le teint de la plus jolie fille de Rocky Hill ; dressant haut une tête large, plate, intelligente, fixant sur elle des yeux mordorés, étincelants comme des pierres précieuses, qui semblaient la *reconnaître.*

Wilhelmina n'en vit pas davantage. Car, au milieu de l'hystérie générale, elle aussi s'évanouit ; dans un froissement de jupons, elle s'affaissa sur le plancher, et le haut col empesé de son corsage amidonné lui entama le cou.

AILLEURS DANS L'ÉCOLE, quelqu'un déclencha l'alarme d'incendie. Le fourgon de Rocky Hill et cinq ou six pompiers volontaires pleins de zèle arrivèrent sur les lieux quelques minutes plus tard. Malheureusement, cette intervention ajouta à l'hystérie, car alarmes et sirènes étaient assourdissantes ; et très vite, toutes les jeunes filles de l'école, et pas seulement celles de la chorale, parurent succomber à ce mystérieux vent de panique – hurlant devant des serpents (invisibles ?) qui ondulaient, glissaient, sinuaient, se lovaient, se tordaient et bondissaient, les menaçant de tous côtés. Les pompiers étaient stupéfaits et déroutés, car il n'y avait aucun signe d'incendie, et ils ne voyaient pas les serpents que les filles désignaient en hurlant, et fuyaient dans le froid, vêtues seulement de leurs corsages à col marin et de leurs jupes de laine bleue ; crottant leurs chaussures de boue et, dans leur hâte désespérée, tombant parfois dans la terre amollie par le dégel. Plusieurs professeurs s'efforçaient maintenant de rétablir le calme ; l'un d'eux, un jeune instructeur de mathématiques d'un tempérament nerveux du nom de Holleran, parut lui-même voir les serpents, ou leurs *empreintes animées* sur la terre humide, et en eut une syncope ; ou, selon la définition ultérieure donnée par le Dr Boudinot, une *crise épileptiforme* d'origine inexplicable.

À son apogée, le « vent de panique » dura moins d'une heure, car peu à peu les serpents semblèrent s'évanouir, soit qu'ils eussent gagné le marécage boueux, voisin du bâtiment de musique, soit qu'ils eussent simplement disparu, pour reparaître le lendemain sous leur forme originelle, inoffensive et terne, dans les vieilles moulures du pavillon ; les effets de l'hystérie, en revanche, ne se dissipèrent pas aussi facilement. Les effets varièrent considérablement d'une jeune fille et d'un instructeur à l'autre ; certains en demeurèrent bouleversés pour le restant de la journée ; d'autres ne purent revenir au séminaire de toute la semaine ; d'autres enfin, dont le professeur de latin, Mme Cowper, et ce pauvre M. Holleran, ne se déferaient jamais entièrement de la *vision des serpents*. La directrice du séminaire, Mlle Singleton, une femme vigoureuse d'une petite soixantaine d'années, affirmerait ne jamais avoir vu le moindre serpent dans l'enceinte de l'établissement ; ses nerfs n'en furent pas moins affectés, et l'on remarqua qu'elle avait perdu un peu de l'assurance et du sang-froid auxquels elle devait sa réputation.

Penelope van Osburgh, la première jeune fille à s'être avisée de l'attaque, fut gravement malade pendant plusieurs jours, et entourée de soins et d'attentions pendant des semaines. Wilhelmina Burr, instructrice d'Art, d'Élocution et d'Eurythmique, demeura alitée un certain temps, à la surprise générale, et, à son retour, étonna ses collègues et Mlle Singleton en donnant sa démission, avec cette explication embarrassée :

« Étant donné que j'ai succombé à la plus ridicule des hystéries féminines et que je n'ai su éviter cet accès de folie chez mes élèves, je crains de n'être guère plus mûre que les plus sottes d'entre elles, et ne saurais donc être leur professeur. »

Post-scriptum : le fardeau de la nature

On parlerait encore longtemps de cette « panique aux serpents » à Princeton et dans ses environs, mais l'incident fut vite et sommairement classé par les autorités, ainsi que par le Dr Boudinot et ses collègues médecins et scientifiques, qui y virent un exemple regrettable d'*hystérie féminine.* Le *Packet* publia en bonne place un article où un certain nombre de gentlemen de la ville étaient invités à commenter l'incident, l'avis général étant qu'une « épidémie hallucinatoire d'origine inconnue » avait balayé l'établissement, et que les « serpents » étaient purement imaginaires.

Parmi les personnalités interrogées figuraient des chercheurs, professeurs à l'université, ainsi que le président Wilson en personne. Plusieurs se laissèrent malheureusement aller à des commentaires gouailleurs sur l'établissement et son personnel ; d'autres laissèrent entendre que ces « jeunes filles excitables » et leurs instructrices avaient besoin d'être mieux et plus rigoureusement gouvernées, c'est-à-dire placées sous la direction d'un homme. Mais Woodrow Wilson, conscient de sa position d'administrateur en chef de l'université, s'abstint de critiquer la directrice du séminaire ou ses instructrices ; avec délicatesse, il remarqua qu'il y avait eu de « nombreux accès de "conduite démoniaque" » à l'université de Princeton au début du XIXe siècle, époque où les jeunes gens se rebellaient « avec une régularité d'horloge », et qu'il ne se permettrait donc pas de juger le séminaire, ni encore moins d'en retirer ses filles si elles y étaient élèves. Le Dr Wilson concluait par un appel à la compassion, à la compréhension et à la patience : « Car la Femme, qui a reçu de la Nature un fardeau bien plus lourd que celui de l'Homme – à savoir, la *propagation* –, doit être jugée avec tolérance et indulgence dans les domaines où, sans qu'il y aille de sa volonté, elle a un très grand retard sur l'homme. »

« Défaite à Charleston »

« Je ne m'avouerai pas battu. *J'en fais le serment.* »

Les intrigues politiques, la dérision et le mépris auxquels Woodrow Wilson, admiré et honoré « au-dehors » (c'est-à-dire ailleurs qu'à Princeton) était encore en butte au sein de sa propre communauté universitaire ont été diversement rapportés. Cette situation affectait ses nerfs délicats et lui causait bien des nuits sans sommeil ; et, comme le stoïque Wilson en plaisantait avec son épouse dévouée, aggravait l'« agitation en Amérique centrale » (c'est-à-dire les troubles gastriques dans les « zones équatoriales » de sa personne.)

Le sujet d'affrontement initial, l'emplacement de l'institut d'études supérieures, se compliquait maintenant d'une guerre entre le bureau du président et certains de ses administrateurs concernant d'une part ce qu'on appelait la « chaîne de commandement », et de l'autre la campagne menée par le Dr Wilson contre les clubs fermés de Prospect Avenue à l'égard desquels il nourrissait une antipathie et un ressentiment personnels. Les sujets de friction étaient nombreux et presque quotidiens.

« Je ne tolérerai pas une insurrection. J'ai été nommé pour *diriger cette université*, et je la dirigerai. »

Ironiquement, en dehors de Princeton, dans certains milieux choisis, la réputation de Woodrow Wilson n'aurait pu être meilleure. Fin mars, par exemple, présentant le Dr Wilson à son auditoire de fumeurs de cigares, George Harvey, le « Faiseur de rois », l'avait « proposé » comme candidat à la présidence – par quoi il entendait la présidence des États-Unis ! Et, bien que le Dr Wilson eût accueilli la remarque avec humilité et fît son possible pour la chasser de son esprit, il en avait été profondément ému ; et surexcité ; et n'avait pu résister au plaisir d'en faire part à sa chère Ellen, dès son retour.

La plus haute présidence du pays ! Ce n'était qu'une flatterie, naturellement.

Voyons, Woodrow… bien sûr que non. Tu as l'étoffe d'un président ! Tu sais que Dieu te destine à de plus grandes choses que Princeton.

Néanmoins, mystérieusement, le Dr Wilson était traité avec très peu de respect à Princeton ; seuls ses étudiants semblaient l'admirer, quoique de loin ; une grande partie de l'administration ainsi que bon nombre d'enseignants s'étaient maintenant ralliés à l'exubérant Andrew West ; du côté du conseil d'administration, la situation était encore pire, et suscitait chez sa victime des troubles gastriques particulièrement virulents. Le Dr Wilson s'emportait contre la « condescendance » du conseil, qui traitait le président de l'université en « simple subalterne, en laquais » ; il se refusait à citer des noms, mais l'un de ces messieurs se prévalait cruellement de son autorité d'« ancien grand administrateur du gouvernement fédéral ». (Le Dr Wilson était si irrité contre M. Cleveland qu'il ne supportait pas d'entendre prononcer son nom, ni même celui de sa piquante épouse, Frances.) La malveillance de ses ennemis s'était accrue au point que, à l'hiver et au printemps 1906, ils semblaient avoir entrepris de miner systématiquement sa réputation auprès des plus puissantes associations d'anciens élèves, notamment dans le Sud ; et le Dr Wilson songeait avec une certaine amertume que son vieil ami Winslow Slade aurait pu l'aider, s'il ne s'était plus ou moins retiré du monde à Crosswicks Manse, refusant même de voir ses anciens amis.

« Mais je les combattrai, Ellen. Tu peux me croire ! »

Plus un homme a d'ennemis, plus cela le galvanise. Les ancêtres écossais de Woodrow Wilson étaient des guerriers, et non des *femmelettes* pusillanimes.

Le Dr Wilson se mit donc en campagne pour restaurer sa réputation parmi les anciens élèves de Princeton, lesquels constituaient un segment fortuné et influent de la population éduquée de l'époque ; résolu à combattre les images fausses le présentant comme un administrateur « dogmatique », « rigide », « inflexible », « dictatorial », il rencontra des groupes d'anciens élèves de l'Est et du Sud, dans des villes clés telles que Baltimore, Washington, Richmond et Atlanta, abordant ces sujets favoris – « Démocratie et université », « Religion et patriotisme », « Princeton au service de la Nation », « Les leaders naturels », etc. – avec un succès encourageant.

Puis vint Charleston, en Caroline du Sud, le 13 avril 1906.

Une prestation si pénible, où sa conduite fut si « bizarre » qu'un grand nombre d'anciens élèves préoccupés écrivirent au conseil d'administration pour demander la démission du Dr Wilson !

LES HISTORIENS ont généralement ignoré ou minimisé cette curieuse aberration dans la carrière du Dr Wilson, notamment parce qu'il existe peu de sources fiables sur la « défaite de Charleston » (ainsi que l'appellerait Woodrow Wilson). Pour autant que je puisse l'établir, le Dr Wilson commença son discours devant l'association des anciens élèves avec son

« autorité » et son « aisance » habituelles ; il sut « dégeler » son auditoire sudiste avec son anecdote favorite des trois « moricauds », amenés à Princeton par leurs jeunes maîtres, au bon vieux temps d'avant la guerre, et roulant des yeux ronds devant leur *première neige,* persuadés qu'ils voyaient du *coton tomber du ciel.* (Cette anecdote aurait, dit-on, suscité des « tempêtes de rire » dans l'auditoire, exclusivement masculin. Le « dialecte nègre » très humoristique du Dr Wilson, qu'il accompagnait de force roulements d'yeux et gestes comiques, ajouta certainement à l'hilarité générale.)

Après ce début prometteur, le Dr Wilson se lança dans un discours qu'il aurait pu réciter en dormant – (« Ce que je fais très souvent, en fait ! » disait-il en plaisantant à Mme Wilson) – « L'universitaire, le chrétien et le patriote » –, mais au bout de quelques minutes, il fut pris d'une légère appréhension, et même de nausée, et sa voix, d'ordinaire posée et bien modulée, se fit hésitante. La faute en était à la viande rouge qu'il avait consommée, virilement, lors du dîner ; ou aux nuages de fumée écœurante des pipes et des cigares de ces messieurs, flottant dans la pièce mal ventilée. Continuant à parler, le front perlé de sueur, le Dr Wilson éprouva un pincement de terreur quand, parcourant la salle du regard, il lui sembla voir, tout au fond, le plastron imposant, le crâne chauve et le visage éclatant de santé de son ennemi fatal, le doyen West, assis parmi les auditeurs captivés et feignant d'être l'un d'entre eux !

« Non. C'est impossible. Il n'oserait pas me suivre à Charleston – *il n'oserait pas !* »

Néanmoins, le débit parfaitement maîtrisé pour lequel le président de Princeton était connu en fut, semble-t-il, irrémédiablement perturbé ; à la façon d'un wagon solitaire qui, séparé des autres par un accident cruel, dévie sur le lit de gravier de la voie, prend de la vitesse et échappe à tout contrôle, le

Dr Wilson se mit à parler rapidement, s'interrompant souvent au beau milieu de ses phrases.

La substance de son discours fut, paraît-il, assez confuse : un instant, le Dr Wilson parla avec passion d'*alliés* et d'*ennemis;* l'instant d'après, de *démocratie* et de *menace étrangère* – « Car des centaines de milliers d'ennemis du protestantisme débarquent sur les rives du Nouveau Monde, l'esprit et l'âme enchaînés par le despotisme, l'intolérance et la superstition crasse qui prévalent dans les fiefs du pape romain et dans toute l'Europe catholique ». Puis il passa au sujet familier du guide et des disciples chrétiens : « Car Jésus-Christ est notre modèle, qui se savait "pêcheur d'hommes" et ordonnait à tous ceux qui souhaitaient le salut de le suivre – oui, y compris au combat. » Puis, sans transition évidente, le Dr Wilson murmura d'un ton railleur quelque chose sur les *luttes intestines* au sein de l'université, ce qui suscita une certaine agitation dans l'auditoire, un concert de toux et de raclements de gorge, le genre d'indice qui signale à un orateur qu'il faut conclure ; le Dr Wilson sembla cependant ne rien remarquer et continua à parler, en phrases rapides mais heurtées, avertissant ses auditeurs que l'« héritage aristocratique » de leur grande université était menacé par des « ennemis intérieurs ». Avec indignation, il tonna contre les « adorateurs de Mammon », contre les « anarchistes fanatiques et assassins et leurs complices syndicalistes », car, il en avait peur, les États-Unis ne seraient pas une véritable démocratie avant – et Woodrow Wilson se redressa alors de toute sa taille maigre, l'air sévère et le lorgnon étincelant – avant, messieurs, qu'une Négresse élise domicile à la Maison-Blanche. »

Sur quoi, il se tut brutalement, comme si on avait actionné un interrupteur dans son cerveau. Les yeux papillotants, un sourire gêné aux lèvres, il attendit les habituelles vagues d'applaudissements chaleureux – qui furent lentes à venir à Charleston, Caroline du Sud, en ce soir du 13 avril 1906.

PLUS TARD, le Dr Wilson implora son hôte de Charleston de lui répéter ce qu'il avait dit, et dont il ne parvenait pas à se souvenir ; son hôte répondit, le regard fuyant : « Ma foi, Woodrow, je n'ai pas vraiment entendu – ou alors, je ne me rappelle pas vos mots exacts.

– Mais… qu'ai-je dit ? Était-ce une plaisanterie ? Est-elle tombée à plat ?

– Oui. Peut-être.

– Mais personne n'a *ri*. Personne n'a *applaudi*. Qu'ai-je bien pu dire pour offenser à ce point l'auditoire ?

– Personne n'a entendu, Woodrow. Moi, je n'ai rien entendu. Ne vous en faites pas. Ce sera vite oublié. Tout le monde compatit.

– Mais, mon Dieu… *qu'ai-je dit ?* »

REVENU EN TRAIN À PRINCETON, le Dr Wilson fut victime de troubles aussi bien gastriques que « psychoneurologiques », et son médecin, le Dr Hatch, lui prescrivit des vacances immédiates aux Bermudes, d'une durée d'au moins douze jours, afin que le président surmené puisse se reposer l'esprit, retrouver un certain équilibre et un peu de sa santé passée. Il fut en fait mis en demeure de fuir Princeton sur-le-champ s'il voulait prévenir un complet effondrement physique et mental.

« Ma précieuse chérie… »

Je vais inclure ici des extraits des lettres intimes que Woodrow Wilson écrivit à son épouse bien-aimée, Ellen, pendant la durée (du 16 au 27 avril 1906) de son « repos forcé » aux Bermudes.

Il est choquant de découvrir que, dans le temps même où il écrivait à son épouse ces lettres ferventes, et assurément sincères, Woodrow Wilson tombait sous le charme, puis succombait aux séductions de cette mystérieuse femme du monde, connue des historiens sous le nom de « Cybella Peck » – nom que l'on sait aujourd'hui fictif.

> ADMIRALTY INN, BERMUDES
> DIMANCHE MATIN, 17 AVRIL 1906
> Ma précieuse chérie,
>
> Comme tu me manques ! Je n'ai pas honte de dire que *je pense constamment à toi* et que je ferme souvent les yeux ici sur la véranda de l'hôtel afin d'imaginer que tu es auprès de moi ; que je pourrais étreindre ta main pour en tirer réconfort, baume et consolation après les souffrances et l'humilia-

tion que j'ai endurées ces derniers temps. Mais… *j'endurerai, et je triompherai.*

J'en fais le serment.

Ne dis à personne, je t'en prie, ma très aimée, que je suis parti « pour raisons de santé » – ni même « pour me reposer d'un travail épuisant ». (Dieu sait pourtant que c'est vrai !) Nul besoin d'explication, dis seulement que « Woodrow sera de retour dans son bureau de Nassau Hall le lundi 1er mai au matin ».

Ah ! les Bermudes sont assurément le meilleur endroit au monde pour oublier Princeton, même si je compte travailler, bien entendu – travailler très dur (conférences à écrire) et si ma chère petite femme me manque.

Ma modeste petite Ellen, pas une heure ne passe sans que je rende grâce à Dieu de t'avoir envoyée, toi et ton immense amour, infini et bienfaisant ! C'est Lui qui a voulu qu'une autre, bien inférieure à ma chère Ellen, me « rejette » il y a de longues années, Lui qui a voulu que nous soyons unis pour la vie. Sache, je t'en prie, ma douce Ellen, que ce n'est pas en ajoutant à notre savoir masculin, mais en nous comprenant grâce à leurs dons supérieurs de compassion et d'intuition que les femmes nous assistent… Quand m'apparaissent ces visages railleurs, ces visages de l'infamie, acharnés à me détruire, et ce W***, osant me tourmenter à Charleston… je pense aussitôt à *toi*, à ton amour constant et inconditionnel ; et l'Univers entier en est transformé, il me semble que *tous les hommes et les anges* écoutent, tant mes pensées se reflètent à la perfection dans tes ravissants yeux bruns !

Dimanche 16 heures

Le ciel est d'un bleu de porcelaine au-dessus de l'Atlantique – c'est stupéfiant. Les filles et toi m'avez bien souvent taquiné, en me reprochant de ne pas *regarder* les choses, eh bien, maintenant je *regarde* un paysage paradisiaque, l'immense plage derrière l'Admiralty Inn, où le sable est presque blanc et parfaitement uni ; ratissé tous les matins par des domestiques. Tout est calme, si calme ! Le mouvement des vagues, dont je craignais un peu, après ma traversée agitée, qu'il ne se révèle irritant pour mes nerfs, est au contraire reposant – hypnotique – réparateur. À Princeton, ce début de printemps était froid, maussade – et les soirées sentaient encore l'hiver – mais ici, dans cette île paradisiaque, c'est le plein printemps, une explosion de fleurs neigeuses, rouges, jaunes, orange, grosses comme des têtes, qui semblent me saluer quand je passe.

Là-bas, conflit et hostilité ; *ici*, calme et sérénité.

Mais non ! – tu m'as supplié de ne pas me livrer à ces ruminations « morbides » – et je vais donc t'obéir.

Voici qu'arrive un petit moricaud courtois de la taille d'un nain (en livrée !), qui me demande : *Missié le maît' veut-il boi' quelque chose ?*

Dimanche soir

Me suis réveillé d'un somme agité avant le dîner – pétrifié d'horreur à l'idée de mon fiasco de Charleston – quelle débâcle, quelle *honte*, et dans une arène publique ! *Je crains de ne pas y survivre.* Je roule des pensées sombres et malsaines qui contrastent avec le visage rayonnant des autres vacanciers de l'hôtel, américains et anglais. Quant à ma digestion…

(Ne t'alarme pas, ma chérie, je suis tout à fait capable de me soigner si nécessaire, et suis de toute manière très adroit, déjà, au maniement de la pompe[1] – opération répugnante que j'aurais honte d'imposer à ma chérie !)

---

1. « Pompe » : pompe stomacale. Pour les troubles gastriques particulièrement virulents, Woodrow Wilson utilisait sa propre pompe, un remède fami-

Il paraît que Mark Twain est arrivé en bateau de Miami à la mi-journée, et qu'une héritière américaine du nom de Peck se l'est aussitôt approprié. *Voilà* un gentleman célèbre, qui s'habille de blanc – lin blanc, coton blanc, soie blanche ! – et qu'on ne voit jamais sans un cigare cubain malodorant, fiché entre des dents jaunies. Je vais l'éviter, je pense – car tout le monde sait que *Samuel Clemens* renforce l'Antéchrist dans ses écrits « satiriques » grossiers, et ne saurait être un ami de Woodrow Wilson.

Je vais maintenant te dire bonne nuit, chère Ellen ! Car je me sens assez mélancolique, et bien seul ; et la rébellion n'est que temporairement réprimée en « Amérique centrale », je le crains. Mais je vais me consoler en travaillant à mon discours sur le patriotisme chrétien, que je dois prononcer devant la Société de Philadelphie au mois de mai, avant de succomber à ma dose d'Huile de Tartare et à un sommeil bienheureux !

Ton mari aimant,
Woodrow

ADMIRALTY INN
18 AVRIL 1906
Ma précieuse chérie,

J'ai marché pieds nus sur la plage à l'aube, dans ma « tenue de promenade » (merci ma chérie d'avoir préparé ma valise avec tant de soin, et d'y avoir glissé ces adorables petites cartes que je découvre parmi mes sous-vêtements au fur et à mesure des jours !) ; tu seras soulagée de savoir que

---

lial très apprécié (à l'instar du lavement), et cela jusqu'à ce qu'un médecin de la Maison-Blanche lui confisque de force cet instrument, en 1913, peu après son investiture à la présidence des États-Unis.

ma nuit n'a pas été aussi tourmentée que je le redoutais, après la débâcle de Charleston ; car, par bonheur, j'ai apporté une bonne réserve de médicaments pour combattre l'*insomnie* aussi bien que les habituels *troubles gastriques.*

Mais en marchant au grand air, au bord des vagues, voilà que je suis distrait par l'idée de combats à livrer ailleurs ; des phrases virevoltent dans mon cerveau, telles des épées. *Je ne laisserai pas mes ennemis m'abattre !* Dans la brume de mes réflexions, j'ai été arrêté par un pensionnaire de l'Admiralty Inn à l'instant où j'allais marcher sur une *crinière de lion* – il s'agit d'une méduse d'aspect répugnant que l'océan rejette souvent sur la plage. (Les domestiques nègres galopent pour les ramasser, mais pas toujours assez vite.) « Monsieur ! Ne marchez surtout pas sur ces bêtes-là ! » – voilà la mise en garde que m'a adressée ce gentleman, l'œil pétillant. Je l'ai remercié, puis nous nous sommes présentés et avons bavardé un instant avant de reprendre notre chemin.

Ah, Ellen ! Tu ne vas pas le croire – quel malheur ! Amanda FitzRandolph et son mari Edgerstoune sont en vacances ici, chez Mme Peck – la villa *Sans-Souci,* tel est le nom de sa demeure, qui passe pour la plus princière de l'île. J'ai rencontré par hasard Mme FitzRandolph à l'hôtel, où elle rendait visite à des amis. « Woodrow, vous ici ! Quelle agréable surprise ! » – etc. J'espère m'être montré poli et avoir dissimulé ma consternation. Parler des affaires de Princeton, et même voir des visages princetoniens, *ici,* où je suis censé me reposer des unes et des autres, voilà bien la dernière chose que je souhaite…

D'humeur mélancolique sur mon balcon, chère Ellen, je t'ai écrit un poème ; *tu me manques tant,* ma mie. Car tu es mon *bon ange* – tu me préserves du désespoir et de toutes les tentations des ténèbres. Ces faibles mots ne peuvent espérer exprimer l'amour infini que j'ai pour toi. Quand la tristesse m'accable, j'éprouve *plus passionnément encore* le besoin de ta présence. Pardonne à ton Woodrow bien ridicule, à ton mari qui t'adore :

You were the song I waited for.
I found in you the vision sweet.
The grace, the strain of noble sounds,
The form, the mind, the mien, the heart,
That I lacked & thought to find
Within some spring within my mind,
Like one awakened from dreaming
To the blessed confidence of light[1].

(S'il devait être mis en musique, je verrais bien une mélodie à la cornemuse – nous les Campbell d'Argyll sommes d'incorrigibles sentimentaux, tout autant que de vaillants guerriers !)

Demain, Mme Peck donne un déjeuner à la villa *Sans-Souci* – Amanda FitzRandolph a obtenu une invitation pour moi, afin que je rencontre M. Mark Twain – mais je pense décliner, car je préfère la solitude ; et la paix, et le calme ; d'autant que j'ai beaucoup de travail, des conférences à

1. Tu étais le chant que j'attendais.
J'ai trouvé en toi la douce vision.
La grâce, les nobles accents,
La forme, l'esprit, l'allure, le cœur
Qui me manquait et que je pensais trouver
Dans quelque source de mon esprit,
Comme au sortir du rêve
On s'éveille au bonheur de la lumière.
Poème réellement écrit par Woodrow Wilson (*NdT*).

préparer, etc. Comme je regrette que ma chère petite Ellen ne soit pas auprès de moi ! Car la tristesse m'accable en ton absence, même si j'offre un visage « souriant » au monde…

Ton mari aimant,

Woodrow

ADMIRALTY INN

19 AVRIL 1906

7 h 40

Ma précieuse chérie,

Dieu soit loué, ma chérie – j'ai passé une nuit à peu près paisible – et me suis levé ce matin avant l'aube pour aller marcher sur la plage dans le vent vivifiant ; l'air est frais à cette heure-là, alors qu'il fait une chaleur poisseuse presque tout le jour. Je suis positivement ivre de joie à l'idée de consacrer une matinée ininterrompue à mon discours pour la Société de Philadelphie et à un article pour l'*Atlantic*. Je souffre moins d'être séparé de ma chérie quand je m'immerge dans le travail ; et que je fais semblant de croire qu'elle va bientôt m'appeler pour me masser le cou si elle en a le temps, car il commence à être bien raide sans ses doigts « magiques »[1].

Sous le dôme bleu clair du ciel, dans cet endroit paradisiaque, les nations et tous les événements « importants » du

1. Depuis qu'un médecin de Géorgie lui avait dit que « tant qu'un homme a le cou *plein, ferme* et *fort,* sa santé sera bonne », Mme Wilson avait pris l'habitude de masser le cou du Dr Wilson tous les soirs avant le coucher, et d'y chercher boutons enflammés, grains de beauté sensibles, grosseurs, creux anormaux, etc. Jamais épouse ne fut aussi soucieuse de la santé de son mari qu'Ellen Wilson ; j'espère ne pas faire un trop grand bond en avant dans mon récit en notant que, sur son lit de mort, en août 1914, Mme Wilson s'épuisa en questions anxieuses sur la santé de son mari, car la présidence des États-Unis qui reposait lourdement sur ses épaules exacerbait les nombreux maux physiques du pauvre homme.

monde semblent lointains, théoriques – et pour tout dire passablement absurdes. *Là-bas* est le pays de Lilliput, et je suis Gulliver.

Le déjeuner dans la villa « princière » de Mme Peck, qui donne sur l'océan, réunissait plus de monde que je ne m'y attendais ; il y avait là M. Samuel Clemens, tout de blanc vêtu, la moustache farouche et le sourcil broussailleux, trônant sur la terrasse au milieu de ses admirateurs. M. Clemens a cependant condescendu à me serrer la main, et à faire une ou deux plaisanteries aux dépens de l'université ; car, comme il aime à le dire, il n'a eu d'éducation que de la plus rude espèce, pendant son enfance dans le Missouri, puis comme pilote d'un bateau à aubes sur le Mississippi. Il m'a néanmoins étonné, car il avait lu mon *Histoire du peuple américain* et ma biographie de George Washington, et a tenu des propos très respectueux sur l'un et sur l'autre – devant tout le monde.

Mme Peck est également très amicale. « Ah, c'est donc vous "Woodrow Wilson" ! On dit tant de choses à votre sujet », et quand j'ai demandé poliment ce qu'étaient ces choses, cette dame a répondu, très sérieusement : « Des choses qui se rapportent à l'avenir – l'avenir de notre pays. » Le regard qu'elle fixait sur moi était si pénétrant que j'en ai été troublé ; et je ne pense pas avoir brillé par mon éloquence au milieu de tant de réjouissances, et dans le parfum entêtant des hibiscus… Chère Ellen, comme tu me manques ! Je me sens si terriblement seul parmi cette tribu de Lotophages !

Tu seras étonnée, ma chérie, mais tu ne me désapprouveras pas, je l'espère, quand tu sauras que j'ai fait plusieurs brouillons de lettres, destinés à notre redoutable président du conseil[1], à David Jones et à son frère Tom ; à Cyrus, Edward, Moses et au Dr Patton… ainsi qu'à W*** lui-même ; j'y concède avoir reconsidéré ma position, et me demander si le projet des Quads[2] ne pourrait pas être quelque peu modifié, et l'emplacement de l'institut d'études supérieures faire l'objet d'un compromis… Ne pense pas que je faiblisse, chère Ellen ! Bien que convaincu au fond de moi-même d'*avoir raison*, je suis (de fait) un Gulliver entouré de Lilliputiens et dois gouverner en conséquence. (Comme me l'a dit Pearce van Dyck pour me consoler, je ne dois pas ruiner l'université au nom de mes idéaux ; sur le moment, je m'étais emporté contre lui, mais je comprends à présent qu'il parlait avec sagesse.) Voici qu'il me faut m'habiller pour le dîner, bien que, après ce déjeuner orgiaque à la villa *Sans-Souci*, je n'aie guère d'appétit et encore moins de *conversation de salon,* surtout sans ma chère petite femme auprès de moi.

Ton mari aimant,
Woodrow

Admiralty Inn
20 avril 1906

Ma précieuse chérie,

Merci, ma chérie, pour ta charmante lettre ! Tu as beau, dis-tu, n'avoir pas beaucoup de « substance » à m'offrir – et

1. Il s'agit de Grover Cleveland, dont le Dr Wilson ne pouvait se résoudre à prononcer le nom, et pour qui il avait une telle antipathie que, à la mort de l'ex-président, en 1908, à Princeton, il décréta qu'aucune cérémonie n'aurait lieu sur le campus, pas même la mise en berne d'un drapeau ; alors qu'ailleurs dans Princeton, comme dans une bonne partie des États-Unis, les drapeaux étaient tous en berne.

2. « Quadrangles ». Collèges-résidences pour les étudiants de premier cycle, dont Woodrow Wilson prônait la création. (*NdT*)

qualifier les nouvelles de notre famille et de Princeton de « mineures » – cela m'est précieux, à moi qui suis si éloigné de mon épouse chérie, et ta chère voix est une musique à mes oreilles solitaires.

Ici, golf et tennis au programme (pour lesquels ton pauvre mari n'a guère de talent) ! ; et visite de l'île en « voiture électrique » – il semble, ma douce, que mes obligations mondaines ont commencé. Alors que je flânais dans une allée bordée de fleurs, près de l'hôtel, j'ai entendu une voix – « Woodrow Wilson ? Est-ce possible ? » – et c'était Francis Pyne, en compagnie de quelques autres ; difficile d'éviter un voisin et un bienfaiteur de l'université, et j'ai donc été réquisitionné pour d'autres réceptions à la villa *Sans-Souci*. Le président de la Cour des Bermudes, M. Gollan, a bavardé avec moi à bâtons rompus, cet après-midi ; ce qu'il y a d'agréable avec ce vieux gentleman chenu, c'est qu'il ignore tout (et se soucie peu) de la politique continentale ; en fait, il est citoyen britannique ; et l'université de Princeton n'est pour lui qu'un endroit « très plaisant » où l'un de ses parents a étudié, il y a un certain nombre d'années. M. Sam Clemens, tenue d'un blanc éblouissant, canotier de travers et cigare pernicieux entre les dents, est arrivé sur ces entrefaites pour nous inviter, M. Gollan et moi, à le « piler » au billard ; invitation que M. Gollan a acceptée en riant, et que j'ai déclinée sous prétexte d'avoir un discours à écrire. « Alors, peut-être une autre fois, docteur, quand vous ne serez pas occupé à sauver le monde ? » – voilà ce qu'a marmonné M. Clemens dans son style habituel, que certains trouvent grossier et d'autres amusant.

Il est flatteur, je dois l'admettre – que M. Clemens semble avoir de l'amitié pour *moi*.

Si las de ces blandices, ma chère Ellen ! Et il me faut encore rédiger le brouillon final de mes lettres au conseil d'administration ; mais je le ferai, demain matin. Il est plus sage de transiger sur mes idéaux que de « ruiner » l'université, je crois ; et préférable de faire des compromis plutôt que de ruiner ma santé et de mettre en danger celle de ma femme chérie que j'aime plus qu'il n'est possible de l'exprimer…

Ton mari aimant,

Woodrow

ADMIRALTY INN

21 AVRIL 1906

Ma précieuse chérie,

Quelle magnifique surprise de recevoir de tes nouvelles, et ce paquet de lettres très aimables d'anciens élèves ! – qui atténue un peu l'amertume de l'incident de Charleston. (On m'a laissé entendre que plusieurs anciens élèves de Charleston avaient écrit aux membres du conseil pour *exiger ma démission.* Je n'accorderai même pas l'honneur d'une réaction à une telle insulte.) Aujourd'hui, je vais rédiger des lettres à un certain nombre de personnes influentes, dont Cornelius Cuyler, Henry Bayard, Jack Hibben, Moses Pyne, Winslow Slade – en vois-tu d'autres ? – en plus de ceux que je t'ai énumérés hier. Dans ce lieu paradisiaque, cette nouvelle idée d'*accommodements* me tourne dans la tête. (Je répugne à qualifier cela de « compromis », car j'ai ce mot en horreur.)

« Collation de 11 heures », ici, dans une ombre mouchetée de soleil, et je me penche sur cette missive à ma petite femme bien-aimée pour qu'aucun des hôtes ne se sente l'obligation de me rejoindre sur la véranda et de me « sauver » de ma solitude. (Des bruits courent, cela t'amusera de le savoir, sur mon identité ; le plus excentrique me donnant pour le monarque « en exil » ou « en disgrâce » d'une petite principauté européenne ! C'est Mme Peck qui me l'a appris dans un grand éclat de rire.)

Réveil de bonne heure et partie de golf, ce matin, en compagnie de Francis Pyne et de son invité, le comte English von Gneist, dont tu as peut-être entendu parler à Princeton ; il a en effet séjourné à Drumthwacket cet hiver. Le comte a un fort accent, mais maîtrise parfaitement l'anglais ; son nom complet est *comte English Rudolf Heinrich Gottsreich-Muller von Gneist.* Assurément de bonne naissance, de vieille souche valaque. Je commence à comprendre pourquoi les Pyne et plusieurs autres familles du West End se sont pris de sympathie pour lui. N'étaient ses origines européennes, on pourrait l'imaginer de la famille des Campbell d'Argyll ! – à savoir un homme digne de ce nom. Ses cheveux se dressent noblement sur un haut front raviné et pensif ; il a le nez aquilin, les oreilles longues et minces ; ses yeux sont d'une teinte fauve saisissante, qui change avec la lumière. Bien que noble titré, allié par le sang à la plupart des grandes maisons d'Europe, le comte se déclare « sans patrie » et « reconnaissant de l'hospitalité et de la charité de ses amis américains ». De la façon la plus charmante qui soit, il m'a dit : « Monsieur Wilson ! Vous avez devant vous l'unique héritier vivant du Néant. »

Il s'avère que le comte aussi a lu *Une histoire du peuple américain,* et il s'est montré très flatteur sur les qualités de l'ouvrage ; affirmant qu'il lui avait beaucoup appris, car, comme il l'a dit, « nous autres Européens ne considérons généralement pas les Américains comme un *peuple*, mais plutôt comme un mélange de solides souches bâtardes ».

Il a été particulièrement impressionné par mes commentaires sur la grève Pullman de 1894, de sinistre mémoire, ainsi que sur la menace populiste en général : agitation ouvrière, grèves, crimes purs et simples, tels les récents actes de violence à Paterson. Le comte, comme Francis Pyne, juge excellentes mes observations sur la nécessité d'une discrimination intelligente envers les Nègres, les Orientaux et les multitudes venues des bas-fonds de l'Europe, c'est selon lui la présentation la plus raisonnablement argumentée qu'il ait lu sur le sujet. « J'ai toujours trouvé regrettable, a-t-il observé, que de telles opinions, parfaitement évidentes pour tout esprit lucide, soient souvent exprimées, dans la presse et sur les estrades, par des démagogues, des fripons ou des fous furieux ! – ce qui, naturellement, est très embarrassant pour notre cause. » Ce gentleman courtois n'a exprimé de réserve que sur un seul point : ma conviction déclarée de l'élection divine du peuple américain, placé au-dessus du commun de l'humanité par une « destinée salvatrice », et appelé – non, obligé – à répandre ses idéaux dans le monde. À savoir, le christianisme et la démocratie. D'autres se joignirent à notre débat, dont Edgerstoune FitzRandolph. Je pense m'être montré convaincant, chère Ellen – tu aurais été fière de moi, je crois –, car après tout, aujourd'hui, en 1906, et depuis l'époque de McKinley, tout le monde sait que Dieu a confié aux États-Unis la mission évangélique de répandre la démocratie chrétienne à travers le monde, et d'ouvrir dans le même temps les marchés de l'Est – par la diplomatie si possible, par la force autrement. « Nous sommes un air pur qui souffle sur la politique mondiale, détruisant les anciennes illusions et purifiant l'air des miasmes morbides », ai-je expliqué à ces messieurs. Nous avons débattu si cette obligation était « américaine » ou plutôt « anglo-saxonne », ce qui nous a permis de poursuivre notre réflexion pendant le déjeuner et de nous serrer la main avec un respect mutuel, et à présent je me sens pour tout de bon un « type épatant »… *Voilà des gens qui sont de mon côté. Et combien d'autres encore, qui ne se sont pas encore fait connaître ?*

Mme Peck insiste pour m'avoir à dîner ! – me flatte en précisant que *Mark Twain en personne souhaite ma présence* !

« Merci, mais je crains de devoir refuser » – des mots prononcés très distinctement, et pourtant l'héritière américaine semble entendre l'exact opposé et fait tournoyer son ombrelle avec ravissement – « *Merci*, monsieur Wilson – j'enverrai mon chauffeur vous prendre à 19 heures ici même, sur la véranda – et j'espère que, d'ici là, vous aurez mis de côté vos papiers et vos livres, et levé la tête… de façon à pouvoir user de vos yeux pour *voir.* »

Il semble donc, ma précieuse amie, que je vais devoir sortir finalement, quoique à contrecœur – *ô combien !* Sans ma chère femme pour nouer ma cravate et veiller que je sois « convenablement mis » pour me mêler à la bonne société.

Seul bon point : je vais pouvoir timbrer et poster cette lettre dans le hall de l'hôtel pour qu'elle s'envole vers ma précieuse chérie demain matin à la première heure.

Ton mari aimant,

Woodrow

Admiralty Inn

25 avril 1906

Ma précieuse chérie,

Quel vertige, quel tournis me donne cet endroit paradisiaque !

Pardonne-moi, ma chérie, de ne pas t'avoir écrit de plusieurs jours – j'étais entièrement *immergé dans mon travail* – barricadé dans cette chambre d'hôtel comme un moine !

Un peu à court d'haleine, ma chère femme, car j'ai passé une bonne partie de la journée à préparer la lettre de motivation que je vais envoyer *en lieu et place de ma démission* – le document le plus important de ma vie !

N'exagère pas, Woodrow ! diras-tu. Tu vas encore te donner des palpitations et t'enfiévrer le cerveau – n'exagère pas !

Tu as raison, bien sûr, ma précieuse. Tu as toujours raison.

C'est le génie de la Femme de nous connaître tels que nous ne nous CONNAISSONS PAS.

Comme j'aimerais pouvoir te lire cette lettre, ma chérie ! Tout en évitant de « m'humilier » (descendant du grand clan d'Argyll, je ne saurais être un « Uriah Heep ») j'y explique néanmoins, et très calmement, les raisons de ma position intransigeante précédente concernant l'institut d'études supérieures, et présente mes excuses (SINCÈRES !) au doyen West en particulier, que je concède avoir un tant soit peu *calomnié* ces derniers temps.

J'avance donc assez bien ; mais je dois préparer un autre brouillon. Et il est préférable, je pense, que je tape toutes ces lettres moi-même, sans passer par une secrétaire de l'hôtel ; comme ma précieuse chérie me manque dans ces moments-là ! Néanmoins – JE TAPERAI CES F... LETTRES – et les posterai d'ici un jour ou deux.

Me sentant le cerveau fiévreux, j'ai pensé qu'une promenade sur la plage, dans le vent, serait thérapeutique ; car le déjeuner n'a été que *bavardages* – et ensuite deux charretées d'invités ont été conduites à l'Hôtel du gouvernement pour y prendre le thé avec le gouverneur – qui (explication de Mme Peck) est le frère de l'estimé général Kitchener. Parmi les invités figuraient Samuel Clemens, éblouissant dans son costume de lin blanc, avec ses cheveux d'un blanc de neige et ses gros sourcils broussailleux – et les FitzRandolph – et Francis Pyne – et le comte English von Gneist ; et naturellement Mme Peck, car Cybella (comme elle m'ordonne de l'appeler) connaît apparemment tout le monde – et n'est jamais aussi heureuse que lorsqu'elle « fouette ensemble ses invités », ainsi qu'elle le dit en plaisantant. Nous voici donc... *fouettés*...

Le gouverneur Kitchener est un homme digne d'un certain âge, un brillant exemple d'« isolement splendide » – même dans le minuscule domaine des Bermudes. Car, bien que parfaitement charmante, cette île paradisiaque placée sous le bienveillant protectorat anglais est l'une de ces régions du monde qui *ne peut compter dans l'histoire.* Comme j'ai envié ce gentleman ! – qui gouverne son empire insulaire sans opposition, du moins dont il ait connaissance ; une population de Blancs éduqués et distingués, dont beaucoup sont manifestement des touristes et des visiteurs fortunés qui ne posent jamais aucun problème, dans la mesure où ils sont de passage et n'ont qu'indifférence pour la politique de l'île ; et tout ce monde est servi très capablement par une population de Nègres bien formés et parlant, contrairement à nos Nègres américains, un anglais très distinct. (Tu serais étonnée de les entendre, chère Ellen ! Cela semble presque une blague, ou un canular, qu'un Nègre aussi noir parle un anglais britannique aussi correct, comme une poupée mécanique ; et sans donner le moindre indice, au touriste américain, qu'il y ait là quelque chose de bizarre ; car les domestiques que j'ai rencontrés ici sont extrêmement stylés et infailliblement compétents. Si seulement je pouvais en transporter quelques-uns chez nous, à Prospect !)

« Pardonnez-moi, monsieur » – car, une nouvelle fois, alors que je me promenais sur la plage sans chaussures ni chaussettes, occupé par ces pensées, j'ai manqué marcher sur un amas de méduses ; et suis très reconnaissant à ce jeune homme qui, avec un sourire amusé, est venu à ma rescousse juste à temps. Et heureux, chère Ellen, que tu ne sois pas auprès de moi, car tu aurais frémi d'horreur et de dégoût devant ces tas translucides de matière gélatineuse, traînant des tentacules hideux, que chaque marée dépose sur la plage ; si je me souviens bien, pourtant, au cours du déjeuner, quoique distrait par d'autres conversations, j'ai entendu Francis Pyne parler du caractère « remarquable » de ces méduses particulières, dites crinières de lion, qui apparaissent ici à cette période de l'année.

Ah, une rumeur alarmante, également pendant le déjeuner : ce hâbleur de « TR » et sa famille pourraient venir séjourner aux Bermudes ; Sam Clemens, exhalant un nuage de fumée fétide, a provoqué l'hilarité générale en remarquant que notre président était davantage Bourre-le-mou que *Bull-Moose*[1], et j'avoue que j'ai ri moi aussi, car M. Clemens *est* très drôle, quoique cruel et caustique.

Cybella Peck s'est tournée vers moi pour me demander ce que je pensais du président, et j'ai louvoyé, en bon diplomate ; mais j'ai néanmoins égayé la compagnie en évoquant la « vision fantasmagorique » d'un assassin anarchiste venant tout exprès dans cette île paisible pour jeter une bombe sur notre jovial président – ici, la protection policière serait très insuffisante… Plaisanterie mordante dont ton pauvre mari a été puni comme il le méritait, à la fin de ce déjeuner de deux

1. *Bull-moose* : élan mâle. Surnom de Theodore Roosevelt, le président s'étant vanté d'être aussi fort que cet animal. (*NdT*)

heures, par une brusque attaque gastrique dans les régions équatoriales, qui l'a contraint à un départ précipité.

Je crains, ma chérie, que ces nouveaux amis ne murmurent derrière mon dos que je n'ai pas « bonne mine » – car M. Clemens est souvent extrêmement caustique, relevant chez autrui des failles et des faiblesses qu'un œil plus bienveillant négligerait ; et Cybella a fait une remarque très cruelle sur une *baronne anglaise aux dents de lapin* assise à une table voisine ; j'ai pensé avec un serrement de cœur que nos chères filles seraient blessées si elles entendaient des remarques aussi indélicates. (Mme Peck est la coqueluche des résidents britanniques et américains de l'île, et on la voit souvent en compagnie du comte von Gneist et de M. Pyne – un avis minoritaire, certes, mais je ne lui trouve pas cette *beauté sereine d'un Botticelli* que chante M. Clemens, et préfère de loin un charme moins « cultivé » et moins « calculé » ! Il est bon de se rappeler que Jésus nous engage à regarder au fond des âmes sans nous laisser éblouir par les apparences ; et Mme Peck est l'un de ces êtres à qui beauté (supposée), naissance et fortune n'ont pas accordé bonté ou charité, mais plutôt l'inverse – car, comme son compagnon, M. Clemens, Cybella semble incapable de renoncer à une pique sournoise ou caustique si cela doit faire rire son auditoire[1].)

1. Voici un point sur lequel les historiens sont violemment et irréconciliablement divisés : quand les « relations intimes » entre Mme Peck et le Dr Wilson débutèrent-elles ? En cette journée du 25 avril, ou bien le lendemain, quand le Dr Wilson quitta sa chambre (prépayée) de l'Admiralty Inn pour séjourner plusieurs nuits à la villa *Sans-Souci* ? Nombre de lettres furent échangées entre Mme Peck et le Dr Wilson, semblerait-il, mais malheureusement, à ma connaissance, aucune ne nous est parvenue. (Scandale supplémentaire, Mme Peck aurait également *fréquenté* Samuel Clemens à la même époque, relation moins condamnable, étant donné que M. Clemens était veuf, et le

Pardonne-moi cette lettre un peu décousue, ma très chère femme, mes pensées volettent tels ces papillons de nuit affolés qui se jettent ici contre les moustiquaires, impatients de s'immoler *à la chaleur et à la lumière*! Je n'ai pas souhaité t'inquiéter, mais une nouvelle crise de névrite ainsi qu'une « mutinerie équatoriale » ont assombri mon humeur, et il me faut maintenant prendre une dose de composition Pinkham et d'Huile de Tartare (mélange si écœurant que le patient lutte pour ne pas vomir) et espérer dormir ; sinon, je n'aurai d'autre recours que la pompe dont tu m'as supplié de ne pas me servir quand tu n'étais pas là.

Ton mari aimant,

Woodrow

ADMIRALTY INN

26 AVRIL 1906

Ma précieuse chérie,

Merci pour ton adorable lettre, et remercie pour moi les filles de leurs petits mots gentils – tu ne peux savoir à quel point cela m'a ému, après ma nuit troublée ; à quel point j'ai eu ma chère famille tout contre mon cœur pendant cette longue journée agitée. Je suis navré des nouvelles « préoccupantes » que tu me dis avoir de Maidstone, et faute de plus amples détails, je crains que l'état d'Adelaide Burr ne se soit aggravé. Ici, bien que j'essaie d'éviter tout contact avec les Princetoniens, dans les limites autorisées par la courtoisie, j'ai encore accepté une invitation à dîner, venant cette fois des FitzRandolph, qui donnent un dîner à la villa *Sans-Souci* ; ma punition sera d'avoir à revêtir ma redingote,

mari de Mme Peck à peu près inexistant – et relation dont nous pouvons supposer que Woodrow Wilson ignorait tout.)

mon pantalon à rayures grises, et le plus empesé des cols dont je dispose. Très aimablement, Mme FitzRandolph a pris des dispositions pour que, une fois encore, son chauffeur vienne me prendre dans la Silver Cloud Pierce-Arrow de Mme Peck. (Cela dit, il ne me plaît guère que nos amis et voisins de Princeton supposent *a priori* que je n'ai pas de moyen de transport ; le conseil d'administration m'appointant si modestement que je n'ai pas les moyens de m'offrir une voiture, sans parler d'un chauffeur, à Princeton.) Si aimable que soit Mme FitzRandolph, elle n'en est pas moins assez autoritaire, un défaut de caractère que l'on rencontre souvent chez les femmes de condition et de moyens ; ses vêtements sont beaucoup trop « élégants » à mon goût – presque aussi étudiés pour attirer l'œil que ceux de Mme Peck, qui, paraît-il, sont conçus pour elle à Paris par un *homme,* un couturier de grand renom qui habille la Première Dame de France. Et Mme FitzRandolph et Mme Peck privilégient les tons « pastel » les plus délicats ; les jupes de leurs robes sont très amples, et la ligne des épaules étrangement basse, ce qui est paraît-il dans le style japonais (je dois cette explication à Mme Peck, qui a ri de mon ébahissement). Les chapeaux des femmes ici sont *immenses* – sans comparaison avec les petits chapeaux modestes de ma chère femme – et abondamment ornés de plumes d'autruche, charmantes mais voletantes. *Combien d'autruches faut-il sacrifier pour que resplendisse la vanité de ces dames*, raille M. Clemens – à quoi je murmure en mon for intérieur AMEN !

J'ai oublié de te dire, chère Ellen, que j'avais aperçu l'autre jour le bébé des FitzRandolph, que peu de Princetoniens ont vu – son nom est Terence –, fort emmailloté et dans une poussette recouverte de voiles afin qu'il soit protégé des rayons ardents du soleil ; mais aussi, comme le dit très curieusement Amanda FitzRandolph, des « influences singulières » qu'il pourrait recevoir d'adultes se penchant pour contempler son petit visage !

Enfin – j'ai terminé le dernier brouillon de mes lettres aux membres du conseil, etc. – et vais travailler d'arrache-pied toute la journée de demain afin de pouvoir les poster ; dans l'espoir que leurs destinataires en auront saisi toute l'importance avant mon retour à Princeton.

Ne t'inquiète pas pour moi, chère Ellen – *je vais tout à fait bien.* (Je n'ai eu à utiliser la pompe qu'une seule fois !) Cela étant, mon huile de castor est presque épuisée, et j'espère pouvoir en acheter ici, dans l'île, car sinon, je vais être au désespoir, je le crains !

Ma chérie, il me faut clore ici, car le temps a passé bien vite et le véhicule de Mme Peck va bientôt venir me chercher, tel un chariot descendant du ciel. Ma chère petite Ellen me manque plus que les mots ne peuvent dire.

Ton mari aimant,

Woodrow

Admiralty Inn

26 avril 1906

11 heures

Ma précieuse chérie,

La barbe ! je viens juste de m'installer confortablement à cette petite table au-dessus de la plage, et voilà qu'un tapage infernal éclate tout près ; des appels et des cris aigus d'enfants turbulents, semble-t-il. On ne peut plus contrariant, alors que je m'efforce de *polir et peaufiner* mes lettres ; et voilà que j'ai des élancements dans le crâne, et que ma main se met à trembler.

Le mystère de la plage est éclairci, apparemment : l'une de ses répugnantes méduses a manifestement piqué un enfant qui barbotait dans l'eau, mal surveillé par sa nounou. La même chose est arrivée hier à un garçon de dix ans. Les enfants sont bien sots de jouer par ici, et leurs parents de les y autoriser. (Lorsque j'ai fait une remarque dans ce sens à un petit Nègre très bien élevé et clair de peau qui enfonçait les pieds de ma table dans le sable, j'ai clairement compris à son sourire et à son roulement d'yeux que les Nègres de cette île paradisiaque *jugent excessivement sot* de la part des touristes et des visiteurs de barboter dans l'Océan ; mais ils ne se risqueraient pas à exprimer cette opinion, naturellement. Je crois que ce sont mes racines sudistes qui me lient à la race nègre, le sentiment d'une *complicité* au milieu de ces sots de Nordistes !)

Selon le comte von Gneist, qui, apparemment, est un peu naturaliste, et qui s'est même rendu dans les îles désolées des Galapagos, ce haut lieu du darwinisme, certaines des méduses qui s'échouent sur les plages des Bermudes sont d'une espèce sortant de l'ordinaire, pourvue d'un sac gélatineux et de tentacules d'une taille quasi surnaturelle ; et leurs toxines sont extrêmement virulentes. De vilaines zébrures rouges couvraient les jambes de ce garçon, hier, et il pleurait effroyablement… Je pleurerais aussi, si j'avais trébuché sur l'un de ces monstres protoplasmisques miroitants que l'on confond, de loin, avec de simples débris, ou avec des algues !

Mme Peck m'a invité à passer le reste de mes vacances à la villa *Sans-Souci* – c'est très aimable de sa part, car l'Admiralty Inn et sa clientèle de vieux Britanniques commencent à me fatiguer ; attrait supplémentaire, j'y aurai la compagnie du comte von Gneist et de Sam Clemens, qui disent monts et merveilles de la beauté et de l'hospitalité de la villa, située sur la péninsule la plus méridionale de l'île, au milieu de grands palmiers oscillants et de splendides bougainvilliers, hauts de sept mètres. Les domestiques, paraît-il, n'y sont pas de vulgaires Nègres des Antilles, mais des descendants des premiers « serviteurs sous contrat » – dont certains se virent annoncer, à leur arrivée dans l'île, que la durée de leur contrat avait été portée de sept à *quatre-vingt-dix-neuf ans* (quand ils étaient noirs) – et donc d'une qualité généralement supérieure, et remarquablement intelligents.

Comme je regrette que tu ne sois pas à mon côté, chère Ellen – je suis si dépendant de ma chère femme pour « m'habiller » ; me voici entièrement à la merci de ces dames, qui se divertissent aux dépens du *ministre puritain de Princeton* et se sentent obligées d'arranger ma cravate, mon col ou mes manchettes, qui trahissent apparemment mon état de célibataire.

Dans un aparté comique, M. Clemens m'a glissé hier soir à l'oreille, alors qu'un domestique apportait de minuscules tasses d'un café « haïtien » très noir – « Ah, luxe ! Confort ! Aisance ! Richesse ! Bonne chère, boissons et la compagnie qui va avec ! Tout cela est mortellement ennuyeux, n'est-ce pas, monsieur Wilson ? » – et quand j'ai haussé les sourcils, Cybella Peck n'étant qu'à quelques pas de nous, M. Clemens a vite corrigé : « C'est néanmoins préférable au reste de la vie, naturellement. Il faut prendre *cela* en considération. »

(M. Clemens paraît bien vieilli depuis notre dernière rencontre, ce qui est étrange. Il joue au billard, dit-il, de la même façon qu'il fume ses cigares : « Comme un démon sorti de l'enfer ». Ses cheveux sont cependant toujours aussi blancs et touffus, et sa moustache toujours aussi cavalière. Son cigare répandait une telle puanteur que j'ai craint d'avoir à me ruer hors de la pièce pour aller vomir ; mais je savais que mon départ susciterait l'hilarité des autres invités et ne pouvais courir ce risque. Imagine ma stupéfaction quand Mme Peck a elle-même « allumé » un cigare – ce qu'on appelle un *cigarillo,* je crois – dont elle a tiré allègrement des bouffées en plaisantant avec les hommes – fort heureusement en plein air.)

En dehors d'une escarmouche au petit matin avec la bouillabaisse de Mme FitzRandolph, je digère plutôt bien mes repas, ce qui est de bon augure pour mon retour à Princeton ! Plus important encore, j'ai eu plusieurs excellentes conversations avec des personnes d'un bon sens peu commun sur l'avenir de l'Amérique et de sa politique « unique » – la propension des masses à ne pas voter invariablement dans le sens de leurs intérêts, ou même, à ne pas voter du tout, ce qui permet aux politiciens habiles de les manipuler à leur avantage. J'ai particulièrement apprécié mes conversations avec le comte von Gneist, qui le dispute en intelligence et en esprit à M. Clemens, à ceci près qu'il est moins corrosif. Comme je te l'ai indiqué, le comte parle anglais avec un accent prononcé ; ses paroles sont parfois si fluides qu'elles semblent une musique. Voilà un gentleman qui est aussi un *homme,* ce que « TR », notre président hâbleur, n'est pas. Il manifeste en toutes circonstances une courtoisie innée, et une déférence tranquille pour l'autorité ; selon lui, je *fais partie de l'aristocratie américaine, de ceux qui sont nés pour diriger* – un type que les Européens reconnaissent immédiatement, dit-il. Ses yeux ont une curieuse teinte fauve citron, rappelant certains cuirs bien cirés. Sa chevelure est léonine, semée de boucles grises. J'avoue être assez conquis – et me demande si je ne pourrais pas le convaincre de venir faire une conférence à l'université sur le sujet de son choix : histoire, politique, îles Galapagos ! Lors de notre première rencontre, ce gentleman s'est exclamé : « Ah, le célèbre Dr Wilson ! – qui s'est fait, semble-t-il, tant de vils ennemis à Princeton qu'on le sent destiné à de grandes choses » – et une autre fois, sur un autre sujet, le comte m'a murmuré, presque d'un ton d'excuse : « Nul n'est prophète dans sa province, monsieur Wilson. Il faut vous consoler par cette réflexion. »

Il est si rare de trouver un tel compagnon dans un autre homme, chère Ellen, et étranger de surcroît !

15 h 30

Promenade dans les jardins de la villa *Sans-Souci* – quelle différence avec les alentours de Prospect ! *Là-bas,* je ne me sens jamais tout à fait chez moi, car l'université est propriétaire des lieux ; et les étudiants estiment de leur droit d'épier à travers la clôture à toute heure. Mais *ici* – tout est ouvert à la lumière et à la mer ; car personne n'oserait pénétrer dans cette propriété privée, fortifiée contre les intrus, et pourvue de domestiques capables, très dévoués à leurs maîtres. J'aimerais tant que ma chère petite femme puisse se promener avec moi et contempler cette villa princière, avec son stuc blanc et ses volets rouges ; Mme Peck la qualifie très curieusement de « cottage », alors qu'avec ses deux grandes ailes et ses quelque quatorze chambres à coucher, elle est aussi majestueuse que la résidence d'été du gouverneur du New Jersey à Sea Girt, ou que n'importe quelle demeure du Cape May, d'ailleurs.

Les snobs du West End – y compris notre épicurien d'ex-président – resteraient bouche bée en voyant la bienveillance avec laquelle je suis traité ici ! Ce Woodrow Wilson qu'ils calomnient et dont ils font si peu de cas, traité ici comme un roi ! En voyant avec quel soin Cybella Peck veille que ma suite soit idéale et que tous les services de la villa soient à ma disposition.

Il n'y a, ou il n'y a eu qu'une seule fausse note – ce matin même : alors que je m'attardais sur mon balcon à contempler l'océan, un mouvement sur la plage a attiré mon attention – l'un des domestiques de la villa, très clair de peau ; ce jeune homme m'a néanmoins paru ressembler de façon troublante à ce Ruggles dont je t'avais parlé – ce garçon qui avait prétendu être de ma famille, tu t'en souviens peut-être – précepteur à l'université et séminariste – qu'il a fallu renvoyer – pour des raisons trop désagréables à exposer… Plus tard, il m'a semblé voir ce même domestique converser avec le comte von Gneist à l'extrémité de la grande terrasse de pierre ; quelque chose de rouge était tombé sur le sol, et le domestique s'est aussitôt baissé pour le ramasser, comme pour éviter au comte de le faire ; et cette chose rouge, un brin de bougainvillier, l'insolent jeune homme l'a piqué au revers de la veste du comte, qui a ri… Imagine mon alarme quand tous deux ont jeté un coup d'œil dans ma direction – sans me voir, fort heureusement, car je me tenais parfaitement immobile derrière une moustiquaire.

Je suis certain que ce domestique n'est pas Yaeger Ruggles. Ce n'était qu'une sorte d'illusion d'optique, j'y suis sujet après un excès d'excitation et une mauvaise nuit de sommeil.

Un autre enfant a été piqué par une méduse, apparemment. On dit que la pauvre petite fille a été privée de connaissance pendant quelques minutes, et qu'on l'a transportée à l'hôpital. Quelle pitié ! – une enfant de huit ou dix ans à peine. On s'attendrait à plus de surveillance de la part de la nurse ou de la mère… je suis bien heureux que tu ne puisses voir ces monstres singulièrement hideux, ma chère Ellen, dépourvus de squelette, mous et miroitants, et cependant fatals. Aujourd'hui, M. Clemens a fait au sujet de ces « crinières de lion » aux mille filaments et aux toxines irritantes une plaisanterie grivoise qui m'a choqué. (Chose merveilleuse, le comte von Gneist s'est rappelé qu'Arthur Conan Doyle, le romancier anglais, avait écrit un récit intitulé *L'Aventure de la crinière du lion*, dont M. Clemens n'avait pas entendu parler, car, comme il l'a dit avec désinvolture, il ne perd pas son temps à lire de *pures fictions* alors qu'il a sous les yeux *la douleur et la souffrance* du monde réel.)

Champagne, vin blanc, digestifs – que j'ai refusés poliment, cela va sans dire ; étant donné que je n'aurais pu espérer fermer l'œil de la nuit, tant la rébellion aurait été violente dans les « régions équatoriales »…

Minuit

Ah, comme mon épouse chérie me manque ! Bien que cette chambre à coucher de la villa *Sans-Souci* soit splendidement meublée, et beaucoup trop vaste pour un célibataire esseulé ; et que le bruit du ressac nocturne soit réconfortant, comme la paume d'une main géante qui caresse et console. Mon cou, raide à force de s'être tendu toute la soirée pour écouter virevolter les mots d'esprit, tels des volants de badminton, soupire désespérément après les doigts apaisants de ma chère Ellen, si habiles à chasser les maux et les douleurs, et les ridicules inquiétudes qui se logent dans les replis fiévreux de mon cerveau…

Réveillé en pleine nuit par une vision horrible, ou peut-être par une scène vue plus tôt sans que mon cerveau distrait ne l'eût analysé sur le moment ; toujours est-il que j'ai vu, avec une netteté troublante, notre amie et voisine Amanda

FitzRandolph accepter du comte *une pincée du tabac à priser* qu'il lui offrait dans une minuscule boîte en ivoire ! Mme FitzRandolph, une dame de Princeton, une *jeune mère*, permettant au comte d'insérer le tabac dans l'une de ses narines, puis inspirant, éternuant – le visage parcouru d'un frisson, les larmes aux yeux.

Cela, et l'incident sur la terrasse avec le jeune domestique nègre, m'ont conduit à reconsidérer légèrement mon opinion sur mon nouvel ami le comte English von Gneist ; un homme digne de ce nom, certes, et assurément un gentleman, mais je ne suis pas certain que ses manières conviennent à *Prospect* – et à la « juponnière » du Dr Wilson !

Quant à l'absence d'Edgerstoune, M. Clemens est arrivé, la démarche incertaine, un cigare éteint entre ses gros doigts, déclarant à qui voulait entendre : « Un homme s'adapte à une situation désagréable en quelques mois. Pour l'intolérable, il lui faut peut-être un peu plus longtemps. »

Ton mari aimant,

Woodrow

Sans-Souci

27 avril 1906

Midi

Ma précieuse chérie,

Merci encore pour ta chère petite lettre, qui me donne de si douces nouvelles de notre famille ; on me l'a apportée hier de l'Admiralty Inn, mais elle s'est inexplicablement égarée dans ma chambre et vient tout juste d'être découverte par l'œil acéré de mon dévoué petit Isaiah.

Bon D... ! Alors que j'écrivais avec fureur, ici, sur le balcon, un coup de vent a emporté certains de mes papiers – le brouillon de lettres précieuses à Cuyler, Hibben, Slade,

Pyne… – sur la plage ; je suis donc exaspéré, ma chérie, et tenté de les laisser s'engloutir dans l'océan… n'étaient les efforts de ce cher Isaiah, qui irait pour moi « jusqu'aux extrémités de la terre », ainsi qu'il l'a dit à plusieurs reprises.

(Nous avons appris à la villa *Sans-Souci* un événement tragique, mais peu surprenant : un enfant a finalement été piqué si gravement par ces crinières de lion que les muscles du cœur en ont été paralysés et qu'il est mort. Quelle abominable fin, pour ses parents, à des vacances idylliques aux Bermudes ! Et que je suis heureux, ma douce amie, que les filles et toi NE SOYEZ PAS ICI.)

Pardonne-moi, je t'en prie, d'avoir tardé à répondre à ta – ou tes dernières lettres – car comme tu le sais je suis très pris par mon travail, l'article pour l'*Atlantic*, notamment, ainsi que le sermon pour la Société de Philadelphie ; et, plus récemment, un discours pour la Société Mayflower. Rien n'est *achevé* – mais tout est raisonnablement *in medias res.* Et ma satanée névrite m'a fait souffrir terriblement toute la nuit ; et il semble toujours se passer tant de choses ici, expéditions impromptues en automobile dans l'île, déjeuners sur une falaise au-dessus de la plage ; charades (où le président empesé de l'université fait preuve d'une étonnante agilité, au ravissement de ces dames) ; et une vertigineuse croisière en yacht autour de l'île, avec spectacle de requins ; et innombrables thés et dîners. Je n'assiste qu'à très peu d'entre eux, bien sûr – néanmoins, comme l'a dit Mme Peck : « Il n'est pas de meilleure publicité pour l'université que son président, et il ne doit pas mettre sa lumière sous le boisseau. » Ou, pour citer l'inimitable Sam Clemens : « Cet endroit grouille de millionnaires comme un casu marzu grouille d'asticots. »

(Chère Ellen, pardonne-moi ! Si je deviens grossier, ce n'est pas entièrement de mon fait ni ma faute, cela tient à l'influence de personnes au franc parler tel que M. Clemens ; influence dont je me libérerai bientôt entièrement quand je regagnerai notre nid douillet de Prospect.)

Un mot encore, tout de même, à propos de Sam Clemens : « Mark Twain », « saint Mark » ainsi qu'il se baptise parfois. Voilà un être à la fois *diabolique* et *angélique*. À son extérieur d'homme âgé correspond une érosion intérieure de l'esprit, car la mort récente d'une fille (dont le pauvre homme ne parle qu'indirectement, mais souvent) semble lui avoir racorni le cœur. Il parle de façon obsessionnelle – et lassante pour certains – du *lynchage* – et de l'indifférence du Congrès, du chef de l'Exécutif et de la Cour suprême. Il est en train d'écrire, dit-il, un essai « ravageur » pour *Harper's* – *Les États-Unis du lynchage* – qu'il m'a demandé de lire ; j'hésite à accepter, car le sujet m'est odieux ; et puis, je suis à court de temps. Le vice le plus notable de M. Clemens – qu'il aimerait partager avec *moi*, a-t-il dit ! – est son tabagisme, ces « havanes qui rongent si délicieusement les poumons » – dont il fume rarement moins de *quarante par jour*. (Comment est-ce possible ?) Quand une invitée britannique de Mme Peck a exprimé son étonnement et sa consternation devant cette stupéfiante statistique, avertissant « Mark Twain » qu'il creusait sa tombe avant l'heure, le fringant gentleman s'est fait une mine contrite et l'a informée qu'en dépit de ses efforts, il ne lui était pas humainement possible de fumer *plus de quarante cigares par jour*. Sa consommation de whisky Old Gran-Dad est tout aussi impressionnante, ou consternante ; mais, m'a-t-il confié, c'est la seule façon dont il puisse espérer « sombrer dans un Oubli réparateur trois ou quatre bienheureuses heures par nuit ». Malheureux homme ! J'ai tenté de lui parler du réconfort de la prière, mais il a tiré sur son abominable cigare, toussé, pouffé et répondu qu'il n'avait pas encore goûté à cette marque-là et qu'il était curieux de savoir si elle soutenait la comparaison avec *Notre Gran-Dad.* Tout cela, je ne devrais pas te le dire, ma chère petite femme, car c'est naturellement assez vulgaire et perturbant ; d'autant que cet humoriste a des réponses si amusantes qu'on ne peut s'empêcher de rire.

(Imagine mon étonnement quand M. Clemens a régalé la tablée de l'histoire absolument hilarante de trois Nègres de Géorgie qui se rendent en train à New York et qui, voyant leur première chute de neige, sont persuadés que du *coton tombe du ciel* !)

Alors que M. Clemens se détournait pour prendre sa place à la table de billard, où, paraît-il, il a perdu quelque cinq cents dollars contre le comte von Gneist, il m'a dit, me pressant la main de ses doigts glacés : « Quand on atteint le sommet, monsieur Wilson, comme je ne doute pas que le vous ferez, comme je l'ai fait – il ne vous reste plus qu'une seule direction : le brusque pas de côté, dans le vide. »

17 heures

Chère Ellen ! – j'hésite à gronder ma chère femme, et pourtant – il semble que tu m'aies induit en erreur, et peut-être fourvoyé.

Je répugne à porter de telles accusations. Cependant, j'ai lu et relu la dizaine de lettres que tu m'as écrites depuis mon départ de Princeton, et n'y trouve rien qui les réfute.

Mme Peck me dit que je ne dois pas juger hâtivement, ni durement.

Mme Peck se montre pleine de sollicitude et a demandé à son médecin particulier de venir « jeter un œil » sur mon état – ce dont je lui suis extrêmement reconnaissante. Le Dr Dodge m'a déjà procuré une bouteille de six onces d'huile de castor et un nouveau médicament à base de millepertuis, à placer sous la langue au coucher.

Néanmoins, ma douce Ellen, le problème tient à une conversation que ton mari anxieux a eue avec le comte English von Gneist, il y a moins d'une heure. « Monsieur Wilson, puis-je vous parler franchement ? » – tels furent les premiers mots de mon informateur, qui m'a déclaré avoir eu vent par des correspondants « de certains bruits inquiétants » circulant à Princeton ; l'un d'eux concerne un « legs imminent » d'un certain M. Proctor (il doit s'agir de William Cooper Proctor 1866, un admirateur d'Andrew West) ; le comte se sentait tenu de m'en faire part en vertu des liens d'amitié récemment nés entre nous ; il a ajouté que tout le monde à Princeton savait que mes adversaires menaient une campagne épistolaire malveillante en direction de tous les anciens élèves de l'université, dénonçant de nouveau ma « conduite non professionnelle » à Charleston et ailleurs, et réclamant ma démission ; *cela, pendant que je perds mon temps au pays des Lotophages.*

« Je trouve très étrange, monsieur Wilson, a poursuivi le comte von Gneist, d'un ton de sincère regret, que tout Princeton parle de ces agissements, alors que le président de l'université est laissé dans l'ignorance. N'avez-vous donc là-bas aucun correspondant loyal et digne de confiance pour vous tenir au courant ? »

À quoi, chère Ellen, j'ai été parfaitement incapable de répondre. *Je ne pouvais rien répondre.*

Chancelant, profondément bouleversé, je me suis éloigné, et ce n'est que maintenant, chère Ellen, douce Ellen, que je suis capable d'exprimer la déception qui me pèse sur le cœur; car je me fiais à ma moitié pour me communiquer ces informations; je ne peux me fier à mes assistants, encore moins au personnel de mon bureau. Je sais que tu cherchais à me protéger, à me donner le temps de me remettre d'un surmenage permanent et de mes symptômes actuels de mauvaise santé; je sais que tu ne cherches pas à me tromper ni à miner mon autorité à l'université. Mais mes passions sont d'une si terrible véhémence, Ellen, que tu dois savoir qu'on ne peut réprimer mon *esprit guerrier Campbell* sans faire violence à mon âme…

J'ai pris mes dispositions pour rejoindre le continent par le bateau de 9 heures, demain matin; de là, je prendrai un train et rentrerai à Princeton le plus tôt possible – pas aussi tardivement qu'Ulysse, mais avec l'épée de ce grand guerrier trahi, brandie contre mes ennemis!

Il est vrai, je ne chercherai pas à le dissimuler – que je suis *très contrarié et très mécontent* de toi, chère Ellen; c'est un grave coup porté aux liens qui nous unissent, que je ne souhaite pas qualifier de *rupture* imminente. Cybella Peck m'a recommandé de ne pas agir à la hâte; elle me recommande de garder mon calme; car le «lien conjugal» est un nœud tout ensemble délicat et «étrangleur» dont elle a appris le maniement, dit-elle, dans bien des circonstances «difficiles». Cybella insiste sur le fait qu'il n'est pas trop tard, que je n'ai pas encore posté ces lettres «de compromis» qui auraient considérablement miné mon autorité; il n'est pas trop tard pour les brûler purement et simplement, et effacer de ma mémoire la honte de leur composition. Quel veule désir d'être aimé – de la part d'un Campbell d'Argyll!

Je n'en suis plus là, j'espère – et mes ennemis vont bientôt le découvrir.

À présent, très chère Ellen, je dois faire mes valises, et prendre congé du gouverneur, de M. Clemens et du comte von Gneist (que nous reverrons bientôt à Princeton, et souvent, je l'espère) ; et exprimer mes condoléances à cette pauvre Mme FitzRandolph (car c'est Edgerstoune, je viens de l'apprendre, en plus du fils d'un touriste, qui a été tué par une méduse – apparemment pas une crinière de lion, mais une variété appelée « guêpe de mer » – ah, nous en saurons plus à Princeton, j'imagine ! – car il est très triste, et très sot, de la part d'un homme adulte, de se promener sur la plage, sans chaussures ni chaussettes, au milieu d'un amas répugnant de *méduses*.

Pardonne-moi ce ton acerbe, ma chère femme. En vérité, c'est moins contre toi que contre moi-même que je suis en colère. Ce ne sont que mes nerfs, ma précieuse chérie, et cette soudaine tempête de vent qui fait claquer les volets tandis que je boucle précipitamment mes bagages avant de quitter la villa *Sans-Souci*, où ma vie a été si radicalement changée, et de repartir sur une voie victorieuse.

Ton mari aimant,
Woodrow

« Un compère étroit dans l'herbe… »

(Extrait du journal secret
de Mme Adelaide McLean Burr)

_____. Un jour, tu verras, ils changent. Les maris changent, & il ne reste alors d'autre consolation que la tombe.

_____. C'est arrivé. Je n'ai rien imaginé. J'ai été abusée. Je m'abusais depuis des mois. Mais c'est fini. Ah Horace ! – mon amour ! Comment as-tu pu trahir ta chère Puss.

_____. C'est le début du printemps. L'an 1906. Le dernier que je verrai, j'en ai peur. J'ai envoyé des messages à Mandy, qui est revenue des Bermudes, paraît-il. Je l'ai suppliée de passer prendre le thé & d'amener le comte si elle le peut, car j'ai beaucoup entendu parler de ce gentleman de renom & étant maintenant alitée, je ne pourrai le voir sans cela. Mon mari me trompe toutes les nuits avec des catins sous ce toit même, j'en appellerai à la protection du comte. Mon mari me méprise maintenant & souhaite ma mort & je ne suis plus en sécurité dans mon propre lit.

_____. Une odeur de camphre, de café du diable, de belladone & de menthe. Le goût âcre du millepertuis, qui, au dire du Dr Boudinot, « allège » la mélancolie. Une vague odeur de cabinet d'aisances, qu'il faut nettoyer de nouveau. La nouvelle bonne, Griselda, va devoir se mettre à quatre pattes.

_____. Mes cheveux se hérissent sur ma tête. Je ressemble à la queue du chat – quand il est terrifié ou furieux, sa queue double de volume & bat l'air comme un pendule en folie. & les griffes rentrées apparaissent, & les dents pointues étincelantes.

_____. Il ne m'étouffera pas, comme Othello a étouffé Desdémone.

_____. Sur ma table de chevet, sous l'insipide poésie de Mme Fern sont cachés les poèmes d'Emily Dickinson (je ne peux croire cependant que ce soit le nom de la poétesse, des vers aussi mal dégrossis seraient une source d'embarras dans le monde) & *Feuilles d'herbe* de Walt Whitman (ce n'est sûrement pas le nom du poète ! – des poèmes aussi honteux, ouvertement pervers, invertis !) & plusieurs volumes de Madame Blavatsky, que Horace m'a déconseillés ; & dont il pense que je me suis débarrassée.

_____. & cependant je m'aperçois qu'il me faut lire ma bible. Comme ma mère avant moi, & la sienne avant elle. Ces pages fines & jaunies sont éclaboussées de larmes féminines. Ô Dieu, protège-moi du Malin. Comment a-t-il pu se faire que mon séduisant & vertueux mari moustachu, loué pour le plus dévoué & le plus attentionné des maris de tout le West End, ait changé ? Mes lèvres, rendues crayeuses par l'huile de castor, murmurent cette prière Passerais-je un ravin de ténèbres, je ne crains aucun mal car Tu es près de moi…

_____. Une pluie mêlée de grésil, très étrange pour cette époque de l'année. Dure & scintillante comme du sable contre les fenêtres. La rumeur du vent dans la cheminée. Je suis seule. Je serai assassinée dans mon sommeil. Les domestiques de la maison se boucheront les oreilles à la façon des singes pour ne pas entendre comme ils ne voient pas la succession de catins qu'il amène dans cette maison. Je ne sais si c'est le jour ou la nuit – car dans ce ciel aucun soleil ne brillera. J'ai avalé tous les cachets que le Dr Boudinot m'a laissés en posant un index sur ses lèvres – C'est notre secret, Adelaide ! J'ignore ce qu'il voulait dire, cet homme est un idiot. On dit qu'il s'injecte de la morphine dans les veines & que cela l'a rendu imbécile. Mais nous n'avons que lui. Il nous faut faire confiance au Dr Boudinot. Oh ! Horace ! Pourquoi m'as-tu trompée ? Pourquoi t'es-tu détourné de ta femme dévouée pour te jeter dans les bras de traînées sans pudeur ?

_____. « Pourquoi vous pleurez, mâme ? » demande la nouvelle bonne, Griselda, regardant avec des yeux ronds Puss cachée sous les couvertures ; & elle détale aussitôt pour aller raconter à tout le monde dans la cuisine l'« humeur étrange » de la maîtresse – « comme c'est qu'elles sont, les madames blanches ». & les potins volent de cuisine en cuisine d'un bout à l'autre du West End : de Maidstone à Pembroke à Arnheim à Wheatsheaf à Westland à Drumthwacket à Crosswicks à (je ne sais ce qu'il y a au-delà de Crosswicks, sinon peut-être l'enfer). & quand la fille est partie, je prends ma glace & contemple le fantôme qui s'y reflète. Ah, ces joues si roses, maintenant blêmes & sillonnées de larmes amères – & personne ne le remarquera, & personne ne s'en souciera. Mes cheveux sont tout frisottés : hirsutes & couleur fumée & maintenant striés de ce *gris* hideux de la mort ; car j'ai dû renvoyer la vilaine petite Hannah qui savait si bien les rincer de henné (cette souillon de Négresse était une vulgaire voleuse, qui a dérobé la petite broche d'ivoire en forme de cygne de ma grand-mère, & refusé de l'avouer malgré mes cris & mes menaces de prison) – & je ne veux pas que la nouvelle fille me touche. Non, va-t'en ! – va-t'en & laisse-moi dormir. Car mon Horace a cessé de m'aimer & rien ne m'attend plus que la tombe.

_____. Quand je ne t'aimerai plus, ce sera le retour du Chaos.

_____. Rompue d'ennui & agitée & pourtant quand Lenora Slade est passée me voir, j'ai fait dire que je ne pouvais la recevoir. Mme Wilson, plus tard ce jour-là. Ellen Wilson ! Les Wilson n'ont même pas de voiture mais doivent se faire véhiculer par leurs supérieurs & bien souvent paraît-il le Dr Wilson roule à bicyclette dans les allées du campus, & les étudiants eux-mêmes rient sous cape. & le lendemain, Frances Cleveland est venue fourrer son nez ici pour voir, sûrement, si Adelaide va aussi mal que tout le monde le dit.

_____. J'ai du mal à respirer. N'arrive pas à dormir en dépit du laudanum.

Ne peux rien avaler qu'un peu de gelée de pélargonium (que Johanna van Dyck est gentiment passée me déposer) étalé sur un toast ; & une tasse d'Earl Grey étendu de crème & de miel ; & à midi un peu de pudding blanchi de sucre glace – c'est tout ce que mon pauvre estomac supporte, malgré les remontrances du médecin, & également de Horace. (Mais le pudding avait un goût si curieux, bien que ce soit une vieille recette de Minnie, que je me demande s'il n'était pas blanchi de poison ; ce sucre « en poudre » qu'est l'ARSENIC.)

_____. La souillon voleuse raconte partout que sa maîtresse l'a renvoyée parce qu'elle refusait d'acheter de l'ARSENIC à la pharmacie. C'est de la diffamation & de la calomnie, trop insultante pour qu'on s'en occupe. Dans mon rêve le comte m'est apparu. Je le suppliais de ne pas approcher parce que j'étais une femme mariée parfaitement fidèle à mon mari. Le regard de braise de ses yeux fauve & son noble front raviné & sa chevelure « léonine » & puis soudain il a disparu – comme tous les autres.

_____. Enfin, après des semaines d'insistance, cousine Mandy vient me voir. Excuses mensongères comme ses habits de deuil sont mensongers & le sourire fourbe Le comte exprime ses plus profonds regrets, Adelaide, mais il est très pris par les préparatifs de dernière minute de son voyage dans l'Ouest. Sans lui faire de remontrance j'ai souri avec une douceur désarmante. Des rumeurs extravagantes l'accusent d'avoir empoisonné ce pauvre Edgerstoune aux Bermudes, mais d'autres affirment que ce n'était qu'un accident ridicule – cet idiot aurait marché, pieds nus, sur une méduse venimeuse ! (Qui, pieds nus ou non, irait marcher sur une méduse, venimeuse ou non ?) Des rumeurs extravagantes insinuent que son fils, Terence, ne ressemble pas du tout au défunt Edgerstoune, mais plutôt au comte – quoique des têtes plus froides signalent que le comte von Gneist n'est arrivé à Drumthwacket qu'après la naissance du bébé. Très vite nous avons ri, & pleuré un peu ; car Edgerstoune était le plus noble des hommes ; & a été le plus dévoué des maris. Ma cousine est élégamment habillée, comme toujours ; sa tenue de veuve est tout à fait à la mode ; un foulard japonais de soie bleu Sébastopol à son cou, & d'élégantes bottines à talon, de ce nouveau cordonnier italien de Guyot Street dont tout le monde parle.

_____. Il est en ville pour affaires, comme il dit – Les affaires ! Ils sont tous partis car je les ai chassés & je m'en moque. Je suis souffrante & lasse & d'humeur massacrante & ne peux imaginer ce que Madame Blavatsky entend par pénombre temporelle qu'il faut transcender. Un vent de folie me souffle dans la tête, je mettrai le feu aux tentures de velours de cette chambre de malade, renverserai & écraserai mes médicaments sur mon lit, croquerai un chocolat après l'autre jusqu'à vider entièrement la boîte ; oui & cracherai la crème, les cerises, les truffes, les noix, les caramels & le reste sur le tapis. Pouah! Je vous méprise tous. Le comte exprime ses profonds regrets Adelaide il a trouvé ailleurs la vraie passion. Mme Biddle ose me faire monter sa carte! Mme Armour & Mme Pyne! Je contemplerai vos pâles visages implorants sans aucune pitié quand les Anarchistes ouvriront le feu & je dirai que je ne vous connais pas, aucun d'entre vous.

L'ouverture du troisième œil apporte, dit-on, la souffrance la plus exquise – & le plaisir le plus exquis.

Je serai un devi peut-être. & mon corps éthérique s'élèvera dans la pénombre supérieure.

_____. Ce matin il fait trop froid dans la chambre. Un courant d'air s'insinue par une fenêtre mal jointe. À midi il fait trop chaud. La bonne cafouille & tripatouille mon ventilateur en se mordant les lèvres, car c'est une cruche, & elle a peur de l'électricité. Je remarque qu'elle a la peau sombre à la manière des Peaux-Rouges, & que ses lèvres ne sont pas tout à fait négroïdes, car ses origines sont bâtardes, bien entendu. & ses cheveux rudes & raides comme ceux d'un Indien Lenape. Elle a peur d'allumer le ventilateur, mais j'insiste, & les pales larges, lisses, tranchantes & élégamment incurvées se mettent à tourner, lentement d'abord, puis soufflant une brise apaisante sur mon visage fiévreux.

_____. Incapable de dormir, car Horace est revenu de la ville ; & je ne sais jamais quand il me dira bonne nuit, & ce que sentira son haleine, & si sa démarche sera trébuchante. À la lueur de la bougie, dévorant Le Marié perfide de Mme Corelli jusqu'à en avoir les yeux cuisants. Ne saurais dire si ce récit est un chef-d'œuvre littéraire, mais il est douloureusement vrai. & puis mon recueil de poèmes de Dickinson que je lis le soir, & quelques pages de Whitman pour fouetter le sang ; puis mon volume « interdit » de remèdes que je dois dissimuler à Horace comme au Dr Boudinot, Medical Inquiries & Observations on the Diseases of the Mind du Dr Benjamin Rush. (L'un des chapitres, intitulé « L'état morbide des appétits sexuels », est parfaitement terrifiant & inqualifiable d'obscénité. Je ne savais pas qu'un homme pouvait écrire de tels mots & qu'un éditeur pouvait les publier. Car pour tout dire j'ignorais que de pareilles monstruosités existaient dans le monde civilisé.)

_____. Pourquoi n'as-tu pas amené le petit Terence ? voulais-je demander à ma cousine Mandy. Comment se fait-il que si peu de vos voisins & amis l'aient vu. & est-il vrai que ce pauvre Edgerstoune était souvent en ville les jours & les nuits précédant votre voyage aux Bermudes ?

_____. « Est-il trop tard pour que j'aie moi aussi un bébé ? » J'ai choqué ce vieux pruneau de Boudinot, l'autre jour, qui a bégayé une réponse si insultante pour moi que j'ai comploté de renverser le plateau à thé & d'envoyer un pot d'eau fumante dans les _____ de ce gentleman.

_____. (Quel plaisir d'écrire en toutes lettres cette obscénité : _____. Grâce à mon code diabolique, personne ne la déchiffrera jamais ; & sûrement pas Horace qui a autant d'agilité pour les charades qu'une chèvre sur des échasses.)

_____. Johanna van Dyck est passée en me faisant dire qu'elle désirait beaucoup me voir, étant donné qu'elle allait bientôt partir à Quatre Face, au-dessus de la Cluse de la Delaware, pour y prendre un repos bien nécessaire ; elle, le bébé & quelques domestiques ; mais pas Pearce, qui doit rester à l'université, naturellement, & à qui sa santé ne permet pas de voyager. Alors que j'avais envie de voir Johanna, j'ai hurlé à Griselda de la renvoyer, je ne sais pourquoi ; car je suis désespérée : La pauvre Puss est jugée indigne d'avoir un bébé, alors que Johanna qui est bien plus vieille a eu le sien. C'est injuste !

& mon Horace est toujours en ville ; ou terré dans sa chambre à l'autre bout du couloir où (je crois l'avoir entendu) il pleure & grince des dents.

_____. « Puss ? Chère Puss ! Je t'en prie, regarde ton Horace, il se fait du souci. » Tirant une chaise près du canapé, voici Horace, qui semble très soucieux, en effet, & mon cœur sévère fond ; car j'ai mal traité mon mari, je crois ; ou, dans la brume confuse de mes rêves au laudanum, Horace m'a mal traitée. Il se plaint de l'air confiné de la pièce, & des odeurs « bizarres » & de la pénombre « lugubre » & de ma lampe noircie de fumée. Il a le visage rasé de frais, semble-t-il ; ses yeux brûlent de désir ; je ne peux m'empêcher de remarquer l'ongle de son pouce gauche, si rongé que la peau est à vif. Ne me touche pas, n'approche pas, je ne supporte pas d'être touchée – supplié-je ; Ne me quitte pas, ne m'abandonne pas, je suis ton épouse légitime qui t'aime tendrement – imploré-je.

_____. (Dans le livre du Dr Rush, les appétits indicibles dont est capable l'animal-en-l'homme ont été répertoriés avec un luxe implacable de détails. Une par une, ces pages alimenteront le petit feu dans ma cheminée, que le jeune Abraham préparera pour moi ; une par une, ces révélations répugnantes seront dévorées par les flammes. La maligne Puss tiendra sa langue & pas un mot ne franchira ses lèvres. Car ils la puniraient horriblement s'ils avaient vent de sa découverte – les révérends & croque-mitaines de Princeton.)

_____. Cette chère tante Prudence est passée cet après-midi ; ou bien était-ce hier ? Mon cœur a bondi d'espoir en voyant son visage radieux & paisible, encore que marquée par l'âge & sillonnée de bien des rides, tante Pru sourit gaiement ; car elle a fait la tournée des maisons de Wheatsheaf à Pembroke, de Drumthwacket à Mora, de Westland à Crosswicks Manse, donnant aux femmes des échantillons de magie blanche, comme elle dit – (mouron oreille-de-souris, épervière des prés, pervenche, atropa belladonna, edelweiss, mandragore, thé de plaquebière, crève-chien chanvrin, & joubarbe semper vivum) – & ne se plaint jamais elle-même de beaucoup d'ennuis. Tante Pru me promet, avec un clin d'œil : « Ce qui doit être *sera*. Nous pouvons tout au plus espérer être des précipitateurs. »

_____. (Il semble que, à Wheatsheaf, ma chère tante Pru a rencontré Todd, le fils des Slade, qui lui a dit, en baissant la voix pour ne pas être entendu de sa mère, que toute sa « magie blanche idiote » n'aurait aucun effet durable contre la « Malédiction ».)

_____. Pour Horace, pour regagner son amour : un mélange d'edelweiss, d'atropa belladonna & une minuscule pincée de crève-chien à dissoudre, a suggéré tante Pru, dans son thé. & pour Adelaide, qui est une boule de nerfs, de la poudre de « semper vivum » & de la plaquebière (dont les Indiens Lenni-Lenape de cette région du New Jersey se servaient autrefois pour les accouchements difficiles).

Quand j'ai demandé à ma tante s'il était trop tard pour que j'aie un bébé, elle a été aussi ébahie que si je lui avais murmuré l'une des obscénités du compendium d'horreurs du Dr Rush ; puis elle s'est ressaisie & a dit, avec un sourire mystérieux : « Ce qui doit être sera. »

_____. Je vais envoyer un petit mot au révérend Slade ; même s'il n'est plus aujourd'hui que « Winslow Slade », c'est l'homme qui m'a confirmée dans ma foi, & je ne l'oublierai pas tel qu'il était dans la fleur de l'âge. Je lui demanderai ce réconfort spirituel dont se satisfaisaient autrefois nos aînés & nos ancêtres ; j'écrirai aussi au comte, un mot que je ferai poster par Abraham, car cet aristocrate européen est toujours l'hôte de Drumthwacket, je crois, même s'il est en voyage dans l'Ouest. (À supposer que Mandy m'ait dit la vérité, d'ailleurs.) Ah, quelles mesures ne prendrai-je pas ! Car je ne suis pas faible ; je suis encore une femme relativement jeune, dans la quatrième décennie de ma vie. Je pourrais aisément sonner ma femme de chambre & me faire habiller & coiffer convenablement & me vêtir à la dernière mode de chez Worth & faire appeler une voiture & je ne sais quoi encore ; car un voyage en train chez les McLean de Philadelphie ne serait pas inenvisageable ; ou un voyage en train à New York en compagnie de ma jeune cousine volontaire, Wilhelmina ; ou une traversée sur un steamer de la White Star pour Londres, Paris, Gibraltar, Istanbul… Le printemps est là, mon sang bouillonne ! N'étonnerai-je pas ces pruneaux guindés de Princeton en m'embarquant sur un paquebot de ligne racé pour la région du pôle Sud, que le grand Robert Falcon Scott a récemment explorée ; ne renouerai-je avec ma vocation artistique en emportant avec moi mon grand carnet de croquis où j'exécuterai une série de dessins de la colonie de manchots empereurs de l'Antarctique qui éblouiront & raviront le monde[1] ?

(Je suppose cependant qu'il serait plus raisonnable de projeter un voyage dans les Indes orientales, où mon grand-oncle Reginald Kirkpatrick McLean est major général de l'artillerie du Bengale, casernée à New Delhi – à une telle distance de la Malédiction, je devrais me sentir parfaitement en sécurité. Car les Blancs sont traités avec beaucoup de considération en Inde, d'après ce que je sais ; surtout ceux d'entre nous qui sont d'ascendance anglaise. & quelles ne seraient pas la stupéfaction & la jalousie de Horace lorsqu'il recevrait des photos de sa chère Puss, montée sur le dos d'un éléphant !)

(Voici une curiosité, au fait : tante Pru m'a murmuré que Lenora Slade l'avait questionnée l'autre jour sur un sujet bien étrange. Après avoir demandé en plaisantant quels « philtres d'amour » seraient les plus efficaces pour regagner l'amour & le dévouement de Copplestone, elle l'interrogea ensuite, dans le cours de la conversation, sur l'actée blanche, la morelle noire & la douce-amère & le lys barbebleu : laquelle de ces plantes

1. Une note me paraît utile ! Car Adelaide Burr avait certainement lu des extraits de *La* Discovery *au Pôle Sud* du capitaine Scott dans l'*Atlantic,* auquel Horace Burr était abonné ; et manifestement elle avait été été émue par les habiles dessins de pingouins d'Edward A. Wilson, l'un des officiers de l'expédition de 1901-1904 de la *Discovery.* Ce fut une découverte excitante pour l'historien de cette chronique que de tomber précisément sur ces numéros de l'*Atlantic* ayant un jour appartenu à Horace et Adelaide Burr de Maidstone House, vendus aux enchères dans un gros carton de livres et de revues, que je pus acquérir, en 1952, pour la somme de vingt-deux dollars !

pouvait être « broyée le plus finement » & être « indécelable » dans une boisson chaude ou mélangée à de la farine & adoucie de sucre. (Car, me dit tante Pru, toutes ces plantes sont des poisons ; & elle se demandait bien comment Lenora Slade avait fait pour le savoir !) Tante Pru a donc « gentiment dissuadé » Mme Slade d'y avoir recours, & Mme Slade a dit, avec un petit rire blessé, que sa curiosité était « purement scientifique » & qu'il valait mieux « ne plus y penser ».

ME SUIS RÉVEILLÉE CE MATIN en me disant que ma chère cousine volontaire me manquait beaucoup, Wilhelmina, que ses parents (dit-on) ont pour ainsi dire « reniée » depuis qu'elle a insisté pour élire domicile à New York, dans un « quartier bohème sordide » du côté de Washington Square Park ; &, plus choquant encore, sans chaperon. Malgré tout, j'ai envoyé un mot à Pembroke, à son adresse, & j'espère que ses parents le lui feront suivre & n'auront pas la méchanceté de le jeter.

_____. (On parle encore à Princeton de la récente « Panique aux serpents » de Rocky Hill, & du rôle inexpliqué qu'y a joué ma cousine. Certains plaignent la pauvre Wilhelmina Burr, qui a été victime à la fois d'une invasion de serpents, venus de la Millstone avec les crues de printemps, & de la désapprobation de sa directrice, qui l'a aussitôt « renvoyée » pour n'avoir pas eu un comportement responsable face à l'hystérie de ses élèves ; d'autres pensent que c'est Willy qui a attiré les serpents pour faire étalage de ses pouvoirs de bas-bleu émancipé devant des collégiennes évaporées. J'espère donc pouvoir lui parler pour savoir laquelle de ces deux versions est la bonne, ou s'il y a une troisième explication.

_____. Satin blanc cassé, jupe évasée, avec juste quelques plis piqués discrets derrière, à la taille, & une double rangée de ces exquis muguets de soie que portait Annabel Slade le jour de ses noces. & un « tablier », avec ovale de belle dentelle portugaise & galon de perles. Un corset droit devant, car ce style chaste & élégant convient à ma silhouette menue.

La traîne sera, je pense, mon ancienne traîne – elle est dans une armoire, soigneusement emballée, dans cette pièce même, je crois. Personne n'y a touché, pas plus qu'à ma robe de mariée, depuis quinze ans.

_____. Un feu allumé dans ma petite cheminée de marbre, si rarement utilisée ; & Horace est là près de mon canapé qui lit à haute voix des pages de The Smart Set & de McClure's pour divertir sa Puss. La danse diabolique des flammes fait paraître sa peau anormalement grêlée & marbrée ; & il semble évident qu'un inconnu regarde souvent par ses yeux. Mais je ne dois pas montrer que je sais. & puis, comme je bâille, Horace met sournoisement de côté les revues & ose prendre sur ma table de chevet l'un des minces livres de poésie, cachés sous ceux de Mme Fern ; à ma stupéfaction, il feuillette les Poèmes d'Emily Dickinson avec un sourire lubrique, humecte ses lèvres d'un coup de langue rapide & ose, d'une voix d'abord hésitante, puis avec plus d'autorité, comme si ces vers ne lui étaient pas totalement inconnus, mais familiers :

A narrow Fellow in the Grass
Occasionally rides—
You may have met Him—did you not
His notice sudden is—
The Grass divides as with a Comb—
A spotted shaft is seen—

And then it closes at your feet
And opens further on…
Several of Nature's People
I know, and they know me—
I feel for them a transport
Of Rhapsody—
But never met this Fellow
Attended, or alone
Without a tighter breathing
And Zero at the Bone[1] —

– sa voix, étrangement tremblante, s'éteint si brutalement qu'on comprend qu'il s'attendait à un poème plus long. La tension est telle dans la chambre que ces vers énigmatiques de Dickinson semblent tendre encore un fil déjà très tendu ; l'étroit compère dans l'herbe a paru se dresser devant moi & darder sa langue diabolique, & brusquement, sans savoir pourquoi, je

1. *Un Compère étroit chevauche*
Occasionnellement dans l'Herbe –
Il se peut que vous L'ayez rencontré – Non
Il se fait remarquer soudain –
L'Herbe se divise comme avec un Peigne –
On voit une flèche tachetée –
Puis se referme à vos pieds
Et s'ouvre un peu plus loin…
Je connais bon nombre de Créatures de la Nature
Et elles me connaissent –
Je ressens pour elles une bouffée –
De Cordialité –
Mais je n'ai jamais rencontré ce Compère
En compagnie, ou seule
Sans avoir le souffle court
Et la Peur au Ventre.
(Emily Dickinson, *Poésies complètes, op. cit.*)(*NdT*)

me suis mise à rire & puis à pleurer & aussitôt Horace a posé le livre de poèmes & cherché à prendre mes mains pour me calmer. & au bout de quelques minutes, j'ai réussi à paraître calme ; mon cœur avait beau battre follement, je dissimulais ma détresse ; je ne voulais pas perturber Horace davantage, je redoutais son humeur & l'étrangeté de son âme impénétrable. Puis, comme 9 heures approchaient, l'heure de mon coucher, Horace tourna son attention vers le plateau de desserts que Minnie nous avait préparés, avec deux verres de lait chaud ; Horace me donna bouchée par bouchée des morceaux de tarte aux bleuets, délicieuse, mais bizarrement sucrée, me sembla-t-il. Aussitôt le sang battit mes tempes & mes yeux larmoyèrent comme avant une attaque de migraine & je n'hésitai pas à défier hardiment Horace – « J'espère que ce sont vraiment des bleuets, et non des baies de barbe-bleue ? Car c'est un poison, tu sais. » Mon mari candide cligna les yeux & tira nerveusement sur sa moustache ; puis il se pencha en avant comme s'il craignait que sous l'effet de quelque convulsion je ne tombe du canapé & ne me blesse. Peut-être alors l'ai-je frappé aveuglément de mes poings & de mes coudes en criant : « Tu cherches à m'empoisonner ! Toi, & elle ! Tu crois que je ne suis pas au courant ! Je sens la civette sur tous tes vêtements… » Horace se récria qu'il ignorait de quoi je parlais ; il se leva en titubant, se recula & ce qui arriva ensuite, je l'ignore – car apparemment je dus m'évanouir ; & Horace passait un flacon de sels sous mon nez pour me ranimer.

« Ma chérie ! Tu sais bien que – je n'aime que toi. »

_____. Ma cousine a enfin condescendu à répondre à ma très gentille lettre où, sans lui faire de reproches mais d'un ton très légèrement taquin, je lui demandais quand elle passerait voir sa pauvre cousine abandonnée, & sa réponse est hâtive, brusque & ne lui a manifestement guère pris de temps car elle est jointe à une affiche grossièrement imprimée qui annonce EXPOSITION DE PRINTEMPS DES JEUNES ARTISTES ÉCOLE D'ART DE NEW YORK AVRIL-MAI – un geste de vantardise puisqu'on y lit que plusieurs dessins de Wilhelmina Burr, ou plutôt de « W. BURR », y seront exposés, angle 10e Rue et Cinquième Avenue, NYC. Comme s'il y avait la moindre chance que je fasse le voyage désagréable de Manhattan pour voir une exposition aussi vulgaire & amateur ! Sans compter que Horace refuserait de m'accompagner, j'en suis certaine.

_____. Maintenant je fais très attention à tout ce qui franchit mes lèvres. Maintenant je suis assez maligne pour inviter Griselda à boire, manger, goûter ce qu'elle m'apporte sur un plateau, même si c'est Minnie qui est censée l'avoir préparé. & puis soudain je suis très lasse d'eux tous, un chœur grec version minstrel show qui bavarde & jacasse sur le sort de sa maîtresse Adelaide. Si seulement le comte voulait venir & m'emmener ! Je suis sûre que l'heure est venue, à présent.

_____. Psaume 71. Éternel, je cherche refuge en toi : que jamais je ne sois déçu. Dans ta justice, secours-moi & délivre-moi, tends ton oreille vers moi & sauve-moi.

(NOTE DE L'AUTEUR : voici une lettre écrite à la hâte par Adelaide Burr, *non codée*, & adressée, comme le verra le lecteur, à Winslow Slade : une lettre qui sera trouvée entre les pages du journal secret après la mort d'Adelaide Burr, car elle ne fut jamais envoyée ni même glissée dans une enveloppe avec adresse & timbre.)

5 MAI 1906
MINUIT
Cher Docteur Slade,

Cette Malédiction dont je veux prévenir, & c'est cette Malédiction que je vais maintenant expliquer, c'est un secret que je dois révéler, & que je vous implore en votre qualité de directeur spirituel – (bien que nous ne nous soyons pas vus en tête à tête depuis de longues années, cher révérend) – de comprendre & de partager avec moi ; cette Malédiction dont vous devez nous sauver, & prier Dieu de nous sauver, car VOUS SEUL pouvez nous sauver, je dois le reconnaître aujourd'hui. Ces derniers mois j'ai poursuivi « des dieux étrangers » – sans résultat. Car j'en sais moins aujourd'hui que je n'en savais jeune fille, agenouillée devant vous pour recevoir ma première communion de vos doigts chastes, de même que, des années plus tard, je m'agenouillerai pour prononcer mes vœux conjugaux au côté de mon cher époux Horace Burr. C'est un avertissement que je veux claironner dans tout le village de Princeton & dans toute la Nation : quelque chose nous arrive qui arrive depuis l'heure de notre naissance, & nous en avons été ignorants. Ce sont les Ténèbres qui tombent sur nous, qui nous aveuglent, nous ne pouvons voir ce que les Ténèbres dissimulent. C'est un récit que je dois faire à la hâte car Horace pourrait apercevoir le rai de lumière sous la porte de ma chambre. Horace pourrait en déduire que sa femme ouvre son âme à un autre homme, comme elle ne l'a jamais fait avec lui.

Il est maintenant plus de minuit à Princeton & Old North a sonné & c'est la Malédiction qu'il faut expliquer, la présence chez ceux d'entre nous qui sont dans les ténèbres & l'obscurité, innommés & mauvais dans leur être corporel, macérant dans le mal, ignorant que je les ai percés à jour, quoique la Brute le sache peut-être, ce sont des choses qu'ils sentent. J'ai allumé ma bougie d'une main ferme & j'ai quitté mon lit de malade sur des jambes tremblantes mais résolues & je me suis enveloppée dans mon châle de la vallée du Cachemire. Voici la Malédiction, voici l'Horreur de la Malédiction, dont vous devez prier Dieu de nous sauver. Je me suis glissée hors de ma chambre & coulée sans bruit dans le couloir & vers la chambre (obscure) de Horace, frémissant de peur qu'on ne me découvre, Oh ! c'est la maîtresse invalide de Maidstone que nous n'avons pas vue depuis si longtemps ; Oh ! c'est cette hystérique, elle va se nuire à faire de tels efforts, ramenez-la dans son lit, mettez-la lit, au lit, éteignez la lumière dans son lit, pour toujours & à jamais AU LIT. Sans m'en soucier j'ai avancé sans bruit dans le couloir, il sera terrifié par Lilith, il sera séduit par un succube, il fécondera le démon femelle, à son insu. Car un bébé naîtra de la Malédiction pour défier la Malédiction. Les longues ombres de ma bougie bondissent & ondulent dans une danse infernale, & lui, celui dont je vous parle, le maître de Maidstone House depuis de nombreuses années, n'est pas dans sa chambre – ce que je savais ; ce que je soupçonnais, & savais au fond de mon cœur ; car tout cela m'arrive & m'arrivera dont vous devez me sauver lorsque vous recevrez cette lettre désespérée, révérend, si vous le pouvez. Lui n'était pas couché dans son lit, comme je le savais, car je savais, car cela ne pouvait pas être un secret pour moi, car les cloches de l'église avaient sonné les derniers coups de minuit, & les Oiseaux de Nuit roucoulaient leurs appels ; & j'ai vu les draps défaits & les oreillers froissés & un gant unique sur le tapis, glissé sous le lit de sorte que seuls les doigts étaient visibles, un spectacle effrayant & pourtant j'ai gardé ma présence d'esprit car c'est l'histoire que je dois raconter, la conscience que j'ai au fond de mon âme d'un mal terrible, d'un mal indicible qui n'a pas de nom, même s'ils me raillent & me traitent d'hystérique, mettez-la au lit, à Otterholme, au lit, au lit pour toujours & à jamais. Sans m'en soucier continuant bravement d'avancer & lisant les lettres froissées éparpillées sur la commode de Horace & sur le tapis, MA CHÉRIE – MA BELLE DAME SANS MERCI – MON PRÉCIEUX AMOUR – MA BELLE & CRUELLE TENTATRICE – MA JOIE & MON TOURMENT – DOUCE ADORÉE ENSORCELANTE « WILLY » – & vous pouvez imaginer le rire amer qui s'échappa de mes lèvres, vous pouvez imaginer le coup de poignard dans le cœur, bien que, assurément, je sache, si ce n'est pas ma cousine Wilhelmina qui s'est changée en traînée & catin, c'est la cousine d'une autre, comme votre chère petite-fille Annabel a « changé » – & le Malin est son époux, en enfer. Avouerai-je que j'aurais préféré découvrir l'odeur de suie grasse de Griselda ou de Hannah dans le lit de mon époux (avouerai-je que je ne suis pas entièrement certaine que le père du bébé de Hannah ne soit pas le maître de Maidstone House, car on murmure que la pauvre Hannah a beaucoup souffert en lui donnant le jour dans une cabane de Province Line Road, où des parents l'avaient accueillie.) Avouerai-je que rien ne me surprendrait, révérend ! Je me rappelle que pendant une sieste agitée il y a quelques années j'ai entendu par hasard des frottements & des murmures & ce que je prenais pour des rires étouffés dans le couloir devant ma porte, & je me suis dit Ces gueuses croient leur maîtresse trop débile pour les découvrir, & j'ai rejeté mes couvertures & marché jusqu'à la porte sur la pointe des pieds, & l'ai ouverte en grand & découvert abasourdie MON PROPRE MARI AGENOUILLÉ DEVANT LE TROU DE LA SERRURE ; & ce que j'avais pris pour des rires était des pleurs & des sanglots indignes d'un homme, & c'est là la Malédiction dont je dois avertir, c'est l'habitude dans le sang & la moelle de l'homme dont la Bible nous a avertis, & priez Dieu qu'Il me sauve cette nuit, comme le promet le Psaume, & rappelez-vous, révérend, que vous l'avez promis, car ce mari dont je parle, cet époux chrétien légalement marié qui agenouillé devant vous avait fait serment d'aimer & d'honorer sa femme Adelaide dans la maladie & la santé, devait être découvert dans les bras d'une catin à l'intérieur de la remise, au clair de lune ; un clair de lune couleur de lait caillé ; un clair de lune malsain ; & en chemise de nuit avec mon châle & de fines mules en soie dans ce froid début de mai en cette heure d'après minuit je n'avais pas le temps de prier, je n'avais pas le temps de m'endurcir contre la vision infernale que je verrais, jetant un regard au-delà des stalles des chevaux, j'ai vu la flamme tremblante de ma bougie reflétée dans leurs grands yeux écarquillés, je n'ai pas sursauté, je n'ai pas été effrayée, non plus que je n'ai sursauté devant les deux créatures découvertes lubriquement enlacées, éprouvant seulement du dégoût devant l'adultère indicible et hideux ; mon mari couvrant de baisers ma cousine bien-aimée Wilhelmina Burr, qui pourrait être sa fille, qui pourrait lui être apparentée par le sang, cette amie d'enfance de votre petite-fille Annabel entraînée en enfer, je crois que c'est cela que je dois dire, je crois que c'est pour cela que je m'adresse à vous, ma cousine Willy a été damnée par son amitié avec votre petite-fille qui est damnée ; j'ai tout vu, sans pouvoir me détourner ; j'ai tout vu & sais que je dois le proclamer ; l'étreinte hideuse des corps nus, baisers enragés, murmures impudiques Ô MON AMOUR MA DOUCE CRUELLE WILLY QUE NE FERAIS-JE POUR TOI, POUR ÇA – les caresses impatientes de l'homme, & les faibles protestations de la jeune femme ; les yeux dans le clair de lune blafard, fermés de honte ; Oh, & les lèvres suceuses ! – c'est trop horrible, ce souvenir me donne la nausée. Voilà la Malédiction de l'Horreur qui nous arrive, révérend Slade. C'est la Malédiction de l'Horreur de l'enfer qui éclate dans notre monde protégé. Le péché que nous avons commis, nous l'ignorons – nous sommes innocents, car nous sommes ignorants. De même que ma jeune cousine n'a pu arrêter les mains brutales de mon mari, ni repousser sa bouche suceuse & sa langue saillante, telle une terrible espèce de poisson ou de ver des grands fonds marins ; voilà la Malédiction de l'Horreur, révérend, par lubricité il voudra étrangler la pauvre Puss dans son lit, se débarrasser de la pauvre Puss bien qu'elle l'aime & lui ait toujours été fidèle. Oh ! c'est une hystérique, bourrons-la de médicaments, enveloppons-la dans ses draps comme dans un linceul, étouffons ses cris sous le meilleur des oreillers de plume, faisons tomber la bougie de ce bougeoir dans son lit, découpons-la en morceaux avec son ventilateur électrique. Oh ! impossible de la croire, elle ment, elle est damnée & elle est condamnée : la maîtresse de Maidstone.

Mais ce n'est pas Horace qui approche, qui ouvre la porte de ma chambre – à mon étonnement & à mon ravissement, c'est un gentleman que je connais quoique je ne l'aie encore jamais vu, & qui lui aussi me connaît ; un homme de haute taille, à la chevelure « léonine » ; le front raviné & les sourcils épais ; un nez aquilin & des yeux topaze fascinants… Car voici mon ami le comte English von Gneist, enfin. Je n'ai pas été snobée en fin de compte, comme Mandy l'aurait souhaité. & ces dames de Princeton ne riront plus sous cape de Mme Adelaide Burr. « Entrez, je vous en prie, cher comte, je vous attendais. Pardonnez ma nervosité, mon anxiété – ce ne sont pas les sentiments que je nourris pour vous au fond de mon cœur, comprenez-le. » & le comte s'approche de mon lit & se penche vers moi pour me saluer ; prenant mes doigts glacés dans les siens, il effleure le dos de ma main d'un baiser si léger qu'il semble la légèreté même, et qui brûle pourtant, comme un sou de cuivre incandescent pressé dans la chair. « Ma chère madame Burr, enfin. »

La nouvelle machine du Dr Schuyler Skaats Wheeler

Cette lettre à Winslow Slade n'a apparemment jamais été achevée ni signée ; elle ne fut naturellement jamais glissée dans une enveloppe, timbrée et postée.

Elle serait découverte entre les pages du journal (codé) d'Adelaide, après la mort de l'invalide.

Nul ne sait, et je ne peux me forcer à imaginer ce qui se passa dans la nuit du 5 mai 1906, au premier étage de Maidstone House, Library Place, Princeton.

Bien des choses ont été écrites sur le sujet, naturellement. Mais je ne me sens guère le goût de les paraphraser ici. Car j'éprouve, je crois, une immense pitié pour cette chère et exaspérante Adelaide ! – cette *pauvre Puss*, comme elle se qualifie elle-même. Une immense pitié, et un immense *chagrin.*

Tant qu'elle tenait la plume, notre invalide était pleine de vie – espiègle, gaie, désespérée, damnée… mais vivante. À présent, sa plume lui a été brutalement arrachée & la voilà réduite au silence pour l'éternité.

DE BONNE HEURE le lendemain matin, aux environs de 8 heures, la femme de chambre de Mme Burr, Griselda, s'approcherait avec précaution de la chambre de l'invalide et tendrait l'oreille, ainsi que Mme Burr le lui recommandait, pour tâcher de déterminer si sa maîtresse somnolait encore dans son lit, ou si elle était « levée » – par quoi il ne faut pas entendre « levée » au sens propre, mais simplement « réveillée ». Ce matin-là, Griselda entendit bien des bruits dans la chambre, mais il lui fut impossible de les identifier ; plus tard, elle raconterait cependant que ses cheveux s'étaient dressés sur sa nuque, comme si elle avait pressenti le spectacle terrible qu'elle découvrirait en ouvrant la porte : le maître de Maidstone étendu à peine vêtu dans un lit trempé de sang ; berçant le corps inerte et ensanglanté de sa femme, fredonnant, roucoulant et riant tout bas comme un amant comblé.

Le cerveau manifestement dérangé, M. Burr était néanmoins calme et manœuvrable, comme s'il savait que le pire était advenu, et passé.

Griselda poussa un cri, laissa tomber le plateau du petit-déjeuner et redescendit en courant à la cuisine, si affolée que tout le personnel de la maison la suivit dans Hodge Road sans comprendre ce qu'elle essayait de dire ; très vite après, l'alarme fut donnée, et l'on prévint les autorités.

Un quart d'heure ne s'était pas écoulé que deux officiers de police du Borough de Princeton, stupéfaits et horrifiés, pénétraient dans la chambre à coucher. M. Burr ne manifesta ni alarme ni irritation ; bien que les deux hommes eussent fait intrusion dans sa maison, dans la chambre même de sa femme, et qu'elle et lui ne fussent qu'à peine vêtus, il ne parut pas s'en émouvoir et continua à se balancer d'avant en arrière, serrant dans ses bras le corps ravagé de sa femme, et chantant des bribes d'une chanson de Stephen Foster :

Ah ! puisse la rose rouge vivre toujours
Et ravir terre et ciel de son sourire !
Pourquoi beauté devrait-elle jamais pleurer ?
Pourquoi beauté devrait-elle jamais périr ?

Avec une certaine dignité, Horace Burr se sépara de son épouse, quitta le lit trempé de sang où il était apparemment resté au moins dix heures et parvint à se lever ; comme s'il voulait inviter les policiers, figés sur le seuil, bouche bée d'horreur, à s'avancer dans la pièce. Sans préambule, il avoua son acte, « dont les conséquences étaient indéniables ». Il expliquerait aux autorités avoir *abrégé les souffrances de sa femme par miséricorde*, et espérer que Dieu épargnerait son âme, même s'il était jugé durement par ses pairs, comme il savait devoir l'être.

Sur la façon dont ce meurtre atroce fut commis, je n'ai aucune certitude. Et je ne souhaite pas avancer des hypothèses à la légère. Je me contenterai donc de noter que, en même temps que Horace Burr, fut saisi, avec une précaution extrême, et non sans répugnance, certain mécanisme ingénieux, constitué de pales tranchantes et tournoyantes, récemment acheté pour les appartements confinés et surchauffés de l'invalide.

Quatre Face

1.

« Pour affronter la Malédiction qui nous menace tous. »

Le meurtre indicible d'Adelaide Burr, commis par le mari qui lui avait été si longtemps dévoué, bouleversa tant Princeton que Pearce van Dyck, éperdu d'inquiétude, en vint à redouter que, même dans leur retraite reculée de Raven Rock, sa femme Johanna et leur nourrisson ne soient « en danger » ; et décida d'interrompre ses cours à l'université plusieurs semaines avant la fin du trimestre afin d'aller s'installer à Quatre Face – « Car la Malédiction doit être combattue de front par un stratagème de *rationalité.* »

Le Dr van Dyck avait même envisagé, dans un premier temps, de convaincre Percy Boudinot, le fils médecin du Dr Boudinot, de séjourner temporairement dans leur vieille propriété campagnarde, si la santé de Johanna, mauvaise depuis la naissance du bébé, ne s'améliorait pas.

Car il s'était révélé, apparemment, que Mme van Dyck ne se « portait pas bien » – qu'elle souffrait de « douleurs mystérieuses » et d'un « malaise persistant » ; et que le bébé, qui ne pesait que deux kilos quatre cents grammes à la naissance, ne grossissait pas normalement.

À Princeton, on ne savait pas grand-chose de Johanna van Dyck depuis qu'elle s'était établie à Quatre Face. Peu de Princetoniens, en dehors d'amis très intimes des van Dyck, connaissaient cette résidence, qui datait d'une centaine d'années et ne figurait pas au nombre des joyaux architecturaux de la vallée de la Delaware. Les parentes et amies de Johanna n'avaient pas été invitées à lui rendre visite, et les réponses qu'elle avait faites à leurs lettres inquiètes n'étaient guère plus encourageantes ; souvent, Johanna se contentait de griffonner en retour au dos de la lettre que, sans être resplendissants de santé, le bébé et elle *allaient très bien, mais qu'ils avaient grand besoin du calme, du silence et de l'éloignement de Quatre Face, plutôt que de l'agitation éprouvante de Princeton.*

Certaines de ses amies doutaient que ce fût vrai : car Johanna, qui n'était pas entièrement remise de l'épreuve de l'accouchement, n'avait pas souhaité s'exiler à la campagne, pas plus qu'elle n'avait souhaité que l'enfant fût aussi loin de tous soins médicaux dignes du nom, en cas de nécessité. Mais Pearce avait insisté. Pearce avait insisté avec une passion qui ne lui ressemblait guère. Alors, à contrecœur, Johanna avait cédé.

« C'est pour le bien de l'enfant autant que pour le tien, Johanna. Tu dois être raisonnable. »

Johanna s'inclina, car tel était le cas. Dans cette « nouvelle » phase – celle de « nouveau » père ? – son mari avait le ton si tranchant, le regard si chargé de ressentiment quand on s'opposait à lui, qu'elle avait appris que le plus simple était de céder. Et de se retirer dans la nursery, où elle pouvait jouer avec le bébé, le baigner, l'allaiter et lui chanter des chansons, comme n'importe quelle mère ; car Pearce était mal à l'aise quand Johanna s'occupait de l'« entretien » du bébé en sa présence.

Peu de gens savaient, et Johanna ne l'ébruitait pas, que Pearce n'acceptait que rarement de voir l'enfant ; et qu'il allait jusqu'à emprunter l'escalier de derrière pour ne pas avoir à passer devant la nursery, dont la porte restait généralement ouverte.

Pearce ne posait pas non plus de questions sur le bébé, qui était devenu à peu près l'unique sujet de conversation de Johanna ; si bien qu'un soir, pendant le dîner, elle lui demanda : « Tu n'aimes donc pas ton fils, Pearce ? » ; et Pearce répondit, avec un petit froncement de sourcils pensif : « Si. Bien sûr. En ma qualité de "père", je me dois de *l'aimer*. Tout comme, en ma qualité de mari, je me dois à *toi*. »

Peu après cette conversation, Pearce avait pris des dispositions pour que Johanna et l'enfant, accompagnés de quelques domestiques, aillent s'installer à Quatre Face.

À LA SUITE DE LA TRAGÉDIE de Maidstone House – moins de vingt-quatre heures après la terrible nouvelle, en fait –, Pearce van Dyck, profondément bouleversé, se présenta dans le bureau du président de Nassau Hall sans avoir pris de rendez-vous, et sollicita du Dr Wilson une « autorisation d'absence exceptionnelle » afin de pouvoir rejoindre sa femme et son enfant, installés temporairement à Raven Rock.

Le Dr Wilson fut pris par surprise, car le professeur van Dyck semblait dans un état de violente agitation, et il n'était pas rasé ; sa mise était visiblement négligée, et l'un de ses lacets était défait. (Car tel était l'effet de l'absence de Mme van Dyck de la maison et de la vie intime du professeur van Dyck.) Le Dr Wilson fut également surpris de cette requête – laquelle devait ordinairement être formulée des mois à l'avance –, de la part de l'un des professeurs les plus responsables et les plus renommés de Princeton.

« Il n'est plus vraiment un secret aujourd'hui, Woodrow, qu'une Malédiction frappe notre ville – et pas seulement Crosswicks Manse. Le Mal émerge, éclate – invasion de serpents venimeux à Rocky Hill ou, tout récemment, ce meurtre indicible à Maidstone House – notre voisin de Hodge Road ! *Vous vous rendez compte !* – Horace Burr ! Un arrière-arrière-petit-fils du révéré Aaron Burr soi-même ! Et Horace faisait de si généreuses donations à l'université… Tout cela va prendre fin, j'imagine. Les Burr n'ayant pas d'héritier direct, leur fortune ira à des membres de la famille. »

Pearce van Dyck parlait vite, avec nervosité. Woodrow Wilson écoutait avec ce calme inexpressif, que certains de ses associés et de ses adversaires trouvaient si déstabilisant ; il était insupportablement *impénétrable*, se plaignaient-ils, jusqu'au moment où, se mettant à parler, il devenait insupportablement *transparent*.

« Le plus problématique là-dedans, Woodrow, comme vous le savez, est qu'il est impossible de déterminer qui était « des nôtres » – et qui est "des leurs".

– "Des leurs"… ?

– Les démons.

– Les démons ? »

Un éclair d'émotion passa alors bel et bien sur le long visage étroit du Dr Wilson : une expression d'alarme, et de compréhension.

« Il y a des "démons", voyez-vous. Cet "Axson Mayte", pour commencer. Et d'autres encore. »

Le Dr Wilson hocha gravement la tête. Il avait fait un certain effort pour chasser de sa mémoire ses quelques jours d'amitié avec le charismatique Mayte ; et était soulagé que le professeur van Dyck ne sût apparemment rien de cet épisode.

« À présent il y a ce "comte van Gneist", qui séjourne à Drumthwacket. Qui diable est-ce ? »

Le professeur de philosophie éclata d'un rire âpre.

« Son nom est *von Gneist*, je crois, répondit Woodrow Wilson, d'un ton guindé, et c'est un théologien européen de renom, ainsi qu'un théoricien politique. Il n'a rien d'un "démon", Pearce ! En fait, je l'ai invité à prononcer la conférence Helms lors de la cérémonie de remise des diplômes.

– La conférence Helms ! Voilà qui est un grand honneur.

– Eh bien, English von Gneist est un homme honorable. »

Pearce van Dyck, qui caressait sa barbe d'un air absent, paraissait avoir davantage à dire sur la question, mais le ton du Dr Wilson l'en dissuada.

La mine sévère, Woodrow Wilson demanda alors à Pearce s'il avait parlé au directeur de son département de ce « congé » ; s'il s'était arrangé pour que ses précepteurs et d'autres collègues assurent ses cours, examens, notations, etc. Il semblait en effet entendu entre eux que le Dr Wilson agréerait cette requête peu orthodoxe, si extravagante et si peu professionnelle que le doyen des enseignants l'aurait immédiatement rejetée.

Ainsi que le dirait Pearce, dans la lettre qu'il écrivit en hâte à sa femme cet après-midi-là : *Je m'étais attendu à plus de résistance de la part de Wilson, car comme tu le sais je suis essentiel dans le département de philosophie. Mais… il a cédé tout de suite ! C'est une bonne nouvelle ! Je serai auprès de toi d'ici deux jours.*

« JE PERCERAI CE MAUDIT CODE. Car un code est fait pour être *percé.* »

Libéré de la routine exténuante de ses tâches d'enseignement et de recherche, son imagination se donnant libre cours dans l'isolement romantique de Quatre Face, Pearce van Dyck pensa bientôt percevoir un début de schéma permettant de reconnaître la Malédiction. Car à n'en pas douter, comme tous les « mystères », celui-là céderait à une calme réflexion analytique et systématique, pourvu qu'on y mît le temps.

Pendant que Johanna et une nurse s'occupaient de l'« entretien » du bébé – qui semblait nécessiter un temps infini –, Pearce se réfugiait dans son bureau ou marchait le long de la Delaware, que côtoyait un étroit sentier envahi de ronces ; à une certaine distance de la vieille demeure, il contemplait de ses yeux myopes ses murs de grès érodés, sa lourde toiture inclinée et ses cheminées noircies – *mais c'est une ruine ! Je fais vivre ma petite famille bien-aimée dans une ruine !* ; il se détournait cependant bien vite et reprenait sa promenade ; car toute son attention devait aller au décodage de la Malédiction de Crosswicks, et non à d'insignifiantes préoccupations domestiques.

« Si nécessaire, je sacrifierai la "vie domestique". Si je suis appelé, et que personne d'autre ne le soit – si je suis *élu*… »

Car telle est l'efficacité de la logique, pensait Pearce. Que ce soit la logique abstraite d'Aristote ou de Spinoza, ou celle, plus pratique, de Sherlock Holmes, ce qui est confus devient clair ; et on rit après coup de sa perplexité. Mais, bien entendu, pour parvenir à ce résultat, *il faut travailler.*

Pearce se consacrait donc à l'énigme de la Malédiction, veillant souvent une grande partie de la nuit et négligeant les conseils de Johanna qui l'implorait d'aller se coucher ou de prendre ses repas avec plus de régularité. Il était convaincu qu'il percerait bientôt le mystère, car la « méthodologie » de la mort d'Adelaide Burr était assurément un indice – « qui nous crève les yeux, selon toute probabilité. »

Il était rare que Pearce aborde ces sujets avec Johanna, car quand il le faisait il lui fallait subir ses remarques invariablement ineptes, mal informées ou (délibérément ?) provocatrices, comme ce jour-là :

« Mais Pearce, Horace n'est pas un *démon*. Il est – il était – l'un de nos voisins, et notre ami. Il a dû être pris d'un accès de folie. Toutes les lettres que je reçois de Princeton disent qu'il avait beaucoup bu et…

– Et pourtant, dit Pearce, ignorant délibérément les remarques naïves de sa femme, pourquoi le Malin a-t-il *torturé* ainsi cette pauvre femme ? Une invalide, après tout, et pitoyable. Et que peut bien signifier l'emploi d'une "arme du crime" aussi excentrique ? Dans toutes les annales du crime et des énigmes policières que j'ai étudiées, jamais un… un *ventilateur électrique* n'a été utilisé de la sorte.

–… et il paraît que Horace écrivait des lettres à Wilhelmina Burr, des lettres explicites, scandaleuses ! Wilhelmina les a immédiatement remises à la police. Ainsi qu'un présent qu'il lui avait fait, une broche en ivoire appartenant à la pauvre Adelaide – qu'il lui avait envoyé anonymement. Tu te rends compte ! Nos voisins et amis, avoir cette conduite…

– Ce ne sont pas "nos amis et voisins" quand ils sont sous l'influence du Malin. Pas plus que la pauvre Annabel Slade n'était l'épouse de Dabney Bayard quand le Malin exerçait son pouvoir sur *elle*.

– Sais-tu, Pearce, que des gens disent, à Princeton, que *c'est Wilhelmina qui l'a poussé à cela*. Pour qu'ils puissent se marier et que "Willy" hérite de la fortune. »

Ce dernier point retint l'attention de Pearce, car il lui donna une nouvelle idée pour son Réseau d'indices.

« Les serpents, bien sûr ! "La panique aux serpents". Que Wilhelmina a "appelés" – puis a été incapable de maîtriser.

– Mais, Pearce… Wilhelmina n'a rien fait de ce genre ! Pas plus qu'elle n'a *poussé Horace au meurtre* – j'en suis certaine. Ce ne sont que des bribes de ragots que l'on m'a rapportées, et qui ne doivent pas être prises au sérieux.

– Dans une enquête criminelle, quand on a affaire à un "mystère codé", il n'est rien qui ne doive être pris au sérieux.

– La réputation d'une jeune femme comme Wilhelmina Burr est une affaire très sérieuse. À Princeton, du moins. Si elle déménage à New York et y commence une nouvelle vie – cela n'aura plus d'importance, peut-être.

– Après le meurtre d'Adelaide, j'espère que nous n'allons pas nous contenter d'attendre la prochaine horreur. Si seulement je pouvais pénétrer cette *forêt d'indices*...

– Je pense, mon cher mari, qu'il est plus important, en cet instant précis, que tu finisses ton repas ; tu manges très peu ces derniers temps, et tu as beaucoup trop maigri. »

Pearce avait entièrement oublié qu'il était en train de dîner : ils étaient assis dans la salle à manger mal éclairée de Quatre Face, dont le papier peint français était assombri de poussière et les fenêtres, obscurcies par le feuillage envahissant d'arbustes échevelés. Johanna avait raison, Pearce mangeait très peu. Il ne touchait quasiment pas aux plats qu'on lui servait, mais recourait en revanche au vin et au sherry en fin de journée, et à du café noir très fort dans la matinée, pour se fortifier les nerfs.

« J'apprécie ta sollicitude, Johanna. Mais je ne suis pas un enfant geignard dont il faut s'occuper – je suis tout à fait capable de prendre soin de moi-même, merci. »

Sans finir son repas, mais emportant son verre de vin à demi rempli, Pearce quitta la compagnie de sa femme pour l'intimité et le confort de son bureau.

EN DÉMÉNAGEANT À QUATRE FACE, situé à une cinquantaine de kilomètres de Princeton, Pearce n'avait emporté que quelques effets personnels, privilégiant livres et revues, et les impedimenta de son « Réseau d'indices », lesquels avaient considérablement augmenté depuis la visite de Josiah Slade, et occupaient maintenant la majeure partie de son bureau de Quatre Face. Pearce ne s'était pas encombré de ses livres de philosophie, restés dans son bureau de l'université. Il avait en revanche apporté la totalité des aventures de Sherlock Holmes, ainsi que des carnets où il avait noté les indices primaires, secondaires, tertiaires, « probables » ou « possibles » en s'efforçant de rapprocher certains d'entre eux des enquêtes de Conan Doyle, car il y avait entre les uns et les autres un parallèle évident, il en était certain. L'irruption du mal à Princeton, New Jersey, n'était que l'expression singulière d'une Malédiction, ou Horreur multiple : l'irruption du Mal dans le monde humain, dont nous devons être sauvé par quelqu'un de plus fort, de plus courageux et de plus « inspiré » que nous.

« C'est une telle évidence ! Et cependant – comment procéder, avant qu'un nouvel innocent ne soit assassiné ? »

Un après-midi du début mai, Pearce se concentrait sur ses problèmes dans son bureau du rez-de-chaussée quand un visiteur inattendu arriva à Quatre Face : Josiah Slade !

Le jeune homme se promenait dans la région, au nord de New Hope, au volant de son phaéton Winton deux places, quand, aux abords de Raven Rock, il avait aperçu Quatre Face et éprouvé le « désir soudain » de revoir son ancien professeur, ainsi que Mme van Dyck ; et de voir leur enfant, qui devait maintenant avoir au moins trois mois.

« Ah ça, Josiah ! Quelle surprise ! Entrez, mon garçon. Vous tombez à pic ! » dit Pearce, d'un ton enjoué.

Et Johanna fut très heureuse, elle aussi, de voir leur jeune ami – une fois qu'elle fut revenue de son étonnement.

« Vous resterez passer la nuit, Josiah, j'espère ? Ou même deux nuits, si cela vous est possible. Nous serions si heureux de profiter de votre compagnie, n'est-ce pas, Pearce ? »

D'humeur enjouée, Pearce semblait en effet content d'être distrait de son travail absorbant, et de pouvoir parler de ses recherches à son jeune ami, pour qui elles seraient d'un grand intérêt.

(Pearce prit Josiah à part pour lui recommander de ne pas aborder en présence de Johanna le sujet des *nombreux incidents qui troublaient Princeton :* « Je crains pour sa santé, elle est distraite et mélancolique ces derniers temps ; depuis la naissance de – *notre fils*, comme vous savez – elle mange peu et a anormalement maigri. J'avais espéré que le Dr Boudinot viendrait avec moi pour l'examiner, mais cela n'a pu se faire. Elle va jusqu'à se plaindre du *calme* de Quatre Face, alors que les récentes nouvelles de Maidstone House l'ont bouleversée... Mais vous savez comment sont les femmes, Josiah ! »)

Bien qu'ayant déclaré à Johanna son soulagement d'être débarrassé des politicailleries et des médisances universitaires, ainsi que des stratagèmes incessants ourdis par Woodrow Wilson pour combattre le doyen West, à présent que Josiah était là, Pearce manifesta un intérêt extrême pour toutes les nouvelles de Princeton, et bombarda son jeune ami de questions pendant le dîner. La plus délicieuse des nouvelles, ou peut-être des ragots, concernait l'extraordinaire legs Proctor, qui, disait-on, dépassait le million de dollars – mais qui était destiné au bureau du doyen West et non à celui du président. Pearce fut si étonné de cette bizarrerie qu'il demanda à Josiah de répéter. « Un ancien élève aussi éminent, insulter le président en accordant un tel pactole à son ennemi ! Woodrow doit sûrement trouver qu'il y a de la sorcellerie là-dessous. »

Josiah murmura que c'était une honte qu'un universitaire et un éducateur aussi réputé que Woodrow Wilson se trouve empêtré dans des affaires aussi provinciales, alors qu'il y avait tant d'autres combats à mener… Pearce dit en riant, semblant ne pas entendre : « William Cooper Procter, Monsieur Mousse – Procter & Gamble – une fortune immense ! Et si nécessaire à l'institut d'études supérieures. *Est-ce* de la sorcellerie ? Andrew West est-il du parti du diable ? Le coquin ! Woodrow va se retrouver coincé, car il ne peut refuser une somme pareille – comme le renard, les raisins trop verts – tout Princeton lui reprocherait sa vanité ; et néanmoins, comment peut-il accepter ? *Va-t-il* le faire ? Qu'en pensez-vous, Josiah ? »

Josiah haussa les épaules, comment aurait-il pu le savoir ?

« Je ne m'occupe pas de ces questions, monsieur. Même mon grand-père Winslow s'en est éloigné.

– Et quel choc, quelle tragédie – ce qui s'est passé à Maidstone ! Johanna préférerait que nous n'en parlions pas, mais il me semble que nous le devons. »

Josiah garda le silence, bien que le tour pris par la conversation ne lui plût guère.

« On dit que votre amie – Wilhelmina Burr – serait "compromise". Avec Horace, je veux dire. Pauvre fou de Horace ! Peut-être est-elle parfaitement innocente – à tous égards – vous savez combien les jeunes femmes peuvent être impétueuses de nos jours, même issues de bonnes familles… Elle est devenue une *artiste*, paraît-il. Avez-vous vu ses œuvres, Josiah ?

– Non.

– Voyez-vous souvent Mlle Burr ?

– Presque jamais.

– Et savez-vous qu'on a trouvé certains matériaux dans la chambre à coucher d'Adelaide ?

– "Des matériaux"… ?

– Des livres. »

Pearce avait un air sombre, et néanmoins satisfait. Ces matériaux étaient hétéroclites, expliqua-t-il, Adelaide devait les avoir achetés seule, à l'insu de Horace : des écrits mystiques de la fameuse Madame Blavatsky, des poèmes de poétesses hallucinées et de cet « inverti » notoire de Walt Whitman, des pamphlets socialistes et anarchistes, des romans féminins « à sensation » et même, disait-on, un exemplaire de la Kabbale.

– La Kabbale ? Ce texte juif médiéval ? Qui commente la Bible hébraïque ? »

Le ton de Josiah était sceptique ; car l'idée qu'une dame du West End, invalide de surcroît, pût posséder ce livre-là, de même que les autres, lui semblait parfaitement absurde.

« Oui, dit Pearce, cela paraît invraisemblable. Et pourtant, il semble que ce soit le cas. Adelaide a également laissé un journal, codé... Peut-être, une fois décodé, livrera-t-il le mystère de la conduite de Horace. » Pearce évoquait la perspective de ce *décodage* avec mélancolie. Il avait en effet proposé ses services de *décodeur patenté* à la police du Borough de Princeton ainsi qu'à la famille Burr, mais n'avait obtenu aucune réponse.

Josiah, qui avait transcrit le témoignage angoissé de sa sœur sur le royaume des Marécages – peut-être une sorte de récit codé, lui aussi, ou une poésie démente –, garda le silence, heureux que personne en dehors des siens n'en eût connaissance.

Mais Pearce continuait à secouer lentement la tête d'un air mélancolique. À la lumière vacillante des bougies, son teint paraissait moins maladif qu'à Princeton, lors de la dernière visite de Josiah ; et la pénombre de la salle à manger rendait la « difformité » apparente de son crâne moins visible, moins dérangeante. En fait, l'espace de quelques minutes, Josiah eut l'impression de retrouver le professeur van Dyck d'autrefois, bienveillant, avunculaire, quoique jeune de caractère, l'homme plein d'autorité et de charme qui l'avait introduit à la vie de l'esprit dans ses premières années d'université. Vers la fin du repas, Pearce dit, sur le ton de la confidence : « C'est à usage interne, Josiah – Johanna en est informée, bien sûr – mais il y a quelques semaines à peine, avant ses « vacances » précipitées aux Bermudes, Woodrow Wilson était si désespéré qu'il a eu recours à une planchette oui-ja – à moins que ce ne soit une roue ? – l'un de ces ridicules rituels occultes où les esprits "parlent" – où l'avenir est "révélé". Bien entendu, Woodrow a prétendu que c'était une idée d'Ellen ; mais il n'était pas loin de prendre cela au sérieux. Et voici la "révélation" qui lui a été faite : *Le doyen West frira en enfer et la graisse suintera de ses os.* Et, tenez-vous bien, ce message lui était envoyé par feu notre cher James McCosh ! Mon informateur ayant demandé à Woodrow si ce n'était pas une plaisanterie, le président se serait redressé de toute sa taille et lui aurait répondu : « Monsieur, je ne plaisante pas sur le sujet de l'enfer, ni sur celui d'Andrew West. »

Pearce éclata d'un rire silencieux, secoué d'une telle hilarité que ses lunettes glissèrent sur son nez et qu'il fut bientôt pris d'un accès de toux sifflante, aussi violent que lors de la précédente visite de Josiah.

Johanna et le jeune homme échangèrent des regards inquiets.

(Il faut révéler ici que la venue soudaine de Josiah à Quatre Face ne tenait pas du hasard, mais répondait à une lettre envoyée au jeune homme par Mme van Dyck la semaine précédente ; l'épouse et mère inquiète s'y déclarait « profondément préoccupée » par le bien-être mental de son mari, ainsi que par son état physique, et demandait s'il serait possible à Josiah, pour qui Pearce avait beaucoup d'affection, de passer à Quatre Face un jour prochain – comme par hasard. Sans hésiter un instant,

Josiah avait immédiatement pris ses dispositions pour aller voir son ancien professeur à Raven Rock.)

Malgré l'heure tardive, et bien que Pearce fût visiblement fatigué, il insista pour conduire Josiah dans son bureau afin de lui parler sérieusement, et en détail, de ses dernières découvertes concernant le Réseau d'indices. Il lui mit sous le nez une feuille de papier où était écrit, de son écriture en pattes de mouche :

> L'EXISTENCE DU MAL – Absolu et non mitigé par la faiblesse humaine –
> Ni même par la fierté.
> Mal si extrême si puissant que la Raison mortelle ne peut le comprendre
> Mal – Mal(in) – Diable – Colère divine – Jéhovah au sabot fendu – Péché et Mort copulant éternellement pour produire – l'humanité.
> Le temps d'avant le Christ – quand la Croix n'était que Mort et moquerie.
> Le temps d'avant la Terre – quand Dieu n'était que Chaos et Nuit éternelle.
> Le terrible secret de la Malédiction est-il... qu'elle nous environne et nous nourrit ? Est-elle l'oxygène que nous respirons, en toute ignorance ?
> Comment échapper au Malin –
> Comment exorciser la Malédiction –

PENDANT ENCORE AU MOINS UNE HEURE, Pearce van Dyck disserta devant son jeune ami, qui l'écouta avec une admiration et un intérêt sincères ; de temps à autre, toujours avec déférence, Josiah proposait des suggestions et des corrections (mineures) au Réseau d'indices, ce dont Pearce se montrait reconnaissant.

« Je pense que nous allons faire une excellente équipe, Josiah – comme Holmes et Watson – si Watson était plus jeune et plus vif d'esprit que ne l'a décrit Conan Doyle. Nous pourrions même devenir "célèbres", vous savez...

– Peut-être, professeur. C'est un point à prendre en considération, en tout cas.

– *C'est la seule chose* à prendre en considération », répliqua Pearce, foudroyant son jeune ami du regard. Et il repoussa le Réseau d'indices et referma ses carnets pour la soirée.

« CROYEZ-VOUS qu'il soit malade, Josiah ? Ou simplement épuisé par le surmenage ? »

Voilà la question que posa Johanna van Dyck à son visiteur, les mains jointes dans le geste classique de l'anxiété. Au-dessous d'eux, le rez-de-chaussée obscur de Quatre Face semblait une immense étendue d'eau.

« Je pense qu'il est simplement épuisé, Johanna. S'il pouvait seulement se reposer...

– Si seulement son esprit pouvait être en repos ! Ses pensées ! Il est si obsédé par ce qu'il appelle la "Malédiction"... l'"Horreur"... J'ai parfois l'impression que cela s'est introduit en lui, insinué dans ses poumons, à la façon d'un poison. Et quel regard il a, dans ces moments-là... » Johanna s'interrompit, en frissonnant.

Pour changer de sujet, Josiah dit : « Eh bien, j'espère que je verrai votre petit garçon, demain matin ?

– Oh oui, bien sûr ! Aussi tôt que vous voudrez, il se réveille de *très* bonne heure. »

Johanna sourit de plaisir. Le sujet du mari obsédé s'effaça, supplanté par celui du bébé adoré.

« Et comment s'appelle-t-il ? On a dû me le dire, mais je crains de l'avoir oublié.

– Son nom ! Ah… son nom ! Eh bien… sa nounou et moi l'appelons "bébé" ou le " petit". Pearce ne veut pas le "nommer" pour le moment.

– Il ne veut pas le "nommer"… ? Mais pourquoi ?

– Peut-être… parce que aucun nom n'est assez beau pour le fils de Pearce. »

Le ton de Johanna était enjoué, mais peu convaincant.

« Il lui choisira un nom bientôt, il l'a promis. Maintenant qu'il est venu nous retrouver ici, à Quatre Face. Il l'a promis !

– Avez-vous pensé à l'appeler "Pearce junior" ? Ce serait peut-être un bon compromis, s'il est difficile de choisir un autre nom.

– Oui, j'y ai pensé. Mais Pearce – eh bien, Pearce n'est pas convaincu. "Peut-être faudrait-il l'appeler Œdipe !" – voilà le genre de plaisanterie obscure qu'il fait. Mais vous pourrez lui poser la question vous-même, Josiah. Vous voulez bien ?

– Oui. Si vous le souhaitez… »

Lorsque Josiah avait déclaré à sa mère qu'il comptait se rendre chez les van Dyck, à Quatre Face, Henrietta lui avait demandé de dire à Johanna de sa part : *Les premiers mois sont les plus durs. Vous devez demeurer en vie pour le salut de l'enfant.*

Un message étrange que Josiah n'avait aucune intention de transmettre à son hôtesse.

À la porte de la chambre d'ami sobrement meublée que la gouvernante lui avait préparée, Josiah souhaita bonne nuit à Mme van Dyck. Leur conversation l'avait troublé, mais il sourit à son hôtesse comme si de rien n'était ; dans cette période de sa jeune vie, entouré de la tristesse et de la détresse des siens, Josiah avait appris qu'un sourire est le meilleur présent que l'on puisse offrir quand les mots semblent souvent des platitudes et qu'ils sont de peu d'assistance.

« Eh bien, bonne nuit, Johanna ! Merci pour cet agréable dîner.

– Et merci d'être venu, Josiah. Il me semble presque que… vous nous avez sauvé la vie. » L'espace d'un instant, le visage tiré de Johanna se détendit.

Dans sa chambre glaciale, dont le papier peint semblait roussi, Josiah découvrirait un gros bouquet de lilas fraîchement coupés, sans doute apporté subrepticement par Johanna. Leur riche parfum flatterait ses narines et s'insinuerait dans ses rêves agités tout au long de la nuit.

2.

Tandis que tous dormaient – Johanna dans sa chambre, contiguë à la nursery, le bébé dans son berceau, et Josiah dans une chambre d'ami quelconque – Pearce van Dyck travaillait dans son bureau, courbé sur son Réseau d'indices. Il n'avait pas apprécié – bien qu'il eût feint la reconnaissance, par politesse – que ce jeune impertinent de Josiah lui fasse des suggestions ! – à *lui*. Il avait failli riposter, avec l'ironie exercée du professeur : *Je vous remercie infiniment de votre opinion aussi mal informée que non sollicitée, mon garçon. Votre générosité vous honore.*

Malgré tout, plusieurs idées lui étaient venues au cours de cette conversation. Et, à la vérité, il était heureux de la présence de Josiah dans leur maison lugubre, où la seule distraction – sensorielle – était les pleurs bruyants de l'enfant, lesquels irritaient les nerfs sensibles de Pearce à plusieurs pièces de distance.

Il ne trouvait pas curieux que Josiah eut surgi à l'improviste à Quatre Face. Obsédé par son enquête criminelle, il lui semblait en fait que tout ce qui lui arrivait, tout ce qui l'entourait était en rapport avec la campagne qu'il menait pour triompher de la Malédiction ; et trouvait tout naturel que Josiah Slade, de la famille maudite des Slade, voie en lui une sorte de protecteur, de mentor – de sauveur.

Il lui semblait également que la jeune vie de Josiah Slade était « en suspens » – le jeune homme ne s'était pas inscrit en droit ni en médecine, et n'avait pas fait les études de troisième cycle qu'il avait envisagées ; sans doute les Slade ne l'y encourageaient-ils pas. Leur ancienne *vitalité* s'était éteinte, une sorte de paralysie s'était abattue sur eux depuis l'avènement de la Malédiction.

« Je leur viendrai en aide. Je suis le seul, je dois persévérer. »

Cependant, lorsque Pearce s'enfermait dans son bureau tard le soir – (« s'enfermait » est le terme qui convient, car dans les premiers temps sa femme, inquiète, osait parfois ouvrir sa porte à 3 heures du matin pour lui dire d'un ton plaintif *Pearce? Pourquoi veilles-tu si tard?*) – il arrivait souvent qu'il perde la notion du temps et se retrouve ailleurs dans la maison, errant dans le noir, une bougie à la main ; plus étrange encore, Pearce s'était découvert à plusieurs reprises dehors, dans le froid de la nuit, grelottant sous la caresse cruelle d'un vent montant de la rivière. Claquant des dents au clair de lune dans une vieille roseraie dévastée, ne sachant ni comment ni pourquoi il était venu là.

« Pour me rafraîchir les idées. Cela doit être ça. »

Ainsi inventons-nous des raisons au déraisonnable. Nous sommes des rationalistes de l'irrationnel. Il m'est très difficile d'écrire ce chapitre, car, pour être franc, ce que les historiens sont si rarement, *j'écris sur mon cher père défunt et, si entière que soit ma compassion pour lui, et pour ma chère mère, j'ai malgré tout l'impression de commettre une faute, une transgression fondamentale, assez similaire aux terribles péchés d'Œdipe.*

Cette nuit-là, après sa conversation stimulante avec son ancien étudiant, Pearce avait eu l'intention de travailler au moins jusqu'à 4 heures du matin, puis de dormir sur le canapé de son bureau, couvert d'un vieil édredon mangé aux mites mais bien chaud. Ces derniers temps, en effet, il éprouvait le besoin d'être dans la proximité physique de son Réseau d'indices ; sa grande terreur était qu'il n'arrive malheur à son tableau et à ses centaines de pages de notes – un incendie, par exemple. L'électricité était capricieuse dans cette partie du comté de Bucks, ce qui rendait nécessaires lampes à pétrole, bougies et feux de cheminée ; avec son optimisme de petite fille, qui combattait son anxiété sous-jacente sans l'éradiquer tout à fait, Johanna aimait dire que Quatre Face était *romantique* – « On se croirait dans un roman gothique ! » (Pearce savait néanmoins parfaitement que ces dames du West End auraient de loin préféré habiter un roman de Jane Austen.)

Cette nuit-là, donc, les nerfs tendus à égale mesure par l'excitation et par l'anxiété, Pearce se retrouva soudain, non plus à sa table de travail, ni même dans son bureau, mais *dehors* ! L'air était très froid pour un mois de mai ; des frissons de lune couraient sur la large et noire Delaware, qui coulait à moins de trente mètres du jardin à l'abandon où se tenait Pearce ; il était en manches de chemise, et avait déboutonné son col pendant qu'il travaillait ; à présent, il claquait des dents.

Par bonheur, Johanna n'en saurait rien ! Et Josiah non plus.

Il n'avait aucune idée de l'heure ! Trois heures du matin, peut-être – l'aube était loin. Derrière lui, massive et trapue, la maison de grès, avec ses fenêtres obscures. Le vent agitait les plantes grimpantes attachées à la façade, qui n'avaient pas reverdi au printemps ; leur bruissement évoquait un murmure de voix. Mais Pearce ne savait décoder ce que disaient ces voix. Tout près se dressaient des statues qui, blanchâtres dans le clair de lune, semblaient à la fois vivantes et paralysées : une Diane mince et de haute taille, accompagnée de ses nobles chiens, la langue pendante et les crocs découverts ; Cupidon et Psyché, chastement enlacés ; et, plus loin, le bel Adonis, sur la pointe des pieds. Johanna avait ri de ces statues, puis avait essuyé une larme en disant que Quatre Face, légué à Pearce par un arrière-grand-père, était un cadeau empoisonné ; car, pour redonner vie à la maison et la rendre à peu près habitable, il leur faudrait dépenser des milliers et des milliers de dollars ; il leur faudrait se débarrasser de ces statues, singulièrement laides, sans doute exécutées par un ami sculpteur de l'ancêtre de Pearce ; il leur faudrait plus ou moins s'y consacrer totalement et abandonner leur vie à Princeton – « Quatre Face nous dévorerait vivants. »

Cette remarque désinvolte avait contrarié, et même offensé Pearce. Quatre Face était *sa propriété*, pas celle de sa femme.

Une femme ne pouvait hériter d'un tel bien, c'était la loi. Une femme était maintenant autorisée à ester en justice ; les suffragettes réclamaient des réformes, de nouveaux droits ; mais elles n'avaient pas encore eu gain de cause, et les femmes n'avaient que peu de droits juridiques et ne pouvaient voter. Universitaire progressiste, aussi réformiste que tout autre professeur de Princeton, Pearce van Dyck était favorable à de tels changements dans la société ; néanmoins, en privé, il ne lui déplaisait pas qu'il se fasse si peu de chose, et si lentement.

Et peut-être, d'ailleurs, cela se ferait-il jamais : *les droits des femmes.*

« Il y a plus urgent. Le "problème du mal", pour commencer. »

Pearce parlait tout bas. Le silence n'était rompu que par le bruit du vent, et par la rumeur de l'eau, que l'on entendait parfois de l'intérieur de la maison, quand la nuit était paisible. Pearce était résolu à ne pas regarder les statues, qui, elles, paraissaient le regarder ; même les chiens de Diane semblaient le dévisager, avec une sorte de secrète dérision canine. « Il ne manquerait plus que je parle à ces créatures de pierre. Et qu'*elles* s'adressent à *moi*. »

Johanna avait raison : les statues étaient laides et ridicules ; pis encore, elles étaient prétentieuses. Ils ne pourraient jamais inviter leurs amis de Princeton à Quatre Face avant d'avoir *redonné vie* à la vieille propriété, comme disait Johanna.

« Mais rien ne peut être fait tant que la Malédiction ne se sera pas dissipée. »

Ces pensées en tête, Pearce s'apprêta à rentrer dans la maison – il vit une porte ouverte, celle qui menait à son bureau ; manifestement, dans une sorte de crise de somnambulisme, il était sorti par là – mais, au sommet de la courte volée de marches, il s'immobilisa, car… était-ce une voiture à cheval qui s'approchait de Quatre Face, à cette heure de la nuit ?

« Un autre visiteur ? Impossible ! Un deuxième invité – non attendu ? »

Pearce se hâta néanmoins à la rencontre de la voiture, qui, après avoir monté l'allée à vive allure, s'arrêtait devant le porche de granit ; il se disait, en effet, qu'aucun de ses domestiques, peu nombreux, ne serait debout à cette heure tardive, et qu'il lui incombait d'offrir l'hospitalité.

« Je suis pourtant certain que nous n'attendons personne. Johanna n'oserait pas inviter quelqu'un sans m'en demander la permission. »

Imaginez donc sa stupéfaction, bientôt teintée de respect et d'une sorte d'effroi, quand il vit un grand gentleman au nez d'aigle, portant une cape écossaise, sauter légèrement de la voiture – un gentleman dont la célébrité, non moins que la physionomie et la silhouette saisissantes, étaient déjà mieux connus du philosophe que son propre reflet.

Car ce visiteur inattendu n'était autre que M. Sherlock Holmes, l'unique *détective conseil* au monde.

POUR REMARQUABLE et mystérieuse que fût cette visite nocturne, la raison en fut rapidement expliquée à Pearce van Dyck.

S'affalant avec une insolence aristocratique sur le canapé en cuir du bureau de Pearce, l'Anglais déclara à son hôte américain fasciné que Conan Doyle, un compagnon de ses années d'études en médecine, lui avait transmis plusieurs des lettres admiratives du professeur, ainsi que sa demande de certaines monographies ; et bien que « Sherlock Holmes » ne manquât assurément pas de clients à Londres, la situation à Princeton et dans ses environs, telle que la décrivaient les lettres du professeur, lui avait paru irrésistible. « J'ai donc pris la décision d'embarquer sur le premier bateau en partance de Liverpool, dans l'espoir, sans doute égoïste, poursuivit l'Anglais avec un sourire, prenant dans la cheminée d'antiques pincettes pour allumer sa pipe à une braise, que vous n'auriez pas résolu le mystère par vos propres moyens avant mon arrivée ! »

Pearce van Dyck rougit violemment, et murmura avec embarras que, malheureusement, il n'avait pas résolu le mystère ; et qu'il se trouvait dans une impasse. Quant à M. Holmes…

– Pardonnez-moi, professeur. Je ne suis pas "Holmes".

– Vous n'êtes pas… ?

– Certainement pas. "Sherlock Holmes" est un personnage imaginaire et un pseudonyme. Mon nom est confidentiel et ne sera jamais révélé, Conan Doyle me l'a promis. »

L'Anglais expliqua alors languissamment qu'il était et n'était pas le « Sherlock Holmes » des récits d'enquêtes populaires. Contrairement au prestigieux Holmes, il était solidement arrimé à la terre ferme, avait des responsabilités « conjugales », un vieux manoir campagnard menaçant ruine, hérité d'ancêtres anglo-écossais, à Craigmire dans le Dorset, près de Lyme Regis, et un «*pied-à-terre** plutôt modeste» dans Baker Street. «Mes revenus de détective conseil très privé sont si irréguliers que je dois les compléter par un emploi à temps partiel de pathologiste à la faculté de médecine de l'université de Londres; car je n'ai jamais terminé mes études médicales, une inconséquence de jeunesse qui me paraît aujourd'hui une réelle erreur. En 1906, nous n'avons plus tout à fait notre jeunesse et notre idéalisme de naguère… » Secouant la tête avec amusement, et tirant sur sa pipe – une pipe droite, nota Pearce, et non la pipe calebasse à laquelle il se serait attendu –, l'Anglais au nez d'aigle reprit, avec un soupir : « Comme j'aimerais jouir de la liberté de "Sherlock Holmes" ! Rien ne me plairait davantage et n'exercerait mieux mes talents que d'être un connaisseur du crime à plein temps et d'user de ma vivacité d'intelligence contre les plus brillants criminels du monde. Car je pense, comme le personnage de mon ami Conan Doyle, que l'art de la détection cérébrale est l'art suprême, qui fait paraître bien pâles les autres actions et *divertissements* humains. Un esprit sain piaffe contre la stagnation; et je suis si mal équipé pour la banalité quotidienne de l'existence que je deviendrais vite fou ou me trancherais la gorge d'ennui. Sans ma profession privée, comment vivrais-je? La stimulation mentale – la quête de la vérité, les processus ratiocinants les plus absorbants, voilà ce dont je me délecte tout comme vous, professeur. Et bien que je sois marié depuis bon nombre d'années, un mariage d'une nature «privée», en fait, dont nul ne sait rien, j'ai tendance à penser, comme mon alter ego mythique, que la "vie matrimoniale" – l'Anglais eut alors un geste condescendant vers l'intérieur de la maison, englobant, semblait-il, toute l'histoire conjugale et domestique de Pearce van Dyck –, voire la vie émotionnelle et sentimentale, sont éminemment dédaignables – et pure perte de temps. »

Quelle déclaration choquante ! Le visage fiévreux de Pearce s'enflamma un peu plus ; mais, quoiqu'il eût pris son inspiration pour réfuter cette affirmation, il lui fut impossible de trouver les mots adéquats pour défendre sa position.

Car… était-ce vrai ? La vie privée, la vie émotionnelle et affective étaient-elles *dédaignables* ? *Pure perte de temps ?*

Quel serait son embarras s'il devait confier à cet élégant gentleman anglais qu'il était père depuis peu… Ou, plutôt, que sa chère femme avait récemment enfanté, après avoir été incapable de concevoir pendant de longues années…

Avec un accent traînant et cultivé, l'Anglais continua dans le même registre, sensible à la gêne de son hôte américain et à sa timidité en sa présence ; il expliqua que, si Doyle, son ancien camarade d'études, avait beaucoup romancé, s'il avait doté son personnage d'une « quasi-omnipotence », comme ont tendance à le faire les auteurs de fiction, il avait néanmoins plus ou moins rendu l'essence de la personnalité du détective – « de manière troublante, en fait ». L'auteur avait même dévoilé certaines habitudes, qu'il espérait connues de lui seul… (« Holmes » étonna alors Pearce van Dyck en remontant ses manches pour découvrir des avant-bras minces, musclés, et couverts de cicatrices.) « Ma cocaïnomanie, voyez-vous – l'injection de cocaïne liquide dans mes veines… au point que les plus utilisables se sont sclérosées. Ce qui m'inspire plus d'alarme et de remords que Doyle ne le laisse entendre, de façon assez irresponsable, à mon avis. Un auteur se doit de présenter un *univers moralement cohérent*, sans quoi il risque de pervertir les plus faibles et les plus vulnérables de ses lecteurs. » L'Anglais tétait toutefois sa pipe d'un air fort satisfait. On voyait qu'il appréciait la compagnie de Pearce van Dyck; peut-être aussi était-il impressionné par la taille et le style de Quatre Face, dont l'extérieur paraissait moins délabré à la lumière de la lune, et l'intérieur, plongé dans une pénombre naturelle, moins miteux. « Un homme aux principes rationnels ne peut que se souhaiter libre de toute addiction, vous ne pensez pas, professeur ? Vous m'avez dit être "kantien", je crois – un philosophe germanique assurément on ne peut plus moral et vertueux. »

Pearce se creusa le cerveau pour trouver une réponse appropriée, qui manifeste sa compassion en même temps qu'une réprimande intelligente ; car c'était ce que son hôte semblait attendre de lui. Mais avant qu'il ait pu répondre, l'Anglais continuait à détailler les parallèles et les différences entre lui-même et le détective imaginaire pouvant selon lui présenter un intérêt pour son admirateur américain.

En ce qui concernait l'apparence physique, concéda-t-il, Holmes et lui étaient quasiment jumeaux : avec son mètre quatre-vingt-dix et ses soixante-douze kilos, il était en effet lui aussi d'une « maigreur frisant l'extrême ». Et, oui, il avait le menton plutôt pointu, et le nez particulièrement long et étroit ; quant à ses yeux, qu'ils soient ou non inhabituellement « vifs et perçants », il ne pouvait le dire. Ses mains étaient effectivement tachées de façon indélébile par l'encre et les produits chimiques ; sa tenue était à peu près telle que Doyle la décrivait – « quoique la personne qui "partage ma vie" tâche de la mettre un peu plus au goût du jour, dans les limites de notre budget. » À d'autres égards, cependant, poursuivit l'Anglais, en s'assombrissant, « mon prétendu hagiographe me calomnie plutôt. Il sait que je suis fasciné depuis l'enfance par le système solaire, et néanmoins, par espièglerie, il a inversé cet intérêt, faisant passer "Holmes" pour un homme de génie qui se flatte d'ignorer la théorie copernicienne ! – et qui dédaigne avec hauteur les découvertes scientifiques les plus récentes quand elles ne concernent pas son domaine. Le “Holmes” imaginaire est si étroit d’esprit, s’intéresse si peu aux arts, à l’histoire, à la politique, à la musique – les grincements de son propre crincrin exceptés – que ce n’est guère qu’une sorte d’excentrique anglais – ce qui me contrarie passablement».

Touché par cette franchise, Pearce van Dyck murmura son assentiment poli. Puis avec timidité, car l’offre venait bien tard, il proposa à son hôte un petit verre de cognac, qui fut accepté d’une brève inclinaison de tête, et vidé d’une seule traite.

Pour imiter son hôte, Pearce fit de même, mais s’étrangla et se mit à tousser; si longuement que son hôte lui demanda s’il se sentait bien – «Votre toux est “bronchique”, il me semble. Avez-vous été malade?»

Embarrassé, Pearce assura que non.

«Vous avez le teint terreux. Vous êtes-vous rendu récemment dans un pays tropical ou subtropical?

– Non…

– Vous n’avez eu aucune sorte de fièvre? Le blanc de vos yeux est très légèrement jaune, je trouve.

– Le blanc de mes yeux…?

– Naturellement, je ne suis pas médecin; je devrais m’abstenir de poser des “diagnostics”.»

Pearce toussa de nouveau, sans parvenir tout à fait à se racler la gorge.

«Votre toux ressemble à celle des mineurs gallois, après des années de fond. Le son de votre toux, j’entends. Vous êtes-vous rendu dans des lieux où des “particules” flottaient dans l’air – une usine d’amiante ou d’engrais, par exemple?

– Non.

– Avez-vous *respiré* quoi que ce soit de particulièrement fort? Des gaz des marais, par exemple?

– N… non… »

Voyant que ces questions mettaient son hôte mal à l'aise, l'Anglais renonça, quoique à contrecœur. Contrarié dans son enquête impromptue, il se resservit et vida un second verre de cognac ; parut sombrer dans une sorte de torpeur, le regard fixé sur les braises de l'âtre ; et laissa sa pipe s'éteindre. Avec hésitation, Pearce avança l'opinion que, Arthur Conan Doyle ayant rendu l'« essence » de sa personnalité dans ses histoires, peut-être était-ce tout ce qui comptait. Sherlock Holmes était mondialement connu pour son génie, et non pour ses petites excentricités. « Il n'est pas exagéré de dire, monsieur, que “Sherlock Holmes” est en train de devenir l'une des figures héroïques de notre temps.

– Vraiment ! Comme c'est bizarre. »

L'Anglais parlait d'une voix si traînante qu'il était impossible de déterminer s'il se voulait moqueur ou sérieux. Riant tout bas, il prit de nouveau les pincettes pour allumer sa pipe. « Ce qui me contrarie en l'occurrence, professeur, c'est ma propre ambivalence. Car, quoiqu'il soit évident pour moi que l'art de la détection criminelle est ou devrait être une science exacte, débarrassée de toute émotion humaine, je suis franchement séduit par le “romanesque” du portrait de Doyle. Watson, par exemple, n'existe pas, sinon en tant que Conan Doyle lui-même, me collant aux basques comme il le faisait à l'université – ce qui est un soulagement, car je ne le supporterais pas une heure. »

Pas de Watson ! Pearce trouva cela fort décevant.

L'Anglais tétait sa pipe, soufflant des nuages de fumée malodorante. D'un ton espiègle, il déclara que, s'il n'avait pas été un détective-pathologiste, il aurait aimé être, comme son ami Doyle, un homme de plume ; mais dans un registre plus grave. « Inventer des fables fantastiques, d'une précision d'horloge et qui, néanmoins, ne soient pas prévisibles ; dissimuler dans cette prose les opinions d'un Anglais à l'ancienne et un "plaidoyer moral" ; tempérer un ouvrage complexe en le faisant passer pour un jeu d'enfant – voilà qui me semblerait une aventure stimulante. Car, selon moi, l'auteur de fiction est le *détective suprême,* qui n'explore pas seulement l'intrication des faits, mais aussi celle des motifs, à la façon d'un psychologue ; qui scrute l'individu et éclaire l'espèce. Quoi qu'il en soit, professeur, je n'ai aucun droit de me plaindre du travail de Doyle, et dois apprendre à accepter le sort qui m'est fait en tant que "personnage" dans l'imagination d'un autre. Ce qui nous amène à *votre* problème, professeur. »

Avec enthousiasme, Pearce montra à son visiteur les différents tableaux qui composaient le Réseau d'indices, si couverts de minuscules pattes de mouche, si encombrés de punaises, épingles, perles, etc., que même l'œil exercé de l'Anglais s'y perdit. Pearce s'efforça d'expliquer la Malédiction, son histoire et son origine (possible) ; il s'efforça d'expliquer l'impasse dans laquelle il se trouvait. Mais il parlait avec tant d'excitation que l'Anglais le pria de s'interrompre, et de commencer par le commencement. « Rien de tel que la chronologie, cher ami américain, pour freiner la course folle de l'esprit. »

Ainsi, tandis que, affalé sur le divan, les paupières lourdes, l'Anglais tirait en silence sur sa pipe, Pearce passa une heure à tenter de lui raconter les différentes manifestations de la Malédiction, pour autant qu'il les connût. Il parla de l'« apparition » de la fille défunte de l'ex-président Cleveland et de celle, presque simultanée, du démon Axson Mayte, de l'apparent « ravissement » d'Annabel Slade le jour de son mariage… Il évoqua la disparition de la jeune fille, longue de plusieurs mois, sa réapparition et son accouchement fatal ; il parla des rumeurs « fantastiques mais impossibles à négliger » qui lui avaient donné pour progéniture un serpent noir hideux, lequel avait ensuite disparu. Et il y avait eu d'autres crimes – des meurtres…

À la mention du serpent noir, l'Anglais s'agita, et sembla secouer sa léthargie.

Son excitation croissant peu à peu, Pearce étala le Réseau d'indices pour le montrer à son hôte, tout en lui faisant une conférence impromptue sur son contenu ; il évoqua la « panique aux serpents » et le comportement « déroutant » d'une jeune femme de bonne famille, qui semblait avoir eu une liaison avec un homme marié, le voisin immédiat des van Dyck, Horace Burr, lequel avait tout récemment assassiné dans son lit sa femme invalide…

L'Anglais avait alors déplié sa longue et maigre carcasse, afin de prendre le Réseau entre ses doigts indélébilement tachés. Pearce eut un frisson de fierté en voyant le détective conseil le plus respecté au monde examiner de près ses trouvailles d'amateur ; son grand front noble était maintenant plissé, et ses yeux, couleur de verre lavé, brillaient d'un éclat froid. Combien de temps l'Anglais resta-t-il dans cette posture, le visage contracté et grimaçant, Pearce n'aurait su le dire ; mais on peut déduire des événements qui suivirent que cela dut approcher la demi-heure – temps durant lequel Pearce ne quitta pas son côté, muet d'appréhension et d'espoir.

Finalement, alors que le suspense devenait presque intolérable, l'Anglais s'empara des stylos de Pearce sur son bureau, relia à grands traits certains points isolés, puis se tourna vers son hôte avec un sourire espiègle.

« C'est élémentaire, mon cher ami… vous voyez ? »

Mais, en dépit de ses efforts, Pearce ne voyait pas. Et il était profondément blessé de la désinvolture avec laquelle le détective anglais avait barré son graphique complexe et recouvert de son écriture ses notes intriquées. Devant l'expression et la tension peintes sur le visage terreux du professeur, l'Anglais posa une main consolatrice sur son épaule.

« Vos pouvoirs de détection, bien qu'impressionnants chez un amateur, ne pouvaient vous conduire à la solution, professeur, car certains liens cruciaux entre les événements vous avaient échappé. Reconnaître un démon en "Axson Mayte" était brillant ; néanmoins, pour des raisons que je ne saisis pas, et qui ont peut-être à voir avec l'idolâtrie qu'ont les Américains pour les prétentions européennes, vous n'avez pas fait la même découverte concernant le "comte English von Gneist". En fait, suivant la logique du rasoir d'Occam, ma théorie est que *ces deux hommes n'en font qu'un.* Pourquoi paraissez-vous étonné ? Le comte n'a pas été démasqué à Princeton, semble-t-il ; il a conquis toutes ces dames, et également certains gentlemen. Et votre enfant nouveau-né, que vous désignez ici par la " chose", n'est pas votre fils, je suis au regret de vous le dire, mais un rejeton du démon – ce dont il me semble que vous aviez vaguement le soupçon ? »

Pearce contempla son visiteur, muet de stupeur. Il ne semblait pas avoir entendu ses dernières paroles.

Avec détachement, comme s'il ne venait pas de percer le cœur de son hôte, l'Anglais prit les tableaux et, du culot de sa pipe, indiqua adroitement la « complexité diabolique » des multiples relations, puis montra qu'une seule ligne hardie, tracée entre A et E, supprimait tout besoin de points intermédiaires ; réduisant ainsi à néant des semaines du labeur ratiocinant de Pearce. De la même façon, poursuivit-il, un lien logique unissait les épingles des 4 juin 1906, 24 décembre 1905 et 24 février 1906 et établissait une relation triangulée (non reconnue) : car « Axson », « Annabel », « Adelaide » et « Amanda » allaient manifestement ensemble ; ainsi que « J », « JS » (Johanna Strachan) et « JS » (Josiah Slade). Et le comte English Rudolf Heinrich Gottsreich-Mueller von Gneist pouvait être relié, par la transposition de certaines lettres et figures, à plusieurs individus du Réseau d'indices, dont « WW », (Woodrow Wilson) et, malheureusement dans ce contexte, « JS » (Mme van Dyck).

Et ainsi de suite, car l'Anglais continua à « déchiffrer » l'énigme, comme l'on pourrait montrer à une personne plus lente d'esprit comment « déchiffrer » un rébus, traçant de nouvelles lignes, barrant de X certaines parties du Réseau, déchirant même l'un de ses coins et le jetant négligemment dans l'âtre. L'absence, sur le plan, de Camille, la sœur du démon, piquait sa curiosité, dit-il ; l'une des omissions de Pearce, et une omission de taille, Camille étant, sous une forme féminine, l'un des démons « les plus rapaces ». À Pearce van Dyck, atterré, l'Anglais dit : « Voyez-vous, mon ami, je connais ces créatures diaboliques depuis longtemps, ayant eu affaire à elles sur le Continent en 1889, puis de nouveau à Mous'hole, dans le Surrey, en 1893. La première affaire a été intitulée "L'Aventure de la nursery empoisonnée" par mon ancien camarade Doyle ; la seconde, "La Crinière du lion". Je me souviens très bien du comte, car lui et moi jouions volontiers au billard ensemble quand nous ne nous "combattions" pas ; il nous arrivait souvent de dîner ensemble aux frais de nos bienfaiteurs – ceux qui m'avaient engagé, et ceux, invariablement propriétaires de grandes demeures de "l'Âge doré", qui accueillaient les démons chez eux et les invitaient à leurs dîners. Voyons, laissez-moi consulter ma petite encyclopédie des généalogies pour confirmation… » L'Anglais sortit de sa poche un petit volume à couverture rouge, très usé, qu'il feuilleta rapidement jusqu'à la page qu'il cherchait ; puis, d'une voix basse et théâtrale, il lut une telle rafale de noms que le philosophe désorienté le suivit avec difficulté, tel un vieux chien essoufflé trottant derrière un jeune chien plein d'allant.

« *D'Adalbert – D'Apthorp – Château Szekeley – Grand-Duc de Bystel-Kohler – Baron Eger Frankstone – Château Gottsreich-Mueller – Maison des von Gneist de Szurdokpuspoki, Valachie. Armes : D'argent à la croix fleuronnée d'azur, chargée d'un serpent rampant et accompagnée de quatre craves de l'Ancien Monde. Au cimier, un serpent naissant rampant, partie d'or et d'azur, armé, colleté de l'un dans l'autre*. Vous voyez donc, professeur, que c'est bien ce que je soupçonnais, dit languissamment l'Anglais, tournant le regard pénétrant de ses yeux pâles vers l'Américain abasourdi. « Une affaire désagréable, certes, mais, Dieu merci, rien d'irrémédiable. Cette chose dans son berceau, au premier, doit être éliminée – et sur-le-champ. Si votre femme ne peut s'en séparer, si elle “résiste” – il vous faudra également prendre des mesures contre elle. Pourquoi me regardez-vous ainsi, professeur ? Cela vous étonne-t-il tant que cela ? Il m'est difficile de le croire, poursuivit-il, tirant sur sa pipe avec une suffisance exaspérante, car la réponse était là tout du long, dans votre ingénieux “Réseau d'indices”, même si vous ne la voyiez pas. »

L'Anglais se tourna ensuite vers la cheminée de pierre et prit le tisonnier, qu'il fit rougir quelques instants au feu, parlant maintenant avec plus de bienveillance. « De temps à autre, professeur, il est non seulement permis, mais nécessaire – votre bien-aimé Kant en serait d'accord – de “transcender” les lois purement locales. (Doyle, si je ne m'abuse, raconte que je l'ai fait en certaines occasions notables afin de prévenir de plus grands maux.) Car, après tout, le « mal » est un terme relatif : il y a celui, mineur et pragmatique, dont on se débarrasse comme on écrase une mouche, et celui, vaste, universel pourrait-on dire, qui doit être combattu par tous les moyens à notre disposition. Je n'apprends rien là au professeur de philosophie morale de réputation internationale que vous êtes, j'en suis sûr ; il semble néanmoins que vous ayez tardé à vous occuper de la situation sous votre propre toit. Car pour une raison que j'ignore il semble vous avoir échappé que votre femme, que vous souhaitiez croire "fidèle", avait été séduite dans le courant du printemps dernier par un agent du Malin ; et qu'un syllogisme irréfutable se présente ici, entre les murs de votre demeure ancestrale. À savoir : le mal doit être vaincu ; le mal demeure ici, dans son berceau de la nursery ; donc il n'est d'autre solution possible que de procéder, avec la plus grande promptitude, à son *éradication.* »

Les yeux dilatés et papillotants, Pearce van Dyck dévisagea son hôte et, l'espace de quelques secondes, demeura d'une immobilité de pierre. Puis, avec des gestes saccadés, il ôta ses lunettes pour en essuyer les verres humides. À une ou deux reprises, il parut sur le point de parler, car ses lèvres exsangues frémirent ; mais aucun mot ne s'en échappa. Respectant son émotion, « Sherlock Holmes » laissa le malheureux homme ruminer en silence.

Dans l'intervalle le tisonnier continuait de chauffer, devenant par degrés d'un rouge, puis d'un blanc *incandescent* et émettant une lumière surnaturelle.

Quand il le jugea prêt, l'Anglais l'empoigna avec vigueur et le passa à Pearce van Dyck, qui vacilla légèrement, le tisonnier étant apparemment plus lourd qu'il ne l'avait prévu. L'Anglais le conduisit ensuite au bas de l'escalier, avec une cordialité fraternelle que l'on n'aurait pas attendue de son alter ego imaginaire, plus distant. « Je suis certain qu'en cet instant, professeur, vous vous rappelez l'un des derniers livres de la *République,* où il est estimé que c'est de trois fois trois au carré, puis au cube, que le "tyran" est *plus malheureux* que le roi philosophe de Platon : soit sept cent vingt-neuf fois. Vous vous rendez compte ! Platon était le plus brillant des philosophes, à moins qu'il n'ait été carrément fou, comme tant de ses successeurs. Il n'empêche, l'acte courageux que vous vous préparez à accomplir contre cette chose sous votre toit, cette chose qui tète le sein de votre femme et qui ose prétendre au nom de *Pearce van Dyck junior*, vous vaudra dans l'avenir de connaître trois fois trois au carré, et au cube, plus de *joie* que vous n'en auriez connu autrement – en étant le quasi-père de l'Horreur, disons. Par conséquent, allez-y ! Sus à la nursery, et au lit conjugal ! »

Tisonnier incandescent haut brandi, tel un sceptre de roi, Pearce van Dyck monta donc l'escalier mal éclairé vers ce qui l'attendait au premier étage.

3.

Cela ne fait pas très mal. La douleur est supportable. Rassemble ton courage, Johanna ! Et ne résiste pas, car cela ne fera qu'accroître sa colère.

Un murmure rauque tira Johanna de son sommeil, semblant monter des ombres qui cernaient le canapé où elle dormait, se confondant avec le vent quinteux qui secouait les vitres.

Tu sais que je suis une sœur pour toi, Johanna. Je ne chercherais pas à te tromper. Ne résiste pas comme je l'ai fait, je te le conseille. Leur colère s'accroît quand on s'oppose à leur volonté. Et alors, tu souffriras – comme j'ai souffert.

Johanna était dans la nursery où, après avoir allaité et dorloté son bébé, elle s'était endormie sur un canapé, dont les coussins lui endolorissaient le cou et le bas du dos. Elle crut d'abord entendre les gazouillis de son enfant, puis se rendit compte que les murmures avaient une autre source ; car l'enfant dormait profondément dans son berceau.

« Pearce ? C'est toi ? »

Johanna scruta l'obscurité du côté de la porte, ouverte sur la chambre à coucher où elle dormait d'ordinaire ; l'autre porte, donnant dans le couloir, semblait fermée.

Au bout du couloir, dans la partie de la maison réservée aux domestiques, la jeune fille de couleur qui s'occupait de « Bébé » dormait ; car Johanna ne pouvait supporter qu'un tiers s'interpose entre son enfant et elle. Il lui semblait essentiel que le premier visage qu'il voie en se réveillant fût celui de sa mère.

« *C'est toi ?* Mais où es-tu… »

Elle se trompait, apparemment : Pearce n'était pas dans la nursery.

Sans doute était-il au rez-de-chaussée, dans son bureau. Il avait engagé Johanna et Josiah à aller se coucher en prétextant avoir encore à travailler, « juste quelques minutes » ; mais Johanna était certaine que son Réseau d'indices avait dû l'occuper pendant des heures, et qu'il s'était sans doute endormi sur le canapé de la pièce.

À la hâte, les doigts tremblants, elle frotta une allumette pour allumer la lampe ; elle vit alors distinctement que le bébé dormait bel et bien dans son berceau ; car quand il dormait, il dormait profondément ; et quand il se réveillait, c'était souvent en braillant à vous fendre les oreilles.

Cela ne fait pas très mal. Je ne chercherais pas à te tromper, ma chère sœur. Tu ne dois pas résister, voilà l'essentiel. Car avec la chute d'Ève nous avons péché. Et nous récoltons aujourd'hui ce que nous avons semé, sous la coupe de nos maîtres.

Ces mots étrangement calmes semblaient monter des ombres mêmes de la nursery. Johanna se savait pourtant seule dans la pièce avec le bébé. Tremblante, elle régla la mèche de la lampe à pétrole, se leva et regarda avec inquiétude autour d'elle.

De vieux contes absurdes disaient Quatre Face hanté. La maison avait servi de halte sur le parcours du Chemin de fer clandestin en Pennsylvanie, du moins le prétendait-on ; et une vilaine histoire, assez confuse, parlait d'esclaves nègres attirés dans la maison, cachés dans un tunnel humide derrière la cheminée, puis dénoncés par le maître des lieux à des chasseurs d'esclaves, qui les avaient ramenés, enchaînés, à leurs propriétaires sudistes.

Quelle terrible histoire, Pearce ! Se peut-il qu'elle soit vraie ? Que ton arrière-grand-père ait pu traiter de la sorte des gens sans défense ?

Piqué par la remarque de Johanna, Pearce avait répliqué *Oui, et pourquoi pas ? Qui sait si ton grand-père n'a pas fait la même chose, lui aussi ?*

Malgré tout, Johanna ne croyait pas aux fantômes. Il n'y avait personne d'autre dans la chambre que le bébé et elle.

Depuis que son mari l'avait envoyée à Quatre Face, Johanna avait sombré dans une mélancolie tenace ; cet abattement et ce manque d'énergie n'étaient pas dans sa nature, mais l'isolement de la maison et son état la déprimaient ; la seule chose qui retenait son attention était le bébé, et la lecture, décousue, souvent interrompue, des livres qu'elle avait apportés de Princeton, des semaines auparavant. *Imaginer des choses* ne lui ressemblait pas ; elle n'était pas une invalide nerveuse, comme cette pauvre Adelaide Burr et tant d'autres Princetoniennes ; à Quatre Face, pourtant, elle était assaillie de toutes sortes de peurs sans fondement et, surtout, du sentiment que son mari et leur mariage allaient terriblement mal.

Depuis un an, Pearce avait en effet radicalement changé. Son ancien humour à froid avait quasiment disparu, remplacé par une irascibilité imprévisible ; parfois, une flamme jaune s'allumait dans son regard, comme s'il la haïssait. (Johanna ne l'aurait confié à personne, pas même à une sœur : son mari la haïssait !) Et il était évident qu'il haïssait, redoutait et méprisait leur petit enfant innocent, à qui il ne pouvait se résoudre à donner un nom.

Johanna regarda avec tendresse l'enfant endormi. Dans son sommeil, il semblait si petit ! Si parfaitement vulnérable.

« Tu ne sauras rien de tout cela, j'espère. Tout ce qui t'entoure aujourd'hui – tout ce qui a abouti à *toi* te sera aussi inconnu que le sont pour nous les immenses galaxies qui nous entourent. »

Le berceau où dormait l'enfant était un héritage de famille – de la famille Strachan. Un treillis blanc sur un solide cadre en bois de pin, garni de satin blanc et de rubans. Un beau berceau, et cependant, en le voyant, Pearce avait eu un mouvement de recul et dit, avec un petit rire sardonique : « On croirait un *cercueil.* C'est inacceptable. »

Mais Johanna avait insisté. Le berceau était resté.

Pieds nus dans sa longue chemise de nuit de flanelle, les cheveux répandus sur les épaules, Johanna fouillait la pièce du regard avec un sentiment de malaise ; puis, par hasard, elle vit, à l'autre bout de la pièce, une silhouette assise, ou étendue dans une méridienne ; au même instant, elle entendit de nouveau ces mots, murmurés d'une voix basse et pressante : *Cela ne fait pas très mal. Il est vain de résister. Il se mettra en colère si tu résistes. Je ne chercherais pas à te tromper, ma chère sœur !*

Johanna regarda, s'efforçant de ne pas hurler ; car malgré son affolement elle ne voulait pas réveiller et effrayer l'enfant endormi.

Était-ce possible ?... Cette silhouette indistincte était celle d'*Adelaide Burr.*

La pauvre femme tendait vers Johanna ses bras nus, couverts de sang, levait vers elle son visage livide, ensanglanté, avec une expression d'angoisse suppliante ; ses yeux étaient mouillés de larmes, et… d'horribles plaies sanglantes à l'endroit où avaient été ses petits seins menus…

Ne te détourne pas, Johanna. Je suis ta sœur, je t'attends. Ne me laisse pas seule ici…

Johanna se détourna ; aveuglée par la terreur, elle heurta le berceau et réveilla le bébé ; la silhouette de sa vieille amie Adelaide Burr sembla miroiter et s'évanouir, comme par déception ou par reproche ; car Johanna, lâchement, n'avait pu se résoudre à parler à Adelaide, qui l'implorait si désespérément. Car nous redoutons – avec sagesse, je crois –, si nous parlons une seule fois aux morts, que dans leur terrible solitude ils ne s'accrochent à nous et ne quittent plus jamais notre côté.

Et puis, Johanna prit son inspiration pour hurler, car elle ne pouvait s'en empêcher ; et elle aurait appelé à l'aide de toute la force de ses poumons si l'apparition n'avait disparu ; Johanna venait en effet de se redresser en sursaut dans l'obscurité, ne se réveillant qu'en cet instant de son cauchemar.

Car la lampe n'était pas allumée, finalement. Elle s'était assoupie sur le canapé de la nursery, qui, trop petit et trop exigu pour qu'on y dorme convenablement, lui endolorissait le cou et le dos. Elle avait rêvé tout ce qui avait précédé.

Pour de bon cette fois, les mains tremblantes, Johanna alluma la lampe, qui répandit une forte odeur de pétrole, comme si elle avait été remplie à ras bord ; elle vit alors avec soulagement que la pièce était vide – et qu'il n'y avait rien sur la méridienne, excepté des couches pour bébé, une couverture et de moelleuses serviettes blanches, soigneusement pliées.

C'était là l'origine du cauchemar, se dit Johanna : une illusion d'optique qu'elle avait eue, on ne sait comment, malgré ses yeux fermés.

Et le bébé ne s'était pas réveillé non plus... Miraculeusement, semblait-il, il dormait toujours paisiblement.

JOHANNA ÉTAIT CEPENDANT si agitée qu'elle jugea inutile de chercher à se rendormir ; si bien que, lorsque Pearce entra dans la nursery un peu plus tard, vers 3 heures du matin, Johanna était enveloppée dans un édredon et allongée sur le canapé, près du berceau ; en dépit la faible lumière de la lampe, elle parvenait à déchiffrer la prose épineuse de M. Henry James, son ancien auteur préféré des bibliothèques de prêt avec *Daisy Miller* et *Portrait de femme* ; mais à présent Johanna lisait, ou tentait de lire *La Coupe d'or*, un roman long et ardu dont elle avait atteint la deux centième page – sans savoir encore quelle en était *l'histoire*. Il lui parut étrange que son mari entre dans cette chambre d'enfant, qu'il évitait durant la journée, mais elle était déterminée à lui faire bon accueil, si peu orthodoxe que fût l'heure – « Pearce ? C'est toi ? Tu vas enfin te coucher ? » Mais ses yeux s'écarquillèrent quand elle vit son mari marcher sur elle avec un air farouche, tenant à la main une sorte de barre de fer – un tisonnier ? – dont l'extrémité rougeoyait, comme si elle venait d'être retirée du feu.

Le doux Pearce van Dyck, transformé en cet individu meurtrier au visage grimaçant ; le crâne difforme sous quelques mèches de cheveux noirs, mouillées de fièvre ; un sourire cruel de gargouille plaqué sur les lèvres. Pourquoi s'avançait-il ainsi vers le berceau ? Dans lequel dormait leur enfant ? Le tisonnier levé, prêt à être abattu avec rage ?

Dans les yeux de son mari, une flamme jaune topaze.

« N'essaie pas de m'arrêter, Johanna. C'est un acte qui est prédit. »

Johanna bondit sur son mari et tenta de lui arracher le tisonnier. Mais quelle force animait Pearce, quelle fureur ! La chaleur du tisonnier toucha sa peau, la peau même de son visage et les cils de ses yeux ; alors seulement la femme terrifiée se mit à hurler.

4

Dans une chambre voisine, Josiah Slade était déjà réveillé ; ou plutôt il avait à peine dormi depuis qu'il avait quitté Johanna van Dyck, quelques heures plus tôt. Le matelas inconfortable, l'étrange odeur âcre, pareille à une odeur de tombeau, sous-jacente au parfum enivrant du lilas ; des éclaboussures de lune dansant au plafond comme des reflets dans l'eau ; un murmure de voix tout proche, au rez-de-chaussée, alors qu'il savait que la maison était plongée dans l'obscurité et qu'il ne pouvait y avoir personne – tout cela avait empêché Josiah de dormir, même du sommeil tourmenté et agité qui lui était ordinaire.

Et puis, brusquement, il y eut les cris de Johanna.

Josiah quitta son lit d'un bond et se rua vers la nursery.

Sachant d'instinct que quelque chose de terrible se préparait, qu'il devait empêcher. *Vite ! vite ! Leurs vies dépendent de toi, Josiah* – pour une fois, la voix n'était pas celle d'un démon.

Dans la nursery, à la lueur de la lampe, Josiah vit deux silhouettes en train de s'affronter, dont l'une armée d'un tisonnier ; sans perdre de temps à analyser ce spectacle étonnant, Josiah empoigna le dément et lui arracha le tisonnier, qui lui brûla les mains ; débordant de force juvénile, il jeta l'homme à terre – ne s'apercevant qu'alors qu'il s'agissait de son ami et ancien professeur Pearce van Dyck.

« Je rêve ! Cela ne peut pas être… »

La voix entrecoupée de sanglots, Johanna lui expliqua alors confusément ce qui s'était passé, ou avait failli se passer ; le bébé s'était réveillé et gémissait dans son berceau, comme s'il avait une perception adulte de la terreur.

Pearce van Dyck gisait sur le sol, tremblant de tous ses membres. Son visage, déformé par une rage simiesque un instant auparavant, était maintenant relâché et flasque ; un gémissement rauque s'échappait de sa gorge, comme si des épines et des chardons y entravaient sa respiration. Josiah se pencha sur lui pour défaire le col de sa chemise ; mais le choc violent qu'il avait reçu à la tête quand Josiah l'avait précipité à terre, ou l'intensité de la rage qui l'avait poussé à son acte désespéré, avait obstrué son cœur ou une grosse artère de son cerveau et, quelques minutes plus tard, en dépit des efforts de Josiah, le Dr van Dyck cessa de respirer, sombrant, sans plus d'agitation ni d'alarme, dans un état comateux et, quelques heures plus tard, dans la Mort.

À quelques pas de lui, le tisonnier meurtrier refroidissait, inoffensif.

« Trompette des anges » : l'explication

Les historiens ont passé sous silence la « tentative d'infanticide » et l'« effondrement psychotique » de Quatre Face, comme s'ils n'avaient pas de rapport direct avec la Malédiction ; comme si la région de Raven Rock, Pennsylvanie, où ils s'étaient produits était trop éloignée de Princeton pour qu'on les prît en considération.

Pourtant la tragédie des van Dyck nous livre un fait d'un intérêt capital pour notre histoire.

Même si tout le monde considéra que Josiah Slade avait sauvé la vie de l'enfant ainsi que celle de sa mère, il va sans dire que le jeune homme en conçut une culpabilité torturante, qui accrut encore son abattement et son désespoir.

Car son ancien professeur avait eu de l'affection pour lui ; il lui avait fait confiance, l'avait accueilli chez lui et, avant cet accès bizarre de folie homicide, il avait vu juste sur la question de la Malédiction ; avec un héroïsme sans bornes, le pauvre homme n'avait-il pas conçu un Réseau d'indices reliant entre eux des événements disparates et des individus divers ? Pearce s'était beaucoup confié à Josiah ; davantage qu'à quiconque ; car il s'était fié à lui comme à un fils.

« Et maintenant il est mort, et je suis totalement seul. D'étudiant admiratif, je suis devenu son exécuteur. »

(JOSIAH GARDERAIT CEPENDANT de son acte désespéré un unique souvenir encourageant : celui de la voix familière qui l'avait exhorté à courir jusqu'à la nursery – *Leurs vies dépendent de toi, Josiah.* Une voix qui n'était pas celle d'un démon, mais celle de sa sœur chérie, Annabel, qu'il n'avait plus entendue depuis sa mort.)

« TU NE L'AS PAS "TUÉ" – tu protégeais les autres. »

Et : « Ce n'était pas un acte délibéré de ta part, mais un acte désintéressé, courageux, héroïque. »

Et : « Le bébé de Johanna van Dyck te doit la vie, tout comme Johanna. Cela, tu dois l'admettre. »

Voilà ce qu'on disait à Josiah. Mais il ne le croyait pas.

Sa conscience ne fut pas davantage apaisée quand l'« effondrement psychotique » du professeur reçut une explication, peu après l'enterrement. Et ce, grâce à une visite fortuite de Mme Prudence Burr, venue aider la famille de Johanna dans ce moment douloureux.

La vieille Mme Prudence Burr se rendit à Quatre Face pour aider Johanna à préparer son retour à Princeton ; comme d'autres, elle fut stupéfaite et effarée par le « fouillis insondable » régnant dans le bureau du professeur, lequel, tout le monde en convenait, avait été un homme plutôt ordonné, qui dans son bureau de l'université comme dans celui de sa maison de Hodge Road rangeait méthodiquement ses livres par ordre alphabétique et les laissait rarement traîner sur une table. À Quatre Face, cependant, telle une preuve muette de sa folie, s'accumulaient un fatras de grands graphiques ou de diagrammes peu maniables – un « Réseau d'indices » (?) –, et quantité de carnets et de feuilles volantes, dont beaucoup étaient éparpillés sur le sol. Mme Burr et sa servante de couleur découvrirent une dizaine de pages de diagrammes analysant les histoires de A. Conan Doyle, où l'on reconnaissait l'écriture en pattes de mouche du professeur.

Mais la découverte la plus révélatrice fut celle de fleurs pressées d'apparence innocente, glissées entre les pages d'un exemplaire de l'*Éthique* de Spinoza, qui était posé sur le bureau du professeur, au-dessous du Réseau d'indices ; Mme Burr ouvrit le livre, vit le marque-page, se pencha pour respirer les « fleurs pressées » et repoussa vivement le tout, comme si elle avait affaire à un insecte venimeux.

« Quelle tragédie ! Pearce a dû prendre cela pour des “fleurs” – des lys séchés peut-être. En fait, cette chose puante est une “trompette des anges” – une cousine toxique du datura et l'une des plus mortelles des “fleurs des champs”. »

La trompette des anges était si toxique, même desséchée, que, consommés, ses fruits et ses graines provoquaient chez l'être humain des symptômes tels que fièvre, dilatation des pupilles, confusion, délire et convulsions, et parfois même la mort. Si le professeur van Dyck avait respiré quotidiennement, des heures et des mois durant, l'odeur faible mais persistante de son « marque-page », il était plausible que son cerveau se fût progressivement détérioré jusqu'à déclencher suspicion et rage paranoïaques.

L'astucieuse Mme Burr, qui avait plus de soixante-dix-huit ans, eut le bon sens pratique de faire « emballer soigneusement » le marque-page toxique dans plusieurs épaisseurs de papier journal afin de le rapporter à Princeton et de le remettre aux enquêteurs.

Quand Josiah apprit cette nouvelle, son sentiment de culpabilité flamba de plus belle.

Une plante toxique ! Et non un lys calla, trouvé sur le sol, brisé et froissé, dans l'ancien domaine Craven !

Et ne vas-tu pas te dénoncer railla une voix, grave et nasale comme celle d'Axson Mayte soi-même. *Ne vas-tu pas révéler comment cette trompette des anges est arrivée dans le bureau du professeur ?*

« Armageddon »

« Est-ce possible ? Si *tôt* ? »

En apprenant ces nouvelles troublantes – (les incidents « horribles » et « inexplicables » qui frappaient certaines des plus grandes familles de Princeton) – Upton Sinclair en vint à se demander si la bataille d'Armageddon n'était pas plus imminente que les prophètes socialistes ne le pensaient. Et si, à demeurer aussi près du centre manifeste de la Malédiction, sa femme, son fils et lui n'étaient pas en danger.

« Qui aurait imaginé cela : le Démon du Jersey frayant dans l'oasis paisible de Princeton ! »

En dépit de son ton léger, Upton ne plaisantait qu'à demi. Il ne pouvait s'empêcher de penser les tourments des très riches mérités, et justifiés, d'un point de vue historique ; il doutait néanmoins qu'ils fussent attribuables à une source surnaturelle.

Et pourtant, il semblait bel et bien qu'il y eût une sorte de changement cataclysmique dans l'air, même dans le New Jersey rural.

« Car vois-tu, Meta, dit-il avec excitation, un soir où sa femme s'affairait dans la cuisine et s'occupait du petit David, assis dans sa chaise haute, il y a eu cinquante mille votes socialistes aux dernières élections de Chicago ; douze mille commandes ont été passées en une seule journée lorsque *La Jungle* a paru sous forme de livre ; à Princeton, une dalle commémorative honore la mémoire de “Maman Jones” et des enfants des filatures ; et il est évident que c’est grâce à mon article sur “La croisade des enfants” que *The Nation* a vendu tous les exemplaires de son numéro de mai ![1]

« Ajoute à cela les “tragédies” qui frappent les vieilles familles princetoniennes – les Slade, van Dyck, Burr – et peut-être d’autres encore –, et il n’est pas déraisonnable de soupçonner qu’il y a là plus que de simples coïncidences, tu ne crois pas ? Selon Kropotkine, rien dans l’histoire n’est “le fruit du hasard”. »

Pris d’une soudaine euphorie, Upton saisit par les deux bras sa femme étonnée alors que, une cuillère à la main, elle faisait manger de la purée de navet au petit David. « Il semble évident... que nous vivons les “Derniers jours du capitalisme”, proclama-t-il avec excitation, l’âme de l’homme opprimé brise ses chaînes pour se soulever contre le “Juggernaut de la Cupidité” – et *pour se venger où il veut.* Et cela arrive des années

1. Upton Sinclair fait référence à la marche des enfants grévistes des filatures de l’est de la Pennsylvanie, organisée par la syndicaliste Mary Harris Jones. Ces enfants, dont certains avaient à peine neuf ans, et dont beaucoup avaient perdu des doigts et des orteils, ou subi d’autres blessures du fait de leurs conditions de travail, « marchèrent » de Philadelphie à Oyster Bay, Long Island, où se trouvait la demeure privée de Theodore Roosevelt. Bien que qualifiée d’« invasion anarchiste » par la presse, cette manifestation fit connaître le sort des enfants travaillant dans les fabriques de soie et les mines. Ils faisaient grève pour obtenir une semaine de travail de cinquante-cinq heures. Dans son hôtel particulier d’Oyster Bay, Roosevelt refusa de recevoir « Maman Jones » et ces centaines d’enfants en haillons, manifestement épuisés. Un juge de Pennsylvanie statua contre les enfants grévistes. « Vous êtes en grève contre Dieu. »

avant nos prophéties, à quelques kilomètres à peine de la petite cabane de rondins dans laquelle “Upton Sinclair” a écrit *La Jungle*. Peut-on imaginer quelque chose de plus stupéfiant et de plus miraculeux ? »

Meta se dégagea avec douceur de l’étreinte de son mari et, reprenant sa tâche maternelle, murmura seulement : « Oui. Un miracle. »

Quatrième Partie

La Malédiction exorcisée

Printemps froid

« Pauvre enfant innocente ! Elle est au nombre des anges, à présent. »

Dans le cimetière de Princeton, un matin de la mi-mai exceptionnellement froid pour la saison, la famille Slade en deuil se réunit une nouvelle fois pour enterrer l'un des siens : dans un cercueil de nacre d'à peine un mètre vingt de long, poignant par sa petitesse même.

« Elle est parmi les anges, à présent.

– Elle est auprès de sa cousine bien-aimée… »

C'était la mort de la petite Oriana Slade, âgée de neuf ans, que pleuraient les Slade et beaucoup d'autres. Une mort bouleversante et inattendue – apparemment accidentelle.

Le petit cadavre d'Oriana, pesant à peine vingt-huit kilos, avait été découvert, non dans son lit de Wheatsheaf où sa mère l'avait bordée comme à l'ordinaire, mais hors de la maison, dans une chemise de nuit de coton sale et déchirée, sous un tulipier en fleur se trouvant *de l'autre côté du mur nord-est de la propriété.*

Le corps de l'enfant était meurtri et brisé, comme si elle était tombée ou avait été précipitée d'une bien plus grande hauteur que le mètre quatre-vingts du mur de pierres sèches.

Le faîte du toit de Wheatsheaf ? Était-ce possible ?

Néanmoins, comme l'attestèrent tous ceux qui la virent, la petite fille ne semblait pas avoir souffert à l'instant de sa mort. Elle avait la bouche et les yeux entrouverts, une expression plus étonnée, voire sereine, qu'effrayée ou angoissée.

Personne ne put expliquer comment Oriana, qui n'avait jamais désobéi à ses parents ni à sa nounou, était parvenue à se glisser hors de sa chambre en pleine nuit ; comment elle avait pu grimper aussi haut, pieds nus et vêtue seulement d'une chemise de nuit de coton ; *comment*, en effet, et *pourquoi* ?

Stupéfié par la mort de sa sœur, dont il ne semblait pas encore saisir la réalité, Todd affirma qu'Oriana lui avait souvent parlé de ses « rêves d'Annabel » ; et du « privilège du ciel » (une expression insolite dans la bouche d'une enfant de neuf ans, et dont je douterais si elle n'était citée à plusieurs reprises dans les rapports d'enquête) ; et du jour où elle « s'envolerait » toute seule pour le « pays de glace, dans le Nord », où Annabel demeurait maintenant. L'art de voler lui était enseigné, avait-elle raconté à Todd quand aucun adulte n'était à portée de voix, par une très jolie dame aux cheveux d'argent et aux « yeux perçants ». Todd avait ri de ces bêtises, car il ne prenait pas sa petite sœur au sérieux ; il avait déjà assez de mal à prendre au sérieux ses *propres bêtises*, comme il le dit gaiement.

(Car Todd fut d'une gaieté malséante, frisant parfois la griserie, dans les jours qui suivirent la mort de sa sœur. Mais il pouvait aussi se murer dans un silence de pierre, l'œil sec et le visage inexpressif.)

Un jour, déclara-t-il, il avait tenté de parler à sa mère des rêves de « vol » d'Oriana, mais, distraite, elle n'avait pas paru entendre.

Il avait essayé une autre fois, mais sa mère lui avait alors dit d'un ton grondeur que sa sœur et lui devaient cesser leurs « rapportages ».

Autour de la tombe, qui était le mausolée de la famille Slade, taillé dans le granit et le grès, agrémenté d'un portique en marbre italien, une soudaine averse de pluie, fine et froide, resserra le cortège ; les uns et les autres échangèrent du mieux qu'ils le pouvaient les formules lénifiantes et banales de commisération et de condoléances ; même si, pour ceux chez qui le chagrin se doublait d'une sorte de terreur, il y avait fort peu à dire. Assurément, les affirmations de Pearce van Dyck n'avaient pas été exagérées : une Malédiction pesait sur la ville, et même les plus innocents, même une enfant de neuf ans, n'étaient pas épargnés.

Le révérend Nathaniel FitzRandolph, qui avait beaucoup vieilli pendant l'hiver, dirigea les prières habituelles, ajoutant, avec un optimisme forcé, que si la chère petite Oriana avait vraiment imaginé pouvoir voler, c'était au ciel qu'elle avait dû s'envoler.

Près de lui, Todd Slade pressa ses poings contre sa bouche pour réprimer une crise de fou rire.

Ses parents contemplaient le petit cercueil blanc comme s'il y avait là une énigme qu'ils ne pouvaient résoudre. Le visage de Copplestone, un visage de jouisseur vieillissant, était flasque et bouffi ; des capillaires éclatés rougissaient son gros nez ; ses petits yeux, d'un gris verdâtre, semblaient exprimer une irritation grincheuse, dirigée principalement contre sa femme ; car, disait-on, il la tenait responsable de la mort de leur fille et ne lui pardonnerait jamais. Lenora passait son temps à se « baguenauder » en ville dans leur nouvelle Pierce-Arrow, conduite par un « Nègre effronté », qu'elle avait « déguisé en pingouin » ; elle « fricotait » avec des invalides, des nécessiteux, et des comités de dames qui s'amusaient à restaurer de vieilles ruines ou à expédier de vieux vêtements « que personne ne voulait ni ne demandait » dans des « trous perdus » tels que l'Éthiopie.

(Terrassée de chagrin, Lenora ne disait rien ; elle ne se défendrait pas, du moins pas dans ce moment-là ; mais elle confiait à sa belle-sœur Henrietta qu'elle désespérait souvent de l'avenir – de la façon dont cela pourrait « finir » un jour entre Copplestone et elle. « Il n'a rien de commun avec son père, Winslow, ni avec la plupart des Slade – qui sont des gens bons.

« Dieu me pardonne, mais je me demande si ce n'est pas pour échapper à son père tyrannique que notre pauvre fille a cherché à "s'envoler". »)

Les parents endeuillés se tenaient un peu à l'écart du gros du cortège, directement en face du révérend FitzRandolph. Il serait noté par certains que, de toute la cérémonie, ils ne se toucheraient ni ne se regarderaient pas une seule fois.

Il serait noté plus généralement que *tout le West End de Princeton* était présent, tous ceux qui n'avaient pas été invités à l'enterrement d'Annabel, quelques mois auparavant.

(À savoir : les Burr, Sparhawk, Armour, Strachan, FitzRandolph, van Dyck, Biddle, Bayard, Washburn – pour ne nommer que quelques-unes des familles les plus éminentes.)

(Il y avait naturellement quelques absences notables. Horace Burr et Pearce van Dyck, pour n'en citer que deux ; et Wilhelmina Burr, qui avait préféré s'abstenir pour des raisons personnelles.)

Étant donné la part qu'il avait prise dans la mort de son ancien professeur, Pearce van Dyck, et les nombreux bruits qui avaient couru sur cet incident, Josiah Slade avait conscience que tout Princeton l'observait et le jugeait. Son « innocence » aux yeux de la loi avait été officiellement reconnue. Et Johanna van Dyck – drapée de lin noir pour l'occasion, coiffée d'un chapeau à large bord et à voilette noire, entourée des membres austères de sa famille Strachan – proclamait partout qu'il avait héroïquement « sauvé la vie » du bébé et la sienne. Pourtant, même à New York, où son âme inquiète le conduisait, Josiah s'imaginait parfois observé par des inconnus. *Et où peux-tu fuir, et où te cacher ? Tu portes la marque de Caïn sur ton front, meurtrier de qui avait placé sa confiance en toi.*

De façon inattendue, après des mois d'abattement et de mélancolie, Josiah commençait à se montrer irritable, irascible et, surtout, enclin à se quereller avec son père, Augustus. Ayant lu tous les écrits d'Upton Sinclair sur lesquels il pouvait mettre la main – l'écrivain passait pour habiter dans la région de Princeton, et Josiah était impatient de le rencontrer – ainsi que *The Shame of the Cities* de Lincoln Steffen et des romans de Frank Norris et de Theodore Dreiser, Josiah avait étonné sa famille en s'opposant à son père sur le sujet de *La Jungle,* contestant la véracité de la réponse que J. Ogden Armour avait fait paraître dans le *Saturday Evening Post* ; et la bonne foi de la majorité des hommes d'affaires, qui niaient avec colère les accusations des « remueurs de boue ».

Augustus réagit avec dignité – dans un premier temps ; devant l'insistance de son fils, qui osa apporter à la table du dîner, puis lire à haute voix les passages les plus révoltants de *La Jungle* et des romans de Norris, Augustus riposta, comme s'il était personnellement attaqué : « Assez, Josiah. Ces hommes sont des socialistes et des anarchistes – on ne peut pas se fier à leurs dires ! Des libres penseurs, des suffragettes, des athées – qui veulent renverser notre civilisation et la mettre à feu et à sang. Comment peux-tu choisir de bouleverser ta mère, ton grand-père et *moi*, dans un pareil moment ?

– Y en a-t-il de meilleur, père ? Si le monde se soulève, que pouvons-nous faire d'autre que nous soulever avec lui ?

– Si tu savais ce que tu dis, Josiah, tu ne tiendrais pas des propos aussi irresponsables.

– Si tu savais ce que tu dis, père, tu ne tiendrais pas des propos aussi irresponsables. »

Agité à présent, une rougeur au visage, Augustus dit, d'un ton de colère qui ne lui ressemblait pas : « J'ai du mal à croire que c'est toi, l'un de mes fils et un petit-fils de Winslow Slade, qui parle de la sorte… et non un esprit malin qui s'est insinué dans ton cœur. »

Un esprit malin ! Cette remarque injuste fit taire Josiah, qui quitta la salle à manger en murmurant une excuse. Il laissait à sa place sur la table une assiette de rosbif des abattoirs de M. Armour, à laquelle il n'avait pas touché.

À présent, droit et raide, Josiah se tenait devant le mausolée de la famille Slade, sur la tombe d'Oriana. Il était parvenu à éviter ses parents et s'était placé entre sa tante Lenora en pleurs, et son grand-père Winslow, qui s'appuyait sur son bras ; légèrement d'abord, puis de plus en plus lourdement. Un ronronnement de prières engourdissait son esprit. Josiah aurait voulu tous les secouer en demandant qui parmi eux croyait, ne fût-ce qu'un fragment de seconde, que sa petite-cousine Oriana était parmi les « anges » du ciel ; qui parmi eux n'était pas convaincu qu'elle avait été victime de la Malédiction familiale, comme eux-mêmes le seraient aussi un jour.

L'une de ses voix susurra sournoisement *Si Annabel est morte, pourquoi pas Oriana ? Cela rétablit un équilibre entre Crosswicks et Wheatsheaf, et maintenant il ne reste plus que Josiah et Todd.*

Bien que rationaliste et persuadé que « l'histoire » est une affaire de recherche scientifique, Josiah avait trouvé très convaincants les arguments du professeur Pearce van Dyck en faveur de la Malédiction. Il ne pouvait concevoir qu'un véritable démon fût entré dans l'âme de Pearce, mais il lui semblait plausible que le professeur de philosophie eût été empoisonné par la trompette des anges négligemment pressée entre les pages d'un livre ; il n'avait avoué à personne avoir donné lui-même cette plante toxique à son ami, croyant à tort qu'il s'agissait d'un lys calla – ou plus exactement d'un lys calla fantôme.

Le médecin légiste du comté de Mercer avait découvert que, effectivement, une partie du cortex cérébral de Pearce van Dyck était visiblement détériorée, pour une raison qu'il n'avait pu déterminer. Il n'avait pas tranché en faveur de la trompette des anges, mais il ne l'avait pas écartée non plus.

Il n'était pas non plus possible de penser qu'un « démon » s'était introduit dans l'esprit dérangé de Horace Burr, interné à présent dans l'hôpital Otterholme pour aliénés criminels de Summit, dans le New Jersey, où il était soumis à la cure d'hydrothérapie controversée du Dr Thornhurst[1]. On disait Horace Burr quasi méconnaissable. (Un signe de la folie de Horace Burr est que, peu après son arrestation, ses aveux et

1. La cure hydrothérapique Thornhurst pour les invalides nerveux, du nom du grand physicien Silas Thornhurst, de la faculté de médecine de Harvard, était l'une des nombreuses « hydrothérapies » de l'époque. Le patient était attaché sur un siège d'une solidité éprouvée, une attention toute particulière étant portée aux lanières de cuir (enrobées d'ouate pour prévenir les blessures) qui immobilisaient tête, torse et jambes ; on « précipitait » alors une grande quantité d'eau froide sur la tête du patient, d'une hauteur d'environ deux mètres, par le moyen de plusieurs tuyaux ou conduits. Pour éviter la noyade accidentelle, l'avalement de la langue ou une rupture des cordes vocales due à des cris excessifs, un tissu ou une éponge propres étaient toujours placés dans la bouche ; toutes les précautions étaient prises et, après quelques heures de traitement, le patient était transporté aussitôt dans une chambre, et couché dans un lit chaud où il dormait d'un sommeil ininterrompu pouvant aller jusqu'à douze heures. Si Horace Burr mourut d'une attaque en 1911, toujours interné à Otterholme, on estime généralement que le traitement Thornhurst l'avait guéri de ses divagations délirantes, car les rapports le disent « docile, très silencieux et très paisible » dans la dernière année de sa vie.

son internement à Otterholme, il se mit à modifier son récit : il avait certes assassiné Adelaide pour « abréger ses souffrances », mais s'il l'avait fait, c'était sur l'insistance de Mlle Wilhelmina Burr, l'une de ses jeunes parentes. Dans cette histoire fantastique, Horace Burr accusait la *tentatrice bas-bleu* d'être la véritable cause du meurtre, car elle lui avait fait « miroiter l'espoir que nous pourrions nous marier un jour – si j'étais libre ». Plus alarmant encore, et plus écœurant aux yeux de Josiah, beaucoup de Princetoniens en venaient à ajouter foi aux calomnies du dément ; et Wilhelmina Burr avait même été interrogée par la police, à sa grande honte.)

En lisière des familles du West End réunies autour de la tombe se tenait un couple étrange : le corpulent Grover Cleveland, épaules affaissées et tête courbée, si obèse que son cou se répandait par-dessus son col ; et Frances Cleveland, outrageusement maquillée, yeux soulignés de « khôl » et bouche écarlate, vêtue avec une extrême élégance pour une occasion aussi lugubre. Le bruit avait couru que M. Cleveland était toujours « souffrant » ; quoique prenant comme à son ordinaire un énorme repas matinal, et un repas du soir encore plus énorme, il passait pour avoir « peu d'appétit » au déjeuner et s'endormait souvent en compagnie, parfois même alors qu'il était en train de parler. La mort soudaine d'Oriana Slade faisait certainement revivre à M. Cleveland la mort de sa bien-aimée Ruth ; lors de ses visites à Wheatsheaf, M. Cleveland avait toujours insisté pour parler à la jolie petite fille blonde et pour la faire sauter sur ses gros genoux ; il disait en plaisantant à ses hôtes qu'il aurait « très volontiers » passé toute la soirée dans la nursery avec leur jolie petite fille, plutôt qu'à la table du dîner où on attendait de lui « qu'il fasse l'éloquent » (En vérité, personne dans le West End ne comptait sur l'« éloquence » de Grover Cleveland.) À l'instant où les porteurs placèrent le petit cercueil de nacre dans sa tombe,

M. Cleveland retint son souffle, le cœur serré ; tout juste s'il ne s'évanouit pas ; car il voyait la petite enfant blonde et sa chère Ruth jouer entre les stèles usées par le temps – danser toutes de blanc vêtues, petits pieds nus et cheveux bouclés volant au vent. Alors qu'il les regardait en souriant, elles se cachèrent derrière un ange de marbre à environ cinq mètres de lui, et pointèrent leurs chères têtes chacune d'un côté de la statue, pressant un index sur leurs mignonnes petites lèvres. *Viens jouer avec nous, papa ! Viens jouer avec nous ! Ne le dis à personne mais viens jouer !*

(« Cesse de faire ces bruits, Grover, lui murmura sa femme à l'oreille, avec irritation. Cela ne ressemble pas à des sanglots, mais à des *grognements*. Cesse, je t'en prie, tu me fais *honte*. »)

Également en lisière de l'assistance, comme incertains de leur statut social parmi les familles du West End, Woodrow Wilson et sa femme Ellen ; l'un, grand, raide et puritain, l'autre petite, plutôt mal attifée, coiffée d'un petit chapeau à voilette noire qui, aux yeux de ces dames du West End, semblait avoir été récemment dépoussiéré et rafistolé après des années d'oubli au fond d'un placard. Et le manteau de drap noir aux boutons brillants de Mme Wilson ressemblait de façon suspecte à un vieux manteau dont Frances Cleveland avait récemment fait don au Fonds de secours des femmes de Princeton pour les indigentes du comté de Mercer.

Le teint hâlé acquis par Woodrow Wilson pendant son séjour aux Bermudes, et commenté par tout Princeton, avait disparu avec une rapidité peu ordinaire ; car ce printemps de 1906 était humide et froid, souvent nuageux et triste, et les fleurs des arbres et des champs dépérissaient sous une pluie incessante. Le Dr Wilson conservait cependant un air de vigueur et de détermination. Il voulait penser que la « Défaite de Charleston » était maintenant derrière lui ; il était cependant profondément affecté par la disparition de son vieil ami et soutien Pearce van Dyck, dont, selon lui, le cerveau avait « craqué » en raison des tensions universitaires, de ces interminables mois d'affrontements, de subterfuges et de politicailleries. La mort de Pearce avait toutefois eu un résultat positif : la fougue guerrière des Campbell s'était éveillée une nouvelle fois chez le Dr Wilson et, moins d'une semaine après l'enterrement de son ami, le président de l'université de Princeton s'était adressé avec tant de force et de conviction à un conseil d'administration proche de la mutinerie que, tout en renâclant un peu, ces messieurs avaient accepté l'impensable – à savoir rejeter le legs d'un million de dollars de Procter, soumis à la condition que ce fût le doyen de l'institut d'études supérieures et non le président de l'université qui l'administrât. Le bruit de cette victoire inattendue remportée par Woodrow Wilson s'était répandu dans Princeton, prenant entièrement au dépourvu Andrew West, qui se vantait témérairement d'être bientôt président de l'université. Quel dommage, avait dit Woodrow à sa femme, que Pearce van Dyck ne fût plus là pour partager ce moment de gloire, première étape de sa reconquête d'une autorité pleine et entière sur l'université.

Le Dr Wilson était enclin à penser, à sa façon ruminative et obsessionnelle, que Pearce van Dyck était une victime de la « guerre » contre Woodrow Wilson, et quasiment un « martyr ». Ce dont il ne souhaitait pas parler, du moins dans l'immédiat.

« Comme c'est triste, Woodrow, n'est-ce pas ! Cette pauvre *enfant* !

– Oui. C'est toujours triste. Mais… "Poussière, tu retourneras en poussière". C'est la paix qui surpasse toute intelligence. »

Ses lèvres se mouvaient avec lenteur. Un vague moment, il fut incapable de se rappeler qui, au juste, on enterrait.

À distance de ses parents, comme brouillé avec eux, se tenait Todd Slade, vêtu de drap de laine noir – veste ajustée, pantalon court serré aux genoux et chaussettes noires retenues par des fixe-chaussettes. Le frère de la petite fille défunte avait été habillé, au prix d'efforts stoïques, par la nurse des enfants ; la mère de Todd ne l'avait pas touché, pas plus qu'elle n'osait le regarder ce matin-là, de peur de lire une accusation dans son regard.

Au cours de ces derniers mois, Todd Slade avait passablement mûri : il n'avait plus les membres aussi grêles, et n'était plus aussi fantasque. Son visage était devenu plus anguleux ; son menton, plus pointu et plus têtu ; ses yeux noirs, brillants, se mouvaient, vifs comme des vairons, sous des sourcils interrogateurs. Il faisait un mètre soixante-deux – une bonne taille pour un garçon maigre de douze ans. Todd n'avait pas pleuré à la mort de sa sœur, murmurait-on. (Certains, dont les domestiques, murmuraient que ce garçon « étrange » en savait plus sur cette mort qu'il ne l'admettait.) Alors qu'on plaçait le petit cercueil de l'enfant dans le mausolée, et qu'une fine pluie froide tombait sur l'assistance comme sur la tombe de granit usé, Todd se figea, les yeux fermés, les lèvres agitées par un tic. *Je serai sage. Je serai le cygne qu'il faut maintenant être, et non le vilain petit canard.*

CE FUT VERS SON PETIT-FILS Todd que Winslow Slade se tourna soudain, alors que la cérémonie funèbre touchait à sa fin et que l'on refermait les lourdes portes de fer du mausolée familial ; à Todd, que le vieil homme aux cheveux blancs s'adressa, prenant son bras et disant qu'il devait le « protéger » – « Mes petits-fils Todd et Josiah, tout ce qui reste de cette génération. » Clignant les yeux, un sourire plein d'espoir aux lèvres, Winslow dit à Josiah : « Mon ancien péché pèse en effet sur vous, et je dois m'expliquer et me racheter comme je le puis afin que Dieu épargne les petits-enfants qu'il me reste. »

Les fils de Winslow s'avancèrent aussitôt, comme pour faire taire leur père, dont les paroles les sidéraient ; mais Winslow résista et glissa ses bras sous ceux de ses petits-fils, qu'il serra contre lui, observé de tous.

« Permettez-moi de parler maintenant, sur la tombe d'Oriana, dit-il, d'un ton implorant. Ce que je n'ai pas eu le courage de faire sur la tombe d'Annabel. C'est la prière que je vous adresse à tous, si vous m'aimez ; ou, à défaut, si vous avez pitié de moi. »

SUIT ICI, SOUS FORME RÉSUMÉE, reconstituée d'après le contenu du coffret Laqué-ébène, la remarquable histoire de Winslow Slade – sa « confession » pourrait-on dire ; le récit passionné et parfois incohérent d'un événement de 1855, mettant en scène une jeune femme connue sous le seul nom de « Pearl ». Cette révélation impromptue était sans précédent à Princeton et stupéfia tous ceux qui en furent témoins, lesquels en donneraient, en paroles et par écrit, des versions d'une diversité alarmante. Le récit de Winslow Slade étant coupé de quantité de bégaiements, de pauses et de longs silences, il m'est impossible de le restituer exactement ; et je ne noterai pas non plus les interruptions de ses fils qui, agités et embarrassés, le pressèrent à maintes reprises de renoncer, craignant que le vieil homme ne fût au bord d'un effondrement nerveux.

Cet « épisode malheureux de mon existence » – ainsi que le qualifia Winslow Slade – débuta un après-midi de mars 1855 ; un jour fort différent de ce jour de mai, où les cieux chargés de l'hiver s'ouvraient soudain sur des promesses de printemps ; répit temporaire, mais fort apprécié. Winslow Slade avait alors vingt-quatre ans, et venait de nouer des fiançailles (rompues plus tard) avec l'héritière de Jarrell LaBove, un sénateur républicain du New Jersey ; il habitait chez ses parents à Crosswicks, et étudiait au séminaire théologique de Princeton l'hébreu, le grec, l'Ancien et le Nouveau Testament, la théologie germanique, et des sujets pratiques tels que « la préparation et la rhétorique des sermons » et « le soutien pastoral ». Comme la plupart des séminaristes, Winslow Slade était entré au séminaire aussitôt après avoir obtenu son diplôme universitaire, ne sachant encore s'il deviendrait un « homme d'Église » ou un spécialiste biblique. (L'un de ses camarades et amis était Henry van Dyck, qui deviendrait un ministre et un orateur célèbre et, plus tard, professeur de littérature anglaise à Princeton – signalons au passage qu'il s'agissait du père de Pearce van Dyck.) Trois ans auparavant, lors de la cérémonie de remise des diplômes, le jeune diplômé Winslow Slade avait prononcé le discours des *belles lettres**, parlant avec tant de flamme de Milton, Goethe et Shakespeare, et de la nécessité pour les étudiants de se dévouer à la fois au Dieu de leurs pères et au destin de la nation qu'il avait été interrompu à plusieurs reprises par des applaudissements, et avait éprouvé de l'ivresse de ce que des *mots* puissent produire de tels effets sur un auditoire. (Le *New York Herald* du 25 juin 1852 nota que le discours du jeune M. Slade, « éloquent, lumineux et particulièrement édifiant, présenté avec intelligence et sensibilité », avait sans doute été « le point culminant des cérémonies de la matinée ».)

Il semblait donc qu'il eût devant lui une carrière enviable, et qu'il n'eût plus qu'à cueillir le fruit sur l'arbre.

Pourtant, très vite, l'exigence de ses études séminaristes, jointe à la tension nerveuse de sa cour à une jeune femme de dix-neuf ans, séduisante mais extrêmement gâtée, épuisa Winslow ; il se sentait le cerveau littéralement vidé par l'étude des langues et par les sermons prêchés dans des églises vides ; en un court espace de temps, le jeune homme souffrit de maladies sur lesquelles furent portés les diagnostics les plus divers

– typhoïde, fièvre cérébrale, névrite – et qui nécessitèrent une période de calme et de convalescence à Crosswicks Manse, loin du séminaire. Ce fut deux semaines après qu'il se fut remis d'une fièvre virulente d'origine inconnue que la malveillance du hasard fit vivre au jeune homme cette malheureuse « aventure » qui devait le hanter sa vie durant…

Winslow était alors fiancé de fraîche date, et avait subi l'épreuve d'une succession de soirées de fiançailles à Princeton, New York et Philadelphie ; tentant vaillamment de rattraper le temps perdu, il travaillait de douze à quatorze heures par jour, car il mettait un point d'honneur à obtenir son diplôme en même temps que ses camarades de promotion, et non quelques mois plus tard. Il lui arrivait en outre de rôder dans le parc de Crosswicks Manse, tard le soir, débattant en lui-même de vieilles questions épineuses sur le calvinisme et le libre arbitre qui, disait-il, l'étreignaient comme des mains d'étrangleur.

Son ancêtre Jonathan Edwards n'avait pas douté un seul instant que la vie humaine fût strictement *déterminée* par Dieu ; le révérend Edwards n'avait que mépris pour la « puérilité » de la notion même de libre arbitre. Néanmoins, ne pas connaître l'avenir et n'avoir aucune idée des plans de Dieu nous concernant ne nous met-il pas en position d'imaginer un « libre arbitre » – et ne sommes-nous pas responsables de nos actions, de toute façon ?

Pour Jonathan Edwards et pour les puritains de son époque, la majeure partie de l'humanité était damnée. Mais Winslow Slade ne pouvait accepter l'idée que Dieu envoie la quasi-totalité de Sa Création en enfer.

Jeune homme réservé, vite embarrassé et répugnant à paraître dévot, prétentieux ou naïf, Winslow n'avait rien dit de ces réflexions à ses aînés, ni assurément à sa jolie fiancée, Evangeline.

Un après-midi de mars, Winslow étudiait donc dans la bibliothèque du séminaire, dont une fenêtre avait été soulevée de quelques centimètres pour laisser entrer un peu d'air frais ; il s'était donné pour tâche de terminer un chapitre de sa grammaire d'hébreu et de rédiger le brouillon d'un éditorial pour le *Presbyterian*, travail agréable mais accaparant que lui avait assigné son conseiller, le révérend Frick ; et de tenter de rassembler ses idées sur le sujet de la damnation des nouveau-nés, telle qu'expliquée par le révérend Lancelot Price d'une part et par le révérend Frederick Ettl de l'autre. Le jeune homme travaillait depuis plusieurs heures dans la bibliothèque en compagnie de camarades dont la concentration reflétait la sienne, quand il lui sembla soudain qu'une flamme léchait ses mains et le lourd volume qu'il tenait : une flamme qui, quoique transparente, était aussi bleue, et orange, et vert pâle et jaune pâle, et qui, dans le même instant, bondit vers ses yeux et pénétra son cerveau.

Winslow Slade n'était pas un jeune homme excitable : il savait que cette flamme était une sorte d'illusion optique, une pathologie quelconque du nerf optique, accentuée par le surmenage et par sa maladie récente, et il ne se laissa pas (visiblement) bouleverser par l'incident. (Winslow se refusait à croire que le diable y fût pour quelque chose : il n'appartenait pas à cette catégorie de presbytériens.) Il réprima donc un cri et quitta la pièce sans attirer l'attention de quiconque ; ses camarades trouveraient néanmoins étrange qu'il fût parti en abandonnant sur sa table livres et papiers, ainsi qu'un stylo de prix. Il sortit précipitamment du bâtiment de brique, entouré, en cette orée de printemps, d'une herbe hivernale brûlée ; d'un pas pressé il traversa la large pelouse, évitant un séminariste et l'un de ses professeurs, puis gagna Mercer Street, qu'il suivit en direction du sud et de la campagne ; se retrouvant bientôt dans une prairie au sol détrempé et ne sachant pas clairement où il allait, mais seulement qu'il devait aller quelque part – n'importe où ! – loin du séminaire théologique et de Princeton.

Par quel mystère il parcourut une bonne trentaine de kilomètres pour aboutir au village de Cold Spring, municipalité de Hopewell, dans une taverne au nom d'assez mauvais présage, Le Lièvre et le Renard, le jeune homme ne se l'expliquerait jamais tout à fait ; sans doute avait-il marché avec plus de vigueur et de détermination que de coutume, abandonnant rapidement Mercer Street pour Stockton Street, Stockton pour Rosedale, Rosedale pour Province Line, et quittant ensuite les routes pour traverser champs et forêts. Un espace de temps suspendu où Winslow ne pensa pas à la théologie, ni même à ses tâches imminentes, non plus qu'à sa fiancée, ou à sa famille, qui attendait tant de lui ; ses pensées ressemblaient davantage à un bourdonnement de mouches en folie.

Le Lièvre et le Renard était un établissement parfaitement inconnu de Winslow Slade, comme de tous les Slade ; il se révéla grossier, bruyant, chahuteur, mais agréable. En dépit de ses « vêtements de citadin » et de ses solides chaussures de cuir, Winslow ne s'y sentit pas déplacé ; il eut toutefois l'imprudence de vider un peu vite une chope de bière pour imiter les robustes ouvriers qui l'entouraient : des hommes de tous âges, qui buvaient de bon cœur, parlaient fort et riaient à gorge déployée. (Qui étaient-ils ? très vraisemblablement des ouvriers des filatures de la petite ville voisine de Lambertville, au bord de la Delaware.) Qu'il paraissait étrange au séminariste que ces gens se comportent *comme s'ils prenaient plaisir à leur vie et à être ensemble.* Et pourtant… qu'avait leur vie de plaisant ? N'étaient-ils pas des gens de condition humble, aux traits grossiers, mal vêtus et mal soignés, contraints d'user leurs mains et leurs dos au travail ; certains d'entre eux n'avaient-ils pas de vilaines cicatrices ou, pis encore, des doigts amputés, des dos déjetés ? Leur hilarité s'accompagnait de tant d'obscénités et de blasphèmes – que Winslow n'avait jamais entendus et dont il n'aurait pu imaginer l'existence – qu'il était évident pour lui qu'ils n'étaient pas les bien-aimés de Dieu et que Jésus n'avait pas pénétré dans leur cœur ; pis encore, ni Dieu ni Jésus ne leur manquaient. *Ils ne semblent pas comprendre qu'ils sont damnés*, pensa-t-il, *quelqu'un devrait le leur dire !* Mais il repoussa rapidement cette pensée pastorale, déplacée dans ce moment-là.

Gagné par l'hilarité régnant dans ce bar de Cold Spring, Winslow vida une seconde chope de bière, qui passa plus facilement ; il en prit donc un troisième et eut bientôt le cerveau si embrumé et si brouillé qu'il ne remarqua pas qu'un homme aux cheveux rouille et aux traits grossiers, sans doute plus âgé que lui, quoique pas de beaucoup, s'était faufilé à son côté, comme s'il avait jeté son dévolu sur lui ; et très vite, il pressa, voire supplia Winslow de l'accompagner dehors, où *quelqu'un demandait à lui parler.*

À moins que l'homme eût dit que quelqu'un avait *besoin* de lui.

Ainsi donc, là encore sans qu'il sache précisément comment, il arriva que Winslow, ayant quitté Le Lièvre et le Renard, marcha, ou fut « guidé » (car, peu habitué à la boisson, le jeune séminariste n'était plus très solide sur ses jambes) jusqu'à une autre demeure, qui n'était pas un bar, mais une maison ou une cabane rudimentaire ; là, dans une odeur prenante de feu de bois et de pétrole, on lui présenta une jeune femme, ou plutôt une jeune fille, qui pouvait avoir jusqu'à huit ou dix ans de moins que lui ; ou, plus exactement, elle fut poussée vers lui par l'homme aux cheveux rouille, et par un autre homme, dont il ne vit pas nettement le visage. Cette fille s'appelait « Pearl » – c'est du moins ce que lui dirent les deux hommes ; à la lueur de la lampe, elle lui parut être de *sang mêlé* ; ni « de couleur » – ni « noire » – ni manifestement « négroïde » – mais sans doute un mélange de tout cela avec une ascendance européenne ; elle avait un nez camus, aux narines larges, une peau abîmée, légèrement grêlée, qu'on aurait dite décolorée par le soleil ; ses cheveux étaient dissimulés sous un foulard sale, tel qu'en portaient généralement les femmes de couleur à Crosswicks Manse. Poussé vers Pearl, comme Pearl était poussée vers Winslow, il se retrouva serré contre elle dans un coin exigu de la cabane ; il y avait un plancher nu, un lit au matelas souillé, sur lequel était jetée une couverture grossière, lourde comme une couverture de cheval. La fille sentait fort : une odeur de chair femelle, de vêtements rarement lavés et, plus âcre, de cheveux graisseux. Son haleine, comme celle de Winslow, sentait la bière.

Tandis que Pearl s'efforçait de concentrer son regard et d'étirer ses grosses lèvres en un semblant de sourire pour satisfaire ses ravisseurs (car il semblait qu'ils fussent des « ravisseurs ») Winslow chercha à s'écarter, à fuir ; mais la fille posa si fermement la main sur son bras et riva si intensément ses yeux noirs sur les siens qu'une sorte de paralysie s'insinua dans son âme.

De ce qui suivrait Winslow Slade ne conserverait que fort peu de souvenir.

Exception faite d'un moment de répulsion et de recul – car il ne put éviter de voir que plusieurs dents manquaient dans la bouche de Pearl, dans la mâchoire du bas ; et que les doigts de la main droite avec lesquels elle osa le « caresser » étaient vilainement mutilés.

Exception faite de la sensation, trop tardive, et inefficace, qu'on lui prenait quelque chose (son portefeuille, ses solides chaussures en cuir ?) ce qu'il savait devoir empêcher, mais dont il était incapable ; car la fille rusée était dans ses bras ou, plutôt, le séminariste était dans les siens, qui l'étreignaient étroitement ;

dans son oreille, l'haleine chaude de la fille, qui sentait la bière et quelque chose de plus ténébreux. Et donc l'homme aux cheveux roux et son compagnon se mirent à rire et laissèrent le séminariste et Pearl ensemble, claquant moqueusement la porte derrière eux.

Le temps passa dans une brume confuse ; peut-être en fait Winslow Slade perdit-il connaissance et tout sentiment de ce qui l'entourait ; il y eut une interruption, et il y eut des voix fortes (masculines) et, à l'arrière-plan, une rumeur d'eau courante indiquant la présence de la Delaware, que Winslow Slade ne pouvait voir ou n'avait pas l'idée d'essayer de voir, à ce moment-là.

Plus tard, on apprendrait que l'homme aux cheveux roux s'appelait Henri Selincourt. Mais « Pearl » n'avait pas de nom de famille.

Ah, que Winslow Slade en savait peu sur ses semblables ! Il avait vécu près d'un quart de siècle et connaissait le latin, le grec et l'hébreu, le français et l'allemand, la Bible hébraïque et le Nouveau Testament, et la dernière opinion théologique en vogue, mais il ne semblait avoir aucune idée de la gravité de la situation et du danger qu'il courait. Il était *fiancé*, mais ignorant des ruses du sexe opposé…

Dans son état de confusion et de peur croissante, Winslow vit la flamme pâle lécher le visage déformé de la fille, bleutée, mais aussi orange et rouge, et transparente ; dans les yeux de la fille, ainsi qu'à l'extrémité de ses doigts, une lueur jaunâtre malsaine ; et, pris de vertige, il crut qu'il avait succombé à l'étreinte d'un démon et que sa vie en serait à jamais brisée.

Mais sa paralysie était telle qu'il ne put parvenir à s'enfuir, et souffrit que la bouche femelle se colle à la sienne, et suce, suce encore, comme cherchant à aspirer son âme ; en même temps qu'elle enfonçait ses ongles pointus dans sa chair, en une sorte de jeu provocant, comme on taquinerait pour l'exciter un petit enfant ou un chien. Qu'il était charnu, ce corps de femme ! Pas délicat ni mince de taille comme les jeunes femmes que Winslow connaissait, et avec des muscles sous la chair grasse des bras. Et le choc de cette poitrine de femme, les seins gros et moelleux, nus sous les vêtements… Pourtant, provoquant des rires grossiers, Winslow répétait qu'il devait partir, qu'il devait rejoindre ses parents à Princeton ; qu'il fallait lui rendre ses chaussures… On avait maintenant découvert qu'il avait une montre de gousset en or dans une poche intérieure ; cette montre, gravée des initiales *W.S.*, était en fait une montre de famille, sans prix. Des mains avides s'en saisirent, et Winslow ne put les empêcher de la prendre, tandis que Pearl riait, révélant horriblement sa mâchoire édentée. Peut-être Winslow tenta-t-il de s'arracher à son étreinte, ou bouscula-t-il l'homme aux cheveux roux et son compagnon, revenus dans la cabane ; car, on ne sait comment, il y eut une lutte, et des cris de femme, et une voix qui n'était pas celle de la fille ni des deux autres, mais qui semblait émaner de l'air même de ce lieu hideux – *Tu es un Slade, tu te vantes partout d'être un Slade, mais nous allons voir si tu n'es pas précipité au shéol, révérend.*

Était-ce le diable qui parlait, par prophétie ? Ou était-ce le Dieu même des ancêtres de Winslow Slade, qui exprimait son dégoût ?

Brusquement la fille parut furieuse contre Winslow. Ou… quelqu'un était furieux contre lui.

Car il luttait farouchement, maintenant, pour défendre sa vie. Et la fille le griffait comme un animal enragé.

Avec l'énergie du désespoir Winslow se libéra de son étreinte et parvint à s'enfuir de la cabane ; à moins que, hilares, ses agresseurs ne l'aient laissé s'enfuir et ne rient de bon cœur de le voir détaler en courant – en boitant…

Sur une route, dans la nuit, en pleine campagne…

Derrière lui, des cris. Des cris de femme, s'affaiblissant.

Car Winslow avait réussi à s'échapper et, claudiquant, en chaussettes, la démarche titubante, il atteignit une zone boisée où il s'effondra, puis au bout d'un temps indéterminé, rassemblant ses forces, il se remit en chemin, avec la vague impression qu'une route se trouvait devant lui, laquelle se révélerait être celle de Lambertville-Trenton, laquelle croisait l'ancienne King's Highway, laquelle croisait à son tour la route à péage de Princeton, si bien qu'il finirait par arriver chez lui, en larmes et repentant.

« Dieu me vienne en aide ! Car je n'aurais pu m'aider moi-même. »

MAIS QUELLE HONTE immense éprouva le séminariste quand, quelques jours plus tard, il apprit que *le corps dévêtu et molesté d'une jeune Négresse* avait été trouvé dans une région boisée des environs de Cold Spring, dans la municipalité de Hopewell, à quelques centaines de mètres d'un *établissement public de sinistre réputation* ; sachant aussitôt qu'il s'agissait de Pearl et que l'homme aux cheveux rouille et son compagnon l'avaient très vraisemblablement battue et assassinée.

Si grande était sa terreur du scandale, cependant, qu'il ne put se résoudre à apporter son témoignage ; il ne pouvait pas, *n'irait pas* aider à identifier les assassins.

Non que Dieu ne lui donnât pas une connaissance claire de ce qu'il devait faire, mais il lui en refusait la force.

Je ne peux pas. Je sais que je le dois et cependant… je ne peux pas.

Car ma vie entière serait ruinée, et les espoirs de ma famille… anéantis, saccagés.

Le lâche vécut alors dans la terreur quotidienne d'être impliqué dans l'affaire, obligé de témoigner dans une audience publique ; et forcé de révéler, sous peine de parjure, tout ce qui s'était passé ce malheureux soir. Sa vie serait détuite, à n'en pas douter ; sa carrière de ministre tuée dans l'œuf ; ses fiançailles rompues et tout espoir de mariage anéanti ; Winslow Slade ne pourrait plus jamais garder la tête haute dans la bonne société, ni regarder en face ses chers parents ; car il en était quasiment comme la voix courroucée l'avait prédit *Et cependant tu seras précipité au shéol.*

Pourtant, de même que Dieu avait permis à Winslow d'échapper à la femme et à ses compagnons, et de regagner Princeton, les pieds en sang, boitant misérablement, Dieu intervint une nouvelle fois, et le meurtrier, Selincourt, fut appréhendé dans la semaine même et forcé d'avouer ; et plusieurs témoins de Cold Spring se présentèrent pour témoigner contre lui, le disant porté à voler, à battre et intimider tous ceux qui s'opposaient à lui, et attestant de sa liaison avec la jeune ouvrière dont on avait retrouvé le corps.

Rien ne fut dit dans la presse d'une montre de gousset en or de fabrication suisse, que l'on avait dû découvrir dans les poches de Selincourt. Ni d'une paire de solides chaussures en cuir de fabrication princetonienne, qui ne pouvait appartenir à un homme tel que Selincourt ni à aucun de ses compagnons.

Cette affaire sordide se conclut donc par la pendaison publique d'Henri Selincourt à Trenton ; et l'incident fut oublié.

Oublié de tous, mais pas du jeune Winslow Slade, qui deviendrait bientôt le révérend Slade, un « homme d'Église » révéré ; qui aurait l'honneur de prononcer le discours magistral au séminaire, lors de la cérémonie de remise des diplômes, et serait habilité par l'Église presbytérienne à prêcher à Lawrenceville. Il serait applaudi, félicité et admiré, chaleureusement considéré par tous, tenu pour un modèle d'intégrité chrétienne pendant les dernières décennies tumultueuses du XIXe siècle et ne cesserait de s'élever dans sa carrière publique et dans l'estime de ses pairs ; jusqu'à devenir président de l'université de Princeton au très jeune âge de quarante et un ans, puis gouverneur de l'État du New Jersey, treize ans plus tard.

« À ma grande fierté et à ma grande honte. Et je me tiens maintenant devant vous dans toute ma nudité, et implore votre clémence. »

D'une voix basse mais ferme, Winslow Slade conclut son histoire, écouté avec intensité par tous. Il ne s'appuyait plus sur le bras de Josiah, mais, un peu à l'écart, s'adressait à l'assistance, dont tous les membres étaient profondément émus, et dont beaucoup retenaient leurs larmes. « Chère famille et chers amis – ma vie durant, et jusqu'en cet instant, j'ai porté dans mon cœur la cicatrice de cet ancien péché. J'ai si souvent prié Dieu de me pardonner que je crois possible que, dans sa miséricorde, Il m'ait pardonné ; mais je ne me suis pas pardonné à moi-même, et j'en suis venu à comprendre que la Malédiction qui s'est abattue sur notre ville avait sa source dans la Malédiction de la jeune Pearl – et dans ma lâcheté, enfin révélée au jugement et à la critique de tous. »

Bientôt après, les Slade pressèrent Winslow de quitter le cimetière et de se laisser reconduire à Crosswicks Manse dans l'une des voitures de la famille ; son auditoire, lui, demeura, comme répugnant à quitter le cimetière après cette révélation extraordinaire.

Tous furent d'abord silencieux ; puis tous se mirent à parler.

Amanda FitzRandolph, resplendissante dans ses habits de veuve, éleva la voix à la façon d'une chanteuse d'opéra afin de couvrir des voix moins nobles : « Winslow Slade est un saint, bien sûr – comme nous le savons depuis longtemps. Qui d'autre s'humilierait ainsi devant nous ? Qui serait aussi *chrétien* ? "Pardonner" à un tel homme est ridicule. Quelle pitié simplement que la mort de ses petites-filles ait affecté son jugement au point de lui laisser imaginer qu'il puisse, *lui*, être responsable de cette prétendue "Malédiction"… »

Tandis que Mme FitzRandolph parlait, un air plus tiède, plus printanier, sembla se lever dans le cimetière ; le ciel bouché se déchira, et de minces rais de soleil apparurent, tels des doigts timides ; l'assistance sentit ou crut sentir une sorte de mouvement dans la terre même ; comme si la Malédiction se dissipait enfin.

« Prions Dieu qu'il en soit ainsi, murmura le Dr Wilson à sa femme, alors que, seuls membres du cortège ou presque à être venus à pied, ils quittaient le cimetière de Princeton en direction de Nassau Street. Car nous avons été suffisamment punis, tous autant que nous sommes. »

21 mai 1906

« C'est impossible. Mon propre oncle – un assassin. *Et un menteur éhonté.* »

Ne dormant quasi plus depuis qu'on lui avait appris, par téléphone, la terrible nouvelle de l'*assassinat brutal* de sa cousine Adelaide Burr par son oncle Horace – en fait, Adelaide et elle étaient cousines au troisième degré, et assez lointainement apparentées – Wilhelmina se retrouvait au centre d'un mélodrame sordide, aussi improbable que ceux que pouvaient inventer Mary Elizabeth Braddon, Louisa May Alcott ou Wilkie Collins : son oncle Horace affirmait avoir assassiné sa femme *à l'instigation de la tentatrice bas-bleu Wilhelmina Burr.*

Dénégations, protestations, justifications ne semblaient d'aucun effet devant ce qu'on appelle le « tribunal » de l'opinion publique ; même si les enquêteurs de Princeton chargés de l'affaire avaient tendance à compatir avec la malheureuse Mlle Burr, dont le témoignage leur semblait bien plus vraisemblable que les divagations de Horace Burr.

Wilhelmina avait en fait entendu l'un d'eux dire à un collègue, la croyant hors de portée de voix : « Comme si *elle* pouvait s'intéresser à un homme comme *lui.* »

Le choc était d'autant plus grand que Wilhelmina avait toujours eu de l'affection pour son oncle Horace, qu'elle jugeait le plus patient, le plus bienveillant et le plus tolérant des « maris d'invalides » de Princeton, dont la ville comptait toujours un certain nombre.

Et qu'il était choquant que Horace eût volé la broche en ivoire d'Adelaide pour la lui donner ; un bijou exquis que Wilhelmina avait gardé au fond d'un tiroir, aussi incapable de s'en séparer qu'elle l'était de le porter en public.

Après la mort de sa cousine, Wilhelmina sortit la broche en forme de cygne et résolut de la porter : « Car Adelaide le souhaiterait, je pense. Elle ne voudrait pas qu'elle finisse au fond d'un tiroir. »

Même naturelle, même parfaitement « légale », une mort a des répercussions bien plus considérables qu'on ne peut s'y attendre ; que dire alors d'un meurtre, et au sein de sa propre famille ? D'autant qu'il y avait de nombreuses complications juridiques, les biens d'Adelaide McLean Burr devant normalement revenir à son mari, qui, en l'occurrence, se trouvait être non seulement son meurtrier, mais un fou homicide emprisonné à Otterholme. Les avocats de la région avaient donc fort à faire, à leur grand ravissement ; et Wilhelmina se sentit obligée de revenir à Princeton, à Pembroke House, pour apporter son soutien affectif aux femmes de sa famille qui avaient besoin de sa compagnie et de ses conseils. Ses parents ne crurent pas un instant les vilaines rumeurs accusant Wilhelmina d'avoir « instigué » son oncle, car ils étaient bien placés pour savoir à quel point leur fille désirait vivre à New York et être une *artiste*. Ils donnèrent la preuve de leur compassion à son égard, après le désastre, en parlant d'elle avec admiration, bien que ne sachant guère ce qu'elle faisait ni ce que son art « signifiait » – sa peinture leur paraissait en effet sombre, barbouillée et occupée de sujets trop ordinaires pour se comparer aux grands maîtres, ou au peintre paysagiste américain Frederic Church, dont le tableau de la vallée de l'Hudson, *Storm at Twilight,* était la pièce centrale de leur salle à manger.

« Willy » est donc de retour à Princeton, prise dans un dédale de responsabilités familiales ; mais elle ne peut se résoudre à sortir dans le monde, ni même à assister à l'enterrement d'Oriana Slade, dont la mort lui a déchiré le cœur. « J'y verrais Josiah, pourtant, mais je ne peux pas. »

Elle écrit donc des lettres de condoléances à tous les Slade, et pas seulement à Lenora et Copplestone. Et sur celle de Josiah, elle ajoute *Quels drames terribles ont connus les tiens, et nous tous qui t'aimons.*

Très vite, alors, avant de changer d'avis et de supprimer le mot *aimer*, elle colle et timbre l'enveloppe.

BIEN LOIN DE LÀ, à Boston, à l'issue d'un entretien décevant avec le riche octogénaire Isaac Wyman (Princeton 1843) dans son hôtel particulier de Beacon Hill, le doyen Andrew West se prépare lentement à prendre congé et parcourt du regard la bibliothèque du vieil homme – notant, puis rejetant un objet après l'autre : des ouvrages en latin (certainement jamais ouverts) ; un presse-papier en ivoire, représentant un éléphant (indien peut-être, mais Andrew West ne sait rien de ce pays barbare) ; des portraits flatteurs des ancêtres de Wyman ; la tête empaillée d'un oréotrague à longues oreilles, qui, du haut de sa plaque en cuivre, au-dessus de la cheminée, les regarde avec une résignation morne (mais le doyen West n'est pas chasseur) ; et, quoi donc ?... une curiosité, ou un héritage familial : un antique mousquet et une poire à poudre, placés bien en vue sur le mur.

Habilement, avec la désinvolture d'un administrateur et d'un collecteur de fonds patenté, le doyen West fait une remarque sur ces objets, d'un ton admiratif, sachant que la réaction de son hôte sera enthousiaste. En dépit de la rebuffade récente infligée au doyen de Princeton par le conseil d'administration, et bien qu'il semble perdre du terrain dans son combat contre Wilson, il ne manifeste aucun signe de découragement ou de distraction, mais toujours un *enthousiasme* franc et enfantin. (Il laissait à Wilson ce genre de manifestation d'humeur, disait-il ; car pour finir l'« égoïsme puéril » de Wilson le perdrait.) Il n'est donc pas surpris quand Isaac Wyman lui raconte, par le menu, la vie de son arrière-grand-père, le capitaine Horatio Wyman, l'un des plus fidèles aides de camp du général Washington ; un héros tombé « avec gloire » à la bataille de Princeton.

Les yeux d'Andrew West s'éclairent, et sa large bouche s'élargit en un sourire ravi.

« La bataille de Princeton, dites-vous ? Ma foi, monsieur, je traverse Battle Park, comme nous l'appelons, tous les jours de ma vie, et par tous les temps. Et c'est tout près de Battle Park, avec une vue allant jusqu'à Mercer Street, que j'ai le projet de construire l'institut d'études supérieures. M. Wilson, lui, préfère construire sur le campus, au milieu d'une pléthore d'autres bâtiments, parmi lesquels l'institut serait noyé. »

Le riche ancien élève, qui, un instant auparavant, avait paru impatient de se débarrasser du doyen, le presse alors de se rasseoir et lui offre un verre de son meilleur scotch.

« Il faut que vous m'en disiez davantage sur ce projet, monsieur West. "Avec vue" sur Battle Park, avez-vous dit[1] ? »

1. L'historien n'a pas pour stratégie de retenir son lecteur par de médiocres effets de suspense, car l'histoire est *passée* ; je ne vois donc aucune raison de ne pas révéler que l'issue de la querelle opposant Wilson et West est indiquée par le fait que, aujourd'hui encore, le mousquet et la poire à poudre du capitaine Hiram Wyman ornent l'un des murs de la Maison Wyman, résidence du doyen de l'institut d'études supérieures. Émerveillons-nous rétrospective-

À MIDI, AYANT EMMENÉ sa mère déjeuner chez l'un de leurs parents Sparhawk de Kingston, New Jersey – à moins d'un kilomètre du séminaire pour jeunes filles de Rocky Hill, lieu de la fameuse « panique aux serpents » –, l'ex-lieutenant Dabney Bayard s'esquive et marche bientôt d'un pas rapide le long de la rive embroussaillée de la Millstone, perdu dans de sombres pensées, immensément soulagé d'être enfin seul. Dabney est si las des conversations « convenables » ; de sa mère dont l'amour l'étouffe comme une ouate détrempée, et de ses parents ennuyeux dont pas un n'est plus jeune qu'elle, dont pas un n'a un âge se rapprochant un tant soit peu de celui de son fils. Dabney est particulièrement soulagé d'avoir échappé à une discussion insupportable sur la *Malédiction de Crosswicks*, comme ils l'appellent ; un sujet sur lequel Dabney Bayard ne fait jamais de commentaires, mais garde un silence digne et blessé. Car il n'a pas la moindre idée de ce qu'il éprouve au fond de lui-même : pleure-t-il Annabel Slade, qui a été son épouse légitime moins de cinq minutes ; ou se félicite-t-il au contraire qu'elle soit morte et que les Slade soient dans un deuil perpétuel ; regrette-t-il de n'avoir pas pu retrouver la trace d'Axson Mayte et l'étrangler de ses mains, ou est-il soulagé, là encore, de ne jamais avoir eu l'occasion de tuer le séducteur de sa femme en gâchant du même coup sa jeune existence ?

« Qu'ils aillent tous au diable. Je dis bien, *tous.* »

---

ment de ce que la phrase inspirée du doyen West, « La bataille de Princeton, dites-vous ? », soit à l'origine, non seulement de la victoire des ennemis de Woodrow Wilson à Princeton, mais aussi du triomphe ultérieur du candidat démocrate Woodrow Wilson aux élections présidentielles de l'automne 1912 ; ainsi que des Quatorze Points, du pacte la Société des nations, de la loi sur l'espionnage de 1917 et de la loi contre la sédition de 1918.

Il suit un court instant le chemin de la rivière, grimpe la colline où passe l'ancienne King's Highway et se retrouve sur le sentier du canal, qui côtoie, sur une partie de sa longueur, le lac Carnegie[1] ; et aperçoit, tout à coup, un jeune homme d'une vingtaine d'années, une bicyclette à la main, vêtu d'un jersey violet foncé dans lequel Dabney reconnaît le jersey d'un « club » – sans doute le « Cottage ». (L'Ivy et le Cottage étant l'« élite » des *eating-clubs* de l'époque.) Dabney, ancien officier de West Point, aujourd'hui privé de sa commission, éprouve une pointe de ressentiment contre cet étudiant de Princeton qui a pédalé jusqu'à Kingston ; il devine qu'il est le fils d'un père fortuné et, à en juger par sa fade beauté « angélique », qu'il n'a pas encore souffert. Le jeune homme regarde le lac d'un air rêveur, comme une illustration d'étudiant dans le *Collier's Weekly* ; bien qu'il ne soit apparemment pas conscient de la présence de Dabney, son attitude a quelque chose d'arrogant, le regard tourné vers les eaux ridées du lac, semblant *volontairement ignorer Dabney Bayard,* qui l'épie, immobile, à une dizaine de mètres de distance.

Dabney remarque que le jeune homme ne porte pas la coiffure de son club, ce qui est à mettre à son crédit ; ses cheveux

1. Le lac Carnegie ! Ce fut l'une des premières « défaites présidentielles » de Woodrow Wilson, qui en subirait bien d'autres. Ce beau lac est un réservoir artificiel, formé grâce à un barrage sur la Millstone, un don de l'industriel de l'« Âge doré », Andrew Carnegie, à l'équipe d'aviron de Princeton en 1906. Woodrow Wilson considérait ce don comme un bienfait relatif et ne pouvait chanter les louanges du lac, comme d'autres le faisaient ; car Andrew Carnegie avait comploté avec d'anciens élèves derrière le dos du président pour acheter les terres et créer le lac, alors que le Dr Wilson avait souvent exprimé le vœu de voir cet industriel fortuné prendre en charge le coût d'une bibliothèque universitaire. À ce bienfaiteur irascible, le Dr Wilson aurait dit : « Nous avions besoin de pain, monsieur Carnegie, et vous nous avez donné de la brioche. »

couleur de blé sont épais et bouclés, et seraient *intéressants* à toucher. Il est vêtu avec décontraction, mais élégance – bien entendu. Son pantalon flotte sur son corps mince ; ses manières sont franches et ouvertes ; il ne trouble pas la tranquillité du lieu en sifflotant ou en s'agitant pour manifester son ravissement devant la Nature – une attitude que Dabney trouve particulièrement répugnante chez ceux de son sexe.

L'ex-lieutenant se détournerait si quelque chose ne le retenait : car voici que le garçon bouclé s'étire et bâille ; ignorant toujours qu'on l'observe et se croyant seul. Il couche sa bicyclette sur le côté et s'avance vers le bord du lac, où il s'accroupit près de l'eau, dans son attitude rêveuse.

Sur la surface paisible du lac, une flottille bruyante d'oies du Canada.

« Je vais m'en aller, naturellement. Je ne m'approcherai pas. »

Mais Dabney est (désagréablement) surpris par l'apparition, à son côté, d'une troisième personne ; et doublement décontenancé de voir qu'il s'agit du « comte » – ce prétendu théologien européen qui lui a récemment été présenté lors d'une soirée à Drumthwacket ; un nom trop long à retenir, et qui sonne faux ; il est de Valachie ou de Roumanie, de Bavière ou de Dieu sait où. Bien qu'il n'y ait eu entre eux qu'un petit *frisson** de reconnaissance lors du dîner des Pyne, ce gentleman de haute taille, élégamment vêtu, sourit maintenant à Dabney, découvrant des dents luisantes ; et, que ce soit ou non moquerie, il s'incline légèrement, à la mode d'un aristocrate européen pour qui ce comportement, même face à de jeunes Américains ayant tôt raté leur vie, tient du *noblesse oblige.* Il s'approche de Dabney d'un pas nonchalant, lui touche l'épaule et, avec un regard vers le garçon accroupi au bord du lac à quelques mètres d'eux, dit : « Vous l'avez repéré le premier, lieutenant. Il n'est que justice que je vous l'abandonne. »

« META ? ÉCOUTE ÇA. »

Il lui lira ce qu'il a écrit – vingt heures de travail ininterrompu, exception faite de courtes pauses tendues : la réponse cinglante d'Upton Sinclair aux arguments hypocrites et franchement mensongers d'Armour & Co, publiés dans le *Saturday Evening Post* sous la signature de « J. Ogden Armour » (comme si ce porc capitaliste bouffi d'orgueil était capable d'écrire une seule ligne) ; le nouvel essai d'Upton s'intitule *The Condemned Meat Industry*. C'est un résumé de *La Jungle* et bien davantage ; les exemplaires du numéro d'*Everybody's Magazine* dans lequel il paraîtra se vendront jusqu'au dernier dans les kiosques des principales villes d'Amérique.

Le jeune Upton Sinclair est devenu un *auteur à succès.*

Immergé dans son travail, c'est à peine s'il a conscience de ce qui l'entoure. Même lorsqu'il lit tout haut à Meta, c'est sa propre voix qui l'absorbe, et non la présence de sa femme ; les commentaires de Meta sont généralement admiratifs, quoique énoncés posément.

Parce que, en sa qualité de socialiste, il se doit d'avoir des principes rationalistes, Upton se refuse à « céder » aux peurs et aux fantasmes, même s'il est enclin à croire à la « Malédiction » qui pèse sur les vieilles familles de Princeton. Ainsi, pendant qu'il écrivait avec ardeur ou tapait avec fureur *The Condemned Meat Industry*, il a été distrait par des silhouettes lointaines dans un champ, de l'autre côté de la fenêtre ; une fois au moins, un visage spectral est apparu à cette même fenêtre, à quelques pas de lui ; mais, courbé sur sa table de travail, le jeune socialiste ne lève pas la tête. *Ce n'est qu'une illusion. Tu sais que ce n'est pas « réel ».* Meta l'avait averti qu'il compromettrait sa santé s'il continuait son régime végétarien rigoureux dont, après réflexion et pour des questions de principe, il s'est senti obligé d'exclure également les œufs – « Car les poules sont les plus exploitées des créatures ouvrières ! D'abord on prend et dévore leurs œufs ; puis on les dévore elles-mêmes. »

Meta a objecté que c'était ce qu'elle pouvait préparer de moins coûteux ; si Upton refusait d'en manger, elle continuerait néanmoins à en nourrir David et elle.

Elle remet ton autorité en question. Elle se rebelle.

Ce n'est pas une femme fidèle. Tu dois le savoir.

À la fenêtre, le visage spectral est railleur. Upton refuse de regarder, mais Upton voit.

Et un grattement moqueur d'ongles, descendant le long de la vitre.

À sa manière systématique, Upton réfute point par point les arguments de « J. Ogden Armour ». Il a déjà écrit une lettre de quinze pages à la rédaction du populaire *Saturday Evening Post,* énumérant ces différents points ; mais on lui a répondu sèchement, en refusant de publier sa lettre. (Tout le monde sait que les nababs de la viande, comme leurs acolytes du rail et de l'industrie, détiennent des actions dans les principaux journaux et revues américains, et contrôlent la presse par ce biais.) Le Nègre d'Armour osait prétendre que « pas un atome » de carcasse ou d'animal abîmé ne se retrouvait dans les produits alimentaires Armour, et il continuait par ces sarcasmes haïssables :

> Vous savez naturellement quel genre d'homme travaille dans les usines de conditionnement de viande – des étrangers d'une piètre intelligence – et vous savez qu'il est impossible de surveiller chaque individu. Si ces gens éprouvent l'envie de cracher, eh bien, ils crachent ; mais il est ridicule d'imaginer que ce crachat finit dans la viande et non dans la sciure, abondamment répandue sur le sol précisément dans ce but.

LES PARAGRAPHES D'OUVERTURE et de conclusion de cet article indigne vitupéraient les « éléments socialistes subversifs » – amalgamant selon l'habitude de la presse Socialistes et Anarchistes, comme s'il n'y avait aucune différence entre le Parti socialiste, et le Parti anarchiste désorganisé, déraisonnable et potentiellement violent auquel s'était associé l'assassin du président McKinley.

Il y a néanmoins plus préoccupant que cet article spécieux, car Armour & Co vont très vraisemblablement engager des poursuites contre Upton et son éditeur pour « diffamation », « atteinte à la réputation », « conspiration en vue de porter préjudice au commerce ». Upton n'en a pas encore parlé à Meta ; il pense toutefois que ce sera une bonne chose, que cela « purifiera l'air » ; on verra devant le tribunal qui dit la vérité nue et qui ment effrontément. Upton s'imagine plaidant sa cause en personne – devant la Cour suprême des États-Unis.

« Et ainsi ce sera réglé. Avec beaucoup de publicité, ce qui ne peut nuire à notre cause. »

Upton lit donc son article à Meta, qui se montre inhabituellement silencieuse. À mesure qu'il lit, il corrige le manuscrit ; car Upton Sinclair écrit si rapidement que son cerveau tourbillonnant semble parfois courir plus vite que ses doigts.

« Meta ? Qu'en penses-tu ? »

Il lève les yeux, sourcils froncés. Il avait cru sa femme dans la pièce, assise sur une chaise derrière lui ; ou alors tout à côté, dans la cuisine, portes de communication ouvertes. (Car Upton travaille maintenant dans la ferme ; le toit de la cabane a trop de fuites, et le printemps a été humide et froid.)

Le surmenage lui a fatigué la vue, c'est certain. Il devrait se faire examiner les yeux et prescrire de nouvelles lunettes.

Souvent il lui arrive, non de voir des figures spectrales, mais de ne pas voir des êtres réels, ce qui est encore plus inquiétant.

« Meta… ? »

Irrité, Upton se lève. Son manuscrit à la main, vingt pages tapées et corrigées à la hâte, il va dans la cuisine et dans le petit « salon » mal éclairé – mais il n'y a personne.

« Bon sang, Meta. Où es… »

Et alors seulement il se souvient que sa femme n'est pas là, évidemment : elle est partie, avec leur fils David, s'installer « temporairement » chez ses parents, qui habitent Staten Island.

Les parents de Meta n'ont jamais aimé Upton Sinclair, et le succès de *La Jungle* ne les a impressionnés que dans la mesure où leur fille et leur petit-fils allaient peut-être – « enfin » – pouvoir vivre dans de meilleures conditions ; mais cela ne s'est pas encore produit.

Déçu, mais non découragé, Upton retourne à sa table. Ses mains ne sont pas fermes : il doit trouver un moyen de taper, les coudes bien posés sur la table, pour avoir plus de force. Comme Zarathoustra, il pense : « J'ai commencé ma *descente* vers les masses obscurantistes de l'humanité. »

AU FEU ! AU FEU ! L'air de ce sépulcre a besoin d'être réchauffé.

La voix la plus insistante de Josiah. S'il se bouche les oreilles de ses mains, elle est encore plus forte.

Père et fils s'affrontent maintenant si souvent – sur la politique, la religion, les idées – que Josiah évite de dîner avec ses parents en prétextant d'autres obligations. Depuis la tempête soulevée par *La Jungle,* et depuis la « réfutation » parue dans le *Saturday Evening Post,* dont tout Princeton parle, généralement en prenant le parti des Armour, Josiah et Augustus ont du mal à rester courtois l'un envers l'autre ; même Henrietta, la plus accommodante et la plus conciliante des femmes, a imploré Josiah d'être plus *raisonnable*.

«Tu sais combien ton père a souffert depuis... depuis Annabel... Tu ne devrais pas l'agiter davantage, si tu l'aimes.

– "Aimer" mon père n'est pas une excuse pour être hypocrite, comme tout le monde à Princeton ! S'il ne peut l'accepter, je devrais m'en aller.

– T'en aller... où cela ? »

Henrietta a parlé avec émotion ; Josiah n'aime pas cette expression suppliante sur le visage de sa mère.

« Pourquoi ne peux-tu voir que nous – les gens comme nous – sommes des "cannibales" ? Il ne s'agit pas seulement de la viande que nous mangeons, mais de ces gens exploités – qui nous sont invisibles... » Josiah s'interrompt, s'apercevant que sa mère est au bord des larmes ; il s'excuse et monte aussitôt dans sa chambre. Là, il marche de long en large, l'esprit anxieux ; il se rend bien compte que, à vingt-cinq ans, il ne devrait pas de toute façon vivre chez ses parents ; mais où pourrait-il aller, sans paraître abandonner Annabel et fuir la "Malédiction" qui pèse sur sa famille ? Le Hamlet de Shakespeare avait une décision bien plus facile à prendre : tuer ou ne pas tuer le roi. Car ce roi, Claudius, était l'assassin de son père bien-aimé et le séducteur de sa mère, Gertrude ; aux yeux de Hamlet, le roi Claudius *existait*. Mais, pour autant que Josiah puisse en juger, et il a cherché son ennemi en bien des lieux, le Malin *n'existe pas* vraiment.

Alors que quelques mois à peine ont passé, certaines des personnes à qui Josiah a parlé semblent ne plus se souvenir que vaguement d'« Axson Mayte » ; et il est difficile d'en trouver deux qui s'accordent sur son apparence. Étudier le Réseau d'indices de Pearce van Dyck n'a fait qu'ajouter à la confusion de Josiah, car si son analyse était à bien des égards pénétrante, et certainement exacte, son ancien professeur s'était également laissé aller à de nombreuses spéculations. Sa fixation sur l'illégitimité de son fils, par exemple, semble à Josiah pur délire : car le bébé qu'il a vu dans les bras de Johanna van Dyck et qui, depuis, a reçu un nom et le baptême est un bébé *parfaitement normal et sain*, n'ayant absolument rien de particulier.

(Il ressemble cependant beaucoup plus à Mme van Dyck qu'à Pearce. Et ses yeux sont d'une curieuse teinte bleu ardoise, qu'on ne retrouve pas chez ses parents.)

Josiah s'interroge : devrait-il adhérer au socialisme et aller s'installer à New York ? Ou alors… associer son sort à celui d'une expédition polaire qui doit bientôt partir pour le pôle Sud ?

Il tenait à rencontrer Upton Sinclair. Il avait entendu dire que le jeune socialiste habitait une ferme délabrée de Rosedale Road, près de Province Line Road, à moins de six kilomètres de chez lui ; il s'y était rendu en voiture un jour, et on lui avait indiqué la maison de ce « garçon socialiste », mais il n'y avait trouvé personne, et la ferme ne paraissait pas habitée à ce moment-là.

« Il faut que nous nous voyions. Que nous unissions nos forces. Peut-être ! »

En attendant, sa voix le tourmente, et il arpente sa chambre, les mains sur les oreilles.

Au feu ! Au feu ! L'air de ce sépulcre a besoin d'être réchauffé.

Parfois, elle prend des accents perfidement suaves, dont Josiah jurerait qu'ils sont ceux d'Annabel, s'il ne savait à quoi s'en tenir.

À NASSAU HALL, la secrétaire du Dr Wilson frappe timidement à la porte du président.

Assis derrière son bureau, long visage étroit empreint de gravité dans l'accomplissement de son devoir, le Dr Wilson dit, avec une patience exaspérée : « Oui, Matilde ? Qu'y a-t-il ?

– Un télégramme de la Western Union, monsieur. Il semble que ce soit urgent. »

Urgent ! Woodrow Wilson manque répondre à cette femme sans cervelle qu'il n'est rien qui ne soit pas *urgent* dans la vie du président.

Quelle rude journée ! Le Dr Wilson a eu une succession de rendez-vous, dont plusieurs cruciaux, pour ne pas dire *déterminants.* Il se sait le capitaine d'un navire majestueux, mais en difficulté ; il se sait destiné à « marquer l'histoire » ; son père lui avait souvent prédit que, sa vie se comparant à celle de Jésus-Christ, il lui faudrait accepter l'opposition et la dérision, et même le « martyr » – dans une certaine mesure. « Le mal ayant mille visages, il y a mille "crucifixions". Mais tu te relèveras chaque fois que tes ennemis t'abattront, Woodrow. "Car je suis une lumière dans les ténèbres." »

À vrai dire, Woodrow a parfois moins l'impression d'éclairer les ténèbres que d'être une lumière vacillante, luttant pour ne pas disparaître.

Ces derniers temps, cependant, il a accumulé les victoires. Maintenant que ses ennemis savent qu'il ne cède pas à leurs exigences ni à leurs objections, mais qu'il en tire au contraire de nouvelles forces, tel un guerrier écossais déguisé en professeur puritain, peut-être ont-ils changé de tactique ; et la mort de Pearce van Dyck –, conséquence, le Dr Wilson en est maintenant convaincu, de la conduite hostile du doyen West –, n'a pu manquer de les faire réfléchir et de leur inspirer du remords.

« Pour moi ! Pauvre Pearce. Je donnerai son nom à un préceptorat de philosophie. »

Un sourire rare détend le visage du Dr Wilson quand il pense à ce gros verrat d'Andrew West, ahuri par le dernier vote du conseil d'administration – qui a refusé le don d'un million de dollars dont aurait bénéficié le bureau du doyen des études supérieures. Tout Princeton a brui de la nouvelle, il en est certain. *Sans précédent dans l'histoire de l'université de Princeton. Sans précédent (peut-être) dans l'histoire de toutes les universités américaines.*

Si ses propositions concernant l'institut d'études supérieures et sa campagne pour la fermeture des *eating-clubs* ne sont pas adoptées – c'est une histoire qu'il s'est souvent répétée – il donnera immédiatement sa démission.

Quelle sera alors la stupéfaction des membres du conseil d'administration ! La stupéfaction et le repentir des enseignants qui s'opposent obstinément à lui !

J'ai pris ma décision, et elle est irrévocable.

Ce sera une question de fierté et de dignité. Soit l'on est pour Woodrow Wilson, soit l'on est contre lui : pas de moyen terme confortable et servile.

Naturellement, il ne peut pas parler ainsi. Il lui faudra trouver des mots plus nobles pour exprimer ses convictions. Même avant d'accepter ce poste en vue, il savait que, dans une démocratie, il faut toujours manipuler le « tribunal de l'opinion publique ». Il sait que sa personnalité ne séduit pas tout le monde – qu'elle ne séduisait pas les nombreux admirateurs de ce bouffon convivial de « TR » – mais il sait aussi que la *sincérité* peut être son atout.

Comme le Christ. Mais un royaume de ce monde !

Quel coup terrible pour mes ennemis…

Woodrow doit se remettre en mémoire qu'il a remporté des victoires, ces derniers temps. Avec l'absence de Grover Cleveland aux dernières réunions du conseil, les votes ont plus de chances d'être favorables au Dr Wilson ; avec lenteur et opiniâtreté, le président a grignoté l'influence de Cleveland, à travers qui s'exprime la volonté d'Andrew West. *S'il pouvait mourir. Ou… avoir une attaque le mettant dans l'incapacité de revenir semer la discorde dans notre université.*

Et ce jour-là, le froid semble avoir cédé du terrain. Woodrow a consenti que Matilde ouvre un peu la fenêtre derrière son bureau, et l'étroite ouverture laisse entrer un mince courant d'air qui l'a, tour à tour, distrait et revigoré. Voici maintenant que Matilde lui tend ce télégramme, qui semble demander son attention immédiate, avant la pile de lettres placée dans une corbeille métallique sur son bureau – lettres de devoir, de responsabilité et d'obligations qui ne nourrissent guère l'esprit. Woodrow trouve injuste qu'un télégramme prenne le pas sur une simple lettre, mais il s'en saisit pourtant, avec une excitation enfantine.

« Merci, Matilde. Vous pouvez disposer, et fermer la porte. »

Impatiemment, il déchire l'enveloppe et lit, avec des yeux qui s'embrument, le cœur battant à tout rompre :

> Cher Tommy tu es constamment présent dans mon cœur et dans mes pensées.
>
> Dis-moi je t'en prie qu'il est un lieu dans ta vie où pourrait demeurer
>
> ton amie
>
> Cybella Peck

Si ému, si troublé, qu'il lui faut lire le télégramme une seconde fois, puis une troisième.

TODD SLADE, DOUZE ANS. Âge auquel, en mai 1906, le jeune garçon va connaître un sort bizarre.

Depuis la « confession » de son grand-père Winslow Slade dans le cimetière, qui s'adressait avant tout à Josiah et à lui, Todd se montre inhabituellement silencieux et renfermé. Comme Josiah, il évite ses parents. Il évite les adultes, en général. Bien qu'il ait toujours du mal à lire et à écrire, il n'est plus aussi prompt à s'emporter quand il s'y essaie et qu'il échoue.

« Mais quelle importance que les mots soient écrits et employés correctement, si ce sont des mensonges ? Personne n'est capable de l'expliquer. »

La confession publique de son grand-père avait effrayé Todd. Le fait de devoir imaginer un homme, un jeune homme, se comportant comme son grand-père l'avait fait, cinquante ans auparavant, et que ce jeune homme soit en même temps, on ne sait comment, son grand-père Slade.

Depuis lors, Todd a trouvé le chemin de Crosswicks Manse. Il rôde dans le jardin et on l'a vu (Henrietta l'a vu) parler avec les jardiniers ; ses pas le portent aussi vers la forêt de Crosswicks.

Le berger allemand Thor ne l'accompagne plus, car Thor est mort, d'une maladie mystérieuse, à la fin de l'hiver.

Et Annabel a disparu, bien sûr. Et son amie Wilhelmina Burr.

Henrietta aperçoit Todd par une fenêtre et lui fait signe, mais sans obtenir de réponse ; si elle le hèle, il feint de ne pas entendre.

Quand il ne rôde pas dans Crosswicks, il est généralement dans le cimetière de Princeton, aux alentours du mausolée de la famille Slade.

Le gardien du cimetière le voit souvent, sait qui il est et ne l'aborde pas. Il y a des gens qui errent dans ce vieux cimetière datant d'avant l'Indépendance, comme des fantômes vivants

– le gardien sait garder ses distances, car ce sont des êtres endeuillés qui ne souhaitent pas d'apaisement à leur chagrin.

Encore que d'ordinaire ils ne soient pas aussi *jeunes*.

Dans le cimetière, Todd parle à Annabel. Le plus souvent, il se montre enfantin, comme il l'était naguère avec elle ; il avait aimé qu'elle le gronde, et il avait aimé l'étonner et la choquer un peu. À présent, il n'y a personne qu'il aime assez pour souhaiter le choquer.

« Mais pourquoi es-tu partie ? Où es-tu allée ? »

Todd appuie son visage contre le caveau de granit et écoute ; mais il n'entend jamais que le bruissement des feuilles dans les arbres, une trille d'oiseau et, un peu plus loin, la rumeur de la circulation dans Witherspoon Street.

« Annabel ! Où es-tu *allée* ? »

Todd doit faire un effort pour se rappeler que sa petite sœur Oriana est elle aussi enterrée dans le caveau. Mais à elle, il n'a pas de question à poser – elle est trop jeune pour l'aider.

Une fois pourtant, après avoir parlé à Annabel sans recevoir de réponse, il a entendu, ou cru entendre, Oriana répliquer : *Va-t'en, Todd ! Nous ne voulons pas de toi.*

Mais Todd n'a pas envie de rentrer chez lui. Souvent, il dort dans le cimetière, sous le portique de marbre du mausolée. Il sent quelque chose lui frôler le visage – les ailes d'un petit oiseau ? Il sent sur ses mains une caresse légère – les pattes trotte-menu d'un campagnol ? Au désespoir de sa mère et à l'irritation de son père, Todd passe de plus en plus de temps dans le cimetière ; jusqu'à ce que, un matin de la fin mai, le gardien fasse une découverte remarquable : une nouvelle statue s'est ajoutée aux séraphins, aux croix et autres tristes monuments : celle d'un jeune garçon.

Mais qui l'a placée là ? La statue de pierre d'un jeune garçon, assis dans l'herbe près du mausolée des Slade ; un spécimen exquis de l'art de la taille, d'un réalisme troublant ; sculpté avec tant de minutie que la veine la plus minuscule du front, le moindre pli des vêtements est rendu à la perfection. Même les cils semblent réels ; même l'air de résolution têtue qui se dégage de son visage.

Le gardien se précipite à Wheatsheaf pour signaler sa trouvaille ; à peu près à l'instant précis où la gouvernante de l'enfant découvre que Todd Slade n'est pas dans sa chambre.

Les nuits du lieutenant Bayard

« Pourquoi as-tu démissionné de West Point ? Pourquoi si précipitamment ? Est-il perdu à jamais – ton rêve d'être soldat ? »

AU FOND DE LUI-MÊME il était toujours *lieutenant.* Dans un accès de désespoir et de rage, après l'humiliation publique subie le jour de son mariage, il avait démissionné, contre l'avis de ses parents ; plus tard, quand il avait commencé à penser différemment, il était trop tard.

Mais peut-être pas ? Voilà les pensées qui tourmentaient l'ex-lieutenant Dabney Bayard, sauf quand le whisky les endormait.

CE FUT UN SOIR NUAGEUX de la fin du trimestre de printemps qu'un jeune étudiant du nom de Tempe Kaufman quitta la bibliothèque Chancelier-Green pour regagner sa chambre, au coin de Mercer et d'Alexander Street ; à une heure plus tardive que de coutume parce que la bibliothèque restait ouverte plus longtemps en cette période de préparation d'examens. Tempe traversa le campus obscur en direction de Mercer Street ; il ne se sentait pas seul, mais sifflotait tout bas pour se remonter le moral ; car il avait des inquiétudes concernant ses cours, dont deux au moins étaient enseignés par des professeurs qui semblaient avoir de l'antipathie ou du mépris à son égard, et qui l'avaient noté avec moins de générosité que ses camarades. Comme d'autres étudiants, Tempe Kaufman ne lisait ni ne se préoccupait des nouvelles locales ; il venait de New York et avait du mal à prendre au sérieux le village et les habitants de Princeton vivant à l'écart de l'université.

Le lecteur se demande peut-être pourquoi Tempe Kaufman habitait Mercer Street et non, comme ses camarades, l'une des résidences du campus. Ce garçon de vingt ans était, semble-t-il, de confession juive ; il jugeait donc plus politique de se conformer aux souhaits de l'administration universitaire et de la majorité de ses camarades en louant une chambre hors du campus. (Aucun des *eating-clubs* n'admettait de Juifs, est-il besoin de le préciser ?)

Mais Tempe ne souffrait pas de solitude, car il était habitué à être seul la plupart du temps. Et il prêtait peu d'attention aux rumeurs qui se répandaient dans Princeton, au sujet d'un « assassin » – d'un « démon » – ayant tué plusieurs personnes et toujours en liberté.

Alors qu'Old North sonnait mélancoliquement le quart de 10 heures, Tempe remarqua une forme curieuse qui voletait autour d'un réverbère (c'était au coin de Mercer et d'Alexander Street) ; la forme évoquait une chauve-souris, mais plus grosse qu'elles ne le sont d'ordinaire ; elle semblait rester suspendue dans les airs, sans battre des ailes, à deux ou trois mètres du trottoir. Une très grosse chauve-souris, se dit Tempe ; ou un engoulevent – un oiseau aux yeux rougeoyants et aux serres griffues qu'on ne rencontrait pas souvent dans la ville natale de Tempe.

« Mais qu'est-ce donc ? »

Tempe écarquilla les yeux ; il hésitait à s'approcher davantage, et fut soulagé quand, quelques secondes plus tard, la forme curieuse disparut ; une simple vapeur, peut-être. Tempe se reprocha sa frayeur, car il connaissait bien cette partie de Mercer Street : les pavés, la flamme vacillante des réverbères, les vieilles et dignes demeures coloniales aux façades proprettes en bardeaux blancs et aux persiennes sombres.

La maison de Mme O'Donovan se trouvait au 77.

Tempe n'avait pas cherché à connaître les détails sensationnels d'un meurtre récent survenu près du lac Carnegie, bien que la victime, un étudiant de seconde année nommé Heckewalder, eût fréquenté deux de ses cours ; un membre de ces fameux *eating-clubs* qui, peu assidu dans son travail, plein d'arrogance, obtenait cependant des notes plus élevées que Tempe Kaufman. En fait, quand il avait appris que Heckewalder avait été assassiné d'une façon mystérieuse « gardée secrète », Tempe avait pensé que *si quelqu'un méritait ça, c'était bien lui* ; une vilaine pensée, indigne de lui, qu'il avait immédiatement censurée, car elle ne lui ressemblait pas.

Il n'en restait pas moins que, à sa façon désinvolte et aristocratique, Heckewalder s'était montré peu amical envers Tempe Kaufman ; on disait que son père était l'un des conseillers juridiques les plus appréciés de DuPont & Co, une entreprise spécialisée dans la fabrication de poudre à canon, et qu'il avait gagné une fortune en investissant dans les actions DuPont. Naturellement, les détails de la mort du jeune homme étaient tus par sa famille, ainsi que par les autorités locales et par l'administration universitaire, qui craignaient des réactions hystériques et une « mauvaise publicité » ; Tempe avait cependant entendu, ou plutôt surpris des propos laissant entendre que, en plus d'avoir eu la gorge tranchée par des dents humaines ou animales, le malheureux jeune homme avait subi des outrages physiques d'une nature « indicible ».

Un sort que, de l'avis de Tempe, Heckewalder s'était attiré en se pavanant pomponné en femme dans le récent spectacle de la troupe du Triangle, aussi hilarant que d'un goût franchement détestable. Jamais dans le milieu de Tempe on ne se serait livré en public à une parodie sexuelle aussi grotesque.

Tempe poursuivit donc son chemin, le cœur battant, bien qu'il n'y eût plus de quoi s'alarmer, la plupart des maisons bordant la rue ayant leurs fenêtres éclairées, au moins au premier étage. Il ne pouvait cependant s'empêcher de penser que Heckewalder avait été un sportif, un joueur de lacrosse ; un jeune homme mince mais musclé, difficile à intimider. Cela n'avait pas cependant pas suffi à lui sauver la vie.

Et puis il y avait l'« aura » qui planait sur la maison de Mme Donovan depuis que, quelques années auparavant, à l'époque où Tempe Kaufman fréquentait le lycée Erasmus Hall de Brooklyn, l'un des jeunes pensionnaires de Mme Donovan, un brillant étudiant en mathématiques de Philadelphie, Juif lui aussi, avait été retrouvé pendu dans sa chambre – un suicide. (Dans le mot qu'il avait laissé, le jeune homme accusait les *eating-clubs*, qui l'avaient « blackboulé » en raison de ses origines ; et l'université elle-même, en ce qu'il n'avait pu se faire *un seul ami* dans toute la population étudiante. Une accusation aussi déraisonnable ne pouvait être prise au sérieux et ne devait pas être divulguée, avait aussitôt décidé le président Woodrow Wilson, nouvellement entré en fonctions ; et cette affaire tragique avait donc été « étouffée ».) On avait ensuite prétendu qu'un jeune gentleman hébreu – chaque promotion en comptait invariablement deux ou trois, toujours d'une intelligence supérieure – pouvait compter sur les doigts d'une main ses amis ou relations amicales ; au moment de cette chronique, en

1906, il devait bien y avoir six ou sept jeunes Juifs parmi les quelques milliers d'étudiants de l'université, lesquels se satisfaisaient apparemment de rester entre eux et de se tenir à l'écart de la vie sociale de Prospect Street, qui faisait la renommée de cette prestigieuse université.

C'était des sujets auxquels Tempe ne pensait pas, pas beaucoup. Car lui aussi passait pour être « brillant » en mathématiques – et il n'avait pas non plus énormément d'amis.

« Bonjour ? Bonjour… »

Une silhouette se matérialisa soudain devant les yeux stupéfaits de Tempe, appuyée contre un réverbère tel un énorme engoulevent. À son grand soulagement, il constata que cette silhouette était celle d'un jeune homme de son âge, ou légèrement plus vieux, portant un uniforme d'officier de l'armée américaine, quoique Tempe fût trop ignorant dans ce domaine pour déterminer son grade ; il vit toutefois que le jeune homme avait un visage agréable et qu'il lui souriait, comme pour la rassurer. Se connaissaient-ils ? Tempe aurait-il dû savoir qui était l'inconnu ? Par plaisanterie, pour dissimuler sa nervosité ou son embarras, il porta vivement la main, doigts tendus, à sa tempe : « À vos ordres ! »

Le jeune officier parut s'offenser de ce geste. Son sourire disparut, remplacé par une expression de rage. Quittant l'appui du réverbère, il déploya sa grande taille et, en deux enjambées, fut devant Tempe, dont il saisit la main droite avec des doigts d'une force surprenante.

« Te moques-tu de moi ? demanda l'inconnu aux cheveux blonds, avec un léger accent du Sud. Oses-tu insulter un officier de l'armée des États-Unis ? »

QU'EST-CE DONC ? – alors qu'il était en garnison au camp Raleigh, le lieutenant découvrit par hasard, dans un miroir de poche, une ride entre ses sourcils qui n'existait pas auparavant, il en était sûr. Flambée d'affolement, puis de courroux ; puis un désir sourd de vengeance. Un certain garçon, simple soldat, cheveux bouclés, yeux vifs et air timide, originaire des collines au-delà de Norfolk, le tourmenteur du lieutenant Bayard ces dernières semaines, et feignant l'innocence.

Il va falloir aplatir son joli museau, pense le lieutenant, *sinon c'est le mien qui va en pâtir.*

« SI SEULEMENT ils ne se débattaient pas. Cela vaudrait mieux pour eux et moi, et ce serait vite fini. »

DÈS LE DÉBUT, le lieutenant Bayard avait su : son futur beau-frère Josiah Slade le considérait avec méfiance.

Méfiance, mépris, inimitié. *À son égard !*

Alors que tous les Slade étaient chaleureux avec lui, ainsi qu'avec ses parents et sa famille, et que la jolie Annabel se montrait timide et aimable, Josiah gardait imperceptiblement ses distances ; de même que, dans des univers de camaraderie masculine, football, aviron, lacrosse, Dabney avait remarqué que certains jeunes gens ne se liaient pas avec lui, en dépit de son désir d'être aimé. *Tu n'es pas vraiment des nôtres. Espèce d'imposteur !*

Dabney Bayard n'en laissa rien voir, bien entendu. Il ne montra pas qu'il percevait la froideur de Josiah. En fait, il ignora cette froideur et se conduisit comme si Josiah le traitait avec amitié et qu'il n'y eût pas de tension entre eux.

« Irons-nous chasser ensemble un de ces jours, Josiah ? Il y a beaucoup de gibier dans le comté de Hunterdon.

– Peut-être. Un de ces jours. »

Voilà ce que répondait Josiah, avec un sourire forcé et un regard fuyant.

Il ne sait pas dissimuler. Il n'est pas habile en subterfuges.

Dabney savait que Josiah avait été accepté à West Point, s'était inscrit, mais n'était resté que quelques mois. La vie de soldat ne convenait pas à cet aristocrate princetonien, apparemment.

Comme il haïssait Josiah Slade ! Ce jeune homme était un snob, un salopard suffisant et plein de morgue – il paierait un jour pour ces insultes, pensait le lieutenant Bayard.

LE REMÈDE EST TOUJOURS LE MÊME, lieutenant. Et si simple que je m'étonne que vous ne vous en soyez pas avisé de vous-même.

Le comte souriait, la pâleur brune de son visage illuminé par le soleil. Grands yeux enfoncés, intelligents et moqueurs ; la chaleur d'une haleine inconnue sur la joue de Dabney ; une odeur de cendres, masquée par une odeur plus forte d'alcool et de tabac à priser.

Le remède, mon cher lieutenant, est…

« C'EST UNE CHAUVE-SOURIS ENRAGÉE qui a attaqué ce garçon, paraît-il. Car une chauve-souris saine ne s'attaquerait pas à un être humain, et jamais en plein jour. Tout le reste n'est que fadaises… cette hystérie à propos de "vampires". Les attaques de chauves-souris sont peut-être rares dans le New Jersey, mais c'est loin d'être le cas en Europe. Pourquoi donc cet émoi extraordinaire des autorités de la ville ? Et sur le campus de Princeton ? Un jeune étudiant valide devrait assurément être capable de se défendre contre une simple *chauve-souris.* »

Voilà les propos que le comte English von Gneist tint à des invités, dans le salon de Mora House, effleurant Dabney Bayard du regard, peu après le meurtre de Julian Heckewalder sur le sentier du canal.

ET IL Y AVAIT L'AUTRE, le *garçon hébreu*, le premier de son espèce dans la vie du lieutenant, dans l'ombre d'une ruelle entre les maisons de Mercer Street : boucles brunes, courbe sémite du nez, la sensualité prêtée à la race, une race antique et gorgée de soleil, riche de secrets !

Non dit-il mais Oui dis-je, Non s'il vous plaît supplie-t-il mais Oui dis-je, Ô mon Dieu prie-t-il, Ô par Dieu oui, dis-je, Mais je vous en prie dit-il, Mais oui dis-je, Non dit-il, à l'aide crie-t-il, Non dis-je, aucune aide dis-je, Viens là, cesse de lutter dis-je, tu ne souffriras pas, comme ça dis-je, comme ça et – ÇA.

« NON ! MON DIEU. »

Réveillé de l'un de ses horribles rêves.

Trempé d'une mauvaise sueur poisseuse.

Cœur battant, paupières palpitantes, bouche sèche comme celle d'un poisson jeté hors de l'eau, cherchant un air respirable.

« Mais juste un rêve. Dieu merci ! »

Paralysé quelques minutes dans le désordre des draps. Incapable de se rappeler où il était : les quartiers d'officiers de Norfolk, ou de Raleigh, ou de Camp Pendleton ; ou dans son lit d'enfant, ou à Atlantic City, à New York ou… de nouveau dans ce maudit Princeton ?

Dévoré par la soif et la faim il avait déchiqueté la gorge du jeune homme de ses dents pour sucer le sang salubre nécessaire à la vie ; emporté par la passion au point qu'il n'avait pu s'empêcher d'aller jusqu'au bout, avec sauvagerie sans doute. Pourtant, en quoi est-ce sa faute ? – l'appétit est plus fort que la volonté, et l'un et l'autre, plus forts que le désir de ne pas nuire. En quoi fautif, alors que le jeune Hébreu le raillait ouvertement en le saluant, échangeant avec le lieutenant un regard – fatal.

N'EST-IL PAS PRÉFÉRABLe, lieutenant, de satisfaire votre appétit et d'admettre le plaisir qu'il vous apporte ? Au lieu de jouer l'hypocrisie tous les jours de votre vie, comme la plupart de ceux qui nous entourent ?

Il y a bien plus de noblesse à suivre les caprices de votre âme secrète qu'à faire le prude ; l'un de vos bardes rustiques ne vous a-t-il pas engagé à écrire sur votre porte : CAPRICE ?

MALGRÉ TOUT, ce rêve était très perturbant. Si net dans ses détails, le frémissement des fins cils bruns du garçon, par exemple, la veste de gabardine qu'il portait ; l'enfilade des réverbères de Mercer Street, se perdant dans l'obscurité, au-delà du village de Princeton ; l'air de mai, frais et odorant… Si net que Dabney redoutait, s'il fermait les yeux, d'être entraîné de nouveau dans cet enfer suintant et fétide.

Il demeura donc là, haletant, dans cette pièce obscure qui était peut-être une chambre d'hôtel ; un endroit qui lui était étranger ; car tous les endroits, maintenant, lui semblaient étrangers, à lui que ses voyages nocturnes emmenaient si loin.

Essuyant du dos de la main ses lèvres desséchées, et avalant, avalant encore, sans parvenir à se nettoyer la bouche, ni même à débarrasser ses lèvres d'un dépôt, qui avait le goût indéniable du sang.

Post-scriptum : sur la question de l'« indicible » à Princeton

Étant donné qu'il est très difficile de parler de ce qui est « indicible », l'historien est limité dans sa présentation de certains documents ; en l'occurrence, l'historien ignore en fait ce que l'« indicible » peut être, en dépit de recherches poussées, menées sur des décennies.

Par ailleurs, l'essentiel de ce chapitre n'ayant d'intérêt que pour les lecteurs curieux de l'université de Princeton et de la place de l'« indicible » dans son histoire, je suggère aux autres de le survoler, voire de le sauter entièrement, et de passer au chapitre suivant, plus directement en rapport avec le cours des *Maudits*.

Tout Princeton était atterré et terrifié : un matin de mai, quelques jours seulement avant la fin du trimestre, le corps d'un jeune étudiant de vingt ans avait été retrouvé dans les solitudes paludéennes s'étendant entre Princeton et Princeton

Junction, non loin de la voie ferrée, comme si le corps violenté avait été précipité du train régional.

C'était le deuxième cadavre d'étudiant que l'on trouvait dans un cadre similaire, et avec des blessures similaires, en moins d'une semaine.

D'abord, un étudiant de seconde année, membre du Cottage Club ; ensuite, un étudiant de troisième année, âgé de vingt ans, résidant « hors du campus », au 77, Mercer Street.

Pour ceux qui croyaient que la « Malédiction » concernait spécifiquement Crosswicks, les Slade et d'autres familles en vue, ces morts constituaient des anomalies manifestes : car Heckewalder et Kaufman semblaient avoir été agressés et tués par pur hasard, parce qu'ils se trouvaient au mauvais endroit au mauvais moment ; l'un sur la rive du lac Carnegie, dans un endroit isolé, en milieu de journée ; l'autre dans ou aux environs d'une ruelle donnant dans Mercer Street, un jour de semaine après 22 heures. Ni l'un ni l'autre n'étant Princetoniens de naissance, ascendance ou destin n'avaient très vraisemblablement rien à voir avec leur mort.

Comme Heckewalder, Kaufman passait pour avoir reçu des blessures « terribles », « bestiales », « sauvages » à la gorge, au torse et dans le bas du corps ; il était mort par « exsanguination », et avait subi d'« indicibles outrages ».

Bien que je ne sois ni théologien ni philosophe, je trouve très utile de suivre ici les conseils de saint Thomas d'Aquin dans sa discussion sur « ce crime contre nature abominable et détestable, qui ne doit pas être nommé parmi les chrétiens. »

TOUT AU LONG DE L'HISTOIRE de l'université de Princeton, l'historien attentif pourrait repérer un fil ou une chaîne d'incidents « indicibles » : le renvoi brutal de certains enseignants, précepteurs et étudiants, et leur départ immédiat de la ville ;

l'ostracisme exercé par leurs camarades contre les étudiants soupçonnés d'avoir part à l'« indicible » ou d'en avoir le potentiel ; de temps à autre, des actes de cruauté, inexplicables autrement, infligés à des individus « hétérodoxes », notamment dans le cadre du bizutage des nouveaux étudiants. La période très angoissante du *bicker* – les épreuves de sélection des clubs – était le moment privilégié de ce genre de cruautés, maquillées en farces ; car un jeune homme désirant ardemment être admis dans un *eating-club* pouvait être amené à croire qu'il serait coopté pour découvrir finalement que *pas un seul club ne voulait de lui.* (Ces sortes de farces n'étaient pas réservées à ceux que l'on soupçonnait d'un « indicible » potentiel – elles étaient évidemment plus générales.)

En rapport avec ce qui précède, nous avons les suicides malheureux : des jeunes gens chez qui la détestation de soi entrait en écho avec celle de leurs pairs, les poussant au péché (impardonnable d'un point de vue chrétien) d'autodestruction. Que ce péché soit, à sa façon, « indicible », ajoute au mystère.

Des événements « indicibles » isolés furent ainsi rapportés pendant la présidence de James Carnahan (1823-1854), époque à laquelle les *eating-clubs* se formèrent spontanément parce que les étudiants avaient besoin de repas, et que le *college* était incapable de fournir des lieux de restauration adaptés à sa population étudiante toujours croissante. (La présidence de Carnahan fut tumultueuse, car une quasi-anarchie régnait quand les jeunes gens se rebellaient, ce qui arrivait souvent ; administrateurs et enseignants étaient impuissants à maîtriser les bandes qui allumaient des incendies, brisaient des fenêtres et vandalisaient le campus ; le président aux abois alla jusqu'à envisager de fermer l'université avant d'en être dissuadé par James Madison, un ancien élève loyal.) C'est à cette époque que se formèrent les clubs « Chevaliers de la table ronde », « Chevaliers de

Hudibras», «Cour du roi», «Knickerbockers», «Épicuriens», «Alligators» (qui serait le club de Woodrow Wilson, ou plutôt un substitut de club, Woodrow Wilson ayant apparemment été blackboulé en 1879 par l'Ivy, auquel allait sa préférence.) Plus tard, ces noms changeraient, et les clubs prendraient de la dignité grâce à la construction dans Prospect Avenue de très élégantes demeures, financées par d'anciens élèves prospères. À l'origine, ces clubs étaient parfaitement innocents; ce n'est que plus tard, à l'époque où Woodrow Wilson faisait ses études, par exemple, que la situation changea radicalement, jetant les étudiants de première et deuxième année dans les transes au moment du *bicker*, quand ils se demandaient qui intégrerait quel club, et qui ne serait accepté dans aucun (à savoir la majorité des étudiants).

D'où la promesse que s'était faite Woodrow Wilson de «fermer» les *eating-clubs*, et l'opposition auquel il se heurtait de la part d'une forte coalition d'anciens élèves.

Quoi que fût ou que soit l'«indicible», ces incidents s'intensifiaient à l'époque du bizutage et du *bicker*. On imagine sans peine les conséquences inévitables chez des adolescents enfiévrés de ces «courtisaneries», «punitions» et «bizutages». (Il n'était pas inhabituel que des «conscrits» fussent si violemment «punis» qu'ils devaient quitter l'université, parfois pour être hospitalisés; aucun d'eux cependant ne témoignait jamais contre les étudiants qui l'avaient tourmenté. Les décès consécutifs au «bizutage» n'étaient pas monnaie courante, naturellement – mais quand il s'en produisait, le silence était de mise, par décret universitaire.)

Sous les administrations qui suivirent, les clubs prirent de l'importance : de cinq, ils passèrent à neuf, puis à treize et finalement à vingt. Les anciens élèves se mirent à rivaliser dans la construction des «maisons» de Prospect Avenue, si bien que les restaurants de l'université, quoique d'un élégant style « gothique » à l'imitation d'Oxford et de Cambridge, faisaient piètre figure par contraste. Bientôt, il y eut les jeunes gens *clubables*, et ceux qui ne l'étaient pas. Car tout l'intérêt d'un club tient dans le petit nombre de ses élus ; les autres étant, sinon précisément au-dessous du méprisable, du moins au-dessous de cette latitude qui distingue nos semblables de ceux dont nous *ne souhaiterions pas partager la table.*

De mes propres études à Princeton – dont je suis diplômé avec mention, promotion 1927 – je ne parlerai pas, sinon pour dire que ce furent des années instructives et éclairantes ; et que, si je devais recommencer, je me pendrais.

Pendant le *bicker* annuel, semaine durant laquelle les clubs choisissaient leurs membres, l'université connaissait une véritable épidémie d'épuisements nerveux, de nuits d'insomnie, d'agitation, d'angoisse, d'euphorie, de désespoir, de rage, et même de poussées – et d'actes – homicides et suicidaires ; les enseignants ne pouvaient pas davantage distraire leurs étudiants du *bicker* qu'on ne pourrait forcer des enfants à rester tranquillement assis pendant un feu d'artifice.

Woodrow Wilson trouvait très vraisemblablement cette situation aussi contraire aux objectifs de l'université que l'aurait été une priorité excessive accordée aux sports ; les choses en étaient arrivées au point que des « hat clubs » agressifs (ainsi nommés en raison de leurs coiffures colorées), étaient apparus parmi les étudiants de deuxième année pour contrôler l'accès aux clubs d'élite en acceptant ou refusant les élections en bloc, ce qui avait naturellement entraîné l'apparition de clubs d'étudiants de première année cherchant à contrôler les « hat clubs » ; le tout favorisant cajoleries, intimidation, courtisanerie, menaces, duplicité, bahutage, bizutage, cœurs brisés, dégringolade des résultats universitaires, et se terminant souvent par des renvois. Plus déplorable encore, il s'ensuivait souvent que la cooptation dans les clubs des premières années ne se décidait absolument pas à Princeton, mais dans la dernière classe de lycées privés prestigieux tels que Lawrenceville et Groton ; si bien qu'un garçon de quinze ans pouvait connaître l'angoisse du *bicker* princetonien des années avant que son « sort » ne fût décidé. Voilà comment un grand nombre de jeunes gens souffraient, y compris quand ils étaient de « bonne » famille, afin que quelques-uns puissent s'enorgueillir d'appartenir à l'élite.

Pendant l'administration bon enfant mais quelque peu laxiste du Dr Patton éclata un scandale ambigu en rapport avec les procédures de bizutage du troisième « plus puissant » club du campus, le « Ballarat », logé dans un hôtel Tudor, réputé avoir coûté plus de deux cent mille dollars – somme considérable pour l'époque – et perle architecturale de Prospect Street. Club d'un neveu chéri de J. P. Morgan, le Ballarat jouissait de nombreux privilèges et rivalisait agressivement avec d'autres clubs pour la domination du campus ; il subit toutefois un revers en 1899, quand un scandale éclata en raison du traitement brutal infligé à de nouveaux membres avec cannes de bizutage et « fers à marquer ». Ballarat fut donc dissous, et son élégante maison vendue à un autre *eating-club*. Comme des « faits indicibles » étaient à l'origine du scandale, leur nature exacte ne fut jamais précisée ni énoncée.

Rien toutefois, me semble-t-il, ne surpassa l'« anarchie » du début des années 1800, quand des étudiants révoltés occupèrent Nassau Hall et mirent le feu à des charges de poudre à l'intérieur du bâtiment. Un pasteur adjoint fut même enlevé par une bande de garçons en robes et capuchons noirs, qui le traînèrent hors de sa chambre de célibataire, l'enduisirent de goudron et de plumes sur la pelouse de la maison présidentielle

– qui se trouvait alors dans Nassau Street, en plein centre du village –, ledit pasteur étant accusé par ces jeunes gens d'avoir perpétré sur eux des actes « indicibles » et « ignobles ».

Au cours d'une précédente administration, celle du révérend Samuel Stanhope Smith (1795-1812), les étudiants avaient déjà commencé à mal se conduire, semble-t-il, car plus d'une centaine d'entre eux furent renvoyés en 1802, après qu'un incendie désastreux, au caractère criminel établi, eut entièrement rasé Nassau Hall ! Figurait parmi eux le fils adoptif du président des tout nouveaux États-Unis d'Amérique, George Washington (un garçon dont on sait fort peu de chose, hormis qu'il fut renvoyé pour « bassesse et irrégularité de caractère »). Puis, pendant l'administration du très admiré révérend Aaron Burr, son fils précoce, Aaron junior, se fit une réputation d'« intelligence brillante » et de « dissipation » – cela, à treize ans à peine !

À ce moment-là, notons-le, l'université de Princeton n'existait pas encore : ces hommes d'autrefois vivaient à l'époque du College du New Jersey.

ADDENDUM

Cette partie de ma chronique, en dépit des horreurs qu'elle contient, a cependant une manière de fin « positive », car après les meurtres abominables – et jamais élucidés – de Heckewalder et de Kaufman, la Malédiction, sous sa forme première et macabre, ne frappera plus.

À peu près au même moment, Dabney Bayard apprit que, grâce à l'entremise de parents influents à Washington, D.C., il était réintégré dans l'armée des États-Unis au grade de lieutenant ; un an plus tard, il serait promu à celui de capitaine. Puis, très vite, il aurait l'honneur d'accompagner le vice-président William Howard Taft dans l'une de ses nombreuses expéditions de « médiation » dans les îles exotiques des Philippines, où l'agitation des indigènes et diverses complications politiques exigeaient l'intervention des États-Unis au nom de la démocratie. « Il nous faut de l'ordre là-bas, chez ces vilains petits singes, déclara le président Roosevelt, et, par Dieu, je veillerai que nous l'ayons ! »

Il se fit que le capitaine Dabney Bayard se comporta si bien dans son nouveau poste qu'il devait être de nouveau promu quelques années plus tard, cette fois au grade étoilé de major ; et que, à la tête d'un bataillon d'hommes bien entraînés, il maintint aux Philippines l'ordre civil dont parlait le président Roosevelt. Et plus aucune victime innocente ne fut la proie des appétits macabres du Malin à Princeton.

« Ici réside le bonheur »

Quoiqu'il fût de notoriété publique que le jeune Todd Slade avait été retrouvé « transformé en pierre » dans le cimetière de Princeton, et que ses restes avaient été enterrés dans le caveau familial, auprès de sa sœur Oriana et de sa cousine Annabel, il était également vrai, semble-t-il, que Todd *vivait toujours*; quoique dans un règne de l'être que votre historien ne s'explique pas, et que je suis obligé de décrire de seconde et de troisième main.

Voici donc l'aventure de Todd Slade.

SOUVENT, À PRÉSENT, son sommeil était troublé par des mots inconnus, qui lui semblaient pourtant étrangement familiers – HIC HABITAT FELICITAS – et encore, HIC HABITAT FELICITAS. Todd se réveillait de ces rêves, angoissé et désorienté, persuadé qu'une « voix » se trouvait dans la pièce ou résonnait dans sa tête.

Avant qu'il ne fût transformé en pierre et sa mort attribuée à un traumatisme corporel résistant au diagnostic, Todd avait pris l'habitude de rôder dans la propriété de Crosswicks, ainsi que je l'ai mentionné; il fuyait toutefois la compagnie de son cousin Josiah, de sa tante et de son oncle Henrietta et Augustus, et évitait son grand-père Winslow, dont la « confession » l'avait choqué. Il ne l'avait en effet pas entièrement comprise : Winslow Slade avouait-il aujourd'hui une vérité qu'il n'avait pas avouée autrefois ? Et, si c'était le cas, pourquoi fallait-il le croire maintenant ? Il y avait entre le petit-fils et le grand-père un sentiment de honte, qui poussait Todd à éviter le vieil homme, tout en étant attiré par Crosswicks Manse, qui lui semblait le cœur de la Malédiction. Des bouffées d'humeur fantasque, l'espièglerie du Todd d'avant la disparition d'Annabel, le conduisaient pourtant à passer devant la bibliothèque de son grand-père en chantonnant tout bas :

Il a menti une fois et pourrait mentir encore
Elle a menti une fois et pourrait mentir encore
Ils ont menti une fois et pourraient mentir encore
Mais Thor ne mentira pas
Thor seul ne mentira pas
Car la pauvre bête est morte.
Voilà pourquoi.

(Fort heureusement, Winslow Slade n'était plus très souvent dans sa bibliothèque, mais plutôt dans ses appartements privés, situés dans une autre aile de la maison.)

Si difficile que fût devenu Todd, il était néanmoins harcelé par une « voix » plus insidieuse que la sienne, qui murmurait « HIC HABITAT FELICITAS » d'un ton railleur, comme pour l'inciter à s'attaquer au mystère et à y mettre un terme.

Il arriva donc finalement que, quelque temps après midi, le 28 mai 1906, le garçon s'aventura dans la bibliothèque de son grand-père, une pièce qui lui avait longtemps été interdite, notamment quand aucun adulte n'était présent ; et, furetant et fouinant partout, il vit par hasard, gravés sur la cheminée, les mots mêmes qui le hantaient : HIC HABITAT FELICITAS.

Todd comprit aussitôt qu'il était devant une énigme importante, que lui seul pouvait résoudre. Mais que devait-il faire ?

Il trouvait très étrange d'être seul dans la légendaire bibliothèque de Winslow Slade, avec son haut plafond à caissons, ses murs tapissés de livres reliés en cuir, anciens et précieux ; et la Bible Gutenberg sur son piédestal ; et des tableaux sombres, exécutés par des artistes américains illustres (Gilbert Stuart, John Singleton Copley, Thomas Eakins), d'où les ancêtres de la famille Slade semblaient le dévisager avec sévérité. Si Todd avait voulu, il aurait pu se livrer à n'importe quelle farce : faire rouler l'échelle le long des étagères et grimper jusqu'au plafond comme un singe ; ou dérober son propre portrait, le pastel d'un enfant de deux ou trois ans au visage doux et innocent, sur une pelouse où reposait une ombrelle blanche, qui était peut-être celle de sa mère… Todd avait toujours été fasciné par ce petit enfant angélique qui, sans doute, était lui-même ; de même qu'il était fasciné par les portraits de sa sœur Oriana et de ses cousins Josiah et Annabel, exécutés par le même artiste. « Est-ce que cela a jamais été "Todd" ? » avait-il demandé à sa mère, avec mélancolie ; et Lenora avait répondu en riant, lui effleurant le front d'un baiser : « Bien sûr ! Et ce petit garçon angélique est ici, avec nous, quoique un peu éclipsé. »

Une réponse très maligne de sa mère, de l'avis de Todd. Une grande partie de la vie est *éclipse*.

Todd examina un portrait craquelé du général Elias Slade, par Copley, d'où émanait une aura ténébreuse ; et il y avait le révérend Azariah Slade, peint par Stuart, le teint de cire, les yeux durs et impitoyables comme la pierre. Un instant, Todd eut la terrible tentation de déchirer les pages cassantes de la Bible Gutenberg, et de la précipiter à bas de son piédestal. Puis, comme s'il avait reporté ce moment, il retourna à la cheminée de marbre et aux mots qui y étaient gravés : HIC HABITAT FELICITAS. Il ne savait pas le latin, mais devinait que cela devait signifier « Ici réside le bonheur » – ou quelque chose de similaire. Le bonheur doit résider chez soi, au sein de la famille – ou nulle part.

Par désœuvrement d'abord, puis avec davantage de curiosité, Todd examina la cheminée ; une cheminée si vaste qu'il pouvait y tenir debout, légèrement courbé. Cela sentait la cendre, et il y avait des toiles d'araignée dans la hotte ; debout dans l'âtre, face à la pièce, il éprouva un vertigineux sentiment de désorientation, comme qui regarde de l'autre côté d'un miroir. Au bout de quelques minutes, ses doigts découvrirent une brique branlante, sur laquelle il tira ; quand elle céda et tomba sur le sol, il tira sur une autre, puis sur une autre encore – jusqu'à ce que, à sa stupéfaction, il voie à l'intérieur de la cheminée, ou plutôt à travers elle, comme à travers une petite fenêtre ouvrant sur une lumière intense.

Ce qui aurait dû être sombre n'était pas sombre, mais « lumineux » : une sorte de tunnel, un passage secret.

Todd se mit alors à déloger systématiquement les briques, les posant ensuite avec précaution dans l'âtre. Il ne voulait pas que quelqu'un dans la maison l'entende et l'interrompe. Et finalement il en fut comme il l'avait pensé : un passage menait hors de la bibliothèque de son grand-père, non dans une autre partie de la maison, mais dans un tout autre paysage, qui lui était inconnu.

Comment était-ce possible ? Todd savait que cette ouverture ne pouvait conduire que dans un cadre familier, et pourtant ce n'était pas le cas ; après avoir encore gratté et creusé, et ôté d'autres briques, il constata qu'il voyait une forêt, des bois embroussaillés, dénués de toutes couleurs et néanmoins vivement « éclairés », comme un écran de cinéma. Malgré l'appréhension qui lui hérissait les cheveux sur la nuque, Todd continua à retirer les briques, les doigts égratignés et noircis, jusqu'à ce que, ayant ménagé une ouverture d'une trentaine de centimètres de diamètre, il pût y glisser la tête, puis les épaules.

C'est ainsi que Todd Slade disparut de la bibliothèque de son grand-père, comme, d'ailleurs, de notre monde.

L’âme nordique

Josiah Slade et Upton Sinclair vont enfin se rencontrer. Mais pas vraiment dans les circonstances que ces jeunes gens idéalistes auraient choisies, ni avec les résultats espérés.

Il AGIRAIT AVEC PLUS D’ÉNERGIE. Dans l’histoire de la révolution, il était temps.

Sa dévotion à la cause ne cessait de croître. De même que sa certitude d’être à l’avant-garde du changement.

Son séjour à Princeton tirait à sa fin, ou presque. Allait suivre maintenant un départ triomphal pour New York et, de là, pour… il ne le savait pas précisément : le grand État de Californie, ou une communauté socialiste dans la campagne du New Jersey. Là, prévaudraient les principes socialistes du partage de la propriété, du travail et de la nourriture.

Il ne supplierait pas Meta de l’accompagner. Mais il pensait que, s’il lui expliquait soigneusement les choses, elle souhaiterait être avec lui et ne douterait plus de lui.

IL Y AVAIT CERTAINS FAITS qu’Upton Sinclair avait espéré dissimuler. Il avait caché à Meta, et à ceux de ses camarades

– Florence Kelly, Clarence Darrow, Jack London – avec qui il avait fondé l'Intercollegiate Socialist Society en 1905, le fait que le père de sa mère était John S. Harden, un « haut responsable » de la tristement célèbre compagnie ferroviaire Western Maryland ; pis encore, le grand-père de son père était le commodore Arthur Sinclair, un héros de la guerre de 1812 qui passait pour avoir tiré un « profit considérable » de ses relations militaires et s'être vanté de ce qu'il n'y avait *pas de guerre qui ne fût riche de moissons – pour certains !*

Ces vérités brutales de l'esprit capitaliste, ces *faits*... ne révoltaient pas la majorité des Américains, comme on aurait pu l'attendre. Pourquoi ? Le jeune Upton Sinclair brûlait de le savoir.

Lui-même avait eu l'occasion de côtoyer les riches de près : de temps en temps, le prenant en pitié dans sa maison misérable de Baltimore, où il habitait avec un père vendeur/ivrogne et une mère impuissante et dépassée, ses grands-parents Harden l'avaient invité à venir quelque temps chez eux ; il ne se faisait pas d'illusions sur l'intelligence ou la morale supérieure des riches ; certes, ils pouvaient être « généreux », « charitables » – pas de bonté plus ostentatoire que celles de ces riches dames chrétiennes dans les moments de l'année – Noël, Pâques – où leur cœur est ému par le pathétique de la pauvreté ! – mais cela n'avait rien à voir avec la cause de la justice sociale. *Quand la propriété privée sera abolie, le véritable esprit du christianisme apparaîtra. Pas avant.*

Sinclair était pénétré de honte que sa mère, faible, souvent malade, tire fierté de descendre des Harden, des propriétaires terriens protestants d'Irlande du Nord, prétendument de très haut rang, fortunés et influents. Avec quelle honte il l'entendait lui dire, d'un ton de reproche, en lui pressant la main *Leur sang coule dans tes veines, aujourd'hui encore ! Un sang d'aristocrate.*

Des faits biographiques lamentables ! Qui ne seraient jamais publiés dans aucun « portrait » d'Upton Sinclair, s'il pouvait l'empêcher.

BIEN QU'IL FÛT passionnément opposé à la censure, naturellement. Toute atteinte à la liberté d'autrui – les droits de liberté de parole et de presse garantis par la constitution – les *droits naturels de l'homme* – Upton Sinclair s'y opposerait au risque de sa vie.

« Merci… mais *non*. Il n'y a qu'un seul homme pour ce poste, et c'est Jack London. »

Qu'on lui eût offert la première présidence de l'Intercollegiate Socialist Society, à l'automne 1905, était flatteur et très tentant. Mais, répondant avec un sourire grave au comité nominatif, Upton Sinclair avait refusé en faveur du jeune auteur socialiste de San Francisco, populaire et beaucoup plus célèbre.

« Bien que je ne le connaisse pas personnellement, j'ai lu ses œuvres remarquables – *L'Appel sauvage, Le Loup des mers, La Guerre des classes* – et, surtout, sa chronique sur la vie des bas-fonds, *Le Peuple de l'abîme* – et je me porte garant de son génie. Étant donné ce que j'ai entendu dire de notre camarade – de son engagement pour la cause du socialisme – je mettrais ma main à couper qu'il présenterait notre cause au monde plus admirablement que n'importe quel autre homme de notre temps. »

Il était totalement sincère ! Ce n'était pas de la fausse modestie – ni même de la modestie tout court, il aurait été prêt à le jurer. Le socialisme tel que le présentait Karl Marx – tel que l'avait affiné Engels – était impersonnel, dépouillé de tout *ego* ;

tout ce qui était *ego* était dépassé, condamné à dépérir et à disparaître d'ici quelques générations ; cela, Upton Sinclair le croyait avec passion, et en faire le fonds moral de sa vie lui semblait l'antidote le plus efficace à ses origines quasi bourgeoises.

À ce moment-là Upton avait vingt-six ans et se préparait à publier l'ouvrage le plus ambitieux de sa carrière, *La Jungle* ; il avait déjà écrit de nombreux articles, pièces et livres depuis son premier roman *Springtime and Harvest* en 1901. Jack London, qui avait deux ans de plus que lui, était loin d'avoir autant publié – mais *L'Appel sauvage* et *Le Loup des mers*, des best-sellers dans plusieurs langues, l'avaient déjà rendu célèbre – sa popularité égalait celle du légendaire Mark Twain, dont l'heure de gloire était maintenant passée.

À présent, au printemps 1906, Upton n'avait toujours pas fait la connaissance de London. Il n'avait toujours pas rencontré face à face le jeune aventurier du Yukon – quoiqu'il ait souvent vu son visage tanné en photo, notamment dans le *New York Sun* où l'« agitateur socialiste » était anathémisé par la rédaction.

Comme London était séduisant ! En secret – car sa femme n'aurait pas compris un pareil engouement – Upton examinait les photos de l'écrivain aventurier avec l'espoir de découvrir dans le regard souriant de son camarade une sorte de… lien, de parenté mystique. Upton n'aurait pu exprimer clairement ce qu'il cherchait, mais savait que c'était ce *ravissement de l'âme* qu'il avait connu en lisant pour la première fois *Le Chevalier Harold* de Byron et *Le Mariage du ciel et de l'enfer* de Blake ; intellectuellement, c'étaient Marx, Engels, Feuerbach et Nietzsche qu'Upton admirait le plus, mais il ne pouvait éprouver pour ces penseurs la passion fervente que lui inspiraient les poètes, et Jack London, qui n'était pas seulement son contemporain mais une sorte de frère ou d'âme sœur… Se sentant coupable d'être le fils privilégié d'une famille bourgeoise, Upton était fasciné par les origines toutes différentes de London : fils illégitime d'un astrologue ambulant, né dans la pauvreté à San Francisco, contraint de quitter l'école à quatorze ans pour travailler comme marin, chercheur d'or et manœuvre; jeune homme, London avait commencé à écrire pour les journaux et avait eu le cran de se porter candidat à la mairie d'Oakland en 1901. (Il avait perdu, naturellement – mais les journaux avaient parlé du pouvoir de séduction exercé par le *Boy Socialist* sur les foules venues l'écouter.) Dans les rêves d'Upton, London n'avait pas un aspect fantomatique, comme la plupart des personnages oniriques, il était solide, terrien, musclé, plein de vie; querelleur, comme il avait la réputation de l'être, et néanmoins charmant; si charmant qu'il était impossible de se détourner ni de secouer l'effet de sa personnalité... *Il est mon moi le plus profond* se disait Upton – *bien plus profond que je ne saurais m'en rendre compte moi-même.*

Car il existait, Upton en avait acquis la conviction, grâce à l'analyse culturelle pénétrante de Nietzsche, *un moi primitif, profond, authentique* – le plus souvent trahi par la couardise morale de l'homme social.

À l'initiative d'Upton, London et lui correspondaient depuis un an – des lettres volumineuses – d'un sérieux têtu du côté de Sinclair, fougueuses et véhémentes de la part de London – où ils dénonçaient les crimes du capitalisme et exaltaient les vertus du socialisme. Upton avait pressé London d'accepter de devenir le premier président de l'Intercollegiate Socialist Society, et London avait d'abord décliné, mais s'était laissé cajoler et finalement convaincre. Chacun des jeunes écrivains avait envoyé à l'autre des exemplaires dédicacés de ses livres – Upton semblait le plus impressionné, il avait aussitôt lu les pages passionnantes du *Loup des mers*, le dernier best-seller de London, qui, tout juste publié, en était déjà à son huitième tirage. « Vous êtes un "véritable" écrivain – je ne suis qu'un "remueur de boue", avait-il écrit à London. Mais j'espère savoir reconnaître le génie littéraire quand je le rencontre. »

Des semaines avaient passé sans que London réponde. Quand, finalement, Upton avait reçu quelques mots, griffonnés sur une carte, la franchise brutale de l'écrivain l'avait atterré : « Dans votre ouvrage, le sentiment socialiste est irréprochable, mais je crains que la froideur de votre nature – votre "attitude sexuelle" – ne soit aux antipodes de ma conception de la chose. »

Froideur! Attitude sexuelle! Upton Sinclair n'avait aucune idée de ce que London entendait par là, et ne voyait personne qu'il pût interroger – sa femme moins que quiconque.

LE NOUVEL AN et le printemps 1906 avaient été une période d'intense activité pour Upton Sinclair. Après avoir bataillé pour que Jack London devienne président de l'Intercollegiate Socialist Society, il s'était senti obligé d'aider à l'organisation de la réunion plénière de l'association au Carnegie Hall de New York ; ses cofondateurs Clarence Darrow et Florence Kelly, bien que soutenant l'entreprise, n'habitaient pas à proximité de New York et étaient trop occupés pour y participer. Upton avait dû répondre au flot d'attaques qui avait suivi la publication de *La Jungle*, une épreuve dont il se remettait à peine, et il venait de finir ce qu'il estimait être un article majeur pour l'influente revue *Everybody's* : « L'Évangile selon saint Marx » – écrit en un temps record, même pour Upton Sinclair. (Si vite qu'il écrivît, cependant, tapant si rapidement sur sa machine qu'il s'exposait à user un ruban par semaine et à souffrir de crampes aux deux mains, il avait conscience que Jack London pouvait écrire encore plus vite, et avec beaucoup plus de succès – bien que n'ayant commencé à publier qu'en 1900, London avait dix livres à son actif en 1905, et tous avaient fait « sensation ».) Depuis quelque temps, Upton était obligé de faire la navette entre Princeton et New York plusieurs fois par semaine ; l'occasion rêvée de rencontrer Meta, de voir le petit David et de se réconcilier avec sa famille, mais – on ne sait comment, ses obligations socialistes prenaient le pas sur sa vie privée, et Upton manquait toujours de temps.

Depuis que Meta avait quitté la ferme de Rosedale Road, les habitudes alimentaires d'Upton étaient encore plus anarchiques. Il lui était pénible de constater, dans les vitrines des magasins de Princeton, que, à vingt-cinq ans, il ressemblait encore à un adolescent de dix-sept ou dix-huit ans ; travailler si longuement courbé sur sa table de travail avait définitivement arrondi ses épaules, comme les épaules et le dos de ces pauvres enfants ouvriers que Mère Jones présentait à des assistances horrifiées pour témoigner de leur exploitation. « Eh bien, moi, personne ne m'a exploité. Je l'ai fait tout seul ! » Ses yeux myopes larmoyaient vite ; il n'avait pas encore trouvé le temps de se rendre chez un spécialiste pour obtenir une nouvelle ordonnance. Sa santé lui devenait une source chronique d'inquiétude en dépit de la sévérité de son régime et de ses habitudes de propreté ; un nutritionniste socialiste lui avait conseillé de jeûner le plus souvent possible, en évitant viande, poisson et œufs, réputés augmenter le métabolisme basal, ou énergie – Upton devait cependant reconnaître qu'il ne se sentait pas plus énergique qu'avant, et même souvent affaibli et abattu – tendance qu'il devait combattre avec vigueur. Comparé à son héros Jack London – du moins tel qu'il l'imaginait – il se faisait l'effet d'une moitié d'homme ou d'un avorton d'homme – comme l'avait si finement perçu London, Upton manquait de sens du contact – du contact humain.

Il avait pourtant épousé une femme séduisante, un fait dont il s'étonnait souvent. *Comment* et *pourquoi ?* – il aurait dit aimer sa jeune épouse et être un époux raisonnablement attentionné, et cependant, quand ils étaient séparés, comme c'était si souvent le cas depuis la publication de *La Jungle*, Upton avait du mal à se rappeler à quoi ressemblait Meta ; et il devait admettre à sa grande honte que son fils était interchangeable avec n'importe quel autre bambin…

Brusquement, dans la vie new-yorkaise d'Upton, il y avait tant de jeunes femmes – tant de monde ! Et beaucoup étaient des immigrants récents, ou les fils et les filles d'immigrants, comme ces Lituaniens qu'Upton avait interviewés à Chicago pour son roman *La Jungle* ; à New York, les habitants des quartiers d'immigrants du Lower East Side – « grouillants » et « sans loi », ainsi que les qualifiait la presse de Hearst – étaient attirés par la cause socialiste et impressionnaient Upton Sinclair par leur vitalité et par leur passion. Il y avait là, à côté des Lituaniens et des Russes, des Allemands, des Italiens, des Polonais, des Hongrois – dont l'anglais lui était souvent incompréhensible, et dont les émotions vives, directes, étaient fort différentes des émotions voilées et obscures de la classe dans laquelle Meta Fuller et lui étaient nés.

« Tu ne veux pas m'accompagner à ce meeting, Meta ? Cela va être un événement historique. »

Combien de fois Upton avait-il ainsi imploré sa femme, dont il avait cru les sentiments politiques presque identiques aux siens, et dont la révision méthodique et méticuleuse de ses manuscrits – souvent ligne à ligne et heure après heure – lui avait été précieuse ; mais il avait un ton mélancolique et blessé d'enfant.

« Nous verrions Jack London ! Ce sera un grand événement – tous les journaux parleront de nous. Nous espérons faire ensuite une collecte – ce sera une occasion unique. Le discours de Jack aura pour titre “La révolution, maintenant” – il a envoyé un télégramme. »

Meta avait murmuré une vague réponse. Car Upton lui avait demandé plus d'une fois de venir à ce meeting « historique », et lui avait vanté plus souvent encore les vertus de Jack London, ainsi que d'autres camarades socialistes. Mais depuis quelque temps elle refusait sans autre excuse que sa fatigue.

Peu avant que Meta emmène David vivre chez ses parents, à Staten Island, le jeune couple avait eu une conversation pénible.

« Mais, Meta… l'occasion de rencontrer Jack London !

– Mais, Upton… j'ai eu l'occasion de rencontrer Upton Sinclair. Et alors ? »

Il avait gardé longtemps aux oreilles le rire nerveux, déroutant, de sa femme.

DANS SON JOURNAL, à la date du 28 mai 1906, c'est-à-dire la veille du meeting au Carnegie Hall, Upton Sinclair nota sombrement :

Dans les périodes révolutionnaires, les vies privées ne comptent pas. Mariage, famille, tradition – toutes ces coutumes bourgeoises qui propagent l'hypocrisie et l'exploitation capitalistes – sont condamnés.

« Il viendra. Il ne nous laissera pas tomber. »

Mais à 19 h 45, le soir du 28 mai, Jack London n'était toujours pas arrivé au Carnegie Hall, alors que le programme prévoyait son intervention à 19 heures. Depuis qu'il avait adhéré à la cause socialiste, Upton avait découvert qu'il n'était pas rare que les meetings socialistes connaissent des retards – ou même des annulations de dernière minute – qu'il n'était pas rare non plus qu'ils soient organisés au petit bonheur – mais ce soir-là l'assistance qui attendait Jack London était inhabituellement agitée ; on sentait dans la salle une électricité de jour d'orage. Beaucoup d'hommes refusaient de s'asseoir et tournaient en rond dans le foyer et les allées – des hommes excitables, belliqueux, qui avaient fort peu de ressemblance avec les jeunes étudiants de Columbia, de l'université de New York, du City College et des autres établissements d'enseignement de la région pour qui avait été créée l'Intercollegiate Socialist Society.

Les organisateurs se rendaient compte un peu tard qu'une bonne partie du public n'était pas venue écouter le président d'une nouvelle association socialiste, mais Jack London, le jeune auteur séduisant de *L'Appel sauvage*, un succès retentissant déjà vendu à plus d'un million d'exemplaires ; bien que London eût la réputation d'écrire des romans d'aventures, il y avait dans l'assistance un nombre respectable de femmes élégamment habillées, qui ne semblaient pas, au premier coup d'œil, devoir être socialistes.

Dans la 57e Rue, devant Carnegie Hall, paraissant hésiter à débourser le prix modique du billet avant d'être certains de l'arrivée de Jack London, attendaient des hommes, qui, avec leurs vêtements de coupe grossière, leur virilité agressive, semblaient sortir tout droit du *Loup des mers*, le nouveau best-seller de Jack London, qui avait pour héros un capitaine tyrannique évoquant l'*Übermensch* de Nietzsche – les quarante mille exemplaires du premier tirage s'étaient vendus *avant même leur publication*, à la stupéfaction et à l'envie d'Upton Sinclair.

En dépit de l'agitation et de l'inquiétude croissante des organisateurs, Upton Sinclair ne pouvait que s'émerveiller qu'un écrivain de sa génération eût aussi rapidement acquis parmi les masses une stature que lui-même ne pouvait rêver d'atteindre !

Même si son dévouement aux masses était absolu et si, dans ses fantasmes les plus secrets, il rêvait d'être un martyr de la cause, comme Eugene Debs, brutalement tabassé par des policiers briseurs de grève, jeté en prison… et en ressortant avec une détermination renouvelée… « La cause socialiste a trouvé son grand poète visionnaire – et il a mon âge ou presque ! Mon frère, et mon ami. »

Vingt heures approchaient, et Jack London n'était toujours pas là. Quand le président par intérim de la Société s'adressa à l'assistance pour leur demander encore quelques minutes de patience, quolibets et huées fusèrent, couvrant quelques maigres applaudissements. Manifestement il y avait dans la salle des socialistes convaincus – venus principalement pour le meeting – et d'autres, pour qui le meeting – et sans doute la cause socialiste elle-même – n'était qu'accessoire. Certains des hommes grossièrement vêtus massés à l'extérieur, sur le trottoir, étaient maintenant entrés et bousculaient d'autres spectateurs, dans les allées. Avec un air ébahi, Upton Sinclair murmura tout haut : « Nous sommes au bord du chaos, de la catastrophe ! Comment est-ce arrivé ! »

En fait, c'était peut-être sa faute – il avait fait pression sur le comité nominatif et soutenu que Jack London était l'homme de la situation ; il avait essayé plusieurs fois, sans succès, par courrier et par télégramme, de convaincre London d'arriver à New York la veille du meeting ou, en tout cas, le 28 mai en début d'après-midi. Mais, pour une raison qui lui échappait, tant elle relevait d'une assurance et d'une insouciance qui lui faisaient défaut, London lui avait assuré qu'il n'aurait aucune difficulté à être au Carnegie Hall « à l'heure dite » – si la traversée de San Francisco à Miami n'avait pas un retard de plus de deux heures, ni le train de Miami à New York… dont l'arrivée à la gare Grand Central, Upton le découvrit avec horreur, était prévue à 18 h 35. Par télégramme, il avait imploré London d'avancer son départ d'au moins une demi-journée ; débarquer à New York vingt-cinq minutes seulement avant l'heure de son discours paraissait très risqué : « Cela va tous nous angoisser, et vous aussi. Réfléchissez-y, je vous en prie ! » London avait répondu, avec une désinvolture amusée : « Oubliez votre "angoisse", camarade… Jack London vous promet d'être le *Juggernaut des orateurs.* »

Upton avait été si dépité par cette conversation qu'il n'avait pu se résoudre à révéler aux organisateurs l'heure exacte du train de London. Un embarras coupable l'en avait empêché, et il avait également hésité à se confier franchement à sa femme. Son engagement socialiste – comme auparavant son tempérament chrétien – lui imposait de s'appliquer à être *positif* ; c'est-à-dire à éviter résolument la *négation*, considérée comme une stratégie contre-productive. Suivant le conseil du grand philosophe pragmatique William James, il simulait la croyance quand elle paraissait faiblir, de façon à la ranimer et la ressusciter. Jeune étudiant au City College, aucun philosophe ne l'avait plus impressionné que James et sa « vérité pragmatique ». *La vérité n'est pas quelque chose qui réside dans un principe. La vérité est quelque chose qui advient à un principe.*

Upton avait tenté d'expliquer cela à sa femme, dont la connaissance de la philosophie se limitait aux fragments de « grandes pensées » qu'elle avait appris au *college* Sweet Briar : « Darwin nous a appris que les espèces évoluent en permanence et, de même que les spécimens au sein des espèces doivent évoluer pour survivre, la vérité doit "évoluer" – elle ne peut pas rester figée.

– "La vérité doit évoluer"… comme c'est commode pour les menteurs ! »

Sa frivolité avait contrarié Upton. Quand il essayait de lui parler sérieusement, elle plaisantait ; quand il essayait de plaisanter, elle restait de marbre.

Il n'en avait pas été ainsi, il en était sûr – quand ils s'étaient rencontrés, quelques années à peine auparavant. Sans être d'une beauté exceptionnelle, Meta était alors une jeune fille adorable, douce et aimable, qui riait des plaisanteries d'Upton, comprenait ses idées et était toute prête à l'écouter parler longuement de « l'Évangile selon saint Marx » et de ses variantes.

Naïvement, il avait cru que cette femme était son âme sœur.

UN TONNERRE D'ACCLAMATIONS ! Jack London était arrivé.

« Il est là ! Enfin – Dieu merci... »

Il était 20 h 12. London avait plus d'une heure de retard. Mais le public tapageur, qui avait paru au bord de l'anarchie, s'apaisa immédiatement, tel un grand animal sans cerveau. Dans les coulisses, qu'il arpentait de long en large dans un état d'agitation extrême, Upton fut envahi d'un soulagement extatique – la cause socialiste était sauvée, mais aussi les organisateurs, qui commençaient à craindre pour leur personne sans pouvoir se résoudre à fuir les lieux.

Upton se précipita à la rencontre de London, qui remontait l'allée centrale tel un homme politique ou un boxeur professionnel, cheveux noirs ébouriffés par le vent ; il était d'humeur exubérante, très amical, s'arrêtait pour serrer la main de ses admirateurs et des chasseurs d'autographes. Il avait été convenu qu'il arriverait par la porte de derrière, dans la Septième Avenue, précisément pour éviter cette traversée, mais il était évident qu'il y prenait beaucoup de plaisir, de même que sa compagne – une petite femme aux allures de gitane, vêtue de couleurs vives, qui s'accrochait à son bras.

À la hâte, dans la mêlée, Upton se présenta à Jack London qui, plein d'entrain, le visage coloré et l'haleine sentant franchement l'alcool, lui serra la main avec une vigueur qui le fit grimacer, puis l'étreignit sur sa poitrine à lui couper le souffle. « "Upton Sinclair" ? Camarade ! Vous êtes exactement tel que je vous imaginais » – London rit de bon cœur de cette remarque, narquoise sinon franchement sarcastique. Upton rit aussi, avec nervosité – craignant un peu que Jack London ne lui eût fêlé une ou deux côtes.

« Ma femme – Miss Charmian. Ma fidèle conjointe. »

London rit de nouveau – bien qu'il fût visiblement fier de sa compagne ; dans la presse de caniveau, la photographie de Miss Charmian s'accompagnait de cette légende : « *L'Appel sauvage* : l'autre femme de Jack London. » Charmian ! Elle n'avait pas apparemment pas de nom de famille. Upton était surpris de la voir, car London lui avait laissé entendre qu'il ne viendrait pas avec elle à New York, et pourtant… elle était là, se pavanant comme une reine : une petite personne étonnamment trapue au visage de pékinois outrageusement maquillé, la tête enturbannée de soie, qui prêta autant d'attention à « Upton Sinclair » qu'à un simple placeur, chargé de l'accompagner jusqu'au siège qui lui était réservé au premier rang.

La seconde surprise d'Upton fut le refus de London d'être présenté au public – « Non, non ! Ces gens ne sont pas venus vous écouter parler de "Jack London", ils sont venus écouter "Jack London". Et je vais leur donner satisfaction tout de suite. »

Signe de son entrain et de sa confiance en lui-même, il monta sur l'estrade sans hésitation, et s'avança vers le pupitre à la façon d'un boxeur, les deux poings brandis, autant pour répondre au tonnerre assourdissant des applaudissements que pour en augmenter le volume. Il fallut plusieurs minutes avant que le vacarme s'apaise suffisamment pour qu'on puisse l'entendre quand, la bouche collée au micro, il brailla sans préambule : « La Révolution, maintenant ! La Révolution, maintenant ! Encore une fois, je vous le dis : *La Révolution, maintenant !* »

De nouveau, la salle applaudit, hurla, trépigna ; de nouveau, London dut attendre qu'elle s'apaise.

Upton s'était assis près de la petite femme trapue, un peu abasourdi. Le sang lui battait les tempes, ses yeux larmoyaient. Il avait été si distrait ces dernières quarante-huit heures qu'il en avait quasiment oublié de manger et se sentait maintenant les jambes molles et la tête vertigineuse. Si Jack London n'était arrivé juste à temps, quel tapage cela aurait été ! Il était exaltant pour Upton, à présent, d'entendre son héros parler d'une voix puissante et théâtrale, ses larges épaules penchées en avant, les mains agrippées aux bords du pupitre. Le public, si agité un instant auparavant, s'était tu, plein de déférence.

« "Pas de compromis" : voilà l'essence du mouvement prolétarien… Le capitalisme est l'unique ennemi… Si un camarade socialiste en rallie un autre à la cause, et celui-là un autre encore, nous aurons conquis les États-Unis tout entier d'ici l'année 1912… Nous assistons à la lutte à mort que se livrent les deux grandes forces de la Cupidité, les chefs du Trust du Bœuf et les chefs du Trust de la Standard Oil, pour mettre la main sur les États-Unis d'Amérique… Au lieu de "In God we trust", la devise de ce pays sera bientôt celle de "Big Bill" Haywood : "À mauvaise paye, mauvais travail"… » London parlait d'une voix forte et incantatoire, semblant répéter des phrases apprises par cœur, mais produisant un effet considérable. Bien que son discours n'eût rien de neuf – du moins pour Upton Sinclair et les autres socialistes de la salle – il était applaudi, comme s'il était de la plus grande originalité, et plein de hardiesse. Assis au premier rang, sous l'estrade, Upton levait les yeux vers son héros avec l'admiration sans bornes d'un chien battu, que son maître a temporairement cessé de frapper et traite avec bonté, par pur caprice, mais délicieusement.

Quand une expression de ruse gamine plissait le visage empourpré de London, on comprenait qu'il allait faire une plaisanterie – « Ce n'est pas votre serviteur, le *Boy Socialist* – un surnom que m'ont donné mes détracteurs pour tenter de discréditer la noble cause que je défends – qui ira dire que le socialisme n'est pas une *menace* ; après tout, notre but déclaré est d'éliminer, avec branches et racines, toutes les entreprises capitalistes de cette société ! » – et la salle entière éclatait de rire, y compris Upton ; quand le visage de London devenait sérieux, ou apparemment sérieux – « Notre slogan est un simple appel aux ouvriers opprimés et exploités d'Amérique et du monde : *Organisez-vous ! Organisez-vous ! Organisez-vous !* » – le public se taisait, comme si London récitait une prière. Tel le refrain d'une ballade, les mêmes mots revenaient, chaque fois avec plus de véhémence : « *Organisez-vous ! Organisez-vous !* Une fois encore je vous le dis : *Organisez-vous !* Et le monde sera nôtre ! Et la destinée humaine sera nôtre ! *La Révolution, maintenant ! La Révolution, maintenant ! La Révolution, maintenant !* »

Dans son état de fatigue et d'excitation, Upton, sans force, écoutait comme s'il se réchauffait à la chaleur d'autrui. On avait dit de lui qu'il était un orateur sérieux, « édifiant », mais il n'y avait aucune comparaison entre London et lui. Upton Sinclair prononçait des discours préparés, d'un ton monotone et têtu, en regardant souvent ses notes ; flamboyant, animé, London gesticulait, s'interrompait pour éclater de rire – « On les aura ! On les aura ! » – se frottait jovialement les mains. Son charisme stupéfiant aurait transporté New York tout entier, si les habitants de la ville étaient venus l'écouter… Ce *Juggernaut des orateurs* méritait un stade entier de spectateurs enthousiastes, et pas seulement les douze ou quinze cents personnes, venues ce soir-là au Carnegie Hall.

Upton ne comprenait pas que Jack London eût si mal réussi lors de sa campagne pour la mairie d'Oakland, quelques années auparavant. Son message socialiste était-il prématuré ? Sa personnalité n'était-elle pas encore assez mûre ?

Cependant, le discours se poursuivant, et London commençant à répéter les mêmes mots, les mêmes gestes apparemment spontanés, Upton remarqua progressivement que, sous l'éclairage impitoyable du Carnegie Hall, le séduisant *Boy Socialist* paraissait plus âgé que sur les jaquettes de ses livres. Et n'était-il pas aussi… plus petit ? Plus petit qu'on ne s'y serait attendu ? Ses traits épaissis avaient perdu de leur séduction romantique, son corps musclé s'était visiblement empâté et semblait curieusement pataud. Son art oratoire consistait à feindre une intimité complice avec son auditoire – à lui donner l'impression qu'il lui confiait des secrets ; mais en même temps, il élevait brusquement la voix, d'une façon théâtrale, si bien que, si vous vous étiez penchés en avant, avide d'entendre, vous vous rejetiez violemment en arrière, comme si on vous avait lancé un coup au visage. Et il y avait ce rire jovial, tonitruant, teinté de… moquerie ? Ou fallait-il seulement y voir – comme Upton souhaitait le croire – l'expression d'une *virilité débordante*, difficile à contenir derrière un pupitre, sur une scène conventionnelle ?

Upton n'avait pas voulu penser que le premier président de l'Intercollegiate Socialist Society était arrivé ivre, ou à moitié ivre, au Carnegie Hall… il semblait pourtant que ce fût le cas. Au début de son discours, London avait vidé à grandes rasades le verre d'eau placé sur le pupitre, mais au bout d'une vingtaine de minutes il se mit à téter ouvertement la flasque qu'il avait dans sa veste, à l'amusement approbateur des membres les plus braillards de l'assistance. Plus London buvait, plus son visage s'empourprait et plus sa voix devenait forte, plus ses gestes devenaient amples. Naturellement – tout le monde savait que Jack London *buvait* ; il n'était assurément pas *abstinent* comme Upton Sinclair. Malgré tout, il n'était pas venu à l'idée d'Upton que ce penchant pour la boisson puisse affecter le meeting et la soirée ; il n'avait pas envisagé un instant cette possibilité. Le jeune homme n'osait pas se retourner pour regarder les spectateurs captivés, mais il n'aurait pas été étonné que beaucoup d'entre eux tètent aussi leur flasque. (Toute consommation d'alcool était expressément interdite dans Carnegie Hall ! Les socialistes avaient été prévenus.)

Upton était également effaré par la tenue de London. Qu'il était étrange – et inattendu – que London ne porte pas la tenue de marin dans laquelle il était généralement photographié, ni même des vêtements de travail, mais une tenue de « dandy » – costume anglais à chevrons, avec gilet, chemise blanche – en soie ? – et grosse cravate à pois. Lorsqu'on apercevait ses chaussures, on voyait qu'il s'agissait d'élégantes bottines d'un cuir noir étincelant… aussi étincelant que les bagues qui ornaient ses doigts épais.

Le gilet à chevrons, étroit aux entournures, comprimait London comme le boyau d'une saucisse et, à mesure que les minutes passaient et que la flasque se vidait, se couvrait d'éclaboussures. Les cheveux de London semblaient maintenant plus dépeignés qu'ébouriffés par le vent, et grossièrement striés de gris. London sortait de plus en plus ouvertement sa flasque d'argent et clappait de la langue avec délectation – ce qui suscitait des rires paillards dans l'assistance.

Upton se gourmanda : *Étant « abstinent » – souvent raillé pour mon « tempérament de vieille fille » – et par Jack London pour mon « attitude sexuelle » – je suis le dernier à pouvoir émettre un jugement.*

Il était évident à présent que London n'avait pas préparé de discours, et qu'il lui était superbement indifférent qu'il y ait des jeunes étudiants dans la salle ; ses remarques, de même que ses plaisanteries de plus en plus égrillardes, s'adressaient à ceux qui y répondaient par des rires, des applaudissements, des trépignements. Il était tout aussi évident que London avait oublié, s'il l'avait jamais su, que son « discours présidentiel » n'était que l'un des nombreux discours prévus à ce meeting : 21 heures, 21 h 30, près de 22 heures maintenant, et il parlait toujours, sans donner le moindre signe de fatigue. Parmi les orateurs qui devaient lui succéder, Moses Leithauser, martyr de la récente grève des ouvriers du textile, marchant encore avec des béquilles après avoir eu affaire aux « détectives » briseurs de grève de Pinkerton, était venu à l'invitation expresse d'Upton Sinclair et commençait à donner des signes d'impatience et d'irritation ; mais personne ne pouvait rien faire, Upton Sinclair moins que quiconque, car le public aurait été furieux que l'on interrompe son héros, et London était très drôle, désopilant même : « Les ouvriers du monde doivent prendre exemple sur votre serviteur et, s'ils veulent "joindre les deux bouts", ne pas diminuer leur train de vie, mais – comme votre serviteur – *augmenter leurs revenus.* C'est ça, camarades, la Révolution, maintenant ! »

Même Upton rit. C'était très spirituel – digne d'Oscar Wilde – et d'ailleurs, quand on y réfléchissait, l'attitude parodique et la tenue de dandy de London rappelaient le célèbre Wilde, récemment déshonoré et décédé. Quelle différence, pourtant, entre l'efféminé Wilde et l'hyperviril London !

À côté d'Upton, la petite femme excentrique applaudissait Jack London avec autant de véhémence que n'importe quel spectateur. Upton ne voulait pas paraître – ne voulait pas *être* puritain ; il était certain que, comme tout socialiste radical de ces premières années enthousiasmantes du XXe siècle, il avait triomphé des préjugés dépassés de la bourgeoisie ; malgré tout, il ne pouvait s'empêcher de regretter que London défie si impudemment les conventions de la bourgeoisie qui, en matière de moralité et de « décence », rejoignaient celles du prolétariat. Il était regrettable que la presse Hearst eût fait sa pâture de l'« immoralité » et de l'« amour libre » pour dénigrer le mouvement socialiste ; plus regrettable encore que Jack London eût « répudié » sa femme Bess au motif qu'elle ne lui avait pas donné d'héritier mâle, et qu'il parlât dans ses interviews de son nouvel attachement pour une « tentatrice, une beauté exotique », connue sous le seul nom de Charmian. Upton avait été choqué, la semaine précédente, de voir en première page de l'un de ces journaux de la presse de caniveau une photo floue de « L'autre épouse de Jack London », souriante et enturbannée ; maintenant qu'il la voyait de près, il se demandait ce que cette petite femme trapue pouvait avoir de « tentateur », pour ne rien dire de son « exotisme ».

Charmian devait avoir quelques années de plus que son amant, à en juger par les plis marqués qui encadraient sa bouche fardée, et par ses petits yeux enfoncés, quoique pétillants – une bonne quarantaine, sûrement ! (London n'avait pas encore trente ans, même s'il en paraissait au moins quarante.) Peut-être l'éclairage au gaz de la salle ne flattait-il pas ce petit gnome de femme qui, dans son ample robe « kimono » à rayures rouges et noires, un scarabée piqué dans son extravagant turban de soie magenta, se tenait avec raideur, surveillant son maintien comme si elle était elle-même en représentation ; se sachant observée par de nombreux spectateurs, elle couvait ostensiblement London d'un regard adorateur, levait haut les mains pour l'applaudir avec ferveur, et se retournait de temps à autre pour parcourir la salle d'un œil condescendant.

Je ne dois pas la juger, ni leur amour – « amour libre ». Mon échec est si flagrant dans ce domaine.

Car cela lui semblait maintenant une évidence – qui aurait dû lui apparaître au moment de sa lune de miel, passée avec Meta dans un camp socialiste, à Bayhead dans le New Jersey : il n'avait pas la moindre idée de ce que pouvaient être *virilité, masculinité* ou quelque *attitude sexuelle* que ce fût. Qu'il ait, lui, un « héritier mâle » semblait presque accidentel – ou accessoire ; car il se sentait très peu de liens avec le bébé, et le bébé ne s'en sentait pas davantage avec lui.

Il comprenait à présent pourquoi Meta avait cessé de rire de ses plaisanteries – pourquoi elle se montrait si peu patiente et paraissait toujours trop occupée, trop distraite pour prendre le temps de l'écouter, comme elle le faisait avant leur mariage. Elle ne l'implorait plus de venir se coucher, se souciait peu à présent qu'il travaille jusqu'à une heure trop tardive ou trop longuement dans la journée.

Upton avait d'abord cru que l'on pouvait étudier le mariage comme une science, d'un point de vue rationnel ; il pensait avoir fait cet effort – il l'avait fait – mais Meta n'avait apparemment pas su comment coopérer.

Il y avait quelque chose de troublant – de « primitif » – dans la façon dont Charmian dévorait du regard son amant, qui, lui aussi, interrompait parfois son interminable laïus pour lui adresser un clin d'œil et une sorte de sourire furtif, les dents humides et luisantes. Car c'était là un couple radicalement libéré – un couple héroïque, pour ainsi dire – n'ayant pas honte de la nature « illicite » de sa passion, bravant la désapprobation hypocrite de la bourgeoisie. Il était de notoriété publique que Charmian – « Miss Charmian », comme l'appelait London – n'était pas une bourgeoise, mais une rebelle courageuse, pour qui le rôle de l'« autre femme » était un défi à relever avec enthousiasme et « panache » ; quant à Jack London, il avait récemment préconisé la *passion naturelle* comme remède, avec la révolution socialiste, à la plupart des maux de la société.

Upton fut tiré de sa songerie par une nouvelle explosion de vacarme dans la salle : Jack London, le teint enflammé, avait mis la salle debout en entonnant *La Marseillaise* – dans un français estropié et tonitruant, incompréhensible pour la plupart, mais qui glaça Upton par sa robuste brutalité :

Aux armes, citoyens !
Formez vos bataillons !
Marchons ! Marchons !
Qu'un sang impur
Abreuve nos sillons !

Upton avait les nerfs si sensibles que la seule idée d'un sang humain « abreuvant » la terre le fit défaillir ; et il fut dégoûté par le finale de Jack London qui, arpentant la scène à grands pas, titubant comme s'il allait tomber, frappait la paume d'une de ses mains d'un poing massif en scandant avec fureur : « *Maintenant*, la Révolution, *maintenant* ! »

CETTE FOIS, Upton Sinclair fut véritablement étonné.

Car, avant même que la tempête d'applaudissements et de trépignements ne fût entièrement apaisée, Jack London était dans les coulisses, où, repoussant d'un geste les félicitations et les mains tendues de ses camarades socialistes, il déclara à Upton avoir « une faim de loup et une soif infernale ; et avoir plus que soupé de ce troupeau de moutons sans cervelle ». Son grand sourire avait disparu, comme s'il n'avait jamais existé ; ses yeux étaient injectés de sang, son teint terreux. Il avait déboutonné le gilet à chevrons qui lui comprimait le torse et le ventre, et transpirait à grosses gouttes. En vain Upton et ses camarades le supplièrent-ils de rester jusqu'à la fin du meeting, ou d'écouter au moins le vénéré Moses Leithauser, qui avait attendu si patiemment qu'il termine son discours ; London refusa même de lui être présenté, et ignora avec grossièreté plusieurs socialistes fortunés, précieux donateurs de la Cause, qui étaient venus de très loin pour l'écouter.

« Moi aussi je viens de loin, de l'autre bout du pays, et maintenant j'ai besoin de me restaurer – viens, Miss Charmian ! – nous allons chez MacDougal, si des camarades veulent nous rejoindre… mais inutile de chercher à me retenir, maintenant, prévint-il en riant, car il me faut de la *viande,* il me faut à *boire* et il me faut *ma femme*… point final ! Viens, Miss Charmian, on s'en va, le fiacre nous attend. »

Upton l'implora de ne pas partir aussi brusquement – mais sans succès. Miss Charmian avait rejoint son amant dans les coulisses, s'extasiant sur son numéro – « *Magnifique** » – et s'arrimant à son bras. Ensemble ils se dirigèrent vers la sortie des artistes.

Upton ne pouvait les suivre, bien entendu. Non seulement il se sentait l'obligation d'écouter parler Moses Leithauser et d'autres camarades, mais il ne pouvait se dérober aux responsabilités qui lui incombaient à la fin du meeting : escarmouches entre socialistes et policiers new-yorkais dans la 57e Rue, et dispute entre les organisateurs à propos d'un précieux paquet de reçus égaré.

Lorsque Upton revint dans la salle, il constata avec consternation que plus de la moitié des spectateurs étaient partis en même temps que leur idole. Ceux qui restaient, éparpillés dans la salle, semblaient pour la plupart des jeunes gens d'âge universitaire – proprement vêtus, porteurs des lunettes – et nombre d'entre eux ressemblaient de façon troublante à Upton Sinclair.

Finalement, à 22 h 20, Moses Leithauser allait parler ! Ce retard était inexcusable et humiliant – Upton osait à peine regarder ce syndicaliste révéré, qui attendait dans les coulisses, la main crispée sur les pages de son discours, le visage figé d'indignation, de fureur et de fierté blessée. Upton se hâta d'aller l'annoncer – « Rapprochez-vous, s'il vous plaît ! Il y a beaucoup de places libres dans les premiers rangs. »

SI TARD ! Il était près de minuit quand Upton Sinclair et les plus responsables de ses camarades socialistes quittèrent enfin Carnegie Hall et se séparèrent, épuisés et silencieux. Upton était logé chez des amis, dans un appartement chichement meublé du Lower East Side.

Upton se dit *Je vais rentrer – naturellement.*

Pourtant, en dépit de son épuisement, il avait les nerfs tendus, la tête vertigineuse et une faim dévorante ; il ne cessait de penser au *Jaggernaut des orateurs* et à la suite du meeting : une succession d'orateurs socialistes résolument sérieux, discourant devant un public de plus en plus clairsemé qui, à la toute fin, ne comptait plus que quelques individus isolés, dont plusieurs étaient si profondément endormis qu'il avait été difficile de les réveiller.

Je vais rentrer dormir à l'appartement. Et demain – j'irai à Staten Island chercher ma femme et mon « héritier ».

Sans savoir comment, dans une sorte d'état second, il se retrouva dans la Septième Avenue – marchant en direction de Times Square. Bien qu'il n'eût jamais fréquenté le célèbre MacDougal, et aurait dit ne pas en connaître l'emplacement, ce fut là que le guidèrent ses pas – Jack London ne l'avait-il pas invité à passer après le meeting ? – il aurait été impoli de sa part de ne pas accepter son invitation, étant donné les circonstances. Car c'était lui, Upton Sinclair, qui avait engagé

London à accepter la présidence de l'Intercollegiate Socialist Society et à prendre la parole à son meeting d'inauguration – il était très probablement l'ami le plus proche que Jack London eût à Manhattan, et son camarade socialiste le plus proche par l'idéologie, la ferveur et le tempérament.

« Ce serait impoli, assurément. Après le sacrifice qu'il a fait en venant ici… »

Quand Upton arriva chez MacDougal, il n'eut aucun mal à repérer Jack London et Miss Charmian dans la salle bondée, assourdissante, envahie d'une fumée étouffante : le couple était bien en vue, en plein centre du restaurant, entouré d'une meute d'admirateurs.

Upton s'avança d'un pas hésitant – il avait été bousculé devant le restaurant par des fêtards qui en partaient – avec l'impression d'entrer dans une sorte de haut-fourneau – aspiré par le tirage, excité, intimidé et cependant incapable de résister. Il vit que la table de London était encombrée de verres, de bouteilles de champagne et de bière, d'assiettes et de couverts sales ; devant London, un plat semblait contenir les restes d'un morceau de viande crue, un os recourbé comme une défense, où restaient accrochés des filaments de nerf sanguinolents. Upton aurait pensé que, après l'énergie dépensée au Carnegie Hall, Jack London serait éteint, voire épuisé, mais, tout au contraire, l'homme célèbre riait aux éclats, affalé sur sa chaise, une casquette de cheminot crânement incliné sur la tête, le mégot d'un épais cigare coincé entre de grandes dents humides. Il avait les mâchoires luisantes de graisse, et ses canines semblaient particulièrement pointues. L'élégante veste à chevrons avait disparu, le gilet était déboutonné, la chemise de soie blanche, constellée de taches de nourriture et de boisson, était ouverte elle aussi, révélant un torse empâté, couvert de poils grisonnants.

L'étonnement d'Upton fut plus grand encore devant la réaction immédiate et chaleureuse de London qui, le voyant approcher avec hésitation à travers la fumée mouvante des cigarettes s'écria : « Le voici ! Le voici ! Nous attendions tous… qui donc… le camarade Sinclair – l'espoir du XXe siècle – l'auteur du plus grand roman depuis *La Case de l'oncle Tom* – *La Jungle ! La Jungle !* – c'est bien ça, hein ? – *Bon Dieu de jungle !* – on n'a jamais dit plus vrai – cette satanée nation capitaliste est une *jungle* – oubliez *Loup* et *Mort* – prédateurs des profondeurs – c'est ici qu'est le cloaque, dans ces États-Unis d'Amérique. » Upton s'immobilisa à quelques pas de la table, embarrassé d'être soudain le point de mire de tous les regards, tandis que London se levait en vacillant, comme s'il retrouvait un vieil ami perdu ou un frère. Le visage ardent, il s'avança en titubant vers Upton pour l'enlacer, aurait-on dit, heurtant un serveur et un gentleman en smoking assis à sa table : « Place, place, bon sang – c'est le *camarade Sinclair* – faites place à ce maigrelet – le dernier de la couvée – timide ! – "les humbles entreront les premiers" – ou est-ce "les derniers" ? – peu importe, quitte à entrer, mieux vaut le faire en dernier si les premiers se font piétiner – la "loi du plus fort" – assieds-toi ! – ici, l'ami ! – à côté de Jack – il y a toute la place qu'il faut – ma femme à ma gauche, mon frère Sinclair à ma droite – nous sommes tous faits pour être où nous sommes, ou – nous sommes tous là où nous sommes faits pour être ; et la nuit est encore jeune. »

Tiré par London, Upton n'eut d'autre choix que de s'asseoir près de lui ; son visage flambait d'embarras et d'une sorte d'euphorie sauvage, comme si lui aussi était soûl. Plus étonnant encore que l'accueil de London fut celui de Miss Charmian – qui, pour ne pas être en reste avec son amant, se pencha par-dessus son large torse grisonnant pour embrasser Upton sur la joue ! – un baiser chaud, humide – le chatouillant de l'une des plumes d'ara qui ornaient sa poitrine, au grand amusement de la tablée de fêtards.

« Bien-venue ! Bien-venue à… où que nous soyons ! Si vous êtes le frère de Jack, vous êtes celui de Miss Charmian. *Asseyez-vous.* »

Suivit alors un interlude confus durant lequel, malgré les protestations d'Upton qui déclarait ne pas boire, s'être juré de ne jamais boire après les conséquences tragiques de l'alcoolisme de son père, London tenta de lui faire accepter une ribambelle de boissons fortes, y compris ce qu'il appelait ses *libations post-spectacle*, un mélange de champagne, de whisky et de bière brune ; avec plus d'acharnement encore, London tenta de lui faire manger le reste de son *sandwich cannibale*, une livre de bifteck cru, nappée d'oignons, de pickles et de catsup, sur un pain empereur dont la croûte portait l'empreinte de ses dents. Il avait commandé une bavette de quatre cent cinquante grammes, dit-il, ainsi que deux *sandwiches cannibales*, mais il n'avait pas réussi à terminer le deuxième, quoi qu'il fût délicieux. « Camarade Sinclair – tu fais bien anémique et bien mal nourri, comme si les femmes t'avaient traité terriblement mal, tu ferais mieux d'avaler ce sandwich tout de suite pour te redonner un peu de rose aux joues.

– Mais… je crois te l'avoir dit, Jack – dans l'une de mes lettres – je suis végétarien… »

À ce seul mot de *végétarien*, la tablée éclata de rire – même Miss Charmian, qui avait été si accueillante, eut un rire moqueur. Upton rit, lui aussi, ou s'y efforça – il était beau joueur dans ce genre de situation – son expérience de socialiste lui avait appris à parer et à porter des bottes quand il était provoqué, attaqué ou même menacé. D'un ton d'excuse, il tenta d'expliquer que sa « digestion » ne supportait pas une nourriture aussi riche, car il avait des problèmes de digestion – une

« colite ». Mais la tablée éclata de nouveau de rire, comme s'il avait fait une plaisanterie plus spirituelle encore.

Upton fut soulagé que, passant un bras autour de ses épaules, London se lance alors dans une énumération de ses plats favoris du moment – le bœuf n'était pas au sommet de sa liste, en fait, il préférait « deux gros canards, cuits huit minutes au maximum afin qu'ils restent suffisamment *saignants* ».

Éclata alors une longue discussion sur les plats préférés des différents convives, laquelle donna un peu de répit à Upton. Il avait réussi à commander à un serveur harassé une bouteille d'eau minérale, qu'il but le plus discrètement possible pour ne pas attirer l'attention de son tonitruant voisin ; assis à côté de London, comme à proximité d'un haut-fourneau, il avait à la fois chaud et trop chaud, se sentait hébété et tendu. Naïvement il avait espéré un moment de tête-à-tête avec son voisin, où ils auraient pu parler franchement de politique, de littérature, de l'avenir du socialisme, peut-être même des vicissitudes de la vie conjugale et de l'amour ; naïvement il avait espéré que London aurait réservé un salon privé dans le restaurant et refusé les invitations de ses admirateurs pour boire et dîner en sa compagnie et celle de Miss Charmian. À la surprise d'Upton, en effet, London ne semblait même pas connaître le gentleman en smoking qui avait été assis près de lui avant son arrivée ; il eut également la surprise d'apprendre que le discours à l'Intercollegiate Socialist Society n'était pas la principale raison du voyage de London, et que New York n'était en fait que la première étape d'une traversée transatlantique – les livres de London sur le Yukon avaient un tel succès en Grande-Bretagne, en France, en Allemagne et en Russie que ses éditeurs européens étaient impatients de le recevoir : « J'ai totalement éclipsé ce vieux "Marc Twain", semble-t-il. Les Allemands, en particulier, ne peuvent plus le souffrir – ce vieux fou les a grossièrement critiqués – pour défendre la Juiverie – les Allemands ne le lui pardonneront pas – London éclata de rire comme s'il n'avait jamais rien entendu d'aussi amusant – et leur presse le caricature maintenant avec un *nez juif.* »

Cette remarque grossière donna le départ à des singeries du *parler juif,* ainsi qu'à des *blagues juives* qui indignèrent et choquèrent Upton : le socialisme n'était-il pas en effet un mouvement entièrement non confessionnel, conduit et soutenu avec vigueur par des Juifs ? En sa qualité de socialiste, Jack London le savait sûrement. Qu'aurait pensé Moses Leithauser, s'il avait pu entendre…

Plus décevant encore, London semblait avoir oublié Upton Sinclair. Après les cajoleries du début, l'auteur lui avait tourné le dos pour s'adresser à d'autres convives – du même ton jovial qu'il l'avait fait avec Upton ; et Miss Charmian ne lui accordait plus un regard. London avait maintenant abandonné sa mixture au champagne pour du bourbon, qu'il buvait sec dans de petits verres.

Vautré dans son fauteuil comme un pacha, appuyant souvent son menton lourd sur l'épaule dodue de Miss Charmian, qui poussait alors des gloussements aigus, London divertissait maintenant les convives, et les clients de MacDougal massés en demi-cercle autour de la table, d'un monologue divagant et décousu sur sa « Philosophie de la vie » – qui, à l'évidence, suscitait un intérêt immense dans tous les États-Unis.

« Dans les interviews, on me demande toujours : "D'où Jack London tire-t-il sa vigueur", sa capacité de ne jamais écrire moins de mille mots par jour, et souvent près de dix mille, et comment fait-il pour tenir le public en haleine – comme je viens de le faire au Carnegie Hall – pendant plus de deux heures, et sans fléchir ? Bref, d'où tient-il son "génie" particulier ? On se le demande ! » London eut un rire guttural, évoquant un grondement animal ; il enfonça de nouveau son menton dans l'épaule dodue de Miss Charmian, qui poussa un cri aigu et parcourut la salle du regard, frissonnante d'extase. « De telles questions touchent au cœur de l'Être primitif, poursuivit London avec plus de gravité, et on ne peut y répondre, sinon peut-être en termes d'*origine raciale*. À savoir, pour parler crûment, la supériorité de certaines races et, au sein de ces races, la transmission de ces traits supérieurs à des spécimens "supérieurs". »

Au grand malaise d'Upton, London se mit à parler avec une animation d'ivrogne de la *suprématie nordique* – la supériorité incontestée de l'*homme-animal* – descendu des grandes solitudes glacées de la région polaire et « prenant d'assaut les chétifs petits métèques de l'hémisphère Sud. » Upton osa l'interrompre et objecter que cela contrevenait aux valeurs de fraternité des socialistes – « Tous les hommes ne sont-ils pas égaux au sein du socialisme – *les hommes et les femmes* – quelles que soient leur race, leur couleur de peau et leur classe ? Aucune race ne peut se prétendre supérieure – aucune couleur de peau – même si, en ce moment périlleux de notre histoire, le prolétaire est indubitablement supérieur d'un point de vue moral… » Mais London tira grossièrement sur son cigare, émettant un nuage de fumée délétère, vida un nouveau verre de bourbon et appela un serveur d'un claquement de doigts pour en commander un autre. Étrangement, il se comporta non seulement comme si Upton n'avait rien dit et n'était pas assis près de lui, mais il reprit son monologue, comme s'il n'avait pas été interrompu. Et ni Miss Charmian ni aucun autre convive ne releva la grossièreté avec laquelle il traitait son ami.

« Les races dominantes de la Terre sont venues du Nord, voyez-vous. Des grands champs de glace et des déserts de neige, les toundras. De la forêt primitive – demeure de la tragédie silencieuse. Oui, il en est toujours ainsi : *comédie bruyante, tragédie silencieuse.* Autrefois nous étions forgés dans le fer, et dans bien plus noble que le fer, dans le creuset de l'âme. Car, là-bas, voyez-vous, dans le Nord impitoyable, la lutte pour la survie continue – comme si nous n'étions pas en 1906, mais aux commencements de l'histoire, et que les notions faibles et efféminées de notre monde "civilisé" – bien et mal, juste et injuste, protection et infamie sociales – n'avaient jamais été conçues. » London poussa un bruyant soupir, écrasa son cigare dans les restes de son sandwich à la viande et fit signe à un serveur d'emporter le tout.

Avec une audace étonnante pour un homme aussi calme de nature et aussi peu enclin aux querelles, Upton osa élever une objection : « Je ne doute pas que le Nord soit "impitoyable", tout comme le sont le Sahara ou la forêt amazonienne, mais je conteste l'application qui en est faite à l'histoire humaine. Cela ne conduit-il pas tout droit au "darwinisme social" qu'invoquent nos ennemis ? Pensez à ce criminel de Rockefeller qui se félicite publiquement de l'argent que Dieu lui a accordé – ou qui ose comparer les fruits de son trust criminel à l'"exquise floraison de la rose American Beauty". »

Une fois encore London ne lui répondit pas. Peut-être parce qu'il était occupé à chercher dans ses poches un autre cigare (que Miss Charmian lui procura gaiement en ouvrant un réticule rebrodé de paillettes clinquantes) ; ou simplement parce que le vacarme du restaurant avait couvert les remarques d'Upton. Quoi qu'il en soit, son expression sombre se modifia à peine et, du même ton condescendant, il poursuivit comme si de rien n'était et qu'il n'ait pas été interrompu : « … *jamais été conçues.* De simples plaisanteries, en fait, que le vent emporte ! Car au pays du soleil de minuit, où la meute des loups trotte au flanc du troupeau de caribous, repérant les faibles et les vieux, la femelle avec son petit, qu'ils attaquent et dévorent sans l'ombre d'un remords, ce serait une idée bien curieuse que de pérorer sur des notions aussi efféminées. L'âme nordique est une âme d'homme depuis des temps immémoriaux. Loup savait et Mort savait – les frères prédateurs du *Loup des mers* – mais nous le savons tous, au fond de nous-mêmes – même les yeux bridés, les Juifs et les métèques. Car c'est là, mes amis, le chaudron où a été forgé Jack London, et ce serait de la fausse modestie que de prétendre autre chose. » London inclina agressivement sa casquette de cheminot sur ses épais cheveux broussailleux, comme pour défier quiconque de la lui ôter.

Mais personne ne contesta ses paroles ni ne parut s'en émouvoir, Upton Sinclair excepté. Des toasts enjoués furent portés à l'« âme nordique » – et à l'« âme nordique » de Jack London en particulier – tandis que, rougissant et irrité, Upton se refusait à boire même son eau minérale, dans l'indifférence générale.

Il était près d'une heure du matin, et l'hilarité bruyante des convives ne faiblissait pas chez MacDougal. Qu'elle était donc épouvantable, cette vie nocturne! – ces *dessous* de la vie citadine, dont Upton Sinclair n'avait eu aucune idée dans son isolement monastique du New Jersey; ni dans ses rapports fervents avec les immigrants socialistes du Lower East Side, qui se levaient tôt pour faire leurs quatorze heures de travail journalier, et qui s'écroulaient généralement dans leur lit aussitôt leur dîner terminé. Tandis que Jack London, infatigable, poursuivait son monologue confus, Upton se gourmandait : quel naïf il avait été d'imaginer que Jack London attendait sa venue, quelle idiotie d'être entré de lui-même dans l'« assommoir » à la mode qu'était MacDougal. Si sa mère l'avait vu là! Si Meta l'avait vu!

Upton en aurait pleuré : si naïf, si... optimiste! Depuis le début de leur correspondance cet été-là, Upton se faisait une joie de rencontrer son frère-héros ; il avait tant de choses à discuter avec lui : *A History of the French Revolution* de l'« intellectuel anarchiste » C. L. James ; *Instead of a Book*, de Benjamin Tucker ; les révélations du réformiste William Travers Jerome sur la prostitution à New York, dont Tammany Hall se rendait complice ; et les projets d'avenir pour l'Intercollegiate Socialist Society – comment s'y prendre pour attirer davantage d'étudiants, et pas seulement de jeunes Juifs et quelques jeunes filles juives du Lower East Side ? Plus naïvement encore, Upton avait espéré ouvrir son cœur à un autre homme – un homme marié – de sa génération ; il avait espéré parler franchement de sa situation. Non que Meta eût déclaré son départ définitif ; non qu'elle eût fait allusion à un divorce ; mais… dans leurs relations conjugales, elle avait parfois… elle avait souvent… exprimé de l'insatisfaction et de l'impatience à son égard. Et depuis la naissance du petit David, elle n'avait plus désiré qu'il la touche…

Il y avait aussi ces circonstances, mystérieuses, non élucidées, où Upton l'avait aperçue avec des inconnus à Princeton… et les dénégations de Meta.

Comment Jack London réagirait-il si l'une de ses femmes *était aperçue* avec d'autres hommes ? se demanda Upton avec un frisson.

Il avait su que quelque chose n'allait décidément pas quand, tout récemment, Meta n'avait manifesté qu'un semblant d'intérêt en apprenant que le président Roosevelt avait lu *La Jungle* et allait peut-être inviter son jeune auteur à Washington un jour prochain…

J'espère que tu viendras avec moi, Meta. Ce sera un moment historique.

Mais où avait disparu Meta ? Quelque part dans les hautes herbes derrière la ferme, parmi des arbres et des buissons d'églantines, où Upton, qui souffrait de mystérieuses allergies au pollen et aux plantes, ne pouvait la suivre…

« … valet coréen, que nous avons formé – que Miss Charmian a formé ! – à appeler son maître "Dieu". Tordant ! »

Upton éprouvait une répugnance grandissante pour son frère et camarade – son visage gras et empourpré, sa suffisance belliqueuse – la façon dont il éclusait son bourbon, et l'état repoussant dans lequel il avait mis sa chemise de soie blanche ; était-il vraiment possible que London n'eût que trente ans ? Avait-il menti sur sa date de naissance, comme il l'avait fait sur tant d'autres choses : ses convictions socialistes, par exemple ? C'était donc là le guerrier socialiste tant vanté, apparu dans l'Ouest, tout auréolé de gloire, il y avait quelques années à peine : les premières photos de l'auteur de *L'Appel sauvage* – cachées par Upton dans un tiroir de son bureau où Meta ne risquait pas de les trouver – montrait un jeune homme rêveur d'une beauté peu commune : rude et masculin, mais avec une délicatesse poétique évoquant Percy Shelley dans certains de ses portraits. Où était passé le *Boy Socialist* ? Était-ce simplement la conséquence de l'abus d'alcool et de nourriture, et de l'adulation du public ? Si Upton avait – peut-être ! – très légèrement envié à London son public de Carnegie Hall, il avait vu combien il est séduisant de divertir une assistance aussi nombreuse et chahuteuse ; combien il est difficile de résister au plaisir de provoquer de gros rires gras quand on en est capable, et beaucoup plus difficile de conserver la ligne de persuasion que l'on s'est fixée et de tenir le discours de la logique ; de ne pas compromettre ses idéaux, ni de s'abaisser au niveau du vaudeville et du burlesque… Upton fut saisi de terreur à l'idée – l'idée absurde – primitive, superstitieuse ! – que le noble Jack London était la victime d'un imposteur ; que le héros socialiste avait été transformé, on ne sait comment, en ce clown ivre et brutal, une parodie de lui-même ; un assassin du véritable Jack London ; peut-être même… un démon…

Mais c'était ridicule bien sûr. De même qu'il était ridicule de croire, comme certains le faisaient à Princeton, qu'il y avait des « démons » en liberté parmi eux.

Il n'y a pas de « démons », se gourmanda Upton. *Même quand j'étais chrétien, je ne croyais pas aux « démons ». Il n'y a que des hommes – des êtres humains – des individus peu différents de moi, même s'ils se conduisent d'une façon que j'ai du mal à comprendre.*

Il était pourtant tentant de penser que les ennemis du socialisme avaient conspiré avec une force malveillante pour pervertir un héros socialiste et saboter la révolution…

Les convives attablés, et le demi-cercle d'admirateurs qui avait grossi jusqu'à compter une trentaine de personnes des deux sexes dans des états d'ébriété divers, éclatèrent d'un rire d'une autre sorte lorsque Miss Charmian, fardée et embijoutée, se mit à raconter des anecdotes hilarantes sur son amant nordique. Ils apprendraient peut-être tous avec intérêt – Miss Charmian l'avait d'ailleurs raconté au *New York Post* dans une interview exclusive – que Jack London avait véritablement un valet de chambre coréen qui l'appelait « Dieu » – et qu'elle, Miss Charmian, l'avait effectivement formé. Le plus délicieux était que ce valet, un jeune homme sinistre mais « beau à se damner » du nom de « Manyoungi », était tout prêt à appeler London Dieu – « "Car mon maître se conduit comme Dieu", dit ce petit païen. » Miss Charmian rit. Et aussi, lors d'une soirée récente à San Francisco, où l'on avait distribué haschisch et opium aux invités, ainsi que tout l'alcool qu'ils étaient capables d'ingurgiter, son Jack avait eu l'espièglerie de leur jouer l'un de ses célèbres tours : il avait fait cuire au barbecue un crotale diamantin, qu'il leur avait servi, accompagné de sauce hollandaise, en le faisant passer pour du saumon du

Pacifique, et quand il avait révélé la farce, beaucoup d'invités avaient été pris de nausée, et plusieurs malades à vomir – Miss Charmian éclata en gloussements aigus. « Oh, le Loup des mers est *cruel*, mais il est aussi *très drôle*. Et Jack ne fait jamais aux autres ce qu'il ne ferait pas volontiers à lui-même – car le crotale est l'une de ses viandes préférées, au barbecue ou tout cru. »

En entendant sa maîtresse parler si chaleureusement de lui, comme s'il était en scène, London sourit de toutes ses dents, repoussa sa casquette en arrière et, ostensiblement, se pencha pour pincer la grosse joue fardée de Miss Charmian, marquant de rouge sa chair un peu flasque.

TOUT EN COQUETANT et caquetant, Miss Charmian parcourait du regard la salle violemment éclairée du restaurant pour s'assurer que les autres dîneurs les contemplaient avec envie, qu'ils étaient fascinés par ce couple voyou, qui bravait si ouvertement les conventions bourgeoises – car bien entendu on les avait immédiatement reconnus. Et soudain, Miss Charmian saisit le poignet massif de son amant pour lui signaler un admirateur « particulièrement intéressant », un beau jeune homme qui, à une table voisine, les regardait avec attention depuis au moins une heure. Quel beau geste ce serait, tout à fait dans le style qui faisait sa renommée, si Jack London invitait ce jeune homme à leur table ? « Car il a l'air d'être seul ici et doit se sentir bien solitaire au milieu de toutes ces festivités, murmura Miss Charmian à l'oreille de son amant. Et l'on voit à ses traits qu'il est de noble ascendance nordique.

– Hein ? Où cela ?

– Là, Jack ! Regarde, voilà qu'il rougit. C'est un de tes admirateurs. »

Sans hésitation, l'auteur se leva pour faire ce que lui demandait sa maîtresse, car rien ne lui plaisait davantage que de satisfaire ses menus caprices ; avec une superbe féodale, il fit signe au jeune homme de venir les rejoindre. Sur quoi l'inconnu embarrassé s'avança avec hésitation, disant qu'il ne voulait les importuner pour rien au monde et ne songeait pas un instant à s'asseoir à leur table…

D'un ton impatient Jack London lui ordonna de laisser là ses excuses, bonnes pour les cœurs faibles, et de se présenter à tous.

Rougissant furieusement, le jeune homme expliqua qu'il était un « converti tardif mais énergique » à la cause du socialisme, grâce à la lecture des écrits et de Jack London et d'Upton Sinclair ; il avait fait l'impossible pour se procurer un billet pour la soirée du Carnegie Hall, mais n'y était pas parvenu ; il avait donc attendu dans la rue et osé les suivre jusque-là. « Mais, à présent, permettez que je me retire, car je m'impose à votre compagnie, et c'est singulièrement manquer au savoir-vivre. »

Même chez MacDougal, Josiah Slade ne pouvait se conduire autrement que comme un Slade du New Jersey.

« Tu en as déjà bien trop, gamin ! » dit Jack London d'un ton à la fois railleur et amical. Viens donc t'asseoir et dis-nous ton nom.

– Je m'appelle… Josiah Slade, répondit le jeune homme, presque avec contrariété, comme si son nom leur était peut-être déjà connu, mais je suis, comme je l'ai dit…

– Tu es des nôtres, Miss Charmian l'a bien vu, dit Jack London, qui saisit la main de Josiah et la serra avec vigueur – solide souche anglo-saxonne : la moitié de la terre pour héritage, et la moitié des mers, et dans trois fois vingt générations nous dirigerons le monde. Assieds-toi donc, et ne bouge plus. J'espère que tu ne lèves pas le nez sur l'alcool, toi aussi ! »

Si chaleureux fut Jack London, à sa façon brutale, qu'il bannit sans autre forme de procès l'un des pique-assiette socialistes de la tablée pour accueillir Josiah ; quoique, à l'évidence, pris au dépourvu par les manières du célèbre auteur et par l'ivresse générale des convives, le jeune homme regrettât de s'être avancé.

Upton Sinclair fut tout heureux de voir Josiah Slade placé à côté de lui. *Il me connaît, au moins de nom,* pensa-t-il, avec un frisson de plaisir. *C'est l'un de mes admirateurs.*

AINSI SE FIT-IL que Josiah Slade serra enfin la main d'Upton Sinclair, étonné par la jeunesse et la réserve courtoise de l'écrivain, si différente de la désinvolture de London. Et il entreprit de lui dire toute l'influence qu'avaient eue ses écrits, et surtout *La Jungle,* sur son mode de pensée. Car, en dehors de l'« intelligence instructive » de l'œuvre et de son plaidoyer convaincant pour le socialisme, il y avait trouvé un portrait remarquablement vivant et fidèle des immigrants américains, différent de ce qu'il avait pu lire jusque-là.

Upton Sinclair fut profondément touché d'entendre parler ainsi l'un des Slade de Princeton. Il remercia Josiah et chercha quoi lui répondre. Il ne pouvait en effet laisser entendre qu'il connaissait la famille de Josiah. Et pourtant l'identité du jeune homme le fascinait, lui qui n'aurait pas imaginé qu'un descendant de cette vieille famille respectable pût être aussi franc et aussi ouvert ; et aussi disposé à supporter l'ivresse vulgaire des convives de Jack London. « Vous êtes – avez-vous dit ? – du New Jersey, de Princeton ? Il se trouve que – pour le moment, en tout cas – j'habite, ou plutôt je loue une ferme dans Rosedale Road… »

Josiah n'avait pas précisé qu'il était de Princeton, mais peut-être ne s'en souvenait-il pas ; dans le brouhaha du restaurant, il était difficile de penser clairement.

Miss Charmian, pendant ce temps, se penchait vers les jeunes gens dans l'espoir d'éveiller leur intérêt. Un gnome de femme, se dit Josiah, tapageusement fardée et poudrée, et parée d'une quantité extraordinaire de plumes ; il ne saisit pas aussitôt qui elle était, ni quels étaient ses liens avec Jack London. (Pas sa mère, assurément !) Elle dévisageait ouvertement Josiah tandis que son amant se lançait dans une harangue sur les races « pures » et « bâtardes », et la manière de distinguer les unes des autres.

Qu'il était troublant que Miss Charmian semble tout à la fois regarder Josiah et regarder derrière lui ; car son œil gauche louchait légèrement.

Et qu'il était troublant pour le jeune homme de découvrir un Jack London aussi différent de ses photographies. Beaucoup plus grossier, négligé dans sa tenue, l'intellect aussi raffiné qu'un couperet de boucher.

Josiah se disait *Il est, et pourtant il ne peut pas être « Jack London » – l'auteur. C'est un imposteur, un bouffon, un démon de plus.*

Qu'il était donc mélancolique le monde, en ce tout jeune XXe siècle ! Il semblait se remplir de démons, dont certains étaient des bouffons, et d'autres fort près d'être dangereux.

Si Josiah avait été plus prudent, il se serait éclipsé du restaurant en promettant à Upton Sinclair de le revoir bientôt, dans un cadre plus tranquille ; mais, dans son état de faiblesse, il succomba lui aussi à la boisson, et la mixture whisky-bière – l'« élixir du Klondike » – lui parut une innovation grisante.

JOSIAH AVAIT DÉCIDÉ sur un coup de tête de quitter Princeton pour une modeste location au coin des Onzième Avenue et 36e Rue, un appartement donnant sur le fleuve, au cinquième étage sans ascenseur d'un hôtel de briques rouges ; de là, il pouvait facilement prendre les wagons cliquetants de l'IRT (Interborough Rapid Transit) jusqu'au Lower East Side et au « Village », ou jusqu'au Carnegie Hall dans la 57e Rue. Il avait rôdé dans les librairies, visité la Ligue des étudiants en art et l'École d'art de New York. (Il avait eu le vague espoir d'y rencontrer Wilhelmina Burr, par hasard ; mais il ne savait pas avec certitude si elle habitait New York ou si elle était rentrée à Princeton.) Il avait visité les Little-Galleries-of-the-Photo-Succession d'Alfred Stieglitz, au 291, Cinquième Avenue, ainsi que les principaux musées. Il avait mangé dans des restaurants bon marché remarquables – allemands, polonais, juifs, ukrainiens, italiens et grecs. Il avait assisté à plusieurs rassemblements socialistes à Union Square, dont aucun cependant n'avait été aussi organisé et aussi ambitieux que le meeting du Carnegie Hall, avec Jack London en vedette.

Josiah avait quitté Crosswicks soudainement, un jour après la mort (par paralysie, catatonie… asphyxie ?) de son cousin Todd Slade, car il ne supportait plus de vivre au milieu d'une telle dévastation ; il était parti, le crâne résonnant d'un vacarme de voix railleuses, qui lui reprochaient d'être trop couard pour arroser d'essence Crosswicks Manse et y mettre le feu, ainsi que cette demeure le méritait ; il était parti après être resté longtemps cloué devant la fenêtre de sa chambre, contemplant le jardin comme s'il essayait d'évaluer si, au cas où il se jetterait dans le vide, la hauteur serait suffisante pour qu'il se tue ou seulement pour qu'il s'estropie. *Je ne supporterais pas le sort d'un invalide,* se disait-il. *Mon esprit deviendrait encore plus étroit qu'il ne l'est déjà.*

Puis il aperçut une mince silhouette dans l'herbe, à quelque distance de la maison : surprise alors qu'elle coupait des anémones de Grèce, la jeune femme se retourna vers lui en souriant. C'était sa chère Annabel, vêtue d'un chemisier blanc ceinturé à manches gigot, d'un « boléro » jaune et d'une longue jupe ample ; coiffée d'un chapeau de paille à large bord, où voletait un ruban rouge. Le chapeau de paille avait une voilette, et quand Annabel se tourna vers Josiah et la releva lentement, il vit la pâleur mortelle de son teint ; et l'éclat de ses yeux bleu-violet lui perça le cœur, même à cette distance… D'un geste de sa petite faucille de jardinage, elle lui indiqua qu'il devait la rejoindre dans le jardin, sur-le-champ.

« Annabel ? *C'est toi ?* »

Josiah se pencha à la fenêtre, qu'il avait ouverte en grand ; il ferma les yeux et serra les mâchoires. Il devait résister aux séductions du Malin : car bien que chaque battement de son cœur le poussât à obéir à sa sœur, à faire sa volonté, un petit coin têtu de son âme lui enjoignait le contraire.

« Non. Ce n'est *pas* Annabel. »

Quand Josiah rouvrit les yeux, le spectre avait disparu. Et il n'y avait plus la moindre anémone – plus aucune fleur ne poussait dans le jardin – comme si une tempête de vent brûlant les avait toutes emportées.

Il sut alors qu'il devait quitter Crosswicks. Il rassembla quelques objets auxquels il tenait, dont son journal relié en maroquin ; certains souvenirs d'Annabel ; une dizaine de ses livres les plus précieux ; et juste assez de vêtements pour remplir une valise. En dépit des protestations de ses parents, il prit le premier train pour New York – pour ce qu'il espérait être une nouvelle vie.

La Malédiction détruirait peut-être Josiah, mais il ne se ferait pas lui même l'instrument de cette destruction. Cela, il se le jurait.

L'horrible histoire du crotale diamantin, cuit au barbecue, avait retourné l'estomac d'Upton Sinclair ; il n'en était pas encore remis. En dépit de la compagnie agréable de Josiah Slade, il réfléchissait au moyen de partir sans attirer l'attention inopportune de Jack London et de Miss Charmian.

« Il faut que je parte, Josiah ! Peut-être qu'à Princeton, nous pourrions...

– Je n'habite plus à Princeton. J'habite...

– Pardon ? Où cela ? »

Le vacarme était assourdissant. Il semblait à Upton que ses hôtes avaient cessé de leur prêter intérêt, à Josiah et à lui. Mais quand il se leva pour quitter la table, London se tourna immédiatement vers lui, les yeux noirs, les canines découvertes par un sourire de « loup », et il l'agrippa par le bras. « Camarade Sinclair ! Vous avez été bien silencieux, vous me paraissez bien pâle. Vous n'avez pas mangé votre "sandwich cannibale", je vois – ce qui explique que vous ayez ce teint cadavérique. Là – trinquez, au moins – il planta une coupe de champagne dans la main d'Upton et leva son verre de bourbon – à Upton Sinclair, le sel de la terre ! Upton Sinclair, l'espoir de la Révolution ! Royaume des cieux ! Les humbles y entreront – les derniers ! Laissez les petits enfants, et cetera. » Tous les convives levèrent leur verre, sauf Upton, qui resta immobile, souriant avec embarras, mais néanmoins têtu, résolu ; même Josiah Slade n'avait pas su résister au tyran.

« Quoi ? Tu refuses de boire ? Et pourquoi ça, camarade ? Ton jeune ami nordique boit, lui, alors pourquoi pas toi ? Tu as peur que le "démon du rhum" ne s'empare de ton âme de papier ? »

London éclata d'un rire injurieux. De nouveau Upton voulut se lever, et de nouveau London le força à se rasseoir.

« Tu *es* des nôtres – même si tu ne fais pas partie des plus "vigoureux" – solide souche aryenne : la moitié de la terre, notre héritage, et toute l'étendue des mers, et dans trois fois vingt générations *nous dirigerons le monde*. Nierais-tu ton héritage, camarade ? »

Upton tenta de protester : il ne savait pas de quoi parlait London. Il était tard, il devait travailler de bonne heure le lendemain matin…

« Tu ne nierais pas, camarade, qu'il y a des races "pures" et des races "bâtardes" – n'est-ce pas ? Si le mouvement socialiste n'était pas affaibli par certains de ses leaders – soyons francs, camarade, je veux parler des Juifs, ce… "Leet-hauzer", par exemple – notre guerre contre le capitalisme progresserait vite. Mais les Juifs n'ont pas de cœur au ventre – c'est contraire à leur nature de se battre – jusqu'à la mort. Tu n'irais pas nier cela, camarade ? Si ? »

Consterné, Upton répondit que *si*. Il le nierait.

« La vision des socialistes, c'est la *guerre des classes* – jusqu'à la mort ! L'histoire a montré que l'homme naturel – le guerrier naturel – peut naître privé de son héritage – naître dans une classe "inférieure" – c'est la matière des légendes, des contes de fées – le prince victime d'une malédiction, transformé en crapaud – son destin est de se battre griffes et dents – griffes et crocs ! – pour déchirer la gorge de ses persécuteurs, et de se dresser contre ceux qui l'exploitent – pour boire leur *sang impur**. » En disant ces mots – qu'il prononça à l'anglaise, avec un *a* nasal sonore – London lança une bourrade à l'épaule d'Upton, comme par défi.

« Mais la vision des socialistes, c'est aussi… la fraternité, protesta Upton.

– La "fraternité"… mouais. » London traîna sur le mot, en faisant la grimace. Un serveur avait apporté un plat d'huîtres, qu'il se mit à manger, très vite, jetant les coquilles sur le sol après en avoir sucé et avalé le contenu visqueux et blanchâtre. Tout en mangeant, il parlait, agitant un doigt épais sous le nez d'Upton Sinclair : « Mais comme pour nos parents par le sang, tous ne sont pas nos "frères", et tous ne sont pas des "proches". Il y a une aristocratie naturelle – inutile de louvoyer, camarade. J'imagine que tu défendrais cette fripouille de "Big Bill" Haywood ? J'imagine que "Big Bill le Borgne" est aussi ton camarade ?

– Eh bien, oui… naturellement. Bill Haywood a été un grand, un courageux leader… Il a rallié les ouvriers immigrés du New Jersey, et…

– "Big Bill le Borgne" ! » coupa London, avec un reniflement de mépris. Miss Charmian tenta de l'apaiser en lui présentant des huîtres, mais London était trop outré pour se laisser apaiser. « D'accord, "Big Bill" a organisé les ouvriers soyeux de Paterson – mais cette grève est pour lui l'occasion de se faire mousser – il a menacé les propriétaires, ils l'ont insulté, et…

– Attends ! S'il te plaît ! Tu ne devrais pas parler de… d'une grève… Non, non ! » Upton était horrifié : la possibilité d'une grève à Paterson, organisée par le syndicat des ouvriers de la soie, était censée être confidentielle, il en était sûr. Comment Jack London avait-il eu vent de ce projet, d'ailleurs ? « D'après ce que je sais, cette grève n'a rien de sûr – Bill Haywood n'a pas encore pris de décision.

– Haywood est un débauché sans vergogne, dit London, dans un ricanement. Un ivrogne mégalomane – un sac à vent, un bonimenteur – tout heureux de patrociner devant un auditoire de lèche-bottes de la plus basse espèce. La plus basse espèce d'*immigrants bâtards*.

– Bill Haywood est l'un de nos héros socialistes – un sauveur ! Je ne peux pas être d'accord, Jack…

– "Je ne peux pas être d'accord, Jack" » – répéta grossièrement London en prenant une voix de fausset, ce qui déclencha les rires des convives et valut à Upton une réprimande flirteuse de Miss Charmian, qui lui donna une petite tape comme on le ferait avec un chiot désobéissant. « Tu devrais plutôt dire : "Je ne peux qu'être d'accord, Jack" – car au fond de toi tu sais que j'ai raison. Si les Pinkerton envoyait "Big Bill le Borgne" *ad patres*, ce ne serait pas une grande perte. »

La remarque était si cruelle et si obscène qu'Upton se leva. Il ne pouvait supporter de rester une minute de plus ! Et quand London tenta de le saisir, il feinta, comme un enfant qui se dérobe à l'étreinte d'un adulte. Si Miss Charmian n'avait aussitôt retenu son amant, une bagarre aurait éclaté. Les petits yeux rouges de London flambaient de colère : « Tu ne vas pas nous quitter aussi vite ! On ne refuse pas l'hospitalité de Jack London – pas plus qu'on ne décline l'hospitalité de l'Esquimau, quand ce sauvage puant vous offre son sale poisson "fumé" et sa "squaw". Je n'ai pas traversé les États-Unis pour être grossièrement snobé par le seul homme du mouvement socialiste pour qui j'ai un minimum de respect – même si – pour être tout à fait franc – une bonne partie de *La Jungle* est mal torchée, même pour un *muckraker*, et qu'elle sente son journaleux – et même si la dernière partie est une espèce de plagiat comique de mes discours – ceux de ma campagne d'Oakland – tu croyais que personne ne s'en apercevrait ? »

Upton était trop choqué pour répondre. Que London s'en prenne ainsi à lui, qu'il porte une pareille accusation devant des inconnus lui paraissait inconcevable.

« Je n'ai pas encore révélé le plagiat à la presse, dit London, car nous autres socialistes, nous devons rester unis – comme les chiens d'une meute. Il y a un chien de tête, oui – mais il y a la meute. Le "chien de tête" a besoin de la "meute" – tout comme la meute a besoin du chien de tête. C'est la loi de la nature. »

Devant l'expression choquée et blessée d'Upton, London éclata de rire et se renversa en arrière, en équilibre précaire sur les deux pieds de sa chaise. Avec un entrain forcé, il continua à dévorer des huîtres, arrosées de rasades de bourbon. Une sorte de diabolisme farceur brillait dans ses yeux injectés de sang. « L'erreur de ta philosophie, l'ami… de ta religion – de ta moralité bourgeoise, comme de ta moralité socialiste – c'est de vouloir réglementer les impulsions. "Big Bill le Borgne" ne comprend pas ce fait élémentaire, ni Debs, ni… aucun d'eux ! L'esprit primitif *ne réprime jamais une impulsion.* L'homme libre *ne réprime jamais une impulsion.* Tout le reste est hypocrisie, foutaises, contes d'enfant et couplets bibliques ! Quand la philosphie se boursoufle et dicte à l'âme individuelle TU DOIS, l'âme individuelle riposte aussitôt JE VEUX – et fait précisément ce qu'ELLE VEUT. Voilà pour la philosophie, la religion et la morale : ces fantasmes d'eunuques ! Car le brave, le guerrier, l'âme nordique ne connaît que JE VEUX – jamais JE DOIS. C'est JE VEUX qui pousse le buveur à boire envers et contre tous les abstinents grincheux et pleurnichards de la planète – c'est le glorieux JE VEUX qui pousse le martyr à enfiler sa haire avec impatience, si c'est cette haire qui inspire son JE VEUX. Les innombrables choses que JE VEUX constituent mon échelle de valeurs, ma morale privée – et voilà tout ! La viande, l'alcool et la passion d'une femme libre – la puissance de la plume de l'écrivain – le pouvoir de la voix, gorge et bouche – et la guerre des classes vengeresse du mouvement socialiste. La réussite triomphale de Jack London contribue à MON PLAISIR. Le génie de Jack London contribue à MON PLAISIR. Cela n'a rien de "spirituel", c'est "organique". Toutes mes fibres en tressaillent. Le primitif JE VEUX, le glorieux JE VEUX, l'inéluctable JE VEUX, maintenant et à jamais !… Hé, que se passe-t-il ? Vous vous moquez de moi ? Vous vous faites des signes ? »

London avait surpris le regard intense que Miss Charmian posait sur Josiah Slade, lèvres rouges serrées, yeux presque clos ;

comme si, en effet, elle lui adressait un signal secret, que le jeune homme, terriblement gêné, ne souhaitait pas voir.

« Vous osez… vous moquer de *moi* ? »

Josiah secoua la tête, tandis que Miss Charmian poussait des gloussements lubriques. Josiah rougit jusqu'à la racine de ses cheveux, comme s'il avait été démasqué.

« Je… ne sais pas ce que vous voulez dire, monsieur… » Le jeune homme déglutit, incapable d'appeler London *Jack*, même d'un ton implorant. « Je ne me moque de personne… »

Soit qu'il fût réellement pris d'une jalousie primitive, soit que, las de sa longue station assise, il eût envie d'une bagarre, le belliqueux London passa brutalement à l'action ; avec un cri de loup, il se jeta sur Josiah, qu'il tenta de saisir dans une prise de lutteur, en clamant ses intentions meurtrières.

« Faire du plat à *ma femme* ! *Ma compagne !* Sous *mes yeux* ! C'est punissable de mort. »

Tentant de soulever Josiah de son siège et de le précipiter à terre, London perdit l'équilibre et tomba, entraînant avec lui Josiah et Upton Sinclair. Dans la bagarre, la chaise se renversa, verres et assiettes volèrent en éclats ; cris et hurlements fusèrent ; Miss Charmian se leva d'un bond, rapide et féroce pareille à un chat sauvage défendant ses petits. Pacifiste par principe et par tempérament, ignorant tout de la façon de se défendre, sans parler de la façon de se battre, Upton lançait à l'aveuglette des coups de poing inoffensifs ; Josiah, qui n'avait rien d'un pacifiste, assenait en revanche à London des coups efficaces, accompagnés d'un étonnant chapelet de jurons. Beuglant comme un animal furieux, London empoigna une bouteille sur la table, la brisa et approcha le tesson de la gorge palpitante de Josiah – « On se moque de Jack London, hein ! On se moque du *Loup des mers* ! Ces insultes-là se paient dans le sang. » London faisait au moins dix kilos de plus que Josiah, mais il était hors d'haleine et désorienté ; Josiah réussit à se glisser sous ses bras et à interposer une chaise entre son adversaire et lui – un objet inanimé, têtu, qui dérouta London comme s'il n'avait aucune idée de ce que c'était ni de ce qu'il fallait en faire ; car London était terriblement ivre, et ses yeux rougis n'y voyaient plus clair ; ses poings frappaient dans le vide. Josiah l'implora de le laisser partir, car il respectait trop le héros socialiste pour souhaiter le blesser ; mais London ne voulut rien entendre ; de nouveau, il se rua sauvagement sur Josiah en brandissant son tesson de bouteille, et cette fois, avec la force que donne la terreur, Josiah réussit à renverser la chaise, jetant de nouveau son adversaire à terre, si violemment que le crâne de l'homme heurta le plancher comme la tête d'un marteau, avec un terrible bruit sourd.

Josiah pensa, avec un frisson d'exultation morbide : *Ai-je tué de nouveau ? Abattu et assassiné un autre démon ?*

Dans le chaos général, Miss Charmian jeta son petit corps trapu contre Josiah Slade, plantant les griffes rouges de ses ongles dans sa peau nue. « Brute ! Qu'avez-vous fait ! Ça a l'air d'un ange et ça montre sa vraie nature – démon ! Appelez la police ! Il a tué mon Jack ! Oh… du sang ! Mon chéri saigne de la tête ! C'est un meurtre ! Le grand Jack London ! Au secours ! »

Josiah essaya de repousser cette furie – un vrai chat sauvage, les yeux flamboyants, la peau brûlante, qui découvrait ses petites dents pointues et le lacérait méchamment de ses griffes ; vaillamment il tâchait d'aider son adversaire à se relever, mais London était trop sonné pour tenir sur ses jambes ; et Miss Charmian continuait à hurler et à le griffer malgré ses efforts pour la calmer ; car elle était au bord de la crise d'hystérie, la respiration accélérée, un feu anormal au visage. Jack London s'était bel et bien blessé dans sa chute ; il saignait profusément d'une blessure au cuir chevelu, des ruisseaux de sang coulaient sur son visage empâté, devenu mortellement pâle ; ses lèvres relâchées étaient exsangues, humides d'une salive écumeuse. À la foule qui se pressait autour d'eux, Josiah dit, en bégayant : « Ce n'est pas ma faute – il m'a attaqué… je n'ai fait que me défendre… je ne voulais pas… vous avez sûrement vu que je ne voulais pas lui faire de mal… »

Miss Charmian hurla : « Oh… arrêtez-le ! Assassin ! Il a tué notre prince ! Le plus grand génie littéraire de notre temps !

– Non… vous êtes tous témoins… »

Josiah chercha Upton Sinclair du regard, mais son ami était assis sur le sol, à l'endroit où il était tombé, le visage très pâle, tremblant ; un filet de vomissure luisait sur ses lèvres, et le devant de sa chemise était souillé. Aucune aide à attendre de ce côté-là ! Josiah essaya tant bien que mal d'enrouler une serviette autour de la tête de London pour étancher le sang, mais ses mains tremblaient, et le blessé continuait à se débattre faiblement et à l'injurier ; Josiah lâcha la serviette trempée de sang et s'écarta de la table, ne songeant plus qu'à s'enfuir. Comme s'ils voyaient sur son visage quelque chose de terrible, dont lui-même n'avait pas conscience, les convives reculèrent devant lui, lui ouvrant un passage à travers le restaurant bondé ; il se retrouva titubant dans la 42e Rue, où l'air nocturne était étonnamment froid. Derrière lui des cris retentissaient – *Arrêtez-le ! Appelez la police ! À l'assassin !* – faibles et confus, comme dans un rêve qui s'évanouit.

Josiah s'engouffra dans une ruelle. De là, bien que n'étant encore jamais venu dans ce terrible endroit et n'ayant qu'une vague idée de ce qu'il faisait, il enfila une autre ruelle, gagnant ainsi la 41e Rue, puis Broadway, quasiment déserte à cette heure tardive, qu'il remonta presque au pas de course vers le nord, dans la direction – dans ce qu'il croyait être la direction

– de son immeuble, à l'angle de la Onzième Avenue et de la 36e Rue.

Les habits qu'il avait choisis pour le meeting auquel il espérait assister – pantalon de flanelle beige, veste marron foncé, chemise de coton blanc – étaient déchirés et imprégnés d'une répugnante odeur d'alcool ; ses cheveux blond fauve étaient ébouriffés, et ses joues, couvertes d'égratignures sanglantes, comme s'il avait été griffé par un chat ; les deux oreilles lui cuisaient et le lendemain matin, dans la lumière crue réverbérée par l'Hudson tout proche, il découvrirait qu'un bout de son lobe gauche avait été déchiré ou mordu, et que la minuscule blessure était croûtée d'un vilain bouton de sang noir.

« Des démons ! Je suis entré dans un univers de démons et n'ai eu la vie sauve que de justesse. »

Terra incognita I

« Lenora. »

D'une voix basse, unie et apparemment calme, il prononça le nom de la femme infidèle.

Des lettres compromettantes – appelait-on cela des *billets doux**? – dans sa main crispée.

Tandis que Copplestone montait en ahanant l'escalier de Wheatsheaf pour se diriger vers le petit salon du premier où Lenora s'était retirée sous le prétexte d'écrire au nom de la Société new-jerseyenne des Dames coloniales d'Amérique des lettres urgentes sollicitant des fonds pour la restauration d'un « monument historique » de l'État.

« Len-*ora.* »

La négligence maternelle de sa femme avait coûté à Copplestone son unique héritier mâle ainsi que son adorable petite fille. Même s'il avait eu assez de cœur pour lui pardonner son adultère – or, le cœur de Copplestone était à peu près gros comme une noix, véreuse de surcroît – jamais il ne pourrait lui pardonner cela.

Et dans son petit salon, dont les fenêtres treillissées donnaient sur la luxuriance printanière du jardin, et sur un haut bouquet d'ormes et de chênes, Lenora était assise à son bureau, immobile, un stylo dans sa main tremblante ; elle était entièrement vêtue de noir, comme une veuve ; bien qu'elle ne fût pas veuve, mais en deuil de deux enfants chéris, qui avaient quitté ce monde prématurément, et horriblement. Après qu'un domestique lui avait apporté son petit-déjeuner sur un plateau – laissé presque intact, car Lenora n'avait plus guère d'appétit – elle avait osé *fermer la porte à clé*, espérant seulement que son mari ne s'en aviserait pas et ne deviendrait pas fou furieux en le découvrant.

Posant le bout de sa plume sur une feuille de papier rigide portant en relief et en or la demeure de Wheatsheaf dans sa forme originelle de l'époque coloniale, Lenora écrivit, comme si sa vie en dépendait : *Le triste état de délabrement de la maison « Dolly Lambert » de Washington's Crossing a récemment été signalé à notre attention… Nous espérons que vous nous aiderez à restaurer cet important…*

NON LOIN DE LÀ, à Mora House, Amanda FitzRandolph chantonnait une berceuse au petit Terence, couché dans son berceau. L'enfant s'était réveillé, comme cela lui était habituel, vers 4 heures et demie du matin, et n'avait cessé de pleurer, de geindre et de gigoter qu'après 9 heures ; sa nounou était attentionnée et ne se plaignait pas, mais elle était visiblement épuisée ; Amanda était donc intervenue, peu après le petit-déjeuner, vêtue de sa robe « d'intérieur » en mousseline et coiffée d'un bonnet à rubans. À ce moment de sa vie, Amanda FitzRandolph était déterminée à être une très bonne mère ; elle était déterminée à abjurer à jamais les tentations du monde séculier et sensuel, *loin de la foule déchaînée* ; en dépit des attraits de ce monde et de la personne du comte, elle s'abîmerait toujours plus profondément dans la maternité, et même dans le veuvage… Elle chantonnait doucement au petit être dans son berceau, qui cessait peu à peu de s'agiter : « Adieu, bébé bruant, Papa est parti chasser… parti chercher la peau d'un lapereau, pour que Bébé ait chaud… »

(De façon déroutante, cependant, autant pour Amanda que pour les membres de sa famille, elle semblait parfois avoir « oublié » son mari, Edgerstoune FitzRandolph, à qui elle avait été unie de longues années ; ou plutôt elle se le rappelait simplement comme l'une de ses nombreuses connaissances de Princeton, ou l'un de ces parents éloignés pour qui elle éprouvait une affection de rigueur, mais sans vivacité. Edgerstoune était mort d'un empoisonnement accidentel – dû à des méduses – aux Bermudes, il y avait à peine un mois ; l'accident s'était produit sur la plage, en l'absence d'Amanda ; seul le comte en avait été témoin, et, sans lui, Amanda ne pensait pas qu'elle aurait survécu ; elle aurait en tout cas été bien incapable de faire rapatrier les restes de ce pauvre homme à Princeton, comme le comte l'avait fait avec beaucoup d'efficacité. Cependant, Edgerstoune avait beau être enterré dans le cimetière de Princeton, Amanda conservait l'impression qu'il était toujours aux Bermudes, somnolant au soleil sur la terrasse de la villa *Sans-Souci*, un numéro du *Wall Street Journal* sur les genoux.)

Tandis que le bébé s'endormait, Amanda étudia de nouveau sa peau étrangement sombre et ses traits ineffablement « indiens » (« asiatiques » ?) ; le comte lui avait conseillé de ne pas s'appesantir outre mesure sur ces détails superficiels, car c'était l'âme de l'enfant qui comptait. « De même que c'est votre âme, chère Mandy, et non votre beauté physique, qui exerce sur moi cette fascination. »

Amanda rit en entendant ces mots prononcés dans un murmure. Rougissante, la veuve et mère jeta un regard autour d'elle pour s'assurer qu'elle était seule dans la nursery ; et qu'aucun domestique ne l'observait tandis qu'elle continuait à chanter sa berceuse dissonante, dont elle devait répéter toujours les mêmes mots, ayant oublié les autres strophes :

« Adieu, bébé bruant… »

TOUT PRÈS DE LÀ, à Westland, une maison de style colonial jaune pâle à peine visible de Hodge Road derrière son rideau d'arbres, Mme Grover Cleveland, vêtue elle aussi d'une robe « d'intérieur » (signé Worth), était perdue dans ses pensées ; elle contemplait avec une rage sourde son vieux mari obèse, qui, adossé à des coussins, haletait, soufflait, grognait et marmonnait, griffonnant des notes que devrait transcrire un sténographe ; car s'imaginant maintenant « de retour aux affaires », Grover rédigeait ses instructions à ses collègues du conseil d'administration de l'université à propos d'une action que voulaient entreprendre certains d'entre eux pour contraindre Woodrow Wilson à démissionner, préparait des notes pour des sous-fifres des Assurances Vie équitable, que M. Cleveland se flattait de « présider » au soir de sa vie.

En le regardant, l'ancienne Frances Folsom ne remâchait pas la disparition de sa fille à Buzzards Bay, ni celle de son père bien des années auparavant (malheur qui avait précipité l'adolescente désespérée dans les bras de son vieux complice politique Cleveland), mais songeait aux conventions qui, parce qu'elle n'était pas encore veuve, lui interdisait, sauf à s'exposer à la censure du monde, de fréquenter un autre homme que ce mari, dont elle ne supportait plus la compagnie.

Cette séduisante brune se désolait également que son vieux mari fît tout aussi *lentement.*

« Il va mettre une éternité à mourir ! Il est si *distrait* ! »

Le comte est venu à plusieurs reprises. Le comte est un ami de Grover Cleveland, tout le monde le sait ; ou plutôt, tout le monde le dit ; car Mme Cleveland sait qu'elle doit éviter que ses amis de Princeton ne devinent que c'est elle, et non l'ex-président, qui a attiré le comte à Westland.

Pourtant le comte n'a fait que serrer la main de Frances ; il a tendrement caressé ses doigts, posé sur elle un regard « perçant » et… *n'a pas murmuré un mot.*

AU CŒUR DU CAMPUS verdoyant de l'université, dans sa retraite perchée de Prospect, Thomas Woodrow Wilson (ainsi qu'il se considère depuis peu) peine sur un poème maintes fois revu, un sonnet adressé à l'origine à la jeune femme qui avait rejeté sa première demande en mariage, des années auparavant ; remanié ensuite pour Ellen (qui en avait été profondément émue) ; et refondu maintenant sous une forme plus audacieusement moderne, plus « entreprenante », à l'intention de sa chère amie, Mme Peck. Au rez-de-chaussée les adoratrices du Dr Wilson, qui comprennent à présent une belle-sœur vieille fille, se déplacent sur la pointe des pieds pour lui éviter toute distraction, sans suspecter un instant que ce galant entre deux âges ne travaille pas au discours de la cérémonie de remise des diplômes (« Le rôle du gentleman chrétien au service de la nation »), que son cœur bat la chamade et qu'il soumet à cruelle épreuve ses nerfs déjà surmenés pour inventer ces vers hardis :

Tu es le chant que j'attendais.
Je trouve en toi la douce vision.
La grâce, les nobles accents,
La forme, l'esprit, l'allure, le cœur
Qui me manquaient et que je pensais trouver

Dans quelque source de mon esprit,
Très chère Cybella !

Et il signe *Votre Thomas* – car « Woodrow » lui paraît maintenant guindé, pompeux et prétentieux.

Terra incognita II

Si tu ne veux pas brûler en enfer avec les autres Slade, pars donc au Pôle pour sauver ta couenne de diable !

Cette voix fut si insistante au cours des jours qui suivirent sa rencontre décevante avec Jack London que Josiah Slade finit par succomber ; et joignit son sort à une expédition qui devait partir pour le pôle Sud sous les auspices de la Société royale géographique d'Écosse, et avec le soutien d'un financier américain du nom de Winthrop Moody, apparenté à Josiah par sa mère.

Depuis l'enfance Josiah lisait avec avidité les récits des grandes expéditions polaires, de l'histoire des explorations vikings dans le Nord aux récits récents des voyages de Ross, Parry, Nordenskiöld et Nansen. C'était hier à peine, semblait-il, que monde s'était enthousiasmé pour l'expédition triomphale du *Gjoa* d'Amundsen, qui avait traversé le grand « Dôme d'Amérique » d'est en ouest, pour la première et peut-être unique fois de l'histoire ; à l'automne 1905, *La* Discovery *au Pôle Sud* du capitaine Robert Falcon Scott avait été publié en deux volumes, illustré par des dessins et des photographies qui avaient fasciné Josiah Slade, comme ils avaient fasciné Adelaide

Burr. D'immenses icebergs, des champs de neige qui aveuglaient le regard, et ces montagnes du pôle Sud « dressant leurs nobles têtes dans une splendeur désolée », selon les mots de Scott. C'étaient des paysages stupéfiants, assurément – aussi fatals qu'ils étaient spectaculaires dans un froid de moins 50° et dans la pureté de leur bref soleil ; fascinants par leur isolement, leur mystère et l'attrait puissant de la *terra incognita* sur l'homme civilisé. Comme le disait le grand Shackleton : « Vous ne pouvez comprendre l'aspiration héroïque, le désir irrépressible d'éliminer tout ce qui est *terra incognita* ; et de fouler des terres où l'homme n'a jamais mis le pied. »

Ces mots remplissaient Josiah d'enthousiasme et de désir. Car il était l'un de ceux qui comprenaient.

Il aurait aimé écrire à Upton Sinclair, qu'il tenait pour une sorte d'âme sœur, même s'il le trouvait plutôt anémique, avec sa maigreur lamentable et son teint cendreux, et qu'il se fût révélé décevant dans la bagarre de ce fameux soir, quand Josiah avait eu besoin d'un camarade. Malgré tout, il aurait aimé écrire à Upton Sinclair ces mots, qu'il dut se contenter de noter dans son carnet en maroquin :

> *Il me semble que ce monde est souillé presque au-delà de toute rédemption par l'hypocrisie, le mensonge et le mal. Même le socialisme, je le crains, est vicié – un démon se niche dans les meilleures intentions. Par conséquent, que ce soit ou non pour sauver ma peau, mieux vaut que je fuie la terra cognita.*

Le cousin au troisième degré de la mère de Josiah, Esdra Moody, avait mis le jeune homme en contact avec Winthrop Moody, qui avait mis Josiah en contact avec le capitaine Eric Campbell Oates, frère cadet du célèbre « Soldat », le capitaine

Lawrence E. G. Oates[1], qui cherchait alors des fonds pour une expédition de printemps au pôle Sud et engageait des recrues à New York. (Ces enchaînements semblent plus compliqués qu'ils ne sont en réalité, car très peu de choses arrivent en ce monde, qu'il s'agisse d'expéditions polaires ou de politique, sans ce genre de connexions entre parents, amis, connaissances et clubistes !) Josiah était si certain qu'une expédition au pôle Sud sauverait sa vie, voire son âme, qu'il alla trouver le capitaine Oates dans sa suite luxueuse du Waldorf et le supplia presque de l'accepter à bord, bien qu'il n'eût jamais été marin et que son expérience d'explorateur se limitât à des randonnées dans les Rocheuses et le Yosemite. Il n'avait à offrir qu'un « dos solide » et une « volonté indomptable », ainsi que le désir passionné, qui flambait pour ainsi dire dans son regard, de fuir la zone tempérée pour la *terra incognita*.

Eric Campbell Oates regarda ce jeune homme séduisant et d'allure sportive d'un œil bienveillant, quoique sceptique. Il connaissait par son ami Winthrop Moody une partie des événements douloureux de Princeton ; mais quand Winthrop s'était mis à divaguer sur une prétendue « malédiction », il avait cessé d'écouter – lui, capitaine Oates, en savait long sur les

1. Je crains que de nos jours on ait oublié le « Soldat ». En son temps, le capitaine Lawrence E. G. Oates du 6e dragons d'Inniskilling fut membre de la malheureuse expédition *Terra Nova* de 1910-1912, commandée par Robert Falcon Scott, laquelle connut une fin désastreuse dans le blizzard du pôle Sud aux environs du mois de mars 1912.
Le capitaine Oates était surnommé « le Soldat » et « Titus » ; on sait relativement peu de choses sur son frère cadet Eric, et quasiment rien de l'expédition à laquelle prit part Josiah Slade – et ce, malgré les recherches assidues que j'ai menées durant des années. J'en viens donc à me demander, moins en qualité d'historien que d'observateur neutre, si, dans son désir de fuir la *terra cognita*, Josiah n'a pas été séduit par des agents du Malin alors même qu'il cherchait vaillamment à échapper au passé.

malédictions, et il ne pouvait imaginer qu'en matière de malfaisance il puisse naître parmi les « lys blancs » de Princeton quelque chose de comparable à ce qu'il avait vu au cours de ses voyages, Congo dit belge non exclu. Il dit à Josiah que *terra incognita* désignait plus qu'une simple aspiration romanesque : « C'est aussi un lieu, et extrêmement dangereux pour qui n'a jamais quitté la zone tempérée.

– Donnez-moi une chance, je vous en prie, capitaine ! Je ferai tout ce que vous m'ordonnerez – n'importe quelle tâche, si humble soit-elle. Et je peux apporter ma contribution à l'expédition, comme Winthrop Moody vous l'a probablement dit : ce n'est pas beaucoup, mais cela représente quasiment toutes mes économies. »

Ce qui convainquit le capitaine Oates de son sérieux et de sa valeur.

C'EST AINSI QUE, avec une rapidité étourdissante, à la fin du mois de mai 1906, alors qu'approchait le premier anniversaire de l'enlèvement et de la disgrâce publique de sa sœur, Josiah Slade quitta Crosswicks Manse pour s'installer à New York, adhéra à l'Intercollegiate Socialist Society et manqua tuer son héros Jack London, s'engagea sur le *Balmoral,* en partance pour le pôle Sud, sous le commandement du capitaine Eric Campbell Oates, et prit la mer la semaine suivante, laissant un mot d'adieu fort étrange à ses parents effondrés :

> Très chère mère, et très cher père,
>
> Je vais quitter *terra cognita* pour au moins dix-huit mois, m'est-il promis ; et si *terra cognita* et moi avons de la chance, pour plus longtemps que cela. Ne gaspillez pas pour moi votre amour parental, car j'en ai été indigne ; ne priez pas pour moi, qui ferai voile hors de portée des prières terrestres.

Le ciel du Sud n'a pas d'histoire, me promet-on, et pas de mémoire; pas de pensée. Car Dieu n'a pas encore été fait homme en ces lieux, ni jamais Dieu. Voilà ce qui m'est promis et voilà ce que je crois. Est-ce votre fils Josiah qui écrit ces mots durs, ou quelqu'un d'autre? Peu importe : nous embarquons ensemble pour *terra incognita*. Croyez à mon amour, néanmoins. Mais, comme je vous l'ai demandé, ne priez pas pour moi – c'est là l'amour le plus pur.

Josiah

PENDANT LES PREMIERS JOURS de mer, la «voix» malveillante de Josiah se tut, comme réduite au silence par les rigueurs de la traversée, tangage, roulis, plongées et piqués du navire, qui firent bientôt comprendre à l'équipage que le séduisant *Balmoral*, voilier de trois cents tonneaux, tenait beaucoup moins la mer que ne l'affirmaient ses propriétaires. Élégant tant qu'il avait été au port, impressionnant le spectateur inaverti par sa coque élancée et ses nombreuses voiles de couleur sombre, «sujet en or» pour les photographes du *New York Herald* et d'autres journaux, il se révéla vite être un navire d'un âge considérable, ayant eu de nombreux capitaines depuis sa mise en service à l'époque de la malheureuse expédition du capitaine Franklin.

Josiah apprit bientôt que le *Balmoral* était surchargé, du fait de la parcimonie du capitaine Oates et, plus généralement, de la Société royale écossaise de géographie. Bien que d'un poids et de proportions modestes, et bien qu'il fît route vers les eaux les plus désolées et les plus dangereuses de la terre, le *Balmoral* transportait plusieurs tonnes de charbon, du fourrage et des cabanes en bois; des traîneaux, des bidons d'essence et de pétrole; des équipements scientifiques et des vêtements; des caisses dont le contenu, d'une utilité variable, allait du ris de veau et des rognons aux conserves de viande de mouton. Les aliments pour chiens représentaient à eux seuls des centaines de livres, pour ne rien dire de ces animaux surexcités eux-mêmes (au moins trente-cinq huskies) ; sans oublier un vaillant petit bataillon de poneys (deux bonnes douzaines). Ces poneys, Josiah les prit aussitôt en pitié, car il avait toujours aimé les chevaux, et avait longtemps eu dans les écuries de Crosswicks un jeune étalon, qu'il montait souvent ; dans le regard des poneys, il lisait leur terreur et partageait leur sentiment de détresse ; car ces belles bêtes n'étaient-elles pas condamnées à périr dans cette mer houleuse ou sur les terres désolées de l'Antarctique, ou à servir de pâture aux chiens ou aux hommes ? « Je vous protégerai si je peux », promit-il aux poneys, qui s'ébrouèrent, piaffèrent et fouettèrent l'air de leur queue ; il caressa leur tête pour les calmer et remarqua leurs yeux blancs, leurs dents découvertes. « Je ne laisserai personne vous abattre et vous manger, je le jure ! » On pourra apprécier la faiblesse de jugement grandissante de Josiah quand on saura que, après moins d'une semaine passée en mer, il était souvent ému aux larmes lorsqu'il rendait visite aux poneys dans la cale humide et malodorante ; la seule fréquence de ses visites témoignait d'ailleurs des progrès de son infirmité.

Au fur et à mesure du voyage, les jours succédant aux jours dans la stupeur de l'ennui ou dans les plus vives alarmes, selon le temps, il devint évident que le capitaine Oates du *Balmoral* n'était pas tout à fait celui du *Waldorf*. Apparemment direct, pratique et sans prétention sur la terre ferme, Oates se révéla peu à peu d'un caractère imprévisible et mesquin en mer, manquant au savoir-vivre élémentaire de sa classe au point d'apparaître sur le pont, mal rasé, le col et les manchettes douteuses. Josiah trouvait plus déroutant encore son habitude de plaisanter avec ses matelots les plus rustres, alors qu'il évitait les quelques gentlemen explorateurs et les deux ou trois hommes de science présents à son bord ; et qu'il se détournait avec un ricanement si Josiah tentait de l'aborder.

« Quoi donc, mon gars ? Une faveur spéciale, peut-être ? Un peu de patience… cela ne saurait tarder, j'en suis sûr. »

Josiah en était blessé et contrarié, comme un jeune garçon l'aurait été à sa place.

Juste parce que le capitaine t'aime. Qu'il te convoite. Rêve de t'attirer entre ses draps. Et Josiah pourrait faire pire que de succomber. Car une fois enfermé dans sa cabine, tu pourrais étrangler cette brute de tes mains nues, pour le plaisir.

AINSI REVINT la « voix » redoutée de Josiah, telle une maladie recrudescente, et bien d'autres injonctions suivraient, dont certaines se réduisaient à un murmure, mais si caverneux et si retentissant dans le crâne de ce jeune homme maudit qu'il craignait que l'un de ses camarades ne l'entendît. Juste au-dessous du méridien équatorial, la voix informa Josiah qu'on accédait à une *vision mystique* en grimpant comme un singe tout en haut du grand mât ; car il pourrait alors voir non seulement au-delà de l'horizon, mais aussi au-delà des montagnes polaires, jusqu'aux cieux mêmes – où le visage de Dieu flamboyait, incandescent et bouillonnant. *Un effort de rien du tout, Josiah – mais qui calmera à jamais ton âme bouillonnante.*

Tandis que le navire poursuivait son périlleux voyage au-delà des îles Falkland, au-delà de cette côte prisonnière des glaces appelée terre du roi Édouard VII, la voix pressa Josiah de se défaire de ses vêtements volumineux, de dénuder sa tête et de se jeter par-dessus bord pour éprouver l'élasticité des vagues à cette latitude ; car c'était une propriété encore non signalée de la mer de Ross que, bien que ses vagues noires se soulèvent et moutonnent, crachant des écheveaux d'écume blanche comme le détroit de Charybde et Scylla, leur eau n'était cependant pas assez dense pour soutenir le pas d'un homme.

Un savant se livrerait à des expériences en un tel lieu : les grands oiseaux de mer, qui ont presque la taille de Josiah, flottent et piquent dans les vagues, sans jamais couler ; et leur courage d'oiseau te ridiculise, faisant de toi moins qu'un homme.

« Josiah, non ! Arrêtez-le, bon Dieu. S'il le faut, plaquez-le au sol. Attachez-le ! »

Plus tard, Josiah apprendrait qu'il avait été empêché de se précipiter par-dessus bord par des matelots et emmené de force dans sa cabine, où on lui avait fait ingérer pour l'endormir une bonne dose de cognac et de laudanum, pris sur la réserve personnelle du capitaine. Mais Josiah se demanda si ce n'étaient pas là des contes malveillants, car il avait appris à « faire la sourde oreille » aux séductions de la Malédiction.

« Jamais je n'aurai la paix, apparemment, et jamais je n'habiterai un seul instant mon être avec autant d'aise que l'albatros habite le sien. »

UNE CHOSE ÉTAIT CERTAINE : la lumière perçante de l'Antarctique était belle au-delà de tout langage humain, et Josiah s'estimait heureux d'être parvenu jusque-là indemne. L'air était si glacial qu'il était difficile de déterminer s'il nuisait aux poumons et au cœur, ou s'il communiquait un frisson voluptueux quand il pinçait, perçait, coupait, vrillait et brûlait comme un fer incandescent, cherchant à pénétrer le corps humain par le moindre pore laissé à nu.

Je ne fais pas mal ! Je ne fais pas souffrir ! telle est la promesse du Froid. *J'engourdirai vos sens et vous verserai le plus doux des oublis.*

« Je regrette que tu ne m'aies pas parlé de ce lieu enchanté, grand-père, dit Josiah à Winslow Slade, appuyé un jour à son côté au bastingage. Pourquoi avoir tant prêché en chaire Dieu, le ciel et la croix ensanglantée quand tu aurais pu dire la vérité ? »

Winslow Slade, dans un lourd manteau d'une étoffe grossière, couleur de bois de chêne, coiffé d'un bonnet en laine ; les traits ravagés mais dignes, plissés contre l'éclat périlleux du soleil ; des sourcils blancs plus épais que Josiah ne se les rappelait, et de fines rides pâles aux coins de sa bouche, qui murmurait une réponse. Et les mots de Winslow Slade, Josiah ne pouvait les entendre tant le vent soufflait avec fureur.

« Quoi, grand-père ? Que dis-tu ? »

Et de nouveau Winslow Slade parla, sa bouche pâle remua presque en silence.

Pardonne-moi.

LE MERVEILLEUX OCÉAN inexploré – montagnes polaires s'élançant vers le ciel d'un bleu dur –, les embruns s'accrochant à toutes les surfaces du *Balmoral* et y gelant dans un scintillement exquis ; sur des miles et des miles, des centaines et des milliers de miles, d'immenses champs d'icebergs et de roche glaciaire ; les crevasses, les tertres étincelants, les stalagmites fines comme des aiguilles, palpitant d'une incandescence divine : n'était-ce pas fascinant ? Cela n'effaçait-il pas tout sentiment humain et tout souvenir ?

Qu'il était lointain et insignifiant le village de Princeton, de l'autre côté du monde !

Tends ton bras et dénude le poignet. Plantes-y tes dents de carnivore et mords, mords et mords encore. Car là est ta consolation, mon cher petit-fils.

Mais Josiah reconnut là les séductions de son vieil ennemi et ne succomba pas.

Les yeux du poney gris pommelé roulaient de terreur alors qu'il s'enfonçait jusqu'au poitrail dans la neige, trébuchait, s'ébrouait ; et lâchait dans son affolement un jet d'urine fumant qui tacha la neige de jaune ; et dans le même instant les chiens furent sur lui et déchiquetèrent sa chair vive. *Non ! Arrêtez !* hurlait Josiah. Mais les huskies affamés mangeraient, car ils mouraient de faim. Mais les hommes mangeraient, car eux aussi mouraient de faim et se savaient condamnés.

Je ne mangerai pas se jura Josiah. *Pas moi.*

Le capitaine Oates avait alors oublié ses scrupules de gentleman et les bonnes manières de sa classe au point qu'il dévora avec délice la chair fumante et se baissa pour téter le sang brûlant ; puis se redressant, la bouche rougie, il offrit à son jeune camarade Josiah Slade le « plus succulent des organes intérieurs, les reins ».

Non. Pas moi.

Secoué de tremblements, Josiah se réveilla de son cauchemar qu'il savait ne pas être un simple fantasme, mais une vision : car Josiah savait que tout cela se produirait quelques mois plus tard. Lorsque le *Balmoral* atteindrait sa destination et que les hommes débarqueraient pour « explorer » l'immense néant blanc s'étendant devant eux, c'était inévitable. Poneys et huskies hurlants, la face ensanglantée du capitaine Eric Campbell Oates, et l'éclat triomphant de son regard fou. *Viens, mon doux Josiah, mon cher enfant – le plus succulent des morceaux intérieurs est pour* toi.

Après cela, sur le pont ballotté du *Balmoral*, tous les huskies qui étaient enchaînés sur le pont (très affaiblis, les pauvres bêtes, par les rafales de pluie glacée) grondaient sourdement dès que Josiah passait près d'eux. Leurs museaux étaient mouchetés d'écume et leurs yeux humides roulaient dans leurs orbites.

Ces chiens de traîneau étaient des tueurs, dressés tout jeunes à attaquer l'étranger qui s'approchait du traîneau de leur maître.

JOSIAH SE DEMANDAIT malicieusement si, selon les critères guindés de Princeton, il avait maintenant la *tête à l'envers.* Car il était dans l'hémisphère sud, à présent, très loin des régions tempérées du nord-est des États-Unis.

Sa galanterie demeurait pourtant. Tel un instinct enraciné dans la moelle de ses ancêtres Slade, elle demeurait.

Car un soir au crépuscule, à moins que ce ne fût une aube lumineuse, une femme imprudente, vêtue splendidement d'hermine et portant des bottes doublées de fourrure, s'aventura trop près des chiens afin de caresser leurs nobles têtes ; avec pour résultat immédiat que le plus proche attaqua et que, en l'espace d'un instant, le bras couvert d'hermine fut terriblement déchiqueté et mutilé, et que jaillirent des flots de sang ; et Josiah se précipita, car il avait eu le sombre pressentiment d'un tel incident en voyant l'imprudente créature s'avancer sur le pont, la main tendue ; il vit alors que la femme blessée, trop choquée pour pouvoir crier, était Mme Adelaide Burr, qu'il n'avait pas aperçue depuis des années. Tandis que les chiens aboyaient et hurlaient, et se jetaient sur la femme à terre, retenus seulement par leurs colliers et leurs chaînes, Josiah entraîna leur proie hors de leur portée, à un endroit du pont ensanglanté où elle ne risquerait plus rien ; voyant qu'elle saignait de mille blessures, le visage à peine reconnaissable, sa petite poitrine pâle cruellement dénudée, et zébrée d'une dizaine d'égratignures profondes. Josiah appela à l'aide et tenta d'étancher le sang avec les manches de son manteau et ses gants ; et avec la cape d'hermine ; mais le sang avait déjà gelé sous ses pieds, le pont en était couvert, et il glissa, tomba, sa tête heurtant le pont aussi violemment que celle de Pearce van Dyck avait heurté le parquet, et celle de Jack London le plancher du restaurant MacDougal.

Personne ne nous sauvera-t-il? N'y a-t-il personne? Pas de Dieu? Pas de… Sauveur?

Voilà ce que murmura la femme mourante, alors que Josiah gisait sur le sol, incapable de répondre.

Sur le pont dans le vent hurleur hérissé d'aiguilles on le découvrit sanglotant et prostré comme un enfant qui a perdu sa mère. Ses larmes avaient gelé sur ses cils et dans sa courte barbe éparse, et la chair de son visage avait perdu toute sensibilité.

« Faut-il l'attacher avec du filin, cette fois, monsieur? Quelle est la volonté du capitaine? »

LE CHAT BIEN-AIMÉ du capitaine, Mungo Park, était un chat de Manx polydactyle au pelage noir, qui dormait au pied de son lit et ronronnait sourdement quand on le caressait, et manifestait son affection (expliqua le capitaine Oates à Josiah, qui reposait, fiévreux et convalescent, dans le propre lit du capitaine) en vous pétrissant de ses griffes, comme s'il « tétait ».

La gloire de Mungo Park était d'avoir neuf vies, dont il n'avait usé que quatre ou cinq.

Si le capitaine Oates aimait tendrement son gros chat noir sans queue, tel n'était pas le cas de tous les hommes du bord; car un matin où Josiah était suffisamment remis pour remonter sur le pont, il vit le gros animal grimper jusqu'à son perchoir habituel dans le gréement et, peu après, un rustre sournois l'asticoter avec un bâton de sorte que le chat cracha de surprise, perdit l'équilibre et tomba en hurlant dans la mer.

Un chœur de hourras s'éleva. Le capitaine Oates n'était nulle part dans les parages. Josiah se pencha par-dessus le bastingage pour chercher des yeux le chat abandonné – un ballot infime de fourrure noire, dansant sur les vagues à l'arrière du navire – ne sachant absolument que faire. Un matelot nègre lança, avec un ricanement sinistre : « Mungo Park est le diable en personne. Il ne se noiera pas. Il ne mourra jamais. Ne versez pas de larmes sur Mungo Park. »

(Et il en fut ainsi, car de bonne heure le lendemain matin Josiah fut réveillé par le ronronnement guttural de l'animal, tout près de sa tête, et par le mouvement rythmique de ses griffes à demi rentrées contre sa poitrine. Et, ah ! – la beauté de ces yeux topaze à l'éclat froid !)

PEU À PEU Josiah succomba au royaume des Glaces. Se demandant pourquoi il avait traîné son existence jusque-là dans la verdure de ce village – quel était son nom, déjà ? – où il était né, et de la vieille demeure vénérable appelée Crosswicks. Quelque part dans l'État du New Jersey, sans plus d'étendue ni de conséquence qu'un iceberg gigantesque.

Peu importait : le royaume des Glaces était éternel. De jour comme de nuit il y pénétrait.

Plus de lignes parallèles qu'on ne pouvait en compter dans le nouveau Réseau d'indices (revu et mis à jour) ; pourtant, quand Josiah l'étudiait, ces lignes s'allongeaient, se distendaient et se distordaient pour former des cercles approximatifs – la tête mordant la queue, semblait-il.

La lune antarctique tourna pour rester suspendue, immobile, dans le ciel, si gigantesque qu'elle aurait heurté la tête de Josiah s'il ne s'était pas aussitôt baissé en riant et n'avait gagné à quatre pattes l'obscurité de la cale ; tapi derrière un tonneau de farine jusqu'à ce résonne un cri – *Josiah ! Josiah ? Où te caches-tu ?* – et le rire adorable de sa petite sœur Annabel, qui le cherchait dans l'ancien quartier des esclaves derrière Crosswicks, converti en dépendances.

Bientôt la mer parut composée de flaques sans fond, étincelant et miroitant d'une vie marine secrète ; et bien qu'il ne semblât pas y avoir de végétation, des vrilles fleurissaient partout – à moins que ce ne fussent des serpents qui s'extirpaient de l'eau noire pour recouvrir toutes les surfaces et, sitôt qu'on avait la tête tournée, filer sur le pont et s'introduire dans la cale ? Josiah hurla, frappa du pied et du talon, s'efforçant frénétiquement de repousser les serpents, car ils rampaient aussi sous ses pieds ; d'autant plus insidieux qu'ils étaient invisibles à l'œil nu.

Au loin, au-delà d'une banquise rompue, la tête dressée d'un grand serpent, se déplaçait immuablement, comme le *Balmoral*, en direction du sud et du détroit de McMurdo.

« Ça ? C'est un "serpent de mer", expliqua à Josiah l'un des matelots, comme s'il avait posé une question très stupide. Ils sont nombreux dans ces eaux, mais comme nous ne nous en préoccupons pas, ils ne se préoccupent pas de nous. »

Dans le sillage du grand serpent, cependant, se leva une curieuse brise tiède, apportant des parfums d'anémones de Grèce, de jonquilles et de narcisses. Josiah inspira à pleins poumons et avala l'air. Car il se savait sauvé.

Je n'aurai pas le scorbut comme d'autres dans l'équipage. Je ne souffrirai pas d'un affaiblissement des vaisseaux sanguins de mon cerveau qui, en éclatant l'un après l'autre, produisent hallucinations ridicules et cauchemars en plein midi.

LE PROFESSEUR Pearce van Dyck objecta que les vaisseaux sanguins de son cerveau ne s'étaient pas affaiblis ; qu'il avait été « en pleine possession » de ses moyens jusqu'à la fin – quand Josiah l'avait tué.

Josiah implora son pardon, mais Pearce van Dyck insista, accusant maintenant sa femme Johanna de « vil adultère », et déclarant que l'enfant n'était « pas le sien », mais un démon engendré par le Malin.

Josiah rougit d'entendre son ancien professeur parler aussi grossièrement de sa femme et répondit qu'il lui était difficile de croire que Johanna avait été infidèle à son mari ; d'autant que l'enfant semblait un bébé tout à fait normal, dépourvu de tout caractère particulier – ni excessivement beau, ni laid ; en fait, l'essence même du *bébé humain.*

Pearce van Dyck l'interrompit d'un rire amer, déclarant que le « paradoxe conjugal », tel que formulé par le Père de l'Église saint Grégoire le Grand au VIe siècle, expliquait sa position : L'« acte de chair » au sein du mariage chrétien est *innocent,* quoique le désir de cet acte soit *moralement mauvais.*

Josiah pressa ses mains gantées contre ses oreilles et tenta de soutenir que le mariage chrétien, comme tout mariage, ne pouvait être *moralement mauvais* ; mais Pearce van Dyck refusa d'écouter. Josiah lâcha du lest, disant que frères et sœurs n'avaient nul besoin, et nulle envie de se marier, et donc aucune obligation de s'unir ; de la sorte, le « paradoxe » était transcendé.

Pearce s'entêta dans son argument, s'approchant de Josiah jusqu'à ce qu'à la stupéfaction du jeune homme ses traits se fondent dans ceux du capitaine Oates, qui le réconforta en caressant son front fiévreux, pressant sa joue froide contre sa joue fiévreuse et l'étreignant comme un frère, ou comme un amant. Le professeur van Dyck semblait pourtant toujours être présent, quoique invisible, et d'une distance d'environ trois mètres, entonna d'un air sombre :

Qui prendra bébé ?
Moi, dit l'eau profonde.
Bébé voguera dans son bateau berceau,
Et bercé par les flots, il s'endormira.

Bien que les petites fleurs délicates ne fussent que des muguets de satin, joliment cousus sur la robe de mariée, elles répandaient le parfum odorant du vrai muguet, de sorte que Josiah inspira si profondément qu'il se mit à tituber comme un homme ivre. *Lui* n'aurait pas abandonné l'ouvrière Pearl à ses compagnons grossiers. *Lui* ne pouvait du fond de son cœur pardonner tout à fait la couardise de son grand-père. *Ô à l'aide. Josiah. Mon cher frère. Ne m'abandonne pas sur la glace, Josiah!* Une voix terrifiée, apportée par la brise marine, et Josiah chancela sur le pont. Était-ce… Annabel ? Mais où cela ? Si loin de chez eux ? Ah ! – elle dérivait à bâbord, accroupie, pieds nus et tremblante sur la glace, les cheveux volant dans le vent, pas très joliment ; son visage tendu, d'une pâleur d'albâtre, tourné vers Josiah dans une supplication désespérée.

Aide-moi, Josiah. Ne m'abandonne pas une nouvelle fois. Viens me réchauffer !

Et cette fois, aucun membre d'équipage n'étant à proximité, Josiah grimpa sur la rambarde et plongea sans hésitation dans la mer houleuse.

POST-SCRIPTUM

Le journal de bord du *Balmoral*, tenu avec négligence par le capitaine Oates, mentionne (sans indication de date) que le corps inanimé de Josiah, complètement gelé, serti dans la glace, fut retiré du détroit de McMurdo et transporté dans la cale du navire.

« *Requiescat in pace*, griffonna avec contrariété le capitaine dans son journal – et voilà qui suffit ! »

L'énigme de Wheatsheaf I

Le matin où Copplestone Slade décida enfin d'« agir », sa femme terrifiée avait osé fermer sa porte à clé, ayant eu la prémonition que la fureur déraisonnable de son mari à son encontre ne saurait être refoulée encore très longtemps. Lenora ayant l'habitude, depuis la mort de ses enfants, de s'isoler dans ses appartements privés, après son bain du matin, pour écrire des lettres, lire sa bible et prendre un modeste petit-déjeuner, Copplestone savait où la trouver ; elle l'entendait depuis un moment parler d'une voix forte au rez-de-chaussée, comme s'il réprimandait les domestiques, ce qui lui arrivait souvent à présent, et elle tentait de deviner s'il se dirigeait vers la porte d'entrée ou vers *elle*.

Pendant des mois, Lenora s'était examinée sans pitié pour déterminer les fautes qu'elle pouvait avoir envers son mari ; elle avait cherché conseil et consolation auprès de Henrietta Slade et des aînés de la famille Slade à Crosswicks ; elle n'avait pas souhaité se confier à ses propres parents, les Biddle de Philadelphie, de peur de révéler trop de détails intimes et de courir le risque d'un scandale. Au moment de son mariage avec Copplestone Slade, toute sa famille avait applaudi à cette union, car Copplestone était un jeune homme cordial, bon enfant, aimant les farces, très différent de l'homme d'affaires habile qu'était son frère aîné Augustus, et plus différent encore de leur père Winslow Slade ; il avait manifesté une assez grande fierté de ce que sa jeune épouse ressemblât à « un Renoir » et descendît d'un patriote de Pennsylvanie, lord Stirling, mort en martyr alors qu'il commandait le département nord de l'armée continentale ; et de ce qu'elle fût destinée à hériter une coquette petite fortune de ses parents, dont elle était la seule héritière survivante.

Pendant de nombreuses années, leur mariage n'eut rien de remarquable ; habitants du West End, ils recevaient et sortaient souvent. En ma qualité d'historien je suis enclin à faire des recherches poussées, y compris sur mes sujets mineurs, et je me suis donc intéressé au passé de Copplestone Slade ; mais il n'y a vraiment pas grand-chose à signaler, car il tenait à peu près convenablement son rôle de fils de Winslow Slade, ainsi que son rôle d'associé, les affaires de la famille étant géré par des professionnels et ayant toujours été prospères. Il est vrai que, dans sa jeunesse, Copplestone avait eu un penchant pour le théâtre ; il avait même joué dans une compagnie d'amateurs, les Princeton Players, où il avait interprété des rôles aussi ambitieux que celui de Thésée dans *Le Songe d'une nuit d'été*, de Bertram dans *Tout est bien qui finit bien*, et de Frederic dans *Les Pirates de Penzance* ; moins profitable était son penchant pour les paris hippiques, où il avait perdu des sommes importantes au fil des ans ; mais il est probable que Lenora n'en sut jamais rien, car le couple menait des existences séparées derrière les murs de granit de Wheatsheaf.

Depuis l'enlèvement d'Annabel en juin 1905, les relations du couple s'étaient détériorées, et la mort de leurs enfants, dont Copplestone tenait Lenora pour responsable, avait encore aggravé les choses. À cela s'ajoutait la jalousie encore plus irrationnelle de Copplestone, qui semblait s'être persuadé, en l'absence de toute preuve, que sa femme avait une « liaison » avec un Princetonien ou un autre, et peut-être même avec le fringant comte von Gneist – bien que, pour autant que j'aie pu le déterminer, Lenora et le comte n'aient pu se rencontrer plus d'une fois ou deux, et dans de grandes réceptions.

Cependant le ressentiment de Copplestone envers son épouse avait dégénéré au point qu'on l'entendait marmonner en sa présence des mots tels que *Traînée! Prostituée! Gueuse! Garce!* et *Souillon!* sans se soucier que d'autres l'entendent, y compris les domestiques désemparés.

« Je me sais innocente aux yeux de Dieu, se disait bravement Lenora. Faut-il que j'éprouve de la honte devant *lui*? »

EN CE MATIN de la fin mai, Lenora, assise à bureau, commençait une lettre à un responsable de la branche new-jerseyenne des Dames coloniales d'Amérique quand Copplestone frappa rudement à la porte en exigeant qu'on lui ouvre.

Lenora était si terrifiée et si opprimée par son mari qu'elle n'hésita qu'un instant avant de se lever et d'obtempérer; par un réflexe de maîtresse de maison, elle ôta d'une table voisine le plateau, chargé d'un service à thé, de muffins aux myrtilles, de beurre et de confiture – un petit-déjeuner auquel elle avait à peine touché – afin de le mettre en sécurité. Puis, avec une prière silencieuse, elle déverrouilla la porte, que son mari furieux ouvrit d'une poussée.

« Eh bien! Qu'est-ce que tu écris là? J'exige de le savoir. »

Sans dire un mot, Lenora s'écarta tandis que Copplestone se penchait sur son bureau pour lire une lettre apparemment innocente concernant la maison Dolly Lambert de Washington's Crossing en Pennsylvanie; le mari jaloux n'en émit pas moins un grognement de dérision, comme si c'était là le plus transparent des subterfuges, et qu'il n'en fût pas dupe.

S'efforçant de dissimuler son appréhension, Lenora invita Copplestone à s'asseoir et à respirer profondément, car sa respiration était bruyante, son visage empourpré, et il devait « veiller à ne pas fatiguer son cœur surmené ».

Copplestone se radoucit un peu : la sollicitude conjugale de Lenora le touchait toujours, même en de telles circonstances. Il brandit néanmoins avec colère une liasse de lettres manuscrites, affirmant qu'il avait là assez de preuves de l'infidélité de son épouse pour demander un divorce civil : « Ces lettres impudiques, signées *Ton Tommy qui t'adore.* »

Lenora n'avait aucune idée de ce dont il parlait, mais elle se garda de l'irriter davantage. Elle l'invita à s'asseoir et à « se calmer », et à prendre, peut-être, une tasse d'Earl Grey avec elle, son thé favori, et un muffin aux myrtilles qu'elle avait confectionné elle-même, ce matin-là, dans l'espoir de le tenter…

« "*Ton Tommy qui t'adore*", hein ? – et encore, sur ces cinq ou six lettres – *Ton Tommy qui t'adore.* Comme si ce pasteur chevalin n'avait pas assez de jupons à domicile pour le chouchouter et le dorloter sur le campus, il ose comploter des rendez-vous clandestins avec ma femme ! » Copplestone agita de nouveau les lettres sous le nez de Lenora, qui remarqua que le papier en était jauni, et couvert d'une écriture sombre et serrée qui lui rappelait quelque chose mais qu'elle ne sut immédiatement identifier.

« Mon cher mari, je ne peux que te dire que je suis innocente. Je n'ai jamais reçu de lettre de… est-ce à Woodrow Wilson que tu fais allusion ? Ah… jamais ! Je le connais à peine, et cela vaut pour sa femme, Elaine – c'est bien son nom ? Ellen ? Je jure que je… »

Copplestone émit un grognement écœuré et gifla Lenora, qui poussa un cri de surprise et de douleur. De plus, ses cheveux grisonnants se défirent et tombèrent en désordre sur son visage, spectacle qui inspira une telle répulsion à Copplestone qu'il lui assena un second coup, et la pauvre femme versa des larmes de honte.

« Je te le jure, Copplestone : *je suis innocente.* Ces lettres sont peut-être de mon grand-oncle Timothy Jefferson Biddle, qui signait *Ton oncle Timmy qui t'adore* – c'est sûrement cela. Ce pauvre "oncle Timmy" est mort depuis quinze ans, Copplestone ! Dans les dernières années solitaires de sa vie, il s'était mis à écrire de longues lettres décousues à plusieurs de ses nièces. Je suis sûre que tu l'as rencontré. Si tu me laissais regarder ces lettres, je trouverais certainement une explication.

– Oui. Je ne doute pas que tu aies une *explication.* Que tu avais une *explication toute prête.* »

Copplestone leva la main pour la frapper de nouveau, et la malheureuse se recroquevilla d'un air coupable.

« Des mensonges ! Qu'elle est "épuisante, viciée, insipide, stérile[1]" – cette vie conjugale qui est la nôtre, taillée dans le chaos. Il n'y a que le cinquième acte de la tragédie qui apporte la rédemption. »

La respiration saccadée, Copplestone fut cependant suffisamment distrait par l'arôme des muffins aux myrtilles pour enfoncer le doigt dans l'un d'eux et en goûter les miettes, sans pour autant cesser de persécuter Lenora, clamant maintenant que « Thomas Woodrow Wilson » n'avait certainement pas été le premier, ni le dernier à avoir eu une liaison avec elle – « Il ne me paraît pas impensable que mon propre frère Gustus ait

1. Shakespeare, *Hamlet*, Gallimard, trad. Yves Bonnefoy. (*NdT*)

sali mon lit de son pied fourchu pour le simple plaisir de me déplaire ! » La rage de Copplestone affûtait son vocabulaire ; sa prononciation de certains mots courants avait pris une élégance britannique.

« Ton propre frère, Augustus ? Tu ne parles pas sérieusement… ?

– Ah non ! Tu ne crois pas à mon "sérieux" ! Silence, gueuse, ou je t'assassine ! "Couché avec elle, couché sur elle ! C'est toucher à son honneur que de dire : elle couche… Coucher avec elle ! Morbleu ! C'est dégoûtant ![1]" Tous ceux qui se marient acquièrent le droit d'être cocus un jour. » De ses deux doigts, Copplestone se fit des cornes sur le front, les yeux étincelants. « Mais faut-il exercer ma vengeance maintenant ou l'abandonner au jugement céleste ? Voyons ce que tu gribouillais sur cette satanée lettre – une lettre codée, j'imagine. Adelaide Burr tenait un journal codé, paraît-il, que les enquêteurs tentent en vain de "déchiffrer". Pouah ! quel régiment de femmes infidèles. »

Copplestone saisit la lettre au responsable des Dames coloniales, mais n'y comprit rien et n'eut pas la patience de la lire avec attention. Lenora osa lui dire qu'elle craignait qu'il ne fût « souffrant » ; depuis la mort d'Oriana, il dormait mal la nuit et avait perdu l'appétit au point de ne plus toucher qu'à peine à ses plats favoris – porcelet de lait rôti, boudin noir, ris de veau et pâtisseries que Lenora faisait de ses mains, tout exprès pour lui.

« Si seulement tu consentais à t'asseoir un instant et à retrouver ton calme, cher époux. Ensuite, si tu le souhaites, tu pourras reprendre ton interrogatoire. » Elle avait un ton si implorant, ses yeux pleins de larmes exprimaient tant d'affection qu'il fut très difficile à Copplestone de résister. « Voici une tasse d'Earl

1. Shakespeare, *Othello*, Gallimard, trad. Armand Robin. (*NdT*)

Grey. Et du sucre brun, de la crème. Veux-tu que je te serve ? Tu es très fatigué, tu sais ; la mort de nos enfants t'a durement affecté, ce qui atteste de ton amour pour eux… Copplestone, mon chéri, ces muffins aux myrtilles sont tes préférés, je les ai préparés selon la recette de Prudence Burr, que j'ai souvent suivie. Tu sais que tu as très faim, chéri. Il n'est pas bon pour un homme de ton âge et de tes responsabilités de jeûner ; je suis sûre que c'est très mauvais. Veux-tu que je te beurre ce muffin… »

En dépit de sa résolution, Copplestone fut ébranlé par les paroles apaisantes de sa femme ; car peut-être en fait l'aimait-il, un vague souvenir de Mlle Lenora Biddle, formé dans ce lointain grand bal de Noël à Philadelphie où Copplestone Slade et Mlle Biddle avaient brillé. D'un geste brusque il s'essuya les yeux et la moustache et, succombant malgré lui à un accès de faim dévorante, il prit le muffin que lui tendait Lenora et l'engloutit en deux ou trois bouchées – « Ma foi. Oui. C'est délicieux – bon Dieu ! » Il rit et s'empara de l'assiette que Lenora avait poussée vers lui ; il en dévora le contenu goulûment et avec un plaisir sensuel évident. Lenora lui servit une seconde tasse de thé, qu'elle adoucit, comme la première, de sucre brun et de crème ; et que Copplestone, haletant, prit d'une main tremblante et but en moins d'une minute ; puis il rota grossièrement et s'essuya la bouche sur le bord d'un napperon brodé. Un instant plus tard, il dit, avec un lent sourire cruel : « Mais cela ne te sauvera pas, traînée. *Cela ne te sauvera pas.* »

CAR COPPLESTONE SLADE avait préparé pendant la nuit un document qui lui avait été dicté, croyait-il, par une Puissance supérieure ; ce document, portant en relief le manoir de Wheatsheaf et les armes des Slade, il comptait le faire signer par sa femme adultère. Ensuite, il soudoierait un notaire employé par l'entreprise familiale pour qu'il jure avoir assisté à la signature.

Tandis que Lenora écoutait, raide et immobile, Copplestone lut rapidement, d'un ton sévère : « "Moi, Lenora Biddle Slade, épouse de Copplestone Slade et maîtresse du manoir de Wheatsheaf, saine d'esprit et de corps, confesse par la présente avoir commis le péché infâme d'adultère avec les personnes suivantes _____, _____ et _____" » Il remplirait les blancs quand il aurait déterminé toute l'étendue de ses crimes, déclara Copplestone. « "En apposant ma signature à ce document, librement et sans contrainte, avec mon mari pour principal témoin, je cède et abandonne par la présente tous les droits que je pourrais avoir en qualité de maîtresse de cette maison, renonce à tout ce que pourrait attendre une épouse légitime, et confère à mon époux procuration de ma signature, ainsi que les droits et privilèges afférents ; et j'atteste devant Dieu que je lui laisse toute discrétion de *m'ôter ou non la vie :* acte qui sera accompli en un temps et un lieu appropriés, à la convenance de Copplestone Slade." Voilà ce que m'a dicté une Puissance supérieure, Lenora ; je n'y suis pour rien. Tu dois signer sur cette ligne-ci, tu vois ? Oui ? »

Copplestone tenta alors de refermer les doigts tremblants de sa femme autour de sa plume, et de la tremper dans l'encre, mais ils luttèrent avec tant de vigueur qu'une tache serpentine apparut sur le document, ce qui consterna Copplestone, car il avait préparé cet acte avec beaucoup de soin sur une feuille de parchemin, et n'avait ni le temps ni l'énergie de le recopier. « Signe, traînée, et finissons-en ! »

Comprenant que sa situation était désespérée, et que cet homme n'était pas son mari, mais une créature démente résolue à la détruire, Lenora s'élança vers le cordon de sonnette pour appeler un domestique ; il lui fallait espérer que le personnel n'hésiterait pas à venir à son secours, ou qu'il irait au moins chercher de l'aide chez leurs voisins ; malheureusement, Copplestone fut trop rapide ; la saisissant maladroitement par les hanches, il la jeta sur une méridienne en velours. La velléité de résistance de cette femme – le simple contact de sa chair – parut exaspérer ses passions ; il lui vint une bouffée de désir animal, mais aussi, plus irrésistible encore, une bouffée de répulsion. Ses doigts se refermèrent autour du cou de Lenora, et il marmonna : « Oh non, traînée, pas question. Car une Puissance supérieure m'a instruit que nous n'étions que des pions dans Sa main. Cesse de lutter, catin – ne m'irrite pas davantage ! »

Avec frénésie, telle une créature sauvage luttant pour sa vie, Lenora perdit elle aussi toute retenue, griffant si bien les mains et le visage de Copplestone qu'elle le contraignit à desserrer son étreinte, au moins un instant, et put crier à l'aide. Fou furieux, le dément saisit alors un coussin et le pressa de plus en plus fort sur le visage de sa femme, jusqu'à ce que les cris de Lenora s'éteignent et qu'elle cesse peu à peu de se débattre. Copplestone y mit tant d'énergie que ses yeux semblèrent s'exorbiter et qu'une grosse artère se mit à battre entre eux. Sanglotant presque, il s'abattit sur son épouse et la martela de ses poings comme un enfant, en murmurant : « Prostituée ! Catin ! As-tu compris la leçon, trop tard ? Te repens-tu… trop tard ? »

Comme Lenora ne répondait ni ne bougeait, Copplestone l'empoigna par le menton et lui secoua brutalement la tête. Cela ressemblait bien à cette traînée infidèle de se moquer de lui ! Mais elle avait les yeux hideusement révulsés, semblait-il, la bouche molle et flasque ; horriblement, il semblait que *toute vie l'eût quittée.*

Copplestone poussa un grognement et se releva avec effort ; les yeux rivés sur sa femme, il essuya la bave sanglante qui lui couvrait les lèvres, rajusta ses vêtements en désordre. « C'est fini, alors – tout est consommé. “Quand je ne t'aimerai plus, ce sera le retour du chaos...” »

L'énigme de Wheatsheaf II

Pourtant, quand quelques-uns des domestiques les plus courageux se risquèrent dans le petit salon de Lenora Slade, redoutant ce qu'ils y découvriraient, ce fut une scène inattendue qui s'offrit à leurs yeux : car leur maîtresse, Lenora Slade, gisait sans connaissance sur la méridienne de velours, la respiration faible ; et leur maître Copplestone Slade gisait, lui, sur le tapis aux boutons de rose, robe de chambre ouverte, le visage encore empourpré et déformé par une expression abominable – de rage, de souffrance et d'immense étonnement.

En bref : Lenora Slade avait survécu, et Copplestone Slade avait quitté ce monde.

LE TEMPS que l'on aille chercher du secours et que le Dr Boudinot arrive, immédiatement suivi par Augustus Slade, Lenora avait repris connaissance ; mais la pauvre femme n'avait aucun souvenir de ce qui s'était passé, ni même, semblait-il, de l'agression brutale qu'elle avait subie. Sa robe de mousseline était horriblement déchirée et souillée, son visage, sa gorge et sa poitrine meurtris. En dépit de l'effort douloureux qu'elle devait faire pour parler, elle supplia le Dr Boudinot de donner tous ses soins à son mari, plutôt que de s'occuper d'elle.

« Je crains qu'il ne soit trop tard, madame. Copplestone est… n'est pas… il ne respire plus… »

Déjà le corpulent cadavre refroidissait ; le visage perdait peu à peu sa teinte enflammée, et le vert de ses yeux vitreux pâlissait. Sur ses lèvres couvertes d'une salive écumeuse, comme sur sa robe de chambre de soie, demeuraient des miettes de muffin. Car, apparemment, le défunt avait pris un solide petit-déjeuner avant de s'effondrer ; le Dr Boudinot ne souhaita pas penser, en dépit des apparences, que Copplestone Slade s'en était violemment pris à sa femme avant de succomber à une attaque.

« La mort est instantanée dans ce genre d'attaque foudroyante, dit-il, du ton du praticien parlant à qui en sait moins que lui sur le corps humain et ses périls, car ces symptômes me sont familiers, malheureusement ! Voilà longtemps que j'avertissais M. Slade que son poids était excessif, et sa tension inquiétante ; je l'avais prévenu qu'il n'était pas trop jeune, à son âge, pour être victime d'une attaque. (Woodrow Wilson en a eu une à trente-neuf ans, vous savez – assez bénigne, mais tenue secrète pour ne pas nuire à sa carrière.) Une tragédie, madame Slade, et pour vous aussi, Augustus, mais si cela peut vous apporter la moindre consolation, sachez que dans un tel cas la victime ne souffre pas un seul instant, en dépit de l'expression de son visage. Copplestone a beau sembler furieux, il est parfaitement en paix. »

Que Lenora Slade parût avoir subi un genre d'agression, comme l'attestait, entre autres blessures, la marque rougie de doigts autour de sa gorge, suscita quelque embarras ; mais aucun des deux gentlemen ne souhaita poser de questions, et Lenora elle-même tint à être conduite par l'une des servantes de couleur dans sa chambre pour y prendre un bain et s'apprêter, avant de faire face à l'épreuve de la mort de son mari, comme elle avait dû le faire lors de la mort de ses deux enfants. Car ce que Dieu n'avait pas jugé bon d'empêcher était arrivé – *un nouveau membre innocent de sa famille lui avait été enlevé.*

Examinant la pièce sens dessus dessous, profondément bouleversé, Augustus Slade, appelé « Gustus » par son frère cadet, agaçant mais brave, releva une table et un fauteuil renversés ; tandis que les domestiques s'affairaient à remettre de l'ordre, il nota une assiette Wedgwood cassée sur le tapis, ainsi qu'une tasse brisée ; des miettes et des bouts de muffin, et des cubes de sucre brun ; puis son regard acéré d'avocat avisant un curieux document d'apparence juridique, gravé aux armes des Slade, il l'empocha habilement avec l'intention de l'étudier en privé. S'il se rapportait à la situation, se dit-il, il le remettrait certainement aux autorités municipales, le moment venu.

TEL FUT l'inexplicable retournement du sort qui se produisit à Wheatsheaf, et que j'ai choisi de nommer *L'énigme de Wheatsheaf.* Car aucun historien n'en a jamais donné une explication satisfaisante – que ce soit Hollinger, Croft-Crooke, A. D. W. Maybrick – ou moi-même.

« Unique héritier survivant du néant »

« Oh ! tu es très vilain ! Tu brises le cœur de ta mère. »

Elle avait renvoyé la nounou pour avoir le plaisir maternel de donner son bain à son bébé et de le coucher après son somme de l'après-midi ; et s'inquiétait maintenant un peu de le voir aussi remuant. Elle le rabroua sévèrement, d'ailleurs, frappant d'un coup sec la céramique bleue de sa baignoire d'enfant.

Le petit Terence, regardant sa mère en grimaçant et clignant les yeux, fit seulement semblant d'obéir et, quand Amanda se pencha de nouveau vers lui pour le savonner tendrement avec une éponge, le petit garnement se remit à gigoter avec énergie. Une fois encore, la robe d'Amanda fut éclaboussée, et son tablier trempé.

« Oh ! Terence. Tu es *très vilain.* »

Terence Wick FitzRandolph n'avait que quelques mois – vraiment ? – mais grandissait vite, et devait maintenant peser presque neuf kilos. Son petit corps dodu de bébé s'allongeait et devenait anguleux ; ses organes génitaux miniatures, que sa mère tâchait de ne pas regarder et de toucher le moins possible, avaient indubitablement grossi. Et, indubitablement, il n'avait pas la peau tout à fait blanche.

« Pauvre Edgerstoune ! Il serait terriblement confus. Et pourtant – c'est parfaitement innocent… »

Amanda n'avait pas enquêté sur ses origines familiales : elle n'aurait pas souhaité éveiller les soupçons des siens. Elle n'aurait cependant pas été étonnée que, au cours du siècle, voire des siècles, il y ait eu un « mélange » de races – « Une princesse indienne, peut-être. Sûrement pas une personne du commun. »

La famille paternelle d'Amanda, qui descendait des Mather de la colonie de Plymouth, était nombreuse, tentaculaire et assurément « hétérogène » ; et sa famille maternelle, les Proxmire, de la colonie de Rhode Island, avait en partie émigré dans les terres frontières de l'Ouest avant de revenir dans l'Est et de s'enraciner à Wilmington, dans le Delaware.

Sur la famille d'Edgerstoune, les FitzRandolph, Amanda en savait beaucoup moins. Mais c'était également une vieille famille étendue, d'ascendance puritaine, qui avait été exhortée à *croître et multiplier.*

Le comte avait prévenu Amanda qu'elle n'était peut-être pas faite pour la maternité, dont les émotions intenses pouvaient receler des périls ; elle était « encore une jeune femme, une veuve » et « peut-être pas entièrement une *mère* ». Le comte avait souligné que les nouveau-nés sont par nature « égoïstes » – car ils n'ont qu'une conscience limitée des adultes, et n'éprouvent rien qui ressemble à du respect ou à des sentiments véritables. « Ils sont tout entiers *appétit. Un appétit qui doit être satisfait.* »

Amanda protestait qu'elle aimait le petit Terence, si difficile et grognon qu'il fût ; et elle comptait être une mère très dévouée, tout Princeton pourrait le constater.

« Adorer votre bébé est on ne peut plus honorable, chère madame FitzRandolph, dit le comte, mais le discipliner est une tâche plus difficile. »

C'était vrai. L'adoration était aisée, la discipline très pénible. Et, depuis quelque temps, Terence semblait moins adorable – car son délicieux regard bleu, réservé jusque-là à elle seule, bondissait maintenant d'objet en objet, comme attiré par le mouvement et la nouveauté. Et il s'avérait maintenant que ses sourires à fossettes, qui avaient donné à Amanda presque autant de plaisir que l'allaitement soi-même, pouvaient être provoqués par n'importe qui – un visiteur, la nurse irlandaise, Brigit, qui lui roucoulait des chansons en gaélique. (Amanda n'était pas certaine d'approuver la chose : que l'on berce son bébé dans une langue étrangère, archaïque, connue dans les milieux britanniques pour être la langue de la *résistance*.) Plus chagrinant encore pour sa mère, Terence se mettait souvent à « bavarder » bruyamment avec ses animaux en peluche, avec autant de concentration que s'il « parlait » à sa mère. Et il était vilain, invariablement vilain, au moment de son bain.

Où était Brigit ? Amanda avait presque envie d'appeler la joviale Irlandaise, que les façons bruyantes, turbulentes et *salissantes* du bébé ne dérangeaient pas le moins du monde, alors qu'Amanda, elle, trouvait profondément mystérieux dans ces moments-là que ce nourrisson hurlant dans l'eau savonneuse de la baignoire fût *le sien*.

Elle avait voulu le baigner avec tendresse ; le sécher, le poudrer et lui mettre ses jolis habits d'enfant ; elle avait voulu lui faire manger des prunes écrasées avec sa petite cuiller en argent et le bercer contre son sein, lui chanter des chansons et l'embrasser partout… mais Terence ne semblait pas décidé à coopérer.

Comme le disait le comte, Terence était un enfant gâté ; et cela ne ferait qu'empirer avec le temps.

Amanda se pencha sur la baignoire, qui sentait à la fois le savon et l'urine de bébé, pour lui chanter un petit air que lui avait appris le comte, lequel le lui avait d'abord chanté en allemand, puis traduit :

> *Qui prendra bébé Terence ?*
> *Moi, dit l'eau profonde.*
> *Bébé voguera dans son bateau berceau,*
> Et bercé par les flots, il s'endormira.

Mais Bébé Térence eut un petit sourire diabolique, agita de plus belle ses petites jambes dodues et poussa un cri qui hérissa les cheveux d'Amanda, car elle craignit que Brigitte ou un autre domestique ne l'entendent et n'accourent.

Le comte devait passer prendre le thé, du moins l'avait-il promis. Elle aurait la migraine, les yeux rouges et serait de méchante humeur ; et sa mère, qui devait aussi passer, serait aux petits soins pour elle, ce qu'Amanda détestait.

Pas faite pour être mère – était-ce ce que les gens disaient d'Amanda FitzRandolph à Princeton ?

« Je ferai en sorte qu'ils changent d'avis. Je ferai en sorte qu'il *m'aime* et qu'il *m'obéisse.* »

Cette déclaration, le jour même où Amanda FitzRandolph « disparut » de Mora House, 44, Mercer Street : le 29 mai 1906.

« SUR LA MAISON des von Gneist, avait dit le comte à Amanda FitzRandolph lors de l'une de leurs promenades sur la grande plage blanche de la villa *Sans-Souci*, pèse par tradition une malédiction qui est aussi une bénédiction ; ou une bénédiction qui est aussi une malédiction. Je n'ai pas une connaissance approfondie de cette tradition, je sais seulement qu'elle distingue les von Gneist des autres. » D'un ton à la fois mélancolique et amusé, le comte parla à la jeune Américaine attentive des anciennes querelles entre Roumains et Hongrois ;

« des saints hommes de Dieu » massacrés comme des bêtes par les paysans ; et des vagues de Mort noire, déchaînées par un Dieu vengeur pour punir ces violations de la nature. Voyant que Mme FitzRandolph frissonnait à ces paroles et se mordait la lèvre, le comte poursuivit, sur le ton de la confidence : « L'essence de la "Malédiction" semble être la suivante : de même que je tire mon bonheur d'exister sans volonté et d'appréhender le monde, libre de tout désir, je dois ma tristesse au fait que je suis un von Gneist, condamné, ou si vous préférez, doué du privilège de considérer le monde comme un simple défilé d'images, d'impressions et de possibilités, dépourvu de substance permanente, et privé de ce fait "des vrilles et crochets" qui captivent l'âme humaine. On dit que l'amour désintéressé d'une femme peut "sauver" les von Gneist de leur malédiction, et cependant, qu'il est douloureux pour moi d'éprouver des *désirs* sans jamais *désirer* ; et encore moins *aimer*. »

Amanda baissa les yeux, profondément émue ; heureuse que la fine voilette de mousseline qui la protégeait des puissants rayons du soleil des Bermudes dissimule en partie son visage. Elle murmura qu'elle comprenait, bien sûr – quoique, à la vérité, il n'en fût rien.

« De plus, j'ai vécu dans un exil permanent, dit le comte, errant en solitaire à travers les continents. Je suis forcé d'accepter la généreuse charité de mes amis américains, et ne peux qu'espérer les payer de retour, un jour ; car naturellement les von Gneist sont désargentés, et notre famille est quasiment éteinte. Je dois errer de par le monde jusqu'à l'effacement de la malédiction, ou jusqu'à ma mort – ce qui est peut-être la même chose… Mais je ne devrais pas accabler votre jeune cœur de confidences aussi mélancoliques, madame.

– Vous n'avez donc jamais été "amoureux", comte ? Est-ce ce que vous dites ? »

Le vent marin qui soufflait en rafales soulevait la chevelure d'Amanda sous son chapeau à large bord, et lui donnait le courage de parler avec audace ; car Edgerstoune, occupé à jouer au golf avec des amis, se trouvait dans une autre partie de l'île, bien loin de là.

« On dit qu'un von Gneist sera libéré de sa "bénédiction" à condition qu'un autre être humain l'aime, totalement et sans question, plus que le monde et le ciel, dit le comte, le visage sombre, c'est-à-dire non seulement plus que toutes les créatures vivantes, mais *plus que Dieu lui-même*, et en étant prêt, si nécessaire, à les sacrifier. Une seule heure d'un tel amour, une seule minute, effacerait la malédiction qui assombrit mon front ; et me redonnerait une âme capable d'aimer en retour, d'éprouver pitié, manque, désir, intérêt : toutes les émotions qu'éprouvent normalement les êtres humains. Je dois avouer, ma chère Amanda, dit le comte, d'une voix devenue tremblante, que ce sont les promesses de l'Amérique qui m'ont attiré ici ; car vous êtes tous jeunes : vous avez si peu d'histoire qui vous soit propre, et elle est si rudimentaire, si dépourvue de culture ; et avec la vitalité de la jeunesse, vous semblez prêts à dépenser des trésors d'énergie précieuse, comme si cette énergie était infinie. Le vieux monde vous envie cette innocence, il en est fasciné et espère que des liens de parenté durables seront forgés… Avant de m'embarquer à Liverpool, j'ai osé penser : "Même un von Gneist pourrait trouver son salut là-bas." »

Amanda était si bouleversée d'émotion qu'elle ne put parler et resta clouée sur place ; jusqu'à ce que le comte glisse son bras sous le sien, et qu'ils reprennent leur promenade sur la plage, décrivant une boucle qui les ramènerait au portique blanc de la villa *Sans-Souci,* où Mark Twain, resplendissant de blancheur, donnait audience à des admirateurs ; en apercevant le couple romantique, M. Twain leva son cigare en signe de… reconnaissance, approbation, camaraderie ?

« *Bienvenue, mes amis ! C'est la vie ici – oui* ? »

Quarante heures plus tard, Edgerstoune FitzRandolph était retrouvé mort sur la grande plage blanche de la villa *Sans-Souci*, victime imprudente d'une piqûre mortelle au talon nu de son pied droit.

LE JOURNAL SECRET d'Amanda, qui, dans mes matériaux de recherche, porte le nom de carnet Fleur-de-lys, n'est pas daté. Les entrées y sont faites au petit bonheur et, comme je l'ai indiqué plus haut, extrêmement peu fiables, de sorte que l'historien en est réduit aux conjectures sur la durée probable de la « liaison » entre Mme FitzRandolph et le comte von Gneist : elle ne dut pas être longue, car les amants, je pense, se rencontrèrent pour la première fois aux Bermudes ; cette île de Lotophages aux mœurs relâchées, fort éloignées des rigueurs de Princeton ; et elle se termina, ou plutôt trouva son aboutissement, le jour de ce récit, c'est-à-dire le 29 mai 1906.

Aux approches de cette date, les entrées du journal d'Amanda sont si hallucinées, si éparses, si scabreuses et improbables que l'historien ne les a consultées qu'avec parcimonie ; et même si mes rivaux protestent et trouvent le procédé peu professionnel, *j'ai d'ores et déjà livré aux flammes ce document scandaleux.*

Les exigences de l'exactitude historique doivent céder devant celles de la simple bienséance.

Quoi qu'il en soit, c'est à la fin avril que le comte von Gneist et Mme FitzRandolph semblent s'être « accouplés » ; d'après le journal d'Amanda, cet « accouplement » était entièrement *nocturne*, se produisant alors qu'elle était couchée dans son lit, endormie et impuissante. (Des parties supprimées du journal laissent penser que ces visites nocturnes du comte ont peut-être précédé le séjour aux Bermudes et qu'elles se sont produites alors qu'Amanda était étendue auprès d'un mari endormi qui en ignorait tout ; chose plus désagréable encore, me semble-t-il.) Amanda se réveillait de rêves perturbants pour voir la forme spectrale, ou immatérielle, de ce gentleman dans la chambre obscure ; parfois elle la voyait traverser un mur, comme si celui-ci n'était qu'une brume. Sans rien de la galanterie qui, le jour, faisait l'admiration de tous, le comte saisissait Amanda par les épaules, la soulevait et pressait avidement ses lèvres sur les siennes ; ignorant la résistance que lui opposait sa victime terrifiée, il l'embrassait tout son soûl jusqu'à ce que, au bord de l'asphyxie, Amanda s'évanouisse.

Et qu'il était déroutant de se réveiller des heures plus tard dans une pièce inondée de soleil, le cœur battant languissamment contre les côtes, dans une chemise de nuit en dentelle chiffonnée et humide de sueur.

Après son retour à Princeton, dans les premiers temps de son jeune veuvage, Amanda était dans une telle hébétude, si troublée de ne pas savoir si le comte avait été « réellement » présent à son côté, ou si elle avait seulement rêvé de lui, qu'elle restait couchée des heures durant ; sans appétit pour le petit-déjeuner qu'on lui apportait sur un plateau ; éprouvant un certain remords de ce que les domestiques, ainsi que ses amis, parents et voisins du West End, la croient anéantie par la disparition d'Edgerstoune.

« Pauvre dame ! (Amanda surprit cette remarque, qu'adressait un domestique à un autre.) C'est comme si son âme n'était plus dans son corps, mais auprès de *lui*. »

Dans la journée, où ils étaient généralement en compagnie, le comte ne faisait jamais allusion à sa conduite nocturne. Et personne n'aurait deviné en le voyant parler avec Mme FitzRandolph, comme il parlait à d'autres amis de

Princeton, qu'il y avait entre eux quoi que ce fût de secret, de clandestin, et encore moins de licencieux. Car le comte était un gentleman aux manières impeccables, aussi parfaites que l'étaient sa toilette et sa tenue ; et Amanda FitzRandolph comptait parmi les femmes les plus raffinées et les plus distinguées de la bonne société du West End.

Il fut cependant noté que tous les deux – on ne les aurait jamais qualifiés tout à fait de « couple » – étaient partenaires de bridge ; et un soir, à Drumthwacket, Amanda étonna l'assemblée en chantant de sa délicieuse voix de soprano, accompagnée au piano par le comte, une chanson que personne n'avait encore jamais entendue :

Es flüstern und sprechen die Blumen
Und schau'n mitleidig mich an :
« Sei unserer Schwester nicht böse,
Du trauriger, blasser Mann ! »

Il convient de noter ici qu'Amanda était depuis longtemps l'une des cantatrices amateurs les plus admirées de Princeton. Avant qu'elle épouse Edgerstoune FitzRandolph, à l'âge de vingt et un ans – Edgerstoune en avait alors trente-quatre –, sa voix de soprano, délicieuse quoique un peu tremblante, avait été fort recherchée dans les mariages, les enterrements et autres célébrations. Bien qu'elle n'eût pas la gorge robuste, que son chant fût parfois hésitant et que, dans les compositions les plus exigeantes, sa voix médiane la trahît, Amanda avait été encouragée par ses professeurs, et était capable de chanter avec beaucoup d'expression ; elle faisait grande impression, avec ses larges yeux gris, son nez légèrement retroussé et sa bouche en cerise, sa luxuriante chevelure brun miel ramassée en un élégant chignon à la Gibson Girl.

Il était heureux que le tout-Princeton ne puisse savoir avec quelle fréquence et quelle bestialité croissante le comte « en usait » nuitamment avec Amanda ; se montrant impitoyable et répondant à ses gémissements de détresse et de douleur par un rire cruel – tout l'antithèse du comte diurne.

« Ne se souvient-il de rien ? Est-ce… une sorte de jeu ? Mais quel est mon rôle et comment suis-je censée réagir ? » – voilà ce que se demandait Amanda, perplexe et honteuse ; se rappelant cependant que, dans son rêve le plus récent, son bras s'était enroulé autour du cou du comte comme de sa propre volonté.

Un soir, à la fin du printemps, alors qu'un parfum grisant d'églantine embaumait l'air, le comte vint chercher Amanda – « ma Mandy ! » – et l'entraîna par les rues obscures du West End jusqu'à un quartier de Princeton qu'elle connaissait peu ; il y avait là des chemins et des ruelles, de petites maisons rangées côte à côte, tels des élèves obéissants et sans méfiance. La main du comte était refermée sur le poignet mince d'Amanda qui n'aurait pu se dégager si elle l'avait voulu. Tous deux semblaient « courir » à grands bonds – comme en apesanteur – talonnant la proie que le comte avait repérée : un jeune homme d'environ quatorze ans, la peau sombre, couleur d'ébène, les dents blanches, découvertes par un sourire ou une grimace, des yeux protubérants de poney affolé. Cela, dans Witherspoon Street, à quelques rues du cimetière, par une nuit de clair de lune et d'ombres. Tels de gros chats ils s'approchèrent sans bruit du jeune homme ; tels des chats, ils lui lancèrent coups de patte et de griffe tandis qu'il criait de terreur. Le comte le chassait vers Mandy, qui le chassait vers le comte, par des gestes très habiles de ses mains ; puis, avec un cri étouffé, le comte s'abattit sur leur proie, enfonçant profondément les dents dans la gorge d'ébène. Il saisit sa maîtresse aux cheveux et la tira vers lui pour qu'elle aussi puisse enlacer le jeune homme, à présent paralysé, et connaître l'orgasme du désir satisfait.

« Il vaut mieux qu'on ne le trouve pas, je pense, il y a déjà assez d'hystérie comme cela chez les habitants de la ville. Nous allons le cacher en plein sous leurs yeux », dit le comte en riant ; de sorte que le couple diabolique traîna le corps mince du jeune homme jusqu'à un ponceau, un tuyau de drainage, où ils le fourrèrent avant de dissimuler l'ouverture avec feuilles et branchages.

Stupéfiant pour Mandy que, ces nuits-là, elle ne repoussât pas le comte, mais lui cédât sur-le-champ ; et que sa bouche suçât aussi instinctivement, aussi goulûment, avec l'abandon d'un bébé à la mamelle ; ou que le goût du sang chaud, qui l'aurait certainement jetée dans des accès de vomissements pendant le jour, lui fût alors aussi délectable.

« Ce n'est qu'un rêve, bien sûr. Juste un rêve, pensait-elle pour se réconforter. Bientôt, je vais me réveiller dans mon lit. »

CE FUT LE MATIN du 29 mai, dans la nursery de Mora House, que, revenant plus tôt que prévu, la jeune Irlandaise Brigit découvrit sa maîtresse luttant – était-ce possible ? – avec son nourrisson, dont elle tentait de maintenir la tête sous l'eau.

« Madame! Non ! » – Brigit courut au secours de l'enfant, osant, poussée par la nécessité, saisir les mains de Mme FitzRandolph, de sorte que l'enfant émergea de l'eau en hurlant à pleins poumons. Se tournant vers la nounou, Amanda dit avec sévérité que Terence avait été vilain et qu'elle le punissait, ce qu'elle aurait dû faire plus tôt, car sa faiblesse avait eu des conséquences malheureuses.

« Vous ne pensez pas ce que vous dites, vous ne pouvez pas vouloir faire du mal à Bébé, dit la jeune fille, terrifiée. Je vous en supplie, madame…

– Oh ! Écoutez-le hurler ! C'est insupportable. »

Mandy se boucha les oreilles avec consternation. Le devant de sa robe et de son tablier était trempé ; ses cheveux, qui n'avaient pas encore été coiffés en chignon dans le style Gibson Girl, pendaient en mèches raides et mouillées sur son visage. « Terence est un enfant *gâté,* Brigit. Il est *égoïste.* Il n'aime personne, en fait, ni sa mère ni *vous*. Nous avons tous eu la faiblesse de le gâter, et maintenant – il est presque trop tard. »

Brigit tenta de sortir le bébé de la baignoire, tandis que Mandy cherchait à le remettre dans l'eau en criant qu'il était méchant, méchant – « possédé par un démon ! ».

Mais Brigit parvint à lui arracher Terence, recevant de sa maîtresse une pluie de coups de poing ; Brigit, une solide fille de dix-neuf ans aux hanches larges, et Amanda FitzRandolph, plus délicate d'ossature, les yeux fiévreux, aux prises l'une avec l'autre, un spectacle qui aurait stupéfié les amis et les voisins des FitzRandolph. Et voici la baignoire de porcelaine du bébé renversée, de l'eau partout, les vêtements de Mandy trempés, et ses cheveux pendant lamentablement.

« Amanda – *cesse.* »

Sur le seuil de la nursery, le comte English von Gneist regardait la scène avec consternation. Comme il détonnait dans cette partie de la maison ! Et avec quelle recherche il était vêtu : une tenue de voyage, aurait-on dit, manteau de fine laine noire, doublé de soie pâle, haut-de-forme noir en soie et canne à pommeau d'ivoire sous le bras. Malgré ses sourcils froncés, son attitude était celle d'un aîné courroucé mais affectueux, un « ami de la famille » qui a pris sur lui de réprimander.

« Tout cela est indigne de vous, ma reine, dit-il, tendant son bras à Mandy. Laissez donc cet enfant, et venez sur-le-champ. Car il est temps. »

Et sans un instant d'hésitation Amanda FitzRandolph courut en sanglotant vers son amant, qui ouvrit grand les bras pour l'envelopper dans les pans de son manteau. Sous les yeux de Brigit, qui serrait Terence contre sa poitrine, le comte baisa chastement le front d'Amanda et la prit dans ses bras, comme si elle était son épousée ; tourna les talons et l'emporta en triomphe hors de la pièce.

« Madame ! Oh… madame ! cria Brigit d'une voix tremblante. Cela ne se peut pas ! Vous ne pouvez pas le vouloir ! »

Mais personne ne fit attention aux paroles de la jeune Irlandaise. Le petit Terence poussait toujours des cris déchirants, tenu fermement par la nurse irlandaise, et Mme FitzRandolph avait déjà disparu dans les bras du comte.

On ne devait plus jamais les revoir ni l'un ni l'autre à Princeton.

La tentation de Woodrow Wilson

Le matin du 30 mai, une nouvelle bouleversante se répandit dans Princeton et roula avec vagues, remous et tourbillons sur le campus : le président de l'université, le très respecté Woodrow Wilson, avait été victime d'une grave attaque et transporté à l'hôpital ; *et on lui donnait peu de chances de survie.*

Aussitôt, de tous côtés, même chez les détracteurs du Dr Wilson, on murmura qu'une si terrible fin était inimaginable ! – car Woodrow Wilson était manifestement appelé à de grandes choses ; depuis ses années d'adolescence, il avait paru destiné à un sort exceptionnel.

Et, en même temps que la nouvelle de l'attaque du Dr Wilson, on apprit celle de sa cause probable : à l'instant où le président semblait devoir sortir victorieux de son long combat contre le doyen Andrew West, le Destin s'était cruellement retourné et avait assuré le triomphe du doyen.

(Comment le rusé doyen des études supérieures avait-il réussi ce coup ? – par quelles rouerie et basses finasseries ? En s'arrangeant pour que le vieil Isaac Wyman accepte non seulement de léguer à l'université la somme colossale de deux millions cinq cent mille dollars, mais de spécifier dans son testament que cette somme devait être administrée par le seul doyen Andrew West.)

En apprenant cette nouvelle accablante, par une lettre manuscrite du doyen des enseignants que lui remit Matilde – le visage livide, car elle connaissait le contenu de la lettre et ce que cela signifiait pour son cher Dr Wilson – Woodrow Wilson sut, en cet après-midi du 28 mai 1906, que tout était perdu ; assommé, bouche béante, il resta un instant assis à son bureau, sous le sombre portrait du révérend Aaron Burr ; puis, murmurant quelques mots à Matilde, il quitta son bureau et Nassau Hall ; traversa d'un pas titubant le campus, aveugle à ce qui l'entourait, et gagna Prospect House ; où il chercha un peu de réconfort dans la commisération de sa femme stupéfaite, se laissant même aller à pleurer un court instant dans ses bras. « Mon ennemi a finalement triomphé, dit-il, et tel que je le connais, il ne me fera pas de cadeau. Ma présidence est terminée. Je dois démissionner. Dieu seul sait ce qui m'attend quand le monde apprendra ma défaite ici ! Je ne peux demander au conseil d'administration de rejeter ce legs, comme il l'a fait du précédent – *il s'agit de deux millions cinq cent mille dollars*. Et ils sont destinés à mon ennemi. Comment est-ce arrivé ! Comment ce misérable s'y est-il pris ? J'avais cru – oh, Ellen ! – dans ma vanité, j'ai vraiment pensé : *Dieu me soutient, Il m'assurera la victoire dans ce combat. Dieu est de mon côté.* »

Ellen Wilson était si bouleversée, si sensible à la souffrance de son mari, qu'elle laissa échapper dans un murmure : « Oh, mon cher mari, *ils t'ont assassiné.* »

DE BONNE HEURE le lendemain matin, après une nuit d'insomnie, Mme Wilson découvrit son mari sans connaissance dans son bureau refuge de la tour, où le président déçu, rapporterait-on, s'était rendu pour écrire sa lettre de démission au conseil d'administration ; sans mouvement, d'une rigidité de cadavre, l'œil gauche écarquillé et couvert de sang, le visage figé dans une grimace de rage.

Il est assurément vrai, tous les historiens s'accordent sur ce point, que la cause qui précipita l'attaque de Woodrow Wilson, le 30 mai 1906, fut le triomphe de son ennemi ; néanmoins, la cause du triomphe de West n'a jamais été pleinement élucidée ; et le doyen lui-même ignora que, involontairement, il avait joué le rôle de simple pion dans l'irruption générale de la Malédiction dans la ville de Princeton. Autrement dit, que son triomphe n'était autre *que celui de la Malédiction sous une forme mortelle.*

(Je ne suis pas de ceux qui croient qu'Andrew West « se livrait » à l'occultisme. Je n'ai jamais trouvé aucune preuve convaincante étayant cette rumeur, laquelle, comme nous l'avons vu, avait été en partie répandue par le Dr Wilson lui-même.)

Étant donné qu'il subsiste cinq des lettres controversées à « Mme Peck », et que leur authenticité est attestée par des spécialistes reconnus de Wilson, la passion du président pour cette femme mystérieuse n'est plus un secret ; en 1906, cependant, elle n'était connue que des intéressés et d'une seule autre personne – Eleanor ou « Nellie », la plus jeune fille des Wilson. (Il semble que Nelly trouva par hasard les brouillons froissés de ces lettres compromettantes parmi les papiers de son père dans la tour ; qu'elle comprit leur nature et les détruisit sur-le-champ pour épargner cette découverte à Mme Wilson. Ébranlée jusqu'aux tréfonds par la trahison de son père révéré, Nellie n'en souffla jamais mot à personne.) Mais le mal était déjà fait ; les lettres avaient été postées ; et l'aventurière « Mme Cybella Peck » était si indifférente à leur valeur, et à leurs conséquences pour la réputation de Woodrow Wilson, qu'elle les oublia dans sa chambre du Peacock Inn, où elles furent découvertes et dissimulées par l'hôtelier rusé. Ces documents inestimables ne sont pas seulement précieux en ce qu'ils jettent une lumière révélatrice – scandaleuse, diront certains – sur l'homme qui devait devenir le vingt-huitième président des États-Unis ; étant donné qu'ils contiennent des passages d'une nature salace, ils sont conservés sous clé dans la collection spéciale Woodrow Wilson, et leur accès strictement réservé aux chercheurs les plus hautement qualifiés.

Il semble donc que, par bonheur, Mme Wilson n'eut jamais connaissance de la tocade de son mari pour une autre femme ; et il est permis de croire que, une fois remis de son attaque, le Dr Wilson ne garda plus qu'un souvenir vague de « Mme Cybella Peck », à la façon dont on se souvient, par fragments, sous forme d'images elliptiques, des hallucinations séduisantes d'un rêve de fièvre… toujours attrayantes et séduisantes, mais à jamais hors d'atteinte.

DE NOUVEAUX TÉMOIGNAGES historiques laissent supposer que le « prêtre presbytérien » et la belle Mme Peck durent leur rencontre aux Bermudes à un caprice de Samuel Clemens : cet homme de lettres fort célèbre était en effet connu pour les excentricités de son humour, et se livrait souvent à des fantaisies cruelles pour échapper à ce qu'il appelait le royaume marécageux de l'Ennui.

M. Clemens estima donc qu'il serait divertissant, que ce serait une sorte d'expérience scientifique que de faire inviter le très puritain président d'université à la villa *Sans-Souci* et de voir s'il tombait dans les rets de Mme Peck, comme bien d'autres hommes, mariés ou célibataires, avant lui. « Ce n'est pas plus méchant, et certainement pas plus contre nature, murmura à part lui M. Clemens, en fumant son havane malodorant, que de présenter le mâle veuve noire à la femelle de l'espèce. Que fait-on d'autre, en effet, que hâter le processus naturel, et par voie de conséquence abréger le récit ? »

Tout le monde sait, naturellement, que Samuel Clemens était lui-même profondément amoureux de Cybella Peck. Il était tombé sous le charme de cette femme quelques années plus tôt alors qu'il était en vacances aux Bermudes pour des raisons de santé ; et aimait se présenter comme « une brave noix, qui demande fort peu au monde et reçoit toujours une cuillerée de trop. » Sa propre passion pour Mme Peck perdurait, à la façon d'une maladie chronique, mais il croyait jouir, dans ses rapports avec le sexe féminin, d'une sorte d'invulnérabilité enviable – « également appelée impuissance ». Selon sa phraséologie amusante, sa passion pour les havanes et le whisky Old Gran-Dad, auxquels il avait d'abord eu recours pour apaiser le tumulte de son cœur, avaient vite pris le pas sur ce tumulte, et fixé son désir bien davantage que ne l'avaient jamais fait les flammes vacillantes de l'Amour. M. Clemens se déclarait « décorné par l'âge », mais conservait l'intérêt badin du romancier-voyeur pour les vicissitudes des « attachements sentimentaux d'autres imbéciles ».

L'historien est au regret d'indiquer que, dans les lettres qu'il envoya des Bermudes à sa femme, Woodrow Wilson donna une représentation passablement fausse de ses relations avec Cybella Peck ! Ainsi, dans sa lettre du 19 avril, il mentionne seulement qu'elle est l'hôtesse d'un déjeuner à la villa *Sans-Souci*, sans indiquer clairement comment ni pourquoi il est au nombre de ses invités. Dans une lettre postérieure, le Dr Wilson évoque avec dédain la *beauté à la Botticelli* de Mme Peck – à laquelle il est insensible ; jamais il n'évoque la fascination qu'elle exerce sur lui, ni à quel point elle le distrait de son travail. En fait, quand il fut introduit en présence de la jeune femme par un majordome indigène vêtu de blanc, le Dr Wilson dévisagea son hôtesse avec un émerveillement d'adolescent, car c'était assurément la plus belle femme qu'il eût jamais vue de près.

Son premier sentiment fut une sorte d'embarras ou de honte conjugale pour sa chère petite épouse, si peu séduisante comparée à la glorieuse Cybella – *Pauvre Ellen ! Une bénédiction qu'elle ne soit pas là.*

De même que la maîtresse de la villa *Sans-Souci* passait pour être mariée à un homme très fortuné, ou pour être l'héritière d'une famille très fortunée, elle passait pour être d'un âge « indéfinissable ». Manifestement elle n'était pas jeune, mais son visage avait pourtant la beauté figée d'une statue grecque, altière et parfaite. Ses yeux étaient d'une curieuse teinte brun doré, et ombrés de longs cils ; son teint avait la pâleur de la crème. Son sourire, réservé et sensuel, découvrait des dents blanches sans défaut – un trait qui intimida le Dr Wilson, car les siennes s'étaient gâtées et altérées de façon inquiétante, et il redoutait tant les « arracheurs de dents », qu'il avait évité son dentiste de Princeton pendant des mois, annulant les rendez-vous pris par Mme Wilson. Les cheveux de Cybella Peck, d'un blond argent peu ordinaire, donnaient à ses traits une qualité lunaire et surnaturelle ; ils étaient coiffés avec recherche en une demi-couronne et en boucles tressées, enlacées de camélias, dans le style d'une époque plus ancienne et plus romantique. Elle portait une robe de chez Worth couleur d'or cuivré, rehaussée de soie ivoire, dont la simplicité grecque dissimulait l'élégance et le coût ; et de nouveau le Dr Wilson pensa avec un serrement de cœur à sa pauvre chère Ellen qui, avec sa silhouette grassouillette, semblait mal fagotée même dans le vêtement le plus séduisant.

Quand M. Clemens les présenta l'un à l'autre, Mme Peck sourit de son sourire le plus éblouissant et, lui tendant sa main à baiser, s'exclama d'une voix douce : « Ah, c'est donc vous "Woodrow Wilson" ! J'espérais depuis longtemps faire la connaissance du célèbre auteur du *Gouvernement par le Congrès*, et je suis très honorée. »

C'était extraordinaire. Woodrow Wilson n'en croyait pas ses oreilles. Il n'était pas rare que l'on déclare admirer son *Histoire du peuple américain* ou son *George Washington* ; mais avoir lu et admiré l'ouvrage bien plus exigeant qu'était *Le Gouvernement par le Congrès*, voilà qui était remarquable. Confus et rougissant comme un écolier, parfaitement incapable de baiser la main qui lui était tendue, le Dr Wilson bégaya une réponse, rougit plus intensément encore, et se félicita de la présence de Sam Clemens. Quel homme bienveillant que Clemens, et comme il se montra compatissant pour Woodrow Wilson quand il vit dans son regard la lueur de panique de qui sombre sous la surface d'une mer dangereuse !

Woodrow Wilson « maîtrisait » depuis longtemps – du moins le croyait-il – toutes les ficelles du discours en public, qui demande un auditoire réceptif et peu critique ; mais, ainsi qu'il le savait, l'art sophistiqué de la conversation de salon le dépassait totalement. Mme Peck parut néanmoins très impressionnée par tout ce qu'il avait à dire et le pressa de questions intelligentes sur Princeton, les États-Unis et l'« avenir du monde » au XXe siècle afin qu'il puisse s'exprimer avec son éloquence habituelle.

Cette première visite fut donc un grand succès ; et alors qu'il se préparait à prendre congé, Mme Peck le prit à part pour lui dire qu'elle espérait le revoir bientôt, car il y avait très longtemps qu'elle n'avait rencontré un homme de son calibre – « alliant la vigueur de l'intelligence à la virilité de l'apparence ».

(Il convient de noter que, de ce jour jusqu'au matin de son attaque quasi fatale, Woodrow Wilson porta dans sa poche de poitrine, dans le plus grand secret, un unique pétale de camélia, tombé des cheveux de Mme Peck.)

LE SUJET DES RELATIONS de Woodrow Wilson avec les femmes est si complexe, si ambigu et si franchement « controversé » que l'historien que je suis hésite à l'introduire ici ; je pense cependant nécessaire de noter, pour des raisons de précision historique, qu'aucun autre gentleman de cette chronique, à l'exception peut-être de ce fou furieux de Horace Burr, n'était capable d'accès de passion aussi violents que Thomas Woodrow Wilson – l'homme même que le monde entier, et l'histoire, connaissent pour rigide, inflexible, moraliste et puritain !

Il semble en effet qu'il tomba amoureux de Cybella Peck dès cette première rencontre – le proverbial « coup de foudre ». Même s'il écrivit à sa femme dévouée des lettres commençant invariablement par *Ma précieuse chérie…* quasiment tous les jours de son séjour aux Bermudes, la maîtresse de la villa *Sans-Souci* tenait son cœur captif, et il ne pensait guère à autre chose, en dépit des protestations de ses lettres. De fait, l'émotion qui le submergea fut si violente qu'il veilla fort tard ce soir-là pour écrire la première de ses nombreuses lettres à *Ma précieuse Cybella*, quoique apparemment sans la poster.

Parmi les lettres qui subsistent, c'est la deuxième qui, soit vantardise, soit naïveté, en dit le plus long : car notre amoureux fervent déclare à l'objet de sa passion que « les perturbations, les tempêtes profondes de l'esprit me sont naturelles » ; il raconte une expérience de conversion qu'il connut à l'âge de seize ans – et que fit resurgir sa rencontre « miraculeuse » avec Cybella Peck. « J'ai dû ce bouleversement profond de l'âme à l'exemple d'un pieux et séduisant jeune homme nommé Francis Brook, un étudiant du séminaire théologique de Columbus, en Caroline du Sud, où mon père enseignait. Ah! quel pouvoir de conviction était le sien! J'ai su aussitôt, Cybella, que le travail de la véritable grâce avait commencé dans mon cœur… La conséquence immédiate de cette conversion fut naturellement que l'on m'admit au nombre des membres adultes de l'église; la conséquence plus profonde fut que je compris alors la nature de l'amour de Jésus-Christ pour l'humanité; et, outre cela, l'espoir particulier que Dieu plaçait en moi, que *moi, Thomas Woodrow Wilson, était choisi pour une tâche particulière; que je ne devais jamais capituler devant mes ennemis; et que Dieu me protégerait jusqu'à ce que ma tâche soit accomplie sur cette terre.* »

Woodrow Wilson continue ainsi pendant plusieurs pages, le sujet général étant que sa rencontre avec Cybella Peck l'avait « ravi », et qu'il était « profondément et durablement reconnaissant » de son amitié avec le jeune Brooke, ce « chrétien magnétique » qui avait changé sa vie; puis, se rendant compte qu'il devait mettre un terme à ces épanchements, il redit l'immense plaisir qu'il avait eu à faire la connaissance de Mme Peck et conclut en exprimant l'espoir qu'ils se reverraient bientôt.

LES IDÉES de Woodrow Wilson sur les femmes ont fait l'objet de bien des critiques, notamment depuis les turbulentes années 1970, où la question des « droits des femmes » commença à être débattue, de façon passablement militante et agressive, peu clémente pour quelqu'un de la génération et du milieu du Dr Wilson. (Voir Boiver, É. Rinte, Kozdoi et O'Tramp pour les thèses *féministes radicales* les plus extrêmes sur le sujet.) Assurément, on ne saurait se fonder sur le ton d'adoration des lettres à « Cybella Peck » pour en déduire l'attitude générale du Dr Wilson envers les femmes. Le Dr Wilson semble avoir eu la conviction, largement partagée par les hommes de son époque,

que le « rôle sacré » de la Femme était d'inspirer l'Homme, de même que le « rôle sacré » de l'Homme était de servir l'État « avec dévotion, religion et loyauté ». En exprimant ces convictions – ce qu'il faisait souvent –, Woodrow Wilson était certain de ne pas parler seulement de et pour lui-même, mais de et pour l'Amérique ; et d'ailleurs, il ne doutait pas que l'Amérique parlât par la voix de Woodrow Wilson, laquelle était peu ou prou celle du Tout-Puissant.

Dans le même temps, le Dr Wilson n'était guère prêt à se rendre ridicule en considérant de simples femmes comme les égales des hommes, encore moins comme leurs supérieures. Il ne pensait même pas qu'on puisse les prendre sérieusement pour des « citoyennes de la république ».

À Mlle Wilhelmina Burr, qui plaidait en faveur du vote des femmes, il avait un jour répliqué vertement, au grand ravissement de son auditoire (femmes comprises), et suscité l'hilarité générale en déclarant que, bien que catégoriquement opposé à l'octroi du droit de vote aux femmes, il se refusait tout aussi catégoriquement à plaider contre – « Pour la bonne raison qu'il n'y a pas d'argument logique qui tienne. »

« Mais alors, pourquoi y être opposé ? avait demandé Wilhelmina, une rougeur lui montant au visage ; et Woodrow Wilson avait amusé l'assistance en disant : « Je vous l'ai dit, mademoiselle. J'y suis "catégoriquement opposé" – sans autre raison logique que d'y être *catégoriquement opposé.* »

Plus sérieusement, le Dr Wilson expliqua que, en vérité, il n'était pas opposé au vote des femmes en soi, mais qu'il craignait que cela n'eût l'effet pernicieux de « doubler les voix » dans la plupart des foyers et, par conséquent, de « grossir inutilement un électorat déjà trop nombreux et mal éduqué ». Quant à l'argument des féministes selon lequel, les Nègres de sexe masculin étant autorisés à voter (du moins en théorie, dans certaines régions du pays) depuis la libération des esclaves, il s'ensuivait que ce droit devait être accordé aux femmes, le Dr Wilson le réfutait avec humour : « Deux maux ne sauraient faire un bien, mesdames. »

Le mouvement des suffragettes lui inspirait, comme à beaucoup d'hommes de son temps, crainte et répugnance : il lui semblait « anormal » que des femmes se comportent d'une manière « indigne de leur sexe » ; ce qui ne pouvait conduire qu'à la promiscuité et à un effondrement général de la morale. Car les femmes, telle sa très chère épouse Ellen, n'étaient-elles pas douées par Dieu de qualités de compassion et de dévouement qui, à leur tour, assuraient aux hommes la force nécessaire pour combattre le mal ? Que se passerait-il si cette force était minée, sabotée ? « Tout le sexe en viendra à prendre de grossières poses d'Amazone, prophétisait le Dr Wilson, et nous, les hommes, serons si intimidés que l'espèce pourrait s'éteindre en l'espace d'une génération. »

Mais ce n'était pas tout : si les femmes étaient autorisées à voter, ne pouvait-on imaginer qu'elles en viennent à *briguer des fonctions politiques* ? L'idée était grotesque !

« Pensez un peu, une femme sénateur ! Une femme président ! Les États-Unis seraient la risée du monde. »

Sur un mode plus léger, Woodrow Wilson se permettait quelques petites plaisanteries sur les suffragettes en croisade. Il considérait Elizabeth Cady Stanton et Susan B. Anthony comme « des harpies nuisibles, d'autant plus hargneuses qu'elles sont disgracieuses ». Il considérait la convention de Seneca Falls de 1848 comme « la source de tous les maux actuels, le brouet de sorcière originel ». Seule Mme Julia Ward Howe trouvait grâce à ses yeux, car c'était une vieille dame agréable et maternelle dont les idées extravagantes ne pouvaient offenser personne.

En ce qui concernait les propres femmes de son foyer, Ellen Wilson et leurs trois filles assuraient à Woodrow qu'elles n'avaient aucun désir de voter et s'en remettaient entièrement aux hommes pour ces questions.

Des générations d'étudiants princetoniens se répéteraient des anecdotes illustrant le refus du président Wilson de se laisser détourner de ses principes académiques et moraux par de quelconques manigances féminines. Ainsi, au printemps 1904, une veuve bien née de Washington, D.C., obtint un rendez-vous avec lui pour l'implorer de reprendre son fils, renvoyé de l'université dans sa troisième année d'études pour avoir *entretenu une maîtresse* (juste en face de Nassau Hall, de surcroît, dans un appartement situé au-dessus de la Banque de Princeton). En grand deuil, car cette femme éplorée avait perdu son mari quelques mois seulement auparavant, elle plaida sa cause en insistant sur les aspects personnels : son fils avait déjà été « profondément humilié » et toute sa famille partageait sa honte ; elle-même devait bientôt être opérée d'une tumeur et craignait que ses chances de survie ne fussent compromises si cette ignoble disgrâce perdurait.

Si Woodrow Wilson écouta avec politesse et compassion la requête, il était néanmoins résolu à ne pas faiblir, ayant pour principe de ne jamais changer d'avis « une fois qu'il avait tourné la clé ». À la veuve éplorée, il répondit avec regret : « Chez les étudiants de Princeton, madame, la seule turpitude morale qui soit plus condamnable que l'ivresse est l'*impureté*. Il est malheureux que la conduite honteuse de votre fils ait compromis votre santé, mais ni l'université ni moi n'y sommes pour rien. Placé devant l'obligation de choisir entre une justice égale pour tous à l'université et votre vie, madame, je crains de ne devoir choisir la première. »

LA VEILLE DU JOUR où il eut son attaque, à savoir l'après-midi même de son ultime rendez-vous avec la femme connue sous le nom de « Cybella Peck », le Dr Wilson connut de longues heures d'agitation : allait-il trouver la force d'ouvrir son cœur à sa bien-aimée Cybella, comme il était parvenu à le faire dans ces lettres ; allait-il pouvoir prendre sa main dans les siennes et y presser passionnément ses lèvres ? Aux Bermudes, dans la brume de soirées tardives à la villa *Sans-Souci*, il y avait eu des intimités fugitives et ambiguës... mais elles semblaient s'effacer, tels des rêves à la lumière du jour.

« Quelle folie d'être amoureux comme un collégien ! Et à un moment si périlleux de ma vie. » Torturé d'une angoisse délicieuse, le Dr Wilson se contempla dans une glace : long visage maigre et éclat miroitant du regard. Il frissonna en imaginant ce qu'Andrew West penserait s'il voyait Cybella Peck et Woodrow Wilson ensemble !

Les bois qui s'étendaient derrière Battle Road, en lisière du village et du célèbre champ de bataille, n'étant alors guère fréquentés, Woodrow Wilson convint avec Mme Peck, qui avait fait le voyage de Princeton expressément pour le voir, de l'y retrouver un peu après 16 heures ; lui-même prétexterait un rendez-vous médical urgent pour s'absenter de Nassau Hall.

Les rencontres secrètes de Mme Peck et Woodrow Wilson ne furent guère nombreuses, selon moi ; certains historiens soutiennent même qu'ils ne se rencontrèrent jamais dans un cadre « intime » ; il semble cependant vraisemblable que ce rendez-vous, en ce lieu idyllique, ne se produisit qu'une seule fois.

À Princeton, où elle affirmait avoir été attirée « par le pouvoir de votre plume, cher Woodrow », Cybella Peck prit une suite au Peacock Inn de Bayard Lane ; mais son soupirant ne pouvait naturellement pas la retrouver dans les environs immédiats de cette auberge. Woodrow Wilson vivait leur idylle de façon plus tourmentée que Mme Peck ; il connaissait les accès de mauvaise conscience que les hommes mariés éprouvent couramment dans ce genre de circonstance, et cependant, tels ces hommes mariés, il n'avait pas le moindre désir de modifier la situation, car rien ne lui procurait plus d'ivresse, de joie et d'espoir. Néanmoins, la liaison n'étant (apparemment) pas consommée, et même très loin de l'être, Woodrow n'éprouvait que rarement un sentiment compensateur de triomphe, d'euphorie ou de simple satisfaction animale.

(Pauvre Ellen Wilson ! Comme nombre d'épouses d'hommes volages, elle percevait fort bien l'agitation spirituelle de son mari ; mais, dans sa naïveté, elle la mettait sur le compte des batailles incessantes qu'il livrait contre le doyen de l'institut supérieur et les *eating-clubs* de Prospect Avenue, sans que la moindre issue se dessine. C'était d'autant plus effrayant pour Ellen qu'elle avait été directement confrontée à la folie dans sa jeunesse quand, vers la cinquantaine, son père pasteur avait souffert de rages psychotiques aiguës, alternant avec des phases de mélancolie ; jusqu'à attenter honteusement à ses jours le 30 mai 1884 – par une cruelle ironie du sort, vingt-deux ans jour pour jour avant l'attaque de son mari.)

En cet humide après-midi de printemps du 29 mai, l'heure du rendez-vous approchant, Woodrow Wilson se rongeait les sangs en pensant que Cybella Peck ne viendrait pas ; puis se rongeait les sangs en pensant qu'elle viendrait et que, alors, il serait « perdu ».

Capable de mettre son cœur à nu en prose, dans des lettres, Woodrow redoutait de perdre son « sang-froid » en présence d'autrui. Et personne, pas même Ellen, n'avait la moindre idée des « perturbations » enfermées dans son sein.

Son inquiétude était vaine, toutefois, car Cybella Peck l'attendait au bord du bois, semblant sortir d'une peinture préraphaélite dans sa robe de mousseline à volants : une superposition vaporeuse d'étoffes couleur fraise, décorées de rubans d'une teinte légèrement plus sombre, ingénieusement entrelacés. Mme Peck faisait lentement tourner une ombrelle blanche sur son épaule ; elle était coiffée d'un large chapeau de paille, dont le bandeau de satin était assorti à sa robe, et avait les mains gantées de dentelle blanche. Un voile très fin dissimulait l'éclat de son regard. Dans l'état de nerfs où se trouvait Woodrow Wilson, elle lui fit l'impression d'une orchidée précieuse transposée par magie dans un bois boréal ; il n'est donc guère étonnant que, se hâtant à sa rencontre, il sentit tout courage l'abandonner : « Ah, cher Cybella ! Vous êtes venue… »

Ayant cueilli à la dérobée un petit bouquet d'alyssons et d'iris miniatures dans le jardin de sa femme, il l'offrit à Cybella, qui l'accepta avec un sourire ravi et le glissa dans la ceinture de sa robe.

Mme Peck s'enquit ensuite poliment de la santé et du bien-être du Dr Wilson : « Car vous semblez, cher Tommy, avoir entièrement perdu votre teint "doré" des Bermudes, et ce en quelques semaines à peine ! » Le Dr Wilson se sentit obligé d'évoquer avec quelque détail ses problèmes habituels de digestion, de nerfs et de vue, les « irrégularités » de sa colonne vertébrale et ses « gencives douloureuses », écouté par Mme Peck avec autant d'attention que par Ellen Wilson soi-même.

« Nous trouverons un moyen de "transcender" ces crises, chère Tommy. Vous devez me faire confiance. »

Les amants entrèrent sur le champ de bataille, suivant un sentier à peine tracé, éclaboussé d'ombre et de soleil ; Mme Peck glissa son bras sous celui de Woodrow, y exerçant une pression délicieuse.

Elle se plaignit, d'un ton destiné à amuser plus qu'à chagriner, des « attentions indésirables » d'un « soupirant importun », qui s'était récemment « réintroduit » dans sa vie : l'un des plus célèbres écrivains du pays, considéré comme le Shakespeare de l'Amérique. C'était en partie ce problème, expliqua Mme Peck, qui l'avait conduite à Princeton pour rencontrer Woodrow, ou plutôt « Tommy » – car elle souhaitait les conseils d'un homme de son intelligence et de sa sensibilité. Que devait-elle faire ? Où devait-elle se tourner ? Car ce soupirant indésirable était veuf et très seul ; il l'avait aimée quelques années plus tôt, en pure perte, et elle avait cru sa fièvre passée ; voilà cependant qu'il la harcelait à nouveau de déclarations d'amour, de lettres importunes et de mauvais vers – « Car il n'a pas vos talents de poète, Tommy. Il n'est que *prose,* pesante et grossière. »

Woodrow Wilson éprouva un élancement de jalousie et de rage : il savait que ce soupirant importun était forcément Sam Clemens, son rival. Il repliqua avec chaleur : « Si vous lui avez demandé de cesser ses assiduités, sa conduite n'est pas d'un gentleman. Vous devez le repousser absolument. Je pense – je crois – qu'il n'a pas de moralité : c'est un cynique, un athée et un ivrogne.

– En effet ! Je crois que vous avez raison, Tommy. Oui…

– Vous pourriez envisager de déménager à Princeton, de vous installer ici – pour l'éviter… Je pourrais vous aider, bien entendu – même si ce n'est qu'indirectement… »

Devant l'agitation de son compagnon, Mme Peck changea de sujet, lui demandant à présent où il en était de son travail administratif, si ses « difficultés » allaient être bientôt résolues. Le Dr Wilson se lança alors dans un long monologue allant des « médisances » méprisables de ses ennemis, à la rumeur, rapportée avec une fierté prudente, selon laquelle certains « faiseurs de rois » démocrates du New Jersey pensaient à ses compétences pour le poste de gouverneur de l'État.

« Gouverneur ! Quelle merveilleuse nouvelle, dit Cybella Peck. Je dois vous dire que j'en ai un peu entendu parler. Et vos ennemis seront-ils écrasés si cela se fait ?

– Si je devais être élu gouverneur, oui – ils seraient écrasés. Si du moins ils ne m'ont pas écrasé avant.

– Mon Dieu, que voulez-vous dire ?

– En ma qualité de président de l'université. Ici, je suis terriblement *vulnérable.* »

Le couple marchait ainsi, lentement, sur le champ de bataille, absorbé dans sa conversation sérieuse ; un observateur aurait noté la haute taille dégingandée du gentleman, et la gracieuse silhouette couleur fraise de la dame qui, de temps à autre, inclinait la tête vers l'épaule du gentleman, comme involontairement.

Puis Cybella Peck s'immobilisa ; et releva sa voilette pour regarder franchement Woodrow Wilson et recevoir l'entier hommage de son admiration ; et d'une voix d'enfant, elle lui dit qu'elle l'avait trompée, d'une certaine manière, en ne lui révélant pas entièrement son identité ; qu'elle n'était pas *ce qu'elle paraissait.*

« "Cybella Peck", oui – pour une part. Mais en fait, pour être franche, je suis la comtesse Cybella de Barhegen, et je ne suis pas américaine de naissance, j'ai été "naturalisée" à l'âge de vingt ans.

– "Comtesse" ! » Woodrow Wilson la contempla, bouche bée d'admiration et de respect.

« À la différence de mon cher camarade English von Gneist, qui n'hésite jamais à étaler partout ses quartiers de noblesse, quitte à les voir piétiner par quiconque le souhaite, je n'ai pas souhaité révéler à mes amis américains que j'appartiens à la noblesse de sang européenne, étant de l'ancienne maison de Barhegen, en Allemagne du Nord. Je suis "comtesse" non seulement par naissance, mais aussi par mariage – un lien fort ironique et amer. » Baissant la voix, Cybella ajouta : « Deux fois comtesse, cher Tommy, tel est mon sort. Mariée, pas entièrement de mon gré. Et à présent j'ai fui le Vieux Monde, et n'ai pas de plus cher désir que de recommencer ma vie, ici... Vous me paraissez curieux ? Vous vous interrogez sur mon mari ? Le honteux de la chose est que ma famille m'a mariée au comte Hugo de Barhegen, un veuf de quelque soixante ans... et père d'enfants plus âgés que moi, qui n'avais alors que dix-huit ans. Bref, mon cher Tommy, il s'est fait que j'étais si malheureuse dans mon "bienheureux" mariage, en raison de certaines coutumes conjugales qu'on dit courantes en Europe centrale, que j'ai comploté ma fuite. Je n'avais pas d'amis et ma famille m'aurait reniée ; les enfants de mon mari étaient des brutes, qui ne cherchaient qu'à m'exploiter ; au comble de l'infortune, tard une nuit, cachée dans une aile écartée du château de Barhegen, je suis tombée à genoux et ai imploré la miséricorde divine – avec une telle violence et une telle passion qu'il s'en est suivi une explosion de lumière, et qu'une forme s'est matérialisée dans la pièce, que j'ai d'abord prise pour Dieu en personne, mais qui était en fait un archange (en avez-vous jamais vu, cher Tommy ? non ?) auréolé d'une lumière presque aveuglante, une vision tout à la fois splendide et terrifiante, comme vous pouvez l'imaginer. »

Woodrow Wilson dévisageait la belle Cybella – la comtesse Cybella ! – avec révérence. Dans sa vie de chrétien intensément dévot, de presbytérien pour qui la vie religieuse revêtait une importance primordiale, il n'avait jamais vu d'archange, sans parler d'en recevoir la visite.

« Oui, cher Tommy, vous avez raison de me regarder avec cette émotion – mi-compassion, mi-pitié – car cela n'a pas été "facile" pour moi, étant donné mon jeune âge et mon état de désespoir ; comme tous les mystiques l'ont noté, ces "visions" brûlent l'âme ; on ne sait pas vraiment si l'on est vivant ou mort. Si l'on est en présence du divin ou du démoniaque. J'étais si perdue, si effrayée que je n'ai pas entièrement compris le message de l'archange ; sa substance, cependant, était que j'avais désiré la mort au fond de mon cœur et commis de ce fait le péché de *suicide* en pensée ; par conséquent, si je le souhaitais, ma mortalité maudite pouvait être absoute par Dieu, et mon être spirituel voué pour l'éternité à Son service. Ce qui signifie, mon ami, que je pouvais échapper à la fois à mon mari bestial et aux conséquences naturelles de mon péché, pourvu que je consente à prendre place parmi la communauté des esprits, qui, dans le grand plan divin, jouent le rôle de *devi* – de messager angélique. »

Cybella Peck marqua une pause pour permettre à Woodrow Wilson d'absorber ses remarquables propos. Son visage avait une expression très différente de sa manière enjouée habituelle ; elle s'appuyait plus lourdement sur son bras, comme si elle avait besoin de sa force pour la soutenir.

« Un *devi* ? Un "messager angélique" ? Est-ce possible… ?

– Oui, Tommy. Vous seul connaissez mon secret. Sam Clemens m'a taquinée et tourmentée en m'appelant son "ange", son "ange gardien", mais il ne sait pas ce qu'il dit ; car il ne croit pas, et je crains que son âme torturée ne le soit éternellement – en enfer. Vous, cher Tommy, êtes entièrement différent : mon secret peut vous être confié. Si je vous ai paru, aux Bermudes, une mondaine cosmopolite ; si je vous parais maintenant la descendante d'une race ancienne ayant des prétentions de noblesse ; si, même, je vous ai parfois paru "froide" et "artificielle" – eh bien, mon cher ami, je dois vous confier, à vous et à vous seul, que je suis un agent de la Puissance supérieure et non une femme mortelle. »

En faisant cette révélation, Mme Peck s'appuya contre le bras de Woodrow Wilson ; elle posa une main gantée sur son poignet, comme pour calmer son cœur battant ; car il était manifeste que le Dr Wilson était bouleversé et ne savait que penser.

Avec calme, Cybella Peck répéta une partie de ce qu'elle avait dit et qui avait pu échapper à cet homme désorienté ; puis elle lui expliqua sa vie après la visite de l'ange, laquelle avait eu lieu des années plus tôt, bien avant sa nouvelle vie « vierge » aux États-Unis.

« Je pense que ce doit être votre modestie, Tommy, qui m'attire vers vous. Et votre modestie qui vous empêche de comprendre tout à fait pourquoi l'envoi d'un *devi* est nécessaire pour communiquer avec vous. Mais, voyez-vous – les anges apparaissent aux hommes qui le méritent et qui ont besoin d'eux à un moment crucial de leur vie, quand Dieu éprouve la nécessité de manifester clairement ses intentions. »

La séduisante Mme Peck énuméra alors les visites angéliques reçues par des hommes d'importance, dont Woodrow Wilson connaissait bien l'histoire : Gladstone, Napoléon, Alexandre le Grand, le général George Washington à la veille de sa brillante attaque du 26 décembre 1776 contre les troupes de Hesse, à Trenton. Woodrow Wilson l'écouta avec une attention grave. Puis il dit, un sourire involontaire sur ses lèvres pâles : « C'est vrai, c'est vrai… ce que père promettait.

– "Père"… ?

– Mon père. Quand j'étais enfant. Des "messagers angéliques", une "destinée exceptionnelle"… il semblait savoir. Oui, reprit Woodrow, en s'essuyant les yeux, il *savait*.

– Et votre cher père vit-il encore, Tommy ?

– Non !

– Mais de là-haut, il vous voit, il suit votre carrière. Vous pouvez en être sûr.

– Je… je l'espère parfois…

– Si je suis ici aujourd'hui, cher Tommy, c'est pour une raison particulière, comme vous devez le savoir. Pour un *devi*, rien n'est accidentel ; tout fait partie du grand plan. Vous n'avez pas conscience du grave danger que vous courez : en cet instant même, à Boston, votre rival peu scrupuleux de l'université est à deux doigts de convaincre un ancien élève âgé de léguer une somme considérable à Princeton en l'instituant son exécuteur testamentaire – plus de deux millions de dollars, pour être précise. Quelle insulte pour l'université qu'un étranger, fût-il un ancien élève fortuné, ait la présomption de dicter la politique universitaire ! Bientôt on verra des "barons voleurs" – comme le fameux Andrew Carnegie – prendre le contrôle des plus grands établissements d'enseignement en faisant miroiter à leurs administrateurs d'énormes dons financiers et en les soudoyant purement et simplement. Hommes politiques corrompus, criminels notoires : ne souhaiteront-ils pas ériger des monuments en leur honneur, et compromettre l'idéalisme et l'innocence de la jeunesse ? Et tout cela résultera des manipulations d'Andrew West, circonvenant un vieil homme impressionnable de Boston, facile à flatter parce qu'il descend d'un héros de la guerre d'Indépendance, et qu'il ne sait pas faire la différence entre un flatteur et un gentleman tel que vous. (Car je crois que vous avez rendu visite à M. Wyman, l'année dernière ? Sans résultat ?) C'est dommage, et c'est une tragédie ; pourtant, tout n'est pas perdu, car ma visite n'a pas seulement pour but de vous avertir de ce désastre imminent, je suis ici pour vous conseiller une ligne de conduite qui changera tout. »

De nouveau Mme Peck marqua une pause, le temps que Woodrow Wilson absorbe cette nouvelle encore plus stupéfiante.

Hébété, il demanda s'il pouvait la croire – « Wyman va capituler et me détruire totalement ? » Remarquant son trouble et la sueur qui perlait à son front pâle, Mme Peck sortit un mouchoir d'une poche et en tamponna son visage fiévreux.

« "Une ligne de conduite qui changera tout" – comment ?

– De même que je suis investie par une Puissance supérieure, qui transcende les notions purement humaines de justice, de morale, de "bien" et de "mal", je suis également investie de la mission de contrarier les plans du doyen ; voire, si nécessaire, de débarrasser le monde de son influence malfaisante. Du moins… si tel est votre désir. »

Cybella Peck avait parlé doucement. Mais Woodrow Wilson l'entendit parfaitement.

« "Débarrasser le monde de son influence malfaisante"… ? Si tel est *mon* désir ?

– Le Tout-Puissant s'inquiète que ses plans vous concernant ne soient sabotés avant d'aboutir. Le Tout-Puissant a des raisons de croire que le doyen pourrait passer dans le camp du diable – et précipiter d'autres désastres sur cette ville éprouvée. » Cybella parlait maintenant avec simplicité, regardant franchement Woodrow Wilson dans les yeux. « Les troubles qui agitent Princeton, comme le pays dans son ensemble, tiennent à l'absence d'une autorité forte, que ce soit dans les instances gouvernementales, l'Église ou l'université ; vous ne l'ignorez certainement pas. Ces meurtres "bestiaux" à Princeton… ces "morts tragiques"… Si Andrew West réussit son coup, il n'aura de cesse qu'il ne vous ait honteusement chassé et remplacé à la tête de l'université. (Grover Cleveland a déclaré qu'il ne comptait pas mourir avant d'assister à l'investiture de son ami !) Tout cela va contre le plan du Tout-Puissant, qui souhaite que Woodrow Wilson triomphe à Princeton et y jouisse d'un long règne, comme certains de ses éminents prédécesseurs, avant d'avoir une carrière politique et de finir en *homme d'État*… Il convient donc d'écarter cet obstacle sans tarder.

– … *homme d'État*? Alors que ma cote est si basse ici, à Princeton…

– Vous avez une brillante carrière devant vous, Tommy, à condition de ne pas faiblir. Princeton aujourd'hui, Trenton demain, Washington ensuite ; et de là, un jour, le monde entier, uni dans une sorte de "ligue" ou de "club" qui aura le président américain à sa tête. Cher ami, vos yeux sont vitreux et vous semblez abattu ; où est votre ancien regard acéré, que tant de gens redoutaient ? »

Woodrow s'excusa de la lenteur de ses réactions, et de sa difficulté à comprendre tout ce qui lui était expliqué. Il espérait qu'on lui pardonnerait, mais il se sentait « très bizarre » ; comme si son cerveau était soumis à une « énorme pression » ; et il ne parvenait pas à reprendre haleine dans cet air printanier humide.

« Asseyez-vous, Tommy ! Ici, dans l'herbe. Nous allons nous asseoir tous les deux, sous le regard du Tout-Puissant. »

Dans les hautes herbes non tondues du champ de bataille, le couple s'assit, assez gauchement ; car Woodrow Wilson n'avait aucune habitude de cette sorte d'exercice, ne s'étant sans doute pas assis par terre une seule fois depuis son enfance. Tout près de lui, Mme Peck rassembla très élégamment ses jupes couleur fraise, se posa dans l'herbe et reprit son ombrelle pour protéger son teint parfait, tout en continuant à parler, d'un ton calme mais pressant, à son soupirant désorienté : « Il suffit de m'indiquer, d'une simple pression de la main, mon cher Tommy, que vous désirez que votre *devi* accomplisse votre vœu – si vous souhaitez effectivement que le mal représenté par Andrew West soit éradiqué sans tarder. Vous aurez alors devant vous un long règne triomphant, ici, à Princeton, y compris l'interdiction des *eating-clubs*, enfin ; on vous comparera favorablement à vos prédécesseurs Winslow Slade et James McCosh. De plus grands honneurs suivront, vous portant à de telles hauteurs que vos anciens ennemis ébahis devront se démancher le cou pour vous contempler. Un temps de terrible dévastation attend l'Europe ; un temps de sacrifice pour les jeunes soldats américains, qui seront envoyés "convertir le monde à la démocratie afin de le rendre pacifique" ; néanmoins, vous triompherez, et vous entendrez un jour des prières d'adoration dans l'Europe ravagée par la guerre, en Italie notamment – des multitudes d'Italiens scandant votre nom sur les places de Rome – *Viva Vouvro Vilson ! Viva Vouvro Vilson !*»

Woodrow secoua la tête, comme pour se réveiller d'un rêve, et demanda d'une voix faible : « "*Vouvro Vilson*" – Pourquoi ne peut-on prononcer mon nom correctement ? Est-ce moquerie ? Raillerie ? Je n'aime pas voyager loin de chez moi, Cybella ; mes nerfs et mon estomac ne le supportent pas… Ma chère Cybella, vous me faites peur – je me sens vraiment très bizarre.

– Vous m'étonnez, Tommy. *Woodrow Wilson* me regarder avec cet air apeuré et montrer aussi peu d'enthousiasme pour les plans de mon Maître ! Vous pourriez vous débarrasser d'Andrew West en un instant – mon Maître a le pouvoir de l'abattre comme on écrase une grosse blatte sous son pied ; grâce à quoi vous triompherez ici et pourrez tenir la dragée haute à cette bande de vieux imbéciles tremblotants, le "conseil d'administration", dont vous êtes las de lécher les bottes ; et vous précipiterez la mort de Cleveland, ce baquet de tripes. Votre chère femme Ellen, qui ne soupçonnera rien, sera ravie pour vous ; vos filles vous adoreront encore davantage, et il se présentera peut-être pour elles de bons partis, qui pour l'instant attendent de connaître l'évolution de votre carrière incertaine. Quant aux enseignants de Princeton, une fois que vous leur avez posé le pied sur la nuque, ils sont à vous, car ils sont lâches de tempérament et ne vous causeront aucun ennui pourvu que vous les payiez raisonnablement et les invitiez de temps à autre à Prospect House. Une fois que ce sera fait, comme je l'ai dit, ce sera fait pour toujours; et tout sera à votre portée, Dr Wilson, *le monde entier.* »

La voix mal assurée, Woodrow dit, autant pour lui-même que pour Mme Peck : « … Père semblait le prévoir. Sa main sur mon épaule, le son de sa voix… *mon fils sera un grand homme.* Pourtant, Cybella, c'est très étrange : je n'ai pas vraiment d'"ambition" – en dehors de Princeton. C'est tout ce que je demande, en réalité. Je n'ai jamais aimé l'Europe – l'Angleterre et l'Écosse exceptés. Les "accents étrangers" m'irritent les nerfs… l'anglais qu'on écorche. Je n'ai que faire des prétendues cultures de la France, de l'Espagne, de l'Italie, de la Grèce ou même de l'Allemagne; les pays catholiques sont méprisables, dirigés par le pape. Je ne sais pas et me moque de savoir si les Alpes sont en Italie, en Suisse ou en Belgique; si Bagdad est en Perse, ou Constantinople, ou Mexico. Elles s'entasseraient toutes au bord du Zuiderzee que cela ne me dérangerait aucunement! » Cette dernière remarque se voulant une plaisanterie, il eut un faible rire.

« Tommy! Voilà qui ne vous ressemble pas. Rappelez-vous l'espoir que votre père mettait en vous, et vos propres désirs secrets. Depuis l'enfance, vous cherchez votre destinée – si indirectement que ce soit. Et aujourd'hui, moi, un *devi,* le premier de mon espèce à venir à Princeton, et peut-être le dernier, ai été désigné par le Tout-Puissant pour agir en votre faveur – sans conséquences autres que profitables.

– "Sans conséquences"… ? Personne ne saurait?

– Bien sûr que non. Andrew West disparaîtrait… "de causes naturelles".

– “De causes naturelles”…

– On croirait entendre un perroquet, cher Tommy ! Mais un perroquet timoré, et non l’homme d’État hardi, visionnaire qu’est par essence Woodrow Wilson. »

Au loin, Old North sonnait 5 heures : une heure avait passé ! Si vite ! Woodrow avait coutume de dîner à 18 heures précises quand il n’avait pas d’invités. Tripotant son col, qui le serrait atrocement, il se demanda à haute voix ce qu’il devait faire…

« *Faire ?* » Le ton de Cybella Peck s’était durci, et on y percevait maintenant une pointe de sarcasme. « Mais vous n’avez rien à *faire.* Qu’avez-vous jamais *fait*, mon ami ? Vous êtes un orateur, un chef… vous dites aux autres ce qu’ils doivent faire. Donnez-moi seulement votre assentiment, une simple pression de votre main sur la mienne, et demain, à Merwick, ce paon de West s’écroule en prenant son énorme petit-déjeuner – une attaque fulgurante et parfaitement indolore. »

Peu à peu la voix de Cybella Peck se faisait véhémente, impatiente ; elle tournait avec irritation son ombrelle sur son épaule, contemplant avec un mépris incrédule son compagnon, qui ne semblait plus guère sensible, à présent, à son exquise beauté. Les lèvres de Woodrow remuèrent mollement : « “Indolore”… c’est une chance. Andrew a tendance à trop manger, à abuser… Sa tension est dangereusement élevée, paraît-il. Et cependant, quel appétit ! C’est dommage… mais il est du parti du diable, c’est évident… ma foi, il va me manquer… Comtesse, je me sens si étrange, j’espère que vous me pardonnerez.

– Votre assentiment, monsieur, dit Cybella Peck, avec un sourire contraint, et votre pardon ensuite. Si vous préférez ne pas exprimer votre souhait secret à voix haute, vous pourriez simplement hocher la tête ou… »

Mais Woodrow Wilson continua à ruminer, se caressant le menton d’une main distraite ; et l’impatience de Cybella Peck allait croissant. « Le monde est à ma portée, comme Père l'avait prédit… il suffit qu'Andrew succombe à une attaque. C'est si simple ! Il ne sentirait rien… Lui et moi sommes à un âge où ce genre de chose arrive… j'ai d'ailleurs eu moi-même une "petite" attaque à l'âge de trente-neuf ans… dont je me suis remis… tandis qu'Andrew, dites-vous, ne s'en remettra pas ? » Alors que Cybella sortait son éventail, le dépliait d'un geste sec et s'éventait avec vigueur, Woodrow poursuivit, d'un ton songeur : « Je pense que je pourrais influer sur le cours de l'histoire, en effet – le destin des nations – la volonté de Dieu traduite en actes politiques. Je considère depuis longtemps, avec tous les démocrates, que le tarif est une abomination ; je pense que je pourrais aisément faire mieux qu'eux et renforcer les lois antitrust ; et distribuer plus généreusement l'assistance fédérale de façon à miner le pouvoir des syndicats. Néanmoins, comtesse, je me demande s'il n'y a pas eu un malentendu : vous m'avez pris pour quelqu'un d'autre… »

Mme Peck répondit aussitôt que c'était peu probable. Son ton était maintenant ouvertement ironique. « Il n'y a qu'un seul "Thomas Woodrow Wilson", je pense. Êtes-vous en train de me dire que vous nous rejetez ? Le plan du Tout-Puissant, qui doit se réaliser par votre intermédiaire ? »

Tirant sur son haut col empesé, Woodrow Wilson dit, avec plus d'énergie, comme s'il avait rassemblé ses forces, assis inconfortablement sur l'herbe, sans la moindre notion instinctive de ce qu'il devait faire de ses longues jambes maigres : « Même si je souhaitais cet avancement, comtesse, je ne pourrais l'accepter au prix de la vie d'un autre – ni même au prix de ses souffrances. Non, je ne peux en aucune façon souhaiter la mort d'Andrew West.

– Et pensez-vous qu'Andrew West serait aussi magnanime à votre égard ?

– Je… je… je ne peux croire qu'il le serait moins… Car Jésus nous engage à aimer nos ennemis, et à faire aux autres ce que nous voulons qu'ils nous fassent. » Woodrow parlait avec lenteur, comme s'il négociait un passage difficile. « Mais la principale raison qui m'oblige à rejeter votre offre, madame, est tout bonnement que *je ne veux pas nuire à mon ennemi pour quelque récompense que ce soit, et encore moins pour satisfaire une vengeance.* »

Mme Peck riposta alors avec une rage à peine dissimulée : « Supposons, Dr Wilson, que ce soit vous qui connaissiez le sort du doyen demain matin ? Que mon Maître, las de vos querelles et de vos appels aux Puissances supérieures, ait décrété que l'un de vous devait être abattu ? Seriez-vous prêt alors à changer d'avis ? »

Le Dr Wilson qui, dans son trouble, tripotait son pince-nez pour le fixer plus solidement sur son visage en sueur, s'efforça de regarder sa compagne avec un peu de son ancienne « autorité » – malheureusement presque disparue de ses yeux larmoyants. Mais d'une voix qui vibrait d'assurance, il dit : « Si vous me connaissiez, comtesse, vous sauriez que je me change jamais d'avis quand j'ai pris une décision. *La clé est tournée dans la serrure et jetée.* »

Cette longue conversation avait épuisé Woodrow Wilson au point qu'il manqua s'évanouir ; peut-être, d'ailleurs, perdit-il connaissance un bref moment. Allongé sur l'herbe dans son costume pastoral, chemise blanche et cravate, il ouvrit les yeux pour voir le ciel chavirer au-dessus de lui, tel un abîme où il risquait de tomber ; et il y avait le soleil à son couchant, boursouflé, battant tout contre son front. Bien qu'il eût ouvert son col, il n'arrivait pas, semblait-il, à *respirer.*

« Comtesse ? Où… »

Lorsque la crise fut passée, il se redressa, désorienté. Il était seul : sa compagne avait disparu sans un mot d'adieu ; et avait étourdiment oublié, dans l'herbe près de lui, à moins qu'elle ne l'eût jeté là par dépit, le petit bouquet qu'il lui avait offert, les alyssons et les iris coupés dans le jardin de sa femme – dont les fleurs délicates étaient maintenant jaunies et fanées, et les feuilles si sèches qu'elles se réduisirent en poussière sous ses doigts.

Post-scriptum : la « seconde bataille de Princeton »

Le reste appartient à l'histoire.

Car bien entendu tout se passa comme l'avait prophétisé la « comtesse de Barhegen » : Isaac Chauncy Wyman promit effectivement un don de deux millions cinq cent mille dollars à l'université de Princeton, en stipulant que le doyen de l'institut d'études supérieures, Andrew West, devait administrer la somme pour construire un institut conforme à ses desseins.

Informé de ce legs, West, transporté de joie, prit aussitôt le train pour Boston afin de remercier personnellement M. Wyman – de même que, dix-huit mois plus tard, le doyen ferait le voyage de Boston pour assister à l'enterrement de M. Wyman et déposer sur le cercueil du défunt un brin de lierre, coupé sur le mur extérieur de Nassau Hall. De Boston, West enverrait des câbles triomphants à ceux des membres du conseil d'administration qui l'avaient soutenu pendant ces années d'affrontement avec Wilson :

TE DEUM LAUDAMUS. NON NOBIS, DOMINE.

À ce moment-là, Woodrow Wilson s'était déjà écroulé dans sa tour de Prospect, terrassé par une attaque « foudroyante ».

Ainsi s'acheva, tristement pour le Dr Wilson, la « seconde bataille de Princeton ».

La prescription du Dr de Sweinitz

Après l'attaque dont avait souffert Woodrow Wilson le 30 mai 1906, le conseil d'administration de l'université fit appel à l'éminent médecin de Philadelphie, Wilhelm de Sweinitz, afin d'avoir le verdict d'un expert sur la santé future du président.

Entre-temps, le Dr Hatch, le médecin de toujours du Dr Wilson, et le Dr Boudinot s'étaient apparemment mis la famille Wilson à dos en suggérant que le Dr Wilson nomme un président par intérim; et qu'il envisage sérieusement de donner sa démission pour revenir à un emploi du temps professoral, moins exigeant. Après douze jours d'incapacité quasi totale, le Dr Wilson commença à se « remettre », bien que son œil gauche ne vît presque plus, de façon apparemment irrémédiable; que les doigts de sa main droite fussent affligés d'une raideur sans doute définitive; et que la névrite de ses épaule et jambe gauches fût devenue si douloureuse qu'une paralysie imminente était à craindre. Les médecins s'inquiétaient encore davantage des fluctuations d'humeur du patient, qui passait du désespoir à l'euphorie, de la plus extrême prudence à une assurance sans limite voire à des crises de rire sardonique ou à des crises de larmes de désespoir. Néanmoins, l'invalide fut bientôt « sur pied » – même s'il devait s'appuyer sur une canne ; et sa voix, quoique hésitante et mal articulée, retrouva progressivement de la force, comme un muscle atrophié reprenant de l'usage.

Woodrow Wilson ne voulait pas entendre parler d'un « président par intérim » – pas tant qu'il serait en vie !

Comme il sied à un spécialiste de grand renom, le Dr de Sweinitz examina son patient avec la plus grande minutie et constitua un dossier médical en interrogeant, outre les médecins princetoniens de Wilson, sa femme et ses filles, mais aussi certains de ses associés, ainsi que le personnel de Prospect House sur le comportement habituel de son patient. Le Dr de Sweinitz estima que Woodrow Wilson avait connu, avant 1906, au moins *quatorze effondrements* physiques et mentaux ; sans mâcher ses mots, il diagnostiqua une *artériosclérose*, conséquence d'un excès de tension prolongé sur le cerveau et les nerfs.

Mme Wilson implora le médecin de Philadelphie de ne pas rendre ce diagnostic public. « Une mort à petit feu, n'est-ce pas ? Que deviendrait la carrière de Woodrow ? »

Le Dr de Sweinitz s'en tint néanmoins à ses conclusions, et proposa une prescription sans complaisance.

« Le passé médical du patient est tel que je dois lui conseiller non seulement de se retirer de la présidence, mais aussi du monde universitaire. Il doit "fermer boutique" sur-le-champ. Il doit renoncer en outre à toute velléité de *vie publique* ; et surtout à son habitude de discourir, qui est une sorte de mythification insidieuse : bâtir à partir de simples opinions et imaginations des oraisons pontifiantes, souvent répétées et ossifiées, déclamées devant un auditoire sur des estrades publiques. Il faut également, dit le médecin d'un ton plus sévère, qu'il renonce à son habitude de lire des livres : un homme de son tempérament ne peut en effet lire une ligne écrite par un autre sans souhaiter la contredire, ce qui l'entraîne inévitablement à "vocaliser" ses pensées, et par conséquent à discourir. Le Dr Wilson est tourmenté de *pensées incessantes*, semblables à des roues qui patinent dans la boue. Voilà ce qui a provoqué l'élévation de sa tension, et éprouvé tous les nerfs et les organes vitaux. » Sur quoi, l'éminent médecin marqua une pause, car il s'était lui-même mis dans un état de grande excitation nerveuse, perceptible au tremblement de sa voix. « Je dois donc conseiller à votre mari de renoncer également à penser, car il ne peut penser sans vouloir écrire et discourir – un cercle pathologique dont nous devons le sauver pour lui éviter une fin prématurée.

Comme Ellen Wilson essuyait ses larmes, le Dr de Sweinitz s'émut encore davantage de pitié, disant que si le Dr Wilson suivait ses conseils et prenait tous les médicaments qui lui étaient prescrits, ses filles et elle pouvaient espérer l'avoir encore quelques années auprès d'elles : « Cinq ans à tout le moins, dirais-je, et peut-être jusqu'à sept. *Mais il ne doit jamais plus se laisser aller à penser selon son ancienne manière.* »

La malédiction exorcisée

Les historiens s'accordent à considérer la date du 4 juin 1906 comme celle où fut « exorcisée » la malédiction pesant sur la ville de Princeton, cette date étant *par coïncidence* celle de la mort de Winslow Slade ; mais personne ne s'est encore essayé à relier ces deux événements de manière convaincante. La thèse faiblarde de Hollinger – qui estime que les « énergies du mal » s'étaient éteintes d'elles-mêmes, et que les petits-enfants « morts » de Winslow Slade n'avaient jamais réellement péri – est la plus généralement acceptée.

De nouvelles preuves, cependant, connues de moi seul, laissent supposer que les choses ne sont pas aussi simples.

La gageure n'en est pas moins formidable pour l'historien que je suis : évoquer la *simultanéité* en deux dimensions différentes, voire antithétiques, tout en étant obligé à une narration linéaire dont le temps chronologique est le principe organisateur. En effet, le lecteur s'attend raisonnablement à trouver dans un ouvrage d'histoire quelque chose de la causalité de la vie réelle – si X survient, cela entraîne Y ; et Y entraîne Z. Jamais dans la vie réelle, le temps ne s'inverse, sauf dans les films de science-fiction ; pour nous tous, le temps va de l'avant, inexorablement. Pourtant, nous acceptons parfaitement l'idée que d'innombrables événements se produisent *simultanément* – la plupart hors de notre champ de perception ; et qu'ils puissent exister entre eux des liens complexes.

Dans ma chronique, le lecteur doit savoir que Winslow Slade a rendu l'âme dans la chaire même de la première église presbytérienne où il avait été invité à prononcer un sermon ; que sa mort fut inattendue et terrifiante pour les fidèles, dont beaucoup aimaient tendrement le vieillard, et qui tous le respectaient ; et que cette mort coïncida avec, ou suivit peut-être d'un instant ou deux le triomphe de Todd dans le royaume des Marécages. (L'une et l'autre étant sans doute survenues aux environs de 10 h 20, heure de l'Est, à Princeton ; mais à aucune heure attestée dans le royaume des Marécages, étant donné que les saisons ne semblent pas y exister comme dans notre monde, et que le temps calendaire et d'horloge n'y sert à rien.)

Suivirent plus tard dans la journée les événements miraculeux concernant les petits-enfants « défunts » du Dr Slade, dont je parlerai en leur temps.

Je vais donc présenter le chapitre « Une partie de dames » en premier, et « La mort de Winslow Slade » en second, en demandant au lecteur de garder à l'esprit que les événements qui y sont relatés se sont produits *simultanément*.

Une partie de dames

C'était une nouveauté et une manière de choc : un enfant dans le royaume des Marécages au bout de tant de siècles.

Ses vêtements étaient si loqueteux, son apparence si débraillée et si maladive qu'on le prit d'abord pour un simple gamin des rues, un petit mendiant, ou un ramoneur chassé par son maître, souffrant d'un début de maladie aux poumons. Mais, attirée par le bavardage excité des domestiques, la comtesse Camilla devina que c'était un garçon convenable, peut-être même de bonne naissance, et, sur un caprice, décida de le recueillir et de lui sauver la vie. *Car un jour j'aurai peut-être à sauver la mienne, et c'est là un investissement.*

Quand l'une des suivantes de la comtesse remarqua que recueillir un enfant inconnu serait peut-être mal vu du maître du château, la comtesse répliqua avec hauteur : « Vous avez entendu ma volonté. J'espère qu'il suffit de l'*entendre* pour *obéir.* »

Voilà comment Todd Slade parvint à s'introduire dans le château enveloppé de brumes, sis au cœur du royaume des Marécages, fait qui précipiterait la mort des ennemis de sa famille.

« TU ME DOIS LA VIE, Ratelot, dit la comtesse Camilla, non sans bienveillance, et tu dois à présent me payer de retour. Quelles sont tes qualités ? Sais-tu chanter, danser, raconter des histoires ? »

En état de choc, comme qui a été précipité à travers le temps et l'espace, tête nue et sans protection, le garçon ne répondit pas aussitôt, et la comtesse dit : « Vas-tu jouer les muets, mon garçon… et me donner la tentation d'oublier mes bonnes intentions ? »

L'enfant parut d'abord incapable de répondre. Puis, comme s'il lui fallait absolument réagir pour sauver sa vie, il secoua la tête : *Non.*

« Tu n'es donc pas muet ? dit la comtesse, avec autant de contrariété que d'amusement. Sauf que tu ne parles pas, hein ? »

Et de nouveau l'enfant secoua lentement la tête : *Non.*

Un terrible *ennui** pesant sur le château des Marécages, malédiction inévitable d'une terre privée de saison et de temps, on espéra quelque temps que l'enfant trouvé apporterait une diversion bienvenue à la comtesse Camilla, qui n'avait pas d'enfants. Elle ordonna que Ratelot fût baigné dans sa somptueuse baignoire de marbre, dans des nuages de bulles effervescentes, et gavé de toutes sortes de douceurs et de liqueurs, au point qu'il devint terriblement pâle et rendit tripes et boyaux – une nouveauté dans le royaume des Marécages, et particulièrement répugnante pour la comtesse, qui ordonna qu'on l'emmène aussitôt hors de sa vue.

Néanmoins, peu après, la comtesse ordonna que le garçon maigrichon, qui semblait avoir onze ou douze ans en temps terrestre, soit vêtu d'un costume de soie brodée, avec chemise blanche à jabot et bottines de chevreau, afin qu'il puisse lui servir de page. « Ce n'est qu'un enfant inoffensif. S'il lui pousse de la barbe et des poils aux aisselles, le Maître le tuera ou le fera castrer – mais ce n'est pas pour tout de suite, j'espère. En attendant, voilà bien trop longtemps que notre maison est privée des rires *non prémédités* de l'enfance. » Ainsi parla la princière Camilla, dont les yeux d'or pâle mordaient même quand elle souriait, et dont nul ne contrariait la volonté dans l'enceinte du château, son frère le comte excepté.

Car la comtesse et le comte n'étaient pas mari et femme, mais frère et sœur, et nul lien d'amour profond ne les unissait, mais seulement les liens plus sinistres du *sang* primordial.

Quand on l'eut baigné, que ses cheveux furent brossés et bouclés, ses vêtements sales et usés, jetés et remplacés par une tenue digne du page de la comtesse, Ratelot fut servi par les propres domestiques de la comtesse, et entouré d'attentions par certaines des femmes ; embrassé, dorloté et qualifié de *petit ange* par la comtesse Camilla elle-même. Prenant son visage entre ses mains, elle plongeait ses yeux dans les siens, qui clignaient de peur ; elle le questionnait sur son nom et sur son pays, et sur les raisons qui l'avaient poussé à voyager seul, à pied, dans les solitudes dangereuses des Marécages. Mais Ratelot ne faisait que secouer la tête, sans mot dire ; comme s'il n'était pas seulement muet, mais également sourd et idiot ; à la vérité, le frêle enfant était mal nourri et affaibli, car la pitance du château ne le sustentait guère.

« Quel est ton nom, mon petit page ? Murmure-le à mon oreille. »

La comtesse pinça la joue du garçon jusqu'à y amener une vague couleur. Mais il n'avait pas un mot à dire et se recroquevilla avec appréhension devant cette femme féroce. « D'où venais-tu, gamin, et où comptais-tu aller ? Pas *ici*… bien sûr. Car *ici* n'est pas imaginable de *là-bas* – quel que soit le *là-bas* d'où tu viennes. » La comtesse regardait avec fascination les yeux de l'enfant, car c'étaient ceux d'un être *encore vivant*, et elle n'en avait vu depuis très longtemps.

« Sais-tu où tu te trouves en ce moment ? Et qui est le Maître de ces lieux, et qui la Maîtresse ? Ou as-tu véritablement "perdu ta langue" ? » Ce disant, la comtesse fit mine d'ouvrir les mâchoires de l'enfant pour voir s'il était réellement privé de langue, et le terrifia en lui demandant s'il n'aimerait pas être débarrassé de cet « appendice visqueux et inutile » que, finalement, il semblait bien posséder, attaché au fond de la bouche.

« Car si tu es muet, mon garçon, dit la comtesse, d'un ton de reproche, il se pourrait qu'on te demande d'en avoir l'air et la chanson. »

LORSQUE LE MAÎTRE du château revint, il lui sembla connaître le petit morveux à face de rat qui servait de page de sa sœur, mais sans qu'il parvienne à se rappeler l'avoir jamais vu. À moins que le garçon ne subsistât dans quelque crevasse sombre de son cerveau, tel le souvenir d'un repas quelconque, dévoré en hâte et seulement à demi.

« Je ne doute pas, Camilla, que tu aies recueilli ce Ratelot pour me faire bisquer plutôt que par amour charitable pour sa personne. »

La comtesse, qui commençait déjà à se lasser de son page, protesta néanmoins que l'enfant était son chouchou, et ne devait être ni molesté ni effrayé, ni, surtout, jeté en pâture aux charognards avant qu'elle, et elle seule, n'en donne l'ordre.

Si pesant était le linceul d'humidité et de lassitude qui enveloppait le château des Marécages que les nuits s'y passaient à nocer sans joie et à jouer aux dames ; mais, comme l'apprit à Todd un vieux serviteur rompu, ce jeu ne ressemblait pas aux parties de dames ordinaires telles qu'on les connaissait dans les pays civilisés, il en était une variante extrêmement ingénieuse et mortelle. Car le vainqueur n'avait pas seulement le privilège, mais l'obligation de trancher la tête du perdant devant toute la cour rassemblée ! – particularité que le Maître avait introduite à son retour d'Orient quelques années plus tôt afin de secouer l'*ennui** du château. Et maintenant tous étaient fous de ce jeu et avaient acquis un goût insatiable pour le sang – celui des autres, naturellement. « Lorsque tu entends un rugissement bestial aux petites heures du matin, dit le vieillard, en baissant la voix, c'est celui des spectateurs assistant à une nouvelle "exécution". Un son presque aussi horrible à entendre que le spectacle lui-même. »

Todd aurait aimé poser d'autres questions, mais il jugea plus prudent de garder le silence. Pour une raison quelconque, il est dans la nature de l'homme de parler plus librement à qui semble muet.

Étant par nature farouchement déterminé à survivre, et rendu rusé par cette détermination, Todd Slade avait adopté certains des gestes particuliers aux muets – faire des signes avec les doigts, rouler les yeux avec agitation, grimacer, hocher ou secouer rapidement la tête quand les autres parlaient ; dans ce cas précis, il frissonna et se rétracta d'effroi. Le vieux serviteur lui donna alors cet avertissement : « Tu ne dois jamais consentir à jouer aux dames avec aucun d'eux, petit. Mais si tu y es contraint, ton seul espoir est de *ne jamais quitter le plateau des yeux*. Pas un seul instant, pas même l'espace d'un clin d'œil ! Car les joueurs expérimentés sont devenus extraordinairement habiles à tricher, et le Maître plus que quiconque. (Le Maître se vante d'accepter d'affronter n'importe quel adversaire, et de consentir à sa propre exécution s'il perd ; mais il ne perd jamais, naturellement.) S'ils ne parviennent pas à nettoyer le plateau de tes pièces à la loyale, ils les feront tomber par terre ou les fourreront dans leur poche ; et ce qui t'attend alors, ce sont le billot et les oiseaux-reptiles affamés. Même la Maîtresse ne pourrait te sauver – et elle n'en aurait d'ailleurs pas le désir, car elle aussi adore le sang. »

Todd avait joué à de nombreux jeux de plateau avec ses cousins Josiah et Annabel, ainsi qu'avec d'autres membres de la famille, son grand-père Slade par exemple ; en fait, c'était son grand-père qui lui avait appris à jouer aux dames – et à le faire « avec autant de sérieux que d'amusement ». Winslow Slade avait aimé ces parties de dames avec son jeune petit-fils, et avait été étonné et ravi que Todd se mette rapidement à gagner. Ses dispositions précoces pour ce jeu avaient émerveillé tous ceux qui l'avaient vu se mesurer à des adultes ; malheureusement, vers ses dix ans, Todd se lassait vite des jeux encadrés de règles trop strictes, de sorte que même Annabel n'aimait plus jouer avec lui. Todd se rappelait avec consternation sa conduite de gamin insupportable : quand il perdait une pièce au mauvais moment, il était capable de se mettre en rage et d'envoyer valser le damier tout entier ; il lui arrivait aussi de tricher en avançant un pion à la dérobée, ou en déplaçant sournoisement ceux de son adversaire. Todd avait particulièrement honte d'avoir mis si souvent à l'épreuve la patience de la pauvre Annabel par son comportement infantile.

« Si seulement je pouvais revivre mon enfance ! murmurait-il, tapi dans un coin humide du château. Je ferais tout différemment, et je ne serais pas *ici*. »

LA COMTESSE se désintéressant peu à peu de son page, Todd était libre de rôder dans le château à sa guise, pourvu qu'il évitât ceux de ses occupants qui semblaient s'offusquer de la vue d'un enfant, et qui s'amusaient de farces et de tourments d'ivrogne : saisir Todd par la peau du cou, par exemple, et le forcer à concourir avec des chiens grondants pour quelques miettes de nourriture. (Humilié de la sorte, mais résolu à survivre, Todd acceptait ces indignités avec la détermination d'acier dont il avait entendu son grand-père Slade parler, en un temps où il ne prêtait guère attention au vieil homme : *Étant un Slade, tu peux et tu sauras garder tes opinions pour toi.*)

L'astucieux gamin se disait aussi que, le voyant brisé et en pleurs, ses tourmenteurs s'estimeraient temporairement satisfaits et qu'il gagnerait un jour de plus ; et pourrait espérer se venger.

Hardiment, Ratelot se glissait à la dérobée dans la grande salle à manger, où des feux de bois brûlaient tristement dans de splendides cheminées de deux mètres de haut, et où, pendant les longues nuits sans sommeil, les fêtards du château faisaient la noce. (Car si le sommeil normal n'était pas interdit dans le château des Marécages, il était considéré comme un signe de roture et de faiblesse.) L'une des suivantes de la comtesse – que la belle Camilla choisissait pour leurs visages disgracieux et leurs silhouettes difformes, car il l'amusait de paraître doublement à son avantage parmi elles – remarqua qu'il convenait peut-être d'épargner à un enfant d'un âge aussi tendre le spectacle horrible des décapitations, qui risquait de lui donner des « inclinations contre nature » ; à quoi la comtesse répondit, avec un haussement d'épaules, en ébouriffant les cheveux de son page : « Ma foi, où est le mal ? On ne peut rester *enfant* ni *tendre* très longtemps. »

Il se fit donc que Todd Slade assista en silence au comportement fort grossier de certains membres de la cour ainsi que de visiteurs de passage ; et aux parties de dames nocturnes – qui, commencées avec un optimisme d'ivrogne et une bravacherie bruyante par les joueurs, se terminaient toujours par la terreur abjecte du perdant (incrédule) ; et par une exécution si sanglante, et tournant si souvent à la boucherie, que le pauvre Todd se cachait le visage dans ses mains.

Ces fêtards nocturnes étaient si braillards, leurs rires si stridents et si forcés que même les araignées frissonnaient dans leurs toiles, dissimulées sous le haut plafond voûté de la grande salle; et dans la cour jonchée d'ossements, au-dehors, les oiseaux charognards s'agitaient dans leur sommeil et battaient des ailes, dans l'attente de leur repas sanglant de l'aube. L'enfance protégée de Todd l'avait mal préparé à la brutalité du monde – de *ce monde-là*, tout du moins; il se rappelait à la façon d'un rêve la tranquillité de Wheatsheaf, la manière dont sa mère et les domestiques le dorlotaient, malgré sa mauvaise conduite; seul son père perdait patience avec lui, et maintenant Todd en comprenait la raison.

Dans le château des Marécages, Todd était révulsé par ce qu'il était forcé de voir et qui était censé l'« amuser ». Sa première exécution, par exemple, à laquelle procéda le Maître en personne, si ivre, les yeux si exorbités qu'il dut abattre la hache (mal aiguisée) à cinq ou six reprises sur le cou d'un jeune homme au menton glabre avant que la tâche fut accomplie. Quelques nuits plus tard, Todd fut encore plus stupéfait, et écœuré, par le spectacle de la blonde comtesse Camilla! – qui, en dépit de sa hauteur et de ses grands principes, ne dédaignait pas d'affronter aux dames des joueurs inexperimentés, qui ne la menaçaient guère et étaient aisément battus. « Ma dame triomphe de tous! Vous voyez? De *tous.* » La voix de la comtesse vibrait d'excitation.

Et quels éclats de rire ensuite quand la belle comtesse, le visage d'une perfection de masque, l'expression sereine, somptueusement vêtue de velours, de soie damassée et d'hermine, étincelante de bijoux, se campa tel un bûcheron, jambes largement écartées, éleva la hache dans les airs avec une détermination terrible… et trancha d'un seul coup la tête d'un admirateur malchanceux !

Et quelles acclamations ! Aussi avinées et grossières qu'au match de football Princeton-Yale, auquel Todd avait assisté à plusieurs reprises avec sa famille.

Ratelot alla se blottir parmi les chiens. Il avait fait ses amis des plus peureux d'entre eux ; c'étaient des êtres réunis par une même détresse. Il se disait : *M'échapperai-je jamais de cet enfer ? Et si j'y parviens, où irai-je ? J'ai perdu le chemin de chez moi.*

LORSQU'IL APPRENAIT seul l'alphabet et la façon d'agencer les mots dans un ordre logique, Todd avait eu l'occasion d'examiner certains des livres très anciens et jamais ouverts de la bibliothèque de Copplestone à Wheatsheaf ; par plaisanterie, pour stupéfier son père, il avait appris par cœur un passage d'Anaximandre : *Et les choses retournent à ce dont elles sont sorties, comme il est prescrit ; car elles se donnent réparation et satisfaction les unes aux autres de leur injustice, suivant le temps marqué*[1]. Todd n'avait pas compris cette sentence à l'époque, bien qu'ayant perçu ce qu'elle avait d'implacable.

Et, dans un autre de ces vieux livres dédaignés, un passage d'Héraclite dont les mots étranges et prophétiques l'avaient fait frissonner :

Le Temps est un enfant qui joue en déplaçant les pions : la royauté d'un enfant[2].

Todd se doutait peu, alors, qu'il jouerait un jour sa propre vie dans une partie de dames.

1. Cité *in* Aristote, *Physique.* (*NdT*)

2. Héraclite, *Fragments*, trad. M. Conche. (*NdT*)

QUE SA MAIGREUR et son teint terreux fassent paraître Ratelot plus jeune que son âge était un grand avantage. Aux yeux de n'importe quel adulte du château, il semblait ne pas avoir plus de dix ans et être une quantité négligeable. On voyait rarement des enfants dans le château, bien qu'il y naquît des bébés ; mais ces bébés ne survivaient pas longtemps dans l'humidité putride de ce lieu. Grâce à sa petite taille et à son mutisme, Ratelot passait à peu près inaperçu ; ses privilèges de page lui étaient également utiles, même si la comtesse ne se souciait plus beaucoup de lui ni de ses atours, devenus sales et loqueteux. Les femmes de la cour, le croyant très jeune, ne se préoccupaient pas de leur tenue ni de l'état de leur toilette en sa présence, et ne surveillaient pas non plus leurs paroles ; car Ratelot ne semblait pas compter. Une femme corpulente au visage de harpie décréta d'un ton grivois : « Ratelot n'est qu'un bébé, mais *trop vieux* et *trop jeune* pour téter convenablement le sein d'une femme. » Rougissant furieusement, Todd resta impassible sous les rires.

L'imaginant si jeune, et muet de surcroît, la cour fut d'autant plus stupéfaite quand, un soir où les réjouissances de la soirée étaient moins bruyantes que de coutume, la voix du petit page timide se fit enfin entendre – un filet de voix, aigu et frêle : « Comtesse ? Puis-je parler ?

– Est-ce que tu *peux* parler ? Qu'est-ce à dire ? Tu es donc *capable* de parler ? fit la comtesse, très étonnée. Je t'ai donc guéri ? C'est cela ? Les soins dont j'ai entouré mon petit Ratelot lui ont rendu la parole ? » La comtesse s'applaudit de ce miracle, et en fut félicitée par son entourage.

De son filet de voix, quasi inaudible, Ratelot murmura à l'oreille de la comtesse : « Je voudrais jouer aux dames avec le M… Maître.

– “Aux dames avec le *Maître*” ? » La comtesse regarda Todd avec une sincère inquiétude. « Es-tu fou ? Tu perdras, et ta chère petite tête sera tranchée et jetée aux charognards ; et ta comtesse n’y est pas encore tout à fait préparée. »

Mais le Maître ayant entendu les paroles téméraires du page, elles ne pouvaient être retirées aussi facilement. Et dans la sinistre salle voûtée, qui ressemblait, en dépit de son atmosphère de fête fiévreuse et des feux flambant dans les cheminées, à un immense mausolée, il y eut des exclamations étonnées et quelques applaudissements épars, car dans ce marasme d’*ennui** la perspective d’un tel divertissement était excitante, ou apportait au moins cette promesse.

« Mon page est trop jeune pour jouer aux dames, protesta la comtesse, et mon frère est un maître joueur contre qui l’emporter ou même faire jeu égal est impossible ; ce serait donc un pur massacre, et on ne peut le permettre.

– Tout est permis, répliqua le comte, avec une moue dédaigneuse. Tout, dans le royaume des Marécages, *m*’est permis. »

Le comte était ravi que le page de sa sœur eût lancé un tel défi, car au fil des siècles il était devenu si habile et si ingénieux aux dames, jouait avec tant de nonchalance, qu’il affrontait souvent deux ou trois adversaires en même temps et commençait à trouver ces parties, en dépit de leur fin sanglante, assommantes. Il se réjouissait donc à l’idée que cette soirée-là au moins serait *divertissante* ; car dans l’histoire du château des Marécages, qui remontait à des temps d’avant le Temps, on n’avait jamais vu un enfant défier un adulte, et noble de surcroît. Et il semblait au comte qu’il y avait quelque chose de dangereux, quelque chose d’incontrôlable et, pour tout dire, de *contre nature* dans le concept même d’enfant. « Car un “enfant” n’est-il pas un être qui va changer peu à peu, pas exactement sous nos yeux, mais cependant en notre présence, songeait le Maître, et un “enfant” n'est-il pas une version antérieure, ou une moquerie de nous-mêmes ? L'image de notre innocence perdue et de nos espoirs déçus ? Plus intolérable encore, n'est-ce pas *quelqu'un qui va nous remplacer* ? »

La face de crapaud livide du comte s'éclaira d'un sourire, qui révéla des dents jaunes carnassières, et, tapotant la tête de Ratelot avec une feinte affection, il dit que, bien sûr, il acceptait son défi, car la soirée était particulièrement longue et morne, et une pluie d'hiver incessante tombait sur les marais, et ses compagnons étaient devenus des couards qui n'osaient plus le défier ni même se défier entre eux – car il n'y avait pas de sang frais au château, et donc pas de « sang frais » pour le divertissement du jour.

« Serait-ce que tu as toujours pu parler, Ratelot ? Et que tu as "tenu ta langue" par ruse ? » demanda le comte au page de la comtesse, avec une trompeuse bienveillance ; voyant la comtesse froncer les sourcils et secouer imperceptiblement la tête derrière le dos du comte, Ratelot fit lentement signe que non, en même temps qu'il grimaçait et remuait les épaules pour faire comprendre que parler lui était difficile, voire douloureux.

Le damier fut installé sur un socle de marbre souillé au centre de la pièce voûtée, à plusieurs mètres du feu qui brûlait sans dégager beaucoup de chaleur dans la plus grande des cheminées. Le damier était en lui-même une œuvre d'art, ou l'avait été autrefois ; en bois de zèbre, chaque carreau y était incrusté individuellement et peint d'un rouge ou d'un noir d'un ton exquis ; une bordure dorée d'un fini mat, orné d'un motif oriental et serpentin entourait le plateau. Les pions, nettement plus gros que ceux avec lesquels Todd avait joué dans son enfance, étaient d'ivoire sculpté, découpés en dents de scie, et divisés comme d'ordinaire en deux armées, la rouge et la noire[1].

Malheureusement, à moins de cinq mètres du damier se trouvait l'horrible billot puant, un tronçon de bois fort malmené, coupé dans les marais ; et aussi la hache fatale, avec son manche robuste poli par les ans, et son énorme lame à double tranchant, souillée de sang noir et poissée d'innombrables cheveux. (Ce spectacle répugnant servait manifestement le comte, car il troublait les plus audacieux des joueurs, le comte affichant, lui, une parfaite nonchalance, comme oublieux de sa présence.)

Le comte conduisit Ratelot à sa chaise et prit place en face de lui, disant avec une affectation de sérieux qu'il supposait que le jeu de dames tel qu'on le pratiquait au château des Marécages ne nécessitait pas d'explication détaillée ; néanmoins, pour le cas où Ratelot l'aurait oublié, il présentait l'originalité suivante : « Si ton armée triomphe de la mienne, tu dois employer cette hache (regarde-la bien, mon garçon !) et, de toute la force dont tu es capable, séparer ma tête de mon corps. Tu ne peux me faire grâce, car tu n'en as pas le pouvoir : le royaume des Marécages n'autorise pas la clémence, fût-ce à l'égard de ses maîtres. C'est compris ? – Et tu promets de ne pas fondre en larmes à l'idée de *devoir tuer* ton hôte et bienfaiteur, qui tolère ta présence depuis si longtemps dans son royaume ? En revanche, si ton armée, ces fantassins rouges, est battue, poursuivit le comte avec un

1. Bien qu'il soit impossible aujourd'hui de déterminer son authenticité, j'ai de bonnes raisons de croire que le pion unique en ma possession, toujours placé sur mon bureau de sorte que je puisse le contempler et y chercher l'inspiration, est celui-là même que Todd Slade rapporta du royaume des Marécages. Le temps en a usé les bords au point que leur découpe n'est plus très visible, et tellement fané les couleurs que c'est à peine si l'on discerne qu'il a été noir un jour.

sourire narquois, eh bien, nos situations s'inversent ; mais c'est là un événement si lointain et improbable qu'il est inutile de perdre notre temps en conjectures. »

Bien que la plaisanterie fût plutôt médiocre, toute la salle éclata d'un rire malveillant ; mais Ratelot, le pauvre Todd Slade, terrifié, garda les yeux rivés sur le damier. Un avertissement résonnait dans sa tête *Ne quitte jamais le plateau des yeux, pas un seul instant.*

On apporta au comte une chope d'âcre bière brune et, pour amuser les spectateurs, un modèle miniature à Todd ; diverses confiseries furent servies ; ainsi que ce « sandwich cannibale » sanguinolent qui avait autrefois écœuré Annabel. Le comte grignota ces friandises tout au long de la partie, essuyant ses mains poisseuses sur son habit de velours, tandis que Todd se refusait à manger, bien qu'à la vérité il défaillît de faim.

Lorsque la cloche caverneuse du château sonna minuit, la partie commença, et le Maître accorda le premier coup à Ratelot, qui avait l'armée des rouges ; et les oisifs de la cour, y compris la froide comtesse et sa suite, se rassemblèrent autour des joueurs. Avec une certaine hésitation, Todd avança l'un des pions de sa première rangée ; mais fut soudain pris de peur au moment d'en détacher les doigts.

« Allons, allons ! gronda le comte, lâche-le donc ; il y a une limite de temps pour ce genre de stratagème ; quand elle est écoulée, les doigts coupables sont *tranchés.* »

Vint ensuite le tour du comte. Craintivement, Todd leva les yeux pour contempler cette étrange face flasque et verdâtre où transparaissait, tapie sous la hideur de l'apparence, une sorte de noblesse reptilienne. Était-ce ce même personnage qu'Annabel, la cousine de Todd, avait aimé, ou cru aimer sous l'effet d'une hypnose ; était-ce cet être qui avait précipité la ruine des Slade et la dévastation de Crosswicks ?

« Attention ! » siffla la comtesse, avec un certain écœurement.

Car, dans le court instant où il avait regardé le visage du comte en se faisant ces réflexions mélancoliques, son rusé adversaire était parvenu à éliminer du plateau deux des pions de Todd…

Les thuriféraires du Maître gloussèrent de satisfaction. Le comte-crapaud avait agi si vite, Todd était si abasourdi de voir son armée déjà privée de deux pièces, que le jeune garçon ne comprit pas aussitôt ce qui s'était passé.

Une voix sévère retentit à son oreille *Ton seul espoir est de ne jamais quitter le plateau des yeux.* On l'avait clairement averti, pourtant, et, comme un imbécile, il avait oublié.

Naturellement, rien dans l'expression du comte n'indiquait qu'il avait triché, ou qu'il remarquait la consternation de son adversaire.

Pendant quelques minutes la partie se déroula de manière à peu près normale, quoique Todd fût d'une grande lenteur, répugnant de nouveau à détacher ses doigts du pion qu'il avançait ; il se rappelait l'insouciance avec laquelle il avait joué, enfant, se fiant à sa chance et à l'inspiration, lesquelles le servaient souvent, au grand ravissement de son grand-père. Lorsque le comte lui demanda avec bienveillance s'il ne voulait pas une autre boisson, plus adaptée à un enfant, Todd comprit qu'il ne devait pas se laisser abuser ni regarder son adversaire ; il devait se contenter de refuser de la tête sans quitter le damier des yeux. *Je ne me laisserai pas entraîner à ma propre mort. Je dois me concentrer exclusivement sur la partie.*

De son côté, le comte déplaçait ses pions noirs rapidement, feignant l'indifférence et ponctuant chaque coup d'un geste brusque du menton pour inciter Todd à lever les yeux et à le regarder ; mais Todd serrait les dents et ne cédait pas à cet instinct.

Concentre-toi ! lui avait conseillé son grand-père Slade. Seule la concentration te permettra de réussir.

La partie avançait donc lentement. À 1 heure du matin bon nombre de spectateurs grommelèrent qu'elle était devenue « assommante » et que, à ce rythme, on en avait jusqu'à l'aube. La comtesse Camilla osa railler son frère en remarquant qu'il n'était pas moitié aussi bon joueur qu'il s'en flattait puisqu'un enfant de dix ans pouvait le tenir en échec aussi longtemps. « Coup pour coup, et pion pour pion, dit-elle d'un ton provocant, le seigneur de céans et l'humble Ratelot me semblent quasiment de force égale, ni l'un ni l'autre n'étant inspiré par le génie. »

Cette remarque grossière était destinée à contrarier le comte, et atteignit son but ; il masqua son irritation en bâillant, s'étirant et soupirant ; puis sortit de son gilet une bourse de cuir usée, remplie d'une substance à l'odeur acerbe de bay-rum et d'épice. Il plongea ses doigts dans la bourse et les porta à l'une de ses narines, puis à l'autre : le geste classique du priseur ; Todd ne pouvant le regarder directement, ces mouvements le distrayaient ; il céda donc une nouvelle fois à la tentation de lever les yeux.

Pauvre Todd ! Au même instant la main libre du malin bondit sur l'échiquier et enleva si négligemment l'un des pions cruciaux de Todd, défendant sa dernière rangée que, une seconde fois, Todd cligna les yeux, dérouté et perdu. Comment était-il possible qu'on puisse tricher avec une adresse aussi fulgurante – et une telle apparence d'innocence ?

Cette fois encore, tout le monde rit. Même la comtesse eut un rire écœuré. Et le comte éternua gaiement et se moucha de façon répugnante dans son mouchoir ; puis il pressa Todd de jouer – « Car il se fait tard pour toi, mon garçon. Ce sera bientôt l'heure de ton coucher. »

Todd était maintenant à la fois démoralisé et terrifié; la pauvre armée des rouges avait perdu trois pions, sans que l'armée noire subisse aucun dommage; courbé sur le damier comme un vieillard perclus, il sentit les larmes lui monter dangereusement aux yeux; il dut battre rapidement des paupières pour s'éclaircir la vue; mais il n'osa pas s'essuyer le visage de peur que son adversaire n'en tire avantage. Avec une feinte bienveillance, le comte disait que, les dames n'ayant pas la subtilité des échecs, il convenait d'y jouer avec désinvolture. N'était-ce pas la quintessence de l'*enfance* : un jeu d'une parfaite simplicité, dont tous les éléments étaient visibles à l'œil, et où il était inutile de ratiociner? « Que l'on avance un pion rapidement ou après mûre délibération, cela ne fait guère de différence, au bout du compte. »

Todd était si tendu que, lorsqu'il joua enfin et retira sa main du pion, il s'aperçut avec horreur qu'il avait fait une terrible erreur – et qu'il était trop tard pour la réparer.

Concentre-toi! avertissait Winslow Slade.

Ne quitte jamais le plateau des yeux! avertissait le vieux serviteur.

Comme s'il soupçonnait un piège, le comte hésita; puis se décida à prendre non seulement le malheureux pion avancé par Todd, mais un second; qu'il retira cette fois loyalement du champ de bataille.

Sur quoi l'assemblée de thuriféraires et d'oisifs éclata en applaudissements et complimenta le Maître de son exploit.

D'un ton maussade la comtesse dit : « C'était une erreur de l'enfant, et non un "exploit" du comte. »

Todd se rendit alors compte avec effroi qu'il avait peut-être oublié les règles du jeu. À Crosswicks, il jouait avec tant d'insouciance contre Annabel et Josiah qu'il enfreignait souvent les règles, sans que ses cousins s'en formalisent beaucoup.

« Allez, Ratelot, dit le comte, ma petite armée se prépare à sonner l'hallali. Et tu sais que la prudence est inutile. »

Todd tentait de se souvenir : l'objet du jeu était d'« aller à dame » de manière à acquérir plus de force. Et cela avait à voir avec la dernière rangée des pions. Ce souvenir voleta dans son esprit tel un papillon, juste à temps pour lui permettre de jouer – et le coup se révéla heureux, comme s'il avait été mûrement réfléchi.

Dans l'intention manifeste de damer au coup suivant, le comte poussa alors si hâtivement l'un de ses pions dans les rangs dégarnis de Todd qu'il commit à son tour une erreur ; Todd et lui s'en rendirent compte au même moment, mais le comte avait déjà lâché sa pièce et ne pouvait la reprendre.

À moins que ce ne fût un piège ? se demanda Todd, examinant le damier d'un œil fiévreux.

Mais non, apparemment pas. Dans la grande salle lugubre, thuriféraires et oisifs retenaient leur souffle. Todd plaça un pion sur une position stratégique où il barrait la route à deux pions importants de son adversaire et serait en mesure d'en sauter un au coup suivant.

« Chance d'enfant, chance de Ratelot », grommela le comte, tel un enfant contrarié. Car il était maintenant obligé de jouer et de sacrifier un pion. « Eh bien, je vois que notre Ratelot va avoir sa dame, à présent. Mais j'en aurai bientôt une, moi aussi. Il semble que tu aies retardé d'une heure le moment de ton coucher. »

Avec quelle innocence, quelle discrétion, les gros doigts du comte reposaient sur le bord doré du plateau ; mais Todd savait avec quelle rapidité ils pouvaient se déplacer et n'osait détourner le regard.

Dame ! Il avait une *dame*. Il éprouva un frisson d'allégresse, bien qu'il n'eût plus que sept pièces, contre les onze de son adversaire.

Non. Ne lève pas les yeux. NON.

Les minutes passèrent, puis à l'écœurement de beaucoup, une heure entière ; et quand 2 heures sonnèrent, Ratelot, trempé de sueur, n'avait plus que cinq pièces, dont trois dames ; et son adversaire en avait six, dont deux dames seulement. La foule tapageuse des spectateurs s'était faite silencieuse, et l'atmosphère s'était tendue.

« Voici une autre chope, mon frère, dit la comtesse, avec une sollicitude sournoise. Peut-être y trouveras-tu l'inspiration. »

Le comte prit la chope avec irritation, but longuement et, jouant le matamore, avança un pion pour prendre à revers l'un des soldats sans protection de Todd ; mais d'une façon si excentrique que ce devait être une ruse.

Todd étudia longuement la nouvelle position des pièces sur le plateau, sans cependant y trouver de logique. Il comprenait maintenant à quel point ce jeu imitait la guerre : il n'avait pas de logique. Il s'apprêta à déplacer l'une de ses dames, puis hésita ; songea à déplacer le pion isolé, puis hésita ; et réfléchit, le cœur serré. Son adversaire projetait-il une attaque ingénieuse, ou avait-il foncé à l'aveuglette sans voir qu'un adversaire attentif pouvait prendre l'une de ces deux dames en deux ou trois coups habiles… ?

Todd avait une terrible migraine, et la tension faisait palpiter ses paupières !

Comme il regrettait sa vie passée, sa vie d'enfant insouciant, où il avait été si insupportable pour les siens, si cruel même envers sa mère affectueuse, et une épine dans le cœur de son père ; même avec Annabel, qu'il aimait, il avait souvent été grossier. Et il n'avait pas suffisamment admiré Josiah, son cousin exemplaire.

Il n'avait pas assez aimé son grand-père, à qui il n'avait jamais pardonné sa confession humiliante dans le cimetière.

Le comte laissait transparaître une certaine appréhension, car il s'agitait dans son fauteuil majestueux et s'essuyait le visage avec un mouchoir sale. « Ratelot, dit-il doucement, tu n'es peut-être pas du tout un *enfant*.

– C'est un enfant, mon frère ! Juste un enfant. Tu dois te préparer à être battu par un enfant devant témoins. » La comtesse rit de plaisir, découvrant des dents jaunâtres, qui ne retiraient rien à son étrange perfection de masque, mais la mettait au contraire en valeur.

Après une longue minute de délibération, Todd joua, puis le comte ; réprimant un frisson d'appréhension ou un petit cri de joie, Todd tira alors aussitôt profit de l'erreur de jugement de son adversaire – et, en deux bonds fougueux, prit *non seulement une dame mais deux* !

Annabel aurait applaudi cet exploit. Même si Todd avait été en train de la battre.

Incroyablement, il semblait à présent que Ratelot fût tout près de l'emporter contre le maître du château des Marécages. Un silence total se fit dans la grande salle.

« Eh bien, mon frère, tu y vas tout droit, dit la comtesse Camilla, d'un ton aussi euphorique qu'effrayé. Et moi avec toi – car mon sort dépend du tien. *Prends garde.* »

Lentement le comte sortit son abominable blague à priser et, tout en plaçant une petite pincée de l'affreux tabac dans l'une de ses narines, réussit à en souffler un ou deux grains dans la direction de son adversaire ; les yeux de Todd se remplirent aussitôt de larmes cuisantes, et il ne put retenir un éternuement, puis un autre, puis un troisième ; et dans le même instant le comte précipita à terre la dame la mieux placée de Todd.

Toute l'assurance murmura, mais cette fois le murmure n'était pas approbateur ; car même un tricheur se doit d'agir avec élégance et de dissimuler sa malhonnêteté.

Todd saisit aussitôt la situation, et refoula ses larmes d'impuissance et de colère : il avait été joué de nouveau, et de façon véritablement déloyale. Le comte ressemblait à l'enfant gâté qu'il avait été, mais en bien pire, car ses farces étaient fatales.

Todd réussit cependant à se remettre, dans une certaine mesure, poursuivant la partie épuisante de telle façon que personne n'aurait pu se douter que la perte de sa dame l'avait un instant frappé de panique. Dès lors, le maître du château des Marécages et l'humble Ratelot jouèrent avec tant de méfiance, et leurs soldats furent si prudents que la cloche du château sonna 3, puis 4 et finalement 5 heures, sans revirement de fortune significatif. *Qu'il est étrange que je fasse jeu égal avec le diable* – pensa Todd avec humour.

À ce moment-là, seuls les plus robustes des spectateurs n'avaient pas sombré dans un sommeil aviné. La comtesse Camilla s'était résolue à priser, avec sa suite de laiderons, pour se tenir éveillée.

« Déclarerons-nous la partie nulle, mon frère ? dit-elle, dissimulant son inquiétude sous un ton de plaisanterie. Ce ne serait pas déshonorant, mais bien plutôt une sorte de nouveauté dans le royaume des Marécages.

– Non. Jamais de partie nulle.

– Mais…

– J'ai dit *non.* Jamais. Ce Ratelot est une sorte de démon, venu d'une autre sorte de royaume des Marécages ; il n'est pas du tout ce qu'il paraît. Mais je vais le battre – loyalement. Je te le promets. »

Le sang aux tempes, Todd dodelinait de la tête ; ses paupières étaient devenues lourdes. Et, brusquement, il entendit Annabel lui parler à voix basse dans le creux de l'oreille. *Quand tu deviendras un cygne, tu le deviendras pour de bon.*

Il percevait aussi la lassitude de son adversaire, mais se gardait bien de lever les yeux. *Un cygne. Pour de bon!*

La partie de dames se termina enfin, de façon entièrement inattendue, à 5 h 21 ; seules six pièces restaient alors sur le plateau, trois dames dans chaque armée, peureusement repliées dans leurs camps respectifs.

À ce moment-là, pour Todd Slade, la Terre entière s'était réduite aux carreaux qui miroitaient devant lui. Hébété, les yeux cernés, défaillant de faim et d'angoisse, il avait à peu près oublié tout ce qui n'était pas le damier et la partie. Rien ne comptait plus que manœuvres et contre-manœuvres. Dans deux coups peut-être – dans trois sûrement – il pouvait gagner; mieux valait être prudent, faire attention. Si la dame rouge avançait encore d'une case, le roi noir acculé serait forcé de se déplacer latéralement; mais *quid* de l'autre dame noire, placée si stratégiquement ? Aucun dénouement n'était en vue. La partie de dames était interminable, réalisait Todd : *c'était sa vie.* Et s'il faiblissait ou s'effondrait sans connaissance, ce serait sa mort.

Quand précisément le petit page épuisé porta le *coup de grâce**, aucun des spectateurs n'aurait su le dire; et, malheureusement, l'historien que je suis ne peut, lui non plus, reproduire les ultimes coups de la partie, bien que j'aie installé un petit damier sur mon bureau pour la suivre. D'après ce qu'en dit plus tard Todd Slade, la fin survint à l'aube, ou du moins à ce qui en tenait lieu dans le royaume des Marécages, lorsqu'un soleil languide et maladif pénétra dans la salle enfumée; et seuls quelques rares observateurs, dont la comtesse, le visage livide, en furent témoins. Presque aussi épuisé que l'enfant, et passablement gris, le comte fut pris d'un soudain accès de rage contre l'un des limiers qui ronflaient à ses pieds et, poussant un juron, il envoya un solide coup dans les côtes de l'animal, qui détala en jappant de douleur… mais quand le comte reporta son attention sur le damier pour avancer l'une de ses dames, il constata avec consternation que celle-ci avait disparu ; et que les deux qui lui restaient étaient maintenant en danger d'être prises.

« Quoi ! Comment ! Ratelot a… *triché* !

– Il n'a pas triché, mon frère. Je n'ai rien vu.

– Mais, ma dame…

– Elle est à tes pieds, mon frère, où tu l'as toi-même fait tomber. »

Était-ce vrai ? Le comte n'osa pas regarder, de peur que son rusé petit adversaire ne fasse « disparaître » une autre pièce.

Il se prit le front entre les mains. Ses yeux de crapaud étaient exorbités et tressaillaient. Car il lui apparaissait clairement que la partie touchait à son terme, et que Ratelot l'avait battu honnêtement, selon les règles du royaume des Marécages ; et qu'il n'y avait pas d'issue.

Même dans l'ivresse de la victoire, l'enfant rusé s'empêcha de regarder le visage tendu de son adversaire. *Ne faiblis pas*, semblait lui conseiller Annabel, *reste calme et sois sans pitié.*

La comtesse vacillait, et tirait avec un désespoir rageur sur sa chevelure, qui s'était défaite pendant le cours de cette longue nuit. « C'est fini. La partie – notre partie – le château des Marécages – le royaume. La couronne est maintenant aux mains d'un enfant et notre long règne a pris fin.

– La couronne est aux mains d'un enfant », répéta le comte, les yeux rivés sur les pièces solitaires de son armée noire. Pitoyablement, ses yeux protubérants de crapaud s'emplirent de larmes.

Et l'impitoyable Todd Slade sauta par-dessus les deux dames vulnérables de son adversaire, éliminant du damier toute trace de *noir.*

« TU LE DOIS, tu sais. Tu ne peux faire marche arrière. »

La comtesse en personne avait pris la lourde hache pour la mettre de force dans les mains du jeune garçon.

« Tu le *dois.* C'est l'aboutissement de la partie de dames que tu as commencée, dès l'heure de ton arrivée parmi nous. »

Nous en arrivons ainsi au dénouement sanglant : car quand Ratelot, titubant de fatigue, d'appréhension et de répugnance devant l'acte terrible qu'il lui faut accomplir, parvient enfin, après cinq ou six coups maladroits, à séparer la tête du comte de ses épaules et à effacer à jamais sa face de crapaud narquoise, le hall ombreux et ses occupants éberlués s'évanouissent – et le château des Marécages s'évanouit – et les vastes étendues désolées du royaume des Marécages s'effacent ; et Todd Slade se réveille, le cœur battant de vie, sans savoir sur-le-champ si c'est dans son ancien lit de Wheatsheaf ou en un autre lieu.

Il sait seulement en cet instant merveilleux que la Malédiction s'est dissipée et qu'il est en vie – de nouveau en vie.

La mort de Winslow Slade

Dans les annales de médecine traditionnelle que l'historien a eu l'occasion d'étudier, y compris les « études de cas » les plus macabres et les plus invraisemblables conservées au musée Mütter de Philadelphie, jamais il n'a rencontré une mort plus choquante, aussi peu « naturelle » que celle du pauvre Winslow Slade, survenue en pleine vue des fidèles de la première église presbytérienne, le matin du 4 juin 1906.

Ce dimanche-là, le Dr Slade avait prévu de prononcer, en sa qualité de pasteur invité, un sermon intitulé « L'"esprit" et la "lettre" de la loi », une homélie qu'il avait faite plusieurs fois, sous des formes différentes, dans le New Jersey et à Philadelphie, et qui avait toujours reçu un accueil chaleureux ; à la dernière minute, cependant, pour des raisons qui ne furent jamais éclaircies, le pasteur retraité évoqua son intention de remplacer ce sermon par un autre, plus « personnel », mystérieusement intitulé « L'Alliance ».

Naturellement, la plupart des fidèles, de même que la famille de Winslow, notèrent que ce sermon tombait le jour anniversaire de l'enlèvement d'Annabel dans cette église même ; le fils de Winslow, Augustus, évoqua ce point avec gravité, mais son père lui assura que ce « tragique événement » ne ferait qu'insuffler plus d'élan à son sermon ; et qu'il donnerait aux fidèles l'exemple du réconfort qu'apporte la foi chrétienne dans l'épreuve.

« Ce sermon est une chance, Augustus ! C'est ce que Nathaniel semble avoir compris en m'invitant à parler. »

Dans l'église, il fut noté que Winslow Slade paraissait légèrement agité ou distrait ; bien qu'ayant visiblement maigri et vieilli au cours de l'année écoulée, il avait une vivacité nerveuse ; et ses cheveux blancs, son visage rasé de près, sa tenue impeccable étaient fort agréables à voir.

« Ô mes bien-aimés en Christ, écoutez-moi et ayez pitié… »

À peine le Dr Slade commença-t-il son sermon, appris par cœur, qu'il fut saisi de tremblements convulsifs ; assailli par une apparition miroitante, un gigantesque serpent noir : une créature remarquable, à la tête plate cruelle et aux yeux de bronze étincelants, aux écailles irisées scintillant tels de minuscules diamants, qui surgit de nulle part, des entrailles mêmes de l'église ; telle fut la surprise du Dr Slade qu'il ne put fuir avant que l'ignoble créature ne se fût enroulée autour de lui et n'eût poussé – horriblement – sa tête dans sa bouche, comme si elle voulait s'enfoncer tout entière dans sa personne.

Tout cela en pleine vue des fidèles horrifiés, que figeait une sorte de paralysie collective : comme si, les yeux ouverts et rivés sur ce spectacle effroyable, ils ne pouvaient croire ce qu'ils voyaient.

Car le serpent noir, « réel » dans l'effet produit sur sa malheureuse victime, était néanmoins miroitant et transparent ; on voyait au travers de son corps sinueux le mur qui se trouvait derrière. Toutefois, quoique transparent, il projetait une ombre indistincte, à la façon dont les théosophes affirment que le *corps éthérique* projette une ombre invisible pour l'œil ordinaire, mais que distingue l'œil éclairé.

L'historien que je suis n'est pas capable d'évoquer l'horreur collective qui frappa les fidèles, car la terrible créature, qui, selon certains témoins, mesurait de trois à quatre mètres de long, poursuivit implacablement son assaut contre le pauvre homme impuissant ; on eût dit qu'elle voulait s'enfoncer tout entière dans sa victime. Y eût-il jamais attaque plus violente contre un être humain en un lieu aussi sacro-saint ; et par un spécimen diabolique du sous-ordre des serpents ? – y eut-il jamais mort aussi cruelle et aussi abominable ? La chose immonde réussit à s'introduire dans la bouche et dans la gorge de sa victime tandis que le malheureux Dr Slade, se tordant furieusement sur le sol, à côté de la chaire, tentait de l'extirper de ses mains affaiblies afin de ne pas périr étouffé.

Mais le grand serpent noir fantôme ne se laissa pas déloger, et Winslow Slade mourut en l'espace de quelques minutes.

(SOUVENEZ-VOUS que l'action de ce chapitre est simultanée à celle du précédent, dans le royaume des Marécages : l'attaque contre le Dr Slade coïncidant à l'instant de l'exécution du comte par Todd Slade. Que l'un des événements ait précipité l'autre, je ne peux l'affirmer avec certitude ; il semble peu probable que ces événements simultanés ne soient pas liés. Et quel est le lien exact entre ces deux événements, séparés comme ils le sont dans les régions de l'esprit, avec le retour miraculeux à la vie des quatre petits-enfants du Dr Slade ? Devant de tels mystères, l'historien ne peut que lever les mains au ciel en s'en remettant à son matériau pour transmettre un récit, et un sens, qu'il est bien incapable de pénétrer.)

VOILÀ DONC COMMENT Winslow Slade mourut dans l'église même dont il avait été le pasteur bien-aimé pendant de longues années ; il mourut à l'âge de soixante-quinze ans, de ce qui serait diagnostiqué comme un *arrêt du cœur* ; et la vicieuse créature qui le tua semble avoir aussitôt disparu, soit par une porte arrière du bâtiment, soit en se coulant dans la cave par quelque interstice du plancher. La scène fut si confuse, les spectateurs si affolés, le spectacle du mourant luttant contre son démon si abominable – que peu de gens ont tenté d'en faire un récit complet, sans parler d'avancer une explication.

L'historien ne s'étonne pas outre mesure, car c'est monnaie courante dans l'histoire que les témoins aient divergé ensuite sur ce qui s'était, ou ce qu'ils croyaient, s'être produit ; et que, examiné, puis soumis à l'indignité d'une autopsie, le corps du Dr Slade n'ait révélé aucune trace d'agression physique, que ce fût par un serpent ou par autre chose. Parmi les fidèles, Francis Pyne, Abraham Sparhawk et Andrew West, assis dans les premiers rangs de l'église, virent certainement le serpent monstrueux puisque, pris de panique, ils se ruèrent vers la sortie la plus proche, à l'opposé du pupitre ; ils nièrent pourtant avoir vu quoi que ce fût. Andrew West expliqua qu'il s'était précipité dehors, haletant et terrifié, pour chercher de l'aide – le malheureux pasteur Slade souffrant visiblement d'une sorte d'accès de convulsions.

Les jours, puis les semaines passant, la majorité des fidèles finit par se dire que, quand bien même ils auraient assisté à cette attaque cauchemardesque, elle n'avait été qu'un mirage collectif – suscité par le miroitement de grains de poussière tourbillonnant dans un large rayon de soleil, au dessus de l'autel ; ils n'avaient en réalité rien vu de *monstrueux*. Hormis les soubresauts et les convulsions d'un homme à l'agonie.

Par voie de conséquence, avec une légèreté inexcusable, des historiens de l'espèce de Holinger et Tite ont ensuite interprété les quatorze mois de la Malédiction de Crosswicks comme un phénomène exceptionnel d'*hystérie collective*, dont la « panique aux serpents » du séminaire de Rocky Hill aurait été un préliminaire. Quant aux atrocités et aux meurtres survenus dans la région de Princeton, ils auraient été commis par des individus déments mais non surnaturels, dont certains avaient été appréhendés par la police et d'autres non. D'autres commentateurs, parmi lesquels des journalistes du New Jersey et de New York, allèrent à l'autre extrême, en rassemblant des « témoignages oculaires » sensationnels sur l'attaque du grand serpent ; certains de ces récits venaient de personnes qui ne se trouvaient pas dans l'église ce matin-là, qui n'étaient parfois pas même des paroissiens ni d'authentiques habitants du Borough de Princeton.

Un autre aspect du mystère est que, après que le corps du Dr Slade eut été emporté, on ne trouva aucune trace d'un sermon intitulé « L'Alliance » ; seul demeurait le manuscrit intitulé « L'"esprit" et la "lettre" de la loi » ; de sorte que, la confusion et le chagrin aidant, on en vint à douter que ce deuxième sermon eût jamais existé ; et ce, alors même que quelque deux cents personnes avaient vu le vieillard serrer le manuscrit dans ses mains, avant l'attaque du grand serpent, et se mettre à lire d'une voix frémissante, mais néanmoins résolue : « Ô mes bien-aimés en Christ, écoutez-moi et ayez pitié… »

Ce sermon « perdu » devait être découvert, des années plus tard, dans les papiers personnels de l'héritier de Crosswicks Manse, Augustus Slade, lequel avait dû les subtiliser pour les mettre en sécurité, au moment où l'on transportait le corps de son père jusqu'à une ambulance ; il l'avait enfermé dans le coffre familial, comme il l'avait fait du *document dicté par Dieu* de son frère Copplestone, moins d'une semaine auparavant. Et ce précieux manuscrit est maintenant en ma possession, acquis pour une misère dans une vente aux enchères immobilière, et conservé sous clé dans le coffret Laqué-ébène, auquel moi seul ai accès.

(Voir l'épilogue : « L'Alliance », à suivre.)

« La révolution est l'heure du rire »

Était-ce le grand Voltaire qui avait prononcé ces mots provocateurs, comme Upton Sinclair le croyait, ou, comme l'affirmait son nouvel ami et camarade Yaeger Ruggles, le tout aussi grand Victor Hugo ?

« Je m'en remets à tes connaissances, Yaeger, tu es bien plus cultivé que moi ! Une année au séminaire théologique de Princeton, et un préceptorat accordé par Woodrow Wilson, voilà assurément des références impressionnantes ! »

Yaeger Ruggles eut un haussement d'épaules embarrassé. « J'aimerais bien le croire », dit-il d'un ton mélancolique.

Les deux amis se serrèrent la main dans Broadway, au coin de la 31ᵉ Rue, prévoyant de se retrouver trois jours plus tard à un meeting des suffragettes socialistes sur Union Square. (Ils s'étaient rencontrés deux semaines auparavant à la Bowery dans un meeting de soutien du parti ouvrier socialiste aux ouvriers des filatures en grève, où, après un discours fougueux de Maman Jones, Upton Sinclair avait fait un exposé sérieux et documenté ; Ruggles l'avait abordé ensuite en se présentant comme un « farouche admirateur » de *La Jungle.*)

Upton regarda le jeune homme s'éloigner, admirant son maintien et sa dignité, ainsi que son costume inhabituellement bien repassé pour un camarade socialiste ; il s'était senti une fraternité d'esprit avec Ruggles dès leur première rencontre.

Même s'il n'aimait guère l'accent sudiste du jeune homme, associé au conservatisme particulier du Sud, profondément hostile au mouvement ouvrier et aux réformes socialistes en général.

« Il est "métis"… non ? Le pauvre type ! Les Nègres ne l'accepteront pas, parce qu'il est issu du viol de leur race ; et ses frères blancs l'éviteront. Il n'y a que nous, ses camarades socialistes, qui sommes capables de l'apprécier. »

En ce matin du 16 juin 1906, Upton Sinclair se dirigeait vers Penn Station, où il comptait prendre le train de 14 h 25 pour Englewood, New Jersey. Dans la salle d'attente, il s'assit sur un banc et se mit aussitôt au travail, car il n'était pas du genre à perdre son temps – « Comme si on pouvait tuer le temps sans attenter à l'éternité » – il aimait cette remarque de Henry David Thoreau depuis l'enfance.

« La révolution est l'heure du rire » était le titre inspiré du nouvel article sur la transformation socialiste imminente de l'Amérique qu'Upton Sinclair écrivait pour *Everybody's Magazine* ; il y travaillait avec fièvre, car le sujet lui tenait à cœur. *L'homme n'est pas intrinsèquement mauvais,* griffonna-t-il sur une feuille de papier écolier jaune, *mais, sous le règne du Capitalisme, l'immoralisme est systématiquement récompensé. En supprimant le Capitalisme, nous supprimons donc le Mal. Cela a été démontré de façon très probante par…*

À cet instant précis, Upton sursauta et leva les yeux, croyant avoir entendu son nom – *Upton Sinclair!* – à peine audible dans la cacophonie des bruits de la gare. À la façon d'une tortue se recroquevillant dans sa carapace, le jeune auteur se courba sur son travail, car il avait été si souvent harcelé ces derniers temps, du fait de la célébrité (dans les milieux socialistes) ou de la réputation scandaleuse (partout ailleurs), que lui avait value la publication de *La Jungle* qu'il en était venu à redouter d'être remarqué en public ; particulièrement ici, dans Penn Station, où il espérait travailler.

Un nouvelle fois, plus faiblement – *Upton Sinclair !* – mais les mots furent couverts par l'annonce du prochain départ d'un train, voie 19, à destination de Boston et des gares intermédiaires.

Upton se remit à son travail avec une ardeur juvénile. Il y avait tant à faire – *il* avait tant à faire. De véritables tempêtes d'idées soufflaient dans son cerveau, comme celle de cet article pour *Everybody's Magazine*, qui, se disait-il, pourrait être le premier d'une série ; et il devrait bientôt écrire une lettre énergique au *New York Times* à propos d'un éditorial mal informé sur le projet de loi d'inspection de la viande voté la semaine précédente par le Congrès ; et une lettre tout aussi fougueuse au président Roosevelt, qui l'avait invité pour discuter de *La Jungle*, et qui avait profondément déçu, sinon trahi, le jeune socialiste idéaliste. Plus urgent encore, il devait rédiger pour les journaux une déclaration claire et cohérente expliquant la philosophie de sa communauté socialiste utopique, la future Colonie coopérative de Helicon, qui devait voir le jour dans une région rurale boisée des environs d'Englewood, au nord-est de l'État ; à la seule pensée de cette colonie, l'esprit submergé d'idées et de projets, Upton passa en revue les gens qu'il espérait voir venir y vivre avec lui – parmi ses camarades socialistes, son nouvel ami Yaeger Ruggles était celui qui lui importait le plus ; même si le jeune homme n'avait exprimé pour la colonie qu'un intérêt amical assez prudent. (« Des camarades socialistes *vivant ensemble* ? Et ce serait toléré par la population locale ? » avait-il demandé, avec un certain scepticisme; et Upton avait répondu : « Nous sommes aux États-Unis, Yaeger ! Nous pouvons habiter où bon nous semble, pourvu d'en avoir les moyens; et nous pouvons assurément habiter avec qui nous voulons. »)

Et n'y avait-il pas autre chose d'urgent, qu'Upton Sinclair avait promis de faire ? Concernant Meta et le petit David, qu'il n'avait pas vus depuis des semaines ?

« Tant de travail et si peu de temps, murmura-t-il tout bas, fouillant dans sa valise miteuse à la recherche d'une nouvelle feuille de papier, mais le "roi des Muckrakers socialistes" doit relever le défi, comme le prophète Zarathoustra a relevé le sien. »

DEPUIS LA SOIRÉE chez MacDougal où Jack London et Josiah Slade en étaient venus aux mains, et où Upton Sinclair avait été jeté très inélégamment sur le sol dans ce restaurant populaire de Times Square, de nombreux événements inattendus étaient survenus dans la vie d'Upton. L'isolement romantique de la ferme de Princeton où, dans son souvenir, Meta et lui avaient vécu une lune de miel, du moins au début, et où il avait travaillé de façon productive, libre d'écrire aussi longtemps que ses forces le lui permettaient, s'était évanoui à jamais; car UPTON SINCLAIR avait pris sa place, si modestement que ce fût, dans les gros titres de l'époque.

Comme l'observait un éditorial du *New York Evening World*, avec un brin de critique : « Jamais depuis que le jeune lord Byron se réveilla un matin pour se découvrir aussi célèbre que honni, nous n'avons eu d'exemple d'une célébrité internationale conquise en un jour, et *grâce à un livre,* comme celle d'Upton Sinclair; il reste maintenant à voir comment ce jeune auteur socialiste va se comporter. »

Upton avait immédiatement riposté par une lettre déclarant que ce n'était pas à ce séducteur notoire de Byron qu'Upton Sinclair devait être comparé, mais à la figure américaine bien supérieure et plus noble de Harriet Beecher Stowe – « dont le chef-d'œuvre *La Case de l'oncle Tom* a changé à jamais nos vies à tous. »

(Le *New York Evening World* avait eu l'amabilité de publier sa lettre, qui s'étendait sur deux colonnes, ce dont il avait été heureux, quoique assez étonné. Les socialistes étaient accoutumés à être dédaignés, ignorés ou violemment attaqués par la presse ennemie : qu'elle semble coopérer était un renversement surprenant.)

La Jungle continuait à gagner de nouveaux lecteurs, toujours plus nombreux, et à éveiller l'intérêt des hommes politiques ; parmi les plus célèbres figuraient le président des États-Unis et l'honorable Winston Churchill, un Anglais de trente-deux ans, député au Parlement et figure respectée du journalisme anglais, ainsi que l'apprit Upton. (Churchill avait écrit une recension extrêmement fine de *La Jungle* en deux parties pour un hebdomadaire anglais progressiste.) Photographes, journalistes et échotiers peu scrupuleux se pendaient à ses basques ; des rédactions qui avaient rejeté ses articles les plus valables et considéré leur auteur comme un journaleux, l'imploraient maintenant d'écrire pour leurs revues, avec de tels appâts financiers que, dérouté, il était incapable de résister. (« Si seulement j'avais un assistant ! Un serviteur sous contrat ou un esclave – plaisantait Upton avec ses camarades –, je pourrais accepter toutes les commandes, promouvoir notre cause et faire un petit profit par-dessus le marché. »)

Si les ventes de *La Jungle* restaient modestes en comparaison de celles du *Loup des mers* de Jack London, bien plus admiré et divertissant, le roman continuait cependant à caracoler dans la liste des meilleures ventes ; et tant de gens écrivaient à l'auteur qu'il désespérait de trouver le temps de leur répondre. (« Ah, comme Meta me manque ! Avec sa sincérité et sa diplomatie, elle aurait été parfaite pour cette correspondance. ») La plupart des lettres félicitaient Upton pour sa dénonciation du capitalisme et incluaient d'effarants récits personnels sur les blessures, les morts et les humiliations dont était victime la classe ouvrière, mais un nombre considérable d'entre elles contenaient des menaces, voilées ou explicites ; d'autres laissaient transparaître le dérangement mental de leurs auteurs ; et un bon nombre proposaient le mariage, une association commerciale, une nouvelle religion, une communauté végétarienne, etc. Les plus dérangeantes étaient celles qui demandaient ouvertement de l'argent, sans exprimer le moindre intérêt pour *La Jungle* ou pour la fraternité du socialisme.

Il ne se passait quasiment pas de jour sans que l'authenticité du livre, présenté, pour des raisons de prudence juridique, comme un « roman », fît l'objet d'attaques virulentes ; éditoriaux et articles de la presse Hearst, en particulier, s'en prenaient à « l'honnêteté, à la décence et au patriotisme américain » de Sinclair. Upton se sentait obligé de répondre à chacun d'eux. De surcroît, des problèmes d'administration s'étaient récemment posés à l'Intercollegiate Socialist Society, dont il était l'un des fondateurs, et Jack London un ex-président ; pendant le court mandat de London, cette organisation s'était endettée de façon préoccupante. À présent, cependant, Upton Sinclair espérait économiser assez d'argent sur ses revenus, et peut-être faire un emprunt, de manière à verser le premier acompte pour l'achat de Helicon Hall, une ancienne école privée de garçons du New Jersey rural, fermée pour faillite ; son prix total atteignait la somme effarante de trente-quatre mille dollars…

Ces derniers mois avaient été si éprouvants que les ulcères d'Upton étaient réapparus, et que son régime était des plus strict, limité essentiellement à des aliments « blancs » ; au nombre de ses lectures quotidiennes figurait d'ailleurs l'ouvrage populaire du Dr Jeremiah Pym, *Physical Culture, Natural Health.* Ainsi qu'une camarade socialiste lui en avait fait la remontrance : « Que tu ne puisses digérer le moindre repas sans souffrance et continues à maigrir comme tu le fais ne contribuera pas avancer la cause de la révolution. Nous avons besoin d'*orateurs vigoureux,* pas de *martyrs repentants.* »

Nombreuses étaient en effet les femmes, jeunes et moins jeunes, qui imploraient Upton Sinclair de s'accorder plus d'attention, dans l'intérêt de la révolution ; et qui offraient de le nourrir, et même de l'aider à se vêtir ; parfois même de « rafraîchir » sa coupe de cheveux, qui en avait grand besoin.

(« Si Meta le savait, elle me traiterait peut-être avec moins d'indifférence ! Elle serait peut-être jalouse ! Et n'aurait pas autant de mépris pour son mari. »)

Le succès financier de *La Jungle* avait eu pour résultat le plus immédiat de permettre d'envisager la création de la Colonie communautaire de Helicon à brève échéance, sans être contraint à attendre des années, comme Upton l'avait craint. (Naturellement, Upton devait soutenir financièrement Meta et leur enfant, quand il s'en souvenait ; dans l'intervalle, il trouvait que sa femme et son fils vivaient fort bien chez les parents de Meta, dans leur maison de brique rouge de Staten Island, et n'avaient guère besoin de son intervention.) Upton Sinclair avait cependant commis une bévue malheureuse en termes de « relations publiques : en livrant à la presse une déclaration écrite à la hâte sur le sujet de la Colonie…

> La Colonie de Helicon sera une tentative utopique de vie coopérative au sein de l'État capitaliste : démocratique dans ses principes et ses pratiques; appliquant réformes, expérimentations et théories radicales d'éducation, et ouverte à toute personne de bonne moralité, saine d'esprit et non atteinte de maladie transmissible.

Il s'était attiré quantité de railleries et de critiques, dont il craignait de ne pas se débarrasser de sitôt, les journaux faisant des gorges chaudes de ses précisions relatives aux « maladies transmissibles » et à la « santé mentale ».

(Upton Sinclair ne pouvait en effet imaginer l'usage répété qui serait fait du spectre comique de la « maladie transmissible » pour tourner en ridicule son entreprise idéaliste; ni que les mots « toute personne » seraient employés pour insinuer que la Colonie de Helicon prônait le « mélange des races » aussi bien que l'« amour libre » et l'« athéisme »[1].)

1. L'historien hésite à indiquer ici, alors que ma chronique approche de sa fin et que je dois condenser des informations vitales, que, en dépit des intentions zélées d'Upton Sinclair et de ses idéaux élevés, la presse de caniveau l'accuserait régulièrement d'avoir créé sa communauté dans le but exprès de s'entourer d'un harem de « femmes socialistes amorales ». Sinclair devait protester avec courage et obstination contre ces mensonges, s'efforçant de conserver au mieux sa dignité naturelle; jusqu'au moment où la Colonie de Helicon fut entièrement détruite par un incendie, le matin du 7 mars 1907; le malheureux jeune homme (qui avait été blessé dans l'incendie) fut alors en butte à des rumeurs diffamantes, dépourvues de fondement, accusant ses camarades et lui d'avoir allumé l'incendie pour toucher l'indemnisation de l'assurance et n'avoir pas à payer les sommes qu'ils devaient aux artisans locaux. (Cela, alors qu'une dizaine d'individus cagoulés et vêtus de robes blanches avaient fait brûler une croix devant la demeure quelques jours à peine auparavant.) Dans cette débâcle, le nouvel ami et camarade d'Upton, Yaeger Ruggles, lui serait d'une grande aide, même s'il ne devait plus jamais reparaître dans le New Jersey, ayant lui aussi été blessé dans l'incendie, et l'accusation dangereuse de « mélange des races » lui étant accolée comme une flétrissure au front.

« C'est donc cela la "célébrité", se disait Upton dans Penn Station, subir des attaques incessantes au-dehors et, au-dedans, avoir le cerveau en ébullition, un pouls accéléré et un malaise permanent dans les régions méridionales du ventre, au point d'en perdre le sommeil. »

L'UNE DES CONSÉQUENCES les plus remarquables de la célébrité du jeune socialiste fut une invitation à déjeuner à la Maison-Blanche en compagnie du président Teddy Roosevelt et de son fameux *tennis cabinet* ; car cette invitation tant attendue arriva bel et bien ; et le jeune auteur, qui, la veille encore, écrivait des blagues à un dollar pièce pour *Jude, Puck, Graham's* et *Life*, et craignait de prostituer son génie en grattant des romans de gare sous divers pseudonymes (« Benjamin Frankman », « Horatio Linkhorn ») à côté de ses virulentes diatribes socialistes, se retrouva au cœur du pouvoir politique, dînant en splendide compagnie.

Meta s'en mordra les doigts quand je lui apprendrai la grande nouvelle, pensa-t-il, en mettant dans sa vieille valise fatiguée plusieurs exemplaires de ses livres précédents, qu'il comptait offrir au président, *je suis certain qu'elle aurait aimé m'accompagner en qualité d'épouse.*

Néanmoins, une fois passée l'excitation du voyage en train et de l'arrivée sous l'immense voûte de la gare de Washington, une fois qu'il eut marché jusqu'à la Maison-Blanche, pénétré dans la salle à manger privée du président, serré la main cordiale de « Teddy » et été présenté à ses assistants, le jeune auteur

Surmonter cette catastrophe prit du temps, néanmoins Upton Sinclair s'en remit et, avec un optimisme inentamé, il attendit avec impatience la publication, en 1908, de son nouveau roman, *Métropolis*, qui, de l'avis de tous ceux qui avaient lu le manuscrit, accomplirait le rêve socialiste que *La Jungle* avait suscité mais non réalisé en 1906.

commença à éprouver les prémices d'une déception : car bien que fort affable et se déclarant tout disposé à *en faire voir de rudes aux industriels de la viande,* comme il le dit vigoureusement, Roosevelt n'eut pas à l'égard d'Upton Sinclair et des socialistes en général l'attitude qu'Upton avait espérée.

Et le déjeuner lui-même, dont il s'était fait une joie d'enfant, se révéla l'une des pires épreuves de sa vie d'adulte.

À midi précis, les convives prirent place autour d'une longue table dont le président Roosevelt occupait le haut bout et son principal assistant, le bas ; ils furent servis par des serveurs nègres, apparemment muets, dont l'impeccable uniforme blanc soulignait théâtralement la noirceur ; toute la tablée, exception faite d'Upton Sinclair, se jeta sur la nourriture avec une voracité consternante, comme si elle sortait de plusieurs jours de jeûne ; et Teddy mangea, et parla… parla sans interruption.

« La peste soit des sénateurs de la vieille garde, déclara le président, abattant si violemment son poing sur la table que les couverts tintèrent contre la porcelaine, je sais ce que je sais, et on n'en conte pas à mon estomac. C'est une viande avancée, avariée et carrément véreuse qui nous a été livrée alors que nous servions notre nation à Cuba ! Trahison ! Cet escroc d'Armour aurait dû être pendu ! Les industriels de la viande auraient dû être pendus ! Enduits de goudron et de plumes, brûlés et pendus pour *trahison en temps de guerre.* Et voici que ce courageux jeune homme, M. Sinclair, nous dévoile qu'Armour & Co font des profits en fourrant des crottes de rat, des fœtus et des queues de vaches, des globes oculaires, toutes sortes de nerfs, d'entrailles et d'excréments, et même des doigts et des orteils humains, bon Dieu, dans des aliments de base de la famille américaine tels que le Deviled Ham – le pâté de jambon de mon enfance ! – assaisonné, si on peut dire, des expectorations de métèques tuberculeux ! Aussi longtemps que Teddy Roosevelt occupera la Maison-Blanche, pareille trahison ne sera pas tolérée. »

Ce discours s'accompagna de tant de grimaces et de coups de poing sur la table qu'Upton Sinclair, contemplant son hôte avec stupéfaction, serrait les dents pour ne pas sursauter. Comme le président ressemblait à Jack London, et à Mère Jones : *harangueur,* tel devait être le qualificatif à la fois impoli et admiratif, un talent qu'on acquérait sûrement dans le ventre de sa mère. Teddy avait la voix si braillarde qu'Upton, assis près de lui, se serait volontiers bouché les oreilles – ce qu'il ne fit pas, naturellement. Il était stupéfiant pour lui, toujours réservé et mesuré même dans le milieu socialiste, et toujours enclin à céder la parole quand on l'interrompait, de voir quelqu'un pour qui la parole était une sorte d'expectoration continue ; de constater que le « Teddy » truculent des journaux à sensation et de l'imagination populaire était un personnage réel, tenant de la caricature. (Mais aucun caricaturiste n'aurait pu lui rendre justice, Upton s'en rendait compte.) Le président était apparemment accoutumé à distraire son auditoire et lui-même avec ces numéros mi-sérieux, mi-comiques : bourru, fanfaron, excessif et exagéré, une voix aiguë et perçante tranchant avec son visage empâté ; indifférenciable, le contenu de ses propos excepté, des imitations de « Teddy » auxquelles se livraient pasticheurs et comédiens de music-hall.

Lorsque le président cessa enfin de déblatérer pour baisser le nez sur son assiette et manger, tout ce qu'il avait dit fut approuvé, chaleureusement quoique sans enthousiasme, par son vice-président M. Charles Fairbanks, son camarade républicain M. James Garfield et son assistant M. Francis Leupp, ainsi que d'autres, qui tous parurent avoir écouté sa sortie avec attention, comme s'ils l'entendaient pour la première fois. Le cordial M. Fairbanks eut la prévenance, ou l'humour, de déclarer à Upton Sinclair que les révélations « écœurantes, honteuses et révoltantes » de *La Jungle* ôtaient beaucoup au plaisir du repas du jour ; l'auteur végétarien nota cependant que ces messieurs dévoraient leur rosbif cru avec un appétit inentamé.

Pourquoi *les êtres humains s'obstinent-ils à manger des animaux ? Est-ce pour ne pas se dévorer les uns les autres ?* – se disait Upton, buvant son eau dans un verre en cristal tandis que, autour de la table, tous les autres convives dégustaient une bière brune à l'odeur âcre.

D'un ton inquisiteur, qui mit Upton Sinclair très mal à l'aise, le président lui demanda pourquoi il avait choisi les abattoirs de Chicago pour son enquête, et « pourquoi diable » il s'était infligé l'épreuve de séjourner sept semaines à l'hôtel Stockyards ; mais quand Upton tenta d'expliquer que c'était sa sympathie pour les ouvriers, notamment d'origine étrangère, et un intérêt plus général pour la fraternité socialiste et le mouvement végétarien qui l'avaient motivé, plutôt qu'un intérêt pour les seules conditions sanitaires des usines de conditionnement, le regard du président sembla se faire distant derrière les verres miroitants de ses lunettes ; et un moment plus tard, d'une façon qui aurait pu être jugée grossière dans d'autres circonstances, le président interrompit son invité d'un gros éclat de rire et d'un retentissant coup de poing sur la table parce qu'il venait de se rappeler une viande que ses Rough Riders et lui avaient été forcés d'avaler la « veille même » de la grande bataille de la colline de San Juan.

« Avancée, avariée et carrément véreuse, c'est moi qui vous le dis ! » – et il enfourna un morceau de rosbif dégoulinant.

Il s'ensuivit une évocation divertissante de ses souvenirs à la tête de ses célèbres Rough Riders, unité de cavalerie qui avait participé à plus d'escarmouches que le pacifiste Upton Sinclair n'en avait connaissance. Le président semblait particulièrement fier de ce que son unité avait subi un nombre élevé de pertes – « Beaucoup plus que la moyenne, monsieur ! » – et qu'elle ait connu de « sales moments » pendant les dix semaines de cette « splendide petite guerre » contre les scélérats espagnols. « C'est ce satané "bœuf embaumé" qui nous a coûté le plus de victimes, dit-il d'un air sombre, et maintenant que je suis installé dans cette bon Dieu de Maison-Blanche, Armour l'Escroc a intérêt à bien se tenir. »

Profitant d'une accalmie bienvenue dans la conversation, alors que ces messieurs goûtaient une nouvelle bière, encore plus sombre et plus âcre, Upton aborda le sujet du triste sort « des ouvriers et des ouvrières » du pays, qu'il jugeait inacceptable en regard des profits énormes de leurs employeurs capitalistes. Le président et ses assistants ayant vraisemblablement lu *La Jungle*, ils étaient maintenant bien informés sur les conditions de travail à Chicago et souhaiteraient certainement proposer une législation afin d'y apporter remède sur-le-champ ; ils devaient néanmoins savoir que dans les autres abattoirs du pays la situation était peut-être pire encore ; et le niveau des salaires souvent inférieur. Quant à la cruauté envers les animaux – voilà ce que des gens de bien ne pouvaient assurément pas tolérer… Upton parlait avec de plus en plus de passion, au point que sa voix en tremblait. « Pensez aux misérables conditions de travail dans les usines du trust du cuivre, du trust de l'acier, du trust de l'étain, et dans toutes les autres. Comment peut-on tolérer, monsieur le président, alors que nous dînons dans cette pièce élégante, que des enfants de six et sept ans triment dans des usines toutes proches, notamment de l'autre côté du fleuve, dans le Maryland, et que leurs propriétaires inhumains estiment de leur droit de renvoyer tout ouvrier qui demande à travailler douze heures par jour au lieu de quatorze. Et… »

À ce point, Roosevelt l'interrompit avec une telle véhémence que des postillons jaillirent de ses lèvres. « Et n'oubliez pas, monsieur Sinclair, le trust de la construction navale, cette hydre, ce nid de traîtres, présidé avec une indécente fatuité par Hale, le sénateur du Maine ! » Suffoquant d'indignation, le président repoussa son assiette et entreprit de se nettoyer les dents à l'aide d'un cure-dents en or. D'une voix aiguë et entrecoupée, il s'écria : « Messieurs, je vous donne le sénateur Hale ! Le scélérat le plus malveillant par nature et par essence à qui le Tout-Puissant ait jamais accordé de vivre sur cette terre ! L'obstruction à laquelle il se livre à mon égard est criminelle – les mensonges et les calomnies qu'il invente, en prétendant que je le "crains" ! Ce traître conspire avec mes ennemis à Washington, il compte que le trust de la construction navale "vogue gaiement" sur ma tombe. Hale devrait être pendu, monsieur ! *Ils devraient tous être pendus.* »

Tous les convives manifestèrent bruyamment leur approbation, à l'exception de l'invité abasourdi ; et la discussion porta sur d'autres traîtres, roulant comme une eau sale sur la nappe de lin blanc, elle-même généreusement éclaboussée de taches et salissures : des gens aussi divers que James J. Hill, J. P. Morgan et George F. Baer, d'une part ; et David Graham Phillips de l'autre. (Phillips, un collègue respecté d'Upton, était l'auteur d'une série d'articles courageux, « The Treason of the Senate », qui paraissaient alors dans *Cosmopolitan* ; l'une de ses cibles de choix était le sénateur Hale du Maine.) Semblant avoir oublié son invité d'honneur, le président se lança dans une dénonciation courroucée de la *tribu des remueurs de boue*...

Il était dans l'intention d'Upton, ainsi qu'il avait déclaré à ses camarades de New York, d'aborder le sujet d'une législation immédiate protégeant les ouvriers et garantissant une sorte de salaire minimum absolu ; car il aurait été regrettable que ses efforts n'aboutissent qu'à la seule « protection » des mangeurs de viande américains. Mais il lui était apparemment impossible de placer un mot dans la conversation ; non seulement Upton Sinclair était interrompu ou ignoré, mais il était devenu invisible ; et une bonne partie de la discussion portait sur des sujets, ou des individus, démocrates et républicains, dont il ne savait rien. Il continua donc à siroter sombrement son verre d'eau, méditant sur la triste ironie qu'il y avait à être enfin à la Maison-Blanche, invité par le président, et cependant aussi impuissant que jamais. « J'étais bien mieux dans ma petite cabane pittoresque de Princeton, songea-t-il, quand je travaillais à *La Jungle*… pendant que Meta préparait un dîner délicieux et s'occupait du petit David. Ah, nous étions heureux alors ! »

Au bout d'une heure le copieux déjeuner fut déclaré terminé, car, comme le dit Roosevelt d'un ton sévère : « Certains d'entre nous ne se contentent pas de *gribouiller*, monsieur… Ils travaillent. » Avec plus de cordialité, le président déclara en riant à ses amis qu'ils ne pouvaient passer la journée à « lantiponner et fainéanter » à leur gré. Il serra la main d'Upton avec tant de vigueur que les dents du jeune auteur s'entrechoquèrent : « Rudement gentil de votre part d'être passé, monsieur ! s'exclama-t-il. Très aimable ! Et quand nous nous reverrons, j'espère que ces satanés conditionneurs auront été mis à genoux, comme les bœufs à l'abattoir, et ce scélérat de Hale, pendu haut et court ! »

LE 26 MAI 1906, les journaux annoncèrent en fanfare que le projet de loi de Roosevelt sur l'inspection fédérale de la viande, connu ensuite sous le nom de loi sur l'Inspection des viandes, avait été voté par le Congrès après de longues querelles ; et quasiment tous les éditoriaux consacrés à ce sujet controversé parlèrent du « triomphe » du jeune Upton Sinclair : cela ne prouvait-il pas en effet que la justice pouvait prévaloir, et que « la plume avait plus de force que l'épée » ?

Seuls les camarades socialistes d'Upton Sinclair comprirent l'apathie avec laquelle le jeune auteur prit cette nouvelle, et son sentiment d'avoir été trahi – dont il n'osait parler aux journalistes qui l'assaillaient. Cet événement lui inspira pourtant la seule phrase pour laquelle il reste connu, en dépit d'une carrière longue et héroïque, et d'une production impressionnante et passionnée comptant presque une centaine d'ouvrages : « Je visais le cœur de l'Amérique, et je n'ai atteint que son estomac. »

À PRÉSENT, dans le vacarme de la gare de Penn, courbé sur son bloc-notes, le jeune homme épuisé écrit son article pour *Everybody's Magazine*, aussi vite que le lui permet sa main endolorie. Il vient de lui apparaître que, en fin de compte, la figure de style saisissante qu'il a empruntée à Voltaire – ou, plus probablement à Hugo, puisque tel est l'avis de Yaeger Ruggles – ne convient peut-être pas à son propos, car *la révolution est l'heure du rire* est un concept qui risque de dépasser ou d'offenser le lecteur moyen d'*Everybody's* ; et Upton redoute d'être mal compris une fois encore. Sans compter qu'il y a fort peu matière à rire en ce moment, car les banderoles rouges de « Big Bill » Haywood, déployées il y a quelques jours à Paterson, New Jersey, annoncent sûrement des violences à venir.

Upton a été particulièrement blessé de lire dans la presse ce matin-là les propos tenus par le président Roosevelt contre les « journalistes jaunes » et les *muckrakers*, acharnés à « semer la discorde dans le pays ».

Upton barre donc son titre inspiré. Mais il est incapable d'en trouver un autre.

Il entend *Upton Sinclair!* dans le brouhaha et le vacarme continuel de la gare, et bande ses forces pour résister ; car il sait que c'est un fantôme qui l'appelle et qui se moque de lui ; un simulacre de son propre moi dans un avenir impénétrable. Il n'ose pas lever les yeux ; il doit garder le regard baissé sur sa feuille de papier ; il doit se concentrer pour sauver sa vie ; s'attacher à couvrir la longue page blanche de son écriture serrée, puis la retourner, de façon à utiliser chaque centimètre d'espace sans rien gâcher ; et puis sortir une autre feuille de sa valise, et une autre encore. Upton Sinclair est si absorbé dans son travail que les aiguilles de la grande horloge, au centre de la gare, indiquent maintenant 2 h 48 – ce qui signifie que le jeune auteur a manqué son train pour Englewood, ce dont il mettra encore quelques minutes à s'apercevoir.

Mais cela n'a rien de véritablement inquiétant, car un autre train à destination du New Jersey arrivera d'ici une heure ou deux ; et cette fois Upton Sinclair veillera à ne pas le manquer.

Le miracle de Crosswicks

La Malédiction semblait donc s'être enfin dissipée, et Annabel, Oriana et Todd, les trois petits-enfants Slade ensevelis dans le mausolée familial, sortirent de leur immobilité de pierre au début de l'après-midi du 4 juin ; et, aux antipodes de la Terre, dans l'océan Austral, dans la cale roulante et tanguante du *Balmoral,* Josiah revint à la vie, à la stupéfaction du capitaine Oates et de son équipage, qui jureraient que, ayant gelé dans l'océan, il ne pouvait qu'avoir péri.

Un miracle, dirait-on – ou plutôt, des miracles. Et directement liés à l'aventure de Todd Slade dans le royaume des Marécages et à la mort de son grand-père à Princeton. Les historiens ont néanmoins tenté de trouver des causes « naturelles » à ces événements uniques, arguant que l'on s'était trompé sur les causes originelles de leur mort. Car les jeunes personnes ensevelies dans le mausolée des Slade pouvaient avoir été victimes d'une forme rare de catalepsie, ou d'une souche relativement bénigne de la maladie du sommeil laotienne ; peut-être même, hypothèse avancée dans l'ouvrage anonyme, *Meurtres vampiriques dans le Princeton d'autrefois*, avait-on affaire à une forme insidieuse de mesmérisme.

« Car le fait même que ces jeunes gens soient maintenant *vivants* entraîne par nécessité qu'ils ne soient jamais *morts* » – tel fut le verdict du Dr Hiram Hastings, de la faculté de médecine de Harvard, appelé à Princeton pour donner son diagnostic d'expert sur le sort étrange de trois personnes, de la même famille, « revenus à la vie » en même temps dans leur tombeau familial. (Ce fut Todd qui hurla le plus fort, attirant l'attention du gardien du cimetière de Princeton, terrifié, qui n'en crut pas ses oreilles, puis qui n'en crut pas ses yeux ; et qui ne se remettrait jamais entièrement de son saisissement.)

La conclusion mûrement réfléchie du Dr Hastings fut que les jeunes Slade avaient sombré dans un état comateux, avec suspension de la respiration, des battements de cœur et d'autres fonctions vitales ; mais que des médecins responsables auraient dû déceler la vie et une forme d'activité cérébrale en dirigeant un faisceau lumineux sur leurs yeux, dont la pupille aurait eu un réflexe involontaire trahissant la vie. Quand il sut que des médecins réputés de Princeton, et notamment les Dr Boudinot père et fils, avaient « longuement examiné » leurs patients avant de conclure à leur mort et de signer leur acte de décès, le médecin de Harvard dit, avec un sourire amusé : « Certes. Mais nous sommes à Princeton, voyez-vous, et non à Boston, Massachusetts, où le niveau médical est plus élevé. »

Josiah Slade n'avait apparemment pas « gelé » dans les eaux de l'océan Austral, mais, soumis à une température extrêmement basse aussi brutalement, son corps avait réagi en revenant à un état quasi prénatal, ressemblant à l'hibernation ; chez lui aussi, il y avait eu suspension de la respiration, des battements cardiaques et des fonctions vitales, et le capitaine Oates ainsi que son médecin (qui avait en fait abandonné ses études de médecine à l'université de Columbia) n'avaient examiné que superficiellement le corps « gelé » avant de le déclarer mort et de le faire déposer dans la cale, enveloppé dans une bâche, en attendant qu'il puisse être enterré, à la fin de l'été, quand le *Balmoral* regagnerait le port de New York.

(Bien que s'étant réveillé en même temps que les autres, Josiah ne rentra à Princeton qu'à la fin d'août, le *Balmoral* ayant poursuivi son expédition dans la région antarctique, comme prévu.)

Josiah avait lui aussi terrorisé ses compagnons de bord en criant et en martelant de ses poings la porte de la cale. Aucun des membres de l'équipage ne voulant lui ouvrir, il avait fallu appeler le capitaine ; lequel, comme le gardien du cimetière de Princeton, ne se remettrait jamais entièrement de son saisissement. Il semblerait que le capitaine Oates ait abandonné le métier de la mer peu après, pour disparaître dans les régions montagneuses de l'État de New York et dans l'anonymat d'une vie exclusivement terrienne.

Fort heureusement, aucun des jeunes gens ne se rappelait les circonstances de sa « mort », non plus que son exposition funèbre ou son ensevelissement. Tous avaient l'impression confuse d'avoir dormi profondément sans éprouver le désir d'être réveillé. Car le sommeil ne leur accordait-il pas, selon l'expression de Macbeth, de « démêler l'écheveau embrouillé du souci » ; n'avaient-ils pas échappé à un temps de chagrin pour retrouver, à leur réveil, un semblant de leur ancien bonheur ?

Annabel ne devait jamais se rappeler avoir « donné le jour » – mais il lui arriverait de voir en rêve un « bébé fantôme » aux traits indistincts, dont l'identité lui était totalement inconnue.

La plus jeune, Oriana, quoique plus douce et plus réservée encore que dans sa vie précédente, éclatait parfois d'un rire nerveux ou fondait en larmes aux moments les plus imprévisibles ; elle ne se rappelait pas sa chute du haut d'un toit de

Wheatsheaf, mais parlait avec émerveillement de son envol vers le ciel, du mouvement de ses « ailes aux plumes blanches », de la joie de flotter sans poids dans les airs. Son compagnon était un épervier de nobles proportions, disait-elle ; un épervier femelle, semblait-elle savoir, aux yeux « d'or » – « J'aurais voulu voler avec elle éternellement ! Mais mes ailes n'étaient pas assez puissantes, et elle a poursuivi sa route sans moi ; et j'ai dû revenir à la maison. »

Todd se remit lentement de son épreuve, car il avait énormément maigri depuis sa « mort » ; il stupéfia ensuite toute sa famille avec son souvenir du royaume des Marécages, ainsi qu'il l'appelait – un pion de dames noir, en bois sculpté ; une pièce très ancienne, semblait-il, que sa main étreignait quand il s'était réveillé dans les ténèbres de la tombe.

Peu à peu, les semaines passant, Todd retrouva en partie la mémoire et, encouragé par Annabel, il lui dicta son histoire afin que tous puissent savoir ce qu'il avait vécu – récit qui a été inclus ici intégralement, dans le chapitre intitulé « Une partie de dames ». Todd repoussa comme une insulte l'idée qu'il ait pu se « figer » et tomber dans un état comateux alors qu'il était sur la tombe de sa cousine et de sa sœur ; il soutint qu'il n'était pas du tout dans le cimetière à ce moment-là, mais dans la bibliothèque de son grand-père, dont il se rappelait vaguement la cheminée, et le passage secret par lequel il s'était glissé. (Cependant, quand Todd et Annabel examinèrent cette cheminée, toutes les briques étaient en place, aucune n'était descellée ni susceptible de l'être. « C'est un mur de briques parfait, remarqua Annabel. Personne, pas même un serpent, ne pourrait se glisser au travers. »)

Après le traumatisme de sa « mort », Annabel Slade redevint peu à peu elle-même ; elle ne retrouverait pas la beauté de sa jeunesse, qui avait peut-être été aussi fragile et fugitive que les roses du jardin de sa mère, mais acquit un air de sensibilité plus réfléchi, quoique légèrement ironique ; son front était marqué de fines rides soucieuses, gravées ineffaçablement ; son sourire n'avait plus sa spontanéité d'autrefois, il était hésitant et prudent. Annabel se méfiait désormais du bonheur – jusqu'à avoir la preuve qu'il était véritable. Des quatre petits-enfants, ce fut elle qui souffrit le plus d'amnésie ; elle ne se rappellerait quasiment rien du long récit fait à sa famille, et noté par Josiah dans le précieux carnet Moiré-turquoise ; par bonheur, elle n'avait aucun souvenir de sa grossesse grotesque ni de ses suites. La jeune femme s'était réveillée avec l'esprit si confus que, ramenée à Crosswicks Manse, dans un cadre familier, elle ne cessa de répéter qu'« elle savait qu'elle ne devait pas épouser Dabney Bayard, mais qu'il lui fallait rompre ses fiançailles sur-le-champ » – comme si elle se croyait toujours en 1905, quelque temps avant le 4 juin. « Dabney ne m'aime pas, je le sais. Il aime le nom que je porte, il aime ce domaine. Peut-être même n'aime-t-il pas les femmes, en général – en tout cas, il ne m'aime pas, moi. Et je ne l'aime pas, je n'éprouve rien pour lui qui ressemble à mes sentiments pour vous ou pour Josiah. Et même si je dois vous décevoir et vous irriter, chers parents, je ne crois pas avoir envie d'épouser qui que ce soit. »

Henrietta et Augustus furent sans doute transportés de joie en voyant leurs prières (naïvement optimistes) exaucées : leur fille bien-aimée leur avait été rendue *telle qu'elle avait été* ; c'est-à-dire innocente et, en un certain sens, vierge ; car n'ayant été coupable de rien, Annabel ne pouvait pas davantage être l'épouse illégitime d'Axson Mayte qu'elle ne l'avait été du lieutenant Bayard. (Leur mariage avait été annulé, et donc effacé du registre paroissial.)

« Je ne vous quitterai plus jamais, chers parents, dit gaiement Annabel… ou du moins, je ne quitterai jamais le New Jersey. Cela, je vous le promets. »

Des quatre petits-enfants, le cas le plus curieux d'un point de vue clinique était celui de Josiah. Il était certain que, pendant ce séjour dans l'« autre » monde, dans son fond de cale, il n'avait jamais cessé d'être conscient ; considéré comme mort, il avait certes été plongé dans un profond sommeil, mais avec d'imperceptibles signes de vie. L'aboiement des chiens près de sa tête, le hennissement des chevaux, les craquements du navire… n'avaient été que des fantasmes dans ses rêves, mais d'une extrême réalité. Il se rappelait distinctement sa sœur en détresse, sur une banquise de l'océan Austral ; il se rappelait qu'elle l'avait appelé, et qu'il s'était précipité à son secours – mais ses souvenirs s'arrêtaient là. Son extrême amaigrissement mis à part, il avait été revigoré par ce sommeil ; et, pendant ce sommeil, ses « voix » mauvaises s'étaient évanouies. Réveillé de son enchantement, Josiah estimait être de nouveau pleinement lui-même, ce qu'il n'avait pas été pendant un an ou plus ; et il ne fut plus jamais assailli par ces pensées étrangères, qui avaient fait de sa vie un véritable enfer.

« Le premier acte de mon retour à la santé mentale a été de renoncer à la folie de cette expédition australe, si mal financée et si mal organisée ; quand les hommes sont descendus à terre, sous la conduite d'Oates, je suis resté en sécurité sur le *Balmoral* avec quelques marins pour écrire mon journal et rassembler mes esprits. Des hommes sont morts dans cette région polaire – tous les poneys sont morts, et la moitié des chiens – Dieu sait ce que les survivants ont dû faire pour survivre pendant ces mois terribles. Mais ils ont survécu. Et nous sommes tous revenus dans le monde civilisé, à peine un peu plus tard que prévu. »

À sa famille, et à Annabel en particulier, Josiah promit de ne plus jamais s'embarquer pour *terra incognita* – « Il y a l'inconnu intérieur, qui suffit amplement. »

BIEN QUE *MAUDITS* soient une chronique se limitant essentiellement aux événements des années 1905 et 1906, je crois nécessaire d'évoquer ce qui suivit immédiatement ce joyeux été 1906 où tous les Slade furent réunis, exception faite du malheureux Copplestone. Dans la même année, par une série de hasards heureux, Josiah et Annabel rejoignirent la colonie coopérative de Helicon, dans les environs d'Englewood ; car Josiah avait repris contact avec Upton Sinclair, lors d'un meeting de l'Intercollegiate Socialist Society à New York, et noué des liens avec le jeune organisateur, qu'il présenta à Annabel, puis finalement à Wilhelmina Burr, laquelle rejoignit la colonie un peu plus tard. (Quand Annabel et Wilhelmina se revirent enfin, pour la première fois depuis le matin du mariage d'Annabel, Wilhelmina fondit en larmes et déclara qu'au fond de son cœur elle n'avait jamais cru son amie morte ; elle savait que d'une façon quelconque, inconcevable pour notre esprit, elle était toujours en vie. « Et maintenant, j'espère te garder toujours à portée de ma vue, promit Wilhelmina, ou, en tout cas, à portée de mon amour. ») Vint également vivre à la colonie l'ancien séminariste Yaeger Ruggles, devenu fervent socialiste, qui se lia de solide amitié avec les trois jeunes gens, et dont les idées particulièrement « radicales et révolutionnaires » allaient de l'organisation syndicale à l'agriculture, de l'autogestion des usines à une éducation et un logement « sans considération de race » ; des idées malheureusement très en avance sur leur temps.

La Colonie de Helicon se composait de plusieurs bâtiments à charpente de bois stuquée, dont l'un, l'ancien dortoir des élèves, avait dû être restauré pour la communauté ; la propriété comprenait quatre-vingts hectares de terres fertiles, mi-champs, mi-bois, s'étendant d'Old Jericho Road au nord-ouest jusqu'au-delà de Lockwood Gorge. La colonie devait se révéler, du moins dans ses débuts, une retraite heureuse pour ces jeunes gens idéalistes, qui, selon leurs termes, avaient soupé de la bonne société bourgeoise ; et souhaitaient employer leur énergie dans des domaines tels que l'agronomie, l'agriculture organique, l'élevage et l'horticulture en serre. Quand ses activités socialistes ne l'appelaient pas à New York, Josiah s'occupait d'élever et d'entraîner des chevaux péruviens, dont la beauté et la grâce le charmaient. Wilhelmina persévérait dans son art, espérant développer une « esthétique socialiste et féminine » ; Annabel se concentrait sur l'écriture et sur l'entretien de la Colonie, à laquelle elle consacra, comme Josiah, quasiment tout l'argent de sa fiducie.

Quoique « fermiers » novices quand ils se lancèrent dans cette aventure, ils furent aidés par des gens plus expérimentés, qu'Upton Sinclair avait eu l'intelligence d'inviter à rejoindre la communauté ; son rêve était que la Colonie puisse, dans un délai d'un an ou deux, s'agrandir jusqu'à compter cinquante membres, puis cent, deux cents – « Un jour, nous pourrions révolutionner le monde ! » Upton avait établi un plan quinquennal qui prévoyait une autosuffisance rapide et même des profits ; en attendant, ils compléteraient leurs revenus avec leurs gains privés (les droits d'auteur de ses livres, par exemple) se nourriraient autant que possible de leur propre production et vendraient ce qu'ils pourraient – « Les gens de la région sauront qu'ils peuvent nous faire confiance. »

Au début de l'hiver 1906, pour faire taire certains des propos calomnieux et menaçants tenus à leur sujet par les habitants d'Englewood et des environs, un double mariage fut célébré dans la Colonie, par un pasteur (femme) ordonné de l'Église unitarienne de Brooklyn, cérémonie qui unit Josiah Slade à Wilhelmina Burr, et Annabel Slade à Yaeger Ruggles[1].

Sur ce qui attend ces jeunes gens idéalistes en mars 1907, votre historien ne dira rien, sinon qu'ils survécurent tous à l'incendie criminel ; car ma chronique s'achève, et la « vie ordinaire » doit reprendre. Ma scène finale se clôt sur la double cérémonie de mariage à la Colonie de Helicon, dans un cadre fleuri, et sur Upton Sinclair, souriant comme un enfant et serrant la main des mariés, les larmes aux yeux : « Camarades ! Voici l'aube d'un nouveau jour ! *La Révolution, maintenant !* »

1. À la Colonie de Helicon on s'aperçut vite qu'Annabel Slade était douée pour la comptabilité et prenait plaisir à « équilibrer les comptes », chose qu'avait entièrement négligée Upton Sinclair, qui n'avait ni le temps ni la capacité de s'occuper de ces détails ; peu à peu on confia à Annabel la gestion du budget, ce qui lui donna de nombreuses occasions de s'entretenir avec Yaeger Ruggles, dont les yeux noirs, les cheveux « crépus », portés longs, le teint basané et le « délicieux accent virginien » la charmèrent ; tout comme la très blonde Annabel charma l'ancien séminariste dès leur première rencontre. Que doit en penser l'historien ? Lui appartient-il d'exprimer de la désapprobation pour le « métissage » ? Ou une conduite aussi radicale de la part d'Annabel Slade n'était-elle que le signe avant-coureur du bouleversement des traditions qui adviendrait dans le cours tumultueux du XXe siècle, pour ne rien dire du XXIe ? La résignation des aînés de la famille Slade devant le destin se mesure au fait que, apprenant que leur fille, qui leur était tout juste revenue d'entre les morts, était de nouveau « tombée sous le charme » d'un individu à l'accent virginien prononcé, apparemment peu recommandable, ils ne firent aucune objection à ses projets de mariage.

Épilogue

L'alliance

(Winslow Slade)

Ô MES BIEN-AIMÉS EN CHRIST, ÉCOUTEZ-MOI ET AYEZ PITIÉ…

SACHEZ QUE MON PÉCHÉ EST AGGRAVÉ DE CE QUE J'AI PORTÉ TOUTE MA VIE *LE MASQUE DE LA VERTU.*

SACHEZ QUE MA MALFAISANCE EST AGGRAVÉE DE CE QUE J'AI PARLÉ TOUTE MA VIE AVEC *LA VOIX DE LA VERTU.*

Ô MES AMIS, VOISINS ET FRÈRES CHRÉTIENS, Ô MA FAMILLE BIEN-AIMÉE, QUE J'AI ABUSÉS PAR MA BONTÉ HYPOCRITE PENDANT CINQUANTE ANS ET PLUS

SACHEZ QUE MA RESPONSABILITÉ DANS LA MALÉDICTION QUI VOUS FRAPPE EST AGGRAVÉE DE CE QUE J'AI FAIT LE SIMULACRE LAMENTABLE ET HYPOCRITE D'UNE PREMIÈRE CONFESSION : FAUSSE DE BOUT EN BOUT.

SACHEZ QUE LA MALÉDICTION DÉCHAÎNÉE CONTRE VOUS EST LA CONSÉQUENCE DU PÉCHÉ DE WINSLOW SLADE ET DE LUI SEUL ; ET QUE CE N'ÉTAIT PAS UN PACTE AVEC LE DIABLE, MAIS UN PACTE AVEC LE TOUT-PUISSANT **DONT LA**

MAIN VENGERESSE NE PEUT ÊTRE ARRÊTÉE PAR LA PRIÈRE, LA BONTÉ, LE SACRIFICE NI *AUCUNE SUPPLIQUE HUMAINE.*

SACHEZ QUE JE ME TIENS ENFIN SANS MASQUE ET SANS VOILE DEVANT VOUS, *MEURTRIER, PARJURE ET PROFANATEUR HYPOCRITE* DE TOUT CE QUI VOUS EST CHER ; ET QU'EN CE MATIN DE SABBAT DE MA SOIXANTE-DIX-SEPTIÈME ANNÉE, APRÈS CE DÉCHAÎNEMENT D'HORREUR DONT JE SUIS SEUL COUPABLE, JE CONFESSE ICI MON PÉCHÉ, MON CRIME ET MA TRAHISON DU BIEN PUBLIC, ET VOUS DÉCHARGE DE LA TÂCHE AMÈRE DE ME CHÂTIER EN CONSENTANT À MA PROPRE MORT AUSSI RAPIDEMENT QUE LE SEIGNEUR DIEU VOUDRA L'ENVOYER : AFIN QUE JE SOIS PRÉCIPITÉ DANS LES PLUS NOIRES PROFONDEURS DE L'ENFER POUR Y SOUFFRIR ÉTERNELLEMENT, AINSI QU'EN AVAIT FAIT LA PRIÈRE MA PITOYABLE VICTIME TERRORISÉE.

« ET CEPENDANT TU SERAS PRÉCIPITÉ AU SHÉOL. »

CE N'EST PAS LE FRANÇAIS SELINCOURT QUI A ÉTRANGLÉ LA JEUNE FEMME NOMMÉE PEARL, MAIS MOI, WINSLOW SLADE : MOI QUI ME TIENS DEVANT VOUS DES DIZAINES D'ANNÉES APRÈS CET ACTE IGNOBLE, *SANS MASQUE ET SANS VOILE, ET PROCLAMÉ À LA FACE DU MONDE MEURTRIER, PARJURE ET PROFANATEUR HYPOCRITE :* MOI, ET MOI SEUL QUI CHERCHAIS À RÉDUIRE AU SILENCE LA PAUVRE OUVRIÈRE À LA MAIN MUTILÉE ET AUX YEUX PLEINS DE TERREUR, SACHANT LE SORT QUI SERAIT LE SIEN ENTRE LES MAINS DU JEUNE HOMME (BLANC) ÉGARÉ QUI ÉTREIGNAIT SON COU ET SERRAIT, SERRAIT, DANS L'EXASPÉRATION DE SA COUARDISE ET DE SA HONTE ; JUSQU'À CE QU'AUCUNE VIE NE DEMEURE DANS SON CORPS FRÉNÉTIQUE ET QU'AUCUNE FLAMME ENJÔLEUSE NE FLAMBE PLUS DANS SES YEUX ÉTEINTS. JUSQU'À CE

QU'ELLE GISE SANS VIE ET BRISÉE SUR LE SOL FROID DEVANT MOI, ET QUE WINSLOW SLADE SOIT EN EFFET DAMNÉ POUR L'ÉTERNITÉ.

JE VOULAIS SEULEMENT FAIRE TAIRE SES CRIS ET SES ACCUSATIONS, ET JE L'AI FAIT – Ô SEIGNEUR !

JE VOULAIS SEULEMENT EXERCER MON POUVOIR SUR ELLE POUR L'INTIMIDER ET L'EFFRAYER, ET JE L'AI FAIT – Ô SEIGNEUR, TU SAIS DE QUELLE MANIÈRE !

JE VOULAIS SEULEMENT INFLIGER UN AVERTISSEMENT À CETTE FEMELLE ARDENTE ET ONDULANTE DANS TOUTE L'INDÉCENCE CRIANTE DE SON SEXE, ET JE L'AI FAIT – Ô DIEU IMPITOYABLE, TU LE SAIS BIEN.

CAR ELLE ÉTAIT SOUILLÉE ET IMPURE ; ET NE MÉRITAIT PAS DE VIVRE.

CAR ELLE S'ACCROCHAIT À MOI COMME DE LA BOUE ; ET ELLE M'EFFRAYAIT.

CAR ELLE ÉTAIT SENSUELLE ET BELLE D'UNE FAÇON ENTIÈREMENT NOUVELLE POUR MOI, UNE BEAUTÉ TERRIBLE À VOIR ET DEVANT ÊTRE PUNIE.

CAR ELLE OSA NOUER SES BRAS AUTOUR DE MON COU ET PROMENER IMPUDIQUEMENT SES LÈVRES ÉPAISSES CONTRE MON COU, MA JOUE, MA BOUCHE ET M'ENJOINDRE DE L'EMBRASSER À MON TOUR – ET JE NE PUS RÉSISTER.

CAR SES SÉDUCTIONS ME FIRENT TRAHIR MA FIANCÉE DONT JE N'AURAIS PU DANS LE FEU DE LA PASSION ME RAPPELER MÊME LE NOM.

CAR ELLE M'INJURIA ET PRESSA SON CORPS DIABOLIQUE CONTRE MOI ; ET ME TOUCHA DE SA LANGUE BRÛLANTE ET RIT ET PROVOQUA ET TOURMENTA, ÉVEILLANT EN MOI UN DÉSIR SI INFERNAL QU'IL N'ÉTAIT PAS TOLÉRABLE.

CAR C'EST ELLE ET ELLE SEULE CETTE FILLE FLÉTRIE QUI ME FIT TOMBER DANS LE PÉCHÉ ET DANS LA CONDITION DE L'HOMME VULGAIRE ET DANS LA MORTALITÉ ET Ô DIEU TERRIBLE ! – JE NE SAIS PAS TOUT.

CE NE FUT PAS LE JEUNE WINSLOW SLADE INNOCENT DE TOUT ACTE CHARNEL AVANT CETTE HEURE QUI SE VAUTRA SUR LA FILLE POUR S'ENFOUIR EN ELLE ALORS MÊME QUE SA VIE DÉSESPÉRÉE LA FUYAIT – MAIS UN ÊTRE ENTIÈREMENT DIFFÉRENT – UN VRAI DÉMON NON BAPTISÉ DU NOM DE SLADE. ET LE SEIGNEUR FUT LE SEUL TÉMOIN, ET IL N'INTERVINT PAS.

ME CONTEMPLANT SÉVÈREMENT ENTRE LES BRAS DE LA FILLE ET CONTRE SES SEINS ET SON VENTRE ET LA CHAIR DE SES JAMBES QUE LA CHALEUR QUITTAIT RAPIDEMENT ET QU'AUCUN REPENTIR NE POUVAIT RAPPELER. ET LA PENSÉE ME TRAVERSA QUE JE POUVAIS LA RECOUVRIR DE FEUILLES ET DE TERRE ET OINDRE SON FRONT DE BOUE ET ME CACHER DU SEIGNEUR DANS LES PROFONDEURS DES BOIS ET ABANDONNER POUR TOUJOURS MA VIE PARMI LES HOMMES CIVILISÉS.

UN RIRE DE COLÈRE SAUVAGE DESCENDIT DU CIEL TEL UN TONNERRE FURIEUX ET LE SEIGNEUR ME DEMANDA À QUELLE VILENIE T'ES-TU LIVRÉ SUR CETTE FEMME MON BEAU GARÇON QUELLE POLISSONNERIE AS-TU COMMISE EN CACHETTE COMME TOUS LES SLADE LE FONT DEPUIS LE TEMPS OÙ VOUS POSSÉDIEZ DES ESCLAVES JUSQU'À VOTRE GRANDE FORTUNE D'AUJOURD'HUI ENGRANGÉE PAR LA GRÂCE DE DIEU SUR LE DOS COURBÉ ET ROMPU DES OUVRIERS DES USINES ET DES FABRIQUES, DES IMMIGRANTS MUETS ET BÉGAYANTS, MUTILÉS DE LEURS DOIGTS, DE LEURS ORTEILS, DE LEURS YEUX ET CEPENDANT TU AS TENTÉ DE TROMPER TON DIEU, TU AS

TENTÉ DE DISSIMULER TON PÉCHÉ COMME SI C'ÉTAIT UN SIMPLE CRIME, CROIS-TU QU'IL SUFFISE DE TE REBOUTONNER, MON GARÇON, ET D'ALLER TE TERRER DANS LA FORÊT PANTELANT COMME UNE BÊTE, CROIS-TU QUE CETTE NUIT SERA EXORCISÉE QUAND LES RAYONS DE PIERRE DE LA LUNE SUCCOMBERONT AU SOLEIL, CROIS-TU MON JEUNE OISON QUE TU AS AGI SEUL EN CET ENDROIT MAUDIT ET À L'INSU DE TON SEIGNEUR ?

SI ASSOURDISSANT SON RIRE CAR C'ÉTAIT LE DIEU DE COLÈRE DE NOS ANCÊTRES HÉBREUX ET NON LE SEIGNEUR JÉSUS MORT SUR LA CROIX POUR NOS PÉCHÉS ET J'AI TENTÉ DE M'ENFOUIR AU CREUX MÊME DE LA TERRE POUR ÉCHAPPER À CE RIRE TANDIS QUE LES YEUX GRANDS OUVERTS LA FEMME RICANAIT DANS LA RIGIDITÉ DE LA MORT ET QUE SE RÉVÉLAIT SA GRANDE JEUNESSE, SEIZE ANS TOUT AU PLUS, ET ELLE NE SE RÉVEILLA PAS QUAND JE LA SAISIS AUX ÉPAULES ET LA SECOUAI ENCORE ET ENCORE LUI CRIANT DE SE LEVER AVANT QU'IL SOIT TROP TARD, QUE JE ME RACHÈTERAIS AUPRÈS D'ELLE ET DES SIENS AUTANT QUE JE LE POURRAIS, QUE JE ME RACHÈTERAIS DE MA LUBRICITÉ ET DE MA CRUAUTÉ MAIS IL N'Y EUT PAS DE RÉPONSE, CAR TOUTE RESPIRATION AVAIT CESSÉ ; LA PEAU ROUSSIE QUI M'AVAIT DÉGOÛTÉ AUTANT QU'ATTIRÉ PÂLISSAIT MAINTENANT EN MÊME TEMPS QUE LE CORPS PERDAIT LA CHALEUR, QUI NE POUVAIT ÊTRE RAPPELÉE. ET LE SEIGNEUR VOYAIT TOUT ET SON COURROUX S'EXASPÉRAIT DE CE QUE J'AIE COMMIS UN PÉCHÉ AUSSI VIL ET VULGAIRE EN TENTANT ENSUITE DE LE LUI CACHER. ET C'ÉTAIT LÀ LE PLUS GRAND PÉCHÉ.

JÉSUS – JUMEAU DE JUDAS THOMAS – DIT D'UNE VOIX ÉCLATANTE COMME LE SON D'UNE TROMPETTE, CROIS-TU, HOMME, QUE JE SUIS VENU APPORTER LA PAIX SUR LA TERRE

ET NE SAIS-TU PAS QUE JE SUIS VENU JETER LA DIVISION : LE FEU, LE GLAIVE, LA GUERRE ? CAR LES ENFANTS SERONT EN DISCORDE AVEC LE PÈRE ET LE MARI AVEC LA FEMME ET ILS SERONT CINQ DANS UNE MAISON : TROIS CONTRE DEUX ET DEUX CONTRE TROIS ; LE PÈRE CONTRE LE FILS ET LE FILS CONTRE LE PÈRE ; ET ILS SE DRESSERONT SOLITAIRES.

JÉSUS PARLA AVEC COLÈRE, JE TE DONNERAI CE QUE L'ŒIL N'A PAS VU, CE QUE L'OREILLE N'A PAS ENTENDU, CE QUE LA MAIN N'A PAS OSÉ TOUCHER ET QUI N'EST PAS ENCORE MONTÉ AU CŒUR DE L'HOMME.

ET JÉSUS PROMIT, CE SERA TA SAGESSE PARTICULIÈRE DE SAVOIR CE QU'AUCUN AUTRE HOMME NE SAIT ; MAIS D'ÊTRE SÉPARÉ D'EUX ET SOLITAIRE DE PAR CE SAVOIR.

SACHEZ, Ô MES CHERS BIEN-AIMÉS RASSEMBLÉS AUJOURD'HUI DANS CE LIEU DE CULTE, QUE CE N'ÉTAIT PAS LE MALHEUREUX SELINCOURT QUI AVAIT COMMIS CE CRIME BRUTAL À COLD SPRING BIEN QU'ON L'AIT PUNI POUR CELA : PRIVÉ DE LA VIE AU BOUT D'UNE CORDE DANS LA PRISON DE TRENTON ALORS QUE LE VÉRITABLE MEURTRIER SE CACHAIT DANS LA RICHESSE ET LA RECTITUDE À MOINS DE TRENTE KILOMÈTRES DE LÀ DANS LE VILLAGE DE PRINCETON ; LE MEURTRIER SE CACHAIT EN PLEINE VUE MAIS DANS LA TERREUR D'ÊTRE DÉCOUVERT ET DÉNONCÉ ET DÉSIGNÉ À L'OPPROBRE DE TOUS POUR AVOIR PORTÉ LA MAIN SUR UNE FEMME AUSSI IMPURE ET D'UNE RACE DE PARIAS, UNE DESCENDANTE DE CEUX QUI FURENT AMENÉS ENCHAÎNÉS D'AFRIQUE, VENDUS EN ESCLAVAGE PAR LEURS FRÈRES AFRICAINS PAR PUR APPÂT DU GAIN.

CE MEURTRIER À LA PEAU BLANCHE ET CONSIDÉRÉ PAR SA FAMILLE COMME LE PLUS PROMETTEUR DE SES FILS S'ABUSA LUI-MÊME EN DISANT, JE SUIS UN SLADE, ET ORDONNÉ PAR

DIEU ; ET INNOCENT DE TOUT CRIME ; CAR TOUT CE QUI ADVIENT PAR MA MAIN DOIT ÊTRE LE DÉSIR DE DIEU ET NE PEUT ÊTRE TENU POUR UN PÉCHÉ.

COMME TON HALEINE EST FROIDE, WINSLOW – MA JEUNE ÉPOUSE RECULA DEVANT MOI LE SOIR DE NOS NOCES ; CAR MON HALEINE ÉTAIT CELLE DE LA TOMBE FÉTIDE QUE J'ÉTAIS. CAR MON INNOCENTE ÉPOUSE ORIANA N'AVAIT QU'À REGARDER AU FOND DE MES YEUX COUPABLES POUR CONNAÎTRE LE CRIME ABOMINABLE COMMIS EN MON CŒUR DONT JAMAIS JE NE PARLERAIS, NI À ELLE NI À QUICONQUE.

ET DANS LA NUIT DE NOMBREUSES ANNÉES À VENIR PARALYSÉ DANS LE SOMMEIL ET MA MALHEUREUSE ÉPOUSE À MON CÔTÉ JE ME SUIS ESCRIMÉ À TIRER CE CADAVRE PLUS LOIN DANS LA FORÊT ET PLUS PROFOND DANS LA NUIT JUSQU'À UN MARAIS DE GRANDES HERBES ET D'ARBRES POURRISSANTS ET DE SERPENTS RIDANT LA SURFACE D'EAUX CROUPISSANTES, TREMBLANT ET PLEURNICHANT COMME UN ENFANT EFFRAYÉ, Ô DIEU TU VOIS TOUT ET NE PARDONNES RIEN ! ESPÉRANT RECOUVRIR LE CORPS BRISÉ DE FEUILLES ET DE BOUE RAMASSÉES PAR POIGNÉES, ET DE BRANCHES TOMBÉES, DE SORTE QU'ON NE LE DÉCOUVRE JAMAIS ; ET SI PERSONNE NE SAVAIT JAMAIS CE QU'ÉTAIT DEVENUE PEARL QUI S'ÉTAIT PRESSÉE DANS LES BRAS DE NOMBREUX HOMMES POUR LE PROFIT DE CEUX QUI SE SERVAIENT D'ELLE MAIS AUSSI SEMBLE-T-IL EN ÉCHANGE D'UN PEU D'AMOUR OU D'UNE PARODIE D'AMOUR. S'IL EN ÉTAIT AINSI ET QUE LE CADAVRE NE SOIT JAMAIS TROUVÉ, CET ACTE CRUEL N'AVAIT PAS EU LIEU – SI ?

COURANT ENSUITE COMME SI MA VIE EN DÉPENDAIT. ET PIEDS NUS, MES CHAUSSURES M'AYANT ÉTÉ ENLEVÉES.

ET LANCÉ À MA POURSUITE LE SEIGNEUR DES ARMÉES TEL UN CHIEN ENRAGÉ ET JÉSUS À LA VOIX ÉCLATANTE COMME

UNE TROMPETTE RAILLEUSE ET NON LE JÉSUS D'AMOUR DISANT : ÉTABLISSONS UNE ALLIANCE ENTRE MOI ET TOI : CINQUANTE ANNÉES TE SERONT ACCORDÉES POUR FAIRE LE PEU DE BIEN OU LE PLUS DE MAL QUE TU VOUDRAS, ET PUIS LES ANGES DE COLÈRE SERONT LÂCHÉS SUR TOI – ET SUR CEUX QUE TU AIMES PLUS QUE TOI-MÊME.

SACHE, WINSLOW SLADE, TOUS LES JOURS DE TA VIE, QUE NUL NE SERA ÉPARGNÉ QUI DEMEURERA À TON CÔTÉ ET T'EMBRASSERA ; CAR TU ES MAUDIT DE DIEU, ET NÉANMOINS UN DIGNE JUMEAU DU DIEU DE COLÈRE, QUE TON NOM SOIT SANCTIFIÉ, RÉVÉREND SLADE.

ET EN VÉRITÉ, Ô MES CHERS BIEN-AIMÉS, JE NE CONNAISSAIS PAS LE SEIGNEUR NI SON FILS UNIQUE JÉSUS DE NAZARETH AVANT CETTE HEURE ; ET NUL D'ENTRE VOUS NE LE CONNAÎT S'IL N'A TÂTÉ DU SANG.

MA FAMILLE, MES PARENTS, MES AMIS ET VOISINS DE PRINCETON, MES FRÈRES EN CHRIST… Ô VOUS À QUI J'AI MENTI CES NOMBREUSES ANNÉES, VOUS À QUI EN TOUTE RUSE J'AI PRÉSENTÉ LE VISAGE MENSONGER DE LA VERTU : SACHEZ QUE TROIS JOURS S'ÉCOULÈRENT AVANT QUE LE CADAVRE DE L'OUVRIÈRE NE FÛT DÉCOUVERT AU FOND DE LA FORÊT AU-DELÀ DE COLD SPRING ; EN L'ESPACE D'UN JOUR ENSUITE LE FRANÇAIS SELINCOURT FUT APPRÉHENDÉ, ALORS QU'IL CHERCHAIT À FUIR – UN SIGNE DE LA CULPABILITÉ DE CE COQUIN, PENSA-T-ON. (SON COMPAGNON QUI AVAIT CRUELLEMENT USÉ DE PEARL NE FUT JAMAIS APPRÉHENDÉ.) ET BIENTÔT ON CONTRAIGNIT L'HOMME À AVOUER SON IGNOBLE FORFAIT ; NON SEULEMENT LE MEURTRE MAIS LE VIOL DE LA FILLE, INDUBITABLE MÊME APRÈS TROIS JOURS ET TROP VIL POUR ÊTRE MENTIONNÉ DANS LES JOURNAUX. LE SEIGNEUR VEILLA SUR MOI TANDIS QUE J'ÉTAIS CLOUÉ

DANS MON LIT DE CROSSWICKS PAR LA MALADIE ET AFFAIBLI PAR UNE FIÈVRE ET LES PIEDS COUVERTS DE CROÛTES ET DE MEURTRISSURES COMME QUI A ÉTÉ CRUCIFIÉ. ET MA CHÈRE MÈRE ME SERVANT D'INFIRMIÈRE SANS SE DOUTER DE RIEN. CAR LES FEMMES M'ONT TOUJOURS PROTÉGÉ, NE CONNAISSANT PAS LE FOND DE MON CŒUR. UNE ATTAQUE DE FIÈVRE CÉRÉBRALE, FUT-IL DIAGNOSTIQUÉ, OU UNE GRIPPE ; OU... ON NE SAVAIT QUOI, MAIS D'UNE EXTRÊME GRAVITÉ, ET SEUL LE SEIGNEUR PAR SES SOINS PERMIT À WINSLOW SLADE DE POURSUIVRE SA VIE MISÉRABLE.

IL ARRIVA DONC QUE LE FRANÇAIS SELINCOURT FUT JUGÉ ET RECONNU COUPABLE D'HOMICIDE VOLONTAIRE ET EXÉCUTÉ PAR L'ÉTAT DU NEW JERSEY À L'AUTOMNE 1855 POUR SON CRIME ABOMINABLE : PENDU PAR LE COL JUSQU'À CE QUE MORT S'ENSUIVE. ET LE JEUNE SÉMINARISTE AVAIT DEPUIS LONGTEMPS REPRIS SES ÉTUDES PASTORALES ET CONTENTAIT SES AÎNÉS PAR SA PIÉTÉ, SON ZÈLE ET SON INTELLIGENCE ; ET CONTENTAIT ÉGALEMENT LE SEIGNEUR DIEU ET SON FILS ; CAR IL FUT BIENTÔT ORDONNÉ PASTEUR DE L'ÉGLISE PRESBYTÉRIENNE ET LE SEIGNEUR RIT DE CETTE MASCARADE EN DISANT :

SACHE QUE JÉSUS AVAIT UN JUMEAU, DIDYMUS JUDAS THOMAS, APÔTRE DU TRÈS-HAUT, ET WINSLOW SLADE A LUI AUSSI UN JUMEAU : QUI EST LE SEIGNEUR DES ARMÉES AVEC QUI IL A ÉTABLI UNE ALLIANCE L'ENGAGEANT À DISSIMULER LES MANŒUVRES DU MAL SUR TERRE SOUS UN SOURIRE PAISIBLE ET À PROMOUVOIR AINSI LE MAL ET TOUS LES VICES ; TOUT EN VEILLANT À PRÊCHER L'INVERSE ET À TOUJOURS SE CONDUIRE À TOUT MOMENT COMME S'IL N'ÉTAIT SOUILLÉ D'AUCUNE TACHE.

CAR, MES FRÈRES, C'EST LE VICE, LA DISCORDE ET LA TERREUR QUI CONDUISENT LES HOMMES AU SEIGNEUR ; C'EST

LEUR ÂME BRISÉE ; ET LA PEUR DE SA CRUAUTÉ ; ET LA TERREUR DE SON ENFER BÉANT.

CAR LE BONHEUR DES PEUPLES EST LA MALÉDICTION DE DIEU, CAR ILS S'ÉLOIGNENT ALORS DE LUI, TOURNENT LEUR ATTENTION VERS LEURS SEMBLABLES OU VERS LEUR PROPRE RÉFLEXION – À L'IMMENSE DÉPLAISIR DU SEIGNEUR.

CAR LE MALHEUR DES PEUPLES FAIT DEPUIS LONGTEMPS LA JOIE DU SEIGNEUR, DEPUIS LE TEMPS DES ENFANTS D'ISRAËL JUSQU'À NOS JOURS ; CAR CE N'EST QUE LORSQU'ILS SE PROSTERNENT À SES PIEDS, TOUT ESPRIT DE RÉBELLION ANÉANTI, ET QU'ILS L'ADORENT COMME IL L'EXIGE, QUE LE SEIGNEUR EST SATISFAIT ET SA RAGE APAISÉE.

CAR SACHEZ QUE LE SEIGNEUR DIEU EST UN DIEU JALOUX COMME LE DIT LA BIBLE DES HÉBREUX, QU'IL COMMANDE À LA TEMPÊTE, AUX PROFONDEURS DE LA MER ET AU GLAIVE DU BARBARE ET À TOUTES LES SORTES DE VERMINE AFIN QU'HUMILITÉ, SERVILITÉ, PEUR ET TREMBLEMENTS SOIENT LE LOT DE L'HUMANITÉ ; ET SA GLOIRE EXALTÉE.

LES CYNIQUES, LES ATHÉES ET LES ANARCHISTES EN VOTRE SEIN SONT LES ENNEMIS PARTICULIERS DE DIEU, CAR ILS NE REQUIÈRENT PAS SON EXISTENCE ; IL EST NÉANMOINS REQUIS DES CROYANTS DE COMBATTRE CES INFIDÈLES QUI VOUDRAIENT LES SAUVER DU DIEU DE COLÈRE, DANS LEUR IGNORANCE. CAR NOUS AVONS POUR BUT DE JETER LA DISCORDE PARMI LES NATIONS ET DE DRESSER LES HOMMES CONTRE LEURS SEMBLABLES, CHAQUE TRIBU HUMAINE CROYANT QUE LE SEIGNEUR EST SON DIEU ET DÉTESTE TOUTES LES AUTRES TRIBUS ; C'EST LE DESTIN DES NATIONS D'ÊTRE DRESSÉES ÉTERNELLEMENT LES UNES CONTRE LES AUTRES AFIN QUE SOIT ADORÉ LE GLAIVE, ET QUE LES ENNEMIS SOIENT TERRORISÉS AU NOM DE DIEU AFIN QUE SOIENT

CONQUISES LEURS TERRES ET LEURS VOIES NAVIGABLES, MAIS UNIQUEMENT AU NOM DE DIEU.

CAR SACHEZ QUE NOUS QUI SOMMES SES AGENTS NE SOMMES JAMAIS PLUS APPRÉCIÉS QUE LORSQUE NOUS PRÊCHONS LA DISCORDE EN EMPLOYANT LE VOCABULAIRE DE L'AMOUR ; ET NOUS LUI PLAISONS QUAND NOUS PARLONS D'HARMAGEDÔN ET DES CHOSES DERNIÈRES ET DE LA DESTRUCTION DES VILLES PÉCHERESSES DE L'HUMANITÉ – PLUS NOTRE FAÇON EST SUBTILE, PLUS ELLE EST BIENVEILLANTE ET AIMANTE, PLUS NOUS SOMMES APPRÉCIÉS DE DIEU CAR NOUS SOMMES CEUX QUI ENGAGEONS L'ESCLAVE À PARDONNER À L'ESCLAVAGISTE, ET À PRENDRE POUR NÔTRES LES HABITS DE SA RELIGION ; NOUS ENGAGEONS LES OPPRIMÉS À SE RÉJOUIR DU PEU QUI EST LEUR, PAR CRAINTE DE L'ENFER ; À ARRÊTER LA MAIN DU REBELLE DANS UNE PAIX FACTICE.

TOUT CELA M'A ÉTÉ DIT LA VEILLE DE MON ORDINATION. JAMAIS DANS LES ANNÉES QUI ONT SUIVI JE N'AI DÉVIÉ DE CETTE FOI.

MA PREMIÈRE ÉPOUSE ORIANA QUOIQUE INNOCENTE DU PÉCHÉ DE SON MARI EN SUBIT NÉANMOINS LES EFFETS ET RECULAIT DEVANT MOI AVEC APPRÉHENSION, COMME TES MAINS SONT FROIDES, MON ÉPOUX, TON HALEINE, TES LÈVRES – TON ÂME ! BIEN QUE JE N'ÉPROUVE AUCUN DÉSIR POUR ELLE NI POUR AUCUNE FEMME DEPUIS CETTE NUIT DE MARS 1855 OÙ AVAIT JAILLI DE MES REINS UN FLUIDE BRÛLANT ET EMPOISONNÉ GÉNÉRÉ PAR LA FILLE À LA PEAU ROUSSIE ET À LA MAIN MUTILÉE ; ET CEPENDANT, AU COURS DES ANS, IL ARRIVA QUE DES FILS ME NAQUIRENT DE CETTE FEMME CAR IL ÉTAIT ENTENDU ENTRE LE SEIGNEUR ET MOI QU'IL M'ENVERRAIT DES FILS POUR QUE LES SLADE SE PERPÉTUENT ET QUE NOTRE LIGNÉE NE S'ÉTEIGNE PAS. AINSI SE

FIT-IL QUE DEUX PETITES FILLES FURENT VICTIMES DE DIPHTÉRIE ET MOURURENT EN BAS ÂGE PARCE QUE INUTILES DANS LE PLAN DE DIEU ; MÊME SI ORIANA FUT DÉVASTÉE PAR CES PERTES ET NE S'EN REMIT JAMAIS ENTIÈREMENT ; ET ELLE-MÊME S'ÉTEIGNIT D'UNE LENTE MALADIE QUAND MES FILS FURENT DE SOLIDES GARÇONS DE NEUF ET TREIZE ANS ET N'EURENT PLUS BESOIN D'ELLE.

ET JE PLEURAI SA MORT CAR JE SAVAIS QUE J'AVAIS DÉTRUIT SA VIE, COMME J'AVAIS DÉTRUIT LA VIE DE LA PETITE OUVRIÈRE.

MAIS LE SEIGNEUR M'ENVOYA UNE AUTRE FEMME AFIN QUE JE NE TOMBE PAS DANS LE DÉSESPOIR ; CAR CE SONT LES AGENTS MÊMES DU DIEU DE COLÈRE QUI SONT ENCLINS AU DÉSESPOIR ET À ABRÉGER LEUR VIE, POUR METTRE FIN À LA MASCARADE DE LEUR VERTU EN S'ANÉANTISSANT DANS L'ABÎME DE L'ENFER.

CETTE FEMME, TABITHA, JE L'AVAIS CONNUE BIEN PLUS LONGTEMPS QUE JE N'AVAIS CONNU ORIANA ; ELLE NE S'ÉTAIT PAS MARIÉE ET AVOUA À WINSLOW SLADE QU'ELLE L'AVAIT AIMÉ DE LOIN PENDANT TOUTES CES ANNÉES. ELLE FUT UNE BELLE-MÈRE DÉVOUÉE ET AIMANTE POUR MES FILS, ET DÉSIREUSE D'AVOIR SES PROPRES ENFANTS ; UN DÉSIR QUI N'ÉTAIT PAS LE MIEN ET POURTANT UNE NUIT LA BRÛLANTE PEARL S'ÉTENDIT ENTRE NOUS ET SA BOUCHE SUÇA MA BOUCHE ET LES MOIGNONS DE SES DOIGTS ME CARESSÈRENT AVEC LUBRICITÉ COMME SOUVENT DANS MES RÊVES ILS L'AVAIENT FAIT ; ET MA CONVOITISE FLAMBA ET JE PRIS MA FEMME EFFRAYÉE DONT JE N'AURAIS PU ME RAPPELER LE NOM DANS LA FRÉNÉSIE DU MOMENT ET DE CETTE MANIÈRE HONTEUSE TABITHA CONÇUT DANS LA SECONDE ANNÉE DE NOTRE UNION ET SON ACCOUCHEMENT FUT SI LONG ET SI ABOMINABLE, PLUS DE DEUX JOURS ET DEUX NUITS, QUE

L'ENFANT QUI NAQUIT MOURUT DANS L'HEURE ET NE FUT JAMAIS BAPTISÉE ; TANDIS QUE TABITHA HURLAIT FOLLE DE DOULEUR ET DE CHAGRIN, PROFÉRANT DES BLASPHÈMES QUE JE N'AVAIS JAMAIS ENTENDUS DANS SA BOUCHE, ME MAUDISSANT ET SUPPLIANT LE SEIGNEUR QUE MON CORPS SOIT DÉCHIRÉ EN DEUX ET MES OS BROYÉS, ET MON CŒUR IGNOBLE ARRACHÉ DE MA POITRINE AFIN QUE JE SOUFFRE COMME JE L'AVAIS FAIT SOUFFRIR ; CAR LA MORT ÉTAIT SUR ELLE, ET ELLE AVAIT PERDU TOUTES LES QUALITÉS DE L'ÊTRE CONNU SOUS LE NOM DE TABITHA PAIGE STRACHAN, EXCEPTÉ LA PAROLE, AFIN DE POUVOIR MAUDIRE SON MARI.

CETTE FOLIE HORRIFIA TOUS CEUX QUI EN FURENT TÉMOINS ET CEUX À QUI ELLE FUT RACONTÉE CAR TABITHA AVAIT ÉTÉ UNE CHRÉTIENNE PLEINE DE DOUCEUR QUE L'ON N'AVAIT JAMAIS ENTENDUE ÉLEVER LA VOIX ; MAIS LE MARI COUPABLE COMPRIT QUE TABITHA AVAIT VU AU FOND DE SON CŒUR ET L'AVAIT CONNU COMME NUL AUTRE ÊTRE VIVANT NE LE CONNAISSAIT.

LE RÉVÉREND WINSLOW SLADE PRÊCHA D'INNOMBRABLES SERMONS DANS SON ÉGLISE DE PRINCETON AINSI QUE DANS TOUT LE NEW JERSEY ET À PHILADELPHIE ; ET À NEW YORK OÙ SES MANIÈRES PATRICIENNES, SON AISANCE AFFECTÉE ET SA PIÉTÉ CHRÉTIENNE LE SERVAIENT AUPRÈS DE SES AÎNÉS ET DES MEMBRES LES PLUS CONSERVATEURS DE L'ÉGLISE. ET CEUX QUI AURAIENT ÉTÉ SES ENNEMIS ÉTAIENT SI CONQUIS PAR SES FAÇONS ET SA MAGNANIMITÉ QU'ILS NE VOYAIENT PAS DERRIÈRE LE MASQUE ET ÉTAIENT DONC DÉSARMÉS. POURTANT AU CŒUR MÊME DE L'AUSTÈRE CONSISTOIRE LE RÉVÉREND SLADE SEMAIT SOURNOISEMENT LE SCHISME ; CAR C'ÉTAIT LE TEMPS DES PROCÈS EN HÉRÉSIE PAR LESQUELS L'ASSEMBLÉE GÉNÉRALE DE L'ÉGLISE

FIT RENTRER DANS LE RANG CERTAINS MEMBRES TROP LIBÉRAUX DU CLERGÉ.

ET LES PRÊCHEURS PROTESTANTS AUX TENDANCES ÉVANGÉLIQUES ET LES ENTHOUSIASTES FURENT RÉPRIMANDÉS.

ET LES POPULATIONS IMMIGRÉES VENUES D'IRLANDE ET D'EUROPE DU SUD, FOYERS DU PAPISME, DE L'ILLETTRISME ET DE LA SUPERSTITION – CELLES-LÀ ÉTAIENT DÉNONCÉES EN CHAIRE DANS LES TERMES LE PLUS JUDICIEUX.

ET LES JUIFS – ASSASSINS DE JÉSUS ET SEMEURS DE L'ANTÉCHRIST.

ET LES NÈGRES FRUSTES, LIBÉRÉS DE LEURS MAÎTRES BLANCS DEPUIS À PEINE UNE GÉNÉRATION.

ET LES FEMMES HYSTÉRIQUES EXIGEANT DES « DROITS ».

ET CEUX QUI ENSEIGNAIENT UN ÉVOLUTIONNISME HÉRÉTIQUE, ET CEUX QUI ENSEIGNAIENT UN SOCIALISME ATHÉE.

TOUS CEUX-LÀ LE SEIGNEUR LES DÉTESTAIT VIVEMENT ET SOUHAITAIT LEUR NUIRE ; ET LE RÉVÉREND SLADE DU HAUT DE SA CHAIRE LES CONDAMNAIT EN TERMES PATELINS ET INSIDIEUX ; ET DES MAUX TERRIBLES QUI FRAPPAIENT LES MALCHANCEUX, ET PRINCIPALEMENT LES DESCENDANTS DE NOS ESCLAVES COMME L'OUVRIÈRE PEARL, LE RÉVÉREND NE PARLAIT PAS, SINON AVEC LA PLUS GRANDE RÉSIGNATION ; CAR LE RÉVÉREND ENSEIGNAIT « LA PAIX QUI SURPASSE TOUTE INTELLIGENCE » ET NON LE POING FERMÉ DES SYNDICALISTES ET LE MARTEAU DE FER HAUT BRANDI. ET CELA LE FAISAIT BIEN VOIR DE SES FIDÈLES ADMIRATIFS, ET DE SON MAÎTRE DIEU AU PLUS HAUT DES CIEUX.

AINSI L'HOMME EXTÉRIEUR PROSPÉRAIT : WINSLOW SLADE FUT INVESTI DES FONCTIONS DE PRÉSIDENT DE L'UNIVERSITÉ DE PRINCETON ET DE GOUVERNEUR DE L'ÉTAT ALORS MÊME QUE L'HOMME INTÉRIEUR SE SAVAIT SANS JOIE

ET DESSÉCHÉ CAR LE SEIGNEUR NE LE LÂCHAIT PAS UN SEUL INSTANT ET FAISAIT DE LUI UNE OMBRE ET UN FANTÔME DE LA NUIT, SANS VÉRITABLE SUBSTANCE PENDANT LE JOUR ET CEPENDANT PRIS PAR LES AUTRES POUR UN ÊTRE VIVANT.

ET JAMAIS IL N'OUBLIAIT : PEARL EST MORTE POUR QUE TU PUISSES VIVRE ET PROSPÉRER; CHAQUE JOUR À CROSSWICKS TU MARCHES SUR SES OS QUI MOISISSENT DANS LA TERRE; ET LES CRIS DES OISEAUX SUR LES BORDS DU TOIT DE LA GRANDE MAISON SONT LES CRIS DE CETTE MALHEUREUSE : ET POURTANT TU SERAS PRÉCIPITÉ AU SHÉOL.

IL FUT IGNORÉ DES NON-INITIÉS QUE LE NOUVEAU GOUVERNEUR WINSLOW SLADE AVAIT ÉTÉ ÉLU PAR UN BOURRAGE DES URNES ÉHONTÉ DANS TOUT L'ÉTAT ET NOTAMMENT DANS LA CAPITALE DE TRENTON. IL FUT IGNORÉ QUE CE GOUVERNEUR RESPECTÉ POUR AVOIR ÉTÉ PASTEUR ET PRÉSIDENT DE LA GRANDE UNIVERSITÉ N'ÉTAIT QUE LA MARIONNETTE DES LEADERS DU PARTI RÉPUBLICAIN, DE MÊME QUE CES LEADERS N'ÉTAIENT QUE LES MARIONNETTES DU TRUST. DES « APOSTATS » DU PARTI DÉMOCRATE ET DES SOUS-FIFRES DU NEW JERSEY ET L'EX-GOUVERNEUR BEDEL ET SA BANDE ET LE VIEUX SÉNATEUR SMITH DE BURLINGTON ET LES ANTI-ABBETT ET LES PRO-ABBETT ET RUFUS BLODGETT ET SES SOUS-FIFRES ET LES SYNDICALISTES DE PASSAIC ET LE COLONEL DICKINSON ET LES MÉCONTENTS DU PARTI RÉPUBLICAIN DE NEWARK ET LES SOCIÉTÉS DE TEMPÉRANCE ET LES PARTISANS DE LA LOI SUR LA GRANDE LICENCE ET LES TENANTS SOLIDEMENT ÉTABLIS DU *RUM POWER* ET LE GÉNÉRAL FISK ET SES HOMMES ET LES PARTISANS DE LA TAXE ANTI-CHEMIN DE FER ET LES HOMMES DE LA STANDARD OIL ET LES CHEMINS DE FER BALTIMORE ET OHIO ET LES CHAMPS DE COURSES ATLANTIC CITY-CAPE MAY… DANS LE

GRAND BROUET PUANT DE CETTE COALITION FURENT JETÉS BIEN DES EXCRÉMENTS DE RATS, ET DES CADAVRES DÉRIVANT DANS LA DELAWARE, DÉCOMPOSÉS ET GROUILLANTS DE VERS, QUE LE GOUVERNEUR SLADE ÉTAIT REQUIS D'INGURGITER ET DE MÂCHER ET D'AVALER SANS PROTESTER.

AINSI DONC UN SPECTRE S'ÉTAIT ÉLEVÉ À LA PLUS HAUTE CHARGE DE L'ÉTAT ET, QUE SON ÉLECTION DE 1887 EÛT ÉTÉ OU NON LE RÉSULTAT D'UN BOURRAGE D'URNES, IL FUT ÉLU GOUVERNEUR DU NEW JERSEY, CE QUI NE POUVAIT MANQUER DE PLAIRE AU SEIGNEUR.

CAR POURQUOI ZACHARIE FUT-IL ASSASSINÉ DANS LE TEMPLE SINON PARCE QU'IL AVAIT EU UNE VISION ET LORSQUE CE MALHEUREUX VOULUT PROCLAMER SA VISION AUX MULTITUDES LE SEIGNEUR LUI FERMA LA BOUCHE ET LA VIE LUI FUT ÔTÉE.

LOUÉ SOIT LE NOM DU SEIGNEUR!

BIENTÔT APRÈS ON CRUT À UN MAUVAIS CALCUL DU GOUVERNEUR QUAND DANS L'INTENTION D'IMPOSER UNE PAIX NÉCESSAIRE AUX OUVRIERS EN GRÈVE DE LA VILLE DE JERSEY IL FIT INTERVENIR LA MILICE DE L'ÉTAT QUI MARCHA ET TIRA SUR EUX DANS UNE HORRIBLE CONFUSION DE SORTE QUE COMME INVOLONTAIREMENT LE GOUVERNEUR DÉCLENCHA AINSI DES JOURNÉES DE MASSACRE ; ET QUAND UN SOULÈVEMENT SIMILAIRE SE PRODUISIT À PATERSON, ET QUE LE GOUVERNEUR N'APPELA PAS LA TROUPE, LE CARNAGE FUT PLUS GRAND ENCORE, CAR LES PROPRIÉTAIRES D'USINE, PROMPTS À AGIR, AVAIENT ENGAGÉ LEUR PROPRE MILICE PRIVÉE POUR FAIRE FACE AUX TROUBLES.

ET AINSI FURENT TUÉS NON SEULEMENT DES OUVRIERS GRÉVISTES MAIS AUSSI DES FEMMES ET DES ENFANTS.

TEL EST MON SERVITEUR WINSLOW SLADE, QUI ME DONNE TOUTE SATISFACTION.

BIENTÔT APRÈS LE GOUVERNEUR SE RETIRA DES AFFAIRES PUBLIQUES, PROFONDÉMENT ÉCŒURÉ. CAR MÊME LUI QUI DEMEURAIT DANS LE PÉCHÉ NE POUVAIT DIGÉRER LE BROUET PUANT DE LA POLITIQUE. IL SE RETIRA DE LA VIE PUBLIQUE EN PRÉTENDANT SOUHAITER REVENIR AU PASTORAT ET À LA VIE CONTEMPLATIVE ; SE RÉFUGIA À CROSSWICKS ET S'EFFORÇA ENFIN DE SE CONDUIRE EN HUMAIN, AVEC SES PETITS-ENFANTS.

CAR IL AVAIT QUATRE PETITS-ENFANTS QU'IL AIMAIT PLUS QUE LA VIE, ET BIEN PLUS QUE SA PROPRE PERSONNE IMPURE.

JOSIAH, ANNABEL, TODD ET ORIANA : CES BÉNÉDICTIONS QUE M'AVAIT ACCORDÉES LE SEIGNEUR, JE NE SAVAIS POURQUOI ; MAIS QUE JE SAVAIS NE PAS MÉRITER.

SACHEZ DONC, MES FRÈRES, MES COMPAGNONS EN CHRIST, QUE LES ENFANTS DE L'HOMME NE SONT JAMAIS PLUS CHÉRIS DE DIEU QUE LORSQU'ILS SE VAUTRENT DANS LE DÉSESPOIR – LORSQUE L'AMOUR HUMAIN NE LEUR APPORTE AUCUNE CONSOLATION, QU'ILS N'AIMENT NI NE REÇOIVENT D'AMOUR ; MAIS VIVENT DANS LA TERREUR MORTELLE DE LA BÊTE QUI POSE SUR EUX SON SABOT FENDU POUR LES TRAÎNER DANS LA POUSSIÈRE.

SACHEZ, MES FRÈRES ET SŒURS, QUE LES ENFANTS DE L'HOMME NE SONT JAMAIS PLUS DÉTESTÉS DE DIEU QUE LORSQU'ILS JOUISSENT DE LA BEAUTÉ DE LA TERRE, PARTAGENT LES FRUITS ET LES SPLENDEURS DE LA TERRE SANS OFFRIR DE SACRIFICE AU SEIGNEUR ET EN SE DÉTOURNANT ENTIÈREMENT DE LUI. ILS NE SONT JAMAIS PLUS MENACÉS DE SON COURROUX QUE LORSQU'ILS NE SE SOUCIENT QUE

DU PARADIS TERRESTRE, ET DES UNS ET DES AUTRES ET DE L'AMOUR MORTEL.

ET DONC L'HEURE VINT FINALEMENT OÙ LE SEIGNEUR SCRUTA MON CŒUR ET Y PERÇUT LA SEMENCE DE L'AMOUR ; ET COMPRIT QUE JE LE TROMPAIS DEPUIS LONGTEMPS EN FEIGNANT UNE ABJECTE VÉNÉRATION, ET QUE JE ME SERAIS RÉVOLTÉ SI J'EN AVAIS EU LE COURAGE.

ET LE SEIGNEUR NE PUT ME PARDONNER D'AIMER MES PETITS-ENFANTS PLUS QUE LUI ; DAVANTAGE MÊME QUE MES FILS ET MES CHÈRES ÉPOUSES MALTRAITÉES ; ET DANS QUEL BRUIT DE TONNERRE ÉCLATA SA COLÈRE QUAND IL SUT.

ET IL VIT AUSSI QUE CINQUANTE ANS AVAIENT PASSÉ ; ET QUE SON SERVITEUR WINSLOW SLADE ÉTAIT MAINTENANT UN VIEILLARD ADONNÉ À LA SOLITUDE ET À LA MÉLANCOLIE DERRIÈRE LE SOURIRE HABITUEL GRAVÉ SUR SON VISAGE ; ET QU'IL N'AVAIT PLUS LE POUVOIR DE PERPÉTUER LE MAL, QUAND BIEN MÊME IL EN AURAIT EU LE DÉSIR. ET QUE DANS SON CŒUR NAISSAIT LE DÉSIR MODESTE DE SE VOIR ACCORDER LE BONHEUR DE LA BANALITÉ, L'AMOUR HUMAIN ET L'OUBLI – C'EST-À-DIRE L'EFFACEMENT DE SON PÉCHÉ.

LE SEIGNEUR SE LASSA DONC DE SON SERVITEUR ET ORDONNA QUE LE CALICE LUI FÛT RETIRÉ. ET LA FUREUR DU CIEL, LES ARCHANGES VENGEURS FURENT ENFIN LIBÉRÉS CAR CES CRÉATURES DE LA COLÈRE ASSOIFFÉES DE SON SANG N'AVAIENT ÉTÉ RETENUES PENDANT CES LONGUES ANNÉES QUE PAR L'ALLIANCE ANCIENNE.

IL ARRIVA ALORS QUE CES ANGES DU SEIGNEUR REÇURENT LIBERTÉ DE VENIR SUR TERRE, PARMI NOUS, ET DE CAUSER AUTANT DE RAVAGES QU'ILS LE VOUDRAIENT, DE PROPAGER TERREUR, RÉPULSION ET DÉSESPOIR – CES ANGES QUE

VOUS AVEZ PEUT-ÊTRE PRIS À TORT POUR DES DÉMONS, MES CONCITOYENS.

QUE LA PREMIÈRE VICTIME AIT ÉTÉ MA PETITE FILLE BIEN-AIMÉE ANNABEL N'AURAIT PAS DÛ ME SURPRENDRE ET POURTANT SON ENLÈVEMENT ME DÉVASTA ET JE MOURUS CE MATIN-LÀ DANS CETTE ÉGLISE MÊME IL Y A DE CELA TOUT JUSTE UN AN.

OUI, WINSLOW SLADE MOURUT CE JOUR-LÀ. MAIS TELLE EST LA CRUAUTÉ DU SEIGNEUR QU'ELLE NE FUT QUE LA PREMIÈRE DE NOMBREUSES MORTS INNOCENTES ET DE LA PLONGÉE DE NOTRE VILLE DANS UN DÉSESPOIR SI TERRIBLE QUE LES MOTS NE PEUVENT L'EXPRIMER.

À PRÉSENT JE PRENDS CONGÉ DE VOUS, MES CHERS CONCITOYENS. JE CONFESSE NE PAS ÊTRE UNIQUEMENT COUPABLE DE CE PÉCHÉ ET DE CE CRIME MÉPRISABLES COMMIS IL Y A UN DEMI-SIÈCLE, MAIS AUSSI DE TOUTES LES MANIFESTATIONS DE LA MALÉDICTION DE CROSSWICKS, TELLES QUE VOUS LES AVEZ SUBIES. CAR LES ANGES-DÉMONS ÉTAIENT DE MON FAIT ET N'AURAIENT PU DÉCHAÎNER DE TELS MALHEURS SUR VOUS EXCEPTÉ DE MON FAIT.

CE QUI SIGNIFIE QUE JE SUIS MOI-MÊME LA MALÉDICTION DE CROSSWICKS.

CE QUI SIGNIFIE QUE JE SUIS COUPABLE DE TOUS LES CRIMES, DÉSORDRES, DÉFERLEMENT DE MÉFAITS ET D'HORREURS PROVOQUÉS PAR LES DÉMONS DEPUIS UN AN ET PLUS – COMME SI CETTE VALLÉE DE LARMES N'ÉTAIT QU'UN RÊVE DÉMENT POUVANT TOURNER À L'ÉCLAT DE RIRE AUSSI FACILEMENT QU'À LA TERREUR, ET QUE L'ANGOISSE DE L'HUMANITÉ SOUFFRANTE N'AVAIT PAS PLUS D'IMPORTANCE QUE LE VOL ERRANT D'UN PAPILLON.

Et quand bien même je pourrais implorer votre pardon et celui de la jeune fille assassinée, je ne dois pas être pardonné. Car mon destin est d'être démasqué, confondu, dénoncé et rejeté de votre sein à tout jamais.

Car mon péché ayant été commis contre l'humanité et non contre Dieu, c'est l'humanité seule qui peut me pardonner ; et l'humanité qui ne doit pas me pardonner.

Amen.

De cette main âgée, en ce matin de sabbat du 4 juin 1906, je signifie par la présente :

La fin

Remerciements

Les vérités de la Fiction résident dans la métaphore, mais la métaphore naît ici de l'Histoire.

Parmi les ouvrages consultés pour la composition de ce roman figurent les suivants :

Woodrow Wilson : Life and Letters, volumes I et II, Ray Stannard Baker, 1927.

Woodrow Wilson, The Academic Years, Henry Wilkinson Bragdon, 1967.

My Aunt Louisa and Woodrow Wilson, Margaret Axson Elliott, 1944.

Woodrow Wilson of Princeton, McMillan Lewis, 1952.

Woodrow Wilson : A Brief Biography, Arthur S. Link, 1963.

The Priceless Gift : The Love Letters of Woodrow Wilson and Ellen Axson Wilson, ed. Eleanor Wilson McAdoo, 1962.

When the Cheering Stopped : The Last Years of Woodrow Wilson, Gene Smith, 1964.

Woodrow Wilson : A Medical and Psychological Biography, Edwin A. Weinstein, 1981.

Modern Battles of Trenton : Being a History of New Jersey's Politics and Legislation from the Year 1868 to the Year 1894, William Edgar Sackett, 1895.

Jack London, Richard O'Connor, 1964.

Scott of the Antarctic, Elspeth Huxley, 1978.

The Autobiography of Upton Sinclair, Upton Sinclair, 1962.

Stories of New Jersey, Frank Stockton, 1961.

The Cross and the Lynching Tree, James Cone, 2011.

Table

Du même auteur

Aux éditions Philippe Rey

Délicieuses pourritures

La foi d'un écrivain

Les Chutes (prix Femina étranger)

Viol, une histoire d'amour

Vous ne me connaissez pas

Les femelles

Mère disparue

La fille du fossoyeur

Journal 1973-1982

Fille noire, fille blanche

Vallée de la mort

Petite sœur, mon amour

Folles nuits

J'ai réussi à rester en vie

Le Musée du Dr Moses

Petit oiseau du ciel

Étouffements

Le mystérieux Mr Kidder

Cher époux

Mudwoman

Aux éditions Stock

Amours profanes

Aile de corbeau

Haute Enfance

La Légende de Bloodsmoor

Marya

Le Jardin des délices

Mariages et Infidélités

Le Pays des merveilles

Une éducation sentimentale

Bellefleur

Eux

L'homme que les femmes adoraient

Les mystères de Winterthurn
Souvenez-vous de ces années-là
Cette saveur amère de l'amour
Solstice
Le rendez-vous
Le goût de l'Amérique
Confessions d'un gang de filles
Corky
Zombi
Nous étions les Mulvaney
Man Crazy
Blonde
Mon cœur mis à nu
Johnny Blues
Infidèle
Hudson River
Je vous emmène
La fille tatouée

AUX ÉDITIONS ACTES SUD
Premier amour
En cas de meurtre

AUX ÉDITIONS DU FÉLIN
Au commencement était la vie
Un amour noir

Cet ouvrage a été achevé d'imprimer
en septembre 2014 dans les ateliers de
Normandie Roto Impression s.a.s.
61250 Lonrai

N° d'imprimeur : 1403490
Dépôt légal : octobre 2014
ISBN 978-2-84876-422-1
Imprimé en France